MICHAEL CONNELLY

DAS COMEBACK

Roman

Aus dem Amerikanischen
von Norbert Puszkar

Deutsche Erstausgabe

WILHELM HEYNE VERLAG
MÜNCHEN

HEYNE ALLGEMEINE REIHE
Nr. 01/10765

Titel der Originalausgabe
TRUNK MUSIC

Umwelthinweis:
Dieses Buch wurde auf
chlor- und säurefreiem Papier gedruckt.

3. Auflage

Printed in Germany 1999
Umschlagillustration: Bavaria Bildagentur/TCL, Gauting
Umschlaggestaltung: Atelier Ingrid Schütz, München,
Satz: Buch-Werkstatt GmbH, Bad Aibling
Druck und Bindung: Presse-Druck Augsburg

ISBN 3-453-14737-5

http://www.heyne.de

1.

Auf dem Mulholland Drive hörte Bosch die Musik. Einzelne Klangfetzen von Streichern und Bläserakkorde wurden von den ausgedörrten Hügeln zurückgeworfen und gingen fast unter im Rauschen des Verkehrs, das vom Hollywood Freeway heraufdrang. Er konnte die Musik nicht identifizieren, aber sie wurde lauter, je näher er dem Cahuenga Paß kam.

Er verlangsamte sein Tempo, als er die Autos sah, die am Rande einer mit Schotter bedeckten Abzweigung standen. Ein Streifenwagen und zwei Wagen der Fahndungsabteilung. Bosch parkte seinen Caprice dahinter und stieg aus. Ein uniformierter Polizist lehnte am Kotflügel des Streifenwagens. Gelbes Plastikband, mit dem man in Los Angeles Tatorte absperrte und das in Meilenlänge eingekauft wurde, war vom Seitenspiegel über die Forststraße zu einem Schild auf der anderen Seite gespannt, dessen Aufschrift hinter den aufgesprühten Graffiti kaum zu erkennen war.

Los Angeles Feuerwehr
Hügeldiskrikt
Feuerwehrzufahrt
Betreten und offenes Feuer verboten!

Der Streifenpolizist, ein großer, blonder Mann mit sonnengeröteter Haut und Bürstenschnitt, richtete sich auf, als Bosch sich näherte. Das erste, was Bosch an ihm auffiel, war die Größe seines Schlagstocks. Er hing an einem Ring vom Gürtel. Der schwarze Acryllack am Ende des Knüppels war abgesprungen und ließ das Aluminium darunter sichtbar werden. Streifenbullen trugen ihre zerkratzten, kampferprobten Schlagstöcke mit Stolz – und zur Warnung. Diesem Cop machte es Spaß, Leute zu verprügeln. Daran bestand kein Zweifel. Auf dem Namensschild über der Brusttasche stand Powers. Obwohl die Sonne schon untergegangen war, trug er noch immer seine Ray-Ban-Brille. Der Cop blickte auf ihn herunter, und Bosch sah in den verspiegelten Gläsern der Sonnenbrille Wolken dunkelorange glühen. Solche Sonnenuntergänge erinnerten Bosch immer an die lodernden Feuer der Rassenunruhen vor ein paar Jahren.

»Harry Bosch«, sagte Powers und klang überrascht. »Seit wann bist du denn wieder zurück?«

Bosch musterte ihn einen Moment, bevor er antwortete. Er kannte Powers nicht, aber das bedeutete nichts. Wahrscheinlich kannte jeder Cop im Hollywood-Revier seine Geschichte.

»Seit heute«, sagte Bosch.

Er streckte seine Hand nicht aus. An einem Tatort begrüßte man sich nicht per Handschlag.

»Gerade erst wieder im Sattel, und das ist der erste Fall?«

Bosch zog eine Zigarette hervor und steckte sie an. Es verstieß gegen die Dienstvorschriften, aber er machte sich deswegen keine Sorgen.

»Könnte man sagen.« Er wechselte das Thema. »Wer ist unten?«

»Edgar und die Neue vom Pacific-Revier, seine schwarze Schwester.«

»Rider?«

»Was weiß ich.«

Bosch ging nicht auf die Bemerkung ein. Er kannte den Grund für das Vorurteil. Es spielte keine Rolle, daß Kizmin Rider Talent hatte und ein ausgezeichneter Detective war. Für Powers war das irrelevant, auch wenn Bosch es ihm versichern würde. Für Powers gab es wahrscheinlich nur einen Grund, warum er immer noch eine blaue Uniform trug und nicht die goldene Dienstmarke eines Detectives. Er war ein weißer Mann im Zeitalter der Quotenregelung für Frauen und andere Minoritäten. Am besten, man legte den Finger nicht auf die wunde Stelle.

Powers schien sein Schweigen als Kritik zu verstehen und fuhr fort.

»Sie haben mir gesagt, ich sollte die Geri und Kriwi durchlassen, wenn sie kommen. Ich schätze, sie sind fertig mit der Tatortuntersuchung. Du kannst also runterfahren, statt zu laufen.«

Bosch begriff erst nach einem Moment, daß Powers von der Gerichtsmedizin und der kriminalwissenschaftlichen Spurensicherung sprach. Es hatte sich angehört, als spräche er von einem Paar, das zu einem Picknick eingeladen war.

Bosch setzte einen Fuß auf den Asphalt, ließ die halb gerauchte Zigarette fallen und trat sie sorgfältig aus. Es wäre nicht gut, seine erste Morduntersuchung nach langer Zeit mit einem Waldbrand zu beginnen.

»Ich geh zu Fuß«, sagte er. »Ist Lieutenant Billets hier?«

»Noch nicht.«

Bosch ging zu seinem Wagen und griff durch das offene Fenster nach seiner Brieftasche. Dann kehrte er zu Powers zurück.

»Hast du sie gefunden?«

»So ist's.«

Powers war mächtig stolz auf sich.

»Wie hast du den Kofferraum geöffnet?«

»Ich hab einen Drahtbügel im Auto. Damit hab ich die Tür geknackt und dann den Kofferraum geöffnet.«

»Warum?«

»Der Gestank. Es war offensichtlich.«

»Handschuhe angehabt?«

»Nee, hatte keine.«

»Was hast du berührt?«

Powers mußte einen Moment nachdenken.

»Türgriff, Kofferraumhebel. Das war wohl alles.«

»Haben Edgar oder Rider deine Aussage notiert. Hast du einen Bericht geschrieben?«

»Noch nicht.«

Bosch nickte.

»Paß auf, Powers. Ich weiß, du bist mächtig stolz auf dich. Aber öffne beim nächsten Mal das Auto nicht. Jeder will Detective sein, aber wenige sind auserwählt. So werden Tatorte versaut. Das dürfte dir bekannt sein.«

Bosch beobachtete, wie das Gesicht des Cops dunkelrot anlief und sich die Haut am Unterkiefer spannte.

»Hör mal zu, Bosch«, sagte er. »Falls ich angerufen und nur ein verdächtiges Fahrzeug gemeldet hätte, das *riecht*, als ob eine Leiche im Kofferraum liegt, hättet ihr gesagt: ›Was weiß denn Powers, dieser Idiot?‹ Die Leiche wäre dann hier in der Sonne verfault, bis der Tatort in alle Winde verweht wäre.«

»Das könnte sein, aber dann hätten *wir* es vermasselt. Statt dessen versaust du die Sache, bevor wir überhaupt anfangen.«

Powers war immer noch wütend, sagte jedoch nichts. Bosch wartete einen Moment, bereit, die Diskussion fortzuführen, ließ dann aber das Thema fallen.

»Könntest du jetzt das Band hochheben, – bitte?«

Powers ging zurück zum Absperrband. Er war ungefähr fünfunddreißig und hatte den Macho-Gang eines Veteranen. Powers hielt das Band hoch. Als Bosch darunter hindurchschlüpfte, sagte der Cop: »Verirr dich nicht.«

»Wahnsinnig witzig, Powers. Ich gebe mich geschlagen.«

Die Forststraße war einspurig, und am Rande wucherte Strauchwerk, das Bosch bis an die Hüfte ging. Der Schotter war mit Abfall und zerbrochenem Glas bedeckt, die Visitenkarte von unbefugten Eindringlingen. Wahrscheinlich war die Straße nachts ein beliebtes Ziel für Teenager unten aus der Stadt.

Die Musik wurde lauter, je weiter er ging. Er konnte sie jedoch immer noch nicht identifizieren. Nach einer Viertelmeile erreichte er eine mit Schotter bedeckte Lichtung, die wohl als Sammelpunkt für Feuerwehrfahrzeuge dienen würde, falls in den umliegenden Hügeln ein Feuer ausbräche. Heute war es ein Tatort. Am anderen Ende der Lichtung sah Bosch einen weißen Rolls-Royce Silver Cloud, neben dem seine Partner Edgar und Rider standen. Rider machte auf einem Klemmbrett eine Skizze des Tatorts, während Edgar mit einem Maßband arbeitete und ihr die Zahlen zurief. Edgar sah Bosch und winkte mit einer Hand, die in Latexhandschuhen steckte. Er ließ das Maßband wieder in die Rolle zurückschnappen.

»Harry, wo kommst du denn her?«

»Vom Anstreichen«, sagte Bosch und kam näher. »Ich mußte mich erst saubermachen, umziehen und aufräumen.«

Als Bosch sich dem Rand der Lichtung näherte, eröffnete sich ihm der Ausblick nach unten. Sie befanden sich auf einem Kliff, das steil zur Hollywood Bowl abfiel. Die abgerundete Konzertmuschel lag nur eine Viertelmeile links von ihnen. Sie war die Quelle der Musik. Die L. A. Philharmonie beendete ihre Freiluftsaison mit einem Konzert am Labor-Day-Wochenende.

Bosch schaute hinab auf achtzehntausend Leute in Stuhlreihen, die sich auf der gegenüberliegenden Seite des Canyons emporzogen. Die Zuhörer genossen einen der letzten Sonntagabende des Sommers.

»O Gott«, entfuhr es ihm, während er über das Problem nachdachte.

Edgar und Rider kamen herüber.

»Was haben wir hier?« fragte Bosch.

»Leiche im Kofferraum, männlich, weiß. Schußwunden«, antwortete Rider. »Weiter haben wir ihn noch nicht untersucht. Wir haben den Kofferraum wieder geschlossen. Ansonsten läuft die Fahndung.«

Bosch ging um die Überreste eines alten Lagerfeuers und begab sich zum Rolls. Die beiden folgten ihm.

»Darf ich?« fragte Bosch, und schaute zum Rolls.

»Ja, wir haben ihn untersucht«, sagte Edgar. »Nicht viel. Etwas Blut unterm Wagen. Das wär's. Der sauberste Tatort, den ich seit langem gesehen habe.«

Jerry Edgar, der wie alle anderen direkt von zu Hause gekommen war, trug Blue Jeans und ein weißes T-Shirt. Auf der linken Brust prangte das Polizeiwappen über den Worten *LAPD Homicide*. Als er vorbeiging, las Bosch, was auf dem Rücken stand: Unser Tag beginnt, wenn Ihr Tag endet. Das knapp sitzende weiße T-Shirt paßte gut zu Edgars dunkler Haut und betonte seinen muskulösen Oberkörper, als er sich mit geschmeidigen Bewegungen dem Rolls näherte. Während der letzten sechs Jahre hatte Bosch ab und zu mit ihm gearbeitet. Außerhalb der Arbeit waren sie sich jedoch nicht nähergekommen. Bosch wäre bis heute nie auf die Idee gekommen, daß Edgar anscheinend regelmäßig Gewichtstraining machte.

Es war ungewöhnlich, daß Edgar nicht einen seiner eleganten Anzüge trug. Bosch konnte sich denken, warum. Mit seiner saloppen Kleidung konnte er sich gut um die Dreckarbeit drücken. Die Benachrichtigung der Angehörigen.

Sie gingen langsamer, als sie sich dem Rolls näherten, als ob das Unheil irgendwie ansteckend wäre. Der Wagen war mit seinem Heck nach Süden geparkt und sichtbar für das Konzertpublikum in den obersten Rängen. Bosch dachte noch einmal über die Situation nach.

»Ihr wollt also den Typen rausholen, während all die Leute beim Picknick mit dem Weinglas in der Hand zuschauen?« fragte er. »Wie würde das wohl heute abend im Fernsehen aussehen?«

»Nun«, erwiderte Edgar, »wir dachten, wir überlassen dir die Entscheidung, Harry. Schließlich bist du die Drei.«

»Stimmt«, sagte Bosch sarkastisch. »Ich bin die Drei.«

Bosch hatte sich noch nicht daran gewöhnt, daß er ein sogenannter Teamleiter war. Es war schon achtzehn Monate her, daß er offiziell einen Mord untersucht hatte – von der Leitung eines Fahndungsteams ganz zu schweigen. Nachdem er im Januar von seiner Zwangsbeurlaubung wegen Streß zurückgekehrt war, war er dem Einbruchsdezernat des Hollywood-Reviers zugeteilt worden. Der weibliche Commander der Detective-Abteilung, Grace Billets, hatte ihm erklärt, daß er sich als Detective in seinem neuen Arbeitsgebiet leichter wieder einarbeiten würde. Ihm war klar, daß es sich um eine Lüge handelte, und daß sie Anweisung bekommen hatte, wo sie ihn einsetzen sollte. Aber er nahm die Versetzung ohne Widerworte hin. Er wußte, daß sie irgendwann seine Hilfe brauchen würden.

Nach acht Monaten Schreibtischarbeit und einigen Verhaftungen von Einbrechern, wurde er in das Büro des Commanders gerufen. Billets teilte ihm mit, daß sie Veränderungen vornehmen würde. Die Mordaufklärungsrate des Reviers hatte ein Rekordtief erreicht. Weniger als die Hälfte der Morde wurden aufgeklärt. Billets hatte die Leitung der Detective-Abteilung vor einem Jahr übernommen und mußte widerwillig zugeben, daß die Aufklärungszahlen unter ihrer Führung einen Sturzflug angetreten hatten. Bosch hätte ihr sagen können, daß dies teilweise daran lag, daß sie nicht die statistischen Tricks ihres Vorgängers anwendete. Harvey Pounds hatte immer einen Weg gefunden, die Statistik zu schönen. Aber Bosch behielt sein Wissen für sich und hörte Billets Plänen schweigend zu.

Der erste Schritt war, Bosch Anfang September wieder an den Mord-Tisch zu versetzen. Sely, ein lahmarschiger Detective, würde im Austausch zum Einbruchsdezernat gehen. Billets hatte auch einen weiblichen, jungen und cleveren Detective namens Kizmin Rider vom Pacific-Revier rekrutiert, mit der sie dort zusammengearbeitet hatte. Die letzte und radikalste Maßnahme war, die traditionellen Zweierteams aufzulösen. Die neun Detectives, die in Hollywood für Mord zuständig waren, würden von nun an zu dritt in drei Teams arbeiten. Jedes Team würde von einem Detecive dritten Grades geleitet werden. Bosch war Drei. Er war Leiter von Team Eins.

Die Gründe für die Umstrukturierung leuchteten ein – zumindest auf dem Papier. Die meisten Mordfälle wurden in den ersten achtundvierzig Stunden gelöst – oder nie. Billets war an einer höheren Aufklärungsrate interessiert und setzte daher mehr Detectives für jeden Fall ein. Was nicht so gut auf dem Papier aussah, besonders für die neun Detectives, war die Tatsache, daß vier Zweierteams durch drei Dreierteams ersetzt würden. Von nun an würde jeder Detective für jeden dritten statt für jeden vierten Fall zuständig sein. Das bedeutete mehr Fälle, mehr Gerichtstermine, mehr Überstunden und mehr Streß. Nur die Überstunden wurden positiv bewertet. Aber Billets hörte sich die Klagen der Detectives nicht lange an und blieb hart. Mit ihrem neuen Plan verdiente sie sich ihren Spitznamen Bullets.

»Hat schon jemand mit Bullets gesprochen?« fragte Bosch.

»Ich hab angerufen«, sagte Rider. »Sie war übers Wochenende in Santa Barbara. Hat eine Nummer bei der Zentrale hinterlassen. Sie kommt vorzeitig zurück. Aber es dauert mindestens noch anderthalb Stunden. Sie bringt zuerst noch ihren Mann nach Hause und fährt dann zum Revier.«

Bosch nickte und ging zum Heck des Wagens. Seine Nase nahm den Geruch sofort wahr. Schwach, aber unverwechselbar. Er nickte wieder, wie im Selbstgespräch. Dann stellte er seine Aktentasche auf den Boden, öffnete sie und nahm ein Paar Latexhandschuhe aus einer Schachtel. Nachdem er die Tasche wieder geschlossen hatte, stellte er sie weg, einen Meter entfernt.

»Okay, dann wollen wir mal sehen«, sagte er, während er sich die Handschuhe über die Hände zog. Er haßte das Gefühl. »Nah dranbleiben. Wir wollen den Leuten in der Bowl keine Gratisshow geben.«

»Es ist kein schöner Anblick«, sagte Edgar und trat heran.

Sie standen zu dritt am Heck des Rolls, um dem Publikum unten den Blick zu versperren. Bosch war sich jedoch sicher, daß jeder mit einem Fernglas wissen würde, was hier vorging. Schließlich waren sie in L. A.

Bevor er den Kofferraum öffnete, bemerkte er das Nummernschild. TNA stand darauf. Eines der Kennzeichen, die man sich als persönliche Note bestellen konnte. Edgar beantwortete seine unausgesprochene Frage.

»Zugelassen unter TNA Productions. Auf der Melrose Avenue.«

»T n A, Titten und Arsch?«

»Nein, nur die Buchstaben, T-N-A. Wie auf dem Kennzeichen.«

Edgar zog ein Notizbuch aus der Tasche und überflog die Seiten. Die Adresse, die er ihm gab, kam Bosch bekannt vor, aber er konnte sie nicht einordnen. Es war irgendwo unten in der Nähe des Paramount Studios, das den gesamten nördlichen Block mit den 5500-Nummern einnahm. Das große Studio war umgeben von kleinen Produktionsfirmen und Mini-Studios, wie ein großer Hai von kleinen Fischen, die die kleinsten Brocken noch aufschnappten.

»Dann wollen wir mal.«

Er wandte sich wieder dem Kofferraum zu. Er war fast

zugeklappt, aber nicht geschlossen. Mit einem behandschuhten Finger hob er sachte die Klappe.

Als der Kofferraum geöffnet war, entströmte ihm der ekelhafte Odem des Todes. Bosch hätte sich am liebsten gleich eine Zigarette angesteckt, aber die Zeiten waren vorbei. Er wußte, was ein Verteidiger alles aus der Asche einer Zigarette machen konnte, die ein Polizist am Tatort geraucht hatte. Berechtigte Zweifel an der Schuld eines Angeklagten waren schon aus weniger Material fabriziert worden.

Er beugte sich unter die Kofferraumklappe, um besser sehen zu können, und achtete darauf, die Stoßstange nicht mit seiner Hose zu berühren. Im Kofferraum lag die Leiche eines Mannes. Die Haut war von einem aschfarbenen Weiß. Seine Kleidung war teuer: Gutgebügelte Hosen aus Leinen, mit Aufschlag. Ein hellblaues Hemd mit einem Blumenmuster, sowie eine Sportjacke aus Leder. Seine Füße waren nackt.

Der Mann lag auf der rechten Seite in Embyrohaltung. Seine Handgelenke waren jedoch hinter ihm zusammengelegt statt über der Brust gefaltet. Es hatte den Anschein, als ob seine Hände zusammengebunden gewesen waren und man später die Fesseln entfernt hatte. Vermutlich nach seinem Tod. Bosch schaute näher hin und entdeckte eine kleine Abschürfung am linken Handgelenk. Wahrscheinlich hatte er sich gegen seine Fesseln gewehrt. Die Augen des Mannes waren fest geschlossen. Eine weiße, fast durchsichtige Substanz war in den Augenwinkeln angetrocknet.

»Kiz, du machst die Aufzeichnungen über das Aussehen der Leiche.«

»Okay.«

Bosch beugte sich tiefer in den Kofferraum und konnte getrockneten Schaum von entflossenem Blut in Nase und Mund des Toten erkennen. Seine Haare waren verklebt von dem Blut, das über die Schultern geflossen und auf der Bodenmatte in einer Lache geronnen war. Im Boden des Kofferraums war ein Loch, durch das Blut auch auf den Schotter gesickert war. Es befand sich ungefähr einen Fuß vom Kopf des Opfers am Rand der Matte und schien sauber in den Metallboden eingelassen zu sein. Es stammte nicht von einer

Kugel. Wahrscheinlich war es ein Abfluß oder ein Loch, das durch einen herausgefallenen Bolzen verursacht worden war.

Der Hinterkopf der Leiche sah fürchterlich aus. Bosch konnte deutlich zwei schartige Eintrittswunden unten am Schädel erkennen, an der okzipitalen Protuberanz – der medizinische Fachausdruck fiel ihm automatisch ein. Zu viele Obduktionen, dachte er. Das Haar war um die Wunden herum von den explodierenden Gasen, die aus dem Lauf der Pistole kamen, versengt worden. Die Kopfhaut war mit Pulverstaub gesprenkelt. Schüsse aus kürzester Distanz. Austrittswunden waren nicht zu erkennen. Wahrscheinlich Kaliber Zweiundzwanzig. Sie rollen im Schädel herum wie Murmeln in einem leeren Marmeladenglas.

Bosch schaute nach oben und sah Spuren von verspritztem Blut auf der Innenseite der Kofferraumklappe. Er untersuchte sie für einen langen Moment, trat zurück und richtete sich auf. Während er einen prüfenden Blick auf den gesamten Kofferraum richtete, hakte er in Gedanken eine Liste ab. Da man keine Blutspuren auf der Zufahrtsstraße gefunden hatte, zweifelte er nicht daran, daß man den Mann hier im Kofferraum getötet hatte. Trotzdem war es eine Gleichung mit mehreren Unbekannten. Warum hier? Warum keine Schuhe und Socken? Warum wurden die Fesseln von den Handgelenken entfernt? Er schob die Fragen für den Moment beiseite.

»Ihr habt nach der Brieftasche gesucht?« fragte er, ohne sich nach den beiden umzusehen.

»Noch nicht«, antwortete Edgar. »Erkennst du ihn?«

Erst jetzt betrachtete Bosch das Gesicht genauer. Die Todesangst war ihm für immer ins Gesicht geschnitten. Der Mann hatte die Augen geschlossen. Er wußte, was passieren würde. Bosch fragte sich, ob die weiße Substanz in den Augen von getrockneten Tränen stammte.

»Nein, du?«

»Nee. Er ist sowieso zu sehr zugerichtet.«

Bosch hob vorsichtig die lederne Sportjacke am Rücken an, sah aber nichts in den Gesäßtaschen. Als nächstes öffnete er die Jacke mit einer Hand und entdeckte eine Brieftasche in der Innentasche, auf dem sich ein Etikett befand: *Fred Haber, Men's Shop*. In der Innentasche steckte außerdem ein Umschlag mit einem Flugticket. Mit der anderen Hand griff er in die Tasche und zog die zwei Gegenstände heraus.

»Klappe zu«, sagte er, als er zurücktrat.

Edgar schloß den Kofferraum so sacht, wie ein Beerdigungsunternehmer einen Sarg schließt. Bosch ging zu seiner Aktentasche, legte die beide Objekte darauf und hockte sich hin.

Als erstes öffnete er die Brieftasche. Auf der linken Seite steckte eine beachtliche Sammlung Kreditkarten und ein Führerschein hinter einem Plastikfenster. Er war auf den Namen Anthony N. Aliso ausgestellt.

»Anthony N. Aliso«, sagte Edgar. »Kurzfassung Tony. TNA. TNA Productions.«

Die Adresse war in Hidden Highlands, einer kleinen Enklave abseits vom Mulholland Drive, umgeben von Mauern und mit einem Wachhaus, das rund um die Uhr besetzt war – meistens von pensionierten Polizisten oder Cops, die etwas nebenbei verdienen wollten. Die Adresse paßte zum Rolls-Royce.

Bosch öffnete das Fach für Geldscheine und fand ein ganzes Bündel Banknoten. Ohne das Geld herauszunehmen, zählte er zwei Einhundertdollarscheine und neun Zwanziger. Er teilte Rider die Summe mit, damit sie sie notieren konnte. Als nächstes öffnete er den Umschlag mit dem Flugschein. Er enthielt ein Ticket von American Airlines für einen einfachen Flug von Las Vegas nach Los Angeles. Abflug Freitag abend 22.05 Uhr. Der Name auf dem Ticket stimmte mit dem auf dem Führerschein überein. Bosch sah hinten auf dem Umschlag nach, konnte aber weder einen Heftklemmer noch einen Aufkleber für aufgegebenes Gepäck entdecken. Eigenartig. Bosch ließ die Brieftasche und den Flugschein auf der Aktentasche und ging zum Wagen, um durch die Fenster zu schauen.

»Kein Gepäck?«

»Nein«, erwiderte Rider.

Bosch ging zurück zum Heck und öffnete wieder den Kofferraum. Er betrachtete die Leiche, steckte einen Finger unter den linken Ärmel der Jacke und zog ihn nach oben. Eine goldene Rolex kam zum Vorschein. Das Zifferblatt war umrandet von kleinen Diamanten.

»Scheiße.«

Bosch drehte sich um. Es war Edgar.

»Soll ich OK anrufen?«

»Warum?«

»Italienischer Name, kein Raub, zwei Schüsse in den Hinterkopf. Es war 'ne Liquidierung, Harry. Wir sollten die Abteilung für organisierte Kriminalität anrufen.«

»Noch nicht.«

»Ich kann dir schon jetzt sagen, Bullets wird sie anrufen.«

»Wir werden sehen.«

Bosch betrachtete noch einmal die Leiche und sah sich das entstellte, blutige Gesicht genau an. Dann schloß er den Kofferraum.

Bosch wandte sich vom Wagen ab und ging zum Rand der Lichtung. Von hier aus bot sich einem ein grandioses Panorama der Stadt. Richtung Osten jenseits von Hollywood konnte er die Spitzen der Hochhäuser von Downtown im Dunstschleier erkennen. Er sah, daß das Flutlicht vom Dodger-Stadion für ein Abendspiel eingeschaltet war. Die Dodgers und Colorado lieferten sich seit einem Monat ein Kopf-an-Kopf-Rennen, und Nomo war heute abend der Pitcher. Bosch hatte seine Eintrittskarte dabei. Reines Wunschdenken. Die Chance, daß er das Spiel sehen würde, war gleich Null. Ihm war auch klar, daß Edgar recht hatte. Der Mord wies in allen Aspekten auf die Mafia hin. »Organisierte Kriminalität«, würde benachrichtigt werden müssen. Wenn sie nicht die Untersuchung ganz übernehmen würden, müßte man sie zumindest konsultieren. Aber Bosch schob die Benachrichtigung hinaus. Es war lange her, daß er einen Fall untersucht hatte. Er wollte ihn nicht gleich wieder abgeben.

Er schaute zur Bowl hinunter. Es schien ausverkauft zu sein. Die Sitzreihen formten eine Ellipse, die sich am gegenüberliegenden Hügel hinaufzog. Die Ränge, die am weitesten vom Podium entfernt waren, waren auf Augenhöhe mit der Lichtung, auf der der Rolls geparkt war. Bosch fragte sich, wie viele Leute ihn in diesem Moment beobachteten. Er dachte wieder über sein Dilemma nach. Er mußte mit der Untersuchung fortfahren. Aber er wußte, wenn er die Leiche vor diesem Publikum aus dem Kofferraum ziehen würde, gäbe es ein PR-Debakel für die Polizei und die Stadt. Und er würde dafür einen Riesenrüffel einstecken.

Wieder schien Edgar seine Gedanken zu lesen.

»Harry, es wird ihnen nichts ausmachen. Beim Jazzfestival vor ein paar Jahren hat ein Paar es hier oben eine halbe Stunde lang getrieben. Als sie fertig waren, gab es stehenden Applaus. Der Typ ist splitternackt aufgestanden und hat sich verbeugt.

Bosch schaute ihn an, um zu sehen, ob er es ernst meinte.

»Stand in der *Times*, in der Kolumne ›Nur in L. A.‹.«

»Jerry, heute abend spielt die Philharmonie. Das ist ein anderes Publikum. Verstehst du mich? Und ich möchte das nicht morgen unter der Rubrik ›Nur in L. A.‹ lesen.«

»Okay, Harry.«

Rider war klein, ein Meter fünfzig, und wog wahrscheinlich mit Waffe nicht mehr als neunzig Pfund. Sie wäre unter den alten Einstellungsbedingungen nie als Polizist rekrutiert worden. Ihre Haut war hellbraun. Das Haar war geglättet und kurz. Sie trug Jeans und ein rosa Oxford-Hemd unter einem schwarzen Blazer. Bei ihrer kleinen Statur verbarg die Jacke kaum die 9-Millimeter-Glock-17 an ihrer rechten Hüfte.

Billets hatte ihm erzählt, daß sie mit Rider im Pacific-Revier zusammengearbeitet hatte. Rider war für Raub- und Betrugsfälle zuständig gewesen, wurde aber auch bei Mordfällen eingesetzt, falls es sich mit Finanzverbrechen überschnitt. Laut Billets konnte Rider einen Tatort wie ein alter Profi analysieren. Billets hatte ihre Beziehungen für Riders Versetzung spielen lassen, hatte sich jedoch schon damit abgefunden, daß sie nicht lange bleiben würde. Rider war auf dem Weg nach oben. Sie gehörte zwei Minoritäten an, war erfolgreich und hatte einen Schutzengel im Parker Center – Billets wußte nicht genau wer. All das garantierte, daß sie nicht lange in Hollywood bleiben würde. Nachdem sie den letzten Schliff bekommen hatte, würde sie nach Downtown zum Polizeipräsidium abdampfen.

»Wie steht's mit der APG?« fragte Bosch.

»Noch nicht benachrichtigt«, sagte Rider. »Ich dachte, wir sind hier noch 'ne Weile, bevor wir den Wagen abholen lassen.«

Bosch nickte. Er hatte die Antwort erwartet. Die amtliche Polizeigarage wurde meistens zuletzt verständigt. Er zögerte seine Entscheidung hinaus, während er Fragen stellte, deren Antworten er schon vorher kannte.

Schließlich entschied er, was zu machen sei.

»Okay, ruf sie an«, sagte er. »Sag ihnen, sie können kommen. LKW mit Ladefläche. Okay? Wenn sie einen Abschleppwagen in der Gegend haben, schick ihn zurück. Sag ihnen, der Wagen muß auf einer Ladefläche transportiert werden. Ich hab ein Telefon in meiner Aktentasche.«

»Alles klar«, sagte Rider.

»Warum auf der Ladefläche, Harry?« fragte Edgar.

Bosch antwortete nicht.

»Wir verfrachten die ganze Schose«, sagte Rider.

»Was?« fragte Edgar.

Rider ging zur Aktentasche, ohne zu antworten. Bosch unterdrückte ein Lächeln. Sie wußte, was er tat, und er begann ihr Talent zu sehen, von dem Billets gesprochen hatte. Er zog eine Zigarette hervor und steckte sie an. Das abgebrannte Streichholz schob er in die Cellophanhülle der Zigarettenschachtel, die er dann wieder in die Jacke steckte.

Er merkte, daß der Sound am Rand der Lichtung, von wo er direkt in die Hollywood Bowl sehen konnte, besser war. Nach ein paar Momenten erkannte er das Stück, das gespielt wurde.

»*Sheherazade*«, sagte er.

»Was?« fragte Edgar.

»Die Musik. Das Stück heißt *Sheherzade*. Schon mal gehört?«

»Ich bin mir nicht sicher, daß ich es jetzt höre. Bei den ganzen Echos.«

Bosch schnipste mit den Fingern. Plötzlich war ihm etwas eingefallen. In Gedanken sah er den Bogen eines Tors, eine Nachbildung des Arc de Triomphe in Paris.

»Diese Adresse auf der Melrose Avenue«, sagte Bosch. »In der Nähe von Paramount. Eines von diesen Schmarotzerstudios direkt daneben. Ich glaube, es heißt Archway.«

»Ja? Ich glaube, du hast Recht.«

Rider kam in diesem Moment zurück.

»Der LKW ist unterwegs«, sagte sie. »Wird in fünfzehn Minuten hier sein. Ich hab noch mal die Spurensicherung und die Gerichtsmedizin angerufen. Sind auch unterwegs. Spurensicherung hat jemand in Nichols Canyon, der gerade mit einem Überfall fertig geworden ist. Er sollte also bald hier sein.«

»Gut«, sagte Bosch. »Hat einer von euch die Aussage von dem Schlagstockvirtuosen aufgenommen?«

»Nur eine vorläufige«, erwiderte Edgar. »Ist nicht unser Typ. Wir dachten, wir überlassen ihn der Drei.«

Zwischen den Zeilen ließ Edgar mitklingen, daß er Powers rassistische Gefühle ihm und Rider gegenüber gespürt hatte.

»Okay, ich übernehme ihn«, sagte Bosch. »Ihr zwei stellt die Tatortskizze fertig und untersucht dann noch mal die Umgegend. Tauscht eure Sektoren diesmal.«

Er merkte, daß er ihnen Aufgaben erteilte, die sie ohnehin tun würden.

»'tschuldigung. Ihr wißt, was zu tun ist. Ich wollte nur sagen, wir halten uns bei diesem Fall strikt ans Lehrbuch. Ich hab das Gefühl, wir haben es hier mit Großformat zu tun.«

»Und was ist mit OK?« fragte Edgar.

»Ich hab dir schon gesagt, noch nicht.«

»Großformat?« fragte Rider verwirrt.

»Prominentenfall«, sagte Edgar. »Studiofall. Wenn der Typ im Kofferraum ein Macher aus der Filmindustrie ist, jemand vom Archway, werden sich die Medien dafür interessieren. Das ist erst der Anfang. Eine Leiche im Kofferraum eines Rolls ist eine Schlagzeile. Ein toter Filmboss im Kofferraum eines Rolls ist eine größere Schlagzeile.«

»Archway?«

Bosch ließ sie dort stehen, während Edgar Rider über Mord, Medien und die Filmindustrie in Hollywood aufklärte.

Bosch leckte seine Finger, um die Zigarette auszudrücken, und steckte sie dann zu dem abgebrannten Streichholz in die Cellophanhülle. Dann machte er sich langsam auf den Weg zum Mullholland Drive, der eine Viertelmeile entfernt war. Unterwegs ließ er seinen Blick über den Schotter auf der Forststraße hin und herschweifen. Aber es gab soviel Abfall auf der Straße und in den nahen Büschen, daß es unmöglich war, herauszufinden, ob etwas davon – eine Zigarettenkippe, eine Bierflasche, ein gebrauchtes Präservativ – mit dem Rolls zu tun hatte. Das einzige, wonach er intensiv Ausschau hielt, war Blut. Falls er Blut fände, das mit dem des Opfers identisch wäre, würde es bedeuten, daß er anderswo ermordet und dann hier in der Lichtung zurückgelassen worden war. Das Fehlen von Blutspuren bedeutete wahrscheinlich, daß er hier getötet worden war.

Er merkte, wie ihn diese erfolglose Suche entspannte, vielleicht sogar glücklich stimmte. Er war wieder in seinem Metier, folgte seiner Berufung. Ihm fiel ein, daß der Mann im Kofferraum erst hatte sterben müssen, damit er sich so gut fühlen konnte. Aber er schlug sich die Schuldgefühle gleich aus dem Kopf. Der Mann wäre gestorben, egal ob Bosch an den Mord-Tisch zurückgekehrt wäre oder nicht.

Als Bosch den Mulholland Drive erreichte, sah er zwei Feuerwehrwagen. Um sie herum stand eine Abteilung Feuerwehrmänner, die anscheinend auf etwas warteten. Er steckte sich eine neue Zigarette an und sah Powers an.

»Du hast ein Problem«, sagte der uniformierte Cop.

»Was?«

Bevor Powers antworten konnte, trat einer der Feuerwehrmänner an sie heran. Er trug den weißen Helm eines Chiefs.

»Haben Sie die Leitung hier?« fragte er.

»So ist's.«

»Chief Jon Friedman«, stellte er sich vor. »Wir haben ein Problem.«

»Das habe ich gehört.«

»Das Konzert in der Bowl unten soll in neunzig Minuten enden. Danach gibt's ein Feuerwerk. Wie ich höre, haben Sie eine Leiche da unten und einen Tatort. Das ist unser Problem. Wenn wir nicht unsere Bereitschaftspositionen fürs Feuerwerk beziehen können, müssen wir das Feuerwerk abblasen. Wenn wir nicht an unserem Platz sind, kann ein einziger Querschläger die ganzen Hügel hier in Brand stecken. Verstehen Sie mich?«

Bosch bemerkte, wie Powers über sein Dilemma grinste. Er ignorierte ihn und wandte sich Friedman zu.

»Wieviel Zeit brauchen Sie zur Vorbereitung?«

»Maximal zehn Minuten. Wir müssen unten sein, bevor die erste Rakete hochgeht.«

»In neunzig Minuten?«

»Inzwischen fünfundachtzig Minuten. Die Menge wird ziemlich ärgerlich werden, wenn sie nicht ihr Feuerwerk bekommt.«

Bosch stellte fest, daß er heute nicht viele Entscheidungen treffen mußte, sie wurden ihm größtenteils diktiert.

»Warten Sie hier. Wir werden in eineinviertel Stunden fertig sein. Sagen Sie das Feuerwerk nicht ab.«

»Sind Sie sicher?«

»Verlassen Sie sich drauf.«

»Detective?«

»Ja, Chief?«

»Sie machen sich strafbar mit Ihrer Zigarette.«

Er nickte zum Schild, das von Graffiti bedeckt war.

»Entschuldigung, Chief.«

Bosch ging zur Straße, um die Zigarette auszutreten, während Friedman zurück zu seiner Mannschaft ging, um über Funk mitzuteilen, daß das Feuerwerk stattfinden würde. Bosch fiel etwas ein und rannte ihm hinterher.

»Chief, Sie können sagen, daß die Show läuft, aber erwähnen Sie nicht die Leiche über Funk. Wir können auf Reporter und Fernsehhelikopter verzichten.«

»Verstanden.«

Bosch dankte ihm und wandte sich wieder Powers zu.

»Du kannst die Tatortaufnahme nicht in eineinviertel Stunden abwickeln«, sagte Powers. »Die Gerichtsmedizin ist noch nicht mal hier.«

»Laß das meine Sorge sein, Powers. Hast du schon was aufgeschrieben?«

»Noch nicht. Hab mich mit den Typen hier beschäftigt. Wär ganz gut, wenn ihr ein Walkie-Talkie dabei gehabt hättet.«

»Gut, dann fangen wir mal mit dem Anfang an.«

»Was ist denn mit denen?« fragte Powers und nickte Richtung Lichtung. »Warum vernehmen die mich nicht? Edgar und Rider?«

»Die haben zu tun. Also willst du's mir erzählen oder nicht?«

»Ich hab dir's schon erzählt.«

»Von Anfang an, Powers. Ich weiß, was du gemacht hast, nachdem du das Auto überprüft hast. Warum hast du es überprüft?«

»Da gibt's nicht viel zu erzählen. Ich fahr hier einmal pro Schicht vorbei und verscheuch das Gesindel.«

Er deutete über den Mullholland Drive den Hügel hinauf. Am Kamm standen mehrere Häuser, die auf der Talseite mit Stahlpfeilern abgestützt waren. Sie sahen aus, als ob sie in der Luft schwebten.

»Die Leute hier rufen ständig beim Revier an und melden Lagerfeuer, Partys, satanische Messen – alles Mögliche. Ich schätze, es ruiniert ihnen die Aussicht. Und die Million-Dollar-Aussicht ist ihnen lieb und teuer. Also fahr ich rauf und miste aus. Meistens arme Arschlöcher aus dem Valley. Die Feuerwehr hatte ein Vorhängeschloß an dem Tor hier, aber irgendein Idiot hat es eingerammt. Das war vor sechs Monaten. Es dauert mindestens ein Jahr, bis die Stadt hier irgend etwas repariert. Ich hab vor drei Wochen Batterien für meine Stablampe bestellt und ich warte immer noch darauf. Wenn ich sie nicht selbst gekauft hätte, würde ich nachts im Dunkeln arbeiten. Die Stadt interessiert sich einen Scheißdreck …«

»Bleiben wir beim Thema, Powers. Was war mit dem Rolls?«

»Nun, meist komm ich hier vorbei, wenn's dunkel ist. Wegen dem Konzert bin ich heute schon etwas früher gekommen. Und dann sah ich den Rolls.«

»Du bist von dir aus gekommen? Keine Beschwerde von dort oben?«

»Nein. Heute war es meine Idee. Wegen des Konzerts. Ich dachte, es würde ein paar unbefugte Besucher geben.«

»Gab es welche?«

»Ein paar – Leute, die aufs Konzert warteten. Nicht die üblichen Typen. Ernste Musik nennt man das wohl. Ich hab sie verjagt, und als sie weg waren, stand der Rolls immer noch da. Aber es war kein Fahrer da.«

»Also hast du den Wagen überprüft.«

»Genau. Den Geruch kenn ich. Also hab ich mit dem Bügel die Tür geöffnet und dann den Kofferraum. Und da lag die Leiche. Dann bin ich hoch und hab euch Profis verständigt.«

Die letzten Worte sprach er ironisch aus. Bosch ignorierte es.

»Die Leute, die du verjagt hast. Hast du irgendwelche Namen?«

»Nein, wie ich schon sagte, ich hab sie verjagt und merkte dann, daß niemand in den Rolls einstieg und wegfuhr. Dann war es zu spät.«

»Was war gestern abend los?«

»Was soll losgewesen sein?«

»Bist du hier vorbeigekommen?«

»Ich hatte frei. Ich arbeite Dienstag bis Samstag, aber ich habe mit einem Kollegen getauscht, weil er heute abend etwas zu tun hatte.«

»Wie war's Freitagabend?«

Er schüttelte den Kopf.

»Freitags ist immer viel los in der dritten Schicht. Ich hatte keine Zeit durch die Gegend zu gondeln. Es gab auch keine Beschwerde, soweit ich weiß … Also bin ich nicht vorbeigefahren.«

»Nur den Funkmeldungen hinterhergejagt?«

»Ich war den ganzen Abend im Rückstand. Noch nicht mal Zehn-Sieben gemacht.«

»Nicht mal Essenspause, das nenn ich Einsatz, Powers.«

»Was soll das heißen?«

Bosch wußte, er hatte einen Fehler gemacht. Power war total frustriert, was seinen Job anging, und Bosch war zu weit gegangen. Powers lief hochrot an und nahm langsam seine Sonnenbrille ab, bevor er sprach.

»Hör mal gut zu, du Großscheißer. Du hast angefangen, als es noch Chancen gab. Und wir jetzt? Wir kriegen 'nen Scheiß. Wir … Ich weiß schon nicht mehr, seit wieviel Jahren ich mich bemühe, Detective zu werden. Meine Chancen sind ungefähr so gut wie die von dem Typen im Rolls. Aber ich schieb keine ruhige Kugel. Ich fahr fünf Nächte die Woche Streife, einen Einsatz nach dem anderen. Auf meinem Wagen steht ›Beschützen und Dienen‹, und ich tu's. Also mach dich nicht lustig über meine Arbeitsmoral.«

Bosch wartete ab, bis er sicher war, daß Powers ausgeredet hatte.

»Hör zu, Powers, ich wollte mich nicht lustig machen. Okay? Willst du 'ne Zigarette?«

»Ich rauche nicht.«

»Okay, fangen wir noch mal an.« Er wartete einen Moment, während Powers seine Ray-Bans wieder aufsetzte und sich beruhigte. »Arbeitest du immer allein?«

»Ich bin der Z-Wagen.«

Bosch nickte. Zebra-Streife. Ein einzelner Polizist mit mehreren Ärmelstreifen, der alle möglichen Einsätze fuhr – meistens Kinderkram. Die anderen Streifenwagen mit zwei Polizisten wurden bei den gefährlicheren Jobs eingesetzt. Zebras arbeiteten allein und konnten überall im Revier herumfahren. Im Dienstrang standen sie zwischen dem Sergeants und den Streifenpolizisten, die einem bestimmten Gebiet des Reviers zugeteilt waren.

»Wie oft verscheuchst du Leute hier?«

»Ein- oder zweimal im Monat. Keine Ahnung, was die anderen Schichten angeht oder die Gebietsstreifen. Aber normalerweise muß sich der Z-Wagen mit dem Scheiß befassen.«

»Hast du irgendwelche Belästigungskarten?«

Belästigungskarten waren Karteikarten, formell Feldberichte oder FB-Karten genannt. Polizisten füllten sie aus, wenn sie verdächtige Personen anhielten und es nicht genug Beweise für einen Haftbefehl gab – oder falls eine Verhaftung (in diesem Fall wegen unbefugten Betretens) Zeitverschwendung wäre. Von der Amerikanischen Union für Bürgerrechte wurde diese Praxis als Amtsmißbrauch und Polizeibelästigung angeprangert – daher der Spitzname.

»Ja, ich hab ein paar auf'm Revier.«

»Gut. Wir würden sie uns gern ansehen, wenn du sie ausgraben kannst. Könntest du auch einige der Gebietsstreifen fragen, ob sie den Rolls hier in den letzten Tagen bemerkt haben?«

»Soll ich mich an dieser Stelle dafür bedanken, daß ich bei diesem immens wichtigen Fall mitarbeiten darf, und betteln, daß du beim Oberschnüffler ein gutes Wort für mich einlegst?«

Bosch starrte ihn ein paar Augenblicke an, bevor er antwortete.

»Nein, an dieser Stelle sag ich dir, daß du die Karten bis neun Uhr vorlegen kannst, oder ich werde mich an deinen Chef wenden. Um die Gebietsstreifen brauchst du dich nicht zu kümmern. Das machen wir selbst. Schließlich wollen wir nicht dafür verantwortlich sein, daß du zwei Essenspausen hintereinander verpaßt.«

Bosch machte sich wieder auf den Weg zum Tatort. Er ging langsam und überprüfte die andere Seite. Zweimal mußte er die Schotterstraße verlassen und in die Büsche treten, um den LKW der Polizeigarage und dann den Wagen der Spurensicherung durchzulassen.

Als er die Lichtung erreichte, ohne etwas entdeckt zu haben, war er sicher, daß das Opfer im Kofferraum getötet worden war, während der Rolls auf der Lichtung stand. Er sah Art Donovan, den kriminalwissenschaftlichen Techniker, und den Fotografen Roland Quatro, die als Team arbeiteten. Sie begannen gerade mit ihrer Arbeit. Bosch begab sich zu Rider.

»Irgendwas?« fragte sie.

»Nein, du?«

»Nichts. Ich glaube, der Rolls ist mit unserem Typen im Kofferraum hier angekommen. Der Täter steigt aus, öffnet die Klappe und drückt zweimal ab. Dann schließt er den Kofferraum und geht. Jemand holt ihn oben am Mulholland Drive ab. Hier gibt's nichts mehr zu finden.«

Bosch nickte.

»Ihn?«

»Statistische Wahrscheinlichkeit.«

Bosch ging hinüber zu Donovan, der die Brieftasche und den Flugschein in Plastiktüten für Beweisgegenstände verpackte.

»Art, wir haben ein Problem.«

»Was du nicht sagst. Ich dachte mir, ich kann ein paar Abdeckplanen über Scheinwerferstative hängen. Aber ich glaube nicht, daß wir allen dort unten die Sicht versperren können. Sie werden ihre Show bekommen. Wahrscheinlich entschädigt sie das für das abgesagte Feuerwerk. Falls du nicht bis nach dem Konzert warten willst.«

»Nee, wenn wir das machen, reißen uns die Verteidiger vor Gericht den Arsch auf. Die haben alle den O. J. Simpson-Fall auf der Uni studiert. Das ist dir doch auch klar, Art.«

»Also, was machen wir dann?«

»Tu, was du hier tun mußt, aber mit Tempo, und dann verfrachten wir die ganze Schose zum Fingerabdrucksschuppen. Weißt du, ob jemand im Moment drin ist?«

»Nein, sollte frei sein«, sagte Donovan langsam. »Meinst du etwa alles? Auch die Leiche?«

Bosch nickte.

»Außerdem kannst du im Schuppen besser arbeiten, nicht wahr?«

»Absolut. Aber was ist mit der Gerichtsmedizin? Bei so was müssen die ihre Zustimmung geben, Harry.«

»Ich kümmer mich drum. Bevor wir den Wagen auf den LKW laden, mach ein paar Fotos und Videoaufnahmen, falls Sachen beim Transport verschoben werden. Und leg eine Karte mit seinen Fingerabdrücken an und gib sie mir.«

»Wird gemacht.«

Während Donovan zu Quatro ging, um ihm den Plan zu erklären, beriet sich Bosch mit Edgar und Rider.

»Okay, wir bleiben dran. Falls ihr Pläne für heute Abend hattet, ruft an. Es wird sich hinziehen. Wir teilen uns die Arbeit folgendermaßen auf.«

Er deutete auf die Häuser am Hügelkamm.

»Kiz, du gehst als erstes da oben hin und drückst Klingeln. Du weißt, was zu machen ist. Frag, ob jemand den Rolls gesehen hat oder weiß, wie lang er hier gestanden hat. Vielleicht hat jemand die Schüsse gehört. Das Echo reicht vielleicht bis dorthin. Wir wollen die Tatzeit bestimmen können. Ich werde danach – hast du ein Telefon?«

»Nein. Ich habe ein Funkgerät im Wagen.«

»Nein, ich will nichts über Funk rauslassen.«

»Ich kann in einem der Häuser da oben telefonieren.«

»Okay, ruf mich an, wenn du fertig bist, oder du hörst von mir über den Piepser, falls ich vorher fertig bin. Je nachdem wie's läuft, verständigt einer von uns die Angehörigen oder sein Büro.«

Sie nickte. Bosch wandte sich an Edgar.

»Jerry, du fährst zum Revier und arbeitest dort. Du erledigst den Papierkram.«

»Sie ist der Neuanfänger.«

»Dann komm nächstes Mal nicht im T-Shirt zum Tatort. So kannst du nicht bei Leuten klingeln.«

»Ich hab ein Hemd im Wagen. Ich zieh mich um.«

»Nächstes Mal. Du machst den Papierkram. Bevor du damit anfängst, sieh nach, ob du etwas über ihn in den Akten finden kannst. Sein Führerschein wurde letztes Jahr ausgestellt, also haben sie seinen Daumenabdruck beim Führerscheinamt. Versuch möglichst rasch einen Techniker zu finden, der die Karte, die Art gerade macht, damit vergleichen kann. Ich will seine Identität so schnell wie möglich bestätigt haben.«

»In der Abteilung wird niemand mehr da sein. Art hat Bereitschaft. Er sollte es erledigen.«

»Art wird noch eine Weile zu tun haben. Versuch jemanden zu Hause aufzuscheuchen. Wir brauchen die Identifizierung.«

»Ich versuch's, aber ich kann nichts ver ...«

»Gut. Als nächstes ruf jeden Cop an, der hier in diesem Gebiet Streife fährt, und frag, ob jemand den Rolls gesehen hat. Powers – der Cop, der oben an der Straße steht – wird uns FB-Karten von Typen geben, die sich hier herumtreiben. Ich möchte, daß du ihnen allen einen Besuch abstattest. Danach kannst du mit den Berichten beginnen.«

»Mit dem ganzen Scheiß hab ich ziemlich viel Glück, wenn ich vor Ende nächster Woche mit dem Tippen anfangen kann.«

Bosch ignorierte sein Jammern und teilte seinen Partnern mit, was er tun würde.

»Ich bleibe bei der Leiche. Falls sich das Ganze hinzieht, Kiz, siehst du dir die Büroadresse an und ich verständige die Angehörigen. Okay, weiß jeder Bescheid?«

Rider und Edgar nickten. Bosch merkte, daß Edgar immer noch verärgert war.

»Kiz, du kannst dich jetzt auf den Weg machen.«

Sie ging, und Bosch wartete, bis sie außer Hörweite war.

»Okay, Jerry, wo drückt der Schuh?«

»Ich will nur wissen, ob so unsere Teamarbeit aussehen wird. Werd ich die Drecksarbeit machen müssen, während die Prinzessin auf den Ball geht?«

»Nein, Jerry, so wird's nicht laufen. Ich glaube, du kennst mich besser. Also, was ist wirklich das Problem im Moment?«

»Mir gefällt deine Entscheidung nicht, Harry. Wir hätten

schon längst die ›Organisierte Kriminalität‹ verständigen sollen. Wenn irgendein Fall nach OK riecht, dann dieser. Meines Erachtens solltest du sie anrufen. Aber ich glaube, du bist gerade erst zurückversetzt worden und hast lange auf einen Mordfall gewartet. Und deshalb rufst du sie nicht an.«

Edgar breitete seine Hände aus, um auszudrücken, wie offensichtlich es war.

»Weißt du, Harry, du mußt hier nichts beweisen. Und an Leichen wird es uns nie mangeln. Oder hast du vergessen, daß wir in Hollywood sind? Wir sollten den Fall weiterreichen und auf den nächsten warten.«

Bosch nickte.

»Vielleicht hast du Recht«, sagte er. »Wahrscheinlich sogar – und in jeder Hinsicht. Aber ich bin die Drei. Also tun wir, was ich will. Ich werde Bullets anrufen und ihr sagen, was wir haben. Danach werde ich OK anrufen. Aber selbst wenn sie anmarschieren, werden wir an der Fahndung beteiligt sein. Das weißt du. Also laß uns saubere Arbeit leisten. Okay?«

Edgar nickte widerwillig.

»Hör zu«, sagte Bosch, »ich werde deinen Einwand in den Akten vermerken. Okay?«

»Alles klar.«

Bosch sah den blauen Lieferwagen der Gerichtsmedizin auf die Lichtung rollen. Am Steuer saß Richard Matthews. Das würde die Sache leichter machen. Matthews war nicht so pedantisch wie die anderen MTAs, und Bosch glaubte, er würde seine Zustimmung bekommen können, den Rolls nebst Inhalt zum Fingerabdrucksschuppen zu bringen. Matthews würde begreifen, daß es die einzige Möglichkeit war.

»Halt mich auf dem laufenden«, rief Bosch Edgar nach.

Edgar winkte mißmutig, ohne sich umzudrehen.

Für ein paar Augenblicke stand Bosch allein inmitten der Aktivitäten am Tatort. Er merkte, wie er sich geradezu in seiner Rolle sonnte. Am Anfang eines Falles war er wie elektrisiert. Es wurde ihm klar, wie sehr er dieses Gefühl während der letzten anderthalb Jahre vermißt hatte.

Schließlich schlug er sich diese Gedanken aus dem Kopf und ging zum Wagen der Gerichtsmedizin, um mit Matthews zu reden. Von der Bowl brandete Applaus auf, *Sheherazade* hatte geendet.

Der Fingerabdrucksschuppen war eine Nissenhütte vom Zweiten Weltkrieg, die auf dem städtischen Fuhrparksgelände hinter dem Polizeipräsidium Parker Center stand. Sie hatte keine Fenster, aber ein doppeltes Garagentor. Von innen war sie schwarz angestrichen und jede Ritze, durch die Licht hätte eindringen können, war überklebt. Schwere schwarze Vorhänge konnten von innen vor das Garagentor gezogen werden. Wenn sie geschlossen waren, war es hier so dunkel wie im Herzen eines Kredithais. Die Techniker, die hier arbeiteten, nannten den Schuppen ›die Höhle‹«.

Während der Rolls vom LKW geladen wurde, ging Bosch mit seiner Aktentasche zu einer Werkbank und holte sein Telefon heraus.

Die Abteilung für organisierte Kriminalität war eine Geheimgesellschaft innerhalb der Polizei. Bosch wußte sehr wenig über OK und kannte nur ein paar der Detectives. OK hatte die Aura des Mysteriösen, selbst für Polizisten. Kaum jemand wußte, was sie taten. Vermutungen und Neid waren das Resultat.

Die meisten OK-Detectives waren bei den anderen Detectives als Aasgeier verschrien. Sie jagten anderen Detectives Fälle ab, brachten jedoch selten Verbrechen zur Anklage. Bosch wußte, wieviel Fälle sie sich unter den Nagel rissen und wie wenig Mafia-Typen angeklagt wurden. OK war die einzige Polizeiabteilung mit einem ›schwarzen‹ Etat – einem Haushalt, der hinter verschlossenen Türen vom Police Chief und der Police Commission beschlossen wurde. Das Geld wurde für Spitzel, Fahndungen und High-Tech-Instrumente ausgegeben und verschwand in einem schwarzen Loch, in dem auch die meisten Fälle landeten.

Bosch ließ sich von der Telefonzentrale mit dem Detective verbinden, der an diesem Wochenende als OK-Leiter Bereitschaft hatte. Während er wartete, dachte er an die Leiche im Kofferraum.

Anthony Aliso – falls dies sein Name war – hatte gewußt, was ihm bevorstand, und hatte die Augen geschlossen. Bosch hoffte, daß er nie in die Lage kommen würde. Er wollte seinen Tod nicht kommen sehen.

»Hallo«, sagte eine Stimme.

»Ja, hier Harry Bosch. Ich bin der D-Drei bei einer Mordfahndung in Hollywood. Mit wem spreche ich?«

»Dom Carbone. Ich hab Bereitschaft. Hast du vor, mir das Wochenende zu verderben?«

»Vielleicht«, Bosch versuchte nachzudenken. Der Name kam ihm irgendwie bekannt vor, aber er wußte nicht woher. Er war sich sicher, sie hatten nie zusammengearbeitet. »Deswegen rufe ich an. Vielleicht willst du dir die Sache ansehen.«

»Schieß los.«

»Okay. Leiche, weiß, männlich, im Kofferraum seines Silver Clouds gefunden. Zwei im Hinterkopf. Wahrscheinlich zweiundzwanziger.«

»Was noch?«

»Wagen stand auf einem Forstweg für die Feuerwehr, unterhalb vom Mulholland Drive. Sieht nicht nach Raub aus – zumindest was persönliches Eigentum angeht. In der Brieftasche waren noch Bargeld und Kreditkarten. Und am Handgelenk hatte er noch eine diamantenbesetzte Rolex.«

»Du hast mir noch nicht gesagt, wer die Leiche ist. Wer ist es?«

»Wir konnten es noch nicht bestätigen, aber ...«

»Gib mir den Namen.«

Es störte Bosch, daß er kein Gesicht mit der Stimme am Telefon verbinden konnte.

»Wahrscheinlich Anthony N. Alison, achtundvierzig Jahre alt. Wohnt oben in den Hügeln. Scheint, er hat eine Firma mit einem Büro bei einem der Studios unten auf der Melrose Avenue – in der Nähe von Paramount. TNA Productions heißt die Bude. Ich glaube, es ist auf dem Gelände der Archway Studios. Wir werden bald mehr wissen.«

Die Reaktion war Schweigen.

»Irgendwie bekannt?«

»Anthony Aliso.«

»Ja, richtig.«

»Anthony Aliso.«

Carbone wiederholte den Namen langsam, als wäre es ein kostbarer Wein, bevor er entscheiden würde, ob er die Flasche akzeptieren oder zurückschicken würde. Dann schwieg er lange.

»Im Moment fällt mir nichts dazu ein, Bosch«, sagte er schließlich. »Ich kann ein paar Anrufe machen. Wo wirst du sein?«

»In der Fingerabdruckshalle. Er ist hier, und ich werde hier eine Weile beschäftigt sein.«

»Was soll das heißen? Du hast die Leiche im Schuppen?«

»Das ist 'ne lange Geschichte. Wann wirst du zurückrufen können?«

»Sobald ich meine Anrufe erledigt habe. Warst du schon in seinem Büro?«

»Noch nicht. Wir werden irgendwann heute abend hinfahren.«

Bosch gab ihm die Nummer seines Handys, klappte es zu und steckte es in die Jackentasche. Einen Moment lang dachte er über Carbones Reaktion auf Alisos Namen nach. Er kam zu dem Ergebnis, daß man nichts daraus schließen konnte.

Nachdem der Rolls im Schuppen stand und das Tor geschlossen war, zog Donovan die Vorhänge zu. Er ließ die Leuchtstoffröhren an der Decke an, während er seine Geräte bereitstellte.

Matthews, der MTA von der Gerichtsmedizin, und seine zwei Assistenten, die Leichenschlepper, waren über einen Koffer auf der Werkbank gebeugt und entnahmen ihm Instrumente, die sie benötigen würden.

»Harry, ich werde in aller Ruhe vorgehen, okay? Mit dem

Laser werde ich den Kofferraum mit der Leiche untersuchen. Dann holen wir sie heraus. Danach nehmen wir ein Fixiermittel und gehen noch mal mit dem Laser drüber. Hinterher kümmern wir uns um den Rest.«

»Es ist dein Job. Nimm dir soviel Zeit, wie du brauchst.«

»Du mußt mir mit dem Leuchtstab helfen, wenn ich fotografiere. Roland mußte zu einem anderen Tatort.«

Bosch nickte und schaute zu, wie Donovan einen orangefarbenen Filter auf seine Nikon-Kamera schraubte. Er zog sich den Riemen der Kamera über den Kopf und schaltete den Laser an. Das Gerät hatte die Ausmaße eines Videorecorders und hatte ein Kabel, an dem ein dreißig Zentimeter langer Stab mit Griff hing. Das Ende des Stabs strahlte einen intensiven orangefarbenen Lichtstrahl aus.

Donovan öffnete einen Spind, nahm ein paar orange getönter Schutzbrillen heraus, und verteilte sie an Bosch und die anderen. Die letzte Brille setzte er sich selbst auf. Bosch gab er außerdem ein Paar Latexhandschuhe.

»Ich untersuch mal schnell die Außenseite des Kofferraums und öffne ihn dann«, sagte Donovan.

Donovan wollte gerade die Deckenbeleuchtung ausschalten, als das Telefon in Boschs Tasche summte. Er wartete, während Bosch sich meldete. Es war Carbone.

»Bosch, wir passen.«

Einen Moment lang sagten weder Bosch noch Carbone etwas. Donovan drückte auf den Lichtschalter, und der Raum war schlagartig dunkel.

»Das heißt, ihr habt nichts über ihn in den Akten«, sagte Bosch schließlich in der Dunkelheit.

»Ich hab mich umgehört und ein paar Anrufe gemacht. Niemand scheint den Typen zu kennen. Niemand untersucht ihn … Sauber, soviel wir wissen … Man hat ihn in den Kofferraum seines Wagens gesteckt und zweimal genietet – so war es doch? – Bosch, bist du noch da?«

»Ich bin noch hier. Ja, zwei Schüsse im Kofferraum.«

»Musiktruhe.«

»Was?«

»Mafia-Ausdruck aus Chicago. Wenn sie so ein armes

Schwein umlegen, sagen sie: ›Ach, Tony? Mach dir keine Sorgen um Tony. Der steckt jetzt in der Musiktruhe. Den wirst du nicht mehr sehen.‹ Das Problem ist, es paßt nicht zusammen, Bosch. Wir kennen den Typen nicht. Leute, mit denen ich gesprochen habe, glauben, daß jemand beabsichtigt hat, daß es nach Mafia aussieht. Verstehst du, was ich meine?«

Bosch beobachtete, wie der Laserstrahl die schwarze Dunkelheit durchbohrte und das Ende des Kofferraums mit gleißendem Licht bombardierte. Die Schutzbrille filterte das Orange heraus, so daß das Licht intensiv weiß strahlte. Bosch stand drei Meter vom Rolls entfernt, aber er konnte leuchtende Muster auf der Kofferraumklappe und der Stoßstange erkennen. Sie erinnerten ihn jedesmal an die Naturfilme, in denen Unterwasserkameras in den dunklen Tiefen des Ozeans ihre Scheinwerfer auf versunkene Schiffe oder Flugzeuge richteten. Eine unheimliche Atmosphäre.

»Was ist, Carbone«, sagte er, »du hast noch nicht mal Lust herzukommen und dir's anzusehen?«

»Im Moment nicht. Aber ruf mich an, falls du etwas entdeckst, was meine Einschätzung widerlegt. Morgen werde ich weitere Erkundigungen einziehen. Ich hab deine Nummer.«

Insgeheim freute sich Bosch, daß OK ihm nicht den Fall abnehmen würde. Aber er wunderte sich, so abgewimmelt zu werden. Die Schnelligkeit mit der Carbone die Sache abgetan hatte, war ungewöhnlich.

»Gibt es noch irgendwelche Details, Bosch?«

»Wir fangen gerade erst an. Aber sag mal, hast du schon mal von einem Killer gehört, der die Schuhe des Opfers mitnimmt? Er hat auch der Leiche die Fesseln abgenommen.«

»Nimmt Schuhe mit … bindet ihn los. Hm, nicht aus dem Stegreif. Keine bestimmte Person. Aber wie ich schon sagte, ich werde mich morgen umhören und es in unsere Datenbank eingeben. Sonst noch welche nette Einzelheiten?«

Bosch gefiel es nicht, wie das Gespräch verlief. Carbone schien interessierter zu sein, als er zugab. Er behauptete Aliso hätte nichts mit der Mafia zu tun, wollte aber trotzdem Details wissen. Um zu helfen, oder steckte mehr dahinter?

»Das ist so ziemlich alles, was wir im Moment haben«, sagte Bosch. Ohne Gegenleistung würde er nichts mehr herauslassen. »Wie ich schon sagte, wir fangen gerade erst an.«

»Okay, gib mir den Vormittag. Ich werde mich umhören und dich anrufen, falls ich auf etwas stoße. Okay?«

»Klar.«

»Bis später. Allerdings glaub ich, dein Typ hat die Frau von jemandem gevögelt. Viele Morde sehen aus wie Profi-Arbeit, sind's aber nicht. Verstehst du, was ich meine?«

»Ja, ich versteh. Bis später.«

Bosch ging zum Heck des Rolls. Aus der Nähe erkannte er, daß die geschweiften Muster, die er im Laserlicht gesehen hatte, wahrscheinlich Wischspuren waren. Anscheinend war das ganze Auto mit einem Tuch saubergewischt worden.

Aber als Donovan den Leuchtstab über die Stoßstange bewegte, machte der Laserstrahl den Teilabdruck eines Schuhs sichtbar.

»Hat jemand …«

»Nein«, sagte Bosch. »Niemand hat seinen Fuß darauf gesetzt.«

»Okay, dann richte mal den Stab auf den Abdruck.«

Bosch hielt den Stab. Donovan beugte sich vor und machte sicherheitshalber mehrere Aufnahmen mit wechselnder Belichtung, um wenigstens ein gutes Foto zu haben. Es war die vordere Fußhälfte. Am Fußballen befand sich ein kreisförmiges Muster, von dem Linien ausstrahlten. Durch den Spann verliefen Querlinien. Danach endete der Abdruck an der Kante der Stoßstange.

»Tennisschuh«, sagte Donovan. »Vielleicht ein Arbeitsschuh.«

Nachdem er ihn fotografiert hatte, bewegte er den Stab wieder um den Kofferraum. Außer Wischspuren war nichts zu sehen.

»Okay«, sagte Donovan. »Öffne ihn.«

Mit einer Taschenlampe fand Bosch zur Fahrertür und

beugte sich hinein, um den Hebel zu betätigen. Im nächsten Moment war der Schuppen von Totengeruch erfüllt.

Es schien Bosch, daß die Leiche ihre Lage durch den Transport nicht verändert hatte. Unter dem grellen Laserstrahl sah das Opfer wie die Schreckensfigur einer Geisterbahn aus. Das Gesicht hatte das Aussehen eines Totenkopfes, das Blut schien schwärzer, und die Schädelsplitter an den Wunden leuchteten im Kontrast hell auf.

Auf der Kleidung glühten einzelne Haare und kurze Fasern. Mit einer Pinzette sammelte Bosch die potentiellen Beweisstücke ein und deponierte sie in einer Plastikröhre, wie man sie zur Aufbewahrung von silbernen Halbdollarstücken verwendete. Es war nicht viel vorhanden, und er mußte sorgfältig vorgehen. Ihm war klar, daß man solches Material bei jedem finden konnte. Es flog überall herum.

Als er fertig war, sagte er zu Donovan: »Ich habe seine Jacke am Gesäß nach oben geschlagen, um nach der Brieftasche zu sehen.«

»Okay, zieh sie wieder runter.«

Nachdem Bosch es getan hatte, sah man auf Alisos Hüfte einen weiteren Fußabdruck. Er stimmte mit dem Abdruck auf der Stoßstange überein, war jedoch vollständiger. Am Hacken befand sich ebenfalls ein sonnenförmiges Muster. Unten am Spann schien ein Markenname zu stehen, der jedoch nicht lesbar war.

Bosch wußte, es war eine wichtige Entdeckung, egal ob sie den Schuh identifizieren würden oder nicht. Es bedeutete, daß der Killer einen Fehler gemacht hatte. Mindestens einen. Und damit verband sich die Hoffnung, daß es weitere Fehler gäbe, die sie schließlich zum Mörder führen würden.

»Nimm den Stab.«

Bosch hielt ihn und Donovan machte weitere Aufnahmen.

»Die Fotos sind für die Dokumentation. Aber wir werden die Jacke ausziehen, bevor die Leiche abtransportiert wird«, sagte Donovan.

Danach leuchtete er mit dem Stab auf die Innenseite der Kofferraumklappe. Unter dem Laserlicht leuchteten viele

Fingerabdrücke – meistens vom Daumen – auf, wo eine Hand die Klappe beim Ein- oder Ausladen aufhalten würde. Viele der Abdrücke überschnitten sich – ein Zeichen, daß sie alt waren. Bosch ahnte sofort, daß sie wahrscheinlich vom Opfer stammten.

»Ich fotografier sie, aber erwarte nicht viel«, sagte Donovan.

»Ist klar.«

Als er fertig war, legte Donovan den Stab und die Kamera auf das Lasergerät und sagte: »Was ist, holen wir die Leiche raus, legen sie hierhin und leuchten sie schnell ab, bevor sie verschwindet?«

Ohne auf eine Antwort zu warten, schaltete er wieder die Leuchtröhren an, und alle bedeckten die Augen mit ihren Händen, weil das grelle Licht sie blendete. Ein paar Momente später gingen Matthews und die Leichenschlepper zum Kofferraum und legten die Leiche auf eine schwarze Plastikhülle, die sie auf einer fahrbaren Bahre ausgebreitet hatten.

»Keine Leichenstarre«, sagte Matthews.

»Ja«, sagte Bosch. »Was schätzt du?«

»Zweiundvierzig bis achtundvierzig. Aber laß mich mal ein paar Tests machen und sehen, was Sache ist.«

Zunächst schaltete Donovan jedoch die Beleuchtung wieder aus und ging mit dem Laserstrahl über den Körper – mit dem Kopf beginnend. Die getrockneten Tränen in den Augenwinkeln glühten im Licht weiß auf. Auf dem Gesicht lagen ein paar Haare und Fasern, und Bosch sammelte sie pflichtgemäß ein. Auf dem rechten Wangenknochen war eine Hautabschürfung, die nicht sichtbar gewesen war, als der Körper auf der rechten Seite im Kofferraum gelegen hatte.

»Das kann von einem Schlag stammen oder davon, daß er in den Kofferraum gestoßen wurde«, sagte Donovan.

Als der Strahl über die Brust ging, schrie Donovan aufgeregt auf: »Sieh mal, was wir hier haben.«

Was im Laserlicht aufglühte, waren ein kompletter Handabdruck auf der rechten Schulter der Lederjacke und zwei verwischte Daumenabdrücke an den Revers. Donovan beugte sich näher herab, um zu schauen.

»Das Leder ist spezialbehandelt, es absorbiert nicht die Säuren der Fingerabdrücke. Das ist ein Glücksfall, Harry. Wenn der Typ etwas anderes tragen würde, hätten wir nichts. Die Hand ist vorzüglich. Die Daumenabdrücke sind nicht so gut ... Mit Fixiermittel können wir sie deutlicher hervorheben. Harry, schlag eins der Revers um.«

Bosch griff nach dem linken Revers und wendete es vorsichtig. Auf der Rückseite befanden sich vier Fingerabdrücke. Er schlug das rechte Revers um und entdeckte vier weitere. Anscheinend hatte jemand Tony Aliso am Jackenaufschlag gepackt.

Donovan pfiff.

»Sieht aus, als wären es zwei verschiedene Leute. Sieh dir die Daumen an den Revers an und dann die Hand auf der Schulter. Ich würde sagen, die Hand ist kleiner, Harry. Vielleicht von einer Frau. Ich bin mir nicht sicher. Aber die Hände, die den Typen am Revers packten, sind groß.«

Donovan nahm eine Schere aus einem nahen Werkzeugkasten und schnitt dann die Jacke sorgfältig vom Körper. Bosch hielt sie, während Donovan sie mit dem Leuchtstab untersuchte. Außer dem Schuhabdruck und den Fingerabdrücken war nichts Neues zu sehen. Bosch hängte die Jacke sorgfältig über einen Stuhl an der Werkbank und kehrte dann zur Leiche zurück. Donovan ging mit dem Laser noch über die Beine.

»Was noch?« sagte Donovan. Außer der Leiche vielleicht war niemand angesprochen. »Was ist, erzähl uns deine Story.«

Auf der Hose befanden sich Fasern und ein paar alte Flecken. Nichts was ihre Aufmerksamkeit erregen würde, bis sie zu den Aufschlägen kamen. Bosch krempelte den Umschlag am rechten Bein um. In der Falte hatten sich viele Flusen und Staub gesammelt – und fünf kleine Partikel Goldglitzerstaub, die im Laserstrahl aufleuchteten. Mit der Pinzette beförderte sie Bosch sorgfältig in ein separates Röhrchen. Vom linken Aufschlag entfernte er zwei ähnliche Stückchen.

»Was ist das?« fragte er.

»Bin ich überfragt. Glitzerstaub oder so was.«

Donovan fuhr mit dem Stab über die nackten Füße. Sie waren sauber, was darauf hinzuweisen schien, daß dem Opfer die Schuhe ausgezogen worden waren, nachdem man ihn in den Kofferaum des Rolls gezwängt hatte.

»Okay, das wär's«, sagte Donovan.

Das Licht ging an, und Matthews machte sich an die Arbeit mit der Leiche. Er bewegte Glieder in den Gelenken, öffnete das Hemd, um den Grad der Leichenblässe zu überprüfen, öffnete die Augen und bewegte den Kopf seitwärts. Donovan ging auf und ab, darauf wartend, daß der MTA seine Arbeit beenden würde und er mit seiner Lasershow fortfahren könnte. Er kam zu Bosch herüber.

»Harry, willst du meine wissenschaftlich intuitive Fachidiotenmeinung hören.«

»Intuitive Fachidiotenmeinung?« sagte Bosch amüsiert. »Schieß los.«

»Ich glaube, jemand überwältigt unseren Freund hier, fesselt ihn, schmeißt ihn in den Kofferraum und fährt zu der Forststraße. Der Typ lebt immer noch, okay? Der Killer steigt aus, öffnet den Kofferraum, stellt den Fuß auf die Stoßstange und ist bereit. Aber er kann nicht weit genug hineinreichen, um den Lauf auf den Schädel zu setzen, verstehst du? Das war ihm wichtig. Gute Arbeit zu leisten. Also tritt er unserem Freund mit seinem großen Fuß auf die Hüfte, lehnt sich weiter hinein und – bumm, bumm – bläst ihm die Lichter aus. Was hältst du davon?«

Bosch nickte.

»Ich glaube, du bist auf der richtigen Spur.«

Er hatte eine ähnliche Theorie entwickelt, hatte aber schon weiter gedacht und war auf ein Problem gestoßen.

»Wie ist er dann zurückgekommen?«

»Wohin zurück?«

»Wenn Tony die ganze Zeit im Kofferraum war, hat der Killer den Rolls gefahren. Wenn er also den Rolls gefahren hat, wie ist er dann zurück an den Ort, wo er Tony überwältigt hat?«

»Es gibt die andere Person«, sagte Donovan. »Wir haben zwei verschiedene Abdrücke auf der Jacke. Jemand hätte dem Rolls folgen können. Die Frau, die dem Opfer die Hand auf die Schulter gelegt hat.«

Bosch nickte. Er hatte sich das schon durch den Kopf gehen lassen, aber etwas gefiel ihm nicht an Donovans Version. Er war sich aber nicht sicher, was.

»Okay, Bosch«, unterbrach Matthews sie. »Willst du's jetzt hören oder auf den Bericht warten?«

»Jetzt«, sagte Bosch.

»Gut, hör zu. Keine Veränderungen oder Unterschiede bei der Leichenblässe. Der Körper wurde nicht mehr bewegt, nachdem das Herz aufhörte zu schlagen.« Er schaute auf sein Klemmbrett. »Was noch? Leichenstarre – zu neunzig Prozent gelöst. Hornhauttrübung ... und die Haut ist nicht mehr so straff. Wenn man das alles zusammennimmt, kommt man auf achtundvierzig Stunden. Vielleicht ein paar Stunden weniger. Falls du ein paar Markierungspunkte findest, ruf uns an. Eventuell können wir es genauer bestimmen.«

»Wird gemacht«, sagte Bosch.

Mit Markierungspunkte meinte Matthews Informationen über den letzten Tag des Opfers. Was und wann er das letzte Mal gegessen hatte. Der Medical Examiner könnte den Todeszeitpunkt besser bestimmen, indem er die Nahrungsverdauung im Magen untersuchen würde.

»Er gehört dir«, sagte Bosch zu Matthews. »Wann werdet ihr ihn aufschneiden?«

»Du kommst am Ende eines langen Wochenendes. Pech für dich. Soviel ich weiß, hatten wir siebenundzwanzig Morde im County. Die Leichenschau wird wohl nicht vor Mittwoch sein, falls du Glück hast. Du brauchst nicht anzurufen. Wir melden uns.«

»Ja, das kenn ich.«

Aber die Verzögerung machte Bosch diesmal nichts aus. In einem Fall wie diesem gab es wenig Überraschungen bei der Autopsie. Es war ziemlich klar, wie das Opfer ermordet worden war. Die Frage war warum und von wem.

Matthews und seine Assistenten rollten die Leiche nach draußen und ließen Bosch und Donovan mit dem Rolls allein zurück. Donovan visierte den Wagen schweigend, wie ein Matador seinen Stier.

»Wir werden all seine Geheimnisse entdecken, Harry.«

Boschs Telefon summte. Etwas unbeholfen zog er es endlich aus der Jacke und öffnete es. Es war Edgar.

»Wir haben ihn identifiziert, Harry. Es ist Aliso.«

»Durch die Fingerabdrücke?«

»Ja, Mossler hat ein Fax zu Hause. Ich hab ihm alles geschickt, und er hat's mit bloßem Auge identifiziert.«

Mossler war einer der Fingerabdrucksexperten der kriminalwissenschaftlichen Abteilung.

»Mit Hilfe des Daumenabdrucks auf dem Führerschein?«

»Genau. Außerdem habe ich einen kompletten Satz Fingerabdrücke gefunden. Er ist mal als Freier verhaftet worden. Mossler hatte sie auch zum Vergleich. Es ist Aliso.«

»Okay, gute Arbeit. Was hast du noch?«

»Ich hab seinen Namen in den Computer gegeben. Nur die Verhaftung wegen Aufforderung zur Unzucht – 1975. Noch ein paar kleine Sachen. Er steht in den Akten als Opfer eines Hauseinbruchs letzten März. Und es gibt einige Zivilverfahren gegen den Typen. Anscheinend Vertragsbruch. Eine Menge gebrochene Versprechen und stinksaure Leute, Harry. Hervorragende Motive.«

»Worum ging es bei den Verfahren?«

»Ich hab nichts Näheres. Nur die Zusammenfassungen im Zivilindex. Ich werde die Akten selbst ansehen müssen, wenn ich aufs Gericht kann.«

»Okay. Hast du die Vermißtenfälle überprüft?«

»Ja, hab ich. Er wurde nie gemeldet. Hast du was?«

»Vielleicht. Eventuell haben wir Glück. Sieht so aus, als hätten wir gute Abdrücke auf der Leiche. Zwei verschiedene Personen.«

»Auf der Leiche. Wahnsinn.«

»Auf der Lederjacke.«

Bosch merkte, wie aufgeregt Edgar war. Die beiden Detectives wußten, falls die Abdrücke nicht vom Opfer waren, würden sie frisch genug sein, um von Leuten zu stammen, die das Opfer kurz vor seinem Tod gesehen hatten.

»Du hast OK angerufen?«

Bosch hatte auf die Frage gewartet.

»Ja, sie haben gepaßt.«

»Was?«

»Das ist, was sie gesagt haben. Wenigstens für jetzt und bis wir etwas finden, was sie interessiert.«

Bosch fragte sich, ob Edgar glaubte, daß er überhaupt angerufen hatte.

»Das ergibt keinen Sinn, Harry.«

»Nun, wir können nur unsere Arbeit tun. Hast du von Kiz gehört?«

»Noch nicht. Mit wem hast du bei OK gesprochen?«

»Ein Typ namens Carbone. Er hatte Bereitschaft.«

»Nie gehört.«

»Ich auch nicht. Ich muß Schluß machen, Jerry. Halte mich auf dem laufenden.«

Sobald Bosch das Gespräch beendet hatte, öffnete sich das Tor des Schuppens, und Lieutenant Grace Billets trat herein. Sie überflog den Raum mit den Augen und sah Donovan am Wagen arbeiten. Als sie Bosch bat, mit ihr vor die Tür zu treten, wußte er, daß sie sauer war.

Nachdem er herausgekommen war, schloß sie das Tor. Sie war Mitte Vierzig und hatte ungefähr so viele Dienstjahre wie Bosch. Aber sie hatten nie zusammen gearbeitet, bevor sie die Stelle als seine Vorgesetzte bekam. Sie war von mittlerer Statur, hatte rötlich braunes Haar, das kurz geschnitten war, und trug kein Make-up. Ihre Kleidung war komplett schwarz: Jeans, T-Shirt und Blazer. Und schwarze Cowboy-Stiefel. Das einzige feminine Zugeständnis waren goldene Ohrringe. Ihr Auftreten war frei von jeglicher weiblicher Zurückhaltung.

»Was geht hier vor, Harry? Du hast die Leiche *im* Wagen transportiert?«

»Ging nicht anders. Andernfalls hätten wir sie vor zehntausend Leuten herausgezogen, die eigentlich ein Feuerwerk erwartet hatten.«

Bosch erklärte die Situation näher, und Billets hörte schweigend zu. Als er geendet hatte, nickte sie.

»Entschuldigung«, sagte sie, »ich kannte die Einzelheiten nicht. Sieht so aus, als wäre das die einzige Möglichkeit gewesen.«

Bosch gefiel das an ihr. Sie hatte nicht immer Recht und war bereit, das zuzugeben.

»Danke, Lieutenant.«

»Also, was haben wir hier?«

Als Bosch und Billets zurück in den Schuppen kamen, stand Donovan an einem der Arbeitstische. Er hatte die Lederjacke auf einen Draht gehängt, der in einem leeren Vierhundert-Liter-Aquarium gespannt war, und dann ein Päckchen mit Chemikalien hineingelegt. Sobald es geöffnet war, würde es Zyanoakrylatdämpfe freigeben, die die Aminosäuren und Öle der Fingerabdrücke binden und kristallisieren würden, wodurch die Linien und Wirbel sichtbarer und fotografierbar würden.

»Wie sieht's aus?« fragte Bosch.

»Sehr gut. Wir werden was in der Hand haben. Howdy, Lieutenant.«

»Hallo«, sagte Billets.

Bosch merkte, daß sie sich nicht an Donovans Namen erinnern konnte.

»Art«, sagte er, »wenn du die Abdrücke hast, schick sie ins Labor. Ruf dann mich oder Edgar an. Wir schicken dann jemanden, der Code Drei macht.«

Code drei war ein Code für Streifenwagen. Es bedeutete Sirene und Blaulicht. Bosch brauchte die Fingerabdrücke so schnell wie möglich. Im Moment waren sie seine beste Spur.

»Wird gemacht, Harry.«

»Was ist mit dem Rolls? Darf ich jetzt rein?«

»Ich bin noch nicht ganz fertig. Aber du kannst rein. Sei aber vorsichtig.«

Bosch begann das Innere des Wagens zu untersuchen. Zuerst durchsuchte er die Fächer in den Türen und an den Sitzen und fand nichts. Er sah im Aschenbecher nach. Er war leer, noch nicht einmal Asche. Anscheinend war das Opfer Nichtraucher.

Billets stand in der Nähe und beobachtete ihn, ohne zu helfen. Sie hatte die Karriereleiter zum Posten des Commanders als Verwaltungstalent und nicht als Fahnder erklommen. Sie wußte, wann sie zuschauen mußte und nicht stören durfte.

Bosch schaute unter den Sitzen nach und fand nichts von Interesse. Er öffnete das Handschuhfach, und ein kleiner Zettel fiel heraus. Eine Parkquittung von einem Flughafen. An einer Ecke haltend brachte er sie zur Werkbank und bat Donovan, sie nach Fingerabdrücken zu untersuchen, sobald er Zeit hatte.

Er ging zurück zum Handschuhfach und fand einen Leasing-Vertrag, die Zulassung für den Wagen, ein Wartungsheft und ein kleines Werkzeugkästchen mit einer Taschenlampe. Außerdem eine halbleere Tube Preparation H gegen Hämorrhoiden. Der Aufbewahrungsort war etwas seltsam, aber vielleicht wollte Aliso die Tube für lange Fahrten griffbereit haben.

Er steckte alle Sachen einzeln in Plastiktüten und bemerkte dann eine einzelne Batterie in dem Werkzeugkästchen. Es kam ihm komisch vor, weil die Taschenlampe offensichtlich zwei Batterien benötigte. Eine einzelne Reservebatterie wäre wertlos.

Er versuchte die Taschenlampe anzustellen. Kein Erfolg. Er drehte die Kappe ab, und eine Batterie fiel heraus. Als er hineinsah, entdeckte er ein Plastiksäckchen. Er steckte einen Kuli hinein und zog es heraus. Es enthielt ungefähr zwei Dutzend brauner Kapseln.

Billets trat näher.

»Popper«, sagte Bosch. »Amylnitrat. Soll angeblich helfen, einen hochzukriegen und hochzuhalten … besserer Orgasmus.«

Sofort spürte er das brennende Bedürfnis zu erklären, daß sein Wissen nicht auf persönlicher Erfahrung beruhte.

»Wir hatten schon in anderen Fällen damit zu tun.«

Sie nickte. Donovan kam mit der Parkquittung in der Plastiktüte herüber.

»Ein paar verwischte Abdrücke. Nichts Brauchbares.«

Bosch nahm die Tüte und brachte dann alle Beweisstücke zur Werkbank.

»Art, ich nehm die Quittung, die Popper und das Wartungsheft, okay?«

»Alles klar.«

»Ich laß dir den Flugschein und die Brieftasche. Beeil dich mit den Abdrücken auf der Jacke. Was noch? Ach, ja. Diese Glitzerdinger. Wann wirst du fertig sein?«

»Hoffentlich morgen. Die Fasern seh ich mir an, aber wahrscheinlich ist es nur Ausschlußmaterial.«

Das bedeutete, daß das meiste Material, was sie gesammelt hatten, nach einer kurzen Untersuchung durch Donovan in die Asservatenkammer verschwinden würde. Nur falls sie einen Verdächtigen finden würden, würde es gebraucht, um ihn mit dem Tatort in Verbindung zu bringen oder ihn auszuschließen.

Bosch nahm einen großen Umschlag aus einem Regal über der Werkbank, steckte alle Beweisstücke hinein, legte ihn in seine Aktentasche und verschloß sie. Dann ging er mit Billets auf den Vorhang zu.

»Nett, dich wiederzusehen, Art«, sagte sie.

»Ebenfalls, Lieutenant.«

»Soll ich die Garage anrufen, damit sie den Wagen abholen?« fragte Bosch.

»Nee, ich werd noch eine Weile hier sein«, sagte Donovan. »Ich muß noch staubsaugen und vielleicht fällt mir noch was anderes ein. Ich werd mich drum kümmern.«

»Okay, bis später.«

Bosch und Billets traten durch den Vorhang und durchs Tor. Draußen steckte er sich eine Zigarette an und schaute in den dunklen, sternenlosen Himmel. Billets zündete sich ebenfalls eine Zigarette an.

»Wohin?« fragte sie.

»Angehörige. Willst du mitkommen. Es macht Spaß.«

Sie lächelte über seinen Sarkasmus.

»Nein, danke. Ich passe. Bevor du gehst … Was hältst du von der ganzen Sache, Harry? Irgendwas stört mich daran, daß OK sich den Fall noch nicht mal ansehen will.«

»Geht mir genauso.« Er zog lange an der Zigarette und atmete aus. »Ich hab das Gefühl, das wird ein schwerer Fall. Außer wir haben Erfolg mit den Abdrücken. Sonst hatten wir kein Glück bisher.«

»Okay, sag deinen Leuten, ich will sie alle morgen um acht zur Besprechung des Fahndungsstandes sehen.«

»Sagen wir neun Uhr, Lieutenant. Bis dahin sollten wir ein paar Resultate von Donovan bekommen.«

»Okay, neun Uhr. Bis dann, Harry. Und von jetzt an ... wenn wir informell reden, nenn mich Grace.«

»Geht in Ordnung, Grace. Schönen Abend noch.«

Sie atmete den Zigarettenrauch stoßartig aus, als müßte sie lachen.

»Du meinst, was noch davon übrig ist.«

Auf dem Weg hinauf zum Mulholland Drive und Hidden Highlands piepste Bosch Rider an, und sie rief von einem der Häuser zurück, die sie abklapperte. Sie sei im letzten der Häuser, die auf die Lichtung herabsahen, auf der der Rolls gestanden hatte. Das Interessanteste, was sie bis jetzt gehört hatte, war ein Anwohner, der sich erinnerte den Rolls Samstagmorgen um zehn von der Terrasse aus gesehen zu haben. Der gleiche Anwohner glaube auch, daß der Wagen am Freitagabend noch nicht da war, als er den Sonnenuntergang beobachtete.

»Das paßt zum Zeitrahmen der Gerichtsmedizin und zum Flugschein. Ich glaube, wir engen es auf Freitagabend ein, irgendwann nach seiner Rückkehr von Vegas. Vielleicht auf dem Weg vom Flughafen. Hat jemand Schüsse gehört?«

»Ich hab niemanden gefunden. Bei zwei Häusern hat keiner aufgemacht. Ich werde zurückgehen und es jetzt noch mal versuchen.«

»Vielleicht kannst du sie morgen erreichen. Ich fahre jetzt zu Hidden Highlands. Ich glaube, du solltest mitkommen.«

Sie verabredeten, sich vor dem Tor zur Villenkolonie, wo Aliso gelebt hatte, zu treffen, und Bosch legte auf. Er wollte, daß Kiz dabei war, wenn er die Angehörigen von Alisos Tod verständigte, damit sie diesen elenden Job kennenlernte und weil laut Statistik Familienangehörige als Verdächtige anzusehen waren. Es war immer gut, einen Zeugen dabei zu haben, wenn man das erste Mal mit einer Person sprach, die später als verdächtig eingestuft wurde.

Bosch schaute auf die Uhr. Es war fast zehn. Wahrscheinlich würden sie wegen der Benachrichtigung der Familie erst nach Mitternacht zum Büro des Opfers gelangen. Er rief die Zentrale an und gab der Frau am Apparat die Melrose-Avenue-Adresse, damit sie sie im Straßenadressbuch nachschlug. Wie erwartet wurde unter der Adresse Archway Studios aufgeführt. Das war ein Glücksfall. Archway war ein mittelgroßes Studio, das hauptsächlich Büros und Produktionsräume an unabhängige Filmemacher vermietete. Soweit Bosch wußte, hatten sie selbst keine Filme seit den sechziger Jahren gemacht. Ihr Glück bestand darin, daß Bosch jemandem vom Sicherheitsdienst dort kannte. Chuckie Meachum war ein ehemaliger Detective von Raub-Mord, der sich vor ein paar Jahren hatte pensionieren lassen und stellvertretender Direktor für Sicherheit bei Archway geworden war. Er könnte ihnen nützlich sein, leicht Zugang zu bekommen. Bosch überlegte, ob er anrufen und mit Chuckie Meachum vereinbaren sollte, sie beim Studio zu treffen, entschied sich dann aber dagegen. Niemand sollte wissen, daß sie kamen, bevor sie da waren.

Fünfzehn Minuten später erreichte er Hidden Highlands am Mulholland Drive. Riders Wagen stand auf dem Randstreifen. Bosch hielt hinter ihr, und sie stieg ein. Dann fuhr er auf der Einfahrt zum Wachhäuschen. Es war ein kleines Backsteingebäude mit einem einzelnen Wachmann. Hidden Highlands war vielleicht ein bißchen exklusiver, aber nicht viel anders als viele andere kleine, reiche und verängstigte Enklaven, die sich in den Hügeln und Tälern von Los Angeles eingenistet hatten. Mauern und Tore, Wachhäuser und privater Schutzdienst waren die geheimen Zutaten des sogenannten Schmelztiegels von Südkalifornien.

Bosch öffnete sein Etui mit der Dienstmarke. Ein Wachmann in blauer Uniform trat mit einem Klemmbrett aus dem Wachhaus. Er war groß und hager. Sein Gesicht sah grau und alt aus. Bosch erkannte ihn nicht, obwohl er auf dem Revier gehört hatte, daß die meisten Wachen hier im Hauptberuf Polizisten beim Hollywood-Revier waren. Er hatte in der Vergangenheit öfters Stellenangebote für Teilzeitjobs am schwarzen Brett vorm Bereitschaftsraum gesehen.

Der Wachmann musterte Bosch gelangweilt und schaute absichtlich nicht auf die Dienstmarke.

»Womitkannichhelfn?«

»Ich muß zum Haus von Anthony Aliso.«

Er gab ihm die Adresse auf der Hillcrest Road, die auf dem Führerschein des Opfers gestanden hatte.

»Namen.«

»Detective Harry Bosch, Los Angeles Police Department. Steht hier drauf. Das ist Detective Kizmin Rider.«

Er hielt ihm die Dienstmarke hin, aber sie wurde weiter ignoriert. Der Wachmann schrieb auf sein Klemmbrett. Bosch las, daß auf seinem Namensschild Nash stand. Er sah auch, daß auf dem Blechschild darüber CAPTAIN prangte.

»Sie werden bei Alisos erwartet?«

»Glaub ich nicht. Es handelt sich um eine Polizeiangelegenheit.«

»Okay, aber ich werde vorher anrufen müssen. So sind die Vorschriften hier.«

»Ich würde vorziehen, Sie würden das nicht tun, Captain Nash.«

Bosch hoffte, der Gebrauch des Titels würde den Wachmann umstimmen. Nash überlegte einen Moment.

»Passen Sie auf«, sagte er. »Fahren Sie los, und ich werde einen Grund finden, daß ich heute abend allein hier bin und auf einmal soviel zu tun hatte. – Falls sich jemand beschwert.«

Er trat zurück, griff durch die geöffnete Tür ins Wachhaus und drückte auf einen Knopf auf der Innenwand. Der Schlagbaum ging hoch.

»Danke, Captain. Arbeiten Sie im Hollywood-Revier?«

Bosch wußte, daß er nicht dort arbeitete. Er konnte sehen, daß Nash nicht einmal Polizist war. Er hatte nicht die kalten Augen eines Cops. Aber Bosch wollte ihn sich warm halten, falls er später mal eine wichtige Informationsquelle brauchte.

»Nee«, sagte Nash. »Ich habe eine Vollzeitstelle. Deswegen haben sie mich zum wachhabenden Captain gemacht. Die anderen sind alle Polizisten in Hollywood oder Sheriff Deputys in West Hollywood. Ich mache den Dienstplan.«

»Weshalb haben Sie dann die Sonntagsabendschicht?«

»Wer braucht nicht ab und zu Überstunden?«

Bosch nickte.

»Stimmt. Hillcrest, wo ist das?«

»Ach so, hab ich vergessen. Zweite links, das ist Hillcrest. Das Haus von Aliso ist das sechste rechts. Schöner Ausblick auf die Stadt vom Pool.«

»Kannten Sie ihn?« fragte Rider. Sie hatte sich nach unten gebeugt, so daß sie Nash durch Boschs Fenster sehen konnte.

»Aliso?« sagte Nash, der sich weiter herunterbeugte, um sie zu sehen. Er dachte einen Moment nach. »Nicht richtig. Wie ich Leute halt so kenne, wenn sie hier durchfahren. Für die bin ich bloß Personal, schätz ich. Aber Sie sagten *›kannten‹*. Soll das heißen, die Gelegenheit wird sich nicht mehr bieten?«

»Sie sind clever, Mr. Nash«, sagte Rider.

Sie richtete sich auf, das Gespräch war beendet. Bosch nickte ein Dankeschön und fuhr durchs Tor zur Hillcrest Road. Während er an den gepflegten Rasenflächen vorbeifuhr, die die Villen so groß wie Mietshäuser umgaben, berichtete er von den Funden im Schuppen und von Edgars Ergebnissen. Er bewunderte außerdem die Grundstücke, an denen sie vorbeikamen. Viele waren umgeben von Mauern oder hohen Hecken, die aussahen, als würden ihre Kanten jeden Morgen frisch getrimmt. Mauern hinter Mauern. Er fragte sich, was die Besitzer mit all ihrem Raum machten, außer ihn ängstlich zu bewachen.

Es dauerte fünf Minuten, bis sie Alisos Haus in einer Sackgasse oben auf einem Hügel fanden. Bosch fuhr durch das geöffnete Tor eines Grundstücks auf eine Villa im Tudor-Stil zu, die sich hinten an einer kreisförmigen Auffahrt aus grauen Pflastersteinen befand. Bosch stieg mit seiner

Aktentasche aus und sah sich das Haus an. Die Dimensionen waren einschüchternd, der Stil jedoch enttäuschend. Er würde es nicht haben wollen, selbst wenn er das Geld dafür hätte.

Nachdem sie die Klingel an der Haustür gedrückt hatten, schaute er Rider an.

»Hast du das schon mal gemacht?«

»Nein, aber ich bin in Watts aufgewachsen. Dort erschießen die Gangs Leute vom fahrenden Auto aus. Ich hab mitgekriegt, wenn Familien benachrichtigt wurden.«

Bosch nickte.

»Nicht daß ich die Erfahrung abwerten will, aber das hier ist anders. Wichtig ist nicht, was du hörst, sondern was du beobachtest.«

Bosch drückte wieder auf den beleuchteten Knopf. Er konnte den Ton der Klingel im Haus hören. Er sah Rider an und merkte, sie wollte gerade eine Frage stellen, als die Tür von einer Frau geöffnet wurde.

»Mrs. Aliso?« fragte Bosch.

»Ja?«

»Mrs. Aliso. Ich bin Detective Harry Bosch vom LAPD. Das ist mein Partner, Detective Kizmin Rider. Wir möchten mit Ihnen über Ihren Mann sprechen.«

Er hielt ihr seine Dienstmarke im Etui hin, und sie nahm sie ihm aus der Hand. Das war ungewöhnlich. Normalerweise schreckten Leute davor zurück oder schauten sie an wie ein fremdartiges und faszinierendes Objekt, das man nicht berühren durfte.

»Ich versteh ...«

Sie brach ab, als irgendwo hinter ihr in dem großen Haus ein Telefon zu läuten begann.

»Würden Sie mich einen Moment entschuldigen. Ich muß ...«

»Das ist wahrscheinlich Nash vom Tor. Er sagte, er würde uns ankündigen, aber hinter uns war eine Schlange Autos. Anscheinend sind wir ihm zuvorgekommen. Wir müssen reinkommen, um mit Ihnen zu sprechen, Ma'am.«

Sie trat zurück und öffnete ihm weit die Tür. Sie sah fünf

oder zehn Jahre jünger als ihr Mann aus. Vielleicht war sie vierzig. Sie war attraktiv, hatte glattes dunkles Haar, eine schlanke Figur und trug viel Make-up. Bosch schätzte, ihr Gesicht war vom Schönheitschirurgen geformt worden. Trotzdem sah sie durch die Schminke hindurch müde und abgekämpft aus. Ihr Gesicht war gerötet, als hätte sie getrunken. Sie trug ein hellblaues Kleid, das ihre Beine zur Schau stellte. Sie waren braun und die Muskeln straff. Bosch konnte sehen, daß sie einmal sehr schön gewesen war, aber jetzt in das Stadium rutschte, wo eine Frau glaubte, daß sie ihre Schönheit verliert – auch wenn das nicht der Fall ist. Vielleicht trug sie deshalb so viel Make-up. Oder vielleicht erwartete sie immer noch ihren Mann.

Bosch schloß die Tür, nachdem sie eingetreten waren, und folgte ihr in ein großes Wohnzimmer mit einer einzigartigen Mischung von modernen Drucken an den Wänden und französischen Antiquitäten auf einem dicken, weißen Teppich. Das Telefon läutete immer noch. Sie bat Bosch und Rider sich zu setzen und ging durchs Wohnzimmer über einen anderen Flur in eine Art Fernsehzimmer. Bosch hörte, wie sie sich meldete, Nash versicherte, daß die verspätete Meldung in Ordnung gehe, und auflegte.

Sie kam zurück ins Wohnzimmer und setzte sich auf eine Couch mit einem dezenten Blumenmuster. Bosch und Rider setzten sich auf Sessel mit dem gleichen Muster. Bosch schaute sich um und sah keinerlei gerahmte Fotos. Nur die Drucke. Es war eines der ersten Sachen, auf die er achtete, wenn er schnell eine Beziehung einschätzen mußte.

»Entschuldigung«, sagte er. »Ich habe Ihren Namen nicht mitgekriegt.«

»Veronica Aliso. Was ist mit einem Mann, Detective. Ist er verletzt?«

Bosch lehnte sich im Sessel vor. Es spielte keine Rolle, wie oft er es getan hatte. Er gewöhnte sich nie daran. Er war sich nie sicher, ob er es richtig machte.

»Mrs. Aliso … Es tut mir leid, aber Ihr Mann ist tot. Er wurde das Opfer eines Mordes. Es tut mir leid, Ihnen das sagen zu müssen.«

Er beobachtete sie aufmerksam. Zuerst sagte sie nichts. Sie kreuzte instinktiv die Arme über der Brust und senkte ihren Kopf. Ihr Gesicht war zu einer schmerzerfüllten Maske erstarrt. Keine Tränen. Noch nicht. Seiner Erfahrung nach kamen sie entweder sofort – sobald jemand die Tür öffnete und ihn sah und wußte – oder viel später, wenn man begriff, daß der Alptraum Wirklichkeit war.

»Ich ver … Wie ist es passiert?« fragte sie. Ihre Augen starrten auf den Fußboden.

»Man fand ihn in seinem Wagen. Er wurde erschossen.«

»In Las Vegas?«

»Nein, hier. Nicht weit. Es sieht aus, als wäre er auf dem Nachhauseweg vom Flughafen, als … als er von jemandem gestoppt wurde. Wir sind uns nicht sicher. Sein Wagen wurde unterhalb vom Mulholland Drive gefunden. Gegenüber von der Bowl.«

Er beobachtete sie genauer. Sie sah immer noch nicht auf. Bosch bekam Gewissensbisse. Gewissensbisse, weil er die Frau nicht mit Mitleid betrachtete. Dafür war er zu oft in dieser Lage gewesen. Statt dessen achtete er auf gekünsteltes Verhalten. In dieser Situation wogen seine Zweifel mehr als sein Mitleid. Es ging nicht anders.

»Kann ich Ihnen etwas bringen, Mrs. Aliso?« fragte Rider. »Wasser? Haben Sie Kaffee? Oder wollen Sie etwas Stärkeres?«

»Nein, danke. Es geht. Es ist nur ein fürchterlicher Schock.«

»Sind Kinder im Haus?« fragte Rider.

»Nein, wir … haben keine Kinder. Wissen Sie, was passiert ist. Wurde er ausgeraubt?«

»Das wollen wir herausfinden«, sagte Bosch.

»Natürlich … Können Sie mir sagen, ob er gelitten hat?«

»Nein, es gab keinen Schmerz«, sagte Bosch.

Er dachte an die ausgetrockneten Tränen in Tony Alisos Augen. Er beschloß, ihr nichts davon zu erzählen.

»Ihr Job muß schwer sein«, sagte sie. »Leuten so was mitzuteilen.«

Er nickte und schaute weg. Einen Moment lang dachte er

an den alten Witz unter Polizisten: »Was ist die leichteste Methode eine Todesnachricht zu überbringen? Wenn Mrs. Brown die Tür öffnet, fragt man einfach: ›Sind Sie Witwe Brown?‹«

Er schaute wieder zur Witwe Aliso.

»Warum haben Sie gefragt, ob es in Las Vegas passiert ist?«

»Weil er da war.«

»Wie lange wollte er dort bleiben?«

»Ich weiß nicht. Er buchte nie einen Rückflug. Er ließ das immer offen auf dem Ticket, damit er zurückkommen konnte, wann er wollte. Er sagte immer, er kommt zurück, wenn sich das Blatt wendet. Zum Schlechten.«

»Wir haben Gründe anzunehmen, daß er Freitag abend nach Los Angeles zurückgekehrt ist. Sein Wagen wurde erst heute abend gefunden. Das sind zwei Tage, Mrs. Aliso. Haben Sie während dieser Zeit versucht, ihn in Las Vegas anzurufen?«

»Nein. Wir haben gewöhnlich nicht miteinander gesprochen, wenn er dort war.«

»Und wie oft war er dort?«

»Ein- oder zweimal im Monat.«

»Für wie lange?«

»Von zwei Tagen bis zu einer Woche. Wie ich sagte, es hing von seinem Glück ab.«

»Und Sie haben ihn nie dort angerufen?« fragte Rider.

»Selten. Diesmal überhaupt nicht.«

»War es eine Geschäftsreise oder zum Vergnügen?« fragte Bosch.

»Er sagte mir immer, es sei beides. Er müsse Investoren treffen. Aber es war eine Sucht. Das ist, was ich glaube. Er liebte es zu spielen und konnte es sich leisten. Also flog er hin.«

Bosch nickte, wußte aber nicht wieso.

»Dieses letzte Mal. Wann ist er geflogen?«

»Donnerstag. Nachdem er im Studio fertig war.«

»Sie haben ihn da zum letzten Mal gesehen?«

»Donnerstag morgen. Bevor er zum Studio fuhr. Von dort fuhr er direkt zum Flughafen. Es ist näher.«

»Und Sie hatten keine Ahnung, wann er zurückkommen würde.«

Er formulierte es als Feststellung, damit sie widersprechen würde, falls sie wollte.

»Um ehrlich zu sein, begann ich mir heute abend Gedanken zu machen. Normalerweise dauert es nicht lange, um dort sein Geld loszuwerden. Ich dachte mir, es wäre ein bißchen lang geworden. Aber ich habe nicht versucht, ihn zu erreichen. Und dann kamen sie.«

»Was hat er am liebsten gespielt?«

»Alles. Aber meistens Poker. Es ist das einzige Spiel, bei dem man nicht gegen die Bank spielt. Das Casino schöpft seinen Teil ab, aber man spielt gegen die anderen Spieler. So hat er es mir einmal erklärt. Nur nannte er die anderen Spieler Arschlöcher aus Iowa.«

»War er immer allein dort, Mrs. Aliso?«

Bosch schaute auf sein Notizbuch und tat, als schriebe er etwas Wichtiges auf und als wäre ihre Antwort nicht wesentlich. Er wußte, es war feige.

»Ich habe keine Ahnung.«

»Sind Sie jemals mit ihm geflogen.«

»Glücksspiel interessiert mich nicht. Ich mag die Stadt nicht. Es ist ein fürchterlicher Ort. Sie können es noch so dekorieren, es bleibt eine Stadt des Lasters und der Prostitution. Nicht nur der Sexualität.«

Bosch studierte die kalte Wut in ihren dunklen Augen.

»Sie haben die Frage nicht beantwortet, Mrs. Aliso«, sagte Rider.

»Welche Frage?«

»Waren Sie jemals mit Ihrem Mann in Las Vegas?«

»Zu Anfang ja. Aber ich fand es langweilig. Ich war seit Jahren nicht mehr da.«

»Hatte Ihr Mann große Schulden?« fragte Bosch.

»Ich weiß es nicht. Falls er welche hatte, hat er es mir nicht gesagt. – Sie können mich Veronica nennen.«

»Sie haben ihn nie gefragt, ob er in ernsthaften Schwierigkeiten steckte?« fragte Rider.

»Ich nahm an, er würde es mir sagen.«

Sie richtete ihre dunklen Augen jetzt auf Rider, und Bosch fühlte sich erleichtert. Veronica Aliso forderte sie heraus, ihr zu widersprechen.

»Ich weiß, das macht mich irgendwie verdächtig, aber es ist mir egal«, sagte sie. »Sie müssen Ihre Arbeit tun. Es muß für Sie offensichtlich sein, daß mein Mann und ich ... sagen wir ... hier nebeneinander hergelebt haben. Was Ihre Frage über Nevada betrifft, ich habe keine Ahnung, ob er eine Million gewonnen oder verloren hat. Wer weiß, vielleicht hat er eine Glückssträhne gehabt. Ich glaube jedoch, daß er dann damit geprahlt hätte.«

Bosch nickte und dachte an die Leiche im Kofferraum. Es schien nicht, daß er ein Glücksvogel gewesen war.

»Wo ist er in Las Vegas abgestiegen, Mrs. Aliso?«

»Immer im Mirage. Das weiß ich. Wissen Sie, nicht alle Casinos haben Pokertische. Das Mirage hat einen sehr noblen. Er hat mir immer gesagt, daß ich ihn dort erreichen könnte. Falls er nicht in seinem Zimmer wäre, sollte ich den Pokerraum verlangen.«

Bosch nahm sich etwas Zeit, das aufzuschreiben. Schweigen war manchmal die beste Methode, Leute dazu zu bringen, zu reden und sich zu offenbaren. Er hoffte, Rider begriff, daß er absichtlich lange Pausen bei der Vernehmung machte.

»Sie haben gefragt, ob er allein dorthin flog?«

»Ja?«

»Detectives, Sie werden zweifellos im Laufe Ihrer Ermittlungen herausfinden, daß mein Mann mich betrogen hat. Ich bitte Sie nur um eins, behalten Sie die Information für sich. Ich will es einfach nicht wissen.«

Bosch nickte und schwieg einen Moment, während er darüber nachdachte. Welche Frau würde so was nicht wissen wollen, fragte er sich. Eventuell eine, die es schon wußte. Er sah sie wieder an, und ihre Blicke trafen sich.

»Abgesehen vom Glücksspiel, hat Ihr Mann irgendwelche anderen Probleme gehabt, soweit Sie wissen?« fragte er. »Die Arbeit betreffend oder finanziell?«

»Soweit ich weiß, nicht. Aber er hat sich um die Geldangelegenheiten gekümmert. Ich könnte Ihnen im Moment nicht sagen, wie unsere finanzielle Situation ist. Wenn ich Geld brauchte, habe ich ihn darum gebeten, und er hat mir immer gesagt, ich soll einen Scheck einlösen und ihm den Betrag mitteilen. Ich habe ein separates Konto für den Haushalt.«

Ohne vom Notizbuch aufzuschauen, sagte Bosch: »Nur ein paar noch, dann werden wir Sie allein lassen. Hatte Ihr Mann Feinde, von denen Sie wissen? Jemand, der ihm schaden wollte?«

»Er hat in Hollywood gearbeitet. Jemanden in den Rükken zu stechen, wird dort als Gesellschaftsspiel angesehen. Anthony war darin so geübt wie jeder, der fünfundzwanzig Jahre im Geschäft ist. Das bedeutet natürlich, daß es Leute gibt, die ihm nicht gerade zugetan waren. Aber ich weiß nicht, wer so was tun würde.«

»Der Wagen – der Rolls-Royce wird von einer Produktionsfirma in den Archway Studios geleast. Wie lange hat er dort gearbeitet.«

»Sein Büro war dort, aber er hat nicht direkt für Archway gearbeitet. TNA Productions ist – war seine eigene Firma. Er hat nur ein Büro und einen Parkplatz dort gemietet. Sonst hatte er nicht mehr mit Archway zu tun als Sie.«

»Erzählen Sie uns etwas über seine Produktionsfirma«, sagte Rider. »Machte er Filme?«

»So könnte man es nennen. Er hat groß angefangen und klein geendet. Vor ungefähr zwanzig Jahren hat er seinen ersten Film produziert. *Die Kunst des roten Tuchs.* Falls Sie ihn gesehen haben, gehören Sie zu einer Minderheit. Stierkampffilme sind nicht populär. Aber die Rezensionen waren ausgezeichnet. Der Film wurde auf Festivals gespielt und in Filmkunstkinos. Es war ein guter Start für ihn.«

Sie erzählte, daß Aliso es geschafft hatte, noch ein paar Filme fürs breite Publikum zu produzieren. Danach sanken jedoch Qualität und Moral seiner Filme, bis er eine Reihe von Schund- und Schmutzfilmen machte.

»Diese Filme, falls Sie sie so nennen wollen, zeichnen sich nur durch die Zahl entblößter Brüste aus«, sagte sie. »Im

Filmgeschäft nennt man so etwas Video-Shop-Streifen. Außerdem war Tony ziemlich clever im Geschäft mit literarischen Rechten.«

»Was bedeutet das?«

»Er hat spekuliert. Meistens mit Drehbüchern, aber auch mit Manuskripten, manchmal mit Büchern.«

»Wie hat er damit spekuliert?«

»Er hat die Rechte gekauft. Wenn sie wertvoll wurden oder der Autor populär, hat er sie verkauft. Wissen Sie, wer Michael St. John ist?«

Der Name kam Bosch bekannt vor, aber er konnte ihn mit nichts verbinden. Er schüttelte den Kopf, Rider ebenso.

»Er ist im Moment einer der heißen Drehbuchschreiber. In einem Jahr oder so wird er als Regisseur Spielfilme für Studios drehen. Er ist sozusagen der Tip der Saison.«

»Okay.«

»Vor acht Jahren war er auf der Filmhochschule an der USC und ehrgeizig. Er suchte einen Agenten und wollte von den Studios entdeckt werden. Mein Mann war einer der Geier, die damals ihre Kreise zogen. Die Filme meines Mannes waren nämlich so low-budget, daß er sie von Studenten machen ließ. Drehbuch, Kamera, Regie. Also kannte er alle Filmstudenten und wußte, wer Talent hatte. Er sah, daß Michael St. John begabt war. Als St. John einmal dringend Geld benötigte, verkaufte er Anthony die Rechte an drei seiner Hochschuldrehbücher für zweitausend Dollar. Heute werden für seine Drehbücher sechsstellige Summen bezahlt.«

»Was ist mit den Autoren, wie reagieren sie?«

»Nicht erfreut. St. John wollte seine Drehbücher zurückkaufen.«

»Glauben Sie, daß er Ihrem Mann etwas hätte antun können?«

»Nein. Sie haben mich gefragt, was er tat, und ich habe Ihnen geantwortet. Wenn Sie mich fragen, wer ihn umbringen würde, kann ich Ihnen nicht helfen.«

»Sie erwähnten, daß er sagte, er würde sich mit Investoren treffen, wenn er nach Las Vegas flog«, sagte Rider.

»Ja.«

»Können Sie uns sagen, wer das war?«

»Arschlöcher aus Iowa, nehme ich an. Leute, die er traf und überredete in seine Filme zu investieren. Sie würden überrascht sein, wie viele Leute die Chance ergreifen, bei einem Hollywoodfilm mitzumachen. Und Tony war ein guter Verkäufer. Ein zwei-Millionen-Dollar-Filmchen hörte sich in seiner Beschreibung wie die Fortsetzung von *Vom Winde verweht* an. Er hat mich überzeugt.«

»Erklären Sie das näher.«

»Er hat mich einmal überredet, in einem seiner Filme mitzuwirken. So habe ich ihn getroffen. Es hörte sich an, als würde ich die neue Jane Fonda. Sexy, aber intelligent. Der Film wurde von einem großen Studio produziert. Der Haken war, der Regisseur war kokainsüchtig, der Drehbuchautor konnte nichts, und der Film war so schlecht daß er nie gezeigt wurde. Damit war meine Karriere beendet, und Tony machte nie mehr einen Film für ein großes Studio. Für den Rest seines Lebens produzierte er Videomüll.«

Bosch schweifte mit dem Blick über den Raum mit der hohen Decke, den Kunstwerken und den Möbeln. »Sieht so aus, als hätte er damit Erfolg gehabt.«

»Das hatte er«, erwiderte sie. »Ich schätze, wir haben den Leuten aus Iowa dafür zu danken.«

Ihre Bitterkeit war erstickend. Bosch schaute auf sein Notizbuch, nur damit er ihren Blick vermeiden konnte.

»Ich rede so viel«, sagte sie zu ihnen. »Ich brauche etwas Wasser. Möchte einer von Ihnen etwas?«

»Wasser ist okay«, sagte Bosch. »Wir werden nicht viel länger bleiben.«

»Detective Rider?«

»Für mich nichts, danke.«

»Ich bin gleich zurück.«

Während ihrer Abwesenheit stand Bosch auf und sah sich im Wohnzimmer um. Er stand neben einem Beistelltisch und betrachtete gerade eine Glasskulptur eines weiblichen Aktes, als Veronica Aliso mit zwei Gläsern Eiswasser hereinkam.

»Ich möchte Ihnen nur noch ein paar Fragen über die letzte Woche stellen«, sagte Bosch.

»Gut.«

Er nippte am Glas und blieb stehen.

»Was für Gepäck hat Ihr Mann nach Las Vegas mitgenommen?«

»Nur ein Gepäckstück für eine kurze Reise.«

»Wie sah es aus?«

»Ein Kleidersack, den man zusammenfaltet. Er war grün mit braunem Lederbesatz und -riemen. Ein Namensschild hing dran.«

»Nahm er auch eine Aktentasche oder Geschäftspapiere mit?«

»Ja, seinen Attachékoffer. Es war einer aus Aluminium. Leicht, aber man kann sie nicht aufbrechen. Fehlt das Gepäck?«

»Wir sind nicht sicher. Wissen Sie, wo er den Schlüssel zum Attachékoffer verwahrte?«

»An seinem Schlüsselring. Mit den Autoschlüsseln.«

Im Rolls und bei der Leiche waren keine Autoschlüssel gewesen. Bosch begriff, daß jemand sie eventuell genommen hatte, um den Aktenkoffer zu öffnen. Er stellte das Glas neben die Skulptur und betrachtete sie wieder. Dann notierte er die Beschreibung des Attachékoffers und des Kleidersacks.

»Trug Ihr Mann einen Ehering?«

»Nein. Er trug jedoch eine teure Uhr. Eine Rolex. Ich habe sie ihm geschenkt.«

»Die Uhr wurde nicht gestohlen.«

»Oh.«

Bosch schaute von seinem Notizbuch auf.

»Erinnern Sie sich, was Ihr Mann Donnerstag morgen trug? Als Sie ihn zum letzten Mal sahen?«

»Äh, Kleidung … hm, er trug seine weiße Hose und ein blaues Hemd und sein Sportjackett.«

»Sein schwarzes Lederjackett?«

»Ja.«

»Mrs. Aliso, erinnern Sie sich, ob Sie ihn zum Abschied geküßt oder umarmt haben?«

Die Frage schien sie aus dem Konzept zu bringen, und Bosch bedauerte, sie so formuliert zu haben.

»Entschuldigen Sie. Ich wollte sagen, wir haben auf der Jacke Fingerabdrücke gefunden. Auf der Schulter. Falls Sie ihn dort am Abreisetag berührt haben, würde das die Abdrücke erklären.«

Sie schwieg einen Moment, und Bosch glaubte, sie würde jetzt endlich zu weinen anfangen. Statt dessen sagte sie: »Vielleicht habe ich es, aber ich erinnere mich nicht ... ich glaube es jedoch nicht.«

Bosch öffnete seine Aktentasche und suchte nach einem Abdruckrahmen. Er fand einen in einem der Fächer. Er sah aus wie ein Dia, aber in der Mitte waren zwei dünne Leinwände gespannt, zwischen denen sich Tinte befand. Ein Daumen konnte von der einen Seite darauf drücken und auf der anderen Seite auf einer untergelegten Karteikarte abgedruckt werden.

»Ich möchte Ihren Daumenabdruck haben, damit wir ihn mit dem Abdruck auf der Jacke vergleichen können. Wenn Sie ihn dort nicht berührt haben, könnte es eine gute Spur sein.«

Sie kam zu ihm herüber, und er preßte ihren rechten Daumen auf das Drucksieb. Als er fertig war, schaute sie ihren Daumen an.

»Keine Tinte.«

»Ja, das ist das Gute daran. Wir benutzen sie erst seit ein paar Jahren.«

»Der Abdruck auf der Jacke – stammt er von einer Frau?«

Er sah ihr einen Moment lang direkt in die Augen.

»Wir werden es erst dann sicher wissen, wenn wir den Abdruck identifiziert haben.«

Als er den Abdrucksrahmen und die Karte wieder in die Aktentasche steckte, sah er die Plastiktüte mit den Poppern. Er nahm sie heraus und hielt sie hoch, damit sie sie sah.

»Wissen Sie, was das ist?«

Sie zog die Augen zusammen und schüttelte den Kopf.

»Amylnitratpopper. Manche Leute benutzen es, um besseren Sex zu haben. Wissen Sie, ob Ihr Mann sie je benutzt hat?«

»Sie haben sie bei ihm gefunden?«

»Mrs. Aliso, es wäre besser, wenn Sie nur meine Fragen beantworten. Ich weiß, es ist schwer. Aber es gibt Sachen, die ich Ihnen noch nicht sagen kann. Sobald ich es kann, werde ich es tun. Das verspreche ich.«

»Nein, er hat sie nicht benutzt – mit mir.«

»Es tut mir leid, daß ich so persönliche Fragen stellen muß. Aber wir wollen den Mörder finden. Wir beide wollen das. Nun, Ihr Mann ist ungefähr zehn oder zwölf Jahre älter als Sie.« Das war etwas geschmeichelt. »Hatte er Probleme, sexuell aktiv zu sein? Könnte es sein, daß er die Popper ohne Ihr Wissen benutzt hat?«

Sie wandte sich ab und ging zum Sofa zurück. Als sie wieder saß, sagte sie: »Das könnte ich nicht sagen.«

Diesmal zog Bosch seine Augen zusammen. Was wollte sie damit sagen? Sein Schweigen war erfolgreich. Sie antwortete, bevor er fragen konnte. Aber sie sah Rider beim Sprechen an – mit dem unausgesprochenen Grund, daß Rider als Frau sich besser in ihre Lage versetzen könnte.

»Detective, ich habe ... man sagt wohl sexuelle Beziehung ... Mein Mann und ich ... haben seit fast zwei Jahren nicht mehr ...«

Bosch nickte und schaute auf sein Notizbuch herab. Die Seite war leer, aber er konnte sich nicht überwinden, diese letzte Information aufzuschreiben, während sie zuschaute. Er klappte das Notizbuch zu und steckte es weg.

»Sie wollen wissen warum, nicht wahr?«

Er sah sie nur an, und sie antwortete ihm in einem Ton trotziger Selbstbehauptung.

»Er hatte kein Interesse mehr.«

»Sind Sie sicher?«

»Er hat es mir ins Gesicht gesagt.«

Bosch nickte.

»Mrs. Aliso, es tut mir leid, daß Sie Ihren Mann verloren haben. Ich bedaure es auch, hier so einzudringen und Ihnen persönliche Fragen zu stellen. Und ich fürchte, es wird noch mehr geben im Laufe der Ermittlungen.«

»Ich verstehe.«

»Es gibt noch etwas, was ich wissen wollte.«

»Ja, was?«

»Hatte Ihr Mann ein Büro hier im Haus?«

»Ja.«

»Könnten wir es uns kurz ansehen?«

Sie stand auf, und sie folgten ihr den zweiten Flur entlang zum Büro. Sie traten beide in den Raum, und Bosch sah sich um. Es war ein kleines Zimmer mit einem Schreibtisch und zwei Karteischränken. Ein Fernseher stand auf einem fahrbaren Tisch vor einer Regalwand, die zur Hälfte mit Büchern gefüllt war. Ansonsten waren dort Drehbücher aufgestapelt, deren Titel mit Magic Marker auf die Seitenkanten der Manuskripte geschrieben war. In der Ecke stand eine Golftasche.

Bosch ging zum Schreibtisch und untersuchte ihn. Er war aufgeräumt und fast leer. Er ging herum, stellte fest, daß es zwei Schubladen gab, und öffnete sie. Eine war leer, die andere enthielt ein paar Akten. Er blätterte sie durch und sah, daß es sich anscheinend um private finanzielle Unterlagen und Steuerdokumente handelte. Er schloß die Schubladen und entschied, daß er mit der Durchsuchung des Büros noch warten konnte.

»Es ist spät«, sagte er. »Und es ist nicht der richtige Zeitpunkt. Sie sollten jedoch verstehen, daß eine Ermittlung wie diese in viele verschiedene Richtungen gehen kann. Aber wir müssen allem nachgehen. Wir werden morgen herkommen und die Sachen Ihres Mannes ansehen müssen. Wahrscheinlich werden wir sehr viel mitnehmen. Wir werden einen Durchsuchungsbefehl haben. Es wird also alles legal sein.«

»Ja, natürlich. Aber könnte ich Ihnen nicht einfach die Erlaubnis geben mitzunehmen, was Sie wollen?«

»Das ginge, aber so ist es besser. Es geht um Scheckhefte, Sparkontoauszüge, Kreditkartenrechnungen, Versicherungen, alles. Wahrscheinlich brauchen wir auch die Unterlagen von Ihrem Haushaltskonto.«

»Ich verstehe. Um wieviel Uhr?«

»Das weiß ich noch nicht. Ich werde vorher anrufen. Wissen Sie, ob Ihr Mann ein Testament hinterlassen hat?«

»Ja. Wir haben beide ein Testament gemacht. Sie sind bei unserem Anwalt.«

»Wie lang ist das her?«

»Das Testament? Ach, ziemlich lang. Vor Jahren.«

»Ich möchte, daß Sie morgen den Anwalt anrufen und ihm sagen, daß wir eine Kopie davon brauchen. Meinen Sie, Sie sind dazu in der Lage?«

»Natürlich.«

»Haben Sie Versicherungen?«

»Ja, wir haben Policen. Unser Anwalt, Neil Denton in Century City wird sie ebenfalls haben.«

»Okay, wir werden uns morgen darum kümmern. Ich muß jetzt diesen Raum versiegeln.«

Sie traten in den Flur, und Bosch schloß die Tür. Aus seiner Aktentasche nahm er einen Aufkleber mit der Aufschrift:

Polizeiliche Untersuchung
Betreten Verboten
LAPD (213) 485-4321

Bosch drückte den Aufkleber über den Türpfosten. Falls jemand den Raum betreten wollte, müßte er den Aufkleber durchschneiden oder ablösen, und Bosch würde es merken.

»Detective?« sagte Veronica Aliso leise hinter ihm.

Bosch drehte sich um.

»Sie haben mich in Verdacht, nicht wahr?«

Bosch steckte die zwei Papierstückchen, die er von der Rückseite des Aufklebers abgezogen hatte, in die Tasche.

»Ich würde sagen, jeder und niemand ist zu diesem Zeitpunkt verdächtig. Wir untersuchen alles. Aber Sie haben recht, Mrs. Aliso, wir werden Sie unter die Lupe nehmen.«

»Ich schätze, ich hätte vorhin nicht so offen sein sollen.«

Rider sagte: »Wenn Sie nichts zu verbergen haben, dann wird Ihnen die Wahrheit nicht schaden.«

Aus langer Erfahrung wußte Bosch, daß man so etwas nicht sagte. Er wußte, es war nicht ehrlich gemeint. Nach dem dünnen Lächeln auf Veronica Alisos Gesicht zu schließen, wußte sie es auch.

»Sind Sie neu im Beruf, Detective Rider?« fragte sie, während sie Bosch mit einem Lächeln anblickte.

»Nein, Ma'am, ich bin seit sechs Jahren Detective.«

»Oh, und Detective Bosch brauche ich wohl nicht zu fragen.«

»Mrs. Aliso?« fragte Bosch.

»Veronica.«

»Es gibt noch eine Frage, die Sie uns heute abend beantworten könnten. Wir wissen nicht genau, wann Ihr Mann ermordet wurde. Es würde unsere Untersuchung jedoch leichter machen, wenn wir bestimmte Möglichkeiten ausschließen ...«

»Sie wollen wissen, ob ich ein Alibi habe, nicht wahr?«

»Wir wollen nur wissen, wo Sie in den letzten Tagen und Nächten waren. Es ist nur eine Routinefrage.«

»Ich langweile Sie ungern mit den Einzelheiten meines Alltags – und ich fürchte, Sie sind wirklich langweilig –, aber außer einer Fahrt zum Einkaufszentrum und zum Supermarkt Samstag nachmittag, habe ich das Haus seit dem Abendessen mit meinem Mann Mittwoch abend nicht verlassen.«

»Sie waren allein hier?«

»Ja ... Aber ich glaube, das können Sie bei Captain Nash am Tor überprüfen. Sie tragen ein, wer kommt und geht – einschließlich der Anlieger. Freitag war außerdem der Mann hier, der den Pool reinigt. Ich gab ihm seinen Scheck. Sie können Namen und Telefonnummer von mir bekommen.«

»Das ist im Moment nicht nötig. Danke. Und ich möchte Ihnen noch einmal mein Beileid ausdrücken. Gibt es irgendwas, was wir für Sie können?«

Sie schien sich in sich selbst zurückzuziehen. Er war sich nicht sicher, daß sie seine Frage gehört hatte.

»Ich bin okay«, sagte sie endlich.

Er nahm seine Aktentasche und ging den Flur hinunter. Er verlief hinter dem Wohnzimmer und führte direkt zur Vordertür. Im ganzen Flur hingen keine Fotos an den Wänden. Es verstieß gegen seine Erwartungen, jedoch schien in diesem Haus seit langem nichts mehr in Ordnung sein. Bosch analysierte die Räume von Toten wie Kunsthistoriker die Gemälde von toten Malern. Er suchte nach verborgenen Bedeutungen, nach den Geheimnissen des Lebens und des Todes.

Rider trat als erste nach draußen. Bosch folgte ihr und schaute zurück in den Flur. Veronica Aliso wurde vom Licht am anderen Ende eingerahmt. Er zögerte einen Moment, dann nickte er und ging.

Sie schwiegen, bis sie das Wachhaus am Tor erreichten und Nash herauskam.

»Wie ging's?«

»Es ging.«

»Er ist tot, nicht wahr? Mr. Aliso.«

»Ja.«

Nash pfiff leise.

»Captain Nash, Sie schreiben auf, wann Autos rein- oder rausfahren?« fragte Rider.

»Ja, aber das ist Privateigentum. Sie brauchen einen …«

»Durchsuchungsbefehl«, sagte Bosch. »Das ist uns klar. Aber bevor wir uns die Mühe machen, hätte ich eine Frage. Falls ich mit einem Durchsuchungsbefehl zurückkomme, würden Ihre Wachbücher genau belegen, wann Mrs. Aliso in den letzten Tagen rein oder raus ist?«

»Nee. Nur wann ihr Auto hier durchgekommen ist.«

»Verstanden.«

Bosch ließ Rider bei ihrem Wagen aussteigen. Dann fuhren sie getrennt hinunter aufs Hollywood-Revier auf der Wilcox Avenue. Unterwegs dachte Bosch über Veronica Aliso nach und den Haß auf ihren Mann, der in ihren Augen ruhte. Er wußte nicht, wie er es einordnen sollte oder ob es irgendwohin paßte. Aber er wußte, daß sie auf sie zurückkommen würden.

Rider und Bosch hielten kurz beim Revier an, um Edgar über das Neueste zu informieren und Kaffee mitzunehmen. Bosch rief dann Archway an und ließ das Wachbüro Chukkie Meachum zu Hause anrufen. Bosch sagte dem Wachmann am Telefon nicht, worum es sich handelte oder zu welchem Büro auf dem Studiogelände sie gehen würden. Er teilte ihm nur mit, daß Meachum sie dort treffen sollte.

Um Mitternacht verließen sie das Revier durch die Hintertür. Sie gingen an den vergitterten Fenstern der Ausnüchterungszellen vorbei zu Boschs Wagen.

»Also, was hältst du von ihr?« fragte Bosch endlich, als sie vom Hof des Reviers fuhren.

»Von der verbitterten Witwe. Ich glaube kaum, daß ihre Ehe noch eine Bedeutung hatte. Wenigstens am Ende. Ob sie deshalb der Mörder ist oder nicht, weiß ich nicht.«

»Keine Fotos.«

»An den Wänden? Ja, das habe ich bemerkt.«

Bosch steckte sich eine Zigarette an. Rider sagte nichts, obwohl Rauchen im Dienstwagen gegen die Vorschriften verstieß.

»Was denkst du?« fragte Rider.

»Ich bin mir nicht sicher. Ich stimme dir jedoch zu. Man könnte ihr kalte Wut würfelweise ins Glas tun, falls man kein Eis hat. Andererseits gibt es ein paar Sachen, über die ich noch nachdenken muß.«

»Was zum Beispiel?«

»All das Make-up auf ihrem Gesicht und die Art und Weise, wie sie mir die Dienstmarke aus der Hand nahm. Das hat noch niemand getan. Es war … ich weiß nicht. Vielleicht hat sie auf uns gewartet.«

Als sie die Einfahrt von Archway Pictures erreichten, wartete Meachum unter dem Triumphbogen, der halb so groß war wie das Original, und rauchte. Er trug ein Golfhemd unter einem Sportjackett und lächelte amüsiert, als er Bosch erkannte. Bosch hatte vor zehn Jahren zusammen mit Meachum in der Raub-Mord-Abteilung gearbeitet. Sie waren nie Partner gewesen, aber sie hatten zusammen bei einigen Fahndungsgruppen mitgewirkt. Meachum war aus dem Dienst geschieden, als das die beste Lösung war. Einen Monat, nachdem das Rodney-King-Video in den Nachrichten gezeigt wurde, hatte er seinen Hut an den Nagel gehängt.

Archway stellte ihn als stellvertretenden Direktor für Sicherheitsangelegenheiten ein. Gute Arbeit, gutes Gehalt und die Polizeipension in Höhe des halben Gehalts, die ihm nach zwanzig Dienstjahren zustand. Sein Name kam immer zur Sprache, wenn man von cleveren Typen sprach. Bei dem ganzen Dreck, der der Polizei von Los Angeles jetzt anhing – die brutale Behandlung Kings, die Rassenkrawalle, der Polizeiuntersuchungsausschuß, O. J. Simpson und Mark Fuhrman –, hatte ein pensionierter Bulle Glück, wenn man ihn am Eingangstor Wache stehen ließ.

»Harry Bosch«, sagte Meachum und lehnte sich in den Wagen. »Mensch, was ist los?«

Als erstes bemerkte Bosch, daß Meachum Jacketkronen bekommen hatte, seit er ihn das letzte Mal gesehen hatte.

»Chuckie, lange nicht gesehen. Das ist mein Partner, Kiz Rider.«

Rider nickte. Meachum nickte und betrachtete sie einen Moment. Weibliche schwarze Detectives waren zu seiner Zeit eine Rarität gewesen, auch wenn er erst seit fünf Jahren pensioniert war.

»Also, was ist Sache, Detectives? Weshalb habt ihr mich aus dem Jacuzzi geholt.«

Er lächelte und präsentierte seine Zähne. Bosch wußte, er hatte gemerkt, daß sie registriert worden waren.

»Wir haben einen Fall. Wir wollen uns das Büro des Opfers ansehen.«

»Ein Büro hier? Wer ist es?«

»Anthony N. Aliso. TNA Productions.«

Meachum runzelte die Stirn. Er hatte die dunkle Sonnenbräune eines Golfspielers, der nie sein Samstagmorgenspiel verpaßt und sich mindestens ein- oder zweimal die Woche für eine halbe Stunde von der Arbeit losmacht.

»Sagt mir nichts, Harry. Bist du sicher …«

»Schau nach, Chuck. Er ist hier. War hier.«

»Okay, parkt den Wagen auf dem Hauptareal, und wir gehen zu meinem Büro, holen uns einen Kaffee und sehen nach.«

Er deutete auf einen Platz direkt hinter dem Tor. Das Gelände war fast leer und befand sich neben einem Studiogebäude, dessen Außenwand mit hellblauer Farbe und weißen Schäfchenwolken bemalt war. Hier wurden Außenaufnahmen gedreht, wenn der richtige Himmel vom Smog zu braun war.

Sie folgten Meachum zu Fuß zu den Büros des Studiosicherheitsdiensts. Als sie eintraten, kamen sie an einem Büro mit Glaswänden vorbei, in dem ein Mann in der braunen Uniform des Archway Studios saß. Er war umgeben von Überwachungsmonitoren und las den Sportteil der *Times*, den er schnell in den Papierkorb warf, als er Meachum erblickte.

Meachum hatte anscheinend nichts gemerkt, weil er die Tür für sie offen hielt. Als er sich umdrehte, salutierte er dem Mann im Glasbüro lässig und führte Bosch und Rider nach hinten in sein Büro.

Meachum setzte sich hinter seinen Schreibtisch und stellte den Computer an. Auf dem Monitor erschien eine intergalaktische Schlacht zwischen Raumschiffen. Meachum tippte auf eine Taste, und der Screen-saver verschwand. Er bat Bosch Alisons Namen zu buchstabieren und gab ihn ein. Dann drehte er den Monitor, damit Bosch und Rider den Bildschirm nicht sehen konnten. Bosch war etwas verärgert, sagte aber nichts. Nach ein paar Augenblicken sprach Meachum.

»Du hast Recht. Er war hier. Tyronne-Power-Gebäude. Er hatte einen dieser Wandschränke, die sie an Außenseiter vermieten. Einer von drei Büroräumen. Drei Versager. Sie teilen sich eine Sekretärin, die im Mietpreis inbegriffen ist.«

»Wie lange war er hier? Steht das da?«

»Ja. Fast sieben Jahre.«

»Was steht noch da?«

»Nicht viel. Keine Probleme vermerkt. Er hat sich einmal beschwert, daß jemand sein Auto auf dem Parkplatz verschrammt hat. Hier steht, er fuhr einen Rolls-Royce. Wahrscheinlich der letzte Typ in Hollywood, der seinen Rolls noch nicht für einen Range Rover eingetauscht hat. Ziemlich geschmacklos, Bosch.«

»Sehen wir es uns mal an.«

»Paß auf, am besten gehst du und Detective Riley nach vorne und holt euch einen Kaffee. Und ich werde in der Zeit deswegen anrufen. Ich weiß nicht, wie die genauen Vorschriften sind.«

»Erstens heißt sie Rider, Chuck. Und zweitens ermitteln wir hier in einem Mordfall. Egal wie deine Vorschriften lauten, wir erwarten, daß du uns Zutritt gewährst.«

»Du befindest dich hier auf einem Privatgrundstück, Kollege. Das darfst du nicht vergessen.«

»Werd ich nicht.« Bosch stand auf. »Und wenn du den Anruf machst, solltest du bedenken, daß die Medien von der Sache noch nicht Wind bekommen haben. Meiner Ansicht nach wäre es keine gute Idee, Archway hineinzuziehen – weil wir nicht wissen, was dahinter steckt. Wen immer du jetzt anrufst, sag ihm, ich werde mich bemühen, daß es so bleibt.«

Meachum lächelte verkrampft und schüttelte den Kopf.

»Immer noch der alte Bosch. Mit dem Kopf durch die Wand.«

»So ungefähr.«

Während er wartete, hatte Bosch Zeit, einen Becher lauwarmen Kaffee in sich hineinzuschütten, der in dem Büro vorne wahrscheinlich die halbe Nacht auf der Wärmeplatte gestanden hatte. Er schmeckte bitter, aber Bosch wußte, daß er mit dem Kaffee vom Revier allein nicht durch die Nacht kommen würde. Rider verzichtete auf den Kaffee und trank statt dessen Wasser von einem Trinkbrunnen auf dem Flur.

Nach zehn Minuten kam Meachum aus seinem Büro.

»Okay, ist genehmigt. Aber ich sage dir gleich, daß ich und einer meiner Leute die ganze Zeit als Beobachter dabei sein müssen. Ist das ein Problem für dich, Bosch?«

»Kein Problem.«

»Okay, gehen wir. Wir fahren mit dem Golfwagen.«

Auf dem Weg nach draußen, öffnete er die Tür zum Glasbüro und steckte seinen Kopf hinein.

»Peters, wer ist draußen auf Streife?«

»Äh, Serrurier und Fogel.«

»Okay, geh auf Funk und sag Serrurier, er soll uns am Tyronne-Power-Gebäude erwarten. Er hat die Schlüssel, nicht wahr?«

»Ja.«

»Also dann.« Meachum machte eine Bewegung, um die Tür zu schließen, stoppte aber. »Noch etwas, Peters. Laß den Sportteil im Papierkorb liegen.«

Sie fuhren mit dem Golfwagen zum Tyronne-Power-Gebäude, weil es auf der anderen Seite des Studiogeländes lag. Unterwegs winkte Meachum einem ganz in schwarz gekleideten Mann zu, der aus einem der Gebäude kam.

»Wir drehen heute auf der New-York-Straße. Sonst wäre ich mit euch da durchgefahren. Ihr würdet schwören, ihr seid in Brooklyn.«

»War nie da«, sagte Bosch.

»Ich auch nicht«, fügte Rider hinzu.

»Dann ist es egal. Es sei denn, ihr wollt beim Drehen zuschauen.«

»Das Tyronne-Power-Gebäude reicht uns.«

»Okay.«

Als sie ankamen, erwartete sie dort ein uniformierter Wachmann. Serrurier. Auf Meachums Anweisung hin öffnete er zuerst die Tür zum Empfangsraum der drei Büros, dann die Tür zu Alisos Zimmer. Meachum sagte ihm dann, daß er wieder auf Streife gehen könne.

Meachums Beschreibung war nicht übertrieben. Alisos Büro war gerade groß genug, daß Bosch, Rider und Meachum sich dort aufhalten konnten, ohne sich gegenseitig ins Gesicht zu atmen. Es enthielt einen Schreibtisch mit einem Sessel dahinter und zweien davor. An der Wand hinter dem Schreibtisch stand ein Karteischrank mit vier Schubladen. An der linken Wand hingen gerahmte Filmplakate von zwei Klassikern. *Chinatown* und *Der Pate*. Beide Filme waren weiter unten auf der Melrose Avenue in den Paramount Studios gemacht worden. An die rechte Wand hatte Aliso als Gegenstücke die Poster seiner eigenen Filme gehängt: *Die Kunst des roten Tuchs* und *Opfer der Begierde*. Außerdem hingen dort kleinere gerahmte Fotos, die Aliso mit verschiedenen Prominenten zeigten. Viele der Bilder waren in dem gleichen Büro mit Aliso und ehemals populären Stars aufgenommen worden, wie sie lächelnd hinter dem Schreibtisch standen.

Bosch betrachtete die beiden Poster. Auf beiden stand unter der Oberkante *Anthony Aliso präsentiert*. Aber seine Aufmerksamkeit wurde von dem Poster *Opfer der Begierde* gefesselt. Unter dem Filmtitel war ein verzweifelt aussehender Mann im weißen Anzug zu sehen, der in der Hand eine Pistole hielt. Eine Frau, abgebildet in größerem Format, schaute auf ihn mit lüstern funkelnden Augen herab. Ihr wallendes, dunkles Haar rahmte die Szene ein. Die ganze Bildidee war von dem Chinatown-Poster an der anderen Wand geklaut worden. Aber es war trotzdem irgendwie faszinierend. Die Frau war natürlich Veronica Aliso.

»Gut aussehende Frau«, sagte Meachum hinter ihm.

»Seine Ehefrau.«

»Seh ich. Ihr Name steht an zweiter Stelle. Allerdings habe ich nie von ihr gehört.

Bosch nickte zum Poster.

»Ich glaube, das war ihre große Chance.«

»Wie gesagt, sieht gut aus die Frau. Allerdings bezweifle ich, daß sie immer noch so gut aussieht.«

Bosch betrachtete wieder die Augen und rief sich die Frau, die er erst vor einer Stunde gesehen hatte, in Erinnerung. Ihre Augen waren immer noch so dunkel und funkelnd – ein kleines Lichtkreuz blitzte im Zentrum auf.

Bosch wandte sich ab und sah sich die gerahmten Fotos an. Er erkannte sofort Don Lacey, der vor acht Jahren in einer Mini-Serie über einen Massenmörder ihn selbst dargestellt hatte. Das Studio, das ihn produziert hatte, hatte Bosch und seinem Partner viel Geld für den Gebrauch ihrer Namen und für ihre Fachberatung bezahlt. Sein Partner hatte das Geld genommen und war ausgestiegen. Er hatte sich in Mexico zur Ruhe gesetzt. Bosch hatte sich ein Haus in den Hügeln gekauft. Er konnte nicht aussteigen. Sein Beruf war sein Leben.

Er drehte sich um und betrachtete den Rest des Büros. An der Wand neben der Tür stand ein Regal, das mit Drehbüchern und Videobändern vollgestopft war. Die einzigen Bücher waren Verzeichnisse von Regisseuren und Schauspielern.

»Okay«, sagte Bosch. »Chuckie, du stellst dich vor die Tür und paßt auf, wie du gesagt hast. Kiz, du kannst mit dem Schreibtisch anfangen und ich sehe mir die Akten an.«

Der Karteischrank war geschlossen, und es dauerte zehn Minuten, bis Bosch ihn mit den Picks aus seiner Aktentasche geöffnet hatte. Die nächste Stunde verbrachte er damit, die Schubladen flüchtig durchzusehen. Es handelte sich um Notizen und finanzielle Unterlagen über mehrere Filmproduktionen, von denen Bosch nie gehört hatte. Nach dem was Veronica Aliso gesagt hatte, kam es ihm nicht eigenartig vor. Außerdem wußte er sowieso wenig vom Filmgeschäft. Aber so wie er die Unterlagen verstand, die er durchblätterte, schienen bei der Produktion dieser Filme große Summen an verschiedene Subunternehmer in der Filmbranche gezahlt worden zu sein. Was allerdings auf Bosch den größten Eindruck machte, war der Umstand, daß Aliso sich einen luxuriösen Lebensstil in diesem kleinen Büro erarbeitet hatte.

Nachdem er mit der vierten und untersten Schublade fertig war, stand Bosch auf und drückte seinen Rücken durch. Seine Wirbelknochen knackten wie umfallende Dominosteine. Er sah Rider an, die immer noch die Schreibtischschubladen durchging.

»Irgendwas?«

»Ein paar interessante Sachen, aber nichts, was den Täter auf einem Silberteller präsentiert. Hier ist eine Vorladung vom Finanzamt. Sie wollten die Bücher seiner Firma nächsten Monat überprüfen. Davon abgesehen ist hier noch Korrespondenz zwischen Tony Aliso und St. John, dem Tip der Saison laut Mrs. Aliso. Viel Geschrei, aber keine direkten Drohungen. Ich muß noch eine Schublade durchsehen.«

»Im Karteischrank ist eine Menge. Finanzielle Unterlagen. Wir müssen alles durchgehen. Ich möchte, daß du das machst. Meinst du, du kannst das.«

»Kein Problem. Was ich bisher gesehen habe, sind die üblichen Geschäftsunterlagen – vielleicht etwas schlampig –

mit dem einzigen Unterschied, daß wir es mit dem Filmgeschäft zu tun haben.«

»Ich geh nach draußen und rauche eine. Wenn du fertig bist, wechseln wir. Du übernimmst den Karteischrank und ich den Schreibtisch.«

»Hör sich nach 'em Plan an.«

Bevor er nach draußen ging, schaute er sich das Regal neben der Tür an und las die Titel der Videokassetten. Er stoppte, als er fand, was er suchte. *Opfer der Begierde.* Er griff nach oben und holte sie herunter. Auf der Vorderseite klebte das gleiche Bild wie auf dem Poster.

Er trat zurück und legte die Kassette auf den Schreibtisch, um sie mit anderem Beweismaterial mitzunehmen. Rider fragte, was es war.

»Es ist ihr Film«, sagte er. »Ich will ihn mir ansehen.«

»O ja, ich auch.«

Draußen stand Bosch in einem kleinen Innenhof neben einer Bronzestatue, von der er annahm, daß sie Tyronne Power darstellte, und steckte sich eine Zigarette an. Die Nacht war kühl, und der inhalierte Rauch wärmte seine Brust. Auf dem Studiogelände war es jetzt sehr still.

Er ging hinüber zu einem Abfallkorb, der neben einer Bank stand, und streifte die Asche ab. Auf dem Boden lagen ein zerbrochener Kaffeebecher und mehrere Kugelschreiber und Bleistifte. Er erkannte das Markenzeichen der Archway Studios auf einer der Scherben, ein Triumphbogen, unter dem die Sonne aufging. Als er gerade in den Abfalleimer greifen wollte, um herauszuholen, was wie ein goldener Cross-Kugelschreiber aussah, hörte er Meachums Stimme und drehte sich um.

»Die wird Karriere machen. Das seh ich.«

Meachum steckte sich eine Zigarette an.

»Ja, das habe ich auch gehört. Es ist unser erster Fall zusammen. Ich kenne sie eigentlich nicht und ich kann es mir wohl auch sparen, sie näher kennenzulernen. Sie bekommt ihre Fahrkarte zum Präsidium, sobald die Zeit reif ist.«

Meachum nickte und schnippte seine Asche auf das Pflaster. Bosch sah, wie er zum Dach über der ersten Etage blickte und wieder lässig salutierte. Bosch schaute nach oben und sah die Kamera, die unter dem Dachvorsprung angebracht war.

»Mach dir keine Sorgen«, sagte Bosch. »Er kann dich nicht sehen. Er liest gerade einen Bericht über das gestrige Dodgers-Spiel.«

»Wahrscheinlich hast du Recht. Man bekommt heutzutage kein gutes Personal, Harry. Ich hab Typen, die hier den ganzen Tag im Golfwagen rumfahren wollen und hoffen, daß sie eines Tages wie Clint Eastwood entdeckt werden. Vorige Tage ist einer von meinen Leuten gegen eine Mauer gefahren, weil er gerade ein paar Filmbosse anquatschen wollte.«

Bosch schwieg. Was Meachum erzählt hatte, interessierte ihn nicht.

»Du solltest hier anfangen, Harry. Du mußt inzwischen deine zwanzig Jahre haben. Gib deine Dienstmarke ab und arbeite für mich. Dein Leben wird sich immens verbessern. Das garantiere ich dir.«

»Nein danke, Chuck. Ich kann mir nicht vorstellen, in diesen Wägelchen hier rumzukurven.«

»Ich halt dir das Angebot offen. Du kannst jederzeit anfangen. Jederzeit.«

Bosch drückte seine Zigarette an der Seite des Abfalleimers aus und warf die Kippe hinein. Er entschied sich, nicht im Beisein von Meachum im Abfall zu wühlen, und sagte ihm, er ginge wieder hinein.

»Bosch, ich muß mit dir über etwas reden.«

Bosch wandte sich um, und Meachum hob die Hände.

»Es gibt Probleme, falls ihr irgend etwas aus dem Büro ohne Durchsuchungsbefehl mitnehmen wollt. Ich hab gehört, was du zu ihr über das Video gesagt hast, und sie stapelt jetzt auch Sachen zum Mitnehmen auf dem Schreibtisch. Ich kann das nicht zulassen.«

»Dann wirst du hier die ganze Nacht verbringen, Chuck. Da drinnen gibt's eine Masse Papiere und jede Menge Arbeit. Es wird für uns alle leichter sein, wenn wir's jetzt aufs Revier bringen.«

»Ich weiß das. Ich war selbst Polizist. Aber so lauten meine Anweisungen. Wir brauchen einen Durchsuchungsbefehl.«

Vom Apparat im Vorzimmer rief Bosch Edgar an, der noch immer auf dem Revier war und gerade erst mit dem Papierkram begonnen hatte. Er bat ihn, alles fallen zu lassen und die Formulare der Durchsuchungsbefehle für alle finanziellen Unterlagen in Alisos Haus, in seinem Archway-Büro sowie bei seinem Anwalt auszufüllen.

»Soll ich den Richter, der Bereitschaft hat, jetzt anrufen?« fragte Edgar. »Es ist fast zwei Uhr morgens.«

»Tu's«, sagte Bosch. »Wenn sie unterschrieben sind, bring sie hierher. Und bring ein paar Kartons mit.«

Edgar stöhnte. Er bekam die ganze Drecksarbeit. Niemand hatte Lust, einen Richter mitten in der Nacht aufzuwecken.

»Ich weiß, Jerry. Aber es muß gemacht werden. Gibt's was Neues?«

»Nein. Ich hab das Mirage angerufen und mit einem Typ vom Sicherheitsdienst gesprochen. Das Zimmer von Aliso war übers Wochenende neu belegt. Es ist jetzt leer, und er hält es frei. Aber es ist natürlich ruiniert.«

»Wahrscheinlich ... Na ja, nächstes Mal haben wir mehr Glück. Mach dich an die Durchsuchungsbefehle.«

Rider untersuchte bereits in Alisos Büro den Karteischrank. Bosch sagte ihr, daß Edgar Durchsuchungsbefehle beantragen würde und daß sie für Meachum eine Inventarliste anlegen müßten. Er bot ihr auch an, eine Pause zu machen, aber sie lehnte ab.

Bosch setzte sich hinter den Schreibtisch, auf dem sich der übliche Krimskrams befand. Ein Telefon mit Lautsprecher, eine Rollkartei, eine Löschblattunterlage, ein magnetischer Block, an dem Büroklammern hingen, sowie ein geschnitztes Schild mit den Schriftzügen *TNA Productions* und ein Ablagekorb mit einem Stoß Papiere.

Bosch sah das Telefon an und bemerkte den Wiederwahlknopf. Er nahm den Hörer ab und drückte darauf. An dem Stakkato der Wähltöne merkte er, daß der letzte Anruf von diesem Telefon ein Ferngespräch gewesen war. Nach zweimaligem Läuten meldete sich eine weibliche Stimme. Im Hintergrund war laute Musik zu hören.

»Hallo?« sagte sie.

»Ja, hallo, mit wem spreche ich?«

Sie kicherte.

»Ich weiß nicht, mit wem spreche ich?«

»Vielleicht habe ich die falsche Nummer. Ist dort Tony's?«

»Nein, hier ist Dolly's.«

»Oh, Dolly's. Okay … wo ist das?«

Sie kicherte wieder.

»Auf der Madison, was dachten Sie. Woher glauben Sie, haben wir den Namen?«

»Wo ist die Madison?«

»Wir sind in North Las Vegas. Von wo kommen Sie?«

»Vom Mirage.«

»Okay, fahren Sie einfach den Boulevard Richtung Norden. An Downtown und ein paar schäbigen Vierteln vorbei, bis Sie North Las Vegas erreichen. Die Madison ist die dritte Ampel nach der Unterführung. Biegen Sie links ab. Wir sind auf der linken Seite nach der ersten Querstraße. Wie war Ihr Name noch mal?«

»Harry.«

»Harry, mein Name ist Rhonda. Wie in …«

Bosch sagte nichts.

»Harry, Sie müssen jetzt sagen ›Help me, Rhonda, help, help me, Rhonda.‹«

Sie sang die Zeile des alten Beach-Boys-Songs.

»Eigentlich könnten Sie mir wirklich behilflich sein«, sagte Bosch. »Ich suche nach einem Kumpel von mir, Tony Aliso. War er in letzter Zeit da?«

»Hab ihn diese Woche nicht gesehen. Nicht seit letztem Donnerstag oder Freitag. – Ich hab mich schon gewundert, woher Sie die Nummer vom Umkleideraum haben.«

»Stimmt, von Tony.«

»Layla ist heute abend nicht da, also wird Tony auch nicht hier aufkreuzen. Aber Sie können herkommen. Er muß ja nicht hier sein, wenn Sie sich vergnügen wollen.«

»Okay, Rhonda. Ich werde versuchen vorbeizukommen.«

Bosch legte auf. Er nahm sein Notizbuch aus der Tasche und schrieb den Namen des Lokals, das er gerade angerufen hatte, die Erklärung des Wegs sowie die Namen Rhonda und Layla auf. Den zweiten Namen unterstrich er.

»Was war das?« fragte Rider.

»Eine Spur in Vegas.«

Er erzählte ihr, mit wem er gesprochen und was er über Layla gehört hatte. Rider stimmte zu, daß sie der Spur nachgehen sollten. Dann wandte sie sich wieder den Papieren zu, und Bosch ging zurück zum Schreibtisch. Er studierte die Gegenstände darauf, bevor er die Schubladen durchsuchte.

»Hey, Chuckie?« fragte er.

Meachum lehnte mit gekreuzten Armen an der Tür und zog zur Antwort die Augenbrauen hoch.

»Er hat kein Band. Was ist, wenn die Sekretärin vorne nicht da ist? Gehen die Anrufe dann an eine Zentrale oder an einen Telefonservice.«

»O nein, wir haben für alle auf dem Gelände einen zentralen Anrufbeantworter.«

»Also hatte Aliso einen Anrufbeantworter. Wie kann ich ihn abhören?«

»Du brauchst seinen Code. Eine dreistellige Zahl. Du rufst die Nummer des Telefoncomputers an und gibst sie ein. Dann kannst du die Nachrichten anhören.«

»Wie krieg ich seinen Code?«

»Geht nicht. Er hat ihn selbst eingegeben.«

»Gibt es keinen Zentralcode, mit dem man ihn brechen kann?«

»Nee. Das System ist nicht so ausgeklügelt, Bosch. Es sind schließlich nur Telefonnachrichten.«

Bosch holte sein Notizbuch wieder hervor und suchte nach Alisos Geburtstag.

»Was ist die Nummer für den Anrufbeantworter?« fragte er.

Meachum gab sie ihm, und Bosch wählte den Computer an. Nach dem Piepton gab er 721 ein, hatte aber kein Glück. Bosch trommelte mit den Fingern auf den Schreibtisch und dachte nach. Er versuchte es mit 862, den Nummern, die den Buchstaben TNA auf der Telefontastatur entsprachen, und eine Computerstimme teilte ihm mit, daß er vier Nachrichten habe.

»Kiz, hör zu«, sagte er.

Er stellte den Lautsprecher an und legte den Hörer auf. Während die Nachrichten abgespielt wurden, machte Bosch sich einige Notizen. Die ersten drei Nachrichten waren von Männern und betrafen technische Aspekte eines geplanten Drehtermins, das Mieten von Filmausrüstung sowie Produktionskosten.

Bei der vierten Nachricht beugte Bosch sich nach vorne und hörte genau zu. Es war die Stimme einer jungen Frau. Es hörte sich an, als ob sie weinte.

»Hey, Tony, ich bin's. Ruf mich an, sobald du diese Nachricht bekommst. Am liebsten würde ich bei dir zu Hause anrufen. Ich brauch dich. Dieses Schwein Lucky sagt, ich bin entlassen. Ohne Grund. Nur weil er Modesty seinen Schwanz reinstecken will. Ich fühle mich so ... Ich möchte nicht mehr im Palomino oder im Garden oder in einem anderen Schuppen arbeiten. Mir reicht's. Ich will nach L. A. kommen und bei dir sein. Ruf mich an.«

Die elektronische Stimme teilte mit, daß die Nachricht Sonntagmorgen um vier Uhr hinterlassen worden war – lange nach Tony Alisos Tod. Die Anruferin hatte nicht ihren Namen angegeben. Es war also offensichtlich eine Frau, die Aliso gekannt hatte. Bosch fragte sich, ob es Layla gewesen war. Er sah Rider an, aber sie zuckte nur die Achseln. Sie wußten beide zu wenig, um den Anruf einschätzen zu können.

Bosch setzte sich in den Sessel und dachte ein paar Augenblicke nach. Er öffnete eine Schublade, begann sie jedoch nicht gleich zu durchsuchen. Sein Blick ging über die Wand rechts und kreiste um die Fotos, die einen lächelnden Tony Aliso mit Prominenten zeigten. Einige von ihnen hatten etwas auf die Fotos geschrieben. Bosch studierte das Foto seines Zelluloid-Doppelgängers Dan Lacey, aber er konnte nicht entziffern, was unten auf dem Foto stand. Dann schaute er an den Buchstaben vorbei und begriff, was er sah. Auf Alisos Schreibtisch stand ein Archway-Kaffeebecher, vollgestopft mit Kugelschreibern und Bleistiften.

Bosch nahm das Foto von der Wand und rief nach Meachum. Meachum kam herüber.

»Jemand war hier drin«, sagte Bosch.

»Was redest du da?«

»Wann wird der Abfallkorb draußen geleert?«

»Wie zum Teufel soll ich das wissen? Was …«

»Die Überwachungskamera auf dem Dach … Wie lange bewahrt ihr die Videobänder auf?«

Meachum zögerte einen Moment, bevor er sprach.

»Wir recyclen sie jede Woche. Wir haben die letzten sieben Tage immer auf Band. Es sind Momentaufnahmen, zehn Bilder pro Minute.«

»Sehen wir sie uns an.«

Bosch kam erst um vier Uhr nach Hause. Es blieben ihm nur noch drei Stunden Schlaf vor der verabredeten Frühstücksbesprechung mit Edgar und Rider um halb acht. Aber er war zu aufgeputscht von Kaffee und Adrenalin, um an Schlaf zu denken.

Das Haus hatte den sauren Geruch frischer Farbe, und er öffnete die Schiebetür zur Veranda hinten, um die frische Nachtluft hereinzulassen. Er schaute zum Cahuenga Pass hinunter und beobachtete, wie ihn die Autos auf dem Hollywood Freeway überquerten. Er wunderte sich jedesmal, daß auf dem Freeway ständig Verkehr war – ganz egal, wie spät es war. L. A. kam nie zum Stillstand.

Er überlegte, ob er eine CD mit Saxophonmusik auflegen sollte. Aber er setzte sich statt dessen im Dunkeln auf die Couch und zündete eine Zigarette an. Er dachte über die verschiedenen Fäden nach, die sich durch den Fall zogen. Dem ersten Anschein nach war Anthony Aliso finanziell erfolgreich gewesen. Wenn man so erfolgreich war, war man gewöhnlich gut geschützt vor Gewalt und Mord. Reiche Leute wurden selten ermordet. Aber etwas war in Tony Alisos Leben falsch gelaufen.

Bosch erinnerte sich an das Video und ging zu seiner Aktentasche, die auf dem Eßtisch stand. In ihr befanden sich zwei Kassetten: Das Band der Überwachungskamera und eine Kopie von *Opfer der Begierde*. Er schaltete den Fernseher ein und steckte den Film in den Videorekorder.

Nachdem er den Film gesehen hatte, war es Bosch klar, daß der Film sein Schicksal verdient hatte. Er war miserabel ausgeleuchtet, und bei einigen Aufnahmen hing der Mikrofongalgen ins Bild. Dies zerstörte besonders die Atmosphäre der Wüstenszenen, wo nichts als blauer Himmel hätte sein dürfen. Der Film steckte voller Anfängerfehler. Der Amateurlook des Films wurde von erbärmlichen Schauspielleistungen komplementiert. Der männliche Hauptdarsteller, ein Schauspieler, den Bosch nie zuvor gesehen hatte, wirkte hölzern in seiner Rolle als Ehemann, der verzweifelt versuchte, seine junge Frau zu halten, die ihn durch sexuelle Verweigerung und Provokation dazu brachte, Verbrechen zu begehen – und schließlich Mord. Alles, um ihre krankhaften Gelüste zu befriedigen. Veronica Aliso spielte die Ehefrau und war nicht viel besser als ihr männlicher Partner.

Wenn die Beleuchtung stimmte, war ihre Schönheit überwältigend. In vier Szenen war sie teilweise nackt zu sehen, und Bosch verfolgte sie mit voyeuristischer Faszination. Im ganzen gesehen war es jedoch keine gute Rolle für sie, und Bosch begriff, warum ihre Karriere wie die ihres Mannes keine Fortschritte gemacht hatte. Vielleicht gab sie ihrem Mann die Schuld und war deswegen immer noch verbittert. Aber die Wahrheit war, daß sie Tausenden schöner Frauen glich, die jedes Jahr nach Hollywood kamen. Ihr Aussehen war atemberaubend, aber sie hatte nicht das geringste Talent.

In der dramatischen Schlußszene, in der ihr Mann verhaftet wurde und sie ihn der Polizei zum Fraß vorwarf, sprach sie ihre Sätze mit der Einfühlungsgabe und der Leidenschaft einer Schreibmaschine.

»Er war es. Er ist verrückt. Ich konnte ihn nicht aufhalten, bevor es zu spät war. Dann konnte ich es niemandem sagen, weil es … es hätte ausgesehen, als wäre ich die treibende Kraft bei den Morden gewesen.«

Bosch sah sich den Film bis zum Ende an, bis zum Nachspann. Dann spulte er mit Hilfe der Fernbedienung das Band wieder zurück. Er blieb auf dem Sofa, schaltete den Fernseher aus und legte seine Beine hoch. Durch die offene Schiebetür sah er, wie die Morgendämmerung die Kammlinie über den Paß rosa nachzeichnete. Er war immer noch nicht müde. Er dachte über die Entscheidungen nach, die Menschen in ihrem Leben trafen. Er fragte sich, was passiert wäre, wenn die Schauspielleistungen passabel gewesen wären und der Film einen Verleih gefunden hätte. Er fragte sich, ob das etwas geändert hätte, ob Tony Aliso dann nicht im Kofferraum geendet wäre.

Die Besprechung auf dem Revier begann erst um halb zehn. Obwohl der große Büroraum wegen des Feiertags leer war, rollten sie ihre Stühle ins Büro des Lieutenants und schlossen die Tür. Billets berichtete als erstes, daß Reporter der lokalen Medien mehr als das übliche Interesse an dem Fall zu zeigen begannen, nachdem sie anscheinend über die Tagesliste der Leichenhalle von dem Mord Wind bekommen hatten. Außerdem teilte sie mit, daß die Polizeiführung bis in die obersten Reihen überlegte, ob es nicht besser wäre, den Fall der Elite-Abteilung Raub-Mord zu geben. Bosch war natürlich sofort verstimmt. Am Anfang seiner Laufbahn war er zu RM versetzt worden. Aber wegen eines fragwürdigen Schußwaffengebrauchs im Dienst war er nach Hollywood strafversetzt worden. Deshalb ärgerte ihn der Gedanke besonders, daß er den Fall an Typen abgeben sollte, die sich für wer weiß was hielten. Falls OK sich für den Fall interessiert hätte, wäre es leichter gewesen. Bosch sagte Billets, daß er es nicht akzeptieren würde, den Fall an RM abzugeben, nachdem er und sein Team fast die ganze Nacht hindurch gearbeitet und einige interessante Spuren gefunden hatten. Rider mischte sich ein und stimmte ihm zu. Edgar, der noch immer wegen der Papierarbeit schmollte, blieb stumm.

»Dein Argument ist gut«, sagte Billets. »Aber wenn wir

fertig sind, muß ich Captain LeValley zu Hause anrufen und sie überzeugen, daß wir die Sache im Griff haben. Also laß uns sehen, was wir haben. Wenn ihr mich überzeugt, werde ich sie überzeugen. Sie wird denen dann im Präsidium erzählen, was wir von der Sache halten.«

Bosch berichtete in den folgenden dreißig Minuten sorgfältig die Fahndungsergebnisse der vergangenen Nacht. Der einzige Fernseher mit Videorecoder in der Abteilung wurde in Billets verschließbarem Büro aufbewahrt, weil er selbst auf dem Polizeirevier sonst nicht sicher gewesen wäre. Bosch steckte die Kassette, auf die Meachum das Band der Überwachungskamera überspielt hatte, hinein und spulte zu dem Teil vor, der den Eindringling zeigte.

»Die Überwachungskamera macht alle sechs Sekunden eine Aufnahme. Es sieht also überdreht und zappelig aus, aber wir haben den Typen auf Band.«

Er drückte auf die Abspieltaste, und auf dem Bildschirm erschien ein körniges Schwarzweißbild des Innenhofs und der Vorderseite des Tyronne-Power-Gebäudes. Dem Licht nach schien es in der Dämmerung zu sein. Auf dem Zeitanzeiger unten auf dem Bild stand zwanzig Uhr dreizehn und das gestrige Datum.

Bosch stellte das Gerät auf Zeitlupe, aber die Sequenz, die er Billets zeigen wollte, zog schnell vorbei. In sechs schnellen Bildern ging ein Mann zur Tür, beugte sich über den Türknopf und verschwand dann im Gebäude.

»Die tatsächliche Zeit an der Tür beträgt dreißig bis fünfunddreißig Sekunden«, sagte Rider. »Auf dem Video sieht es vielleicht aus, als hätte er einen Schlüssel. Aber das ist zu lange, um mit einem Schlüssel eine Tür zu öffnen. Das Schloß wurde aufgebrochen. Von jemandem, der gut und schnell arbeitet.«

»Okay, hier kommt er wieder raus«, sagte Bosch.

Auf dem Zeitanzeiger stand zwanzig Uhr siebzehn, als der Mann wieder in der Tür erschien. Das Bild sprang, und der Mann war im Innenhof auf dem Weg zum Abfallkorb, dann sprang es wieder, und der Mann bewegte sich weg vom Abfallkorb. Dann war er verschwunden. Bosch spulte das Band zum letzten Bild zurück. Es war die beste Aufnahme. Es war dunkel, und das Gesicht des Mannes war verschwommen, jedoch identifizierbar, falls sie jemanden fänden, mit dem sie es vergleichen könnten. Der Mann war weiß, untersetzt und kräftig gebaut und hatte dunkles Haar. Er trug ein kurzärmeliges Golfhemd und hatte eine Uhr am rechten Handgelenk, die gerade noch über schwarzen Handschuhen sichtbar war. Das Chromarmband der Uhr reflektierte die Beleuchtung des Innenhofs. Oberhalb des Handgelenks war der verschwommene dunkle Fleck einer Tätowierung. Bosch wies Billets auf diese Details hin und fügte hinzu, daß er die Kassette zur kriminalwissenschaftlichen Abteilung bringen würde, um zu sehen, ob sie das letzte Bild mit Hilfe des Computers schärfer machen könnten.

»Gut«, sagte Billets. »Nun, was glaubt ihr, wollte er dort?«

»Etwas entfernen«, sagte Bosch. »Zwischen Reingehen und Rauskommen vergehen weniger als vier Minuten. Nicht viel Zeit. Außerdem mußte er noch die Tür zu Alisos Büro aufbrechen. Dort drinnen stößt er den Archway-Becher um, der auf dem Boden zerbricht. Der Mann erledigt, was er tun wollte, sammelt die Scherben und die Stifte auf und wirft sie dann draußen in den Abfallkorb. Wir haben sie dort gestern nacht gefunden.«

»Fingerabdrücke?« fragte Billets.

»Als wir merkten, daß jemand eingebrochen war, haben wir das Büro verlassen. Donovan ist gekommen, nachdem er mit dem Rolls fertig war. Er hat Abdrücke gefunden, aber nichts Brauchbares. Zum Vergleich hat er Alisos, meine und die von Kiz. Wie du auf dem Video gesehen hast, trug der Typ Handschuhe.«

»Okay.«

Bosch gähnte unabsichtlich und steckte Edgar und Rider an. Er trank den schalen Kaffee aus dem Becher, den er mitgebracht hatte. Er war fahrig vom Koffein, aber wenn er seinem Pferd keinen Zucker mehr geben würde, würde er zusammenbrechen.

»Und was hat er eurer Theorie nach aus dem Büro entfernt?« fragte Billets.

»Der zerbrochene Becher läßt eher auf den Schreibtisch als auf den Karteischrank schließen«, sagte Rider. »Im Schreibtisch schien nichts durcheinandergebracht zu sein. Keine leeren Akten, nichts dergleichen. Wir nehmen an, es war eine Wanze. Jemand hörte Alisos Telefon ab und konnte nicht riskieren, daß wir es herausfinden. Auf den Fotos an der Wand stand das Telefon direkt neben dem Becher. Der Einbrecher hat ihn irgendwie umgestoßen. Komischerweise haben wir das Telefon überhaupt nicht nach Wanzen untersucht. Wenn der Typ sie dagelassen hätte, wären wir ihm wahrscheinlich nie auf die Schliche gekommen.«

»Ich war bei Archway«, sagte Billets. »Es ist von einer Mauer umgeben. Sie hatten ihren eigenen Wachdienst. Wie soll der Typ reingekommen sein? Oder glaubt ihr, es war jemand vom Studio?«

»Erstens wurde gerade auf dem Gelände von den New-York-Kulissen gedreht«, sagte Bosch. »Das bedeutet, eine Menge Leute sind vorne durchs Tor rein und raus. Vielleicht ist unser Typ mit Leuten von der Filmcrew reingeschlüpft. Auf dem letzten Bild geht er in Richtung Norden fort. Dort befindet sich die New Yorker Straße. Das Eingangstor ist im Süden. Die Nordseite stößt außerdem an den Friedhof von Hollywood. Du hast Recht, dort ist eine Mauer. Aber nachts ist der Friedhof geschlossen, dunkel und abgeschieden. Er könnte dort über die Mauer geklettert sein. Egal wie er es machte, er hatte Übung.«

»Was meinst du?«

»Falls er die Wanze aus Tony Alisos Telefon entfernt hat, hat er sie wohl auch ursprünglich dort versteckt.«

Billets nickte.

»Wer war es deiner Ansicht nach?« fragte sie ruhig.

Bosch sah Rider an, um zu sehen, ob sie antworten würde. Als sie nichts sagte, sprach er.

»Schwer zu sagen. Der Zeitpunkt ist merkwürdig. Aliso ist wahrscheinlich seit Freitagabend tot, seine Leiche wurde erst gestern abend um sechs gefunden. Der Einbruch findet um acht Uhr dreizehn statt. Nachdem seine Leiche gefunden wurde und nachdem mehrere Leute davon erfahren haben.«

»Acht Uhr dreizehn, ist das vor eurem Gespräch mit der Ehefrau?«

»Richtig. Das schließt sie gewissermaßen aus. Dabei hatte ich vor, mich voll auf sie zu konzentrieren und zu sehen, was rauskommt. Aber jetzt bin ich mir nicht mehr so sicher. Falls sie etwas damit zu tun hat, macht der Einbruch keinen Sinn.«

»Erklär das.«

»Nun, zuerst müssen wir uns überlegen, warum das Telefon abgehört wurde. Und was ist die offensichtlichste Antwort darauf? Seine Frau hat einen Privatdetektiv oder irgend jemand auf Tony angesetzt, um zu sehen, ob er sie betrügt. Okay?«

»Okay.«

»Nehmen wir an, das ist der Fall. Und nehmen wir an, sie war an dem Mord beteiligt. Warum würde sie oder ihr Privatdetektiv bis gestern abend warten – bis nach der Entdeckung der Leiche – um die Wanze zu entfernen. Es macht keinen Sinn. Es macht nur Sinn, falls die beiden Sachen, der Mord und die Wanze, nichts miteinander zu tun haben. Verstehst du?«

»Ich glaube.«

»Und deshalb bin ich nicht bereit, alles beiseite zu schieben und mich nur auf die Frau zu konzentrieren. Meiner Meinung nach könnte sie den Mord begangen haben. Aber es gibt zu viele Dinge, die wir nicht wissen. Es gefällt mir nicht. Es gibt noch etwas anderes, was in den Fall verwickelt ist. Und wir wissen nicht was.«

Billets nickte und schaute ihre Leute an.

»Gute Arbeit. Ich weiß, es gibt noch viele Sachen, die noch nicht bewiesen sind, aber es hört sich gut an. – Was noch? Was ist mit den Abdrücken, die Donovan gestern auf der Jacke des Opfers entdeckt hat?«

»Bisher keine Treffer. Er hat alle Datenbanken abgefragt, AFIS, NCIC, die ganze Latte. Nichts.«

»Verdammt.«

»Sie sind trotzdem wertvoll. Falls wir einen Verdächtigen finden, könnten die Abdrücke die Entscheidung bringen.«

»Irgendwas vom Wagen?«

»Nein«, sagte Bosch.

»Ja«, sagte Rider.

Als Billets den Einspruch hörte, zog sie die Brauen hoch.

»Einer der Abdrücke, die Donovan auf der Innenkante der Kofferraumklappe fand, stammt von Ray Powers«, sagte Rider. »Er ist der P-3, der die Leiche gefunden hat. Er hat seine Befugnisse überschritten, als er den Kofferraum geöffnet hat. Offensichtlich hat er seinen Fingerabdruck hinterlassen, und wir haben ihn gefunden. Kein Schaden, aber es ist schlampige Arbeit. Er hätte ihn sowieso nicht öffnen und statt dessen uns anrufen sollen.«

Billets schaute Bosch kurz an. Wahrscheinlich fragte sie sich, warum er es nicht erwähnt hatte. Er schaute auf den Schreibtisch hinunter.

»Okay, ich werde mich drum kümmern«, sagte Billets. »Ich kenne Powers. Er ist schon lange genug Polizist und sollte sein Handwerk besser verstehen.«

Bosch hätte Powers mit dessen Erklärung von gestern abend verteidigen können, ließ es aber. Powers war es nicht wert. Billets fuhr fort.

»Was tun wir als Nächstes?«

»Es gibt vieles, dem wir nachgehen müssen«, sagte Bosch. »Es gibt da die Anekdote über einen Bildhauer. Jemand fragte ihn, wie man aus einem Granitblock die schöne Skulptur einer Frau macht. Und er antwortete, man meißelt alles weg, was nicht zur Frau gehört. Das ist, was wir tun müssen. Wir haben diesen großen Block Information und Beweismaterial, und wir müssen aussondern, was nicht paßt.«

Billets lächelte, und Bosch war der Vergleich plötzlich peinlich, obwohl er seines Erachtens gut war.

»Was ist mit Las Vegas?« fragte sie. »Gehört das zur Skulptur, oder müssen wir es wegmeißeln?«

Jetzt schmunzelten Rider und Edgar.

»Nun, wir müssen auf alle Fälle hinfahren.« Bosch hoffte,

er hörte sich nicht allzu verlegen an. »Bisher wissen wir nur, daß das Opfer dorthin geflogen ist und kurz nach seiner Rückkehr ermordet wurde. Wir wissen nicht, was er dort tat. Ob er gewonnen oder verloren hat. Ob ihm jemand von dort hierher gefolgt ist. Er könnte dort das große Los gezogen haben. Jemand heftet ich an seine Fersen und raubt ihn dann hier aus. Zu Las Vegas gibt es viele Fragen.«

»Außerdem gibt es eine Frau«, sagte Rider.

»Welche Frau?« fragte Billets.

»Genau«, sagte Bosch. »Der letzte Anruf von Tony Alisos Bürotelefon ging an die Nummer eines Clubs in North Las Vegas. Ich habe angerufen und den Namen einer Frau erfahren, die er anscheinend dort traf. Layla. Es gab ...«

»Layla? Wie der Song?«

»Scheint so. Es gab auch eine Nachricht für seinen Büroanschluß von einer unbekannten Frau. Es könnte diese Layla gewesen sein. Wir müssen mit ihr sprechen.«

Billets nickte, versicherte sich, daß Bosch fertig war, und erklärte dann ihren Plan.

»Okay. Erstens, alle Medienanfragen werden an mich weitergeleitet. Informationen kontrolliert man am besten, wenn sie nur aus einem Mund kommen. Fürs erste sagen wir den Reportern, daß die Fahndung im Gange ist und wir dazu tendieren, von Raub oder Auto-Hijacking auszugehen. Das hört sich harmlos genug an und es wird sie wahrscheinlich zufriedenstellen. Okay?«

Die drei Detectives nickten.

»Okay, ich werde dem Captain die Gründe vortragen, den Fall bei uns zu lassen. Es scheint, wir haben drei oder vier Spuren, denen wir mit allem Einsatz nachgehen müssen. Granit, den wir wegmeißeln müssen, wie Harry sagen würde.

Auf alle Fälle würde es mir beim Direktor helfen, wenn die Ermittlungen schon voll im Gange wären. Harry, ich möchte, daß du so schnell wie möglich nach Las Vegas fliegst. Du kümmerst dich um den Aspekt. Falls dort aber nichts zu finden ist, komm sofort zurück. Okay?«

Bosch nickte. Er hätte die gleichen Entscheidungen

getroffen, aber es stieß ihm sauer auf, daß sie von ihr kamen.

»Kiz, du untersuchst weiterhin seine Finanzen. Morgen früh möchte ich alles über Anthony Aliso wissen. Du wirst auch mit einem Durchsuchungsbefehl zum Haus müssen. Wenn du die Unterlagen abholst, fühl der Witwe noch mal auf den Zahn. Versuch noch mehr über ihre Ehe zu erfahren. Trink mit ihr einen Kaffee, vielleicht schüttet sie dir ihr Herz aus.«

»Ich weiß nicht«, sagte Rider. »Ich glaube, das Stadium haben wir hinter uns. Sie ist intelligent. Intelligent genug, um zu wissen, daß sie zum Kreis der Verdächtigen zählt. Ich glaube fast, um sicher zu gehen, müssen wir sie beim nächsten Mal über ihre Rechte belehren. Es war gestern fast soweit.«

»Das überlaß ich deinem Urteil«, sagte Billets. »Aber falls du sie belehrst, wird sie wahrscheinlich ihren Anwalt anrufen.«

»Ich seh, was ich machen kann.«

»Und Jerry, du ...«

»Ich weiß, ich weiß, ich kümmere mich um den Papierkram.«

Er machte zum ersten Mal seit fünfzehn Minuten den Mund auf. Bosch fand, daß sein Schmollen allmählich zu weit ging.

»Genau, du erledigst die Schreibarbeit. Ich möchte auch, daß du dich um die Zivilfälle kümmerst – und um diesen Drehbuchschreiber, der sich mit Aliso in den Haaren gelegen hat. Er ist wohl am wenigsten verdächtig, aber wir müssen allem nachgehen. Erledige das. Es wird uns helfen, unsere Fahndung einzuschränken.«

Edgar salutierte ihr ironisch.

»Während Harry ermittelt, was Aliso in Las Vegas tat«, sagte sie, »solltest du den Faden hier vom Flughafen aus aufnehmen. Wir haben seine Parkquittung. Damit solltest du anfangen. Wenn ich mit den Reportern spreche, werde ich Ihnen eine genaue Beschreibung des Wagens geben – es kann nicht so viele Silver Clouds geben – und mitteilen, daß wir Personen suchen, die den Wagen Freitagabend gesehen haben. Ich werde sagen, wir versuchen die Fahrt des Opfers vom Flughafen zu rekonstruieren. Vielleicht haben wir Glück und ein pflichtbewußter Bürger hilft uns.«

»Vielleicht«, sagte Edgar.

»Okay dann, an die Arbeit«, sagte Billets.

Die drei standen auf, und Billets blieb sitzen. Bosch ließ sich Zeit beim Herausnehmen der Kassette aus dem Videorecorder. Die beiden anderen verließen das Büro, und er war allein mit Billets.

»Ich hab gehört, daß du selbst noch nie an einem Mord-Tisch gearbeitet hattest, bevor du befördert wurdest«, sagte er zu ihr.

»Das ist wahr. Meine einzige Erfahrung als Detective war als Ermittler bei Sexualverbrechen im Valley.«

»Nun, falls es dich interessiert, ich hätte die gleichen Entscheidungen getroffen.«

»Hat es dich geärgert, daß ich es getan habe – und nicht du?«

Bosch dachte einen Moment nach.

»Ich werd darüber hinwegkommen.«

»Danke.«

»Kein Problem. Hör zu, die Sache mit Powers. Ich hatte dir wahrscheinlich gesagt, daß er einen Fingerabdruck hinterlassen hat. Ich dachte nur, diese Besprechung sei nicht der richtige Zeitpunkt. Ich habe ihm gestern einen Rüffel verpaßt, weil er den Wagen geöffnet hat. Er meinte, wenn er es nicht getan und auf uns gewartet hätte, würde der Wagen wahrscheinlich immer noch da stehen. Er ist ein Arschloch, aber sein Argument ist nicht ganz falsch.«

»Ich verstehe.«

»Bist du auf mich sauer, weil ich es dir nicht gesagt habe?«

Billets dachte einen Moment nach.

»Ich werd darüber hinwegkommen.«

2.

Ein paar Minuten, nachdem Bosch sich auf seinem Sitz in der Southwest-Maschine nach Las Vegas angeschnallt hatte, schlief er ein. Es war ein tiefer, traumloser Schlaf, und er wachte erst auf, als das Fahrgestell auf der Landebahn aufsetzte und er nach vorne fiel. Während die Maschine zum Flugsteig rollte, kam er allmählich zu sich und fühlte sich durch die Stunde Schlaf wieder gestärkt.

Es war Mittag und vierzig Grad Celsius, als er aus dem Flughafengebäude trat. Auf dem Weg zur Garage, wo sein Mietwagen stand, fühlte er, wie die Hitze seine wiedererlangte Energie aufsaugte. Nachdem er seinen Wagen am angegebenen Platz gefunden hatte, drehte er die Klimaanlage voll auf und machte sich auf den Weg zum Mirage.

Bosch hatte Las Vegas nie gemocht. Jedoch kam er öfter dienstlich hierher. Las Vegas und Los Angeles glichen sich in vielem. Beides waren Orte, die verzweifelte Menschen anzogen. Wenn sie von Los Angeles flohen, kamen sie hierher. Las Vegas war Endstation. Unter einer Schicht von Glanz und Geld, Energie und Sex schlug ein dunkles Herz. Sie konnten die Stadt noch so sehr als Vergnügungspark für die ganze Familie herausputzen, Las Vegas blieb eine Hure.

Wenn es hier einen Ort gab, der sein Urteil erschüttern könnte, war es das Mirage. Es war das Symbol des neuen Las Vegas. Die Fenster des Hochhauses glänzten golden in der Sonne. Bei der opulenten Dekoration des Casinos war kein Geld gespart worden. Während Bosch durch die Eingangshalle ging, blickte er wie hypnotisiert auf die weißen Tiger in einem riesigen Gehege aus Glas, das jeden Zoodirektor vor Neid erblassen ließe. Als er in der Schlange wartete, um sich anzumelden, schaute er auf das riesige Aquarium, das sich hinter der Rezeption befand. Haie drehten träge ihre Runden hinter dem Glas. Wie die Tiger.

Als Bosch an der Reihe war, entdeckte der Hotelangestellte einen Vermerk auf seiner Reservierung und verständigte den Sicherheitsschutz. Ein Leiter der Tagesschicht, ein Mann namens Hank Meyer, erschien und stellte sich vor. Er versprach Bosch volle Kooperation seitens des Hotels und des Casinos.

»Tony Aliso war ein guter und geschätzter Gast«, sagte er. »Wir werden alles in unserer Macht stehende tun, um Ihnen zu helfen. Aber es ist unwahrscheinlich, daß sein Tod etwas mit seinem Aufenthalt hier zu tun hatte. Auf unserem Schiff gibt es keine unerwünschten Elemente.«

»Das weiß ich, Hank«, sagte Bosch. »Ich weiß auch, daß Sie Ihren Ruf nicht ruinieren wollen. Ich erwarte nicht, im Mirage etwas zu finden, aber ich muß gründliche Arbeit leisten. Genau wie Sie, stimmt's?«

»Stimmt.«

»Kannten Sie ihn?«

»Nein, ich habe die Tagesschicht, seit ich hier vor drei Jahren angefangen habe. Wie ich hörte, hat Mr. Aliso hauptsächlich nachts gespielt.«

Meyer war ungefähr dreißig und entsprach dem Saubermann-Image, das das Mirage und inzwischen ganz Las Vegas der Welt präsentieren wollte. Er erklärte, daß das Zimmer, in dem Aliso beim letzten Mal übernachtet hatte, versiegelt worden war, damit Bosch es inspizieren könne. Er gab Bosch den Schlüssel und bat, ihn sobald wie möglich zurückzugeben. Außerdem wären die Kartengeber der Pokertische und das Personal der Wettannahmen für Vernehmungen verfügbar. Sie alle kannten Aliso von seinen regelmäßigen Besuchen.

»Haben Sie eine Deckenkamera über den Pokertischen?«

»O ja, allerdings.«

»Gibt es Bänder von Donnerstag bis Freitag? Ich würde sie mir gerne ansehen, falls Sie welche haben.«

»Kein Problem.«

Bosch verabredete sich mit Meyer für vier Uhr vor dem Büro des Sicherheitsdienstes im ersten Stock. Zu der Zeit war Schichtwechsel im Casino, und die Kartengeber, die Aliso kannten, würden zur Arbeit erscheinen. Danach könne er sich auch die Bänder der Deckenkamera ansehen.

Ein paar Minuten später war Bosch allein in seinem Zimmer, saß auf dem Bett und sah sich um. Der Raum war kleiner, als er erwartet hatte, jedoch sehr schön – komfortabler ausgestattet als jedes andere Zimmer, das er bisher in Las Vegas gesehen hatte. Er zog das Telefon vom Nachttisch auf seinen Schoß und rief das Hollywood-Revier an. Edgar meldete sich.

»Hier Bosch.«

»Aha, der Michelangelo des Mords, der Rodin des Totschlags.«

»Lustig. Also, was läuft bei euch?«

»Nun, Billets hat die Schlacht gewonnen«, sagte Edgar. »Von RM ist niemand vorbeigekommen, um uns den Fall abzunehmen.«

»Großartig. Was ist mit dir? Irgendwelche Fortschritte?«

»Das Mordbuch ist fast auf den augenblicklichen Fahndungsstand gebracht. Aber ich muß es beiseite legen. Der Drehbuchschreiber kommt um halb zwei vorbei. Sagt, er braucht keinen Anwalt.«

»Okay, ich werde dich nicht weiter stören. Sag dem Lieutenant, ich bin im Hotel.«

»Jaja. Übrigens sie hat eine weitere Besprechung für sechs angesetzt. Ruf an, wir lassen dich über die Telefonsprechanlage teilnehmen.«

»Wird gemacht.«

Bosch saß noch einige Augenblicke auf dem Bett und sehnte sich danach, sich hinzulegen und zu schlafen. Aber es ging nicht. Er mußte die Ermittlungen vorwärts bringen.

Er stand auf, packte seinen kleinen Koffer aus, hängte zwei Hemden und eine Hose in den Wandschrank. Unterwäsche zum Wechseln und Socken legte er darüber auf ein Regalbrett. Dann verließ er sein Zimmer und fuhr mit dem Aufzug in die oberste Etage. Alisos Raum befand sich am Ende des Korridors. Die Schlüsselkarte, die Meyer ihm gegeben hatte, öffnete die Tür problemlos, und er trat in ein Zimmer, das doppelt so groß wie seins war. Es war ein kombiniertes Schlaf- und Wohnzimmer mit einem ovalen Jacuzzi vor den Fenstern, von dem aus man die sich weit ausbreitende Wüste und die glatten, kakaofarbenen Berge im Nordwesten sehen konnte. Direkt unterhalb befand sich der Swimmingpool und ein Becken für die Delphin-Attraktion des Hotels. Bosch schaute hinunter und sah, wie sich einer der grauen Fische unter der schimmernden Oberfläche bewegte. Wahrscheinlich fühlten sie sich genauso fehl am Platze wie Bosch in der Hotelsuite.

»Delphine in der Wüste«, sagte er laut.

Die Suite war zweifellos luxuriös und wurde offensichtlich für Spieler mit dicken Brieftaschen bereit gehalten. Bosch stand neben dem Bett und sah sich kurz um. Im Zimmer schien alles an seinem richtigen Platz zu sein, und der Teppich wies frische Streifenmuster vom Staubsaugen auf. Falls der Raum jemals brauchbares Beweismaterial enthalten hatte, dann war es inzwischen verschwunden. Trotzdem hielt er sich an seine Routine. Er schaute unters Bett und in die Schubladen. Hinter dem Sekretär fand er ein Streichholzheft von einem mexikanischen Restaurant namens La Fuentes. Aber es war nicht festzustellen, wie lange es schon da lag.

Das Bad war vom Boden bis zur Decke mit rosa Marmorfliesen ausgelegt. Die Armaturen im Badezimmer waren alle aus poliertem Messing. Bosch schaute sich um, entdeckte aber nichts von Interesse. Er öffnet die Tür zur Duschkabine und fand dort ebenfalls nichts. Beim Schließen der Tür fiel sein Blick auf den Abfluß. Er schob die Tür wieder auf und beugte sich hinunter. Er preßte seinen Finger auf einen kleinen Goldpartikel, der an der Gummidichtung des Abflusses hängengeblieben war. Dann hob er den Finger, und das kleine Glitzerding blieb kleben. Wahrscheinlich war es der gleiche Glitzerstaub, den sie in den Aufschlägen von Alisos Hosen gefunden hatten. Jetzt mußte er nur noch herausfinden, was es war und woher es kam.

Das Polizeipräsidium war auf der Stewart Street im Stadtzentrum. Bosch ging zum Eingangsschalter und erklärte, daß er ein Detective von außerhalb war, der der Mordabteilung einen Höflichkeitsbesuch abstatten wollte. Man schickte ihn zum Büro der Fahndungsabteilung im zweiten Stock, wo ihn jemand durch den menschenleeren Raum zum Büro des Commanders führte. Captain John Felton war ein stiernackiger, dunkel gebräunter Mann von fünfzig Jahren. Bosch schätzte, daß er allein im letzten Monat seine Begrüßungsansprache mindestens hundertmal für Polizisten aus allen Ecken des Landes gehalten hatte. Das ließ sich in Las Vegas nicht vermeiden. Felton bat Bosch, Platz zu nehmen und leierte die Standardversion herunter.

»Detective Bosch, willkommen in Las Vegas! Sie haben Glück, daß ich an einem Feiertag hergekommen bin, um den Aktenberg zu verkleinern, der mir das Leben so schwer macht. Sonst wäre niemand hier. Nun, ich hoffe, daß Ihr Aufenthalt erfreulich und produktiv sein wird. Falls Sie etwas brauchen, zögern Sie nicht anzurufen. Ich kann nichts versprechen, aber falls Sie um etwas bitten, was in meiner Macht steht, würde ich mich glücklich schätzen, Ihnen behilflich zu sein. Gut, das hätten wir erledigt. Erzählen Sie mir doch, was Sie herführt.«

Bosch beschrieb ihm kurz den Fall. Felton schrieb den Namen Tony Aliso auf, und wo und wann er zuletzt in Las Vegas gewesen war.

»Ich versuche zu rekonstruieren, was er bei seinem Aufenthalt hier getan hat.«

»Glauben Sie, daß ihm jemand von hier gefolgt ist und ihn dann in L. A. umgebracht hat?«

»Im Moment glaube ich nichts. Wir haben keine Indizien, die darauf hinweisen.«

»Und ich hoffe, daß Sie keine finden werden. Das ist nicht die Reklame, die wir in L. A. haben wollen. Was haben Sie noch?«

»Ich habe zwei Sätze Fingerabdrücke, die wir auf der Leiche gefunden haben. Wir …«

»Auf der Leiche?«

»Er trug eine Jacke aus glattem Leder. Wir haben Sie mit dem Laser entdeckt. Dann haben wir sie in verschiedene

Datenbanken eingegeben: AFIS, NCIC, DOJ in Kalifornien. Alles mögliche, aber kein Treffer. Vielleicht können wir sie in Ihr Computersystem eingeben. Vielleicht haben wir Glück.«

Das AFIS-System, das von der Polizei in Los Angeles benutzt wurde, war ein Computernetzwerk, das Dutzende von Datenbanken im Lande verband – aber nicht alle. Außerdem hatte die Polizei in den meisten Großstädten eine interne Datenbank. In Las Vegas wurden Leuten, die für die Stadt oder für die Kasinos arbeiten wollten, Fingerabdrücke abgenommen. Manchmal wurden auch Fingerabdrücke heimlich gesammelt. Zum Beispiel von Leuten, die unter Verdacht standen, gegen die aber kein Haftbefehl erlassen wurde. Bosch hoffte, daß Felton seine Abdrücke mit dieser Datenbank vergleichen würde.

»Mal sehen, was Sie haben«, sagte Felton. »Ich kann Ihnen nichts versprechen. Wir haben wahrscheinlich ein paar, die nicht im nationalen Netz sind, aber die Chancen sind gering.«

Bosch reichte ihm die Karten, die Art Donovan kopiert hatte.

»Sie fangen also im Mirage an?« fragte der Captain, nachdem er die Karten beiseite gelegt hatte.

»Ja. Ich werde sein Foto herumzeigen, die übliche Routine. Mal sehen, was dabei rauskommt.«

»Sie haben mir alles, was Sie wissen, gesagt. Nicht wahr?«

»Richtig«, log Bosch.

»Okay.« Felton öffnete eine Schublade, holte eine Geschäftskarte heraus und gab sie Bosch. »Hier ist die Nummer von meinem Büro und von meinem Piepser. Rufen Sie mich an, falls Sie auf etwas stoßen. Ich habe den Piepser ständig bei mir. Spätestens morgen früh werde ich Sie wegen der Fingerabdrücke benachrichtigen. Erfolg oder Mißerfolg.«

Bosch dankte ihm und ging. Von der Eingangshalle des Präsidiums aus rief er die kriminalwissenschaftliche Abteilung in L. A. an und fragte Donovan, ob er Zeit gehabt hätte, dem Glitzerstaub in Alisons Hosenaufschlägen nachzugehen.

»Ja, aber es wird dir nicht viel Freude machen«, sagte Donovan. »Es ist wirklich nur Glitzerstaub. Gefärbtes Aluminium. Wie man es für Kostüme und bei Feiern verwendet. Unser Freund war wahrscheinlich auf einer Party, und sie haben das Zeug herumgeworfen. Vielleicht stammt es von irgendwelchen Scherzartikeln – wer weiß. Auf alle Fälle hat er was davon abgekriegt. Er hat es weggewischt, übersah aber, was in die Aufschläge gefallen war. Und das blieb dort.«

»Okay. Noch was?«

»Hm, nein. Nichts, was das Beweismaterial betrifft.«

»Was dann?«

»Erinnerst du dich an den Typ von OK, den du gestern abend vom Schuppen aus angerufen hast.«

»Carbone?«

»Ja, Dominic Carbone. Nun, er kam heute im Labor vorbei. Er fragte mich, was wir gestern abend gefunden hätten.«

Boschs Augen verdunkelten sich. Er sagte nichts, und Donovan fuhr fort.

»Er sagte, er wäre wegen anderer Sachen hier und sei nur etwas neugierig. Aber ich weiß nicht, Harry. Es schien mehr als bloße Neugier zu sein.«

»Ich versteh, was du meinst. Wieviel hast du ihm erzählt?«

»Bevor er mißtrauisch wurde und mich fragte, was er wollte, hab ich rausgelassen, daß wir auf der Jacke Fingerabdrücke gefunden haben. Tut mir leid, Harry. Aber ich war stolz darauf. Es ist selten, daß man gute Abdrücke von der Jacke einer Leiche bekommt, und ich habe wohl damit angegeben.«

»Ist okay. Hast du ihm gesagt, daß wir sie nicht identifizieren konnten?«

»Ja, ich habe ihm gesagt, daß wir keinen Erfolg hatten. Aber dann ... dann bat er mich um eine Kopie der Abdrücke. Er sagte, er könnte vielleicht etwas damit anfangen – was immer das heißen soll.«

»Was hast du getan?«

»Na was, ich hab ihm eine Kopie gegeben.«

»Was?!«

»Kleiner Scherz, Harry. Ich hab ihm gesagt, er soll sich an dich wenden.«

»Gut. Was hast du ihm noch gesagt?«

»Das ist alles, Harry.«

»Okay, Art. Mach dir keine Sorgen. Ich melde mich später wieder.«

»Bis dann, Harry. Hey, wo bist du eigentlich?«

»Vegas.«

»Wirklich? Setz für mich fünf Dollar auf die Sieben beim Roulette. Einmal. Ich geb dir das Geld zurück, wenn du wieder hier bist. Wenn ich gewinne, bekomme ich von dir Geld.«

Bosch kehrte fünfundvierzig Minuten vor seiner Verabredung mit Hank Meyer zu seinem Hotelzimmer zurück. Er verwandte die Zeit dazu, sich zu duschen, zu rasieren und ein sauberes Hemd anzuziehen. Er fühlte sich erfrischt und bereit, sich wieder der Wüstenhitze auszusetzen.

Meyer hatte arrangiert, daß er das Personal von der Wettannahme und die Kartengeber, die am vorhergehenden Donnerstag- und Freitagabend im Pokerraum gearbeitet hatten, nacheinander in seinem Büro einzeln vernehmen konnte. Es waren sechs Männer und drei Frauen. Acht arbeiteten an den Kartentischen und bei einer der Frauen hatte Aliso seine Sportwetten gemacht. Während jeder Schicht wechselten die Kartengeber alle zwanzig Minuten die Tische. Das bedeutete, daß alle acht an Aliso während seines letzten Aufenthalts in Las Vegas Karten ausgeteilt hatten. Und wegen seiner regelmäßigen Besuche des Casinos kannten sie ihn alle sehr gut.

Im Beisein von Meyer wickelte Bosch die Vernehmungen der Kartengeber in einer Stunde ab. Er erfuhr, daß Aliso gewöhnlich am Fünf-bis-zehn-Tisch spielte. Dort wurde mit einem Einsatz von fünf Dollar begonnen. Danach war der Minimumeinsatz fünf Dollar und das Maximum zehn. Pro

Runde konnte dreimal erhöht werden. Da es sich um Seven Card Stud handelte, gab es fünf Runden pro Hand. Bosch begriff sofort, daß der Pott bei einem vollen Tisch mit acht Spielern mehrere hundert Dollar enthalten konnte. Alisos Poker war meilenweit von den Freitagabendspielen entfernt, zu denen sich Bosch früher mal mit seinen Kollegen getroffen hatte.

Nach Angaben der Kartengeber hatte Aliso Donnerstagabend drei Stunden gespielt und sein Geld wieder herausbekommen. Am frühen Freitagabend hatte er wieder gespielt. Die Kartengeber schätzten, daß er mehrere Tausend Dollar verloren hatte. Niemand von ihnen konnte sich daran erinnern, daß Aliso bei seinen früheren Besuchen viel Geld verloren oder gewonnen hatte. Er schien zu wissen, wann er aufhören mußte.

Den Kartengebern war auch aufgefallen, daß Aliso gute Trinkgelder gab. Meistens zehn Dollar in Chips für jeden Gewinn, fünfundzwanzig für einen großen Pott. Er spielte immer allein, trank Gin und Tonic und unterhielt sich mit den anderen Spielern. In den letzten Monaten sei Aliso in Begleitung einer kaum zwanzigjährigen Blondine gekommen. Sie spielte nie Poker, sondern fütterte die Spielautomaten in der Nähe und kam, wenn sie mehr Geld brauchte. Tony hatte sie niemandem vorgestellt und keiner der Kartengeber hatte ihren Namen gehört. Bosch trug es in sein Notizbuch ein und schrieb darunter ›Layla?‹.

Nach den Kartengebern kam die Angestellte von der Wettannahme, bei der Aliso am liebsten sein Geld setzte. Sie war eine unscheinbare Frau mit blond gefärbten Haaren namens Irma Chantry. Sobald sie saß, steckte sie sich eine Zigarette an. Mit der Stimme einer Kettenraucherin berichtete sie, daß Aliso letzte Woche an beiden Abenden auf die Dodgers gesetzt habe.

»Er hatte ein System«, sagte sie. »Er hat verdoppelt, bis er gewonnen hat.«

»Wie meinen Sie das?«

»Am ersten Abend hat er tausend Dollar auf die Dodgers gesetzt, aber sie haben verloren. Am nächsten Tag kommt er rein, setzt zweitausend, und sie gewinnen. Wenn man den Casinoanteil abzieht, hat er fast tausend Dollar Reingewinn gemacht. Allerdings hat er es nie abgeholt.«

»Er hat seinen Gewinn nicht abgeholt?«

»Nee, aber das ist nicht ungewöhnlich. Sein Wettschein verfällt nicht. Er könnte jederzeit kommen und wir stecken es in den Computer. Es ist nicht das erste Mal, daß er gewinnt und erst beim nächsten Besuch kassiert.«

»Wie können Sie wissen, daß er nicht an einen anderen Schalter gegangen ist?«

»Tony würde das nicht tun. Er hat seine Gewinne immer bei mir kassiert, damit er mir Trinkgeld geben konnte. Er sagte, ich bringe ihm Glück.«

Bosch dachte einen Moment nach. Er wußte, daß die Dodgers Freitagabend ein Heimspiel gehabt hatten und Alisos Flugzeug um zehn Uhr abgeflogen war. Deshalb mußte Aliso schon am Flughafen sein, als das Spiel noch lief. Aber in seiner Brieftasche oder anderswo war kein Wettschein gewesen. Harry dachte wieder an den verlorengegangenen Aktenkoffer. War er darin gewesen? Könnte ein Gewinn von viertausend Dollar minus der Casinoprozente das Motiv für einen Mord sein? Es schien unwahrscheinlich, aber trotzdem wert, der Sache nachzugehen. Er schaute Irma an, die so stark in ihrer Zigarette saugte, daß die Konturen ihrer Zähne hinter den Wagen sichtbar wurden.

»Und wenn jemand anderes den Gewinn kassiert hätte? Bei einem anderen Schalter. Könnte man das herausfinden?«

Irma zögerte, und Meyer mischte sich ein.

»Wahrscheinlich«, sagte er. »Jeder Wettschein ist mit Schalternummer und Uhrzeit codiert.«

Er schaute Irma an.

»Irma, erinnerst du dich, ob du viele Zweitausend-Dollar-Wetten für die Dodgers Freitag hattest.«

»Keine einzige außer Tonys.«

»Wir werden es überprüfen«, sagte Meyer zu Bosch. »Wir werden alle kassierten Wettscheine von Freitagabend ab durchsehen. Falls Mr. Alisos Schein eingelöst wurde, werden wir wissen, wann. – Und wir werden eine Videoaufnahme von der Person haben.«

Bosch sah wieder Irma an. Sie war die einzige Angestellte, die Aliso beim Vornamen genannt hatte. Er fragte sich, ob ihre Beziehung sich aufs Wetten beschränkt hatte. Privatbeziehungen zwischen Casinoangestellten und Gästen waren jedoch wahrscheinlich verboten. Er konnte sie schlecht im Beisein von Meyer fragen und eine ehrliche Antwort erwarten. Er beschloß, Irma später aufzusuchen, und beendete ihre Vernehmung.

Bosch schaute auf seine Uhr und sah, daß er noch vierzig Minuten bis zum Konferenzgespräch mit Billets und den anderen hatten. Er fragte Meyer, ob er schon die Bänder der Deckenkamera besorgt hätte.

»Ich will den Typ nur beim Spielen beobachten«, sagte er. »Ich will wissen, wie er war, als er noch lebte.«

»Ich verstehe. Die Bänder liegen bereit. Wie gesagt, Sie haben unsere volle Kooperation.«

Sie verließen das Büro und gingen den Korridor entlang zum Monitorraum. Der Raum war nur schwach beleuchtet und still. Nur die Klimaanlage summte. Sechs Kontrollpulte standen in zwei Reihen. Vor ihnen saßen Männer in grauen Blazern und überwachten sechs Monitore pro Pult. Auf den Bildschirmen sah Bosch Spieltische aus der Deckenperspektive. Jeder Tisch hatte elektronische Regler, die es ermöglichten, Tiefenschärfe und Vergrößerung der Kameras zu verstellen.

»Wenn Sie wollten«, flüsterte Meyer, »könnten Sie Ihnen sagen, welche Karten die Spieler an jedem Blackjacktisch haben. Wahnsinn!«

Meyer führte Bosch zum Büro des Leiters. Dort standen noch mehr Videogeräte herum und ein Regal für Kassetten. Hinter einem kleinen Schreibtisch saß ein Mann in einem grauen Blazer. Meyer stellte ihn als Cal Smoltz, Leiter der Videoüberwachung, vor.

»Cal, steht alles bereit?«

»Der Monitor hier«, sagte Smoltz und deutete auf einen der Fünfzehn-Zoll-Bildschirme. »Wir fangen Donnerstag an.

Einer der Kartengeber war hier und hat ihn identifiziert. Er erscheint um zwanzig nach acht und spielt bis elf.«

Er drückte auf die Starttaste. Das Bild war körnig und schwarzweiß, in der Qualität ähnlich dem Archway-Video. Aber dieses Band war in Realzeit aufgenommen worden. Keine zappeligen Bewegungen. Zuerst war zu sehen, wie Aliso vom Manager des Pokerraums zu einem freien Stuhl geführt wurde. Der Manager trug ein Tablett mit Chips, das er vor Aliso auf den Tisch setzte. Aliso nickte und tauschte ein Lächeln mit der Kartengeberin aus – einer Frau, die Bosch vorhin vernommen hatte – und begann zu spielen.

»Wieviel sind die Chips wert?« fragte Bosch.

»Fünfhundert«, sagte Smoltz. »Ich hab mir das schon im Schnellauf angesehen. Er kauft keine neuen Chips mehr. Am Ende, wenn er sie einlöst, scheint er einen fast kompletten Satz zu haben. Wollen Sie es in Realzeit oder im Schnellauf sehen?«

»Schnell.«

Bosch schaute zu, während das Band durch die Minuten raste. Er sah, wie Aliso vier Gin mit Tonic trank, bei den meisten Runden früh ausstieg, vier große Gewinne machte und sechsmal den Pott verlor. Es passierte nicht viel. Smoltz verlangsamte die Geschwindigkeit, als sich das Zählwerk der Elf-Uhr-Marke näherte, und Bosch beobachtete, wie Aliso nach dem Manager rief, seine Chips einlöste und aus dem Bild verschwand.

»Okay«, sagte Smoltz. »Von Freitag haben wir zwei Bänder.«

»Wieso?« fragte Bosch.

»Er spielte an zwei Tischen. Als er kam, war zuerst nur Platz an dem Tisch, an dem die Einsätze von ein bis fünf Dollar gehen. Wir haben nur einen Tisch für diese Beträge. Es gibt nicht so viele Spieler, die sich dafür interessieren. Er spielte an dem Tisch, bis etwas anderes frei wurde. Dieses Band ist von dem Tisch mit den niedrigeren Einsätzen.«

Das Band begann, und Bosch beobachtete Aliso bei der gleichen Routine. Dieses Mal trug Aliso das Lederjackett. Bosch bemerkte noch einen Unterschied. Aliso nickte nicht nur dem Kartengeber zu, sondern auch einer Spielerin, die ihm gegenüber saß. Sie nickte zurück. Der Winkel der Kamera war jedoch ungünstig, und Bosch konnte ihr Gesicht nicht sehen. Er bat Smoltz, das Band in Realzeit zu spielen, und schaute ein paar Minuten abwartend zu, ob sonst noch irgendwelche Gesten zwischen den beiden Spielern zu beobachten waren.

Nichts dergleichen geschah. Fünf Minuten später wechselte jedoch der Kartengeber und eine Frau, die Bosch vor einer Stunde vernommen hatte, setzte sich hin. Sie nickte sowohl Aliso als auch der Frau auf der anderen Seite des Tisches zu.

»Können Sie es da anhalten?« fragte Bosch.

Ohne zu antworten, stellte Smoltz auf Standbild um.

»Okay«, sagte Bosch, »wer ist die Kartengeberin?«

»Amy Rohrback. Sie haben mit ihr gesprochen.«

»Richtig. Hank, könnten Sie sie herholen?«

»Hm, sicher. Darf ich fragen, weshalb?«

»Diese Spielerin«, sagte Bosch und deutete auf den Monitor, »hat Aliso zugenickt, als er sich hinsetzte. Amy Rohrback hat sie gerade begrüßt. Sie muß ein Stammgast sein. Sie kennt Aliso und Rohrback. Ich möchte eventuell mit ihr sprechen, und Amy Rohrback weiß vielleicht ihren Namen.«

»Okay, ich hole sie. Wenn sie jedoch mitten in der Rotation ist, muß ich warten.«

»Das ist okay.«

Während sich Meyer ins Casino begab, fuhren Bosch und Smoltz fort, sich die Bänder im Schnellauf anzusehen. Aliso spielte fünfundzwanzig Minuten an dem Tisch mit den niedrigen Einsätzen, bis der Manager kam, Alisos Chips nahm und ihn an den teueren Tisch führte. Smoltz steckte die Kassette für den Tisch in den Videorekorder. Aliso spielte an dem neuen Tisch noch zwei weitere Stunden und verlor viel Geld. Er kaufte dreimal einen neuen Satz Chips und verlor sie gleich wieder. Schließlich warf er seine letzten Chips dem Kartengeber als Trinkgeld zu und verließ den Tisch.

Das Band war zu Ende, und Meyer war noch nicht mit

Rohrback zurückgekommen. Smoltz sagte, er würde zu der Stelle mit der Unbekannten zurückspulen, damit es bereit wäre. Als er die Stelle erreichte, bat Bosch ihn, das Band schnell durchlaufen zu lassen, um zu sehen, ob irgendwann ihr Gesicht auftauchte. Nach einigen Minuten anstrengenden Beobachtens der überdreht herumzappelnden Spieler auf dem Band, sah die Frau nach oben in die Kamera.

»Da! Spulen Sie zurück und spielen Sie es langsam ab.«

Smoltz tat wie es ihm geheißen, und Bosch schaute auf den Bildschirm, während die Frau eine Zigarette hervorholte, ansteckte und sich zurücklehnte – ihr Gesicht zur Kamera gewandt. Der ausgeatmete Rauch zog sich über ihr Gesicht. Aber bevor er das Gesicht verschleierte, glaubte Bosch sie erkannt zu haben. Er erstarrte. Smoltz spulte das Band zu der Stelle zurück, wo ihr Gesicht am besten sichtbar war, und stoppte das Bild. Bosch starrte es schweigend an.

Smoltz sagte gerade, daß das wohl das beste Bild sei, als sich die Tür öffnete und Meyer hereinkam. Er war allein.

»Amy hat gerade an einem Tisch angefangen. Es wird also noch etwa zehn Minuten dauern. Ich hab ihr gesagt, sie soll hierherkommen.«

»Sie können im Pokerraum anrufen und sagen, daß es nicht mehr nötig ist«, sagte Bosch immer noch den Monitor anstarrend.

»Wirklich? Wieso?«

»Ich weiß, wer sie ist.«

»Wer ist sie?«

Bosch schwieg einen Moment. Er wußte nicht, ob er sich nach einer Zigarette sehnte, weil er sie rauchen sah oder weil ihn ein Schauder überfiel.

»Ach jemand. Ich kannte sie vor langer Zeit.«

Bosch saß auf seinem Bett, das Telefon auf dem Schoß, und wartete auf den Konferenzanruf. Aber in Gedanken war er weit weg. Er erinnerte sich an eine Frau, von der er seit langem geglaubt hatte, daß sie aus seinem Leben geschieden war. Wie lange war es her? Vier, fünf Jahre? In seinem Bewußtsein herrschte ein derartiger Wirbel von Gedanken und

Emotionen, daß er sich nicht sicher war. Es war genug Zeit vergangen. Es hätte ihn nicht überraschen sollen, daß sie inzwischen aus dem Gefängnis war.

»Eleanor Wish.« Er sprach ihren Namen aus.

Er erinnerte sich an die Jakarandabäume vor ihrem Reihenhaus in Santa Monica. Er erinnerte sich, wie sie miteinander geschlafen hatten, und an die kleine sichelförmige Narbe an ihrem Unterkiefer. Er erinnerte sich an die Frage, die sie ihm vor langer Zeit gestellt hatte, nachdem sie miteinander geschlafen hatten: »Glaubst du, daß man alleine sein kann, ohne einsam zu sein?«

Das Telefon läutete. Bosch riß sich von seinen Erinnerungen los und meldete sich. Billets war am Apparat.

»Okay, Harry, wir sind alle hier versammelt. Kannst du mich gut hören?«

»Nicht so gut, aber wahrscheinlich geht's nicht besser.«

»Städtisches Eigentum. Okay, fangen wir damit an, daß jeder erzählt, was er heute gemacht hat. Willst du anfangen, Harry?«

»Okay, aber es gibt nicht viel zu erzählen.«

Er berichtete, was er bisher getan hatte, und wies besonders auf den fehlenden Wettschein als etwas hin, nach dem sie Ausschau halten sollten. Er erzählte, daß er sich die Überwachungsvideos angesehen hatte, ließ jedoch aus, daß er Eleanor Wish erkannt hatte. Er war zu dem Schluß gekommen, daß es keinerlei Anzeichen für eine Verbindung zwischen ihr und Aliso gab. Im Moment würde er es also für sich behalten. Zum Schluß sagte er den anderen, daß er vorhatte, sich Dolly's anzusehen – das Lokal, zu dem der letzte Anruf von Alisos Büro ausging – und mit der Frau namens Layla zu sprechen, deren Namen Bosch gegenüber erwähnt worden war.

Als nächstes war Edgar an der Reihe. Er berichtete, daß der Drehbuchautor aufgrund seines Alibis als Täter auszuschließen sei. Edgars Instinkt sprach ebenfalls dagegen. Der junge Mann hasse zwar Aliso aufrichtig, sei aber nicht der Typ, seinen Gefühlen mit einer Zweiundzwanziger Ausdruck zu verleihen.

Edgar erzählte außerdem von seiner Vernehmung der Angestellten des Autoservices, wo Aliso seinen Wagen hatte waschen und wachsen lassen, während er in Las Vegas war. Als Teil des Servicepakets war Aliso vom Flughafen abgeholt worden, und der Fahrer hatte angegeben, daß Tony allein, entspannt und nicht in Eile gewesen sei.

»Das Abholen am Flughafen lief normal ab«, sagte Edgar. »Aliso nahm seinen Wagen und fuhr nach Hause. Gab dem Fahrer zwanzig Dollar Trinkgeld. Der Mörder muß ihn also auf dem Weg nach Hause abgefangen haben. Ich schätze, irgendwo oben auf dem Mulholland Drive. Viele Kurven und wenig Verkehr. Man kann jemand stoppen, wenn man es schnell macht. Wahrscheinlich zwei Leute.«

»Was hat der Fahrer über das Gepäck gesagt?« fragte Bosch.

»Ach ja«, sagte Edgar. »Soweit er sich erinnern konnte, hatte Tony die zwei Sachen, die seine Frau beschrieb. Einen silbernen Attachékoffer und einen dieser Kleidersäcke. Er hatte sie nicht als Gepäck aufgegeben.«

Bosch nickte, obwohl er allein war.

»Was ist mit den Medien?« fragte Bosch. »Haben wir ihnen schon etwas gegeben?«

»Ist in Vorbereitung«, sagte Billets. »Die Presseabteilung wird gleich morgen früh eine Presserklärung verteilen – mit Bild des Rolls. Sie werden auch den Wagen in der Polizeigarage für Fernsehaufnahmen zur Verfügung stellen. Und ich werde für Interviews bereitstehen. Ich hoffe, daß die Fernsehstationen es bringen werden. Sonst noch was, Jerry?«

Edgar berichtete noch, daß er das Mordbuch auf den Stand der Fahndung gebracht und die Liste der Kläger in den verschiedenen Zivilverfahren zur Hälfte durchgearbeitet habe. Für den nächsten Tag würde er Vernehmungen mit weiteren Personen ansetzen, die angeblich durch Aliso Schaden erlitten hatten. Außerdem hätte er bei der Gerichtsmedizin angerufen, aber es gebe noch keinen Termin für die Autopsie.

»Okay«, sagte Billets. »Kiz, was hast du?«

Rider teilte ihren Bericht in zwei Teile. Zuerst sprach sie

kurz über ihre Vernehmung von Veronica Aliso und erzählte, daß die Frau im Gegensatz zum vorherigen Abend, als sie ihr die Todesnachricht gebracht hatten, extrem verschlossen gewesen war. An diesem Morgen hätten sich ihre Antworten auf Ja und Nein sowie ein paar Details beschränkt. Sie seien siebzehn Jahre verheiratet gewesen. Sie hätten keine Kinder. Sie habe in zwei Filmen ihres Mannes mitgespielt und seitdem nicht mehr gearbeitet.

»Glaubst du, sie hat mit einem Anwalt darüber gesprochen, wie sie sich uns gegenüber verhalten soll?« fragte Bosch.

»Das hat sie nicht gesagt, aber ich glaube, das steckt dahinter«, sagte Rider. »Ich mußte ihr alles aus der Nase ziehen.«

»Okay, was noch?« sagte Billets, um die Besprechung in Gang zu halten.

Rider fuhr mit dem zweiten Teil ihrer Ermittlungen fort, der Analyse der finanziellen Unterlagen Anthony Alisos. Selbst bei der schlechten Verbindung bekam Bosch mit, wie aufgeregt Kiz über ihre Erkenntnisse war.

»Kurz gesagt, die finanziellen Unterlagen zeigen, daß der Typ einen sehr komfortablen Lebensstandard führte. Fünfstellige Bankkonten, keine Kreditkartenschulden, ein Haus mit einer Hypothek von siebenhunderttausend bei einem Wert von 1,1 Millionen. Das ist jedoch alles, was ich finden konnte. Sein Rolls ist geleast, der Lincoln seiner Frau ebenfalls und das Büro ist, wie wir wissen, gemietet.«

Sie machte eine Pause, bevor sie fortfuhr.

»Übrigens, Harry, falls du Zeit hast, möchte ich, daß du dort etwas überprüfst. Die beiden Wagen sind für seine Firma, TNA Productions, geleast – von einem Autohändler in Vegas. Schau ihn dir mal an, falls du Zeit hast. Ridealong Incorporated, 2002 Industrial Drive, Suite 330.«

Boschs Jacke, mit seinem Notizbuch, hing über einem Stuhl auf der anderen Seite des Raums. Er schrieb den Namen und die Adresse auf einen Notizblock, der auf dem Nachttisch lag.

»Okay«, sagte Rider, »ich komme jetzt zu seinem Geschäft, und da wird's interessant. Ich hab erst die Hälfte der Unterlagen, die wir aus seinem Büro haben, durchgesehen. Und es sieht so aus, als ob der Typ Finanzschwindel ersten Ranges betrieben hat. Und dabei geht es nicht um die Drehbuchrechte armer Filmstudenten. Das hat er wahrscheinlich nur als Hobby betrieben. Sein Hauptjob war Geldwäsche. Ich glaube, er hat für jemanden als Strohmann fungiert.«

Sie wartete einen Moment, bevor sie weitersprach. Bosch setzte sich auf die Bettkante. Er spürte, wie er vor Aufregung eine Gänsehaut bekam.

»Wir haben Steuererklärungen, Bestellungen, Verträge über gemietete Filmausrüstung, Einnahmen und Ausgaben von mehreren Produktionen – mehr als ein Dutzend Filme. Alles für den Videomarkt. Wie Veronica sagte, alles hart an der Grenze zum Porno. Ich hab mir ein paar der Videos angesehen. Sie sind alle fürchterlich schlecht. Die Handlung wird kaum entwickelt, wenn man von der Wahnsinnsspannung, wann die Hauptdarstellerin sich ausziehen wird, absieht.

Das einzige Problem ist, daß die Bücher nicht mit dem übereinstimmen, was im Film zu sehen ist, und daß die meisten der großen Schecks an Postfächer geschickt wurden sowie an Firmen, die nur auf dem Papier existieren.«

»Wie meinst du das?«

»Nach seinen Geschäftsunterlagen hat er zwischen einer und eineinhalb Millionen Dollar in jeden seiner sogenannten Filme gesteckt. Wenn du dir die Videos ansiehst, merkst du, daß nicht mehr als hundert-, vielleicht zweihundertausend in sie investiert wurden. Mein Bruder arbeitet beim Filmschnitt und ich weiß genug, um zu sagen, daß die Summen in Alisos Büchern nicht für seine Filme verwendet wurden. Meiner Meinung nach hat er seine Machwerke dazu benutzt, um Geld zu waschen, viel Geld.«

»Erklär das näher, Kiz«, sagte Billets.

»Fangen wir bei seiner Quelle an. Nennen wir ihn Mr. X. Mr. X hat eine Million Dollar, die er eigentlich nicht haben dürfte. Egal, ob das Geld vom Drogenhandel stammt oder woher auch immer, es muß legitim aussehen, damit er es auf die Bank tun und später ausgeben kann, ohne Aufmerksamkeit auf sich zu lenken. Also gibt er es Tony Aliso, um es in dessen Filmproduktion zu investieren. Aliso macht einen billigen Film damit, für den er nur zehn Prozent des Geldes ausgibt.

Die Bücher frisiert er jedoch so, daß es aussieht, als wäre das ganze Geld für Produktionskosten draufgegangen. Er schickt wöchentlich Schecks an die verschiedensten Firmen für Filmausrüstung, Requisiten, technischen Service. Alle Schecks sind zwischen acht- bis neuntausend Dollar – knapp unter der Meldepflicht der Banken.«

Bosch hörte aufmerksam zu. Er hatte die Augen geschlossen und konzentrierte sich. Er bewunderte Riders Fähigkeit, all dies aus den Unterlagen herauszuholen.

»Nach Produktionsende macht Tony vielleicht ein paar Tausend Kopien von dem Streifen und verkauft sie an unabhängige Video-Shops und Vertriebsfirmen, weil die Ketten solchen Mist nicht kaufen würden – Ende der Geschichte. Während der ganzen Zeit hat er Mr. X achtzig Prozent seines Geldes über die Zahlungen an die Briefkastenfirmen zurückgegeben. Es ist ein Taschenspielertrick. Wer hinter diesen Firmen steckt, bekommt sein eigenes Geld für nicht geleistete Dienstleistungen. Aber jetzt ist das Geld legitim und sauber. Er kann zu jeder Bank in Amerika gehen, es auf ein Konto einzahlen, es versteuern und ausgeben. Und Tony Aliso behält seinen Produktionsanteil ein und dreht den nächsten Streifen. Es sieht aus, als hätte er zwei bis drei Filme pro Jahr gemacht und eine halbe Million Profit für die eigene Tasche erwirtschaftet.«

Sie schwiegen alle, bis Rider weitersprach.

»Es gibt allerdings ein Problem dabei«, sagte Rider.

»Das Finanzamt ist hinter ihm her«, sagte Bosch.

»Riiiiichtig«, antwortete sie, und er konnte sich ihr Lächeln vorstellen. »Der Schwindel hat sich gelohnt, aber die Sache war kurz vorm Platzen. Das Finanzamt wollte sich Alisos Bücher Ende des Monats ansehen, und wenn ich nur einen Tag brauchte, würde ein Finanzbeamter es in einer Stunde entdecken.«

»Tony wurde also zu einem Risiko für Mr. X«, sagte Edgar.

»Besonders wenn er mit den Behörden kooperiert hätte«, fügte Rider hinzu.

Jemand am anderen Ende der Leitung pfiff, aber Bosch konnte nicht erkennen, wer. Wahrscheinlich Edgar.

»Also, was steht als Nächstes an? Mr. X. finden?« fragte Bosch.

»Im Moment arbeite ich an einer Anfrage an das staatliche Firmenregister«, antwortete Rider, »die ich morgen früh faxen will. Sie haben alle Briefkastenfirmen erfaßt. Vielleicht war Mr. X so dumm, daß er einen richtigen Namen oder eine korrekte Adresse auf das Registrierungsformular geschrieben hat. Ich arbeite außerdem an einem Durchsuchungsbefehl. Wir haben die eingelösten Schecks von Tonys Firma. Ich möchte die Auszüge der Konten einsehen, auf die sie eingezahlt wurden. Vielleicht kann ich herausfinden, wohin das Geld geflossen ist, nachdem Tony es gewaschen hat.«

»Was ist mit dem Finanzamt?« fragte Tony. »Hast du das mit ihnen besprochen?«

»Es ist wegen des Feiertags geschlossen. Aber Alisos Vorladung trägt eine Nummer, deren Anfangszahlen codieren, daß eventuell etwas Kriminelles vorliegt. Ich glaube daher, daß es mehr als eine Routineüberprüfung ist. Irgendwie haben sie etwas erfahren. Ich werde morgen früh den zuständigen Beamten anrufen.«

»Wißt ihr was«, sagte Edgar, »OKs Desinteresse beginnt allmählich verdächtig zu stinken. Ob Tony was mit den Makkaronis zu tun hatte oder nicht, diese Scheiße ist organisierte Kriminalität. Organisierter geht es nicht. Und ich wette meinen letzten Knopf, daß sie von unserem Freund gehört haben – vom Finanzamt oder von jemand anders.«

»Ich glaube, du hast recht«, sagte Billets.

»Ich habe noch etwas vergessen«, warf Bosch ein. »Ich habe heute mit Donovan gesprochen. Der Typ von OK, mit dem ich telefoniert habe – er heißt Carbone –, kam heute angeblich zufällig vorbei und begann Donovan auszufragen.

Donovan sagte, Carbone tat, als hätte er kein Interesse an dem Fall. Er verhielt sich jedoch verdammt interessiert. Begreift ihr?«

Lange Zeit sagte niemand etwas.

»Also, was tun wir?« fragte Edgar.

Bosch schloß die Augen wieder und wartete. Von Billets Entscheidung hing der Verlauf der weiteren Fahndung sowie sein Respekt ab. Er wußte, was ihr Vorgänger getan hätte. Er hätte den Fall bei der Abteilung für organisierte Kriminalität abgeladen.

»Wir tun nichts«, sagte Billets schließlich. »Es ist unser Fall, wir führen die Ermittlungen. Wenn die OK-Typen herumschnüffeln, nachdem sie gepaßt haben, dann steckt etwas dahinter, von dem wir noch nichts wissen.«

Es trat wieder Schweigen ein, und Bosch öffnete die Augen. Billets gefiel ihm immer besser.

»Okay«, sagte Billets. »Ich denke, wir sollten uns auf Tonys Firma konzentrieren. Von nun an richten wir unser Augenmerk darauf. Wie schnell kannst du die Ermittlungen in Vegas abschließen und zurückkommen, Harry?«

»Falls ich nicht etwas finde, müßte ich spätestens morgen mittag hier fertig sein. Wir sollten aber nicht vergessen, daß Tony laut Mrs. Aliso gesagt hat, daß er sich in Las Vegas mit Investoren traf. Vielleicht befindet sich unser Mr. X hier.«

»Möglich«, sagte Billets. »Also, das war wieder gute Arbeit. Machen wir so weiter.«

Sie verabschiedeten sich, und Bosch stellte das Telefon wieder auf den Nachttisch. Er fühlte sich durch die Fahndungsfortschritte gestärkt. Einen Moment saß er einfach da und genoß den Adrenalinrausch. Er ballte seine Hände zu Fäusten und schlug sie zusammen.

Bosch stieg aus dem Aufzug und begann durchs Casino zu flanieren. Es war ruhiger hier als in den meisten Casinos, in denen er gewesen war. Kein Schreien oder Aufjauchzen von den Würfeltischen, kein inbrünstiges Flehen um eine Sieben. Die Leute, die hier spielten, waren anders. Sie kamen mit Geld und flogen wieder ab mit Geld – ganz egal, wieviel sie verloren hatten. Der Geruch von Verzweiflung war hier nicht zu bemerken. Dieses Casino war für Leute mit dicken Brieftaschen.

Er kam an einem vollbesetzten Roulettetisch vorbei und erinnerte sich an Donovans Bitte. Nachdem er sich zwischen zwei rauchende Chinesinnen gezwängt und um einen Chip gebeten hatte, wurde ihm gesagt, daß dies der Fünfundzwanzig-Dollar-Tisch war. Eine der Chinesinnen deutete mit ihrer Zigarette zu einem anderen Roulettetisch.

»Dort können Sie Ihren Fünfer loswerden«, sagte sie verächtlich.

Bosch dankte ihr und ging zum billigeren Tisch hinüber. Er legte einen Fünfer-Chip auf die Sieben und beobachtete, wie sich das Rad drehte und die kleine Kugel über die Zahlen sprang. Er fühlte keinen Kitzel. Er wußte, daß für richtige Spieler nicht Gewinnen oder Verlieren wichtig war, sondern die Spannung. Welche Karte sie ziehen, was sie würfeln würden, wo die Kugel liegen bliebe. Es war dieser kurze Augenblick des Wartens, Hoffens und Wünschens, der sie elektrisierte, dem sie verfielen. Bosch fühlte nichts.

Die Kugel blieb auf der Fünf liegen, und Donovan schuldete Bosch fünf Dollar. Er drehte sich um und sah sich nach dem Pokerraum um. Als er ein Schild sah, begab er sich in die Richtung. Es war früh, noch nicht acht Uhr, und mehrere Stühle waren an den Tischen frei. Er überflog die Gesichter und konnte Eleanor Wish nicht entdecken. Er hatte es auch nicht erwartet. Aber er erkannte viele der Kartengeber, die er früher am Tag vernommen hatte – einschließlich Amy Rohrback. Er war versucht, sich auf einen der leeren Stühle an ihrem Tisch zu setzen und sie zu fragen, woher sie Eleanor Wish kannte, unterließ es dann aber, sie bei der Arbeit zu stören.

Während er sich überlegte, was er tun sollte, kam der Manager herüber und fragte, ob er spielen wollte. Bosch erkannte ihn vom Video. Er hatte Tony Aliso zu seinem Platz geführt.

»Nein, ich schaue nur zu«, sagte Bosch. »Haben Sie eine Minute Zeit, solange noch wenig Betrieb ist?«

»Eine Minute, wozu?«

»Ich bin der Cop, der Ihre Leute vernommen hat.«

»Ach ja, Hank hat mir davon erzählt.«

Er stellte sich als Frank King vor, und Bosch schüttelte seine Hand.

»Tut mir leid, daß ich nicht hochkommen konnte. Aber ich werde zwischendurch nicht abgelöst und mußte hier sein. Es geht um Tony A., nicht wahr?«

»Ja. Sie kannten ihn, oder?«

»Ja, wir kannten ihn alle. Netter Typ ... eine Schande, was passiert ist.«

»Woher wissen Sie, was passiert ist?«

Bosch hatte absichtlich keinem der Kartengeber etwas von Alisos Tod erzählt.

»Hank«, sagte King. »Er sagte, er wurde in L. A. erschossen oder so ähnlich. Aber was soll's, wer in L. A. lebt, liebt das Risiko.«

»Wahrscheinlich. Seit wann kannten Sie ihn?«

»Seit Urzeiten. Ich hab im Flamingo gearbeitet, bevor das Mirage eröffnet wurde. Tony war dort Gast. Er kommt schon seit vielen Jahren nach Las Vegas.«

»Hatten Sie je persönlichen Kontakt zu ihm? Außerhalb des Casinos?«

»Ein- oder zweimal. Durch Zufall. Ich war irgendwo, und Tony kam zufällig vorbei. Wir haben etwas zusammen getrunken, uns nett unterhalten. Das war's aber auch. Schließlich war er Gast des Hotels und ich Angestellter. Wir waren nicht befreundet, falls Sie das meinen.«

»Ich verstehe. Wo haben Sie ihn getroffen?«

»Oh Gott, das weiß ich nicht mehr. Das war schließlich ... ein' Moment, bitte.«

King löste die Chips eines Spielers von Amy Rohrbacks Tisch ein. Bosch wußte nicht, wieviel der Mann am Anfang gehabt hatte, aber er ging mit vierzig Dollar und betrübter Miene weg. King verabschiedete ihn mit dem Wunsch, beim nächsten Mal mehr Glück zu haben, und kam zu Bosch zurück.

»Wie gesagt, ich sah ihn in verschiedenen Bars. Aber das

ist lange her. Eine war die runde Bar im Stardust. Einer von meinen Kumpeln war dort Barmixer. Nach der Arbeit bin ich dort ab und zu gewesen. Dort sah ich Tony. Er schickte mir einen Drink rüber. Das war mindestens vor drei Jahren. Ich weiß nicht, ob Ihnen das helfen könnte.«

»War er allein?«

»Nein, mit einer Braut. Junge Sahneschnitte. Ich kannte sie nicht.«

»Okay, was ist mit dem anderen Mal? Wann war das?«

»Irgendwann letztes Jahr. Ich war auf einer Junggesellenparty – vor Martys Hochzeit. Er hat hier die Würfeltische unter sich. Wir sind alle zu Dolly's, um einen drauf zu machen. Das ist ein Striptease-Club im Norden. Tony war auch dort. Er war allein und kam auf einen Drink vorbei. Das heißt, er hat für unseren ganzen Tisch einen ausgegeben. Wir waren, glaube ich, zu acht. Der Typ war in Ordnung. Das war's.«

Bosch nickte. Aliso war also seit mindestens einem Jahr Stammgast bei Dolly's gewesen. Bosch hatte vor, dort mehr über Layla zu erfahren. Wahrscheinlich war sie eine der Stripperinnen und wahrscheinlich war Layla nicht ihr richtiger Name.

»Haben Sie ihn kürzlich mit jemandem gesehen?«

»Sie meinen mit einer Braut?«

»Ja, ein paar der Kartengeber sagten, er brachte in letzter Zeit eine Blondine mit.«

»Stimmt, ich habe ihn zwei- oder dreimal mit ihr gesehen. Er gab ihr Knete für die Spielautomaten, während er Poker spielte. Ich weiß aber nicht, wer sie ist.«

Bosch nickte.

»Ist das alles?« fragte King.

»Noch eins. Kennen Sie Eleanor Wish? Sie spielte Freitag an dem billigen Tisch. Tony spielte ebenfalls eine Zeitlang dort. Es schien, daß sie sich kannten.«

»Ich kenne eine Spielerin namens Eleanor. Ihren Nachnamen weiß ich nicht. Meinen Sie die gutaussehende Brünette? Braune Augen, noch ziemlich gute Figur, obwohl die Zeit vor ihr auch nicht halt gemacht hat?«

King lächelte über seine clevere Wortwahl. Bosch nicht.

»Hört sich nach ihr an. Ist sie Stammgast?«

Ja, ich sehe sie hier einmal die Woche, vielleicht seltener. Sie wohnt in Las Vegas, soviel ich weiß. Die ortsansässigen Spieler machen ihre Runden. Nicht alle Casinos haben Poker. Es wirft nicht soviel ab. Wir haben es eher als Kundendienst und hoffen, unsere Gäste spielen etwas Poker und dann viel Blackjack. Die Spieler von hier drehen ihre Runden, damit sie nicht immer gegen die gleichen Leute spielen. Heute abend hier, morgen im Harrah's, dann im Flamingo, danach vielleicht ein paar Abende in den Downtown-Casinos.«

»Sie meinen, sie ist Profi?«

»Nein, ich meine, daß sie hier wohnt und viel spielt. Ob sie tagsüber arbeitet oder vom Poker lebt, weiß ich nicht. Ich glaube, ich habe ihr nie mehr als zwei Scheine ausbezahlt. Das ist nicht viel. Ich habe außerdem gehört, daß sie gute Trinkgelder gibt. Profis tun das nicht.«

Bosch bat King, ihm alle Casinos in der Stadt zu nennen, in denen Poker gespielt wurde, und bedankte sich dann.

»Sie werden herausfinden, daß Tony sie bloß oberflächlich kannte und nur hallo sagte. Mehr nicht.«

»Warum?«

»Zu alt. Sie sieht gut aus, aber für Tony war sie zu alt. Er interessierte sich nur für junge Frauen.«

Bosch nickte und ließ ihn gehen. Er flanierte weiter durchs Kasino. Er wußte nicht, was er Eleanor Wish betreffend tun sollte. Ihr Pokerspielen faszinierte ihn. Kings Erklärung, daß sie nur einmal wöchentlich kam, ließ ihre Beziehung zu Aliso harmlos erscheinen. Wahrscheinlich hatte sie nichts mit dem Fall zu tun. Trotzdem verspürte Bosch den Wunsch, mit ihr zu sprechen. Er wollte ihr sagen, daß es ihm leid tat, wie die Sache ausgegangen war, wie er sie hatte ausgehen lassen.

In der Nähe der Rezeption waren öffentliche Telefone an der Wand angebracht. Bosch ging hinüber und rief die Information an. Er fragte nach der Nummer von Eleanor Wish und erhielt die Auskunft, daß die Nummer auf Wunsch des

Teilnehmers nicht im öffentlichen Verzeichnis stehe. Bosch überlegte einen Moment und suchte dann in seiner Jackentasche. Er fand die Karte, die Captain Felton ihm gegeben hatte, und wählte die Nummer seines Piepsers. Während er wartete, legte er seine Hand auf den Apparat, damit niemand anders ihn benutzen konnte. Nach vier Minuten läutete es.

»Felton?«

»Ja, wer ist am Apparat?«

»Bosch. Von heute morgen.«

»Richtig. L. A. Ich habe noch nichts über die Abdrücke. Ich werde wahrscheinlich erst morgen früh etwas wissen.«

»Deswegen rufe ich nicht an. Ich dachte, vielleicht hat einer von Ihren Leuten gute Beziehungen zur Telefongesellschaft, um mir eine nicht öffentliche Nummer und Adresse zu besorgen.«

»Die Nummer ist nicht im Verzeichnis aufgeführt?«

Bosch hätte ihm gern erklärt, daß er kaum anrufen würde, wenn die Nummer im Telefonbuch stünde, ließ es aber.

»Ja.«

»Wer ist es?«

»Eine Frau, die hier wohnt. Sie spielte Freitagabend mit Tony Aliso Poker.«

»Und?«

»Sie kannten sich, und ich möchte mit ihr sprechen. Ich brauche die Nummer. Können Sie mir helfen?«

Es vergingen ein paar Augenblicke, bevor Felton antwortete.

»Okay, geben Sie mir den Namen. Ich seh, was ich tun kann. Wo kann ich Sie erreichen?«

»Ich werde unterwegs sein. Kann ich Sie anrufen?«

Felton gab ihm seine Privatnummer und sagte, er solle in einer halben Stunde anrufen.

Bosch verwandte die Zeit, um über den Strip zu Harrah's hinüberzugehen und in den Pokerraum zu schauen. Eleanor Wish war nicht da. Er ging wieder hinaus und zog die Jacke aus, da es immer noch sehr warm draußen war. Es würde bald dunkel werden, und er hoffte, daß es sich dann abkühlen würde. Er ging den Strip hinunter zum Flamingo.

Dort fand er sie. Sie saß an einem Ein-bis-vier-Dollar-Tisch und spielte mit fünf Männern. Der Stuhl links neben ihr war frei, aber Bosch setzte sich nicht. Statt dessen stand er inmitten von Spielern an einem Roulettetisch und beobachtete sie.

An ihrem Gesicht war abzulesen, daß sie sich total aufs Kartenspielen konzentrierte. Bosch beobachtete, wie ihre Mitspieler sie verstohlen betrachteten, und spürte eine eigenartige Erregung zu wissen, daß sie sie insgeheim begehrten. Innerhalb von zehn Minuten gewann sie ein Spiel – er war zu weit weg, um ihre Hand zu sehen – und stieg fünfmal früh aus. Es sah aus, als würde sie gewinnen. Ihr Tablett war voll, und daneben waren Chips in sechs Türmchen auf dem blauen Filz aufgestapelt.

Nachdem er gesehen hatte, wie sie ein zweites Spiel gewonnen hatte – diesmal schob der Kartengeber ihr einen ganzen Haufen blauer Chips herüber –, sah sich Bosch nach einem Telefon um. Er rief Felton zu Hause an und bekam Wishs Telefonnummer und Adresse. Der Captain erklärte ihm, daß die Adresse auf der Sands Avenue nicht weit vom Strip entfernt läge, in einer Gegend von Apartmenthäusern, in denen hauptsächlich Casinoangestellte wohnten. Bosch sagte ihm nicht, daß er sie schon gefunden hatte. Statt dessen bedankte er sich und hängte ein.

Als Bosch in den Pokerraum zurückkam, war sie verschwunden. Die fünf Männer saßen noch da, aber der Kartengeber hatte gewechselt, und Eleanor war weg. Ihre Chips lagen nicht mehr da. Sie hatte sie eingelöst, und er hatte sie verloren. Bosch fluchte.

»Suchst du jemanden?«

Bosch drehte sich um. Es war Eleanor. Sie lächelte nicht. Ihr Gesicht drückte Verärgerung aus oder auch trotzige Herausforderung. Sein Blick fiel auf die kleine, weiße Narbe an ihrem Unterkiefer.

»Ich, äh ... Eleanor ... ja, ich habe dich gesucht.«

»Du fällst immer auf. Ich habe dich gleich bemerkt. Ich

wäre sofort aufgestanden, aber ich mußte diesen Typen aus Kansas noch an der Nase herumführen. Er dachte, er wüßte, wann ich bluffe. Er hatte keinen Schimmer. Genau wie du.«

Bosch hatte es die Sprache verschlagen. Er hatte sich ihr Wiedersehen anders vorgestellt und wußte nicht, wie er vorgehen sollte.

»Hör zu, Eleanor. Ich ... hm ... wollte sehen, wie es dir geht. Ich weiß nicht, ich ...«

»Klar. Also bist du nur nach Vegas geflogen, um mich zu treffen? Was ist wirklich los, Bosch?«

Bosch sah sich um. Um sie herum drängten sich die Leute. Der Lärm der Spielautomaten und das Aufjauchzen und Aufstöhnen der Spieler vermischten sich zu einem chaotischen Konzert.

»Ich erzähl's dir. Möchtest du einen Drink oder vielleicht etwas zu essen?«

»Einen Drink, nicht mehr.«

»Kennst du eine Bar, wo es ruhig ist.«

»Nicht hier. Komm.«

Sie verließen das Casino durch den Vorderausgang und traten in die trockene Hitze der Nacht. Die Sonne war untergegangen, und das Neonlicht illuminierte den Himmel.

»Im Caesar's ist eine Bar, wo es still ist. Dort gibt es keine Spielautomaten.«

Sie führte ihn über die Straße und zum rollenden Bürgersteig, der sie zum Eingang von Caesar's Palace brachte. Sie gingen an der Rezeption vorbei zu einer Bar, an der nur drei Gäste saßen. Eleanor hatte recht gehabt. Es war eine Oase der Ruhe, ohne Pokertische oder Automaten. Nur die Bar. Er bestellte ein Bier und sie einen Scotch mit Wasser. Sie steckte sich eine Zigarette an.

»Du hast früher nicht geraucht«, sagte er. »Ich erinnere mich, du warst sogar ...«

»Das ist lange her. Weshalb bist du hier?«

»Ermittlungen.«

Inzwischen hatte er seine Ruhe wiedergewonnen und klare Gedanken gefaßt.

»Was für ein Fall, und was hat das mit mir zu tun?«

»Es hat nichts mit dir zu tun, aber du kanntest den Typen. Du hast Freitagabend mit ihm im Mirage Poker gespielt.«

Verwirrt und neugierig zog sie ihre Augenbrauen zusammen. Bosch erinnerte sich, wie attraktiv er das damals gefunden hatte. Er wollte seinen Arm ausstrecken und sie berühren – tat es jedoch nicht. Er durfte nicht vergessen, daß sie nicht mehr die gleiche Person war.

»Anthony Aliso«, sagte er.

Er beobachtete, wie sich Überraschung auf ihrem Gesicht widerspiegelte, und glaubte ihr sofort. Er war kein Pokerspieler aus Kansas, der keinen Bluff durchschauen konnte. Er hatte diese Frau gut gekannt und hielt ihren Gesichtsausdruck für echt. Sie hatte nicht gewußt, daß Aliso tot war.

»Tony A. ...«, sagte sie und brach ab.

»Kanntest du ihn gut, oder hast du nur gegen ihn gespielt?«

Ihr Blick war in eine unbestimmte Ferne gerichtet.

»Nur wenn ich ihn dort gesehen habe. Im Mirage. Ich spiele freitags da. Es gibt dann immer viel neues Geld und neue Gesichter. Ich habe ihn dort ein paarmal im Monat gesehen. Eine Weile glaubte ich, er wohnt auch in Vegas.«

»Wie hast du herausbekommen, daß er nicht hier wohnte?«

»Er hat es mir gesagt. Vor ein paar Monaten haben wir zusammen an der Bar gesessen. Die Tische waren alle besetzt. Wir haben Frank – das ist der Nacht-Manager – gesagt, er soll uns von der Bar holen, wenn etwas frei wird. Also haben wir Drinks bestellt, und er hat mir erzählt, daß er aus L. A. kommt. Er sagte, er sei im Filmgeschäft.«

»Das ist alles, sonst nichts?«

»Er erzählte noch ein paar andere Sachen. Nichts Bemerkenswertes. Wir haben nur die Zeit totgeschlagen, bis etwas frei wurde.«

»Außer am Pokertisch hast du ihn nicht mehr getroffen?«

»Nein, und was geht dich das an? Glaubst du, ich sei verdächtig, nur weil ich mit dem Typen zusammen einen Drink hatte?«

»Nein, das behaupte ich nicht, Eleanor. Nicht im geringsten.«

Bosch holte seine Zigaretten aus der Tasche und steckte sich eine an. Die Kellnerin in einer weiß-goldenen Toga brachte ihre Drinks, und sie schwiegen beide lange. Bosch hatte seinen Faden verloren. Er wußte wieder nicht, was er sagen sollte.

»Sah aus, als ob du heute abend ganz gut abgeräumt hättest«, versuchte er es.

»Besser als meistens. Wenn ich mein Soll geschafft habe, höre ich auf.«

»Soll?«

»Sobald ich zweihundert Dollar gewonnen habe, höre ich auf. Ich bin nicht habgierig, und ich weiß, daß eine Glückssträhne nie lange anhält. Ich verliere nie mehr als hundert, und wenn ich Glück habe und zweihundert gewinne, höre ich auf. Heute abend habe ich mein Ziel früh erreicht.«

»Wo hast du …«

Er brach ab. Er wußte die Antwort.

»Wo hab ich so gut Poker spielen gelernt, um davon zu leben? Wenn du dreieinhalb Jahre eingesperrt bist, lernst du rauchen, Poker spielen und noch ein paar andere Sachen.«

Sie schaute ihm direkt ins Gesicht, als wolle sie ihn herausfordern, etwas dazu zu sagen. Nach einem Augenblick wandte sie sich ab und nahm sich eine neue Zigarette.

»Keine Arbeit tagsüber, nur Poker?«

»Genau. Ich mache es seit fast einem Jahr. Nicht so leicht, einen normalen Job zu finden, Bosch. Wenn du sagst, du bist ein ehemaliger FBI-Agent, leuchten ihre Augen auf. Wenn du dann hinzufügst, daß du gerade aus dem Gefängnis kommst, wird ihr Blick ganz starr.«

»Tut mir leid, Eleanor.«

»Nicht nötig. Ich beschwere mich nicht. Ich verdiene genug, und ab und zu treffe ich interessante Leute wie diesen Tony A. Außerdem gibt es in diesem Staat keine Einkommensteuer. Worüber soll ich mich beschweren, abgesehen davon, daß das Thermometer an neunzig Tagen über vierzig Grad steigt?«

Ihre Verbitterung war nicht zu überhören.

»Ich meine, mir tut alles leid. Ich weiß, daß dir das jetzt nicht mehr hilft, aber ich wünschte, ich könnte die Zeit zurückdrehen. Ich habe seitdem viel gelernt und würde alles anders machen. Das wollte ich dir sagen. Ich hab dich auf dem Band der Deckenkamera entdeckt, wie du mit Tony Aliso gespielt hast, und wollte dich finden, um dir das zu sagen. Das ist alles.«

Sie drückte ihre halb gerauchte Zigarette in einem gläsernen Aschenbecher aus und trank einen großen Schluck Scotch.

»Ich glaube, ich sollte gehen«, sagte sie.

Sie stand auf.

»Kann ich dich irgendwo hinfahren?«

»Nein, ich habe selbst einen Wagen. Danke.«

Sie ging auf den Ausgang zu, blieb aber nach ein paar Metern stehen und kam zum Tisch zurück.

»Weißt du, du hast recht.«

»Womit?«

»Daß es mir jetzt nicht mehr hilft.« Dann ging sie. Bosch schaute ihr nach, wie sie durch die Drehtür ging und in der Nacht verschwand.

Bosch folgte den Anweisungen, die Rhonda ihm über das Telefon gegeben hatte, als er in Alisos Büro war, und fand Dolly's auf der Madison Avenue in North Las Vegas. Es war ein Edelschuppen: zwanzig Dollar Eintritt, ein Minimum von zwei Drinks, und ein massiger Mann im Smoking, der die Gäste zum Tisch führte. Die Tänzerinnen waren ebenfalls edelste Gewächse. Sie waren jung und schön, und ihnen fehlte nur etwas Talent und Ausbildung, um in den großen Shows auf dem Strip aufzutreten.

Bosch wurde von dem Smoking an einen Tisch geführt, der die Dimensionen eines Tellers hatte und ungefähr drei Meter von der Bühne entfernt war, die im Moment leer war.

»Eine neue Tänzerin wird in ein paar Minuten auftreten«, sagte der Smoking. »Genießen Sie die Show.«

Bosch wußte nicht, ob er dem Mann ein Trinkgeld geben

sollte, weil er ihn in die Nähe der Bühne gesetzt hatte, ließ es jedoch. Bosch hatte gerade seine Zigaretten herausgeholt, als eine Kellnerin in einem seidenen Negligé mit hochhackigen Pumps und Netzstrümpfen vorbeischwebte und ihn an das Zwei-Drinks-Minimum erinnerte. Bosch bestellte Bier.

Während er auf seine zwei Bier wartete, schaute er sich um. Es war nicht viel los. Heute war der letzte Abend eines verlängerten Wochenendes. Ungefähr zwanzig Männer befanden sich im Club. Die meisten saßen allein und schauten die anderen nicht an, während sie darauf warteten, daß die nächste nackte Frau erschien, um sie zu unterhalten.

Die Seitenwände sowie die Rückwand waren komplett verspiegelt. Auf der linken Seite befand sich eine Bar, und in der Rückwand war eine Öffnung, über deren Bogen ein Neonschild im Dunklen glühte: PRIVAT. TÄNZERINNEN. Die Vorderwand wurde von einem schimmernden Vorhang und der Bühne eingenommen. Ein Laufsteg lief von der Bühne zur Mitte des Raums. Auf ihn waren mehrere Scheinwerfer gerichtet, die an Metallgerüsten von der Decke hingen. In der gleißenden Helligkeit zeichnete sich der Laufsteg weiß ab im Kontrast zum dunklen und verrauchten Publikumsraum.

Ein Diskjockey saß in einer Soundkabine links von der Bühne und kündigte die nächste Tänzerin an: Randy. Ein alter Eddie-Money-Song, »Two Tickets to Paradise«, begann über die Lautsprecher zu dröhnen, und eine hochgewachsene Brünette in Blue-Jeans-Shorts, die ihren halben Hintern frei ließen, und einem neonpinkfarbenen Bikini-Oberteil kam aus dem Vorhang hervor und begann sich im Rhythmus der Musik zu bewegen.

Bosch war sofort hypnotisiert. Die Frau war wunderschön, und er fragte sich zuerst, warum sie hier arbeitete. Er hatte immer geglaubt, daß Schönheit Frauen half, ein hartes Leben zu vermeiden. Diese Frau, dieses Mädchen, war schön, aber trotz alledem war sie hier. Vielleicht war es das, was die Männer wirklich hierherbrachte. Nicht der Anblick einer nackten Frau, sondern der Genuß ihrer Unterwerfung, die Freude, daß man wieder eine gebrochen hatte. Bosch begann zu erkennen, daß er sich geirrt hatte, was schöne Frauen anging.

Die Kellnerin stellte zwei Bier auf den kleinen Tisch und blieb stehen, um fünfzehn Dollar zu kassieren. Er hätte sie fast gebeten, den Preis zu wiederholen, erinnerte sich aber dann, wo er sich befand. Er gab ihr einen Zwanziger, und als sie durch die Geldscheine auf ihrem Tablett nach Wechselgeld suchte, winkte er ab.

Sie ergriff seine Schulter und beugte sich zu seinem Ohr, um ihm den besten Blick auf ihr Dekolleté zu bieten.

»Vielen Dank, Darling. Ich weiß das zu schätzen. Sag mir, falls du noch etwas brauchst.«

»Ist Layla heute abend hier?«

»Nein, sie ist nicht hier.«

Bosch nickte, und die Kellnerin richtete sich auf.

»Und Rhonda, ist sie da?« fragte Bosch.

»Randy ist dort oben.«

Sie deutete auf die Bühne, Bosch schüttelte den Kopf und winkte sie näher.

»Nein, Rhonda. Arbeitet sie heute abend? Sie war gestern hier.«

»Ach die Rhonda. Ja, sie ist da. Du hast ihren Auftritt versäumt. Sie ist wahrscheinlich hinten und zieht sich um.«

Bosch griff in seine Tasche und legte einen Fünfer auf ihr Tablett.

»Könntest du nach hinten gehen und ihr sagen, Tonys Freund, mit dem sie gestern gesprochen hat, möchte ihr einen Drink ausgeben?«

»Natürlich.«

Sie drückte wieder seine Schulter und ging. Die Bühne zog wieder Boschs Aufmerksamkeit auf sich. Randys erster Song hatte gerade aufgehört und ›Lawyers, Guns and Money‹ von Warren Zevon begann. Bosch hatte es schon lange nicht mehr gehört. Er erinnerte sich, daß es einmal so etwas wie die Nationalhymne der Cops war, als er noch Streife gefahren war.

Randy hatte sich ihrer Kleidung entledigt und war

nackt – bis auf ein Strumpfband am linken Bein. Viele der Männer standen auf und kamen zu ihr, während sie langsam den Laufsteg entlangtanzte. Sie schoben ihr Dollarscheine unter das Strumpfband. Als ein Mann ihr einen Fünfer gab, beugte sie sich zu ihm hinunter, stützte sich auf seiner Schulter auf und wackelte mit dem Hintern. Dann küßte sie ihn aufs Ohr.

Bosch beobachtete es und begriff plötzlich, wie Tony Aliso den Abdruck der kleinen Hand auf seiner Schulter erhalten hatte, als sich eine zierliche Frau neben ihn setzte.

»Hi. Ich bin Rhonda. Du hast meinen Auftritt verpaßt.«

»Das hab ich gehört. Tut mir leid.«

»Ich bin in einer halben Stunde wieder dran. Hoffentlich bleibst du noch. Yvonne sagte, du wolltest mir einen ausgeben?«

Wie aufs Stichwort bewegte sich die Kellnerin auf ihren Tisch zu. Bosch beugte sich zu Rhonda hinüber.

»Hör zu, Rhonda, ich zeige mich lieber direkt erkenntlich, als mein Geld für Getränke rauszuwerfen. Also tu mir einen Gefallen und laß die Witwe Clicquot im Keller.«

»Welche Witwe …?«

Sie runzelte fragend ihre Stirn.

»Bestell keinen Champagner.«

»Ach, ich verstehe.«

Sie bestellte einen Martini, und Yvonne schwebte zurück in die Dunkelheit.«

»Also, ich hab deinen Namen nicht mitgekriegt.«

»Harry.«

»Und du bist ein Freund von Tony aus L. A. Machst du auch Filme?«

»Nein, eigentlich nicht.«

»Woher kennst du ihn?«

»Ich habe ihn erst vor kurzem getroffen. Hör zu, ich versuche Layla zu finden, um ihr eine Nachricht zu überbringen. Yvonne hat gesagt, sie tritt heute abend nicht auf. Weißt du, wo ich sie finden kann?«

Bosch merkte, wie sie sich versteifte. Sie wußte, daß etwas nicht stimmte.

»Erstens arbeitet sie nicht mehr hier. Das wußte ich gestern abend nicht, als ich mit dir sprach. Aber sie ist weg und wird nicht wiederkommen. Und zweitens, wenn du ein Freund von Tony bist, warum fragst du mich dann, wo du sie finden kannst?«

Sie war nicht so dumm, wie er geglaubt hatte. Er entschied sich für die direkte Tour.

»Weil ihn jemand umgebracht hat. Ich möchte Layla finden, um es ihr zu sagen und sie eventuell zu warnen.«

»Was?« schrie sie auf.

Ihre Stimme drang durch die laute Musik, wie eine Kugel durch eine Brotscheibe. Alle Leute im Club, einschließlich der nackten Randy auf der Bühne, schauten zu ihnen herüber. Zweifellos glaubten alle, daß er ihr gerade eine beleidigend niedrige Summe für einen gleichermaßen erniedrigenden Akt angeboten hatte.

»Nicht so laut, Randy«, sagte er schnell.

»Mein Name ist Rhonda.«

»Okay, Rhonda.«

»Was ist passiert? Er war noch vor kurzem hier.«

»Jemand hat ihn in L. A. erschossen, als er wieder zurückkam. Also, weißt du, wo Layla ist oder nicht? Wenn du es mir sagst, werde ich mich erkenntlich zeigen.«

»Und wer bist du? Bist du wirklich sein Freund?«

»In gewisser Weise bin ich jetzt sein einziger Freund. Ich bin Cop. Mein Name ist Harry Bosch, und ich versuche herauszufinden, wer es getan hat.«

Ihrem Gesichtsausdruck nach zu schließen, schien sie diese Mitteilung noch mehr zu entsetzen als die Nachricht von Alisos Tod. Das passierte einem manchmal, wenn man Polizist war.

»Behalt dein Geld«, sagte sie. »Ich kann nicht mit dir reden.«

Sie stand auf und eilte zu der Tür neben der Bühne. Bosch rief hinter ihr her, aber es wurde vom Lärm der Musik überdröhnt. Er sah sich flüchtig um und bemerkte, daß der Smoking ihn von hinten aus der Dunkelheit beobachtete. Bosch beschloß, nicht auf Rhondas zweiten Auftritt zu warten. Er trank noch einen Schluck Bier – das zweite Glas hatte er nicht einmal angerührt – und stand auf.

Als er sich dem Ausgang näherte, lehnte sich der Smoking zurück und klopfte hinter sich auf den Spiegel. Erst jetzt bemerkte Bosch, daß eine Tür ins Glas geschnitten war. Sie öffnete sich, und der Smoking stellte sich ihm in den Weg.

»Sir, würden Sie bitte ins Büro kommen?«

»Weswegen.«

»Gehen Sie bitte hinein. Der Manager möchte mit Ihnen sprechen.«

Bosch zögerte. Durch die Tür konnte er jedoch ein Büro sehen, in dem ein Mann im Anzug hinter einem Schreibtisch saß. Er trat ein, der Smoking folgte ihm und schloß die Tür.

Bosch schaute den Mann hinterm Schreibtisch an. Blond und muskelbepackt. Bosch wußte nicht, auf wen er setzen würde, falls es einen Kampf zwischen dem Rausschmeißer im Smoking und dem sogenannten Manager gab. Sie waren beide Gorillas.

»Ich habe gerade mit Randy in der Umkleidekabine telefoniert. Sie sagt, Sie haben sich nach Tony Aliso erkundigt.«

»Es war Rhonda.«

»Rhonda, wie auch immer – ist doch scheißegal. Sie sagt, er sei tot.«

Er sprach mit dem Akzent des Mittelwestens. Bosch tippte auf Chicagos Southside.

»Rhonda oder Randy?«

Der Blonde nickte dem Smoking zu. Er riß seinen Arm hoch und schlug Bosch mit dem Handrücken auf den Mund. Bosch fiel nach hinten und knallte mit dem Kopf gegen die Wand. Bevor er einen klaren Gedanken fassen konnte, hatte ihn der Smoking herumgewirbelt. Er lehnte sich mit seinem Gewicht gegen Bosch und preßte dessen Gesicht an die Wand. Bosch fühlte, wie der Smoking ihn abzuklopfen begann.

»Spar dir deine Witze«, sagte der Blonde. »Was soll das, mit dem Mädchen über Tony zu sprechen?«

Bevor Bosch etwas sagen konnte, hatten die Hände seinen Revolver gefunden.

»Er ist bewaffnet«, sagte der Smoking.

Bosch fühlte, wie seine Waffe aus dem Schulterhalfter gerissen wurde, und bemerkte den Geschmack von Blut in seinem Mund. Er spürte, wie seine Wut wuchs. Die Hände fanden seine Brieftasche und seine Handschellen. Der Smoking warf sie auf den Schreibtisch und drückte ihn mit einem Arm gegen die Wand. Bosch verdrehte seinen Kopf und sah, wie der Blonde die Brieftasche öffnete.

»Er ist Polizist, laß ihn los.«

Die Hand löste sich von seinem Nacken, und Bosch drehte sich brüsk um.

»Ein Cop aus L. A.«, sagte der Blonde. »Hieronymus Bosch. Wie der Maler, nicht? Der hat ganz schön verrücktes Zeug gemalt.«

Bosch starrte ihn nur an, und der Blonde gab ihm seinen Revolver, seine Brieftasche und die Handschellen zurück.

»Warum habt ihr mich geschlagen?«

»Das war ein Fehler. Weißt du, die meisten Cops, die hier reinkommen, stellen sich vor und sagen uns, weshalb sie hier sind. Und wir helfen ihnen, wenn wir können. Du hast dich hier reingeschlichen, Hieronymus. Wir müssen unser Lokal beschützen.«

Er öffnete eine Schublade und holte eine Schachtel Papiertaschentücher hervor.

»Hier, deine Lippe blutet.«

Bosch nahm die ganze Schachtel.

»Es ist also wahr, was sie gesagt hat. Tony ist tot.«

»Das habe ich ihr gesagt. Wie gut hast du ihn gekannt?«

»Wirklich clever. Du nimmst an, daß ich ihn kenne, und versteckst deine Annahme in einer Frage. Wirklich clever.«

»Dann antworte.«

»Er war Stammgast hier. Hat ständig versucht, Mädchen anzumachen. Hat ihnen erzählt, sie könnten in seinen Filmen spielen. Die alte Masche. Aber was soll's, sie fallen drauf rein. In den letzten zwei Jahren hat er mir drei von meinen besten Mädchen abspenstig gemacht. Die sind jetzt in L. A. Er hat sie sitzen lassen, nachdem er sich mit ihnen vergnügt hatte. Die werden's nie begreifen.«

»Warum hast du ihn reingelassen, wenn er deine Mädchen abgeworben hat?«

»Er hat viel Kohle hier gelassen. Außerdem gibt es in Vegas jede Menge Tussis. Jede Menge.«

Bosch wechselte seinen Ansatzpunkt.

»Was war Freitag. War er hier?«

»Nein, ich … doch, doch. Er kam kurz vorbei. Ich hab ihn da draußen gesehen.«

Mit der Hand deutete er auf eine Reihe von Bildschirmen, die den Club und den Eingang aus jedem Winkel zeigten. Es war genauso beeindruckend wie der Monitorraum, den Hank Meyer Bosch im Mirage gezeigt hatte.

»Hast du ihn gesehen, Smokie. Erinnerst du dich?« fragte der Blonde den Smoking.

»Ja, er war hier.«

»Er war also hier.«

»Es gab keine Probleme? Er kam nur kurz und ging dann?«

»Genau, keine Probleme?«

»Warum hast du dann Layla gefeuert?«

Der Blonde preßte einen Moment seine Lippen zusammen.

»Ach, so einer bist du«, sagte er. »Du stellst einem Fragen und Fragen, bis man sich verfängt.«

»Vielleicht.«

»Nun, du hast kein Glück. Layla war Tonys letzte Muschi, das ist wahr, aber sie ist gegangen und wird nicht mehr zurückkommen.«

»Ach so? Was ist passiert?«

»Wie du gehört hast, ich habe sie gefeuert. Samstag nacht.«

»Weswegen?«

»Wegen aller möglichen Verstöße. Aber das ist egal, es geht dich schließlich nichts an. Oder?«

»Wie war dein Name noch mal?«

»Ich hab ihn dir nicht gesagt.«

»Wie wär's, wenn ich dich dann einfach Arschloch nenne?«

»Die Leute hier nennen mich Lucky. Können wir hier allmählich zum Schluß kommen?«

»Natürlich können wir das. Du mußt mir nur sagen, was mit Layla passiert ist.«

»Okay, okay. Aber ich dachte, du bist wegen Tony hier. Wenigstens hat Randy das gesagt.«

»Rhonda.«

»Stimmt, Rhonda.«

Bosch verlor allmählich seine Geduld, trotzdem gelang es ihm, Lucky anzustarren und abzuwarten.

»Layla ... okay. Nun, Samstagabend hat sie sich mit einem der anderen Mädchen gestritten. Es kam zu Handgreiflichkeiten, und ich mußte mich entscheiden. Modesty ist eines meiner besten Pferdchen. Sie stellte mir ein Ultimatum: entweder geht Layla oder sie. Ich mußte Layla kündigen. Modesty ... Mann, die Trottel da draußen geben ihr zehn, zwölf Champagner pro Abend aus. Ich mußte für sie Partei ergreifen. Layla ist gut, aber lange nicht so gut wie Modesty. Modesty ist unsere Top-Attraktion.«

Bosch nickte. Seine Geschichte schien soweit mit der Nachricht, die Layla für Aliso hinterlassen hatte, übereinzustimmen. An der Art und Weise, wie widerwillig der Mann die Geschichte erzählte, sah Bosch, wie sehr er ihm glauben konnte.

»Worum ging es bei dem Streit zwischen Layla und dem anderen Mädchen?« fragte er.

»Weiß ich nicht, interessiert mich auch nicht. Der übliche Streit zwischen zwei Fotzen. Sie mochten sich vom ersten Tag an nicht. In jedem Club gibt es ein Top-Mädchen. Hier ist es Modesty. Layla wollte ihr den Platz streitig machen, und Modesty hatte begreiflicherweise etwas dagegen. Ich muß aber sagen, daß es von Anfang an Probleme mit Layla gab. Keines der Mädchen konnte sie riechen. Sie klaute Songs von den anderen und wollte nicht mit dem Muschi-Staub aufhören, selbst nachdem ich es ihr gesagt habe. Wir hatten nur Ärger mir ihr. Ich bin froh, daß sie weg ist. Ich muß hier ein Geschäft führen. Ich kann nicht Babysitter für ein paar verwöhnte Fotzen spielen.«

»Muschi-Staub?«

»Ja, sie streuen sich dieses Glitzerzeug auf die Muschi, damit es im Dunkeln aufleuchtet und unter den Scheinwerfern glitzert. Das Problem ist, das Zeug fällt runter und bleibt auf den Klamotten der Gäste hängen. Wenn sie sich auf deinen Schoß setzt und ihre Nummer abzieht, hast du hinterher Gold auf dem Hosenstall. Dann gehst du nach Hause und deine Frau begreift, wo du warst, und macht dir die Hölle heiß. Ich verliere Kunden dadurch. So was kann ich hier nicht brauchen, Bosch. Wenn es nicht um Modesty gegangen wäre, wäre es was anderes gewesen. Ich hab Layla vor die Tür gesetzt, als ich die Chance hatte.«

Bosch ließ sich die Geschichte ein paar Momente durch den Kopf gehen.

»Okay«, sagte er. »Gib mir ihre Adresse, und ich hau ab.«

»Würde ich gerne tun, kann ich aber nicht.«

»Fang nicht wieder mit dem Scheiß an. Ich dachte, wir hätten uns gut verstanden. Laß mich die Gehaltsunterlagen sehen. Irgendwo muß es dort eine Adresse geben.«

Lucky schüttelte den Kopf und lächelte.

»Gehalt? Wir bezahlen den Bräuten keinen Cent. Die sollten uns bezahlen. Der Job hier ist wie eine Lizenz, Geld zu drucken.«

»Du mußt eine Telefonnummer oder eine Adresse haben. Willst du, daß ich Smokie zum Präsidium schleppe, wegen tätlichen Angriffs auf einen Polizeibeamten?«

»Wir haben weder ihre Telefonnummer noch ihre Adresse. Was soll ich machen, Bosch?«

Er hielt die Hände geöffnet nach oben.

»Ich habe von keinem der Mädchen die Adresse. Ich gebe ihnen die Auftrittszeiten, und sie kommen und tanzen. Wenn sie nicht antreten, dürfen sie nicht wiederkommen. Alles ist einfach und unkompliziert. So arbeiten wir hier. Was den ›tätlichen Angriff‹ angeht, kannst du es ja versuchen. Aber vergiß nicht, daß du hier allein reingekommen bist, ohne zu sagen, wer du bist und was du willst. Dann hast du in einer knappen Stunde vier Bier getrunken und eine unserer Tänzerinnen beleidigt, bevor wir dich gebeten haben zu gehen. Wenn wir wollen, haben wir innerhalb einer Stunde eidesstattliche Erklärungen darüber.«

Er hob wieder seine Arme und signalisierte Bosch, daß die Entscheidung bei ihm läge. Bosch bezweifelte nicht, daß Yvonne und Rhonda aussagen würden, was ihnen gesagt wurde. Er entschied sich, gute Miene zum bösen Spiel zu machen, und lächelte ironisch.

»Schönen Abend noch«, sagte er und wandte sich zur Tür.

»Ihnen auch, Detective«, sagte Lucky hinter seinem Rükken. »Kommen Sie wieder, wenn Sie Zeit haben, unsere Show zu genießen.«

Die Tür öffnete sich durch einen elektronischen Summer, der anscheinend vom Schreibtisch aus bedient wurde. Smokie ließ Bosch den Vortritt und folgte ihm durch die Vordertür zum Parkwächter. Bosch gab einem Mexikaner, dessen Gesicht wie eine zerknitterte braune Papiertüte aussah, seinen Parkschein. Dann warteten er und Smokie schweigend darauf, daß der Wagen gebracht wurde.

»Du bist hoffentlich nicht mehr sauer auf mich«, sagte Smokie, als das Auto kam. »Ich wußte nicht, daß du ein Bulle bist.«

Bosch wandte ihm sein Gesicht zu.

»Nein, du hast gedacht, ich sei bloß ein Gast.«

»Ja, richtig. Und ich mußte tun, was der Boss wollte.«

Er streckte seine Hand aus. Aus den Augenwinkeln sah Bosch, daß der Wagen näherkam. Er nahm Smokies Hand, zog den massigen Mann in einer abrupten Bewegung zu sich her und stieß ihm gleichzeitig sein gehobenes Knie in den Unterleib. Smokie stieß einen Schmerzenslaut aus und krümmte sich zusammen. Bosch ließ seine Hand los und zog ihm die Jacke über den Kopf, so daß seine Arme darin verfangen waren. Schließlich stieß er sein Knie in die hochgezogene Jacke und spürte, wie es voll in Smokies Gesicht traf. Der schwere Mann fiel nach hinten auf die Motorhaube eines geparkten schwarzen Corvettes. Im gleichen Moment sprang der Parkwächter aus Boschs Mietwagen, bereit, seinen Boss zu verteidigen. Der Mann war älter und kleiner als

Bosch. Der Kampf wäre nicht fair gewesen, und Bosch hatte kein Interesse an unschuldigen Opfern. Er hob seinen Finger, um den Mann zu stoppen.

»Tu's nicht«, sagte er.

Der Mann überdachte seine Lage, während Smokie durch den Smoking stöhnte. Schließlich hob der Parkwächter seine Hände und machte Bosch den Weg frei zum Wagen.

»Wenigsten einen hier, der weiß, was gut für ihn ist«, sagte Bosch und stieg ein.

Er sah durch die Windschutzscheibe, wie Smokie von der Motorhaube rollte und aufs Pflaster fiel. Der Parkwächter rannte zu ihm hinüber.

Als Bosch auf die Straße fuhr, schaute er in den Rückspiegel. Der Parkwächter zog Smokie die Jacke wieder nach hinten, und Bosch konnte erkennen, daß das weiße Hemd des Rausschmeißers blutig war.

Bosch war zu aufgedreht, um in seinem Hotelzimmer zu schlafen. Außerdem belasteten ihn mehrere Sachen zu sehr. Er konnte das Bild der nackten Tänzerin nicht loswerden. Er kannte sie nicht einmal, aber es kam ihm vor, als hätte er ihre Privatsphäre verletzt. Und er war wütend auf sich, den brutalen Rausschmeißer zusammengeschlagen zu haben. Am meisten ärgerte ihn jedoch, die ganze Sache falsch angefangen zu haben. Er war zu dem Club gefahren, um etwas über Layla zu erfahren und hatte nichts herausbekommen. Das einzige Ergebnis war die Erklärung, woher der Glitzerstaub in Alisos Hosenaufschlägen und im Abfluß der Dusche kam. Zu wenig. Er mußte morgen früh zurück nach L. A., ohne etwas in der Hand zu haben.

Als er vor einer Ampel am Anfang des Strips stoppte, steckte er sich eine Zigarette an, holte sein Notizbuch heraus und öffnete es auf der Seite, wo die Adresse stand, die Felton ihm früher am Abend gegeben hatte.

Am Sands Boulevard bog er nach Osten ab und erreichte nach einer Meile den Apartmentkomplex, wo Eleanor Wish wohnte. Auf einem ausgedehnten Gelände standen mehrere Gebäude, die numeriert waren. Es dauerte eine Weile, bis er ihr Apartmenthaus gefunden und ihre Wohnung identifiziert hatte. Er saß in seinem Wagen, rauchte und schaute zu ihren erleuchteten Fenstern hinüber. Er war sich nicht sicher, was er tat und was er wollte.

Vor fünf Jahren hatte Eleanor Wish ihm sowohl das Schlimmste als auch das Beste angetan. Sie hatte ihn betrogen, sein Leben aufs Spiel gesetzt, ihn aber auch gerettet. Sie hatten miteinander geschlafen. Und dann war alles in die Brüche gegangen. Trotzdem dachte er noch oft über sie nach. Der alte Blues: Wie hätte es sein können? Nach all den Jahren hatte sie immer noch Macht über seine Gefühle. Heute abend hatte sie ihm die kalte Schulter gezeigt, aber er war sich sicher, daß es ihr genauso ging. Sie war sein Spiegelbild, das hatte er immer gewußt.

Er stieg aus dem Auto, ließ die Zigarettenkippen fallen und ging zu ihrer Tür. Sie öffnete sofort auf sein Klingeln, als ob sie ihn oder eine andere Person erwartet hätte.

»Wie hast du mich gefunden? Bist du mir gefolgt?«

»Nein. Ich habe nur einen Anruf gemacht.«

»Was ist mit deiner Lippe passiert?«

»Nicht der Rede wert. Willst du mich nicht herein bitten?«

Sie trat zurück, um ihn hereinzulassen. Es war eine kleine, spärlich eingerichtete Wohnung. Als erstes fiel ihm das Poster von Hoppers *Nighthawks* über der Couch ins Auge. Das Gemälde sprach etwas in seinem Innersten an – seit jeher. Er hatte früher das gleiche Poster in seiner Wohnung gehabt. Sie hatte es ihm vor fünf Jahren geschenkt. Zum Abschied.

Er wandte seinen Blick vom Gemälde zu ihr. Ihre Augen trafen sich, und er wußte, daß alles, was sie früher am Abend gesagt hatte, Fassade gewesen war. Er trat näher und berührte sie, legte seine Hand an ihren Hals und fuhr mit dem Daumen über ihre Wange. Er betrachtete ihr Gesicht aufmerksam. Sie sah willensstark und entschlossen aus.

»Diesmal ist es lange für mich her«, flüsterte sie.

Er erinnerte sich, daß er ihr an dem Abend, als sie sich

zum ersten Mal liebten, das gleiche gesagt hatte. Das war vor vielen Jahren, dachte Bosch. Was mache ich hier. Kann man einfach weitermachen, nach so langer Zeit und so vielen Veränderungen?

Er zog sie an sich, und sie hielten sich in den Armen und küßten sich lange. Dann führte sie ihn wortlos ins Schlafzimmer, wo sie ihre Bluse aufknöpfte und ihre Jeans auf den Boden fallen ließ. Sie preßte sich an ihn, und sie küßten sich, während sie die Knöpfe seines Hemds aufmachte, es öffnete und dann ihre Haut auf seine preßte. Ihr Haar roch nach dem Rauch der Pokertische, aber darunter nahm er den Geruch eines Parfüms wahr, der ihn an eine Nacht vor fünf Jahren erinnerte. Er dachte an die Jakarandabäume vor ihrem Fenster, die den Boden mit einem violetten Blütenschnee bedeckten.

Sie liebten sich mit einer Intensität, die Bosch vergessen hatte. Es war ein brutaler, keuchender, physischer Akt, ohne Liebe, getrieben allein von Lust und vielleicht von Erinnerungen. Nachdem er gekommen war, zog sie ihn näher, zog ihn in rhythmischen Stößen in sich hinein, bis auch sie ihren Orgasmus erreicht hatte. Dann – mit den klaren Gedanken, die immer hinterher wach werden – waren sie auf einmal beschämt wegen ihrer Nacktheit, wegen der wilden Animalität, mit der sie sich vereinigt hatten.

»Ich hab vergessen zu fragen«, sagte sie. »Du bist doch nicht verheiratet, oder?«

Sie kicherte. Er griff mit einer Hand nach seiner Jacke, die auf dem Boden lag, und holte seine Zigaretten heraus.

»Nein«, sagte er. »Ich bin allein.«

»Das hätte ich wissen sollen. Harry Bosch, der Einzelgänger.«

Sie lächelte ihn in der Dunkelheit an. Er sah es, als das Streichholz aufflammte. Er zündete seine Zigarette an und bot sie ihr an. Sie schüttelte den Kopf.

»Wie viele Frauen gab es seit mir?«

»Ich weiß nicht, nur ein paar. Mit einer war ich ungefähr ein Jahr zusammen. Das war wohl die ernsthafteste Beziehung.«

»Was ist aus ihr geworden?«

»Sie ist nach Italien gegangen.«

»Für immer.«

»Wer weiß.«

»Wenn du es nicht weißt, dann kommt sie nicht zurück. Wenigstens nicht zu dir.«

»Ja, ich weiß. Die Beziehung ist schon lange zu Ende.«

Er schwieg einen Moment, und sie fragte dann, wen es noch gegeben hätte.

»Eine Malerin in Florida. Ich habe sie bei einem Fall getroffen. Das hat nicht lange gedauert. Und danach du wieder.«

»Was ist aus der Malerin geworden?«

Bosch schüttelte seinen Kopf, als wolle er ihre Fragen abweisen. Es machte ihm keinen Spaß, seine mißlungenen Beziehungsversuche Revue passieren zu lassen.

»Es lag wohl an der Entfernung«, sagte er. »Es ging nicht. Ich konnte nicht aus L. A. weg und sie nicht aus Florida.«

Sie rückte näher und küßte ihn aufs Kinn. Er wußte, daß er eine Rasur brauchte.

»Was ist mit dir, Eleanor? Bist du allein?«

»Ja … Der letzte Mann, mit dem ich geschlafen habe, war Cop. Er war sanft, aber stark – nicht körperlich, sondern vom Charakter her. Das ist lange her. Damals brauchten wir beide jemanden, der uns heilte. Wir haben uns gegenseitig geholfen.«

Sie sahen sich in der Dunkelheit lange gegenseitig an. Dann kam sie noch näher. Kurz bevor sich ihre Lippen trafen, flüsterte sie: »Es ist viel Zeit verflossen.«

Er dachte über ihre Worte nach, während sie ihn küßte und dann auf die Kissen stieß. Sie setzte sich rittlings auf ihn und begann ihre Hüften sanft hin- und herzubewegen. Ihr Haar hing über seinem Gesicht, und er war von Finsternis eingehüllt. Er fuhr mit seinen Händen über ihre Brüste. Er spürte ihre Nässe unten, aber es war noch zu früh für ihn.

»Was ist los, Harry?« flüsterte sie. »Willst du dich etwas ausruhen?«

»Ich weiß nicht.«

Er dachte immer noch an ihre Worte. Es ist viel Zeit verflossen. Vielleicht zu viel Zeit. Sie ritt weiter auf ihm.

»Ich weiß nicht, was ich will«, sagte er. »Was willst du, Eleanor?«

»Ich will nur den Augenblick. Alles andere haben wir zerstört. Das ist alles, was uns bleibt.«

Nach einer Weile war er bereit, und sie liebten sich wieder. Sie war still, ihre Bewegungen sanft und regelmäßig. Sie blieb oben, ihr Gesicht über ihm, und atmete stoßartig. Kurz vor dem Höhepunkt, als er ihn hinauszögern wollte, um auf sie zu warten, fühlte er eine Träne auf seine Wange fallen. Er wischte ihr mit den Daumen die Tränen aus dem Gesicht.

»Es ist okay, Eleanor. Es ist okay.«

Sie legte eine Hand auf sein Gesicht und betastete es im Dunklen wie eine Blinde. Kurz darauf vereinigten sie sich, ein Moment, wo die ganze Welt ausgeschlossen wird – Worte, Erinnerungen, alles. Es gab nur sie beide. Dieser Augenblick gehörte ganz allein ihnen.

Er blieb bis zum Morgen in ihrem Bett. Zwischen Perioden des Schlafens lag er wach. Sie schlief tief und fest, mit ihrem Kopf auf seiner Schulter. Wenn es ihm gelang, wieder einzuschlafen, dauerte es nie sehr lange. Die meiste Zeit lag er wach und starrte in die graue Dunkelheit, roch den Schweiß und den Geruch vom Sex und fragte sich, welchen Weg er eingeschlagen hatte.

Um sechs befreite er sich aus ihrer bewußtlosen Umarmung und zog sich an. Als er fertig war, küßte er sie wach und sagte ihr, daß er gehen müsse.

»Ich muß zurück nach L. A., aber ich werde zurückkommen, sobald ich kann.«

Sie nickte schläfrig.

»Okay, Bosch, ich werde warten.«

Draußen war es endlich kühl. Er steckte seine erste Zigarette an, während er zum Wagen ging. Als er auf den Sands Boulevard einbog, um zum Strip zu fahren, sah er die Sonne, die ein goldenes Licht auf die Berge westlich der Stadt warf.

Der Strip war noch immer von Millionen Neonlichtern

beleuchtet, obwohl nur noch wenige Leute auf dem Bürgersteig unterwegs waren. Trotzdem wurde Bosch von dem Lichtspektakel geblendet. Die Fassaden glühten in allen vorstellbaren Farben und Formen und lockten die geldgierigen Spieler rund um die Uhr an. Bosch spürte die Verlockung genauso wie alle anderen. Las Vegas war wie eine der Huren auf dem Sunset Boulevard in Hollywood. Sogar glücklich verheiratete Männer sahen verstohlen zu ihnen hin, sei es auch nur für eine Sekunde, nur um zu wissen, was im Angebot war – vielleicht würden sie später darüber phantasieren. Las Vegas war genau so, eine instinktive Verlockung. Hier wurde dreist Geld und Sex versprochen. Aber das erste Versprechen wurde gebrochen, erwies sich als Illusion, und das zweite brachte Gefahr, Kosten, körperliches und geistiges Risiko mit sich. Es war das wahre Glücksspiel in dieser Stadt.

Als er in sein Zimmer kam, blinkte das Licht auf seinem Telefon. Er rief bei der Zentrale an und erfuhr, daß ein Captain Felton ihn um eins und wieder um zwei angerufen habe und danach jemand namens Layla um vier. Keiner der Anrufer hatte eine Nachricht oder eine Telefonnummer hinterlassen. Bosch legte den Hörer auf und verzog das Gesicht. Es war zu früh, um Felton anzurufen. Am meisten interessierte ihn jedoch der Anruf von Layla. Falls es wirklich Layla gewesen war, woher hatte sie gewußt, wo sie ihn erreichen konnte?

Er schätzte, daß sie es wahrscheinlich von Rhonda erfahren hatte. Als er von Alisos Büro angerufen hatte, hatte er sich von Rhonda den Weg vom Mirage erklären lassen. Es war möglich, daß sie das an Layla weitergegeben hatte. Er fragte sich, warum sie angerufen hatte. Vielleicht war sie erst von Rhonda über Tonys Tod informiert worden.

Trotz allem entschied er, daß Layla im Moment warten könne. Mit der Untersuchung von Alisos Finanzgeschäften, die Kizmin Rider in L. A. begonnen hatte, hatte sich der Schwerpunkt der Ermittlungen verlagert. Es war wichtig, daß sie mit Layla sprachen, aber seine Rückkehr nach L. A. hatte Vorrang. Er nahm den Hörer ab, rief Southwest an und buchte einen Flug für halb elf. Das würde ihm genug Zeit lassen, um Felton anzurufen und sich den Autohändler anzusehen, von dem Aliso laut Rider seine Wagen geleast hatte. Mittags könnte er dann wieder in Hollywood auf dem Revier sein.

Bosch zog seine Kleider aus und nahm eine lange, heiße Dusche, um den Schweiß der letzten Nacht abzuwaschen. Als er fertig war, wickelte er sich in ein Badetuch und wischte mit einem anderen Handtuch den beschlagenen Spiegel ab, damit er sich rasieren konnte. Er sah, daß seine Unterlippe auf einer Seite so dick wie ein Würstchen geworden war, was von seinem Schnurrbart nicht verborgen wurde. Seine Augen waren blutunterlaufen und hatten Ränder. Während er ein Fläschchen Visine-Tropfen aus seinem Kulturbeutel nahm, fragte er sich, ob Eleanor eine einzige attraktive Sache an ihm entdeckt hatte.

Als er aus dem Badezimmer kam, um sich anzuziehen, wurde er von einem Mann begrüßt, den er nie zuvor gesehen hatte. Er saß in einem Sessel beim Fenster und las eine Zeitung, die er hinlegte, als er Bosch mit einem Handtuch bekleidet hereinkommen sah.

»Du bist Bosch, nicht wahr?«

Bosch schaute zum Sekretär und sah, daß sein Revolver noch da lag. Sie lag näher zu dem Mann im Sessel, aber Bosch dachte, er könnte sie vielleicht zuerst erreichen.

»Immer mit der Ruhe«, sagte der Mann. »Ich bin auf deiner Seite. Ich bin Cop. Felton hat mich geschickt.«

»Was zum Teufel tust du in meinem Zimmer?«

»Ich kam rauf, und niemand hat geöffnet. Ich konnte die Dusche hören. Ein Freund vom Personal hat mich reingelassen. Ich wollte nicht im Korridor herumstehen. Zieh dich an. Dann sage ich dir, was wir haben.«

»Zeig mir einen Ausweis.«

Der Mann stand auf und kam zu Bosch herüber. Er zog gelangweilt seine Brieftasche aus der Jacke, öffnete sie und zeigte Bosch Dienstmarke und Ausweis.

»Iverson, Polizei Las Vegas. Captain Felton hat mich hergeschickt.«

»Was ist so wichtig, daß Felton jemanden schickt, der in mein Zimmer einbricht?«

»Paß auf, ich bin nicht eingebrochen. Okay? Wir haben die ganze Nacht angerufen, und du hast dich nicht gemeldet. Erstens wollten wir uns versichern, daß mit dir alles in Ordnung ist. Und zweitens will der Captain, daß du bei der Verhaftung dabei bist. Also hat er mich hierher geschickt, um dich zu finden. Wir müssen los. Zieh dich an.«

»Welche Verhaftung?«

»Das werde ich dir erklären, wenn du dich endlich angezogen hast und wir uns auf den Weg machen können. Du hast mit den Abdrücken einen Volltreffer gelandet.«

Bosch schaute ihn einen Moment an und ging dann zum Wandschrank, um eine Hose und Unterwäsche herauszuholen. Dann verschwand er ins Bad und zog sich an. Als er herauskam, sagte er nur: »Schieß los.«

Bosch zog sich schnell weiter an, während Iverson redete.

»Ist dir der Name Joey Marks geläufig?«

Bosch dachte kurz nach und sagte dann, daß er ihm bekannt vorkomme, er ihn aber mit keiner Person verbinden könne.

»Joseph Marconi alias Joey Marks. So hieß er, bevor er sich als ehrlicher Geschäftsmann niederließ. Jetzt nennt er sich wieder Joseph Marconi. Er hat den Spitznamen Joey Marks, weil er Leute, die ihn betrogen oder sich ihm widersetzt haben, auf eine brutale Art markiert hat.«

»Wer ist er?«

»Er ist der Repräsentant der Firma in Vegas. Du weißt, was die Firma ist, nicht wahr?«

»Die Mafia in Chicago. Sie kontrollieren oder haben zumindest das Sagen über alle Operationen westlich des Mississippis – einschließlich Vegas und L. A.«

»Ich sehe, du hast in Erdkunde gut aufgepaßt. Ich muß dir also nicht mehr soviel über die Verhältnisse hier beibringen. Du kennst schon die Mannschaftsaufstellung.«

»Heißt das, daß die Abdrücke auf der Jacke des Opfers von Joey Marks stammen?«

»Schön wär's, Bosch. Nein, sie stammen von einem seiner

Leutnants, und das ist wie Manna vom Himmel. Wir bringen den Typen ins Präsidium, holen ihn direkt aus dem Bett. Wir drehen ihn um, Bosch, lassen ihn für uns arbeiten. Durch ihn werden wir endlich Joey Marks zu fassen kriegen. Er ist uns schon fast zehn Jahren ein Dorn im Fleische.«

»Vergißt du nicht etwas?«

»Nein, nicht das ich wüßte … ach ja, wir sind natürlich dir und dem LAPD unendlich dankbar dafür.«

»Nein, du vergißt, daß es mein Fall ist – nicht eurer. Was zum Teufel denkt ihr euch dabei, den Typen zu verhaften, ohne mich zu fragen.«

»Wir haben versucht, anzurufen. Das hab ich doch gesagt.«

Iverson klang verschnupft.

»Ja und? Ihr könnt mich nicht erreichen und setzt dann einfach euren Plan in die Tat um?«

Iverson antwortete nicht. Bosch schnürte seine Schuhe und stand auf.

»Gehen wir. Bring mich zu Felton. Es ist einfach nicht zu fassen …«

Im Aufzug sagte Iverson zu Bosch, daß seine Einwände gegen den Plan zur Kenntnis genommen würden, es aber zu spät sei, die Sache zu stoppen. Sie würden zu einem Kommandoposten in der Wüste fahren und sich von dort zum Haus des Verdächtigen begeben, das am Fuß der Berge lag.

»Wo ist Felton?«

»Beim Kommandoposten.«

»Gut.«

Iverson schwieg während der ganzen Fahrt in die Wüste, was Bosch Gelegenheit gab, über diese letzte Entwicklung nachzudenken. Ihm ging plötzlich auf, daß Tony Aliso eventuell für Joey Marks das Geld gewaschen hatte. Marks war Mr. X. Aber irgend etwas war passiert. Die Buchprüfung durch das Finanzamt gefährdete das Unternehmen, was wiederum Joey Marks gefährdete. Marks' Reaktion war, den Geldwäscher zu liquidieren.

Diese Theorie hörte sich gut an, aber Bosch fand, es gab noch zu viele Sachen, die nicht zu passen schienen. Der Einbruch in Alisos Büro, zwei Tage nach seinem Tod. Warum hatte der Einbrecher so lange gewartet und nicht alle finanziellen Unterlagen mitgenommen. Die Unterlagen – falls man Verbindungen zwischen den Briefkastenfirmen und Joey Marks herstellen konnte – waren genauso gefährlich für Marks wie ein lebender Aliso. Bosch fragte sich, ob der Killer und der Einbrecher die gleiche Person waren. Es hatte nicht den Anschein.

»Wie heißt der Typ, von dem die Fingerabdrücke sind?«

»Luke Goshen. Wir hatten seine Fingerabdrücke nur in unserer Datenbank, weil er die Betriebslizenz für einen von Joeys Striptease-Clubs beantragt hat. Die Lizenz ist auf seinen Namen. Joey hat mit der Sache offiziell nichts zu tun und behält so saubere Hände. Aber nicht mehr. Die Abdrücke stellen eine Verbindung zwischen Goshen und einem Mord her – und Joey hängt mit an der Angel.«

»Augenblick mal, wie heißt der Club?«

»Dolly's. Er ist in …«

»North Las Vegas. Verdammter Hurensohn.«

»Was? Hab ich was gesagt?«

»Dieser Goshen, wird er Lucky genannt?«

»Nicht mehr lange. Sein Glück ist bald zu Ende. Hört sich an, als würdest du ihn kennen.«

»Ich hab das Arschloch gestern kennengelernt.«

»Mensch, ich mach mir in die Hose.«

»Im Dolly's. Der letzte Anruf von Alisos Büroapparat in L. A. ging an Dolly's. Ich habe herausgefunden, daß er hierherkam und Zeit mit einer der Tänzerinnen aus dem Club verbrachte. Ich hab mir den Schuppen gestern abend angesehen und dabei Scheiße gebaut. Goshen hat einen seiner Gorillas auf mich gehetzt.«

Bosch deutete auf die geschwollene Unterlippe.

»Ich hab mich schon gefragt, woher du das hast. Wem verdankst du das?«

»Smokie.«

»Big John Flanagan. Wir werden den Fettwanst heute auch verhaften.«

»John Flanagan? Woher kommt dann der Name Smokie?«

»Er ist der am besten angezogene Rausschmeißer in Vegas. Du hast seinen Smoking gesehen. Er wirft sich immer in Schale für die Arbeit. Er hat seinen Spitznamen von Smoking. Du hast ihm hoffentlich für deine dicke Lippe ein paar hinter die Ohren gegeben.«

»Wir hatten eine Unterredung auf dem Parkplatz, bevor ich wegfuhr.«

Iverson lachte.

»Du gefällst mir, Bosch. Du bist 'ne harte Nuß.«

»Ich bin mir nicht so sicher, ob ich die Gefühle erwidern kann. Ich bin immer noch sauer, weil ihr mir den Fall abnehmen wollt.«

»Wir werden alle auf unsere Kosten kommen. Du wirst deinen Fall klären, und wir ziehen ein paar Schweinehunde ersten Ranges aus dem Verkehr. Die Stadtväter werden erfreut sein.«

»Wir werden sehen.«

»Noch etwas«, sagte Iverson. »Wir hatten schon einen Tip in Bezug auf Lucky, als du hier aufgekreuzt bist.«

»Was erzählst du da?«

»Ein anonymer Tip. Jemand rief Sonntag an. Der Typ wollte seinen Namen nicht nennen, hat uns aber erzählt, daß er am Abend vorher in einem Striptease-Club war und ein paar Männer belauscht hat, die über einen Mord gesprochen haben. Einer von ihnen sei Lucky genannt worden.«

»Was noch?«

»Nur, daß sie jemanden in den Kofferraum gesteckt und ihn dann erschossen haben.«

»Wußte Felton davon, als ich gestern mit ihm gesprochen habe?«

»Nein, es war noch nicht an ihn weitergeleitet worden. Er erfuhr es erst durch die Fingerabdrücke, die du gebracht hast, daß die mit Goshens übereinstimmen. Ein Detective hatte die Sache übernommen und wollte den Tip überprüfen. Er hat einen Rundbrief rausgeschickt. Irgendwann wäre der in L. A. gelandet, und du hättest angerufen. Du bist nur etwas früher hier.«

Sie hatten die letzten Häuser der expandierenden Stadt

hinter sich gelassen und sahen vor sich die schokoladenbraunen Berge aufragen. Hier und da gab es noch ein paar Siedlungsviertel. Häuser, die weit draußen gebaut wurden und darauf warteten, daß die Stadt sie einholte. Bosch war schon einmal auf dieser Straße gefahren. Auf dem Weg zum Haus eines pensionierten Cops. Die Landschaft erinnerte ihn immer noch an ein Niemandsland.

»Erzähl mir mehr über Joey Marks«, sagte Bosch. »Er will sein Geld jetzt auf die ehrliche Tour verdienen?«

»Nein, er will sich nur den Anschein geben. Das sind zweierlei Sachen. Typen wie er betreiben nie ehrliche Geschäfte. Selbst wenn er sein Image aufpoliert, bleibt er ein dreckiger Schläger.«

»Was macht er? In den Medien steht, daß die Mafia aus der Stadt vertrieben wurde, um Platz zu machen für Herrn und Frau Saubermann und ihre braven Kinder.«

»Ja, ich kenn die Sprüche. Aber es ist wahr. Vegas hat sich in den letzten zehn Jahren verändert. Als ich bei der Polizei angefangen habe, hätte man jedes Casino wegen Mafia-Beziehungen untersuchen können. Wenn es nicht das Management war, dann waren es die Lieferanten, die Gewerkschaften, was weiß ich. Jetzt ist alles sauber. Vom Sündenbabel zum Disneyland. Wir haben mehr Wasservergnügungsparks als Hurenhäuser. Die Stadt hat mir früher besser gefallen. Es hatte irgendwie mehr Biß. Weißt du, was ich meine?«

»Ja, ich weiß, was du meinst.«

»Hauptsache ist, wir haben die Mafia zu neunundneunzig Prozent aus den Casinos vertrieben. Das ist gut. Aber es gibt immer noch Schmutzränder. Das ist Joeys Territorium. Er betreibt eine Kette von teuren Clubs, meistens in North Vegas, weil dort Alkoholausschank in Striptease-Lokalen erlaubt ist. Mit dem Alkohol kann man viel Geld verdienen. Und das Geld ist schwer zu überprüfen. Wir schätzen, daß es pro Jahr ein paar Millionen an den Büchern vorbeileitet. Und das sind nur die Clubs. Das Finanzamt hat seine Bücher überprüft, aber er ist zu clever.

Außerdem ist er Miteigentümer von einigen Bordellen im

Norden von hier. Er ist als Kredit-Hai und Hehler tätig und nimmt illegal Sportwetten an. Und er bekommt Schutzgelder von Callgirls und Peepshows. Er ist hier König. In die Casinos kann er nicht rein, weil er auf der schwarzen Liste der Kommission steht, aber das macht nichts. Er ist König.«

»Wie kann er Geschäfte mit illegalen Wetten machen, wo man hier in jedem Casino auf jedes Spiel, jedes Rennen setzen kann?«

»Wenn man Geld hat! Wenn nicht, wettet man bei Joey. Er schreibt an. Falls man unglücklicherweise verliert, treibt man besser schnell das Geld auf, oder man wird es bereuen. So hat er schließlich seinen Spitznamen bekommen. Und seine Angestellten führen die Firmentradition fort. So bekommt er Leute in seine Klauen. Er bringt sie dazu, Schulden bei ihm zu machen, und dann müssen sie ihn an ihrem Geschäft beteiligen. Egal, ob es eine Lackfabrik in Dayton ist oder was anderes.«

»Vielleicht die Produktion billiger Filme in L. A.«

»Ja, genau. So funktioniert das. Sie beteiligen ihn, oder sie handeln sich zwei gebrochene Knie ein – oder was Schlimmeres. Es verschwinden immer noch Leute in Vegas, Bosch. Draußen sieht man vielleicht künstliche Vulkane, Pyramiden und Piratenschiffe, aber hinter der Fassade ist Vegas immer noch finster.«

Bosch griff hinüber und drehte die Klimaanlage weiter auf. Die Sonne stieg allmählich höher, und die Wüste verwandelte sich in einen Backofen.

»Das ist noch gar nichts«, sagte Iverson. »Warte bis Mittag. Wenn wir dann noch hier draußen sind, haben wir fast fünfzig Grad.«

»Worin besteht Joeys seriöse Fassade?«

»Wie ich gesagt habe, er hat überall im Land Eigentum und Geschäftsanteile, die er erschwindelt und erpreßt hat. Außerdem investiert er seine Einnahmen wieder. Er wäscht sein Geld und steckt es in legale Unternehmen, sogar in Wohltätigkeitsvereine. Er handelt mit Autos und besitzt einen Country Club im Osten der Stadt. Ein Krankenhaus hier trägt den Namen eines seiner Kinder, das im Swimmingpool ertrunken ist. Wenn irgendwo etwas feierlich eingeweiht wird, ist sein Bild in der Zeitung, Bosch. Entweder ziehen wir ihn endlich aus dem Verkehr oder wir übergehen ihm die Schlüssel zur Stadt. Und ich bin mir nicht sicher, was die bessere Lösung ist.«

Iverson schüttelte den Kopf.

Nach ein paar Minuten schweigender Fahrt waren sie da. Iverson bog in die Einfahrt einer Feuerwehrwache und fuhr nach hinten, wo schon mehrere Zivilwagen standen – umgeben von Detectives mit Pappbechern Kaffee in der Hand. Einer von ihnen war Captain Felton.

Bosch hatte vergessen, seine kugelsichere Weste aus Los Angeles mitzubringen und mußte sich eine von Iverson leihen. Er bekam auch eine Razzia-Jacke aus Nylon mit dem gelben Schriftzug LVPD auf der Brust.

Sie standen um Feltons Taurus herum, besprachen den Plan und warteten auf einen Streifenwagen. Der Haftbefehl mußte gemäß den Vorschriften in Las Vegas vollstreckt werden. Das hieß, mindestens ein Team uniformierter Polizei mußte anwesend sein, wenn sie die Tür eintraten.

In der Zwischenzeit hatte Bosch sein Gespräch mit Felton gehabt. Die zwei waren in die Feuerwehrwache gegangen, um sich frischen Kaffee zu holen, und Bosch hatte ihm gesagt, was er davon hielt, daß Felton die Identifizierung der Fingerabdrücke für eigene Zwecke ausnutzte. Felton spielte ihm zerknirschte Reue vor und versprach Bosch, daß er von nun an an den Entscheidungen beteiligt werde. Bosch hakte nicht weiter nach. Er hatte bekommen, was er wollte. Nun mußte er sehen, ob der Captain sein Versprechen halten würde.

Außer Felton und Bosch standen noch vier andere Detectives um den Wagen herum. Sie gehörten der Abteilung für organisierte Kriminalität an. Iverson und sein Partner Cicarelli und ein weiteres Team, Baxter und Parmelee. OK gehörte zu den Abteilungen, die unter Feltons Kommando fielen, aber es war Baxter, der die Aktion leitete. Baxter war schwarz und hatte fast alle Haare verloren – bis auf ein paar graue an den Seiten. Er war das reinste Muskelpaket und machte den Eindruck, daß sich nicht mit ihm spaßen ließe. Er schien den Umgang mit Gewalt und gewalttätigen Menschen gewohnt zu sein.

Luke Goshens Haus war ihnen allen bekannt. Aus ihren Äußerungen schloß Bosch, daß sie es schon vorher überwacht hatten. Es lag ungefähr eine Meile westlich von der Feuerwehrwache, und Baxter war frühmorgens vorbeigefahren, um sich zu vergewissern, daß Goshens schwarzer Corvette unter dem Parkdach stand.

»Was ist mit dem Haftbefehl?« fragte Bosch.

Er hatte Angst, daß der ganze Fall platzen würde, weil sie sich unbefugt Zutritt zum Haus des Verdächtigen verschafft hatten.

»Die Fingerabdrücke reichen voll aus für einen Haft- und Durchsuchungsbefehl«, sagte Felton. »Wir haben sie einem Richter heute früh vorgelegt. Außerdem hatten wir eigene Informationen, wie Sie sicher von Iverson erfahren haben.«

»Die Fingerabdrücke befanden sich auf dem Opfer, aber das bedeutet nicht, daß er es war. Es beweist nichts. Wir handeln hier übereilt. Das Opfer wurde in L. A. umgebracht. Ich habe keinen Beweis dafür, daß Luke Goshen dort war. Und ihre Information? Das ist ein Witz. Ein anonymer Anruf, das ist alles. Das beweist nichts.«

Alle sahen Bosch an, als hätte er gerade beim Debütantinnenball gerülpst.

»Bosch, holen wir uns noch einen Kaffee«, sagte Felton.

»Ich will keinen mehr.«

»Gehen wir trotzdem.«

Er legte seinen Arm um Boschs Schulter und führte ihn zurück in die Wache. In der Küche, wo die Kaffeemaschine stand, füllte Felton erst seinen Becher, bevor er sprach.

»Hören Sie zu, Bosch. Machen Sie mit. Das ist eine Riesenchance für uns und für Sie.«

»Das weiß ich. Ich will sie nur nicht vermasseln. Können wir nicht warten, bis wir sicher sind, was wir in der Hand haben? Es ist mein Fall, Captain, aber Sie geben hier die Befehle.«

»Ich dachte, wir hätten das geregelt.«

»Das dachte ich auch, aber ich könnte genauso gut in den Wind pissen.«

»Hören sie zu, Detective. Wir fahren dort rauf, nehmen den Typen fest, durchsuchen sein Haus und stecken ihn in ein kleines Zimmer. Ich garantiere Ihnen, falls er es nicht war, wird er Ihnen den Killer auf dem Silbertablett präsentieren. Und uns wird er Joey Marks schenken. Seien Sie kein Spielverderber und machen Sie mit.«

Er schlug Bosch auf die Schulter und ging wieder hinaus auf den Parkplatz. Bosch folgte ihm kurz darauf. Er wußte, daß es keinen Grund gab herumzumäkeln. Wenn man Fingerabdrücke bei einer Leiche entdeckte, verhaftete man die Person, von der sie stammten. Das war selbstverständlich. Um die Details konnte man sich hinterher kümmern. Was Bosch jedoch ärgerte, war Zuschauer zu ein. Das war der wahre Grund, und er wußte es. Er wollte die Aktion leiten. Aber hier in der Wüste fühlte er sich wie ein Fisch auf dem Trockenen, der auf dem Sand hin und her sprang. Er wußte, er sollte Billets anrufen. Aber es war zu spät. Sie konnte nichts mehr machen. Und er hatte keine Lust, ihr zu gestehen, daß er die Kontrolle über die Ermittlungen verloren hatte.

Zwei uniformierte Polizisten waren mit ihrem Streifenwagen da, als Bosch in die Gluthitze hinaustrat.

»Okay«, sagte Felton. »Wir sind alle hier. Also steigen wir auf die Pferde und schnappen uns das Arschloch.«

In fünf Minuten waren sie dort. Goshen wohnte in einem Haus auf der Desert View Avenue, nur umgeben von ausgedörrter Vegetation. Das Haus war groß, ohne besonders protzig auszusehen. Das einzig Ungewöhnliche war eine Betonmauer mit Tor, die das große Grundstück umgab. Der Ort war total abgelegen, aber der Besitzer brauchte eine Mauer zum Schutz.

Sie parkten alle ihre Wagen auf dem Randstreifen und stiegen aus. Baxter war gut vorbereitet. Aus dem Kofferraum seines Caprices zog er zwei Leitern, mit deren Hilfe sie über die Mauer klettern wollten. Iverson stieg zuerst hinauf.

Als er oben war, legte er die zweite Leiter auf der anderen Seite an, zögerte jedoch in den Vorgarten hinunterzuklettern.

»Hat jemand Hunde gesehen?«

»Keine Hunde«, sagte Baxter. »Ich habe mich heute früh vergewissert.«

Iverson kletterte hinunter, und die anderen folgten ihm. Während er darauf wartete, an die Reihe zu kommen, sah Bosch sich um und konnte den Neonstreifen des Strips einige Meilen entfernt im Osten erkennen, wo die Sonne als neonrote Kugel am Himmel hing. Die Luft war glühend heiß und trocken und rauh wie Sandpapier. Er hatte einen Stift mit Kirschgeschmack gegen gesprungene Lippen im Hotel gekauft, wollte ihn aber nicht hier vor den anderen hervorholen.

Nachdem Bosch über die Mauer gestiegen war, folgte er den anderen und schaute auf die Uhr. Es war fast neun, aber das Haus schien unbelebt zu sein. Keine Bewegung, kein Licht, nichts. Die Vorhänge waren hinter allen Fenstern zugezogen.

»Bist du sicher, daß er hier ist?« flüsterte Bosch Baxter zu.

»Er ist hier«, sagte Baxter. »Ich bin um sechs über die Mauer geklettert und hab die Motorhaube vom Corvette berührt. Sie war warm. Er war noch nicht lange zu Hause. Ich garantiere, er schläft noch. Neun Uhr ist für den so früh wie vier Uhr für normale Menschen.«

Bosch sah zum Corvette hinüber. Er erinnerte sich an den Wagen von letzter Nacht. Hier, hinter der Mauer, bedeckte üppiger Rasen das Grundstück. Es mußte ein Wahnsinnsgeld gekostet haben, ihn anzulegen, und nicht weniger, ihn mit Wasser zu sprengen. Das Grundstück lag in der Wüste wie ein Badehandtuch am Strand. Bosch wurde aus seiner Bewunderung durch das Geräusch von Iversons Tritten gegen die Vordertür herausgerissen.

Bosch und die anderen folgten Iverson mit gezogenen Waffen ins dunkle Haus. Sie stießen die üblichen Erkennungsrufe aus – *Polizei!* und *Keine Bewegung!* – und eilten durch einen Flur auf der linken Seite. Bosch folgte dem Licht der Stablampen, die die Dunkelheit durchbohrten. Im nächsten Moment hörte er weibliche Schreie, und dann ging Licht in einem Raum am Ende des Flurs an.

Als er dort ankam, sah er, wie Iverson auf einem Doppelbett kniete. Der Lauf seines Smith & Wesson Revolvers fünfzehn Zentimeter von Luke Goshens Gesicht entfernt. Der hünenhafte Mann, den Bosch gestern abend gesehen hatte, war in schwarze Seidenbettücher gehüllt und wirkte so ruhig wie Magic Johnson vor einem spielentscheidenden Freiwurf. Er nahm sich sogar Zeit, nach oben zu schauen, um die Szene im Deckenspiegel zu betrachten.

Weniger gelassen waren jedoch die zwei Frauen. Sie standen rechts und links vom Bett, ihre eigene Nacktheit nicht wahrnehmend, aber noch unter Schock. Schließlich stellte Baxter Ruhe her, indem er sie laut anschrie: »Seid ruhig!«

Es dauerte noch ein paar Augenblicke, bis völlige Ruhe einkehrte. Niemand bewegte sich. Bosch ließ Goshen nicht aus den Augen. Er stellte die einzige Gefahr im Raum dar. Bosch merkte, daß die anderen Polizisten, die sich verteilt hatten, um das Haus zu durchsuchen, hinter ihm hereingekommen waren.

»Umdrehen aufs Gesicht, Luke«, befahl Iverson schließlich. »Ihr Mädchen zieht euch was an.«

Eine der Frauen sagte: »Du kannst nicht …«

»Halt die Klappe!« unterbrach Iverson sie. »Oder wir nehmen dich mit aufs Präsidium. Du hast die Wahl.«

»Ich werde nicht …«

»Randy!« dröhnte Goshen in tiefem Baß. »Halt deine verdammte Klappe und zieh dich an. Sie werden dich nicht mitnehmen. Zieh dich auch an, Harm.«

Alle Männer außer Goshen sahen instinktiv die Frau an, die er Harm genannt hatte. Sie sah aus, als wöge sie nicht mehr als achtzig Pfund. Sie hatte seidiges blondes Haar, Brüste, die kaum Mokkatassen ausfüllen würden, und einen goldenen Ring, der durch eine ihrer Schamlippen ging. Sie war dermaßen verängstigt, daß ihr Gesicht jegliche Schönheit verloren hatte.

»Harmony«, flüsterte sie, ihr Dilemma verstehend.

»Okay, zieh dich an, Harmony«, sagte Felton. »Du auch. Dreht euch zur Wand und zieht euch an.«

»Laß sie ihre Klamotten nehmen und dann raus mit ihnen«, sagte Iverson.

Harmony steckte gerade ein Bein in ihre Jeans, stoppte und sah die Männer an, die ihr widersprüchliche Befehle gaben.

»Also, was denn nun?« fragte Randy verärgert. »Kriegt ihr euren Scheiß nicht auf die Reihe?«

Bosch erkannte sie vom Vorabend, als sie bei Dolly's getanzt hatte.

»Bringt sie raus!« schrie Iverson. »Sofort.«

Die uniformierten Cops machten Anstalten die nackten Frauen hinauszuführen.

»Wir gehen«, schrie Randy auf. »Faß mich nicht an.«

Iverson riß das Bettuch herunter und fesselte Goshens Hände auf dem Rücken mit Handschellen. Seine Haare waren hinten in einem schmalen Zopf zusammengeflochten, den Bosch gestern abend nicht bemerkt hatte.

»Was ist los, Iverson?« sagte er, sein Gesicht auf die Matratze gepreßt. »Hast du was gegen ein paar Muschis? Bist du etwa schwul?«

»Goshen, tu dir einen Gefallen und halt's Maul.«

Goshen lachte über die Drohung. Er war sonnengebräunt und wirkte jetzt noch massiver als gestern abend. Sein ganzer Körper war muskelbepackt. Seine Oberarme hatten die Größe von Schinken. Einen Augenblick lang verstand Bosch Goshens Wunsch, mit zwei Frauen zu schlafen – und warum sie willig mitgingen.

Goshen gähnte ostentativ, um zu zeigen, daß er nicht im geringsten über den Polizeibesuch besorgt war. Er trug nur schwarze Unterhosen, passend zu den Laken. Auf dem Rücken hatte er Tätowierungen. Auf dem linken Schulterblatt war ein Ein-Prozent-Zeichen, auf dem rechten das Harley-Davidson-Markenzeichen. Auf dem linken Oberarm war die Zahl achtundachtzig tätowiert.

»Ist das dein Intelligenzquotient?« fragte Iverson und schlug ihm auf den Oberarm.

»Fuck you, Iverson. Steck dir deinen blöden Haftbefehl in den Arsch.«

Bosch wußte, was die Tätowierung bedeutete. Er hatte sie oft genug in L. A. gesehen. Der achte Buchstabe des Alphabets war H. Achtundachtzig bedeutete HH, Abkürzung für Heil Hitler. Goshen hatte irgendwann einmal näheren Kontakt mit Rassisten gehabt. Die meisten Arschlöcher, die diese Tätowierungen trugen, hatten sie jedoch seiner Erfahrung nach im Gefängnis bekommen. Bosch wunderte sich, daß Goshen anscheinend keine Vorstrafen hatte und noch nicht einmal in Untersuchungshaft gesessen hatte. Andernfalls wäre sein Name vom Computer ausgespuckt worden, als sie die Abdrücke von Alisos Jackett eingegeben hatten. Er hörte auf, über diesen unwahrscheinlichen Umstand nachzudenken, als es Goshen gelang seinen Kopf herumzudrehen und ihn anzusehen.

»Dich sollte man verhaften«, sagte er. »Wie du gestern Smokie zugerichtet hast.«

Bosch beugte sich über das Bett, um zu antworten.

»Es geht nicht um gestern abend. Es geht um Tony Aliso.«

Iverson drehte Goshen rauh um.

»Was erzählst du da für'n Scheiß?« fragte Goshen ärgerlich. »Damit hab ich nichts zu tun. Was …«

Er versuchte, sich aufzusetzen, aber Iverson stieß ihn wieder auf die Matratze.

»Bleib ruhig«, sagte Iverson. »Wir werden uns deine erbärmliche Version anhören. Zuerst müssen wir uns aber hier umsehen.«

Er zog den Haft- und Durchsuchungsbefehl aus der Tasche und ließ ihn auf Goshens Brust fallen.

»Hier ist die richterliche Bewilligung.

»Ich kann es nicht lesen.«

»Ist nicht meine Schuld, daß du nicht in der Schule geblieben bist.«

»Halt es hoch!«

Iverson ignorierte ihn und schaute die anderen an.

»Okay, teilen wir uns auf und schauen nach, was es hier

gibt. Harry, du übernimmst diesen Raum und leistet unserem Freund Gesellschaft. Okay?«

»Okay.«

Iverson wandte sich an die zwei Polizisten in Uniform.

»Einer von euch bleibt hier. Paß auf das Schwein hier auf, aber steh nicht im Weg herum.«

Einer der Polizisten nickte, und der andere verließ das Zimmer. Bosch und Goshen sahen sich an.

»Ich kann das Ding nicht lesen«, sagte Goshen.

»Ich weiß«, sagte Bosch. »Das hast du schon erwähnt.«

»Ihr wollt mir doch nur was vormachen und mein Haus auseinandernehmen. Ihr könnt gar keine Beweise gegen mich haben, weil ich es nicht war.«

»Also, wen hast du damit beauftragt? Smokie?«

»Nein, niemand. Ihr könnt mir das nie im Leben anhängen. Nie. Ich verlange meinen Anwalt.«

»Sobald wir dich eingebuchtet haben.«

»Weswegen eingebuchtet?«

»Wegen Mord, Lucky.«

Goshen fuhr fort, alles abzustreiten und seinen Anwalt zu verlangen. Bosch ignorierte ihn und begann sich im Raum umzusehen. Er fing mit den Schubladen in der Kommode an. Alle paar Sekunden sah er sich nach Goshen um. Er fühlte sich wie in einem Löwenkäfig. Obwohl er wußte, daß er sicher war. Er merkte, daß Goshen ihn im Deckenspiegel beobachtete. Als er sich endlich beruhigte, wartete Bosch ein paar Augenblicke und begann dann Fragen zu stellen, während er weitersuchte, als interessierten ihn die Antworten eigentlich nicht.

»Also, wo warst du Freitag abend?«

»Ich habe deine Mutter gefickt.«

»Sie ist tot.«

»Das hab ich gemerkt. Sie war nicht besonders gut im Bett.«

Bosch unterbrach seine Suche und sah ihn an. Goshen wollte ihn schlagen. Er wollte die Gewalt. Es war das Feld, auf dem er sich auskannte.

»Wo warst du, Goshen? Freitag abend?«

»Sprich mit meinem Anwalt.«

»Das werden wir tun. Aber du hast auch einen Mund.«

»Ich war im Club. Ich habe schließlich eine Arbeit.«

»Ja, ich weiß. Bis wann hast du gearbeitet?«

»Ich weiß nicht. Vier Uhr. Danach gehe ich nach Hause.«

»Klar.«

»Das ist die Wahrheit.«

»Wo warst du, im Büro?«

»Genau.«

»Hat dich jemand gesehen? Bist du vor vier Uhr mal rausgegangen?«

»Weiß ich nicht. Sprich mit meinem Anwalt.«

»Keine Sorge. Das werden wir tun.«

Bosch fuhr mit der Durchsuchung fort und öffnete den begehbaren Wandschrank. Er war nur zu einem Drittel mit Kleidern gefüllt. Goshens Garderobe beschränkte sich auf das Notwendigste.

»Das ist die verdammte Wahrheit«, rief Goshen vom Bett aus. »Du kannst es überprüfen. Überprüf es doch.«

Das erste, was sich Bosch ansah, waren zwei Paar Straßenschuhe und ein Paar Nike-Sportschuhe, die auf dem Boden standen. Er untersuchte die Sohlen genau, aber keines der Muster glich im Entferntesten dem, das sie auf dem Rolls Royce und an Alisos Hüfte entdeckt hatten. Er schaute wieder zu Goshen hinüber, um sich zu vergewissern, daß er sich nicht bewegte, und sah, daß er ruhig dalag. Als nächstes untersuchte Bosch das Ablagebrett über der Kleiderstange. Er nahm eine Schachtel herunter, die voll von Fotos war. Es waren großformatige Agenturfotos von Tänzerinnen. Die jungen Frauen darauf waren nicht nackt, aber spärlich bekleidet und posierten provokativ. Ihre Namen waren unten auf den weißen Rand gedruckt, neben einer Telefonnummer und den Worten Models A Million. Bosch schätzte, daß dies der Name einer lokalen Agentur war. Er blätterte die Fotos durch, bis er eins mit dem Namen Layla fand.

Er studierte das Foto der Frau, die er gestern gesucht hatte. Sie hatte wallendes braunes Haar mit blonden Strähnchen, einen großen Busen, dunkle Augen und volle Lippen.

Sie waren gerade weit genug geöffnet, um ihre weißen Zähne ansatzweise zu zeigen. Sie war sehr schön und sie kam ihm irgendwie bekannt vor. Er führte dieses Gefühl schließlich darauf zurück, daß sie – wie all die Frauen auf den Fotos und gestern im Club – einen Ausdruck sexueller Verdorbenheit zur Schau stellte.

Bosch nahm die Schachtel und stellte sie auf die Kommode. Er hielt Laylas Foto hoch.

»Was ist mit den Fotos, Lucky?«

»Das sind alle Mädchen, mit denen ich geschlafen habe. Wie steht's mit dir, Bulle? Hast du so viele gefickt? Ich wette, die Häßlichste da sieht immer noch besser aus als die schönste Frau, die du je hattest.«

»Sonst noch was? Sollen wir vielleicht unsere Schwänze noch vergleichen? Ich bin froh, daß du so viele Frauen hattest, Lucky. Jetzt ist nämlich Schluß damit. Du wirst sicher noch ficken oder gefickt werden. Allerdings nicht von Frauen.«

Goshen schwieg und dachte darüber nach. Bosch legte das Foto von Layla neben die Schachtel auf die Kommode.

»Hör zu, Bosch, sag mir, was ihr wollt, und ich sag euch, was ich weiß, damit wir die Sache klären. Du irrst dich. Ich habe nichts getan. Also klären wir die Sache und hören auf, unsere Zeit zu vergeuden.«

Bosch antwortete nicht. Er ging zum Wandschrank zurück und stellte sich auf die Zehenspitzen, um zu sehen, ob noch etwas auf dem Ablagebrett lag. Er fand etwas. Einen kleinen Lappen, zusammengefaltet wie ein Taschentuch. Er nahm ihn herunter und faltete ihn auf. Er war ölverschmiert. Bosch roch daran und erkannte den Geruch.

Er trat aus dem Wandschrank und warf den Lappen zum Bett, so daß er Goshen im Gesicht traf.

»Was ist das?«

»Weiß ich nicht. Was ist es?«

»Ein Lappen mit Gewehröl. Wo ist die Pistole?«

»Ich habe keine Pistole, und das gehört nicht mir. Hab ich nie gesehen.«

»Okay.«

»Was soll das heißen ›okay‹? Ich hab das verdammt noch mal nie gesehen.«

»›Okay‹ heißt ›okay‹, Goshen. Das ist alles. Nur nicht nervös werden.«

»Das ist nicht so leicht, wenn ihr eure Nasen in meinen Arsch steckt.«

Bosch beugte sich zum Nachttisch und öffnete die obere Schublade. Er fand eine leere Zigarettenschachtel, ein Paar Perlenohrringe und eine nicht geöffnete Schachtel Kondome. Bosch warf die Schachtel Goshen hin. Sie prallte auf dessen Brust auf und landete auf dem Fußboden.

»Kaufen allein ist noch nicht Safer Sex, Goshen. Du mußt sie dir überziehen.«

Er öffnete die untere Schublade. Sie war leer.

»Wie lang wohnst du schon hier, Goshen?«

»Ich bin hier eingezogen, nachdem ich deiner Schwester in den Arsch getreten habe. Sie schafft jetzt für mich an. Soviel ich weiß, verkauft sie ihre Muschi auf der Fremont Avenue vor dem Cortez.«

»Zuerst meine Mutter, jetzt meine Schwester, wer ist als nächste dran? Meine Frau?«

»Ja, ich hab schon was für sie in petto. Ich werde …«

»Halt endlich das Maul! Es funktioniert nicht, begreifst du das? Mir kannst du nichts anhaben. Also vergeude nicht deine Energie.«

»Man kann allen Leuten was anhaben, Bosch. Vergiß das nicht.«

Bosch schaute ihn an und ging dann in das angeschlossene Badezimmer. Es war ein großer Raum mit separater Dusche und Wanne, fast in der gleichen Anordnung wie in Alisos Hotelsuite. Eine kleine Toilette befand sich hinter einer Tür mit Holzblenden. Hier begann Bosch seine Suche. Er hob den Deckel vom Wasserbehälter und fand nichts Ungewöhnliches. Bevor er den Porzellandeckel wieder aufsetzte, beugte er sich nach vorne und schaute hinter dem Wassertank nach. Was er sah, ließ ihn sofort nach dem Polizisten im Schlafzimmer rufen.

»Ja, Sir?« sagte der Cop.

Er schien nicht einmal fünfundzwanzig zu sein. Seine schwarze Haut hatte einen bläulichen Schimmer. Seine Hände ruhten entspannt auf dem Gürtel, die rechte Hand ein paar Zentimeter von der Pistole entfernt – in Grundstellung. Auf dem Namensschild über der Brusttasche stand Fontenot.

»Fontenot, schauen Sie hinter dem Wasserbehälter nach.«

Der Cop tat wie ihm geheißen, ohne die Hände vom Gürtel zu nehmen.

»Was ist es?« fragte er.

»Ich glaube, eine Pistole. Treten Sie beiseite, ich werde sie herausziehen.«

Bosch machte seine Hand flach und faßte in den fünf Zentimeter breiten Raum zwischen der Wand und dem Wasserbehälter. Seine Finger ergriffen einen Plastikbeutel, der mit grauem Isolierband am Wassertank befestigt war. Es gelang ihm, den Beutel loszureißen und herauszuziehen. Er hielt ihn hoch, damit Fontenot ihn sehen konnte. Der Plastikbeutel enthielt eine Pistole aus bläulichem Metall mit einem aufgeschraubten sieben Zentimeter langen Schalldämpfer.

»Zweiundzanziger?« fragte Fontenot.

»Genau«, sagte Bosch. »Holen Sie bitte Felton und Iverson.«

»Sofort.«

Bosch folgte Fontenot aus dem Bad. Er hielt den Plastikbeutel mit der Pistole wie ein Angler einen Fisch. Als er ins Schlafzimmer trat, mußte er unwillkürlich lächeln, als er Goshen sah, der ihn mit großen Augen anstarrte.

»Das ist nicht meine«, protestierte Goshen sofort. »Die habt ihr hier versteckt, ihr gottverdammten Arschlöcher! Ich will meinen Anwalt, du Hurensohn!«

Bosch ließ die Flüche an sich vorbeirauschen, aber studierte Goshens Gesichtsausdruck. Er hatte etwas in seinen Augen aufblitzen sehen. Nur eine Sekunde, dann hatte Goshen es wieder unterdrückt. Es war keine Angst. Er glaubte nicht, daß Goshen sich so etwas ansehen ließe. Es war etwas anderes gewesen. Aber was? War es Verwirrung? Enttäuschung? Goshens Augen verrieten nichts mehr. Aber Bosch glaubte zu wissen, was es gewesen war. Überraschung.

Iverson Baxter und Felton kamen hintereinander ins Zimmer. Sie sahen die Pistole, und Iverson jauchzte triumphierend auf.

»Sajonara, Baby!«

Sein Gesicht strahlte vor Freude. Bosch erklärte ihm, wo er die Waffe gefunden hatte.

»Diese Scheißköpfe von Gangstern«, sagte Iverson und sah Goshen an. »Glauben Sie, daß wir nie den *Paten* gesehen haben? Für wen hast du sie versteckt, Goshen? Für Michael Corleone?«

»Ich hab gesagt, ich will meinen Anwalt!« schrie Goshen.

»Du kriegst deinen Anwalt«, sagte Iverson. »Steh auf, du Stück Scheiße. Zieh dich an für die Fahrt.«

Bosch paßte mit gezogenem Revolver auf, während Iverson ihm die Handschellen abnahm. Dann richteten sie beide ihre Waffen auf Goshen, während er sich schwarze Jeans, Stiefel und ein T-Shirt anzog, das für jemanden von schmalerer Statur gemacht war.

»In der Überzahl seid ihr immer mutig«, sagte Goshen. »Wenn ich mal einen von euch allein treffe, wird er sich in die Hosen machen.«

»Mach! Wir haben nicht den ganzen Tag, Goshen«, sagte Iverson.

Als er angezogen war, fesselten sie ihn wieder und zwängten ihn auf den Rücksitz von Iversons Wagen. Iverson verschloß seine Waffe im Kofferraum, dann gingen sie wieder ins Haus. Bei einer kurzen Besprechung in der Diele verabredeten sie, daß Baxter und die beiden andren Detectives hier blieben, um die Hausdurchsuchung zu Ende zu führen.

»Was ist mit den Frauen?« fragte Bosch.

»Die Streife wird auf sie aufpassen, bis sie gehen«, sagte Iverson.

»Ja, aber sobald sie gehen, werden die Frauen telefonieren. Dann haben wir Goshens Anwalt am Arsch, bevor wir angefangen haben.«

»Ich werde mich darum kümmern. Goshen hat einen Wagen hier, nicht wahr? Wo sind die Schlüssel?«

»In der Küche, auf der Ablage«, sagte einer der anderen Detectives.

»Okay«, sagte Iverson. »Wir fahren los.«

Bosch folgte ihm durch die Küche, wo er die Autoschlüssel einsteckte, und hinaus zum Corvette, der unter dem Parkdach stand, das auch als Geräteschuppen diente. Werkzeuge hinten an Haken an der Wand. Iverson nahm sich eine Schaufel und ging in den Garten hinter dem Haus.

Bosch ging ihm hinterher und sah, wie Iverson die Stelle fand, an der die Telefonleitung von einem Telegrafenmast auf der Straße zum Haus abzweigte. Iverson schwang die Schaufel nach oben und kappte die Leitung mit einem Schlag.

»Erstaunlich, wie stark der Wind in der offenen Wüste sein kann«, sagte er.

Er sah sich hinter dem Haus um.

»Die Mädchen haben weder Auto noch Telefon. Das nächste Haus ist eine halbe Meile von hier, die Stadt fünf Meilen. Ich schätze, sie werden erst mal hier warten. Das gibt uns genug Zeit.«

Iverson schwang die Schaufel wie einen Baseballschläger und ließ sie über die Mauer ins Strauchwerk segeln. Dann ging er zur Vorderseite des Hauses, wo sein Wagen stand.

»Was denkst du?« fragte Bosch.

»Ich denke, je höher sie steigen, desto tiefer fallen sie. Goshen gehört uns, Harry. Und dir.«

»Nein, ich meine die Pistole.«

»Was ist damit?«

»Ich weiß nicht ... Es scheint zu einfach zu sein.«

»Verbrecher müssen nicht intelligent sein. Goshen ist nicht intelligent. Er hatte bloß Glück. Aber das ist vorbei.«

Bosch nickte, aber die Sache gefiel ihm nicht. Die Frage war nicht, ob er intelligent war. Verbrecher folgten ihren Gewohnheiten, ihrem Instinkt. Diese Sache machte keinen Sinn.

»Mir fiel etwas in seinem Blick auf, als er die Pistole sah. Als sei er genauso überrascht wie wir, sie zu sehen.«

»Möglich. Auch möglich, daß er einfach ein guter Schauspieler ist. Und vielleicht ist es gar nicht die richtige Waffe. Du mußt sie für Ballistiktests mitnehmen. Stell fest, ob es die Waffe ist, Harry. Dann kannst du dir den Kopf darüber zerbrechen, ob es zu leicht ist.«

Bosch nickte. Er zog eine Zigarette heraus und steckte sie an.

»Ich weiß nicht. Ich habe das Gefühl, daß ich irgendwas übersehe.«

»Harry, willst du den Fall zur Anklage bringen …?«

»Natürlich.«

»Gut. Dann bringen wir ihn jetzt zum Präsidium, stecken ihn in eine Verhörzelle und sehen, was er zu sagen hat.«

Sie waren am Wagen angekommen. Bosch merkte, daß er Laylas Foto im Haus vergessen hatte. Er sagte Iverson, er könne den Motor anlassen, er wäre gleich zurück. Als er mit dem Foto zurückkam und im Wagen saß, drehte er sich zu Goshen um und sah, daß ihm etwas Blut aus einem Mundwinkel rann. Bosch schaute Iverson an, der lächelte.

»Ich weiß nicht. Vielleicht ist er mit dem Gesicht beim Einsteigen gegen etwas gestoßen. Oder er hat es mit Absicht getan, damit es aussieht, als wäre ich es gewesen.«

Goshen sagte nichts, und Bosch schaute wieder nach vorne. Iverson fuhr auf die Straße und lenkte den Wagen in Richtung Stadt. Die Temperatur stieg rapide, und Bosch fühlte schon, wie ihm das Hemd hinten am Rücken klebte. Die Klimaanlage mühte sich ab, die Hitze zu reduzieren, die sich in dem Wagen während der Hausdurchsuchung aufgestaut hatte. Die Luft war knochentrocken. Schließlich zog Bosch den Stift heraus und schmierte ihn über seine gesprungenen Lippen. Es war ihm egal, was Iverson oder Goshen darüber dachten.

Sie brachten Goshen in einem Personalaufzug, in dem er laut furzte zum Büro der Fahndungsabteilung. Bosch und Iverson führten ihn dann vom Großraumbüro über einen Korridor zu einer Verhörzelle, die kaum größer als eine Toilettenkabine war. Sie befestigten seine Handschellen an einem Stahlring, der in der Mitte des Tisches festgenietet war, und schlossen ihn dann ein. Als Iverson die Tür zumachte rief Goshen ihm hinterher, daß er einen Telefonanruf machen wolle.

Bosch bemerkte, daß das Großraumbüro der Fahndungsabteilung fast leer war, während sie zu Feltons Büro zurückgingen.

»Gibt es eine Beerdigung?« fragte Bosch. »Wo sind alle?«

»Sie bringen die anderen her.«

»Welche anderen?«

»Der Captain will deinem Freund Smokie etwas Angst machen. Außerdem bringen sie das Mädchen.«

»Layla? Sie haben sie gefunden?«

»Nein, nicht die. Die, von der du gestern abend die Adresse wolltest. Die mit dem Opfer im Mirage gespielt hat. Wir haben herausgefunden, daß sie vorbestraft ist.«

Bosch griff nach Iversons Arm, um ihn zu stoppen.

»Eleanor Wish? Ihr verhaftet Eleanor Wish?«

Er wartete nicht auf eine Antwort, ließ Iverson stehen und rannte zu Feltons Büro. Der Captain war am Telefon, und Bosch ging nervös vor dem Schreibtisch auf und ab, darauf wartend, daß er auflegen würde. Felton deutete auf die Tür, aber Bosch schüttelte den Kopf. Er merkte, wie Feltons Augen wütend aufleuchteten, als er der Person am anderen Ende sagte, daß er das Gespräch beenden müsse.

»Ich kann im Moment nicht sprechen«, sagte er. »Machen Sie sich keine Sorgen, ich hab die Sache unter Kontrolle. Ich werde wieder anrufen.«

Er legte auf und sah Bosch an.

»Was ist jetzt wieder los?«

»Verständigen Sie Ihre Leute. Sagen Sie ihnen, sie sollen Eleanor Wish in Ruhe lassen.«

»Was reden Sie da?«

»Sie hat nichts mit dem Fall zu tun. Ich hab sie gestern überprüft.«

Felton beugte sich vor und faltete die Hände, während er nachdachte.

»Was heißt das genau, daß Sie sie gestern überprüft haben?«

»Ich habe sie vernommen. Sie hat das Opfer oberflächlich gekannt. Das ist alles. Sie ist sauber.«

»Wissen Sie, wer sie ist, Bosch? Ich meine, kennen Sie ihre Geschichte?«

»Sie war FBI-Agentin beim L. A.-Fahndungsbüro für Banküberfälle. Vor fünf Jahren ist sie wegen Mittäterschaft zu einer Gefängnisstrafe verurteilt worden. Es ging um Einbrüche von Bankschließfächern. Aber das spielt keine Rolle hier, Captain. Sie hat nichts mit diesem Fall zu tun.«

»Ich glaube, es wäre gut, sie etwas schwitzen zu lassen und sie noch einmal von einem meiner Leute vernehmen zu lassen. Nur um sicher zu gehen.«

»Ich bin mir schon sicher. Hören Sie, ich ...«

Bosch schaute zur Tür und bemerkte, daß Iverson in der Nähe stand und versuchte, etwas mitzubekommen. Bosch stand auf und schloß die Tür. Dann zog er einen Stuhl heran, setzte sich direkt vor Feltons Schreibtisch und beugte sich zu ihm vor.

»Hören Sie, Captain, ich kenne Eleanor Wish aus L. A. Ich habe mit ihr zusammen beim dem Schließfächerüberfall ermittelt. Ich ... Wir waren mehr als Kollegen. Dann ist alles kaputt gegangen und sie ist in den Knast. Ich hatte sie seit fünf Jahren nicht mehr gesehen, bis ich sie auf dem Videoband vom Mirage entdeckte. Deshalb habe ich Sie gestern angerufen. Ich wollte mit ihr sprechen, aber nicht wegen dem Fall. Sie ist sauber. Sie hat ihre Zeit abgesessen und ist sauber. Rufen Sie jetzt bitte Ihre Leute an.«

Felton schwieg. Bosch konnte sehen, wie sich die Rädchen in seinem Kopf drehten.

»Ich war fast die ganze Nacht wach und habe an diesem Fall gearbeitet. Ich habe ein halbes Dutzend Mal Ihre Nummer im Hotel angerufen, um Sie zu verständigen, aber Sie waren nicht da. Ich nehme an, Sie werden mir nicht sagen wollen, wo Sie waren.«

»Nein, das will ich nicht.«

Felton dachte weiter nach und schüttelte dann den Kopf.

»Ich kann's nicht tun. Ich kann sie noch nicht gehen lassen.«

»Warum nicht?«

»Es gibt etwas, von dem Sie anscheinend keine Kenntnis haben.«

Bosch schloß die Augen einen Moment, wie ein Junge, der erwartete, daß seine wütende Mutter ihn schlagen würde, und sich darauf einstellte.

»Was ist es?«

»Vielleicht kannte sie das Opfer nur oberflächlich, dafür kennt sie Joey Marks und seine Leute um so besser.«

Es war schlimmer als erwartet.

»Wovon reden Sie?«

»Ich habe ihren Namen einigen meiner Männer gegenüber erwähnt, nachdem Sie angerufen hatten. Wir haben eine Akte über sie. Bei zahlreichen Gelegenheiten wurde sie in Begleitung von Terrence Quillen gesehen, der für Goshen arbeitet, der wiederum für Marks arbeitet. Bei zahlreichen Gelegenheiten, Detective Bosch. Ein paar meiner Leute suchen im Moment Quillen. Mal sehen, was er zu sagen hat.«

»›In Begleitung‹, was soll das heißen?«

»Unseren Berichten nach, schien es geschäftlich zu sein.«

Es war wie ein Schlag in den Magen. Es war unmöglich. Er hatte mit dieser Frau die Nacht verbracht. Er fühlte sich verraten von ihr, aber ein inneres Gefühl sagte ihm, daß sie ihn nicht belogen hatte, daß es sich um eine Riesenverwechslung handelte.

Es klopfte an der Tür, und Iverson steckte seinen Kopf herein.

»Ich wollte nur sagen, daß die anderen zurück sind. Sie bringen sie in die Verhörzellen.«

»Okay.«

»Brauchen Sie etwas?«

»Nein, danke. Schließen Sie die Tür.«

Nachdem Iverson gegangen war, schaute Bosch den Captain an.

»Ist sie verhaftet?«

»Nein, wir haben sie gebeten, freiwillig mitzukommen.«

»Lassen Sie mich zuerst mit ihr sprechen.«

»Ich glaube, das ist keine gute Idee.«

»Das ist mir egal. Lassen Sie mich mit ihr sprechen. Falls sie jemandem etwas erzählt, dann mir.«

Felton dachte einen Moment nach und nickte schließlich.

»Okay, gehen Sie. Ich gebe Ihnen fünfzehn Minuten.«

Bosch hätte sich bedanken sollen, tat es aber nicht. Er stand sofort auf und ging zur Tür.

»Detective Bosch?« sagte Felton.

Harry schaute über die Schulter nach hinten.

»Ich tu für Sie in dieser Angelegenheit, was ich kann. Aber Sie schulden mir damit einen großen Gefallen. Klar?«

Bosch ging hinaus, ohne zu antworten. Felton hatte eine plumpe Art. Es verstand sich auch ohne Worte, daß Bosch jetzt in seiner Schuld stand. Aber er mußte es trotzdem aussprechen.

Auf dem Korridor kam Bosch an der ersten Verhörzelle vorbei, in der Goshen saß, und öffnete die Tür zur zweiten Zelle, in der Smokie Flanagan an den Tisch gekettet war. Seine Nase war unförmig und sah wie eine Kartoffel aus. In seinen Nasenlöchern steckte Watte. Er sah Bosch mit blutunterlaufenen Augen an und erkannte ihn. Bosch ging wieder hinaus und schloß die Tür, ohne ein Wort zu sagen.

Eleanor Wish befand sich in der dritten Zelle. Sie sah zerzaust und unausgeschlafen aus. Anscheinend war sie von der Polizei aus dem Bett geholt worden. Ihre Augen hatten jedoch den wachen und wilden Ausdruck eines Tieres, das in die Enge getrieben war. Ihr Blick traf Bosch in seinem Innersten.

»Harry! Was wollen die?«

Er schloß die Tür und trat schnell in den kleinen Raum, berührte ihre Schulter tröstend und setzte sich ihr gegenüber.

»Es tut mir leid, Eleanor.«

»Was? Was hast du getan?«

»Als ich dich gestern auf dem Videoband entdeckte, bat ich Felton – das ist der Captain hier – mir deine Nummer und Adresse zu besorgen, weil du nicht im Verzeichnis standst. Er gab sie mir. Aber dann hat er ohne mein Wissen deinen Namen in die Datenbank eingegeben und sich deine Akte angesehen. Außerdem hat er dich von sich aus von seinen Leuten heute morgen holen lassen. Es hat alles mit dem Aliso-Fall zu tun.«

»Ich hab dir gesagt, ich habe ihn nicht gekannt. Nur einen Drink habe ich mit ihm zusammen getrunken. Nur weil ich zufällig mit ihm an einem Tisch saß, bringen sie mich hierher?«

Sie schüttelte ihren Kopf. Die Verzweiflung stand ihr ins Gesicht geschrieben. So würde es immer sein, wußte sie jetzt. Ihre Vorstrafe würde es garantieren.

»Ich muß dich etwas fragen. Ich möchte das klären, damit du gehen kannst.«

»Was?«

»Was kannst du mir über Terrence Quillen erzählen?«

Er sah den Schock in ihren Augen.

»Quillen? Was hat er … Ist er tatverdächtig?«

»Eleanor, du weißt, wie es ist. Ich kann dir nichts sagen. Du mußt sprechen. Beantworte meine Frage. Kennst du Terrence Quillen?«

»Ja.«

»Woher kennst du ihn?«

»Er hat mich vor ungefähr sechs Monaten angesprochen, als ich aus dem Flamingo kam. Ich war gerade vier, fünf Monate hier, hatte allmählich Fuß gefaßt, sechs Abende pro Woche gespielt. Irgendwie wußte er über mich Bescheid. Wer ich war. Daß ich gerade entlassen worden war. Er hat mir erklärt, daß es eine Straßensteuer gebe. Ich müßte bezahlen, alle Profis von hier würden bezahlen. Wenn ich es nicht tun würde, würde es Ärger geben. Wenn ich zahlen würde, würden sie mich beschützen. Mir helfen, wenn es Probleme gebe. Du kennst die Masche. Schlicht und einfach Erpressung.«

Sie brach ab und begann zu weinen. Bosch mußte seine ganze Willenskraft aufbringen, um nicht aufzustehen, sie in seine Arme zu nehmen und zu trösten.

»Ich war allein«, sagte sie. »Ich hatte Angst. Ich habe gezahlt. Jede Woche. Was hätte ich tun sollen. Ich hatte kaum Geld. Und wohin hätte ich gehen sollen?«

»Verdammt«, stieß Bosch hervor.

Er stand auf, zwängte sich an dem Tisch vorbei, zog sie zu sich herauf und küßte sie auf die Stirn.

»Dir wird nichts passieren«, flüsterte er. »Das verspreche ich dir, Eleanor.«

Er hielt sie schweigend ein paar Augenblicke und hörte, wie sie weinte, bis die Tür sich öffnete und Iverson erschien. Er hatte einen Zahnstocher im Mund.

»Verpiß dich, Iverson.«

Der Detective schloß langsam die Tür.

»Es tut mir leid«, sagte Eleanor. »Du wirst wegen mir Probleme bekommen.«

»Nein, es ist nicht deine Schuld. Das habe ich mir selbst eingebrockt. Alles.«

Ein paar Minuten später ging er zu Feltons Büro zurück. Der Captain schaute ihn wortlos an.

»Sie hat Schutzgeld an Quillen gezahlt. Zweihundert Dollar pro Woche. Das ist alles. Die Straßensteuer. Sie weiß nichts. Sie hat nur zufällig am Freitag eine Stunde mit Aliso am gleichen Tisch gesessen. Sie ist sauber. Lassen sie sie gehen. Sagen Sie Ihren Leuten Bescheid.«

Felton lehnte sich zurück und begann sich mit dem Ende seines Stifts auf die Lippe zu trommeln.

»Ich weiß nicht«, sagte er.

»Okay, ich mache Ihnen ein Angebot. Sie lassen sie gehen, und ich werde meine Leute anrufen.«

»Und was werden Sie ihnen sagen?«

»Ich werde ihnen sagen, daß ich exzellente Unterstützung von der Polizei hier bekommen hätte und daß wir die Ermittlungen als Gemeinschaftsoperation durchführen sollten. Wir sollten Goshen hier unter Druck setzen und zwei Fliegen mit einem Schlag erledigen: Goshen und Marks. Weil Marks derjenige war, der Alisos Mord beschlossen hat. Und ich werde erklären, daß es sich empfiehlt, die Führung der Polizei von Las Vegas zu überlassen, weil sie sich hier besser auskennt und Marks kennt. Einverstanden?«

Felton trommelte einen anderen Rhythmus auf seiner Lippe, schließlich beugte er sich vor und drehte das Telefon zu Bosch hin.

»Rufen Sie gleich an«, sagte er. »Nachdem Sie mit Ihrem Commander gesprochen haben, geben Sie mir den Hörer. Ich möchte mit ihm reden.«

»Es ist eine Frau.«

»Egal.«

Eine halbe Stunde später fuhr Bosch in einem geborgten Zivilwagen der Polizei. Eleanor Wish saß in sich zusammengesunken auf dem Beifahrersitz. Das Gespräch mit Lieutenant Billets war befriedigend verlaufen, und Felton hatte sich an ihre Abmachung gehalten. Eleanor durfte gehen, obwohl der Schaden nicht mehr zu beheben war. Sie hatte es geschafft, sich eine neue Existenz aufzubauen, aber jetzt war ihr ganzes Selbstvertrauen, ihr Selbstbewußtsein sowie jegliches Gefühl von Sicherheit zerstört. Er war sich bewußt, daß es seine Schuld war. Er fuhr schweigend und hatte nicht die geringste Idee, was er sagen oder wie er ihre Lage verbessern könnte. Es tat ihm in der Seele weh, weil er ihr wirklich helfen wollte. Vor dem gestrigen Abend hatte er sie fünf Jahre lang nicht gesehen, aber sie war ständig in seinen tiefsten Gedanken anwesend – auch wenn er mit anderen Frauen zusammen gewesen war. Eine innere Stimme hatte ihm immer zugeflüstert, daß Eleanor Wish die richtige Frau für ihn sei. Sie waren für einander bestimmt.

»Sie werden mich immer wieder holen«, sagte sie leise.

»Was?«

»Erinnerst du dich an den Bogart-Film, als der Kommandant sagt, ›Verhaftet die üblichen Verdächtigen‹, und die Polizisten gehen auf die Straße und tun es? Das bin ich. Damit meinen sie mich jetzt. Anscheinend habe ich es bis heute nicht begriffen, daß ich eine der üblichen Verdächtigen bin. Wahrscheinlich sollte ich dir für die kalte Dusche Realität danken.«

Bosch sagte nichts. Er wußte nicht, was er erwidern sollte, da sie die Wahrheit sagte.

Einige Minuten später hielten sie vor ihrem Haus an. Bosch ging mit ihr hinein und verfrachtete sie auf die Couch.

»Bist du okay?«

»Ja, alles in Ordnung.«

»Wenn du Zeit hast, sieh dich um und vergewissere dich, daß sie nichts mitgenommen haben.«

»Bei mir gibt es nichts mitzunehmen.«

Bosch schaute zu den *Nighthawks* an der Wand über ihr. Das Gemälde zeigte ein einsames Café in einer dunklen Nacht. Ein Mann und eine Frau saßen zusammen, ein anderer Mann saß allein. Bosch hatte sich immer mit dem einzelnen Mann identifiziert. Jetzt betrachtete er das Paar und war sich nicht mehr so sicher.

»Eleanor«, sagte er. »Ich muß zurück. Ich komme wieder her, sobald ich kann.«

»Okay, Harry, und danke, daß du mich da rausgeholt hast.«

»Kann ich dich allein lassen?«

»Sicher.«

»Bestimmt?«

»Bestimmt.«

Auf dem Präsidium hatte Iverson mit dem Verhör von Goshen auf Bosch gewartet. Felton hatte zugestimmt, Goshen Bosch zu überlassen. Es war immer noch sein Fall.

Auf dem Korridor vor der Vernehmungszelle legte Iverson seine Hand auf Boschs Arm, damit er nicht gleich hineinging.

»Hör zu, Bosch, ich wollte dir nur sagen, daß ich nicht weiß, was zwischen dir und der Frau vor sich geht. Es geht wohl auch niemanden mehr etwas an, nachdem der Captain sie gehen ließ. Aber da wir bei dem Verhör hier zusammenarbeiten, möchte ich ein paar Sachen klären. Dein Ton von vorhin gefällt mir nicht – daß du mir gesagt hast, ich soll mich verpissen.«

Bosch starrte ihn eine Minute an. Der Detective hatte immer noch einen Zahnstocher im Mund, und Bosch fragte sich, ob es immer noch der gleiche war.

»Weißt du, Iverson, ich kenn noch nicht mal deinen Vornamen.«

»John, aber man nennt mich Ivy.«

»Nun, Iverson, ich mag es nicht besonders, wie du dich um das Büro des Captains und die Vernehmungszelle herumgedrückt hast. In L. A. haben wir einen Namen für Cops, die herumschleichen, Gespräche belauschen und generell Arschlöcher sind. Wir nennen sie Schielaugen. Es ist mir egal, ob ich dich beleidigt habe. Du bist ein Schielauge. Falls du mir in Zukunft irgendwelche Probleme machen solltest, werde ich mich direkt an Felton wenden und dir Probleme machen. Ich werde ihm erzählen, wie du in mein Hotelzimmer eingedrungen bist. Falls das nicht reicht, erzähl ich ihm, daß ich gestern sechshundert Dollar beim Roulette gewonnen habe, aber das Geld nicht mehr im Sekretär lag, nachdem du da warst. Also, machen wir jetzt das Verhör oder nicht?«

Iverson packte Bosch am Kragen und stieß ihn gegen die Wand.

»Versuch nicht, mich zu ficken, Bosch.«

»Versuch nicht, mich zu ficken, *Ivy*.«

Iverson verzog langsam sein Gesicht zu einem Lächeln, er ließ Boschs Kragen los und trat zurück. Bosch rückte seine Krawatte zurecht und strich sein Hemd glatt.

»Fangen wir an, Cowboy«, sagte Iverson.

Als sie sich in die Zelle zwängten, wartete Goshen mit geschlossenen Augen auf sie, Beine auf dem Tisch und Hände im Nacken. Bosch beobachtete, wie Iverson auf die zerrissene Metallbefestigung starrte, wo er die Handschellen angekettet hatte. Iversons Gesicht lief vor Wut rot an.

»Okay, du Arschloch, steh auf«, befahl Iverson.

Goshen stand auf und hielt seine gefesselten Hände hoch. Iverson holte seine Schlüssel heraus und machte eine Hand frei.

»Versuchen wir es noch mal. Setz dich.«

Als Goshen saß, schob Iverson die leere Handschelle durch die Streben der Stuhllehne und fesselte die freie Hand wieder hinter Goshens Rücken. Iverson stieß einen Stuhl zur

Seite und setzte sich neben den Gangster. Bosch saß ihm gegenüber.

»Okay, Houdini, wir werden also noch Zerstörung öffentlichen Eigentums auf die Liste setzen«, sagte Iverson.

»Mann du bist wirklich knallhart, Iverson. Wie damals, als du in den Club kamst und mit Cinda in die Privatkabine bist. Ich glaube, du nanntest es Verhör. Linda hatte eine andere Bezeichnung dafür. Und wie werden wir uns heute vergnügen?«

Iversons Gesicht war inzwischen knallrot vor Wut. Goshen blähte seine Brust und grinste über den verlegenen Detective.

Bosch stieß Goshen den Tisch in den Bauch. Der krümmte sich und stöhnte auf. Im nächsten Moment stand Bosch auf und war mit einem Schritt hinterm Tisch. Gleichzeitig hatte er seinen Schlüsselbund hervorgezogen. Mit dem Ellbogen drückte er Goshen auf den Tisch, klappte sein Taschenmesser auf und schnitt ihm den Zopf ab. Dann setzte er sich wieder hin, und als Goshen sein Gesicht hob, warf er den fünfzehn Zentimeter langen Zopf vor ihm auf den Tisch.

»Zöpfe sind schon seit drei Jahren nicht mehr in Mode, Goshen. Anscheinend hast du das nicht mitbekommen.«

Iverson lachte brüllend auf. Goshen sah Bosch mit hellblauen Augen an, die so gefühllos aussahen wie die Knöpfe einer Maschine. Er sagte kein Wort. Er zeigte Bosch, daß er etwas einstecken konnte. Er war ein Kämpfer. Aber Bosch wußte, daß selbst er nicht ewig kämpfen konnte. Niemand konnte es.

»Du hast Probleme, Lucky«, sagte Iverson. »Große Probleme. Du …«

»Ein Moment, ein Moment. Ich will nicht mir dir sprechen, Iverson. Und ich will nicht, daß du mit mir sprichst. Du bist ein mieser Zwerg. Vor dir habe ich keinen Respekt. Verstehst du? Wenn jemand redet, dann er.«

Goshen nickte in Boschs Richtung. Während des folgenden Schweigens sah Bosch von ihm zu Iverson und wieder zu ihm.

»Hol einen Kaffee«, sagte Bosch, ohne Iverson anzusehen. »Du kannst uns allein lassen.«

»Nein, du ...«

»Hol einen Kaffee.«

»Bist du sicher?«

Iverson machte den Eindruck, als würde er aus seinem Pfadfindertrupp geworfen, weil die anderen ihn nicht mochten.

»Ja, ich bin sicher. Hast du ein Rechtsbelehrungsformular?«

Iverson stand auf, zog ein gefaltetes Stück Papier aus der Jacke und warf es auf den Tisch.

»Ich werde direkt neben der Tür stehen.«

Als Goshen und Bosch allein waren, taxierten sie sich einen Moment, bevor Bosch sprach.

»Willst du rauchen?«

»Du brauchst nicht den netten Cop zu spielen. Sag mir, was Sache ist.«

Bosch steckte die Abfuhr ein und stand auf. Er trat hinter Goshen und holte wieder seinen Schlüsselbund hervor. Diesmal öffnete er eine Handschelle. Goshen brachte die Hände nach vorne und rieb seine Gelenke, um die Zirkulation anzuregen. Als er seinen Zopf sah, wischte er ihn mit einer Hand vom Tisch.

»Hör mal gut zu, Mr. L. A. Ich war an einem Ort, wo es egal ist, was sie dir antun, wo dir nichts weh tut. Ich war da und bin von dort wieder zurückgekehrt.«

»Jeder war schon mal in Disneyland, na und?«

»Ich rede nicht vom Scheiß-Disneyland, du Arschloch. Ich war drei Jahre unten in Chihuahua im Knast. Die haben mich nicht klein gekriegt, und wirst's auch nicht schaffen.«

»Okay, dann möchte ich dir mal was erklären. Ich hab in meinem Leben viele Menschen getötet. Das solltest du vorab wissen. Falls ich mal wieder in die Lage kommen sollte, werde ich nicht zögern. – Wir spielen hier nicht netter und böser Cop, Goshen. Das gibt's nur im Film. Im Film haben die schweren Jungs wohl auch Zöpfe. Aber das hier ist die Wirklichkeit. Für mich bist du nur ein Stück Fleisch. Und ich werde dich ins Gefängnis bringen. Das steht fest. Die Frage ist, wie hart und tief du fallen wirst.«

Goshen dachte einen Moment nach.

»Okay, okay, wir haben uns jetzt vorgestellt. Erzähl mir was. Du kannst mir jetzt auch 'ne Kippe geben.«

Bosch holte seine Zigaretten und seine Streichhölzer heraus. Goshen nahm sich eine und steckte sie an. Bosch wartete, bis er fertig war.

»Ich muß dich zuerst über deine Rechte belehren. Du kennst die Leier.«

Bosch nahm das Formular, das Iverson dagelassen hatte, und las es Goshen vor. Dann ließ er ihn unterschreiben.

»Ihr nehmt dies auf Tonband auf, nicht wahr?«

»Noch nicht.«

»Okay, was habt ihr?«

»Deine Fingerabdrücke wurden auf Alisos Leiche gefunden. Die Pistole, die wir hinter dem Wasserbehälter gefunden haben, wird heute nach L. A. geschickt. Die Fingerabdrücke allein sind schon viel wert. Aber wenn die Kugeln, die sie Aliso aus dem Kürbis holen, mit der Pistole übereinstimmen, kannst du einpacken. Es ist ganz egal, was für ein Alibi du dir beschaffst, was für eine Erklärung du für alles hast oder dein Anwalt Johnny ›Arschloch‹ Cochran heißt, dann bist du erledigt und auf dem Weg in die Todeszelle.«

»Die Pistole gehört mir nicht. Die habt ihr versteckt, verdammt noch mal. Das wissen wir beide. Und ihr werdet damit nicht durchkommen.«

Bosch schaute ihn einen Moment an und spürte, wie sein Gesicht heiß wurde.

»Du meinst, ich hätte sie dort versteckt?«

»Ich meine, ich habe die O. J.-Show gesehen. Die Cops hier sind nicht viel anders. Ich weiß nicht, ob du es warst oder Iverson oder sonst jemand. Aber die Pistole ist dort von euch versteckt worden. Das meine ich.«

Bosch fuhr mit einem Finger die Tischkante entlang und wartete, daß sich sein Zorn soweit legte, daß er seine Stimme kontrollieren konnte.

»Du kannst ja diese Märchengeschichte glauben, Goshen.

Damit wirst du weit kommen. In zehn Jahren werden sie dich festbinden und dir die Nadel in den Arm rammen. Wenigstens ist es nicht mehr die Gaskammer. Sie machen es euch Typen heutzutage leicht.«

Bosch lehnte sich zurück, aber es war nicht viel Platz. Der Stuhl stieß gegen die Wand. Er holte den Stift heraus und schmierte seine Lippen wieder ein.

»Du gehörst uns, Goshen. Das einzige, was dir noch bleibt, ist ein kleines Schlupfloch. Das ist für dich die einzige Möglichkeit, dein Leben zu retten.«

»Und was für ein Schlupfloch ist das?«

»Du weißt, wovon ich rede. Typen wie du handeln nicht ohne Befehl. Gib uns den Typen, mit dem du zusammengearbeitet hast, und die Person, die den Befehl gegeben hat, Tony in den Kofferraum zu stecken. Wenn du den Deal nicht machst, wirst du nie das Licht am Ende des Tunnels sehen.«

Goshen atmete tief aus und schüttelte den Kopf.

»Hör zu, ich war's nicht. Ich war's wirklich nicht.«

Bosch hatte keine andere Antwort erwartet. Es war nicht so leicht. Er mußte ihn mürbe machen. Verschwörerisch beugte er sich über den Tisch.

»Paß auf, ich erzähl dir was, damit du weißt, daß ich dich nicht verscheißere. Damit wir keine Zeit vergeuden und du entscheiden kannst, was du machen willst.«

»Schieß los. Es wird sowieso nichts ändern.«

»Anthony Aliso trug ein schwarzes Lederjackett Freitag abend. Erinnerst du dich. Eines mit Aufschlägen. Es …«

»Du vergeudest deine …«

»Du hast ihn hier gepackt, Goshen. So.«

Bosch griff über den Tisch und demonstrierte es, indem er mit beiden Händen imaginäre Aufschläge über Goshens Brust ergriff.

»Erinnerst du dich? Sag jetzt noch, daß ich meine Zeit vergeude. Erinnerst du dich, Goshen? Du hast ihn so gepackt. Wer verscheißert hier wen?«

Goshen schüttelte den Kopf, aber Bosch wußte, er hatte einen Treffer erzielt. Die hellblauen Augen richteten sich nach innen. Sie erinnerten sich.

»'Ne irre Sache. Dieses Leder hat die Aminosäuren der Abdrücke bewahrt, hat mir der Typ von der Spurensicherung erklärt. Wir haben ein paar Musterexemplare. Ausreichend, um zum Staatsanwalt zu gehen. Ausreichend für mich, um hierherzufliegen. Ausreichend, um bei dir die Haustür einzutreten und dich zu verhaften.«

Er zögerte einen Moment, bis Goshen ihn ansah.

»Und jetzt finden wir diese Pistole in deinem Haus. Ich schätze, wir müssen auf die ballistischen Testresultate warten. Aber ich habe das Gefühl daß unsere Chancen erstklassig sind.«

Goshen schlug mit beiden Handflächen auf den Stahltisch. Es klang wie ein Schuß und sein Widerhall.

»Ihr wollt mir den Mord in die Schuhe schieben. Ihr habt ...«

Die Tür knallte auf, und Iverson stand mit gezogener Waffe im Raum. Wie ein Fernseh-Cop riß er seinen Arm ruckartig nach oben und zielte auf Goshen.

»Alles in Ordnung?«

»Ja«, sagte Bosch. »Lucky ist nur ein bißchen verärgert. Laß uns noch ein paar Minuten allein.«

Iverson ging ohne ein Wort wieder hinaus.

»Kein schlechter Versuch, aber das bringt es nicht«, sagte Goshen. »Ich möchte jetzt meinen Anruf machen.«

»Du kannst jetzt anrufen. Aber wenn du das tust, ist alles vorbei. Weil es nämlich nicht dein Anwalt ist, sondern Joeys Anwalt. Er wird dich vertreten, aber wir beide wissen, daß er nur die Interessen von einer Person vertritt, Joey Marks.«

Bosch stand auf.

»Ich schätze, wir werden uns dann mit dir begnügen müssen. Du wirst die ganze Schuld allein tragen.«

»Aber ihr kriegt mich nicht. Die Fingerabdrücke reichen nicht aus. Die Waffe habt ihr versteckt, das sieht doch jeder.«

»Bete dir das nur weiter vor. Morgen früh werden mir die ballistischen Tests alles Nötige in die Hand geben.«

Es war schwer zu erkennen, ob Goshen den letzten Satz begriffen hatte, weil er sofort antwortete.

»Ich hab ein verdammtes Alibi. Du kannst mir das nicht anhängen.«

»Ja? Was für ein Alibi hast du? Woher weißt du überhaupt, wann er ermordet wurde?«

»Du hast mich nach Freitag abend gefragt, nicht wahr? Das war der Abend.«

»Das habe ich nicht gesagt.«

Goshen saß eine Minute schweigend und reglos da. Bosch sah an seinen Augen, wie er nachdachte. Goshen hatte mit seiner Bemerkung seine Deckung verlassen. Wahrscheinlich überlegte er sich wie weit er gehen sollte. Bosch zog den Stuhl wieder hervor und setzte sich.

»Ich habe ein Alibi, also bin ich aus dem Schneider.«

»Erst wenn wir das sagen. Was ist deine Story?«

»Ich werde es meinem Anwalt sagen.«

»Du schadest dir selbst, Goshen. Sag es mir. Du hast nichts zu verlieren.«

»Nichts außer meiner Freiheit.«

»Ich könnte dein Alibi überprüfen. Vielleicht hör ich mir dann deine Geschichte an, daß die Pistole von der Polizei versteckt wurde.«

»Klar. Das ist so, als ob ich den Bock zum Gärtner machen würde. Sprich mit meinem Anwalt, Bosch. Und bring mir jetzt das Scheißtelefon.«

Bosch stand auf und machte eine Geste, daß er die Hände wieder auf den Rücken legen sollte. Goshen tat es, Bosch legte ihm wieder die Handschellen um und verließ die Zelle.

Nachdem Bosch ihnen berichtet hatte, wie Goshen die erste Runde gewonnen hatte, ließ Felton Iverson ein Telefon in Goshens Zelle bringen, damit er seinen Anwalt anrufen konnte.

»Ich schätze, wir lassen ihn schwitzen«, sagte Felton, als er mit Bosch allein war. »Mal sehen, wie ihm der erste Tag hinter Gittern schmeckt.«

»Er hat mir erzählt, er hat drei Jahre in Mexiko abgerissen.«

»Das erzählt er allen Leuten, die er beeindrucken will. Als wir seine Vergangenheit überprüften, nachdem er hier vor ein paar Jahren aufkreuzte, haben wir nichts über eine mexikanische Gefängnisstrafe entdeckt. Soweit wir wissen, hat er auch nie auf einer Harley gesessen, von einer Motorradbande ganz zu schweigen. Eine Nacht im Gefängnis wird ihn weichkochen. Vielleicht haben wir die Ballistiktests für Runde zwei.«

Bosch fragte nach einem Telefon, um seinen Commander anzurufen, um zu hören, was mit der Waffe geschehen sollte.

»Setz dich einfach an einen leeren Schreibtisch da draußen«, sagte Felton. »Richte dich häuslich ein. Ich kann dir sagen, wie's weitergeht, und du kannst es Lieutenant Billets erzählen. Er ist Joeys Marks' Spitzenkraft. Er wird Einspruch gegen den Auslieferungsantrag einlegen und in der Zwischenzeit Freilassung auf Kaution beantragen. Der Betrag spielt keine Rolle. Sie wollen ihn nur aus der Polizeigewahrsam haben und ihn in die Hände bekommen. Dann können sie ihre Entscheidung treffen.«

»Welche Entscheidung?«

»Ob sie ihn liquidieren oder nicht. Falls Joey glaubt, daß Lucky ihn verraten könnte, fahren sie mit ihm in die Wüste und niemand wird ihn je wiedersehen.«

Bosch nickte.

»Also, machen Sie Ihren Anruf, und ich werde den Staatsanwalt anrufen, wann wir einen Termin für das Auslieferungsverfahren haben können. Falls Sie es schaffen, Lucky nach L. A. zu bringen, wird er wahrscheinlich eher zu einem Deal bereit sein. Falls wir ihn nicht vorher weich haben.«

»Es wäre schön, wenn wir die Ballistikresultate vor der Anhörung hätten. Falls die Waffe mit den Kugeln übereinstimmt, ist die Sache klar. Allerdings dauert in L. A. alles seine Zeit. Ich bezweifle, daß die Autopsie schon gemacht wurde.«

»Gut, rufen Sie an, und dann besprechen wir uns.«

Bosch setzte sich an einen freien Schreibtisch neben Iversons Platz. Billets meldete sich am Apparat, und Bosch merkte, daß sie gerade etwas aß. Er erzählte ihr von seinem fehlgeschlagenen Versuch, Goshen zum Reden zu bringen, und von dem Vorhaben, über den Staatsanwalt in Las Vegas eine Auslieferungsanhörung anzusetzen.

»Was wirst du mit der Waffe tun?«, fragte er, nachdem er geendet hatte.

»Ich will sie so schnell wie möglich hier haben. Edgar hat mit jemandem von der Gerichtsmedizin gesprochen. Sie werden ihn heute nachmittag aufschneiden. Heute abend sollten wir die Kugeln haben. Wenn wir die Waffe haben, können wir alles morgen früh zur Ballistik geben. Heute ist Dienstag. Ich zweifle, daß die Auslieferungsanhörung vor Donnerstag sein wird. Bis dahin haben wir das Ergebnis von der Ballistik.«

»Okay, ich nehme das nächste Flugzeug.«

»Gut.«

Bosch spürte an ihrem Ton, daß etwas nicht stimmte. Ihre Gedanken beschäftigten sich anscheinend weder mit den ballistischen Tests noch mit dem, was sie aß.

»Lieutenant«, sagte er. »Was ist los? Gibt es etwas, was ich nicht weiß?«

Sie zögerte einen Moment, und Bosch wartete ab.

»Ja, es gibt etwas.«

Bosch fühlte, wie ihm heiß wurde. Wahrscheinlich hatte Felton ihn hintergangen und Billets über Eleanor Wish unterrichtet.

»Was ist es?«

»Ich hab den Typen identifiziert, der in Alisos Büro war.«

»Großartig«, sagte Bosch erleichtert, aber ihr düsterer Ton verwirrte ihn. »Wer?«

»Nein, nicht großartig. Es ist Dominic Carbone von OK.«

Bosch war so geschockt, daß er lange schwieg.

»Carbone? Was zum …?«

»Ich weiß es nicht. Ich höre mich um. Es ist am besten, daß wir auf dich warten, bis wir uns darüber den Kopf zerbrechen. Goshen kann bis zur Anhörung warten. Er wird nur mit seinem Anwalt sprechen wollen. Wenn du zurückkommst, möchte ich, daß wir uns zusammensetzen und die Sache bereden. Ich habe heute noch nicht mit Kiz oder Jerry gesprochen. Sie gehen den finanziellen Transaktionen nach.«

»Wie hast du Carbone identifiziert?«

»Reines Glück. Nachdem ich heute früh mit dir und dem Captain in Vegas gesprochen hatte, gab es nicht so viel zu tun. Ich fuhr nach Downtown und ging beim Central-Revier vorbei. Eine Freundin von mir ist ebenfalls Lieutenant, bei OK. Lucinda Barnes. Kennst du sie?«

»Nein.«

»Nun, ich ging zu ihr. Ich wollte ihr mal auf den Zahn fühlen, warum sie den Fall nicht wollten. Und als wir gerade an ihrem Schreibtisch saßen, kommt dieser Typ durch das Abteilungsbüro. Er kam mir irgendwie bekannt vor, aber ich wußte nicht woher. Ich frage sie, und sie sagt, daß er Carbone hieße. In dem Moment erinnere ich mich, daß ich ihn auf dem Video gesehen habe. Er hatte seine Jacke ausgezogen und die Ärmel aufgekrempelt. Ich habe sogar die Tätowierung gesehen. Er ist es.«

»Hast du das deiner Freundin gesagt?«

»Um Gottes willen. Ich hab getan, als wäre nichts, und bin gleich gegangen. Harry, ich hasse diesen internen Mist. Ich weiß nicht, was ich tun soll.«

»Wir werden eine Lösung finden. Hör zu, ich mach mich auf den Weg und bin so schnell wie möglich da. In der Zwischenzeit, Lieutenant, laß mal deine Beziehungen spielen und sag Ballistik, daß wir morgen früh was Brandeiliges haben.«

Billets versprach ihm zu tun, was sie könnte.

Nachdem er einen Flug nach L. A. gebucht hatte, hatte Bosch gerade noch genug Zeit, mit dem Taxi zum Mirage zu fahren, seine Sachen abzuholen und zu Eleanors Apartment zu fahren, um Good bye zu sagen. Die Tür wurde jedoch nicht geöffnet. Er wußte nicht, was für einen Wagen sie hatte, und konnte daher nicht feststellen, ob sie weggefahren war. Er setzte sich in seinen Mietwagen und wartete so lange, wie er konnte, ohne seinen Flug zu verpassen. Dann riß er eine Seite aus seinem Notizbuch und schrieb, daß er sie anrufen werde. Er faltete den Zettel und steckte ihn in die Türritze, so daß er herausfallen würde, wenn sie die Tür öffnete.

Er hätte lieber noch länger gewartet, um mit ihr persönlich zu sprechen, aber es ging nicht. Zwanzig Minuten später verließ er das Büro des Sicherheitsschutzes am Flughafen. Goshens Pistole, sicher verpackt in einem Plastikbeutel für Beweismittel, lag in seiner Aktentasche. Fünf Minuten später befand er sich an Bord eines Jets, der ihn in die Stadt der Engel zurückbringen würde.

3.

Billets sah besorgt aus, als Bosch in ihr Büro trat.

»Harry.«

»Lieutenant. Ich hab die Pistole bei der Ballistik abgegeben. Sie warten jetzt auf die Kugeln. Ich weiß nicht, mit wem du dort gesprochen hast, aber es hat gewirkt.«

»Gut.«

»Wo sind die anderen?«

»Sie sind beide drüben bei Archway. Kiz war den ganzen Morgen beim Finanzamt und ist dann rüber, um Jerry bei den Vernehmungen von Alisos Mitarbeitern zu helfen. Ich habe mir auch ein paar Leute von der Abteilung für Steuer- und Finanzbetrug ausgeliehen. Sie gehen den Briefkastenfirmen nach. Sie werden die Bankkonten überprüfen und eventuell beschlagnahmen. Wenn wir das Geld auf Eis legen, locken wir vielleicht Leute aus der Deckung, die ihre Ansprüche anmelden. Ich glaube, Joey Marks war nicht der einzige, für den Aliso Geld gewaschen hat. Aliso hat wahrscheinlich für jede Mafia-Familie westlich von Chicago gearbeitet.«

Bosch nickte.

»Ach, übrigens«, fuhr sie fort, »ich habe Jerry gesagt, daß du zur Autopsie gehst, damit er bei Archway bleiben kann. Ich möchte, daß wir uns danach alle hier zur Lagebesprechung treffen.«

»Okay. Wann ist die Leichenschau?«

»Halb vier. Ist das ein Problem?«

»Nein. Warum hast du dich eigentlich an die Abteilung für Steuer- und Finanzbetrug gewandt und nicht an OK?«

»Die Gründe liegen auf der Hand. Ich weiß nicht, was ich in Bezug auf Carbone und OK machen soll. Ob ich Interne Ermittlungen einschalten oder tun soll, als hätte ich nichts gesehen.«

»Wir können es nicht ignorieren. Sie haben etwas, was

wir brauchen. Wenn du IE verständigst, kannst du es vergessen. Sie werden sich einbunkern und nichts herauslassen.«

»Was haben sie, was wir brauchen?«

»Da Carbone eine Wanze aus dem Büro entfernt hat, gibt es Grund zu der Annahme, daß ...«

»... es Tonbänder gibt. O Gott, daran hab ich nicht gedacht.«

Sie schwiegen kurze Zeit, Bosch zog einen Stuhl heran und setzte sich.

»Ich nehm mir mal Carbone vor«, sagte er. »Mal sehen, ob ich herausfinde, was sie gemacht haben, und ob ich die Bänder bekommen kann. Wir haben sie schließlich in der Hand.«

»Weißt du, vielleicht hat es was mit dem Chief und Fitzgerald zu tun.«

»Vielleicht.«

Sie sprach von den polizeiinternen Auseinandersetzungen zwischen Deputy Chief Leon Fitzgerald, seit zehn Jahren Commander der Abteilung für organisierte Kriminalität, und dem Mann, der auf dem Papier sein Boss war, dem Chief of Police. Seitdem Fitzgerald Chef von OK war, hatte er sich einen Ruf erworben, der dem von J. Edgar Hoover, dem ehemaligen FBI-Chef, glich. Er hatte Geheimnisse über alles und jeden gesammelt und benutzte sie, um seine Position, seine Abteilung und sein Budget abzusichern. Der Glaube, daß Fitzgerald und seine Schergen sich mehr für ehrliche Bürger, Cops und gewählte Vertreter interessierten als für Gangster, war weitverbreitet. Es war auch kein Geheimnis, daß es einen Machtkampf zwischen Fitzgerald und dem Chief gab, der die Aktivitäten von OK unter Kontrolle haben wollte. Fitzgerald war dagegen und wollte sogar seinen Machtbereich ausdehnen. Er wollte Police Chief werden. Im Moment bewegten sich die Fronten nicht, die Parteien beschimpften sich nur. Der Chief konnte Fitzgerald wegen dessen Beamtenstatus nicht entlassen und er erhielt vom Bürgermeister und dem Stadtrat nicht die Ermächtigung, die Abteilung auszumisten und umzustrukturieren, weil angenommen wurde, daß Fitzgerald über alle – einschließlich des Chiefs – umfangreiche Geheimdossiers angelegt hatte. Die gewählten Volksvertreter wußten nicht, was in den Akten stand, mußten aber davon ausgehen, daß ihre schlimmsten Vergehen dort aufgeführt waren. Sie würden den Chief nur unterstützen, wenn es ihnen garantiert nicht schaden würde.

Größtenteils handelte es sich hierbei um Gerüchte, aber Bosch wußte, daß an den meisten Gerüchten was dran war. Er verspürte so wenig Lust wie Billets, in den Ring zu klettern und in die Auseinandersetzungen hineingezogen zu werden, erklärte sich jedoch dazu bereit, weil es keine Alternative gab. Er mußte wissen, was OK getan hatte und was Carbone mit seinem Einbruch in Alisos Büro schützen wollte.

»Okay«, sagte Billets nach langem Nachdenken. »Aber sei vorsichtig.«

»Wo ist das Archway-Video?«

Sie deutete auf den Tresor, der auf dem Boden hinterm Schreibtisch stand. Er wurde benutzt, um Beweismaterial sicher aufzubewahren.

»Dort ist es sicher«, sagte sie.

»Das hoffe ich auch. Das ist wahrscheinlich das einzige, mit dem ich sie mir vom Hals halten kann.«

Sie nickte. Sie wußte, worauf sie sich einließen.

Die Büros der Abteilung für organisierte Kriminalität lagen im zweiten Stock des Central-Reviers in Downtown. Die Abteilung war nicht im Parker Center, dem Präsidium, untergebracht, weil sie viele Ermittlungen verdeckt durchführten und es sich nicht empfahl, Undercover-Detectives bei einem so öffentlichen Gebäude wie dem Parker Center, dem sogenannten Glashaus, ein und aus gehen zu lassen. Die räumliche Distanz half jedoch mit, die Differenzen zwischen Fitzgerald und dem Police Chief zu vertiefen.

Auf der Fahrt von Hollywood hatte sich Bosch einen Plan überlegt, und als er dem jungen Polizisten, der den Parkplatz bewachen mußte, seine Dienstmarke zeigte, wußte er, wie er die Sache anfassen würde. Er merkte sich den Namen des Polizisten, der auf einem Schild über der Brusttasche stand, und fuhr auf den Parkplatz. Nachdem er seinen Wagen in der Nähe des Hinterausganges geparkt hatte, holte er sein Handy heraus und wählte die Nummer der OK-Zentrale. Eine Sekretärin meldete sich.

»Hier Trindle vom Parkplatz«, sagte Bosch. »Ist Carbone da?«

»Ja, einen Moment, warten Sie …«

»Sagen Sie ihm nur, jemand hat seinen Wagen angefahren.«

Bosch legte auf und wartete. Drei Minuten später öffnete sich eine der Türen und ein Mann lief heraus. Bosch erkannte ihn vom Archway-Video. Billets hatte Recht. Bosch schaltete die Automatik auf Fahren und folgte ihm. Schließlich überholte er ihn und kurbelte das Fenster herunter.

»Carbone.«

»Ja, was ist?«

Er sah Bosch kaum an und ging weiter.

»Renn nicht so. Dein Auto ist okay.«

Carbone blieb stehen und sah Bosch genauer an.

»Was erzählst du da?«

»Ich habe angerufen. Ich wollte dich nur rausholen.«

»Wer bist du, verdammt noch mal?«

»Ich heiße Bosch. Wir haben vor ein paar Tagen miteinander gesprochen.«

»Ach ja, der Aliso-Fall.«

Dann dämmerte es ihm, daß Bosch genauso gut mit dem Aufzug zur zweiten Etage hätte fahren können, wenn er mit ihm sprechen wollte.

»Was soll das, Bosch?«

»Warum steigst du nicht ein, und wir fahren etwas in der Gegend rum?«

»Ich weiß nicht. Mir gefällt das nicht.«

»Steig ein, Carbone. Es ist das beste für dich.«

Er sagte das in einem Ton, der klar machte, daß Carbone keine Wahl hatte. Carbone zögerte einen Moment und ging dann zur Beifahrerseite. Er trug einen dunkelblauen Anzug, wie ihn die meisten OK-Cops trugen, und sofort verbreitete sich der Duft seines Gesichtswassers im Wagen. Bosch mochte ihn vom ersten Moment an nicht.

Sie verließen den Parkplatz, und Bosch fuhr nach Norden zum Broadway. Viele Autos und Fußgänger waren unterwegs, und sie fuhren langsam. Bosch schwieg und wartete, daß Carbone etwas sagen würde.

»Also, was ist so wichtig, daß du mich aus dem Revier entführst?« fragte Carbone schließlich.

Bosch fuhr noch einen Block weiter, ohne zu antworten. Er wollte Carbone ein bißchen schwitzen lassen.

»Du hast Probleme, Carbone«, erwiderte er schließlich. »Ich dachte, ich sollte es dir sagen. Ich bin nämlich dein Freund, Carbone.«

Carbone sah Bosch skeptisch an.

»Ich weiß, daß ich Probleme habe«, sagte er. »Ich zahle Alimente für Kinder von zwei verschiedenen Frauen, mein Haus hat immer noch Risse in den Wänden vom Erdbeben, und die Gewerkschaft wird für uns dieses Jahr keine Gehaltserhöhung rausholen. Na und?«

»Das sind keine Probleme. Das sind nur Unannehmlichkeiten. Ich rede hier von wirklichen Problemen. Über den Einbruch, den du vorgestern bei Archway begangen hast.«

Carbone schwieg lange. Bosch war sich nicht sicher, aber er glaubte, er hielt seinen Atem an.

»Ich weiß nicht, wovon du redest. Bring mich zurück.«

»Carbone, das ist die falsche Antwort. Ich bin hier, um dir zu helfen, nicht um dir zu schaden. Ich bin dein Freund. Das gilt auch für deinen Boss, Fitzgerald.«

»Ich weiß immer noch nicht, wovon du redest.«

»Okay, dann werde ich dir erklären, wovon ich rede. Ich habe dich Sonntagabend angerufen und um Auskunft über das Mordopfer Tony Aliso gebeten. Du rufst zurück und sagst mir, ihr würdet den Fall nicht übernehmen, ihr hättet noch nie von dem Typen gehört. Sofort nach dem Gespräch fährst du zu Archway, brichst in sein Büro ein und nimmst die Wanze mit, die ihr in seinem Telefon installiert hattet. Davon rede ich.«

Bosch schaute zum ersten Mal zu ihm hinüber und sah das Gesicht eines Mannes, der verzweifelt nach einem Ausweg suchte. Bosch wußte, daß er ihn am Haken hatte.

»Was du da erzählst, ist doch alles Quatsch.«

»Klar, du blöder Arsch. Wenn du das nächste Mal einbrichst, guck dich mal nach Kameras um. Das ist die Rodney-King-Regel Nummero eins, laß dich nicht auf Video aufnehmen.«

Er wartete einen Moment, damit Carbone klar wurde, was es bedeutete, dann holte er zum letzten Schlag aus.

»Du hast den Kaffeebecher vom Schreibtisch gestoßen und zerbrochen. Danach hast du draußen alles in den Abfallkorb geschmissen und gehofft, daß niemand etwas merkt. Und noch eine Regel. Wenn du mit kurzen Ärmeln einbrichst, kleb dir ein Pflaster über deine Tätowierung. Verstehst du mich? Damit kann man dich ohne viel Mühe auf Videoband identifizieren. Und von dir haben wir Aufnahmen, Carbone – massenhaft.«

Carbone wischte sich mit der Hand übers Gesicht. Bosch bog auf die Third Street ein und fuhr in den Tunnel, der unter Bunker Hill hindurchführt. In der Dunkelheit, die sie umgab, begann Carbone endlich zu sprechen.

»Wer weiß davon?«

»Im Moment nur ich. Aber komm nicht auf falsche Gedanken. Falls mir etwas passiert, geht das Video an eine Menge Personen. Im Moment kann ich die Sache wohl noch eindämmen.«

»Was willst du?«

»Ich will über eure Operation Bescheid wissen und ich will die Abhörtonbänder.«

»Unmöglich. Das kann ich nicht. Ich hab die Bänder nicht. Es war nicht mal meine Operation. Ich hab nur getan …«

»… was Fitz dir befohlen hat. Ja ja. Das interessiert mich nicht. Geh zu Fitz, oder wer auch immer zuständig ist, und besorg sie mir. Ich komm mit oder ich warte im Auto. Aber wir werden jetzt zurückfahren und sie holen.«

»Ich kann es nicht tun.«

Bosch wußte, daß er damit meinte, daß er die Bänder nicht bekommen konnte, ohne Fitzgerald zu sagen, wie sehr er den Einbruch verpfuscht hatte.

»Du wirst müssen, Carbone. Du interessierst mich einen Scheiß. Du hast mich angelogen und meine Ermittlungen behindert. Entweder gibst du mir die Bänder und die Informationen, oder ich werde drei Kopien von dem Video machen. Eins schick ich ins Glashaus zum Chief, eins an *Jim Newton* von der *Times* und eins an Stan Chambers von Kanal 5. Stan ist ein guter Reporter, er kann sicher was damit anfangen. Weißt du, daß er es war, der als erster das Rodney-King-Video bekommen hat?«

»O Gott, Bosch, du bringst mich um.«

»Du hast die Wahl.«

Die Autopsie wurde von Salazar, einem Oberarzt der Gerichtsmedizin durchgeführt. Er hatte schon angefangen, als Bosch die Obduktionsräume der Gerichtsmedizin im USC Medival Center von Los Angeles County erreichte. Sie begrüßten sich und Bosch, bekleidet mit einem Schutzanzug aus Papier und einer Schutzmaske aus Plastik, lehnte sich gegen einen der Edelstahlschränke und schaute zu. Er erwartete sich nicht viel von der Autopsie. Er war nur wegen der Kugeln gekommen und hoffte, daß sie für die Vergleichswerte brauchbar wären. Es war bekannt, daß Killer Kaliber Zweiundzwanzig bevorzugten, weil sie sich oft dermaßen verformten, wenn sie im Schädel hin- und herschlugen, daß sie für Ballistiktests wertlos waren.

Salazar hatte seine langen schwarzen Haare zu einem Zopf geflochten, der in einem Pappbecher steckte. Weil er in einem Rollstuhl saß, arbeitete er an einem Obduktionstisch, der für ihn niedriger gestellt war. Dadurch konnte Bosch ungewöhnlich gut sehen, was mit der Leiche gemacht wurde.

Früher hatte Bosch bei Autopsien die ganze Zeit mit Salazar gequatscht. Aber seit seinem Motorradunfall und der Rückkehr zur Arbeit im Rollstuhl nach neun Monaten Konvaleszenz war Salazar nicht mehr der gleiche fröhliche Typ und hatte wenig Interesse an Small Talk.

Bosch beobachtete, wie Salazar mit einem stumpfen Skalpell die weißliche Substanz aus Alisos Augenwinkeln kratzte. Er deponierte sie in einem Papierröhrchen und legte es auf eine Petrischale, die er auf ein Tablett stellte, auf dem sich Reagenzgläser befanden. Einige waren mit Blut und Urin gefüllt, andere standen bereit, um andere Proben aufzunehmen, die analysiert werden mußten.

»Denkst du, es waren Tränen?« fragte Bosch.

»Glaub ich nicht. Zu dick. Er hatte irgend etwas in seinen Augen oder auf der Haut. Wir werden es herausfinden.«

Bosch nickte, und Salazar begann die Schädeldecke zu öffnen und das Gehirn zu untersuchen.

»Sein Gehirn ist nur noch Kartoffelbrei«, sagte er.

Nach einigen Minuten holte er mit einer langen Pinzette zwei Kugelfragmente aus dem Gehirn und ließ sie in eine Schale fallen. Bosch trat näher, sah sie an und verzog das Gesicht. Die Kugel war beim Aufprall auseinandergebrochen. Die Fragmente waren wahrscheinlich wertlos für die Ballistik.

Dann zog Salazar eine komplette Kugel heraus und ließ sie auf das Tablett fallen.

»Vielleicht kannst du mit der was anfangen«, sagte er.

Bosch schaute sie sich an. Die Kugel hatte sich an der Spitze verformt, aber darunter war sie noch intakt. Er konnte die minimal kleinen Kratzer erkennen, die entstanden, wenn die Kugel durch den Lauf der Pistole gefeuert wurde. Er fühlte sich etwas ermutigt.

»Gut möglich«, sagte er.

Die Autopsie war nach zehn weiteren Minuten abgeschlossen. Im ganzen hatte Salazar fünfzig Minuten auf Aliso verwendet. Das war überdurchschnittlich lang. Bosch schaute auf den Arbeitsplan, der auf dem Tisch lag, und sah, daß es Salazars elfte Autopsie an diesem Tag war.

Salazar reinigte die Kugeln und steckte sie in einen Umschlag für Beweismaterial. Er übergab ihn Bosch und sagte ihm, daß er ihm die Analyseergebnisse der verschiedenen Proben mitteilen würde, sobald sie vorlägen. Ansonsten sei nur noch bemerkenswert, daß der Bluterguß auf der Wange vier oder fünf Stunden vor dem Tod entstanden sei. Bosch fand dies merkwürdig. Er wußte nicht, wie er es ins Puzzle einfügen sollte. Es bedeutete, daß jemand Aliso rauh angefaßt hatte, als er noch in Las Vegas war. Er war jedoch in Los Angeles ermordet worden. Er dankte Sally – wie viele Leute nannte er ihn so – und ging hinaus. Er war schon auf dem Korridor, als ihm etwas einfiel. Er drehte sich um und ging zurück zum Obduktionsraum. Als er seinen Kopf durch die Tür steckte, sah er, wie Salazar die Hülle um die Leiche festband und acht gab, daß der Gepäckzettel am Zeh sichtbar war.

»Hey, Sally, der Typ hatte Hämorrhoiden, nicht wahr?«

Salazar sah ihn erstaunt an.

»Hämorrhoiden? Nein. Warum fragst du?«

»Ich habe eine Tube Preparation H im Handschuhfach seines Wagens gefunden. Halb leer.«

»Hm ... nein. Der hatte keine Hämorrhoiden.«

Bosch wollte ihn fragen, ob er sicher war, aber wußte, daß die Frage beleidigend wäre. Er hakte nicht weiter nach und ging.

Details sind der Treibstoff jeder Ermittlung. Sie waren wichtig und durften weder verloren noch vergessen werden. Während er auf die gläsernen Ausgangstüren der Gerichtsmedizin zuging, merkte Bosch, daß er sich die Tube Preparation H, die sie im Handschuhfach des Silver Clouds gefunden hatten, nicht so einfach aus dem Kopf schlagen konnte. Wenn Aliso nicht an Hämorrhoiden gelitten hatte, wem gehörte die Salbe dann, und warum war sie in seinem Wagen? Er könnte es als unwichtig abtun, aber das war nicht seine Art. Alles hatte seinen Platz bei einer Ermittlung.

In Gedanken versunken ging Bosch durch die Glastüren und die Treppe zum Parkplatz hinunter und sah erst im letzten Moment Carbone dort stehen, der auf ihn wartete. Als ihn Bosch zurückgefahren hatte, hatte der OK-Detective gebettelt, daß er ihm ein paar Stunden Zeit lassen möge, die Bänder zu besorgen. Bosch hatte zugestimmt, ihm jedoch nicht gesagt, daß er zur Gerichtsmedizin fahren würde. Also nahm Bosch an, daß Carbone in Hollywood angerufen und die Information von Billets oder jemand anders bekommen hatte. Bosch fragte Carbone nicht danach. Er wollte keinerlei Besorgnis erkennen lassen, daß Carbone ihn so leicht gefunden hatte.

»Bosch!«

»Ja.«

»Jemand möchte mit dir sprechen.«

»Wer? Wann? Ich will die Tonbänder, Carbone.«

»Reg dich nicht gleich auf. Dort drüben im Wagen.«

Er führte Bosch zur zweiten Parkreihe, wo ein Auto mit dunkel getönten Scheiben und laufendem Motor stand.

»Steig hinten ein«, sagte Carbone.

Bosch ging lässig und anscheinend sorglos nach hinten. Er öffnete die Tür und stieg ein. Leon Fitzgerald saß auf dem Rücksitz. Er war groß – ungefähr zwei Meter – und seine Knie waren gegen den Fahrersitz gepreßt. Er trug einen teuren Anzug aus blauer Seide und hielt eine Zigarre zwischen den Fingern. Er war fast sechzig, und sein Haar war pechschwarz gefärbt. Seine Augen, hinter einer Brille, waren hellgrau. Seine Haut war bleich. Er war ein Nachtmensch.

»Chief«, sagte Bosch und nickte grüßend.

Er war mit Fitzgerald nie zuvor zusammengetroffen, aber hatte ihn oft genug bei Beerdigungen für Polizisten und in den Fernsehnachrichten gesehen. Er war die Verkörperung der Abteilung für organisierte Kriminalität. Kein anderer Beamter der Abteilung erschien je vor der Kamera.

»Detective Bosch«, sagte Fitzgerald. »Ich habe von Ihnen und Ihren Eskapaden gehört. Sie wurden mehr als einmal in der Vergangenheit als Kandidat für unsere Abteilung vorgeschlagen.«

»Warum haben Sie nicht angerufen?«

Carbone war um das Auto gegangen und setzte sich auf den Fahrersitz. Er begann langsam über den Parkplatz zu fahren.

»Wie gesagt, ich hab von Ihnen gehört«, sagte Fitzgerald.

»Und ich weiß, daß Sie nie den Mord-Tisch verlassen würden. Mord ist Ihre Berufung. Stimmt's?«

»So ziemlich.«

»Womit wir bei Ihrem aktuellen Mordfall angelangt wären. Dom?«

Mit einer Hand reichte Carbone eine Schuhschachtel nach hinten. Fitzgerald nahm sie und legte sie Bosch auf den Schoß. Bosch öffnete sie. Sie war gefüllt mit Kassetten, auf deren Aufklebern Daten vermerkt waren.

»Von Alisos Telefon?« fragte er.

»Offensichtlich.«

»Wie lange haben Sie ihn abgehört?«

»Nur neun Tage. Es hat nicht viel gebracht, aber Sie können die Bänder haben.«

»Und was wollen Sie als Gegenleistung, Chief?«

»Was ich will?«

Fitzgerald schaute aus dem Fenster auf den Rangierbahnhof im Tal unterhalb des Parkplatzes.

»Was ich will?« fragte er wieder. »Natürlich will ich den Mörder. Aber ich will auch, daß Sie vorsichtig sind. Die Polizei hat in den letzten Jahren viel durchgemacht. Es gibt keinen Grund, unsere schmutzige Wäsche wieder mal in der Öffentlichkeit zu waschen.«

»Sie wollen, daß ich Carbones Schwarzarbeit unter den Teppich kehre.«

Weder Fitzgerald noch Carbone sagten etwas. Es war nicht nötig. Bosch wußte, daß Carbone auf Befehl gehandelt hatte. Wahrscheinlich auf direkten Befehl Fitzgeralds.

»Dann müssen Sie mir ein paar Fragen beantworten.«

»Natürlich.«

»Warum wurde Alisos Telefon abgehört?«

»Aus dem gleichen Grund, aus dem man andere Telefone abhört. Wir haben ein paar Sachen erfahren und wollten herausfinden, ob sie stimmen.«

»Was haben Sie erfahren?«

»Daß er Geld für Mafia-Organisationen in drei Staaten gewaschen hat. Wir haben eine Akte angelegt und gerade angefangen, als er ermordet wurde.«

»Warum haben Sie dann gepaßt, als ich angerufen habe?«

Fitzgerald zog tief an seiner Zigarre und füllte den Wagen mit ihrem Geruch.

»Die Frage ist nicht so leicht zu beantworten, Detective. Sagen wir einfach: Wir hielten es für das Beste, nicht in die Sache verwickelt zu werden.«

»Die Wanze war illegal, stimmt's?«

»Es ist bei der Gesetzeslage im Staat Kalifornien extrem schwer, die Erlaubnis für eine Abhöraktion zu bekommen. Das FBI hat es da auf Bundesebene viel leichter. Aber wir wollen nicht immer mit ihnen zusammenarbeiten.«

»Das erklärt immer noch nicht, warum Sie den Fall nicht wollten. Sie hätten ihn uns abnehmen und kontrollieren können, Sie hätten ihn aufs Abstellgleis stellen können – was immer Sie wollten. Vielleicht war es die falsche Entscheidung.«

Bosch wurde klar, daß sie ihn und sein Team unterschätzt hatten. Fitzgerald hatte geglaubt, daß der Einbruch und damit die illegale Lauschaktion nicht bemerkt werden würde. Bosch begriff, wieviel er gegen Fitzgerald in der Hand hatte. Kenntnis von der illegalen Aktion war alles, was der Police Chief brauchte, um Fitzgerald zu entlassen.

»Also, was wissen Sie noch über Aliso?« fragte er. »Ich will alles wissen. Falls ich irgendwann erfahren sollte, daß Sie mir nicht alles gesagt haben, werden Ihre krummen Touren bekannt werden. Verstehen Sie mich?«

Fitzgerald wandte sich vom Fenster ab und schaute ihn an.

»Ich verstehe Sie. Aber Sie machen einen Fehler, wenn Sie hier selbstgefällig sitzen und glauben, alle Trumpfkarten in der Hand zu haben.«

»Dann legen Sie auf den Tisch, was Sie haben.«

»Detective, ich werde voll kooperieren. Aber Sie sollten wissen, falls Sie mir oder meiner Abteilung schaden, werde ich mich revanchieren. Ich weiß zum Beispiel, daß Sie die letzte Nacht mit einer Frau verbracht haben, die zu einer Gefängnisstrafe verurteilt wurde.«

Er ließ die Mitteilung mit seinem Zigarrenrauch in der Luft hängen. Bosch war fassungslos und wütend, konnte jedoch den Drang unterdrücken, Fitzgerald an die Kehle zu gehen.

»Es gibt eine Dienstvorschrift, die jeglichen privaten Umgang mit verurteilten Verbrechern untersagt. Ich bin sicher, daß Sie die Vorschrift kennen und verstehen. Falls Ihr Vergehen bekannt werden sollte, wäre Ihre Stellung gefährdet. Was würde dann aus Ihnen und Ihrer Mission werden?«

Bosch antwortete nicht. Er sah geradeaus, über den Vordersitz auf die Windschutzscheibe. Fitzgerald lehnte sich zu ihm hinüber, so daß er ihm fast ins Ohr flüsterte.

»Das haben wir alles in einer Stunde über Sie erfahren. Was könnten wir alles in einem Tag herausbekommen? In einer Woche? Und nicht nur über Sie, mein Freund. Richten Sie Ihrem Lieutenant aus, daß Lesben bei der Polizei nicht über eine bestimmte Karrierestufe hinauskommen, besonders, wenn es bekannt wird. Ihre Freundin kann vielleicht höher klettern, weil sie schwarz ist. Aber für Billets wäre Hollywood Endstation.«

Er setzte sich wieder gerade hin und sprach mit normaler Stimme weiter.

»Verstehen wir uns in diesem Punkt, Detective Bosch?«

Bosch drehte sich endlich um und sah ihn an.

»Ja, wir verstehen uns.«

Nachdem er die Kugeln, mit denen Aliso erschossen worden war, beim Ballistik-Labor in Boyle Heights abgegeben hatte, kam Bosch gerade noch rechtzeitig zur Sechs-Uhr-Besprechung in Billets Büro. Bosch wurde zwei Fahndern von der Finanzbetrugsabteilung, Russel und Kuhlken, vorgestellt, und alle setzten sich. Anwesend war außerdem Matthew Gregson, ein stellvertretender Staatsanwalt, dessen Abteilung für besondere Fälle zuständig war: organisiertes Verbrechen, Verfahren gegen Polizisten und andere heikle Sachen. Bosch hatte ihn nie zuvor getroffen.

Bosch gab seinen Bericht als erster und unterrichtete die anderen über die Ereignisse in Las Vegas, sowie über die

Autopsie und seinen Besuch beim Ballistik-Labor. Er sagte, daß man ihm versprochen habe, die Vergleichsergebnisse bis zehn Uhr morgen früh zu bekommen. Bosch erwähnte nichts von seinem Treffen mit Carbone und Fitzgerald. Nicht wegen Fitzgeralds Drohung – wenigstens redete sich Bosch das ein –, sondern weil die erhaltene Information am besten nicht in einer so großen Gruppe diskutiert wurde – schon gar nicht, wenn ein Staatsanwalt dabei saß. Billets teilte anscheinend seine Ansicht und fragte ihn nicht danach.

Rider berichtete als nächste. Sie hatte mit dem Steuerprüfer des Finanzamtes gesprochen, der für TNA Productions zuständig war, und sehr wenig erfahren.

»Das Ganze beruht darauf, daß man jemanden verpfeifen kann«, sagte sie. »Falls einer nicht brav seine Steuern bezahlt, kann man ihn beim Finanzamt melden und bekommt einen Anteil des hinterzogenen Geldes, wenn das Finanzamt den Betrug nachweisen kann. So hat die Geschichte angefangen. Das einzige Problem ist, daß der Tip anonym kam. Wer immer Aliso verpfiffen hat, wollte nicht seinen Anteil. Hirschfield, das ist der Steuerprüfer, sagte, sie hätten einen dreiseitigen Brief bekommen, der Alisos Geldwaschoperationen beschrieb. Er wollte ihn mir nicht zeigen. Es sei egal, ob der Brief anonym sei oder nicht. Er behauptete, die Richtlinien würden den Informanten strikte Vertraulichkeit zusichern, und Sprache und Formulierung des Briefes könnten dazu führen, daß man den Verfasser identifizieren würde. Er …«

»Totaler Blödsinn«, sagte Gregson.

»Wahrscheinlich nicht«, sagte Rider. »Aber ich konnte nichts machen.«

»Gib mir seinen Namen hinterher, und ich werde sehen, was ich erreichen kann.«

»Okay. Nun … Sie haben also diesen Brief und haben sich dann mal die Steuererklärungen von TNA angesehen und festgestellt, daß da was dran sein könnte. Am ersten August haben sie Aliso eine Vorladung zur Buchprüfung geschickt, die für Ende dieses Monats angesetzt war. Das war wohl alles … Ach nein, er hat mir noch erzählt, daß der Brief laut Stempel von Las Vegas geschickt wurde.«

Bosch nickte fast ungewollt, weil das letzte Detail mit etwas übereinstimmte, was Fitzgerald ihm mitgeteilt hatte.

»Okay, nun zu seinen Mitarbeitern. Jerry und ich haben den größten Teil des Tages damit verbracht, mit den Leuten zu sprechen, die zu seinem Team gehörten. Aliso hat sich seine sogenannten kreativen Mitarbeiter aus Filmhochschulen, billigen Schauspielschulen und Stripteaselokalen besorgt, aber es gab fünf Männer, die wiederholt bei ihm arbeiteten. Wir haben sie alle einzeln verhört und es sieht so aus, daß sie nichts über Finanzierung oder Buchführung wußten. Unserer Ansicht nach, haben sie keinen Schimmer. Jerry?«

»Das ist richtig«, sagte Edgar. »Persönlich glaube ich, daß Tony sie beschäftigt hat, weil sie nicht gerade intelligent sind und keine dummen Fragen stellen würden. Er hat sie losgeschickt zur USC oder zur UCLA, um Studenten zu rekrutieren, die Regie führen oder Drehbuch schreiben wollten. Danach sind sie zum Star Strip auf dem la Cienaga Boulevard und haben Mädchen bequatscht, die Ausziehrollen zu übernehmen. Und so weiter. Ihr wißt, wie es läuft. Wir sind zu dem Schluß gekommen, daß das Geldwaschen Tonys Privatoperation war. Nur er und seine Kunden wußten Bescheid.

»Womit wir zu euch kämen«, sagte Billets und schaute Russel und Kuhlken an. »Könnt ihr uns schon was erzählen?«

Kuhlken sagte, daß sie im Moment bis zum Hals in Finanzunterlagen steckten und die Spur des Geldes von TNA Productions zu Briefkastenfirmen in Kalifornien, Nevada und Arizona verfolgt hätten. Das Geld wurde auf die Firmenkonten eingezahlt und von dort in andere anscheinend legale Geschäfte investiert. Wenn sie die Transaktionen vollständig dokumentiert hätten, wären sie aufgrund von Steuergesetzen und anderen Bundesstatuten in der Lage, die Guthaben als illegale Gelder krimineller Vereinigungen zu beschlagnahmen. Russel fügte hinzu, daß es ein schwieriger und langwieriger Prozeß sei, die dazu nötigen Belege zu sammeln. Sie würden wahrscheinlich erst in einer Woche etwas unternehmen können.

»Bleibt dran und nehmt euch soviel Zeit, wie ihr braucht«, sagte Billets. Dann wandte sie sich an Gregson: »Also, was hältst du von unserer Operation? Was sollten wir tun?«

Gregson dachte einen Moment nach.

»Ich glaube, wir leisten gute Arbeit. Ich werde gleich morgen früh Vegas anrufen und sehen, wer für die Auslieferung zuständig ist. Vielleicht sollte ich hinfliegen und ein bißchen den Aufpasser spielen. Es gefällt mir nicht, daß wir alle hier sitzen und Goshen dort mit denen allein ist. Falls wir Glück haben und die Ballistik beweist, daß es die Tatwaffe war, sollten Harry und ich nach Vegas fliegen und erst wieder mit Goshen zurückkommen.«

Bosch nickte zustimmend.

»Nach allem, was ich gerade gehört habe, habe ich nur noch eine Frage«, fuhr Gregson fort. »Warum ist niemand von OK hier anwesend?«

Billets sah Bosch an und nickte ihm fast unmerklich zu. Sie gab die Frage an ihn weiter.

»OK wurde gleich zu Anfang über den Mord und die Identität des Opfers informiert«, begann Bosch. »Sie sagten, sie würden Tony Aliso nicht kennen. Ich hatte gerade vor zwei Stunden eine Unterredung mit Leon Fitzgerald und informierte ihn über den Fahndungsstand. Seine Leute würden uns mit ihren Kenntnissen zur Verfügung stehen, aber seiner Ansicht nach seien die Ermittlungen zu weit fortgeschritten, um den Fall neuen Leuten zu übergeben. Er wünschte uns noch viel Glück.«

Gregson starrte ihn einen Moment an und nickte dann. Der Staatsanwalt war Mitte Vierzig, sein kurzgeschorenes Haar war schon vollständig ergraut. Bosch hatte noch nie mit ihm zusammengearbeitet. Er hatte genug Berufserfahrung, um zu wissen, daß hinter Boschs Worten mehr steckte. Billets ließ ihm sowieso nicht viel Zeit, sich etwas zusammenzureimen.

»Okay, noch ein bißchen Brainstorming, bevor wir heute abend Schluß machen«, sagte sie. »Was glaubt ihr, was da abgelaufen ist? Wir sammeln Informationen, Beweise, aber wir wissen nicht, was passiert ist.«

Sie schaute in die Runde. Schließlich sprach Rider.

»Ich schätze, daß die Vorladung durchs Finanzamt alles ins Rollen gebracht hat«, sagte sie. »Er bekam den Brief und machte einen fatalen Fehler. Er unterrichtete diesen Typen in Vegas, Joey Marks, daß die Regierung einen Blick auf seine Bücher und seine billigen Filme werfen und das Schwindelunternehmen wahrscheinlich platzen würden. Joey Marks reagierte, wie man es von solchen Typen erwartet. Er ließ ihn umlegen. Goshen folgte Tony Aliso von Vegas nach L. A., damit es nicht vor seiner Haustüre passierte. Und Goshen steckte ihn dann hier in den Kofferraum.«

Die anderen nickten zustimmend – einschließlich Bosch. Die Information, die er von Fitzgerald bekommen hatte, paßte zu dieser Theorie.

»Der Plan war gut«, sagte Edgar. »Der einzige Fehler waren die Fingerabdrücke, die Artie Donovan auf der Jacke entdeckt hat. Das war reines Glück. Ohne sie hätten wir nichts. Das war der einzige Fehler.«

»Vielleicht nicht«, sagte Bosch. »Die Fingerabdrücke haben die Sache nur beschleunigt. Die Polizei in Vegas ging schon vorher einem Tip nach. Jemand hatte ein Gespräch mitgehört, bei dem Lucky Goshen über einen Mord in einem Kofferraum sprach. Irgendwann hätten wir davon erfahren.«

»Nun, ich ziehe es vor, schon so weit zu sein, statt noch darauf zu warten«, sagte Billets. »Irgendwelche anderen Theorien oder Fährten, denen wir nachgehen sollten? Sind die Frau, der zornige Drehbuchschreiber, seine Angestellten und Geschäftspartner entlastet?«

»Es gibt nichts, was auf sie hinweist«, sagte Rider. »Das Opfer und seine Frau konnten sich wohl kaum noch ausstehen, aber sie scheint saubere Hände zu haben. Ich hab einen Durchsuchungsbefehl für das Berichtsbuch der Torwache erhalten. Ihr Wagen hat Hidden Highland Freitagabend nicht verlassen. Sie scheint unschuldig zu sein.«

»Was ist mit dem Brief ans Finanzamt?« fragte Gregson. »Wer hat ihn geschrieben? Offensichtlich jemand, der sehr gut darüber unterrichtet war, was dieser Mann tat. Aber wer könnte das sein?«

»Vielleicht könnte all dies etwas mit Machtkämpfen innerhalb der Joey-Marks-Organisation zu tun haben«, sagte Bosch. »Ich habe vorhin schon gesagt, Goshen war erstaunt, als er die Waffe sah, und behauptete später, sie sei von der Polizei dort versteckt worden ... Vielleicht hat jemand das Finanzamt informiert, wohl wissend, daß dies Tonys Todesurteil bedeutete, und gedacht, daß man dann Goshen den Mord in die Schuhe schieben könnte. Wenn Goshen aus dem Verkehr ist, steigt diese Person auf.«

»Du meinst, Goshen war es nicht?« fragte Gregson mit hochgezogenen Brauen.

»Nein, ich glaube, daß Goshen schuldig ist. Aber ich glaube, daß er nicht damit gerechnet hat, daß die Waffe auf seinem Klo auftauchte. Es macht auch keinen Sinn, die Waffe zu behalten. Sagen wir, er bringt Tony auf Befehl von Joey Marks um. Dann gibt er die Waffe jemandem in seiner Gang, der sie verschwinden lassen soll. Aber die Person versteckt sie statt dessen in seinem Haus – die gleiche Person, die mit dem Brief ans Finanzamt die Sache ins Rollen brachte. Dann erscheinen wir auf der Bildfläche und stecken Goshen in die Kiste. Der Typ, der die Waffe versteckt und den Brief geschrieben hat, kann aufsteigen.«

Bosch betrachtete die Gesichter, wie sie versuchten, seiner Logik zu folgen.

»Vielleicht zielt das Ganze nicht auf Goshen ab«, sagte Rider.

Alle schauten sie an.

»Vielleicht gibt es noch einen Zug. Vielleicht will jemand Goshen und Joey Marks aus dem Weg räumen und die Führung übernehmen.«

»Wie räumt er Marks aus dem Weg?« fragte Edgar.

»Über Goshen«, antwortete sie.

»Falls die ballistischen Vergleiche positiv sind«, sagte Bosch, »kannst du Goshen mit der Gabel anstechen, er ist dann weichgekocht. Seine Alternative ist dann die Injektionsnadel oder lebenslänglich ohne vorzeitige Entlassung – oder eine geringere Strafe, falls er uns etwas in die Hand gibt.«

»Joey Marks«, sagten Gregson und Edgar gleichzeitig.

»Also, wer hat den Brief geschrieben?« fragte Billets.

»Wer weiß?« antwortete Bosch. »Ich weiß nicht genug über die Organisation. Aber es gibt da einen Anwalt, den die Kollegen in Vegas erwähnten. Er erledigt alle Rechtsangelegenheiten für Marks. Er wußte wahrscheinlich über Alisos Operation Bescheid. Er wäre dazu in der Lage. Es gibt wahrscheinlich nur eine Handvoll Leute aus Marks' engstem Kreis, die es könnten.«

Sie schwiegen alle lange und ließen sich die Theorie durch den Kopf gehen. Es war möglich. Die Besprechung war zu einem offensichtlichen Abschluß gekommen, und Billets stand auf, um sie zu beenden.

»Machen wir so weiter«, sagte sie. »Matthew, vielen Dank, daß du gekommen bist. Wir werden dich sofort verständigen, wenn wir morgen früh die Ballistik-Resultate bekommen.«

Sie standen auf.

»Kiz und Jerry, werft eine Münze hoch«, sagte Billets. »Einer von euch muß mit Harry nach Vegas, um Goshen zu eskortieren. So sind die Vorschriften. Ach ... Harry könntest du noch kurz hierbleiben? Ich muß mit dir noch über einen anderen Fall sprechen.«

Nachdem die anderen gegangen waren, bat Billets Bosch die Tür zu schließen. Er tat es und setzte sich dann vor ihren Schreibtisch.

»Also, was ist passiert?« fragte sie. »Hast du wirklich mit Fitzgerald gesprochen?«

»Er hat wohl eher mit mir gesprochen. Aber ja, ich habe mich mit ihm und Carbone getroffen.«

»Was hat er erzählt?«

»Angeblich hatten sie noch nie von Tony Aliso gehört, als sie ebenfalls einen Brief bekamen – wahrscheinlich den gleichen, der ans Finanzamt ging. Ich habe eine Kopie. Im Brief stehen spezifische Einzelheiten. Er ist von jemandem mit Insider-Wissen, wie Kiz meinte. Der Brief ist ebenfalls in Las Vegas abgestempelt und an Fitzgerald persönlich adressiert.«

»Also haben sie eine Wanze in seinem Telefon versteckt.«

»Richtig, eine illegale Wanze. Sie hatten gerade erst begonnen – sie haben neun Tage auf den Bändern –, als ich sie anrief und sagte, daß Tony ermordet wurde. Sie gerieten in Panik. Du weißt von seinem Machtkampf mit dem Chief. Wenn es herausgekommen wäre, daß sie erstens Tony illegal abhörten und zweitens eventuell dadurch seinen Tod verursacht hatten, weil Joey Marks es herausfand, hätte der Chief genug Munition, um Fitzgerald zu entlassen und OK wieder unter seine Kontrolle zu bringen.«

»Also schickt Fitzgerald Carbone los, die Wanze zu entfernen, und sie stellen sich dumm, was Tony angeht.«

»Genau. Carbone hat die Überwachungskamera nicht bemerkt.«

»Das Arschloch. Wenn der Fall abgeschlossen ist, werde ich alles dem Police Chief übergeben.«

»Äh ...«

Bosch war sich nicht sicher, wie er anfangen sollte.

»Was ist?«

»Fitzgerald hat das vorausgesehen. Ich habe mit ihm eine Abmachung getroffen.«

»Was?«

»Eine Abmachung. Er hat mir alles gegeben, die Bänder und den Brief. Aber das Ganze bleibt unter uns. Der Chief wird nie etwas von ihren Aktivitäten erfahren.«

»Harry, wie konntest du das tun? Du hattest keine ...«

»Er hat was gegen mich in der Hand, Lieutenant. Auch gegen dich – und Kiz.«

Eine lange Pause trat ein, und Bosch sah, wie sich ihre Wangen vor Wut röteten.

»Das arrogante Schwein«, sagte sie.

Bosch erzählte ihr, was Fitzgerald herausbekommen hatte. Da er ihr Geheimnis kannte, hielt er es nur für fair, ihr von Eleanor zu berichten. Billets nickte bloß. Es war offensichtlich, daß sie mehr an ihr eigenes Geheimnis und die möglichen Konsequenzen dachte, die sich draus ergaben.

»Glaubst du, er hat mich tatsächlich beschatten lassen?«

»Wer weiß? Er ist der Typ, der überall Chancen sieht und sie verwertet. Für ihn ist Information wie Geld auf der Bank, ein Schlechtwetterfond. Heute war für ihn ein Schlechtwettertag und er hat in seine Dossiers geschaut. Ich habe der Abmachung zugestimmt. Laß uns das Ganze vergessen und konzentrieren wir uns auf den Fall.«

Sie schwieg einen Moment, und Bosch forschte in ihrem Gesicht nach einem Ausdruck von Verlegenheit. Es gab keinen. Sie schaute Bosch direkt an. Ihre Augen suchten nach einem Anzeichen, daß er sie verurteilte. Es gab keins. Sie nickte.

»Was haben sie gemacht, nachdem der Brief kam?«

»Nicht viel. Sie haben Aliso zeitweise beschattet. Ich habe die Überwachungsberichte. Aber Freitag abend hatten sie ihn nicht unter Beschattung. Sie wußten, er war in Las Vegas, und hatten vor, sich nach dem Feiertag, wenn er zurück war, wieder an ihn dranzuhängen. Ihre Ermittlungen waren erst im Anfangsstadium, als Aliso ermordet wurde.«

Sie nickte wieder. Ihre Gedanken waren woanders. Bosch stand auf.

»Ich werde mir die Bänder heute abend anhören. Es sind ungefähr sieben Stunden, aber laut Fitzgerald sind es meistens Gespräche mit seiner Freundin in Las Vegas. Nicht viel anderes. Ich werde mir sie trotzdem anhören. Brauchst du noch was, Lieutenant?«

»Nein. Wir sprechen morgen früh wieder miteinander. Ich möchte sofort über die Ballistiktests unterrichtet werden.«

»Wird gemacht.«

Bosch ging auf die Tür zu, aber sie stoppte ihn.

»Es ist verrückt, nicht wahr? Manchmal kann man die Guten nicht von den Bösen unterscheiden.«

Er schaute sie an.

»Ja, es ist verrückt.«

Das Haus roch immer noch nach frischer Farbe, als Bosch endlich heimkehrte. Er schaute die Wand an, die er vor drei Tagen begonnen hatte zu streichen, und es schien eine Ewigkeit her zu sein. Jetzt wußte er nicht, wann er mit dem Anstreichen fertig werden würde. Das Haus war nach dem Erdbeben von Grund auf neu gebaut worden. Er war erst vor einigen Wochen zurückgekehrt, nachdem er mehr als ein Jahr in einem Apartment-Hotel in der Nähe des Reviers gewohnt hatte. Auch das Erdbeben schien eine Ewigkeit her zu sein. Die Zeit verging schnell in dieser Stadt. Der vorhergehende Tag war schon Vergangenheit.

Er holte Eleanor Wishs Nummer heraus, die Felton ihm gegeben hatte, und rief an. Niemand meldete sich, noch nicht einmal der Anrufbeantworter schaltete sich ein. Er legte auf und fragte sich, ob sie seinen Zettel gesehen hatte. Er hoffte, daß sie nach dem Fall wieder eine Beziehung haben könnten. Falls es dazu kommen sollte, müßte er sich jedoch überlegen, was er in Bezug auf die Dienstvorschrift tun sollte, die privaten Umgang mit Verbrechern untersagte.

Er dachte darüber eine Weile nach und fragte sich, wie Fitzgerald von ihr und ihrer gemeinsam verbrachten Nacht erfahren hatte. Am wahrscheinlichsten war, daß Fitzgerald Beziehungen bei der Polizei in Las Vegas hatte und entweder von Iverson oder Felton informiert worden war.

Bosch machte sich zwei Sandwiches mit Wurst, nahm sich noch zwei Bierflaschen sowie die Schachtel mit den Abhörbändern und setzte sich in seinen Sessel neben der Stereoanlage. Während er saß, ordnete er die Kassetten chronologisch und begann sie abzuspielen. Bei den Bändern war die Fotokopie eines Computer-Logbuches, in das eingetragen war, wann Aliso Anrufe gemacht oder bekommen hatte und welche Nummern er angerufen hatte.

Mehr als die Hälfte der Gespräche waren zwischen Aliso und Layla, die entweder im Club war – Bosch konnte es an der Musik im Hintergrund erkennen – oder sich unter einer Nummer meldete von der er annahm, daß es ihre Wohnung war. Bei keinem der Anrufe meldete sie sich mit ihrem Namen. Wenn Aliso sie im Club anrief, fragte er manchmal nach ihr mit ihrem Bühnennamen Layla. Bei den meisten Gesprächen ging es um Alltagskram. Am häufigsten rief er sie nachmittags zu Hause an. Bei einem Anruf unter ihrer Privatnummer war Layla wütend auf Aliso, weil er sie aufgeweckt hatte. Er erklärte, daß es schon Mittag sei, und sie erinnerte ihn daran, daß sie bis vier im Club gearbeitet habe. Er entschuldigte sich wie ein gescholtener Junge und bot an, später wieder anzurufen – was er um zwei Uhr tat.

Außer den Gesprächen mit Layla gab es Telefonate mit anderen Frauen, bei denen es um Produktionsangelegenheiten ging. Zweimal rief Aliso seine Frau zu Hause an, aber beide Gespräche waren kurz und bündig. Einmal sagte er ihr, daß er nach Hause kommen werde, und das andere Mal, daß er noch etwas zu tun habe und nicht zum Abendessen zu Hause sein werde.

Mitternacht war lange vorbei, als Bosch fertig war, und nur eines der Gespräche schien von Interesse zu sein. Es war ein Anruf an den Umkleideraum im Club, am Dienstag vor dem Mord. Mitten in einer ziemlich langweiligen und harmlosen Unterhaltung fragte Layla ihn, wann er wieder kommen würde.

»Ich komm am Donnerstag, Baby«, antwortete Aliso. »Warum? vermißt du mich schon?«

»Nein – ich mein ja, natürlich vermiß ich dich, Tony. Aber Lucky hat gefragt, ob du kommst. Deshalb hab ich gefragt.«

Layla sprach mit einer leisen Kleinmädchenstimme, die entweder echt oder vorgetäuscht war.

»Du kannst ihm sagen, ich werde Donnerstag abend da sein. Arbeitest du dann?«

»Ja, ich werde arbeiten.«

Bosch stellte die Stereoanlage ab und dachte über diesen Anruf nach. Es bedeutete, daß Goshen durch Layla wußte, daß Aliso kommen würde. Es war nicht viel, könnte aber wahrscheinlich vom Staatsanwalt benutzt werden, um Vorsatz zu beweisen. Das Problem war, daß es als Beweismittel nicht zulässig war. Juristisch gesehen, existierte das Tonband nicht.

Er schaute auf die Uhr. Es war spät, trotzdem entschied er sich anzurufen. Laylas Nummer war von dem Computer durch die Töne erfaßt worden, die beim Wählen der verschiedenen Zahlen entstehen, und stand im Logbuch. Nachdem es viermal geläutet hatte, meldete sich eine Frau mit routiniert lasziver Stimme.

»Layla?«

»Nein, hier spricht Pandora.«

Bosch hätte fast gelacht, aber er war zu müde.

»Wo ist Layla?«

»Sie ist nicht hier.«

»Ich bin ein Freund von ihr, Harry. Sie hat gestern nacht versucht, mich telefonisch zu erreichen. Wissen Sie, wo sie ist oder wo ich sie erreichen kann?«

»Nein. Sie ist schon ein paar Tage nicht mehr hier gewesen. Ich weiß nicht, wo sie ist. Geht es um Tony?«

»Ja.«

»Das hat sie ziemlich mitgenommen. Ich schätze, wenn sie mit Ihnen sprechen will, wird sie wieder anrufen. Sind Sie hier in der Stadt?«

»Nicht im Moment. Wo wohnen Sie beide?«

»Ich glaube nicht, daß ich Ihnen das verraten werde.«

»Pandora, hat Layla vor etwas Angst?«

»Natürlich. Ihr Lover wurde umgebracht. Sie denkt, daß einige Leute glauben, sie weiß etwas. Aber sie weiß nichts, sie hat bloß Angst.«

Bosch gab Pandora seine Privatnummer und sagte ihr, Layla solle ihn anrufen, falls sie sich bei ihr melden würde.

Nachdem er aufgelegt hatte, schaute er wieder auf die Uhr und holte sein kleines Adressbuch aus der Tasche. Er wählte Billets' Nummer, und ein Mann meldete sich. Ihr

Gatte. Bosch entschuldigte sich für den späten Anruf und fragte nach dem Lieutenant. Während er wartete, fragte er sich, ob der Mann über seine Frau und Kizmin Rider Bescheid wußte. Als Billets am Apparat war, berichtete Bosch ihr von den Bändern und meinte, daß sie nicht viel Brauchbares enthielten.

»Der eine Anruf beweist, daß Goshen von Alisos Trip wußte und sich dafür interessierte. Aber das ist auch alles. Es ist eher nebensächlich, und wir können darauf verzichten. Wenn wir Layla finden, sollten wir die gleiche Information von ihr bekommen. Legal.«

»Das beruhigt mich.«

Bosch hörte, wie sie aufatmete. Offenbar war ihre unausgesprochene Furcht gewesen, daß die Bänder wesentliche Informationen enthielten und der Staatsanwaltschaft übergeben werden müßten. Fitzgerald hätte im Gegenzug sicher ihre Karriere beendet.

»Entschuldige den späten Anruf«, sagte Bosch. »Aber ich dachte, du wolltest es so bald wie möglich wissen.«

»Danke, Harry. Bis morgen früh dann.«

Nachdem er aufgelegt hatte, versuchte er noch einmal Eleanor Wishs Nummer. Wieder vergeblich. Seine Sorge schlug in Angst um. Er wünschte, er wäre noch in Vegas und könnte zu ihrem Apartment fahren und nachsehen, ob sie da war und nur nicht ans Telefon ging oder ob es etwas Schlimmeres war.

Bosch holte sich noch ein Bier aus dem Kühlschrank und ging hinaus auf die Veranda. Sie war größer als die vorige, man konnte weiter in die Berge hineinsehen. Es war dunkel und friedlich draußen. Das übliche Rauschen des Verkehrs auf dem Hollywood Freeway war leicht zu ignorieren. Er beobachtete die Scheinwerferstrahlen der Universal Studios, die über den sternenlosen Himmel fuhren, und trank sein Bier aus. Er fragte sich, wo sie war.

Mittwoch morgen war Bosch um acht Uhr auf dem Revier und tippte seinen Bericht über die Ermittlungen in Las Vegas. Er machte Kopien davon und legte sie ins Postfach des

Lieutenants. Die Originale heftete er in das Mordbuch, das Edgar angelegt und schon drei Zentimeter Umfang hatte. Er verfaßte keinen Bericht über seine Gespräche mit Carbone und Fitzgerald oder die Abhörtonbänder von Alisos Telefon. Seine Arbeit wurde nur von regelmäßigen Gängen zur Kaffeemaschine unterbrochen.

Um zehn Uhr war er damit fertig. Er wartete jedoch noch weitere fünf Minuten, bevor er das Ballistik-Labor anrief. Aus Erfahrung wußte er, daß man nicht vor der vom Labor angegebenen Zeit anrufen sollte. Um sicher zu gehen, wartete er noch fünf zusätzliche – und lange – Minuten.

Als er anrief, kamen Edgar und Rider zu seinem Tisch, um die Ergebnisse sofort mitzubekommen. Sie wußten, daß der Erfolg der Ermittlungen davon abhing. Bosch ließ sich Lester Poole, den zuständigen technischen Assistenten geben. Er hatte schon vorher mit ihm zu tun gehabt. Poole hatte das Aussehen eines Gnoms. Sein ganzes Leben drehte sich um Waffen, obwohl er als Zivilangestellter der Polizei selbst keine Waffe trug. Aber es gab niemandem im Labor, der mehr über Waffen wußte als er. Sein Tick war, daß man ihn nicht mit der Abkürzung Les anreden durfte. Er bestand darauf, Lester oder auch Poole genannt zu werden. Bosch hatte er einmal anvertraut, daß er befürchtete, Spaßvögel würden ihn zuerst Les Poole und dann Cess Pool, also Jauchegrube, nennen. Er hatte sich geschworen, dies nie geschehen zu lassen.

»Lester, hier Harry«, sagte Bosch, als der TA sich meldete. »Du bist der Mann der Stunde. Was hast du für mich?«

»Gute und schlechte Nachrichten, Harry.«

»Gib mir die schlechten zuerst.«

»Ich bin gerade mit der Waffe fertig geworden. Der Bericht ist noch nicht geschrieben, aber ich kann dir schon sagen, daß alle Fingerabdrücke von der Waffe gewischt wurden. Die Herkunft ist auch nicht feststellbar. Die Seriennummer wurde mit Säure entfernt, also halfen auch meine Zaubertricks nicht. Soviel dazu.«

»Und die guten Nachrichten?«

»Die Kugeln vom Opfer stimmen in den Markierungen mit der Waffe überein. Absolut.«

Bosch schaute Edgar und Rider an und deutete mit dem Daumen nach oben. Sie tauschten einen High-Five-Salut aus, und Rider signalisierte Billets mit nach oben gerichtetem Daumen. Bosch sah durch die Glaswand ihres Büros, wie Billets den Hörer in die Hand nahm. Wahrscheinlich rief sie Gregson bei der Staatsanwaltschaft an.

Poole versprach, daß der Bericht bis Mittag fertig sei und von einem Polizeiboten zugestellt werde. Bosch bedankte sich und legte auf. Er stand mit einem Lächeln auf und folgte Edgar und Rider ins Büro des Lieutenants. Billets telefonierte noch eine Minute, und Bosch hörte, daß sie mit Gregson sprach.

»Er ist sehr sehr glücklich«, sagte sie, nachdem sie aufgelegt hatte.

»Das sollte er auch sein«, meinte Edgar.

»Also, was nun?« fragte Billets.

»Wir fliegen hin und schleifen die Wüstenratte am Schwanz hierher«, sagte Edgar.

»Ja, das meint auch Gregson. Er fliegt hin, um bei der Anhörung dabei zu sein. Die ist morgen früh, nicht wahr?«

»Ja«, sagte Bosch. »Ich habe mir gedacht, ich fliege heute hin. Es gibt noch ein paar Sachen, die ich klären will. Ich werde noch mal versuchen, seine Freundin zu finden, und ich möchte alles Nötige vorbereiten, damit wir ihn gleich nach dem Auslieferungsentscheid hierher verfrachten können.«

»Gut«, sagte Billets und wandte sich an Edgar und Rider: »Habt ihr entschieden, wer mit Harry fliegt?«

»Ich«, sagte Rider. »Kiz hat mit dem Finanzkram alle Hände voll zu tun. Ich werde mit Harry das Arschloch herbringen.«

»Okay, gut. Sonst noch was?«

Bosch berichtete, daß man die Herkunft der Waffe nicht feststellen könne, aber das dämpfte ihre Freude über den ballistischen Befund nicht. Der Fall schien vor der Aufklärung zu stehen.

Sie beglückwünschten sich zu ihrem Erfolg und verließen dann Billets' Büro. Bosch ging zu seinem Telefon. Er wählte

Feltons Amtsnummer in Las Vegas, und der Captain meldete sich sofort.

»Felton, hier Bosch in L. A.«

»Was gibt's, Bosch?«

»Ich dachte mir, es würde Sie interessieren, daß es die Tatwaffe ist. Die Kugeln, die Tony Aliso töteten, stammen von ihr.«

Felton pfiff ins Telefon.

»Wunderbar. Lucky wird sich nicht mehr so lucky fühlen, wenn er das hört.«

»Ich werde kommen und es ihm sagen.«

»Gut. Wann werden Sie hier sein?«

»Das steht noch nicht fest. Was ist mit der Anhörung? Bleibt es bei morgen früh?«

»Ja, soweit ich weiß. Ich werde noch mal nachfragen lassen, um sicher zu gehen. Sein Anwalt wird ein Geschrei veranstalten, aber es wird ihm nichts nützen. Das zusätzliche Beweisstück wird uns natürlich auch helfen.«

Bosch teilte ihm mit, daß Gregson morgen früh kommen werde, um dem zuständigen Staatsanwalt zu helfen, falls nötig.

»Das ist wahrscheinlich verschwendetes Geld, aber wenn er will, kann er kommen.«

»Ich werd's ihm ausrichten. Hören Sie, falls Sie einen Mann frei haben, es gibt noch eine unerledigte Sache.«

»Was?«

»Tonys Freundin. Sie war bei Dolly's Tänzerin, bis sie von Lucky am Samstag gefeuert wurde. Ich möchte immer noch mit ihr sprechen. Sie nennt sich Layla. Ich habe nur ihre Telefonnummer.«

Er gab Felton die Nummer und der versprach ihm, einen Mann darauf anzusetzen.

»Noch was?«

»Ja, noch etwas. Sie kennen doch Deputy Chief Fitzgerald hier in L. A., nicht wahr?«

»Sicher. Wir haben bei mehreren Fällen zusammengearbeitet.«

»Haben Sie kürzlich mit ihm gesprochen?«

»Hm, nein – nein. Nicht seit ... Es ist schon lange her.«

Bosch hatte das Gefühl, daß er log, ließ es jedoch dabei bewenden. Er war noch mindestens vierundzwanzig Stunden auf Feltons Kooperation angewiesen.

»Warum fragen Sie, Bosch?«

»Kein besonderer Grund. Ich dachte nur, ich frag mal. Er berät uns bei diesem Fall. Das ist alles.«

»Das freut mich, er ist ein fähiger Typ.«

»Ja, fähig ist er.«

Bosch legte auf und begann sofort mit den Reisevorbereitungen. Er buchte Zimmer für sich und Edgar im Mirage. Sie überstiegen das Spesenlimit für Hotelzimmer, aber Bosch war sich sicher, daß Billets die Kostenbewilligung unterschreiben würde. Außerdem hatte Layla ihn einmal im Mirage angerufen. Vielleicht würde sie es noch mal dort versuchen.

Dann buchte er zwei Rückflüge für sich und Edgar. Für Donnerstag nachmittag reservierte er einen weiteren Sitzplatz für Goshen.

Der Flug ging um halb vier vom Burbank-Flughafen ab, und sie würden eine Stunde später in Las Vegas sein. Das ließ ihnen genug Zeit, um noch etwas zu erledigen.

Nash kam aus dem Wachhäuschen und begrüßte Bosch lächelnd, der ihm Edgar vorstellte.

»Hört sich wie ein richtiger Krimi an, Ihr Fall.«

»Kann man sagen«, erwiderte Bosch. »Haben Sie eine Theorie?«

»Keinen Schimmer. Ich hab Ihrem Mädchen das Wachbuch gegeben. Hat sie Ihnen das gesagt?«

»Sie ist nicht mein Mädchen, Nash. Sie ist Detective. Und verdammt gut.«

»Ich weiß. Ich wollte nichts damit sagen.«

»Also, ist Mrs. Aliso heute zu Hause?«

»Mal nachsehen.«

Nash schob die Tür des Wachhäuschens auf, ging hinein und nahm sein Klemmbrett in die Hand. Er überflog die oberste Seite, schlug um zur nächsten und schaute nach. Dann legte er das Wachbuch wieder hin und kam heraus.

»Sie müßte hier sein«, sagte er. »Sie hat das Gelände seit zwei Tagen nicht verlassen.«

Bosch dankte ihm.

»Ich muß sie anrufen, wie Sie wissen«, sagte Nash. »Vorschriften.«

»Kein Problem.«

Nash öffnete den Schlagbaum, und Bosch fuhr hindurch.

Veronica Aliso wartete an der geöffneten Haustür, als sie ankamen. Sie trug enge, graue Leggings unter einem weiten T-Shirt mit einem aufgedruckten Matisse-Gemälde. Sie war wieder stark geschminkt. Bosch stellte Edgar vor und sie führte sie ins Wohnzimmer. Sie bot ihnen etwas zu trinken an, aber sie lehnten ab.

»Nun, was kann ich für Sie tun?«

Bosch öffnete sein Notizbuch und riß eine Seite heraus, auf der er schon vorher etwas geschrieben hatte. Er gab sie ihr.

»Das ist die Telefonnummer der Gerichtsmedizin, und das ist die Fallnummer«, sagte er. »Die Autopsie wurde gestern vorgenommen, und die Leiche ist zur Beerdigung freigegeben. Falls Sie schon ein Beerdigungsinstitut haben, brauchen Sie ihnen nur die Fallnummer zu geben und sie kümmern sich dann um alles.«

Sie schaute das Blatt lange an.

»Danke«, sagte sie schließlich. »Sie sind extra hierher gekommen, um mir das zu geben?«

»Nein. Wir haben auch Neuigkeiten. Wir haben einen Mann verhaftet.«

Sie riß die Augen auf.

»Wen? Hat er gesagt, warum er es getan hat?«

»Er heißt Luke Goshen. Er lebt in Las Vegas. Kennen Sie ihn?«

Sie machte einen verwirrten Eindruck.

»Nein, wer ist das?«

»Er gehört zur Mafia, Mrs. Aliso. Und ich fürchte, Ihr Mann kannte ihn gut. Wir fliegen nach Las Vegas um ihn zu holen. Falls alles gut geht, werden wir ihn morgen mitbringen. Dann geht der Fall ans Gericht. Es wird eine Anhörung im städtischen Gericht geben, und falls er dann, wie wir annehmen, angeklagt wird, wird der Prozeß im Obersten Gerichtshof von Los Angeles stattfinden. Wahrscheinlich werden sie dabei aussagen müssen. Als Zeugin der Anklage.«

Sie nickte, ihre Augen blickten in die Ferne.

»Warum hat er es getan?«

»Wir wissen es nicht genau. Wir stecken noch in den Ermittlungen. Wir wissen, daß Ihr Gatte Geschäftsbeziehungen mit Goshens – hm Arbeitgeber hatte. Ein Mann namens Joseph Marconi. Erinnern Sie sich, ob Ihr Gatte Goshen oder Marconi jemals erwähnt hat?«

»Nein.«

»Wie ist es mit den Namen Lucky oder Joey Marks?«

Sie schüttelte den Kopf.

»Was für Geschäftsbeziehungen?« fragte sie.

»Er hat Geld für sie gewaschen. Und seine Filmproduktionen dafür benutzt. Wußten Sie davon?«

»Natürlich nicht. Brauche ich meinen Anwalt? Wissen Sie, er hat mir schon angeraten, nicht mit Ihnen zu sprechen.«

Bosch lächelte offen und hielt seine Hände hoch.

»Nein. Mrs. Aliso, Sie brauchen keinen Anwalt. Wir versuchen nur Fakten zu sammeln. Falls Sie etwas über die Geschäfte Ihres Mannes wissen, könnte es uns helfen Goshen und seinen Boss dingfest zu machen. Goshen kann uns nicht mehr entkommen, darüber müssen wir uns keine Sorgen machen. Wir haben Ballistik-Befunde, Fingerabdrücke, handfeste Beweismittel. Aber er hätte den Mord nie ohne Befehl von Joey Marks verübt. Wir wollen Marks haben. Je mehr Informationen wir über Ihren Mann und seine Geschäfte haben, desto besser sind unsere Chancen. Falls Sie uns also irgendwie helfen können, sollten Sie es uns jetzt sagen.«

Er schwieg und wartete. Sie schaute auf das Blatt, das sie inzwischen zusammengefaltet hatte. Schließlich nickte sie sich selbst zu und sah ihn an.

»Ich weiß nichts über seine Geschäfte«, sagte sie. »Aber

letzte Woche kam ein Anruf. Mittwoch abend. Er meldete sich vom Apparat in seinem Büro und schloß die Tür, aber – ich schlich zur Tür und horchte. Ich konnte hören, was er sagte.«

»Was hat er gesagt?«

»Er nannte den Anrufer Lucky. Das weiß ich. Er hörte lange zu und sagte dann, daß er Ende der Woche dort sein werde. Er würde ihn dann im Club sehen. Das war alles.«

Bosch nickte.

»Warum haben Sie uns das nicht vorher gesagt?«

»Ich dachte, es sei nicht wichtig. Ich … Verstehen Sie, ich dachte er sprach mit einer Frau. Ich dachte, Lucky wäre der Name einer Frau.«

»Haben Sie deshalb gehorcht?«

Sie schlug ihre Augen nieder und nickte.

»Mrs. Aliso, haben Sie je einen Privatdetektiv beauftragt, Ihren Mann zu beschatten?«

»Nein. Ich habe es mir überlegt, aber nicht getan.«

»Aber Sie hatten den Verdacht, daß er eine Affäre hatte?«

»Affären, Detective. Ich hatte nicht nur einen Verdacht, ich wußte es. Eine Ehefrau weiß so was.«

»Okay, Mrs. Aliso. Erinnern Sie sich noch an irgendeine Einzelheit? An etwas, was bei dem Anruf gesagt wurde?«

»Nein, nur was ich Ihnen gesagt habe.«

»Es würde uns vor Gericht helfen, Vorsatz zu beweisen, wenn wir den Zeitpunkt des Anrufs fest bestimmen könnten. Sind Sie sicher, es war Mittwoch?«

»Ja, weil er am nächsten Tag flog.«

»Um wieviel Uhr kam der Anruf?«

»Spät. Wir schauten die Nachrichten auf Kanal 4. Also war es nach elf und vor halb zwölf. Ich glaube nicht, daß ich es mehr einengen kann.«

»Okay, Mrs. Aliso, das ist präzise genug.«

Bosch schaute zu Edgar hinüber und zog seine Brauen hoch. Edgar nickte. Er war bereit zu gehen. Sie standen auf, und Veronica Aliso brachte sie zur Tür.

»Ach«, sagte Bosch, bevor sie die Tür erreichten. »Es gibt

noch eine Frage in Bezug auf Ihren Mann. Wissen Sie, ob es einen Arzt gibt zu dem er regelmäßig ging?«

»Ja, er ging manchmal. Warum?«

»Nun, ich möchte gern wissen, ob er an Hämorrhoiden litt.«

Sie machte den Eindruck, als wollte sie gleich loslachen.

»Hämorrhoiden? Das halte ich für unwahrscheinlich. Wenn Tony welche gehabt hätte, hätte er laut und oft geklagt.«

»Wirklich?«

»Ja, wirklich. Außerdem haben Sie mir gesagt, daß die Autopsie abgeschlossen ist, der Doktor sollte Ihnen die Frage beantworten können.«

Bosch nickte. Dagegen war nichts vorzubringen.

»Wahrscheinlich, Mrs. Aliso. Wir haben eine Tube Preparation H in seinem Wagen gefunden, deshalb frage ich. Ich weiß nicht, warum sie dort war, wenn er sie nicht – hm, brauchte.«

Sie lächelte diesmal.

»Ach, das ist ein alter Schauspielertrick.«

»Ein Schauspielertrick?«

»Schauspielerinnen, Mannequins, Tänzerinnen benutzen das Zeug.«

Bosch schaute sie an und wartete auf mehr. Sie sagte nichts.

»Ich verstehe Sie nicht. Warum benutzen sie es?«

»Unter den Augen, Detective Bosch. Es läßt die Schwellungen schrumpfen. Man schmiert es sich unter die Augen, und die Tränensäcke, die dort vom ausschweifenden Leben entstanden sind, schrumpfen zusammen. Wahrscheinlich wird die Hälfte von dem Zeug, das in dieser Stadt verkauft wird, dafür benutzt und nicht für den vorgesehenen Zweck. Mein Mann ... er war eitel. Wenn er nach Las Vegas flog, um mit irgendeinem jungen Ding zu schlafen, würde er so was getan haben. Es paßt zu ihm.«

Bosch nickte. Ihm fiel die nicht identifizierte Substanz in Alisos Augen ein. Man lernt jeden Tag etwas Neues, dachte er. Er würde Salazar anrufen müssen.

»Woher wußte er das?«

Sie schien antworten zu wollen, zögerte aber und zog die Schultern hoch.

»Es ist ein nicht gerade unbekanntes Hollywood-Geheimnis.«

Er nickte und ging nach draußen.

»Ach, noch eine letzte Sache«, sagte er, bevor sie die Tür schloß. »Die Verhaftung wird wahrscheinlich heute oder morgen in allen Medien berichtet werden. Wir versuchen trotzdem, so wenig wie möglich bekannt werden zu lassen. Aber in dieser Stadt bleibt nichts lange geheim oder tabu. Bereiten Sie sich darauf vor.«

»Danke, Detective.«

»Eine kleine Beerdigungsfeier wäre eventuell das beste – und drinnen. Beerdigungen eignen sich nur zu gut für Fernsehaufnahmen. Sagen Sie dem Beerdigungsunternehmer, er soll keine Informationen herausgeben.«

Sie nickte und schloß die Tür.

Als sie Hidden Highlands verließen, steckte Bosch sich eine Zigarette an, und Edgar protestierte nicht.

»Sie ist eiskalt«, sagte Edgar.

»Das ist sie«, stimmte Bosch zu. »Was hältst du von Luckys Anruf?«

»Noch ein weiteres Indiz. Wir haben Lucky bei den Eiern. Er kann einpacken.«

Bosch fuhr auf dem Mulholland Drive den Hügelkamm entlang, bis sich die Straße zum Hollywood Freeway hinunterwand. Sie fuhren an der Forststraße vorbei, wo Tony Aliso gefunden worden war, ohne etwas zu sagen. Bosch fuhr auf den Freeway in Richtung Süden. Von Downtown wollte er dann die 10 Richtung Osten nehmen.

»Harry, was ist los?« fragte Edgar. »Ich dachte, wir fliegen von Burbank ab.«

»Wir fliegen nicht, wir fahren.«

»Was erzählst du da?«

»Ich habe die Plätze nur reserviert, falls es jemand überprüfen sollte. Wenn wir in Vegas sind, erzählen wir, daß wir hergeflogen sind und gleich nach der Anhörung wieder mit

Goshen zurückfliegen. Niemand braucht zu wissen, daß wir fahren. Einverstanden?«

»Ja, sicher. Ich kapier. Vorsichtsmaßnahmen und Täuschungsmanöver. Gute Idee. Bei der Mafia kann man nie wissen.«

»Oder bei der Polizei.«

4.

Im Durchschnitt schafften sie neunzig Meilen pro Stunde, einschließlich einer fünfzehnminütigen Rast bei einem McDonald's. In Las Vegas fuhren sie direkt zum McCarren International Airport, stellten den Wagen im Parkhaus ab und nahmen ihr Gepäck aus dem Kofferraum. Während Edgar draußen wartete, ging Bosch ins Flughafengebäude und mietete am Hertz-Schalter einen Leihwagen.

Es war fast halb fünf, als sie das Polizeipräsidium erreichten. Als sie durch das große Büro der Fahndungsabteilung gingen, sah Bosch Iverson am Schreibtisch sitzen und mit Baxter sprechen. Iverson lächelte andeutungsweise, aber Bosch ignorierte ihn und ging direkt zu Feltons Büro. Der Captain saß hinter seinem Schreibtisch und arbeitete an Akten. Bosch klopfte an die offene Tür und trat dann ein.

»Bosch, wo sind Sie gewesen?«

»Es gab noch ein paar Details …«

»Ist das der Staatsanwalt?«

»Nein, das ist mein Partner, Jerry Edgar. Der Staatsanwalt wird morgen früh kommen.«

Edgar und Felton gaben sich die Hand, aber Felton wandte sich gleich wieder an Bosch.

»Sie können ihn anrufen und ihm ausrichten, er braucht sich nicht herzubemühen.«

Bosch schaute ihn einen Moment an. Er wußte jetzt, warum Iverson gelächelte hatte. Etwas ging hier vor.

»Captain, Sie stecken immer voller Überraschungen«, sagte er. »Was ist es diesmal?«

Felton lehnte sich in seinem Sessel zurück. An der Schreibtischkante lag eine ungerauchte Zigarre. Er nahm sie und steckte sie zwischen zwei Finger. Er genoß seinen Auftritt und versuchte offensichtlich, Bosch zu provozieren. Bosch biß jedoch nicht an, und schließlich sprach der Captain.

»Ihr Junge, Goshen, packt seine Koffer.«

»Er legt keinen Widerspruch gegen die Auslieferung ein?«

»So ist es. Er hat sich eines Besseren besonnen.«

Bosch setzte sich auf den Stuhl vor dem Schreibtisch, Edgar setzte sich ebenfalls.

»Er hat Joeys Rechtsverdreher Mickey Torrino gefeuert«, fuhr Felton fort, »und sich seinen eigenen Anwalt besorgt. Der ist nicht viel besser, aber wenigstens liegt ihm Luckys Wohl am Herzen.«

»Und warum hat er seine Meinung geändert?« fragte Bosch. »Haben Sie ihm vom Ballistik-Befund erzählt?«

»Natürlich. Ich habe ihn herholen lassen und ihm gesagt, was wir in der Hand haben. Ich habe ihm auch erklärt, wie wir aus seinem Alibi Konfetti gemacht haben.«

Bosch sah ihn an, fragte aber nicht nach einer Erklärung.

»Ja, das ist richtig, Bosch. Wir haben hier nicht auf unserem Arsch gesessen. Wir haben ihn in die Mangel genommen und klein gekriegt. Er behauptete, er habe sein Büro Freitagnacht erst verlassen, als er um vier nach Hause ging. Nun, wir sind hingefahren und haben uns mal das Büro angesehen. Es gibt eine Hintertür. Er hätte ungesehen gehen und zurückkommen können. Nachdem Tony Aliso den Club verließ, hat niemand ihn gesehen, bis er um vier Uhr rauskam, um das Lokal zu schließen. Das ist genug Zeit, um nach L. A. zu fliegen, Tony umzulegen und den letzten Flug zurückzunehmen. Und hier ist das Knallbonbon. Ein Mädchen, das dort unter dem Namen Modesty arbeitet, hat sich mit einer anderen Tänzerin gestritten und ging zum Büro, um sich bei Lucky zu beschweren. Sie sagt, niemand hat geöffnet, als sie anklopfte. Also sagt sie zu Smokie, daß sie mit dem Boss sprechen will, und Smokie sagt ihr, daß er nicht da ist. Das war ungefähr um Mitternacht.«

Felton nickte und zwinkerte mit einem Auge.

»Und was hat Smokie dazu gesagt?«

»Er sagt einen Scheiß. Wir erwarten auch nicht, daß er den Mund aufmacht. Aber falls er in den Zeugenstand tritt und Luckys Alibi bestätigt, machen wir Kleinholz aus ihm.

Sein Vorstrafenregister geht bis ins siebte Schuljahr zurück.«

»Okay, vergessen wir ihn. Was ist mit Goshen?«

»Wir haben ihn hergeholt und ihm gesagt, was wir haben. Wir haben ihm klar gemacht, daß die Uhr läuft. Er mußte eine Entscheidung treffen und er tat es. Er wechselte seinen Anwalt. Ein deutlicheres Zeichen gibt es meiner Meinung nach nicht. Er ist bereit zu verhandeln. Das bedeutet, Sie bekommen ihn, Joey Marks und ein paar weitere Schweine. Das ist der schwerste Schlag, den wir der Firma seit zehn Jahren versetzen. Alle sind glücklich.«

Bosch stand auf, und Edgar folgte seinem Beispiel.

»Das ist das zweite Mal, das Sie eigenmächtig gehandelt haben«, sagte Bosch mit Nachdruck und beherrschter Stimme. »Sie werden keine dritte Gelegenheit bekommen. Wo ist er?«

»Regen Sie sich ab, Bosch. Wir haben alle das gleiche Ziel.«

»Ist er hier oder nicht?«

»Er ist in Verhörzelle Drei. Ich habe gesehen, daß Weiss bei ihm ist. Alan Weiss ist sein neuer Anwalt.«

»Hat Goshen irgendeine Aussage gemacht?«

»Nein, natürlich nicht. Weiss hat uns die Bedingungen vorgegeben. Keine Verhandlungen, bis er in L. A. ist. Mit anderen Worten, er legt keinen Widerspruch ein, und Sie können ihn mit nach Hause nehmen. Ihr könnt dann was aushandeln. Wir haben nach dem heutigen Tag nichts mehr mit dem Fall zu tun. Natürlich helfen wir Ihnen, wenn Sie herkommen, um Joey Marks in Empfang zu nehmen. Auf den Tag habe ich schon lange gewartet.«

Bosch verließ das Büro, ohne ein weiteres Wort zu verlieren, durchquerte das Abteilungsbüro, ohne Iverson anzusehen, und ging in den hinteren Korridor, wo sich die Verhörzellen befanden. Er hob die Klappe über dem kleinen Fenster in der Tür und sah Goshen im blauen Gefängnis-Overall. Er saß am Tischchen, ihm gegenüber ein viel kleinerer Mann im Anzug. Bosch klopfte ans Glas, wartete einen Moment und öffnete die Tür.

»Herr Rechtsanwalt, kann ich Sie einen Moment draußen sprechen?«

»Sind Sie aus L. A.? Es wurde allmählich Zeit.«

»Sprechen wir draußen.«

Als der Anwalt aufstand, sah Bosch an ihm vorbei. Goshen war mit Handschellen an den Tisch gekettet. Es war erst dreißig Stunden her, daß er ihn gesehen hatte, aber er war ein anderer Mensch geworden. Seine Schultern hingen herunter, als würde er in sich zusammenfallen. Seine Augen starrten blicklos aus den Höhlen. Der Effekt einer durchwachten Nacht, in der er seine Zukunft vor sich gesehen hatte. Er schaute Bosch nicht an. Nachdem Weiss herausgekommen war, schloß Bosch die Tür.

Weiss war ungefähr so alt wie Bosch. Er war schlank und sonnengebräunt. Bosch glaubte, daß er ein Toupet trug. In den paar Sekunden, die er hatte, um den Anwalt einzuschätzen, kam Bosch zu dem Schluß, daß Goshen eine gute Wahl getroffen hatte.

Nachdem sie sich vorgestellt hatten, kam Weiss gleich aufs Geschäft zu sprechen.

»Mein Klient ist willens, der Auslieferung zuzustimmen. Sie müssen jedoch schnell handeln. Mr. Goshen fühlt sich nicht besonders wohl und sicher in Las Vegas, sogar im Polizeigefängnis nicht. Ich hatte gehofft, daß wir noch heute zum Richter könnten, es ist inzwischen jedoch zu spät. Aber ich werde morgen früh um neun im Gericht sein. Ich habe den Termin schon mit Mr. Lipson, dem hiesigen Staatsanwalt, vereinbart. Um zehn werden Sie dann mit ihm zum Flughafen können.«

»Nicht so schnell«, sagte Edgar. »Warum ist es auf einmal so eilig? Etwa weil Luke von den Ballistikergebnissen gehört hat? Oder vielleicht weil Joey Marks auch davon gehört hat und sich eventuell von einem Mitarbeiter trennen will?«

»Ich schätze, daß es Joey leichter fällt, Goshen hier im Gefängnis umbringen zu lassen, als in L. A. Richtig?« fügte Bosch hinzu.

Weiss schaute sie an, als kämen sie von einem anderen Planeten.

»Mr. Goshen weiß nichts von einem möglichen Anschlag auf sein Leben, und ich hoffe, Ihre Äußerungen sind nur Teil Ihrer Einschüchterungstaktik. Er weiß jedoch mit Sicherheit, daß man ihm ein Verbrechen in die Schuhe schieben will, das er nicht begangen hat. Er glaubt, daß ihm volle Kooperation in einer neuen Umgebung am meisten hilft. Irgendwo anders als in Las Vegas. Los Angeles ist seine einzige Alternative.«

»Können wir mit ihm sprechen?«

Weiss schüttelte den Kopf.

»Mr. Goshen wird kein Wort sagen, bis er in Los Angeles ist. Mein Bruder wird den Fall dort übernehmen, er hat eine Praxis dort – Saul Weiss, vielleicht haben Sie schon von ihm gehört.«

Bosch schüttelte den Kopf.

»Ich glaube, er hat sich schon mit Mr. Gregson in Verbindung gesetzt. Sie sehen, Sie sind nur ein Bote in dieser Angelegenheit. Ihr Job ist es, Mr. Goshen morgen früh in ein Flugzeug zu verfrachten und ihn sicher nach Los Angeles zu bringen. Danach werden Sie höchstwahrscheinlich den Fall abgeben.«

»Warten wir's ab«, sagte Bosch.

Er ging um den Anwalt herum und öffnete die Tür zur Verhörzelle. Goshen schaute auf. Bosch trat ein und ging zum Tisch. Er stützte sich mit den Händen auf und beugte sich über den Tisch. Bevor er etwas sagen konnte, war Weiss in der Zelle.

»Luke, sagen Sie kein Wort zu diesem Mann. Kein Wort.«

Bosch ignorierte Weiss und schaute nur Goshen an.

»Ich will nur einen Beweis für deinen guten Willen, Luke. Wenn ich dich sicher nach L. A. bringen soll, brauche ich etwas. Beantworte mir nur eine Frage. Wo …«

»Er muß Sie ohnehin mitnehmen, Luke. Fallen Sie nicht darauf rein. Ich kann Sie nicht vertreten, wenn Sie nicht auf mich hören.«

»Wo ist Layla?« fragte Bosch. »Ich werde Las Vegas nicht eher verlassen, bevor ich mit ihr gesprochen habe. Wenn du morgen früh die Stadt verlassen willst, muß ich heute abend mir ihr sprechen. Sie ist nicht zu Hause. Ich habe mit Pandora gesprochen, die mit ihr zusammen wohnt, und sie sagt, Layla sei seit einigen Tagen weg. Wo ist sie?«

Goshen schaute von Bosch zu Weiss.

»Sagen Sie kein Wort«, sagte Weiss. »Detective, würden Sie bitte rausgehen, ich möchte mich mit meinem Klienten beraten. Ich denke mir, daß es auch kein Problem für ihn darstellt, die Frage zu beantworten.«

»Hoffentlich nicht.«

Bosch ging wieder zu Edgar auf den Korridor. Er steckte sich eine Zigarette zwischen die Lippen, zündete sie jedoch nicht an.

»Warum ist Layla so wichtig?« fragte Edgar.

»Ich mag keine offenen Fragen. Ich will wissen, wie sie in das Ganze hineinpaßt.«

Bosch sagte ihm nicht, daß er von den illegalen Abhörbändern wußte, daß Layla Aliso angerufen und auf Goshens Bitte hin gefragt hatte, wann er nach Vegas komme. Falls sie sie fänden, müßte er es aus ihr herausbringen, ohne zu verraten, daß er es schon wußte.

»Es ist auch ein Test«, erklärte er Edgar. »Um zu sehen, wie weit Goshen kooperieren wird.«

Der Anwalt kam heraus und schloß die Tür hinter sich.

»Falls Sie noch einmal versuchen, mit ihm gegen meinen ausdrücklichen Wunsch zu sprechen, endet jegliche Beziehung zwischen uns.«

Bosch hätte gerne gefragt, was für eine Beziehung sie hätten, ließ es jedoch.

»Wird er es uns sagen?«

»Nein, ich. Er erzählte mir, daß er Layla ein paarmal nach Hause gebracht habe, als sie gerade im Club angefangen hatte. An einem Abend bat sie ihn, sie woanders abzusetzen, weil sie einen Mann, mit dem sie damals ausging und der eventuell vor ihrer Wohnung wartete, nicht treffen wollte. An jenem Abend fuhr er sie zu einem Haus in North Las Vegas. Sie erzählte ihm, sie sei dort aufgewachsen. Er weiß nicht die genaue Adresse, aber er sagt, das Haus sei an der Ecke von Donna Street und Lillis Drive. An der Nordost-Ecke. Versuchen Sie es da. Das ist alles, was er weiß.«

Bosch holte sein Notizbuch heraus und schrieb es auf.

»Vielen Dank, Herr Rechtsanwalt.«

»Wenn Sie schon Ihr Notizbuch in der Hand haben, notieren Sie sich ›Gerichtssaal 10‹. Die Anhörung wird dort stattfinden. Ich kann davon ausgehen, daß Sie Vorkehrungen für den sicheren Transport meines Klienten getroffen haben?«

»Dafür ist ein Bote schließlich da, nicht wahr?«

»Entschuldigen Sie, Detective. Manchmal sagt man Sachen in der Hitze des Gefechts. Es war nicht beleidigend gemeint.«

»Ich habe es auch nicht als Beleidigung verstanden.«

Bosch ging ins Büro der Fahndungsabteilung und benutzte ein Telefon an einem freien Schreibtisch. Er rief Southwest an und änderte die Reservierung für den Rückflug von drei Uhr nachmittags auf halb elf morgens. Bosch schaute nicht direkt zu Iverson hinüber, merkte aber, daß der Detective ihn von seinem Schreibtisch aus beobachtete.

Als er fertig war, steckte Bosch seinen Kopf in Feltons Büro. Der Captain telefonierte gerade. Bosch salutierte ironisch und ging.

Im Mietwagen entschieden Edgar und Bosch, zum Gefängnis zu fahren, und die Häftlingsübernahme zu besprechen, bevor sie Layla suchen würden.

Das Untersuchungsgefängnis befand sich neben dem Präsidium. Ein Sergeant namens Hackett erklärte ihnen, wie und wann Goshen an sie übergeben würde. Da es nach fünf, also nach Schichtwechsel war, würden Bosch und Edgar mit einem andren Sergeant morgen früh zu tun haben. Aber Bosch fühlte sich wohler vorher zu wissen, wie es ablaufen würde. Sie würden Goshen an einer abgeschirmten und sicheren Stelle bei den Laderampen ins Auto setzen können. Er war relativ sicher, daß es keine Probleme geben würde. Wenigstens nicht hier.

Hackett hatte ihnen den Weg erklärt, und sie fanden das

Haus in North Las Vegas. Die Wohngegend sah nach Mittelschicht aus. Das Haus, an dem Goshen Layla einmal abgesetzt hatte, war ein kleiner Bungalow mit Aluminium-Markisen über den Fenstern. Unter dem Parkdach stand ein Mazda RX7.

Eine ältere Frau kam an die Tür. Sie war Mitte Sechzig und sah noch attraktiv aus. Bosch glaubte, einige von Laylas Zügen in ihrem Gesicht wiederzuerkennen. Bosch hielt seine Dienstmarke hoch, damit sie sie sehen konnte.

»Ma'am, mein Name ist Harry Bosch, und das hier ist Jerry Edgar. Wir kommen aus Los Angeles und suchen eine junge Frau, mit der wir sprechen müssen. Sie ist Tänzerin und nennt sich Layla. Ist sie hier?«

»Sie wohnt hier nicht. Ich weiß nicht, von wem Sie reden.«

»Ich glaube doch und ich wüßte es zu schätzen, wenn Sie uns helfen würden.«

»Ich hab Ihnen gesagt, sie ist nicht hier.«

»Nun, wir haben gehört, sie wäre bei Ihnen. Stimmt das? Sind Sie Ihre Mutter? Sie hat versucht, mich zu erreichen. Es gibt keinen Grund für Sie, Angst zu haben oder nicht mit uns sprechen zu wollen.«

»Ich werde es ihr ausrichten, wenn ich sie sehe.«

»Können wir hereinkommen?«

Bosch legte eine Hand auf die Türklinke und öffnete sie langsam, aber mit Nachdruck, bevor sie antworten konnte.

»Sie können nicht so einfach ...«

Sie beendete ihren Satz nicht. Sie wußte, ohne Grund würden Cops nicht ungebeten ins Haus kommen.

Bosch schaute sich um, bevor er eintrat. Ein einfaches Sofa mit dazu passenden Sesseln. Die Möbel waren alt und hatten wahrscheinlich länger halten müssen als vom Hersteller vorgesehen. Die Polster waren mit gehäkelten Decken bedeckt, um die abgewetzten Stellen zu verbergen. Auf dem Couchtisch lagen Klatschblätter. Außerdem gab es noch einen alten Fernseher mit einem Drehknopf für die Sendereinstellung.

»Wohnen Sie hier allein?« fragte er.

»Ja, so ist es«, antwortete sie unwillig, als wäre die Frage eine Beleidigung.

»Wann haben Sie Layla das letzte Mal gesehen?«

»Ihr Name ist nicht Layla.«

»Das war meine nächste Frage. Wie heißt sie?«

»Gretchen Alexander.«

»Und Sie heißen?«

»Dorothy Alexander.«

»Wo ist sie, Mrs. Alexander?«

»Ich weiß nicht, ich hab nicht gefragt.«

»Wann ist sie gegangen?«

»Gestern morgen.«

Bosch nickte Edgar zu. Sein Partner drehte sich um und ging in einen Flur, der zum hinteren Teil des Hauses führte.

»Wo geht er hin?« fragte die Frau.

»Er sieht sich mal um, das ist alles«, antwortete Bosch. »Setzen wir uns hin und sprechen miteinander. Je eher wir es hinter uns bringen, desto eher verschwinden wir.«

Er deutete auf einen Sessel und blieb stehen, bis sie endlich saß. Dann ging er um den Couchtisch herum und setzte sich auf das Sofa. Die Sprungfedern waren ausgeleiert, und er sank so tief, daß er sich nach vorn beugen mußte.

»Mir gefällt es nicht, daß er in meinen Sachen herumwühlt«, sagte sie und schaute über ihre Schulter in den Flur.

»Er wird vorsichtig sein.« Er holte sein Notizbuch heraus. »Sie haben gewußt, daß wir kommen. Woher?«

»Sie sagte, vielleicht kommt die Polizei. Das ist alles. Sie hat nicht gesagt, daß sie von Los Angeles kommen würde.«

Sie sprach *Angeles* mit einem harten G aus.

»Und wissen Sie, warum wir hier sind?«

»Wegen Tony. Weil er ermordet wurde.«

»Wohin ist Gretchen gegangen, Mrs. Alexander?«

»Sie hat es mir nicht gesagt. Sie können mich so oft fragen, wie Sie wollen, die Antwort wird immer die gleiche sein. Ich weiß es nicht.«

»Ist das ihr Sportwagen unter dem Parkdach?«

»Ja. Den hat sie sich von ihrem eigenen Geld gekauft.«

»Vom Striptease?«

»Ich hab immer gesagt, Geld ist Geld, egal wie man es sich verdient.«

Edgar kam herein und sah Bosch an, um zu berichten. Bosch nickte.

»Sieht aus, als wäre sie hier gewesen. Es gibt ein zweites Schlafzimmer. Der Aschenbecher auf dem Nachttisch ist voll. Im Wandschrank ist Platz auf der Kleiderstange, als ob jemand dort seine Sachen hatte. Sie sind jetzt weg. Sie hat das hier gelassen.«

Er zeigte einen kleinen ovalen Bilderrahmen mit einem Foto von Tony Aliso und Gretchen Alexander. Sie hatten die Arme umeinander gelegt und lächelten in die Kamera. Bosch nickte und schaute Dorothy Alexander an.

»Wenn sie weg ist, warum hat sie dann ihren Wagen hier gelassen?«

»Weiß ich nicht. Sie wurde von einem Taxi abgeholt.«

»Ist sie geflogen?«

»Wie soll ich das wissen, wenn ich nicht weiß, wo sie hin ist.«

»Richtig. Hat sie gesagt, wann sie zurück sein wird?«

»Nein.«

»Wie alt ist Gretchen?«

»Sie wird dreiundzwanzig.«

»Wie hat sie auf die Nachricht von Tonys Tod reagiert?«

»Sie hat ihn geliebt, und jetzt ist ihr Herz gebrochen. Ich mache mir Sorgen um sie.«

»Glauben Sie, daß sie sich etwas antun könnte?«

»Ich weiß nicht, was sie tun würde.«

»Hat sie Ihnen gesagt, daß sie ihn geliebt hat, oder nehmen Sie das nur an?«

»Ich hab es mir nicht eingeredet. Sie hat es mir anvertraut, und es war die Wahrheit. Sie sagte, sie würden heiraten.«

»Wußte sie, daß Tony Aliso schon verheiratet war?«

»Ja, das wußte sie. Aber er hat ihr gesagt, daß die Ehe kaputt ist und er sich bald scheiden lassen wird.«

Bosch nickte. Er fragte sich, ob es die Wahrheit war. Nicht ob Gretchen es für wahr hielt, sondern ob es für Tony die Wahrheit gewesen war. Er schaute auf das leere Blatt in seinem Notizbuch.

»Ich weiß nicht, ob ich etwas vergessen habe«, sagte er. »Jerry?«

Edgar schüttelte den Kopf, dann sprach er jedoch.

»Ich glaube, mich würde nur interessieren, warum eine Mutter es zuläßt, daß sich ihre Tochter ihren Lebensunterhalt so verdient. Mit Ausziehen.«

»Jerry, ich ...«

»Sie hat Talent, Mister. Männer kommen von überall her, und wenn sie sie sehen, kommen sie immer wieder. Ihretwegen. Und ich bin nicht ihre Mutter, obwohl man mich das nennen könnte. Ihre eigene Mutter ist vor langer Zeit verschwunden und hat sie bei mir gelassen. Aber sie hat Talent, und mit Ihnen spreche ich nicht mehr. Verlassen Sie mein Haus.«

Sie stand auf, als wäre sie bereit, ihre Aufforderungen mit physischer Gewalt durchzusetzen. Bosch entschied sich, ihr nicht zu widersprechen, stand auf und steckte sein Notizbuch weg.

»Entschuldigen Sie unser Eindringen«, sagte er und zog eine Geschäftskarte aus seiner Brieftasche. »Falls Sie von ihr hören, würden Sie ihr bitte diese Nummer geben? Und heute abend kann sie mich wieder im Mirage erreichen.«

»Ich sag ihr Bescheid, falls ich von ihr höre.«

Sie nahm die Karte und folgte ihnen zur Tür. Auf den Eingangsstufen drehte Bosch sich um und nickte.

»Danke, Mrs. Alexander.«

»Wofür?«

Während sie zum Strip zurückfuhren, schwiegen sie. Schließlich fragte Bosch Edgar, was er von dem Gespräch hielte.

»Sie ist ein barscher alter Haudegen. Ich konnte mir die Frage nicht verkneifen. Ich wollte sehen, wie sie reagieren würde. Davon abgesehen, glaube ich, daß Gretchen oder Layla als Spur eine Sackgasse ist. Sie ist nur ein dummes Mädchen, das Tony hinters Licht geführt hat. Normalerweise täuschen Stripperinnen Gefühle vor, um etwas für sich herauszuschlagen. Ich glaube, diesmal war es umgekehrt.«

»Vielleicht.«

Bosch steckte sich eine Zigarette an und verfiel in Schweigen. Er dachte nicht mehr an das Gespräch. Der Arbeitstag war für ihn vorbei, und seine Gedanken beschäftigten sich mit Eleanor Wish.

Als sie das Mirage erreichten, fuhr Bosch auf die kreisförmige Auffahrt vor dem Portal und stoppte.

»Mann, Harry, was machst du?« sagte Edgar. »Billets spendiert uns vielleicht die Zimmer im Mirage, aber sie wird keine Budgetgelder für Parkservice ausgeben.«

»Ich setz dich nur hier ab. Ich tausch die Wagen heute abend. Morgen früh will ich nicht mehr zum Flughafen.«

»Okay, aber ich komm mit. Hier kann man sowieso nur sein Geld an den Maschinen verlieren.«

Bosch öffnete das Handschuhfach und betätigte den Hebel für den Kofferraum.

»Nein, Jed, ich fahr alleine. Ich muß noch über ein paar Sachen nachdenken. Nimm deine Sachen aus dem Kofferraum.«

Edgar schaute ihn prüfend an. Bosch hatte ihn schon lange nicht mehr Jed genannt. Er wollte etwas sagen, überlegte es sich dann aber anders und öffnete die Tür.

»Okay, Harry. Willst du später zu Abend essen?«

»Ja, vielleicht. Ich ruf dich im Zimmer an.«

»Du bist der Boss.«

Nachdem Edgar den Kofferraum zugeschlagen hatte, fuhr Bosch zurück auf den Las Vegas Boulevard und von dort nach Norden zum Sands Boulevard. Es dämmerte, und das sterbende Licht des Tages verschwand hinter dem Neonglanz der Stadt. Nach zehn Minuten parkte er seinen Wagen vor Eleanor Wishs Apartment-Gebäude. Er atmete tief durch und stieg aus. Er mußte es wissen. Warum hatte sie nicht das Telefon abgenommen? Warum hatte sie nicht auf seinen Zettel reagiert?

Als er vor ihrer Tür stand, traf es ihn wie ein Schlag in die Magengrube. Der Zettel, den er vor zwei Tagen so sorgfältig in die Türritze geklemmt hatte, steckte immer noch da. Bosch schaute auf die Fußmatte und schloß die Augen. Die Schuldgefühle, die er so lange erfolgreich verdrängt hatte, machten sich in seinem Innersten breit. Er hatte einmal einen unüberlegten Anruf gemacht, und ein Unschuldiger war ermordet worden. Es war ein Fehler gewesen. Etwas, was er nicht hatte voraussehen können. Aber es war trotzdem passiert, und er hatte lange daran gearbeitet, es hinter sich zu lassen. Wenn er es auch nicht vergessen konnte, so wollte er doch damit leben können. Und jetzt Eleanor. Bosch wußte, was er hinter der Tür finden würde. Indem er Felton nach ihrer Telefonnummer und Adresse gefragt hatte, hatte er etwas ins Rollen gebracht. Ereignisse, die damit endeten, daß sie aufs Präsidium gebracht wurde und ihr fragiles Selbstbewußtsein sowie ihr Glaube zerstört wurden, daß das Schlimmste hinter ihr lag.

Bosch drehte die Matte mit dem Fuß um, falls sie dort einen Schlüssel hingelegt hatte. Er fand keinen. Die Picks, mit denen er das Schloß hätte öffnen können, waren im Handschuhfach seines Wagens am Flughafen. Er zögerte einen Moment, konzentrierte sich auf einen Punkt über dem Türknopf, machte einen Schritt zurück und trat mit dem Absatz seines linken Fußes gegen die Tür. Sie splitterte entlang des Türpfostens und flog auf. Bosch trat langsam in die Wohnung.

Im Wohnzimmer schien alles in Ordnung zu sein. Mit schnellen Schritten ging er durch den Flur ins Schlafzimmer. Das Bett war ungemacht und leer. Bosch stand einen Moment still und betrachtete alles. Er merkte, daß er nicht geatmet hatte, seit er die Türe eingetreten hatte. Er atmete langsam aus und begann dann wieder normal zu atmen. Sie lebte noch. Irgendwo. Wenigstens glaubte er das. Er setzte sich aufs Bett, holte eine Zigarette heraus und zündete sie an. Das Gefühl der Erleichterung wurde sofort wieder von Zweifeln und quälenden Fragen verdrängt. Warum hatte sie nicht angerufen? Hatten die Gefühle und Stunden, die sie miteinander geteilt hatten, keinerlei Bedeutung für sie?

»Hallo?«

Die Stimme eines Mannes kam von vorne aus der Wohnung. Bosch nahm an, daß es jemand war, der gehört hatte, wie er die Tür aufgebrochen hatte. Er stand auf und verließ das Schlafzimmer.

»Ja«, sagte er. »Ich bin hier hinten. Ich bin von der Polizei.«

Er betrat das Wohnzimmer und sah einen tadellos gekleideten Mann in einem schwarzen Anzug, mit weißem Hemd und schwarzer Krawatte.

»Detective Bosch?«

Boschs Muskeln spannten sich, er antwortete nicht.

»Draußen ist jemand, der gern mit Ihnen sprechen würde.«

»Wer?«

»Er wird Ihnen sagen, wer er ist und was er will.«

Der Mann ging zur Wohnungstür und überließ Bosch die Entscheidung, ob er ihm folgen wollte. Er zögerte einen Moment und ging ihm nach.

Auf dem Parkplatz stand ein überlanger Straßenkreuzer mit laufendem Motor. Der Mann im schwarzen Anzug ging um den Wagen herum und setzte sich auf den Fahrersitz. Bosch betrachtete die Szene einen Moment und ging dann ebenfalls zum Wagen. Instinktiv hob er seinen Arm, strich über seine Jacke und fühlte darunter die beruhigende Form seiner Waffe. Während er dies tat, öffnete sich die Rücksitztür, die ihm am nächsten war, und ein Mann mit einem groben, dunklen Gesicht winkte ihn heran. Bosch zögerte nicht. Es war bereits zu spät.

Bosch stieg in den großen Wagen und setzte sich auf die Sitzbank mit dem Rücken zum Fahrer. Ihm gegenüber, auf dem weich gepolsterten Rücksitz, saßen zwei Männer. Der eine war der Typ mit dem groben Gesicht. Es war sportlich gekleidet und lümmelte sich auf den luxuriösen Polstern herum. Der andere Mann war älter und trug einen teuren, dreiteiligen Anzug. Auf der gepolsterten Armlehne zwischen den beiden Männern lag ein kleines, schwarzes Kästchen, auf dem ein grünes Licht leuchtete. Bosch hatte so ein Kästchen schon einmal gesehen. Es nahm elektronische Funksignale wahr, die von Abhörgeräten gesendet wurden.

Solange das grüne Licht leuchtete, konnte man mit einiger Sicherheit annehmen, daß Gespräche nicht abgehört und aufgenommen wurden.

»Detective Bosch«, sagte der Mann mit dem groben Gesicht.

»Joey Marks, habe ich recht?«

»Ich heiße Joseph Marconi.«

»Was kann ich für Sie tun, Mr. Marconi?«

»Ich dachte, wir könnten uns etwas unterhalten. Das ist alles. Sie und ich und mein Anwalt hier.«

»Mr. Torrino?«

Der andere Mann nickte.

»Ich habe gehört, Sie haben heute einen Klienten verloren.«

»Darüber wollen wir mit Ihnen sprechen«, sagte Marconi. »Wir haben ein Problem. Wir …«

»Woher haben Sie gewußt, wo ich war?«

»Ich hab die Wohnung überwachen lassen. Wir dachten uns, daß Sie zurückkommen werden, nachdem Sie den Zettel hier gelassen haben.«

Sie waren ihm offensichtlich gefolgt, und er fragte sich, seit wann. Dann sprangen seine Gedanken zu einer anderen Frage, und er wußte auf einmal, worum es bei diesem Gespräch ging.

»Wo ist Eleanor Wish?«

»Eleanor Wish?« Marconi schaute erst zu Torrino und dann zu Bosch hin. »Ich kenne sie nicht. Aber ich schätze, sie wird wieder auftauchen.«

»Was wollen Sie, Marconi?«

»Ich wollte nur mit Ihnen sprechen. Das ist alles. Wir haben ein Problem, und vielleicht können wir etwas aushandeln. Ich möchte mit Ihnen zusammenarbeiten, Detective Bosch.«

»Ich hab Sie schon mal gefragt, was wollen Sie?«

»Ich möchte diese ganze Angelegenheit wieder grade biegen, bevor sie eskaliert. Ich glaube, Sie sind dabei, einen Fehler zu machen. Sie sind ein guter Mensch, Detective. Ich habe mich informiert. Sie haben moralische Grundsätze, und ich weiß das zu schätzen. Man kann nicht ohne Grundsätze leben, egal was man tut. Aber Sie sind auf dem Holzweg. Ich hatte nichts mit Tony Aliso zu tun.«

Bosch lächelte unwillig und schüttelte den Kopf.

»Hören Sie, Marconi, Ihr Alibi interessiert mich nicht. Ich bin sicher, es ist wasserdicht. Aber Sie können selbst aus dreihundertfünfzig Meilen Entfernung den Abzugshebel betätigen. Ist alles schon da gewesen. Verstehen Sie mich?«

»Detective Bosch, die Sache stinkt. Was immer Ihnen diese Ratte erzählt, es ist gelogen. Ich habe nichts mit Tonys Mord zu tun, meine Leute haben nichts damit zu tun. Und ich gebe Ihnen bloß die Chance, Ihren Fehler zu korrigieren.«

»Ja, und wie soll ich das tun? Soll ich etwa Lucky laufen lassen, damit Sie ihn vor dem Gefängnis mit Ihrer Limousine zu einem Ausflug in die Wüste abholen können? Glauben Sie, daß wir dann Lucky noch mal wiedersehen?«

»Glauben Sie, daß Sie diese Ex-FBI-Agentin noch mal wiedersehen?«

Bosch starrte ihn einen Moment an und ließ seine Wut anwachsen, bis sein Hals von der Anspannung zu zittern begann. In einer schnellen Bewegung zog er seine Waffe und beugte sich zum Rücksitz hinüber. Er ergriff die dicke, geflochtene Goldkette um Marconis Hals, riß ihn nach vorn und preßte den Revolverlauf tief in seine Wange.

»Wie bitte?«

»Beruhigen Sie sich, Detective Bosch«, sagte Torrino. »Handeln Sie nicht übereilt.«

Er legte seine Hand auf Boschs Arm.

»Fassen Sie mich nicht an, Sie Arschloch.«

Torrino zog seine Hand zurück und hob sie zusammen mit der anderen zum Zeichen, daß er sich ergebe.

»Ich möchte nur, daß sich die Atmosphäre etwas beruhigt.«

Bosch lehnte sich wieder zurück, behielt aber die Waffe in der Hand. Die Mündung hatte einen kreisförmigen Abdruck von Gewehröl auf Marconis Wange hinterlassen. Er wischte es mit einer Hand weg.

»Wo ist sie, Marconi?«

»Ich hab gehört, daß sie für ein paar Tage verreisen wollte. Kein Grund zur Aufregung, Bosch. Wir sind Freude. Sie wird zurückkommen. Und jetzt, da ich weiß, wie sehr Sie an ihr hängen, werde ich persönlich garantieren, daß sie zurückkommt.«

»Im Austausch für was?«

Hackett hatte immer noch Dienst im Gefängnis. Bosch sagte ihm, daß er mit Goshen ein paar Minuten über Sicherheitsfragen sprechen müsse. Hackett druckste herum, daß es eigentlich gegen die Vorschriften verstoße, aber Bosch wußte, daß für die örtliche Polizei Ausnahmen bei den Besuchszeiten gemacht wurden. Schließlich gab Hackett nach und führte Bosch in einen Raum, der von Anwälten für Klientengespräche benutzt wurde, und sagte ihm, er solle warten. Zehn Minuten später führte Hackett Goshen herein und fesselte ihn mit einem Handgelenk an seinen Stuhl. Hackett legte seine Arme übereinander und stellte sich hinter den Häftling.

»Sergeant, ich muß mit ihm allein sprechen.«

»Geht nicht. Sicherheitsvorschrift.«

»Wir werden sowieso nicht sprechen«, mischte Goshen sich ein.

»Sergeant«, sagte Bosch, »was ich diesem Mann sagen will, könnte Sie in Gefahr bringen, falls bekannt wird, daß Sie mitgehört haben. Verstehen Sie mich? Warum wollen Sie sich das aufhalsen? Fünf Minuten ist alles, was ich brauche.«

Hackett überlegte einen Moment und ging dann, ohne ein Wort zu sagen.

»Ziemlich clever, Bosch. Aber ich rede nicht mit dir. Weiss hat mich gewarnt, daß du versuchen würdest, dich schon vorher aus der Pralinenschachtel zu bedienen. Ich spiel nicht mit. Bring mich nach L. A. zu Leuten, die Vollmacht zum Verhandeln haben. Dann können wir einen Deal machen und jeder bekommt, was er will.«

»Halt die Klappe, du dummes Arschloch. Der Deal interessiert mich nicht mehr. Der einzige Deal, der mir jetzt noch

Sorge macht, dreht sich darum, ob ich dich am Leben halten soll oder nicht.«

Bosch sah, daß er jetzt Goshens volle Aufmerksamkeit hatte. Er wartete einen Augenblick, bevor er die Daumenschrauben weiter anzog.

»Ich möchte dir etwas erklären, Goshen. In ganz Las Vegas gibt es eine einzige Person, die mir am Herzen liegt. Eine einzige. Ohne sie könnte meinetwegen diese ganze Stadt vertrocknen und in alle Winde verweht werden. Und von allen Menschen hier ist sie diejenige, die dein Arbeitgeber als Geisel nimmt, um mich zu erpressen.«

Goshens Augen verengten sich besorgt. Bosch sprach über seine Leute. Goshen wußte, was kommen würde.

»Der Deal, von dem ich spreche«, sagte Bosch, »ist dich gegen sie auszutauschen. Joey Marks sagt, falls du L. A. nie erreichst, kommt meine Freundin zurück. Und umgekehrt. Verstehst du, was ich dir erzähle?«

Goshen schaute auf den Tisch und nickte langsam.

»Verstehst du?«

Bosch zog seinen Revolver und hielt ihn fünf Zentimeter von seinem Gesicht. Goshens Augen schielten auf das schwarze Mündungsloch.

»Ich könnte dir hier dein Hirn aus dem Schädel pusten. Wenn Hackett reinkäme, würde ich ihm sagen, du hättest nach meiner Waffe gegriffen. Er würde mich decken. Er hat uns hier allein gelassen. Es ist gegen die Vorschriften. Er hätte keine andere Wahl.«

Bosch steckte die Waffe weg.

»Oder morgen könnte es so ablaufen. Wir warten am Flughafen auf unseren Flug. Auf einmal gibt es ein Geschrei bei den Spielautomaten. Jemand hat den Jackpot gewonnen und mein Partner und ich machen den Fehler, dorthin zu sehen. In dem Moment sticht dir jemand – vielleicht ist es dein Kumpel Smokie – ein Stilett in den Hals. Das wäre dein Ende, und meine Freundin käme nach Hause zurück.«

»Was willst du Bosch?«

Bosch beugte sich zu ihm hinüber.

»Gib mir einen Grund, es nicht zu tun. Du interessierst

mich einen Scheiß, Goshen, tot oder lebendig. Aber ich werde ihr nichts zustoßen lassen. Ich habe in meinem Leben Fehler gemacht, Mann. Einmal habe ich mitverschuldet, daß ein unschuldiger Mensch ermordet wurde. Verstehst du mich? Ich werde so etwas nicht wieder zulassen. Dies hier ist für mich Sühne und Erlösung. Und wenn ich ein Stück Scheiße wie dich verkaufen muß, tu ich's. Es gibt nur eine Alternative. Du kennst Joey Marks. Wo würde er sie gefangen halten?«

»O Gott, das weiß ich nicht.«

Goshen massierte seinen Schädel.

»Denk nach, Goshen. Er macht sowas nicht zum ersten Mal. Ihr habt eure Gewohnheiten. Wo würde er jemanden festhalten, den man nicht finden soll?«

»Es gab ... es gibt ein paar Häuser, die er als Verstecke benutzt. Er würde ... hm, ich glaube, er würde sie bei den Samoanern unterbringen.«

»Wer ist das?«

»Riesengorillas. Samoaner. Es sind Brüder. Niemand kann ihre Namen aussprechen. Wir nennen sie Tom und Jerry. Sie wohnen in einem dieser Häuser. Joey würde ihr Haus nehmen. Das andere Haus wird mehr dazu benutzt, Bargeld zu zählen und Leute aus Chicago unterzubringen.«

»Wo ist das Haus von den Samoanern?«

»In North Vegas, nicht weit vom Dolly's.«

Bosch gab ihm ein Blatt aus seinem Notizbuch, und Goshen zeichnete eine primitive Karte mit Erklärungen.

»Warst du schon mal da, Goshen?«

»Ein paarmal.«

Bosch drehte das Blatt um.

»Zeichne den Grundriß von dem Haus.«

Bosch fuhr mit seinem verstaubten Wagen, den er vom Flughafen abgeholt hatte, auf die Auffahrt vor dem Mirage und sprang heraus. Ein Page kam auf ihn zu, aber Bosch ging an ihm vorbei.

»Sir, Ihre Schlüssel.«

»Ich bin in einer Minute zurück.«

Der Page protestierte, daß er seinen Wagen nicht hier stehen lassen könne, aber Bosch verschwand durch die Drehtür. Während er das Casino zur Eingangshalle des Hotels durchquerte, hielt er nach Edgar Ausschau. Sein Blick blieb bei jedem großen schwarzen Mann hängen, von denen es hier nur wenige gab. Er entdeckte Edgar nicht.

Er nahm den Hörer eines Haustelefons ab und ließ sich Edgars Zimmer geben. Als sich sein Partner meldete, atmete er hörbar erleichtert auf.

»Jerry, hier Bosch. Ich brauche deine Hilfe.«

»Was ist los?«

»Triff mich unten bei der Auffahrt vor dem Hotel.«

»Jetzt? Ich habe mir gerade Essen aufs Zimmer bringen lassen. Als du nicht ...«

»Jetzt sofort, Jerry. Hast du deine Weste von L. A. mitgebracht?«

»Meine Weste? Ja. Was ist ...«

»Bring sie mit.«

Bosch hängte ein, bevor Edgar weitere Fragen stellen konnte.

Als er sich umdrehte, um zum Ausgang zu gehen, begegnete er jemandem, den er kannte. Der Mann war gut angezogen, und Bosch dachte zuerst, daß es einer von Marks' Leuten war. Dann erinnerte er sich jedoch. Es war Hank Meyer vom Sicherheitsschutz.

»Detective Bosch, ich habe nicht erwartet, Sie hier zu sehen.«

»Heute abend erst angekommen. Wir holen hier jemanden ab.«

»Sie haben den Täter gefaßt?«

»Das glauben wir.«

»Gratuliere.«

»Hören Sie, Hank, ich muß gehen. Mein Wagen steht in der Auffahrt und blockiert den Verkehr.«

»Ach, das ist Ihr Wagen. Ich habe es gerade über Funk gehört. Gut, fahren Sie ihn bitte weg.«

»Bis später.«

Bosch versuchte, an ihm vorbeizugehen.

»Ach, Detective? Ich wollte Ihnen noch sagen, daß der Wettschein noch nicht eingelöst wurde.«

Bosch blieb stehen.

»Was?«

»Sie hatten uns gebeten zu überprüfen, ob jemand den Wettschein des Opfers von Freitagabend eingelöst hat. Auf die Dodgers?«

»Ach ja, richtig.«

»Wir haben uns die Computerbänder angesehen, die Registriernummer festgestellt und sie dann wieder in den Computer eingegeben. Niemand hat bis jetzt den Gewinn abgeholt.«

»Okay, danke.«

»Ich habe heute Ihr Revier angerufen, aber Sie waren nicht da. Ich wußte nicht, daß Sie herkommen. Aber wir werden weiter Ausschau halten.«

»Danke, Hank. Ich muß jetzt gehen.«

»Kein Problem. Wir danken Ihnen. Wir freuen uns immer, wenn wir mit der Polizei zusammenarbeiten und ihnen helfen können.«

Meyer lächelte breit. Bosch schaute zu ihm zurück. Es war, als hätte er ein Gewicht an sein Bein gebunden. Er schaffte es nicht wegzukommen. Bosch nickte nur und ging weiter. Als er fast die Eingangshalle durchquert hatte, drehte er sich um und sah, daß Meyer ihm noch immer folgte.

»Noch eins, Detective Bosch.«

Bosch blieb stehen, verlor aber die Geduld.

»Hank, was ist? Ich muß weg.«

»Nur einen Moment noch. Eine Bitte. Ich nehme an, daß die Polizei in L. A. die Verhaftung in der Presse bekanntgeben wird. Ich wüßte es zu schätzen, falls Sie dabei das Mirage nicht erwähnen würden. Das gilt auch für unsere Kooperation.«

»Kein Problem. Ich werde kein Wort sagen. Bis später, Hank.«

Bosch drehte sich um und ging. Es war unwahrscheinlich, daß das Mirage in einer Pressemitteilung erwähnt werden würde. Aber er verstand ihre Sorge. Jegliche Beziehung zu einem Verbrechen war rufschädigend. Meyer vermischte Public Relations mit Sicherheitsaufgaben. Vielleicht waren es aber auch nur zwei Seiten einer Münze.

Bosch erreichte seinen Wagen im gleichen Moment, als Edgar mit seiner kugelsicheren Weste herauskam. Bosch gab dem verärgerten Pagen einen Fünf-Dollar-Schein, sprang mit Edgar ins Auto und fuhr los.

Das Haus, von dem Goshen erzählt hatte, sah verlassen aus, als sie vorbeifuhren. Bosch stoppte den Wagen einen halben Block weiter.

»Ich bin mir immer noch nicht sicher, Harry«, sagte Edgar. »Vielleicht sollten wir Hilfe von der Polizei anfordern.«

»Ich hab dir schon gesagt, das geht nicht. Jemand bei der Polizei muß für Marks arbeiten. Sonst wäre er nie darauf gekommen, sie zu kidnappen. Wenn wir im Präsidium anrufen, wird er davon erfahren, und sie ist tot. Oder sie werden sie woanders hinbringen, bevor hier irgendein Cop erscheint. Das Beste ist, wir gehen rein und verständigen sie hinterher.«

»Wenn es ein Hinterher gibt. Wie zum Teufel sollen wir das machen? Sollen wir um uns schießen wie Cowboys? Das ist Scheiße, Harry.«

»Nein, alles was du tun sollst, ist, dich hinters Steuer zu setzen und bereit sein loszufahren. Es könnte sein, daß wir hier schnell verschwinden müssen.«

Bosch hatte gehofft, daß Edgar mit ihm hineingehen würde. Aber nachdem er mit ihm die Situation besprochen hatte, war ihm klar, daß Edgar sich nicht darauf einlassen würde. Also änderte er seinen Plan und machte Edgar zum Fahrer.

Bosch öffnete die Tür und schaute zu Edgar zurück, bevor er ausstieg.

»Du wirst hier warten, nicht wahr?«

»Ich werde hier sein. Laß dich bloß nicht umbringen. Ich habe keine Lust, das zu erklären.«

»Okay, ich werd mein Bestes tun. Gib mir deine Handschellen und öffne den Kofferraum.«

Bosch steckte die Handschellen in die Jackentasche und

ging zum Wagenheck. Er holte seine Weste aus dem Kofferraum und zog sie über sein Hemd. Dann zog er seine Jacke wieder an, um das Halfter zu verbergen. Er schlug die Matte auf dem Boden um und hob den Reservereifen. Darunter lag eine Glock 17, eingewickelt in einem Öllappen. Bosch zog das Magazin heraus, sah nach, ob die oberste Kugel Rostspuren aufwies, und lud die Waffe wieder. Er steckte die Pistole in seinen Gürtel. Falls er bei dieser Aktion schießen müßte, würde er es nicht mit seiner Dienstwaffe tun.

Er ging an der Fahrerseite vorbei, nickte Edgar zu und ging die Straße hinunter.

Das Haus war aus verputztem Betonstein und glich den anderen Häusern in der Straße. Nachdem er über einen hüfthohen Zaun gesprungen war, zog er seine Pistole aus dem Gürtel und hielt sie an der Seite während er am Haus vorbeiging. Kein Licht drang aus den Fenstern vorne an der Seite. Aber er konnte gedämpfte Fernsehgeräusche hören. Sie war hier. Er konnte es fühlen. Er wußte, daß Goshen die Wahrheit gesagt hatte.

Als er die Rückseite erreichte, sah er einen Swimmingpool im Garten und eine überdachte Veranda. Auf einer Betonplatte war eine Satellitenschüssel befestigt. Die moderne Mafia-Junggesellenbude. Man konnte nie wissen, wie lange man untertauchen mußte, also empfahl es sich fünfhundert Fernsehkanäle zu haben.

Zum Garten hin war ein Fenster beleuchtet. Er ging gebückt an der Rückseite des Hauses entlang, bis er es erreichte. Die Jalousien waren runtergelassen, aber aus nächster Nähe konnte er durch die Ritzen sehen. Er konnte zwei riesige Männer erkennen, von denen er annahm, daß es die Samoaner waren. Und Eleanor. Die Samoaner saßen auf einer Couch vor dem Fernseher. Eleanor auf einem Küchenstuhl neben der Couch. Ein Hand- und ein Fußgelenk waren mit Handschellen an den Stuhl gekettet. Ihr Gesicht wurde vom Schirm einer Stehlampe verdeckt. Aber er bemerkte, daß sie die Kleider trug, die sie an dem Tag angehabt hatte, als man sie aufs Präsidium gebracht hatte. Die drei sahen sich eine

Wiederholung der Mary-Tyler-Moore-Show an. Bosch fühlte Wut in sich aufsteigen.

Bosch hockte sich hin und überlegte, wie er sie aus dem Haus holen könnte. Er lehnte sich mit dem Rücken zur Wand und blickte über den Garten auf den schimmernden Pool. Er hatte eine Idee.

Nachdem er noch einmal durch die Jalousien geschaut und gesehen hatte, daß sich niemand bewegt hatte, ging Bosch zu der Satellitenschüssel an der Ecke des Hauses. Er steckte seine Pistole in den Gürtel, betrachtete die Vorrichtung einen Augenblick und drehte die Schüssel dann einfach herum, so daß sie auf den Boden gerichtet war.

Er mußte ungefähr fünf Minuten warten. Bosch schätzte, daß sie während der Zeit am Fernsehapparat herumgespielt und versucht hatten, das Bild wieder einzustellen. Schließlich ging ein Außenstrahler an, und die Hintertür wurde geöffnet. Einer der Samoaner mit langem dunklem Haar, das ihm über die Schulter fiel, und einem Hawaiihemd mit den Ausmaßen eines Zeltes betrat die Veranda.

Als der Mann vor der Satellitenschüssel stand, wußte er offensichtlich nicht, was er tun sollte. Er betrachtete sie einen Moment und ging dann zur anderen Seite, um einen besseren Blickwinkel zu finden. Er drehte Bosch den Rücken zu.

Bosch trat aus dem Schatten des Hauses hervor und stellte sich hinter ihn. Er drückte ihm den Lauf der Glock ins Kreuz.

»Keine Bewegung«, sagte er mit leiser aber ruhiger Stimme. »Und kein Wort, falls du nicht den Rest deines Lebens im Rollstuhl verbringen und in einen Plastikbeutel pissen willst.«

Bosch wartete. Der Mann bewegte sich nicht und war still.

»Wer bist du, Tom oder Jerry?«

»Jerry.«

»Okay, Jerry, wir werden über die Veranda gehen. Los.«

Sie gingen zu einem der Stahlpfeiler, die das Dach der Veranda abstützten. Bosch drückte dem Mann während der ganzen Zeit die Pistole aufs Hemd. Dann griff er in seine

Jackentasche und zog Edgars Handschellen heraus. Er reichte sie dem Mann.

»Okay, nimm sie und leg sie dir an, mit den Armen um den Pfeiler.«

Er wartete, bis er hörte, wie beide Seiten einschnappten. Dann kam er noch vor, überprüfte sie und stellte sie enger.

»Okay, das ist gut, Jerry. Nun, willst du, daß ich deinen Bruder umbringe? Ich könnte einfach reingehen, ihn abknallen und das Mädchen mitnehmen. Das wäre die einfache Lösung. Soll ich das tun?«

»Nein.«

»Dann tu genau, was ich dir sage. Wenn du Scheiße baust, stirbt er. Und du als nächster, weil ich es mir nicht leisten kann, Zeugen überleben zu lassen. Klar?«

»Ja.«

»Okay, ruf ihn – aber nicht bei seinem Namen, weil ich dir nicht traue – und frag, ob der Empfang wieder gut ist. Wenn er nein sagt, bitte ihn rauszukommen und dir zu helfen. Sag ihm, es wäre okay, weil sie gefesselt ist. Wenn du es richtig machst, Jerry, werden alle überleben. Wenn nicht, werden ein paar Leute sterben.«

»Wie soll ich ihn rufen?«

»Wie wär's mit ›Hey‹? Das müßte funktionieren.«

Jerry hielt sich an die Anweisungen und hatte Erfolg. Nach einigem Hin und Her kam der Bruder auf die Veranda und sah Jerry mit dem Rücken zu ihm stehen. Als er gerade begriff, daß etwas nicht stimmte, trat Bosch aus seinem toten Winkel heraus und drückte ihm die Waffe in den Rücken. Diesmal benutzte er seine eigenen Handschellen und fesselte den zweiten Bruder an den anderen Pfeiler. Er war noch etwas umfangreicher als sein Bruder und sein Hemd noch bunter.

»Okay, entspannt euch, Jungs. Ich bin in einer Minute zurück. Wer hat den Schlüssel für die Handschellen der Frau?«

Sie sagten beide: »Er hat sie.«

»Das ist nicht klug, Jungs. Ich will niemanden weh tun. Also, wer hat den Schlüssel?«

»Ich hab sie.«

Die Stimme kam von hinten, von der Verandatür. Bosch erstarrte.

»Langsam, Bosch. Wirf die Waffe in den Pool und dreh dich ganz langsam um.«

Bosch tat wie ihm geheißen und drehte sich um. Es war Smokie. Bosch konnte die Freude und den Haß in seinen Augen erkennen – sogar in der Dunkelheit. Er trat auf die Veranda und Bosch sah die Pistole in seiner rechten Hand. Er wurde wütend auf sich, daß er das Haus nicht weiter ausgekundschaftet und Jerry nicht gefragt hatte, ob sich außer seinem Bruder und Eleanor noch jemand im Haus befand. Smokie hob seine Waffe und preßte den Lauf gegen Boschs linke Wange, direkt unter das Auge.

»Jetzt weißt du, wie es sich anfühlt.«

»Ich sehe, du hast mit dem Boss gesprochen.«

»Genau. Wir sind nicht dumm, Mann. Du bist's. Wir wußten, daß du etwas in der Art versuchen würdest. Jetzt rufen wir ihn an und sehen, was er machen will. Aber zuerst nimmst du Tom und Jerry die Handschellen ab. Sofort.«

»Klar, Smokie.«

Bosch überlegte, ob er in seine Jacke nach der anderen Waffe greifen sollte, wußte aber, daß es Selbstmord wäre, solange Smokie seine Pistole aus so kurzer Entfernung auf ihn gerichtet hielt. Er griff langsam in seine Tasche, um die Schlüssel herauszuholen, als sich links von ihm etwas bewegte und er einen Ruf hörte.

»Keine Bewegung, du Arschloch!«

Es war Edgar. Smokie rührte keinen Muskel. Nach ein paar Augenblicken beiderseitigen Waffenstillstands griff Bosch in seine Jacke, holte seinen Revolver heraus und drückte Smokie den Lauf gegen den Hals. Sie starrten sich einen endlos langen Moment an.

»Also, was ist?« sagte Bosch schließlich. »Willst du versuchen, ob wir beide einen Schuß abdrücken können?«

Smokie sagte nichts, und Edgar kam herüber. Er preßte den Lauf seiner Waffe an Smokies Schläfe. Ein Lächeln breitete sich über Boschs Gesicht aus, er nahm Smokies Waffe und warf sie in den Pool.

»Ich hab gewußt, du würdest es nicht tun.«

Er sah zu Edgar hinüber und nickte ihm seinen Dank zu.

»Paßt du auf ihn auf? Ich hole sie.«

»Ich hab ihn. Und ich hoffe, das dicke fette Arschloch versucht was Dummes.«

Bosch durchsuchte Smokie nach weiteren Waffen und fand keine.

»Wo ist der Schlüssel für die Handschellen?« fragte er.

»Fuck you.«

»Erinnerst du dich an vorgestern Abend, Smokie? Willst du eine Wiederholung? Sag mir, wo der verdammte Schlüssel ist.«

Bosch glaubte, daß sein Schlüssel wahrscheinlich passen würde, wollte aber sichergehen und Smokie den Schlüssel abnehmen. Smokie stöhnte auf und sagte, daß der Schlüssel in der Küche auf der Arbeitsfläche lag.

Bosch ging mit gezogener Waffe ins Haus und hielt Ausschau nach weiteren Überraschungen. Es gab keine. Er holte den Schlüssel aus der Küche und ging ins Fernsehzimmer, wo Eleanor saß. Als er den Raum betrat und in ihre Augen blickte, sah er etwas, was er immer in seinem Andenken bewahren würde. Er glaubte nicht, daß man es je in Worte fassen könnte. Ihr Gesicht wurde sichtlich frei von Furcht, und ein Ausdruck von Sicherheit breitete sich darüber aus. Vielleicht sah er auch Dank. Vielleicht sahen Menschen so ihre Retter und Helden an. Er eilte zu ihr und kniete sich vor ihren Stuhl, um die Handschellen zu lösen.

»Bist du okay, Eleanor?«

»Ja, ja. Ich bin okay, Harry. Ich wußte, daß du kommen würdest.«

Er nahm ihr die Handschellen ab und schaute ihr ins Gesicht. Er nickte und umarmte sie schnell.

»Wir müssen weg.«

Die gingen hinten hinaus.

»Edgar, hast du ihn unter Kontrolle? Ich sehe nach, ob ich ein Telefon finden und Felton anrufen kann.«

»Ja, ich …«

»Nein«, sagte Eleanor. »Ruf sie nicht an. Ich will das nicht.«

Bosch sah sie an.

»Eleanor, was redest du da? Diese Typen haben dich gekidnappt. Wenn wir nicht gekommen wären, hätten sie dich morgen wahrscheinlich in die Wüste gefahren und verscharrt.«

»Ich will nicht die Polizei. Ich möchte nicht den ganzen Prozeß durchmachen. Ich möchte, daß es zu Ende ist.«

Bosch schaute sie lange an.

»Edgar, hast du ihn?«

»Ich hab ihn.«

Bosch ging zu Eleanor, griff sie beim Arm und führte sie zurück ins Haus. Als sie an einer Nische bei der Küche vorbeikamen, weit genug entfernt, daß die anderen sie nicht hören konnten, blieb er stehen und schaute sie an.

»Eleanor, was geht hier vor?«

»Nichts. Ich will nur nicht ...«

»Haben sie dich verletzt?«

»Nein, ich ...«

»Haben sie dich vergewaltigt?«

»Nein, Harry. Nichts dergleichen. Ich möchte nur, daß Schluß ist.«

»Hör mir zu, wir können Marks, seinen Anwalt und die drei Arschlöcher auf der Veranda in den Knast werfen. Deshalb bin ich hier. Weil Marks mir gesagt hat, daß er dich hat.«

»Mach dir nichts vor, Harry. Du wirst ihm mit dieser Sache nichts anhaben können. Was hat er dir wirklich gesagt? Und wer wird dein Zeuge sein? Ich? Schau mich an. Ich bin ein entlassener Zuchthäusler, Harry. Nicht nur das, ich bin ehemalige FBI-Agentin. Was meinst du, was ein Winkeladvokat der Mafia damit alles anfangen kann.«

Bosch sagte nichts. Er wußte, daß sie recht hatte.

»Nun, ich werde das Kreuz nicht auf mich nehmen«, sagte sie. »Ich habe meine Dosis Realität bekommen, als sie mich aus dem Haus gezerrt und aufs Präsidium gebracht haben. Ich schulde der Polizei keinen Gefallen. Kannst du mich jetzt hier rausbringen?«

»Solange du dir sicher bist. Du kannst deine Meinung nicht mehr ändern, wenn wir hier weg sind.«

»Ich bin mir so sicher, wie ich es jemals sein werde.«

Bosch nickte und führte sie wieder auf die Veranda hinaus.

»Es ist euer Glückstag, Jungs«, sagte er zu den drei Gorillas. Und an Edgar gewandt: »Wir hauen ab. Wir sprechen später darüber.«

Edgar nickte bloß. Bosch ging zu den Samoanern und nahm ihnen die Handschellen ab und legte ihnen ihre eigenen an. Als er fertig war, hielt er den Schlüssel vors Gesicht des kleineren Riesen und warf ihn dann in den Swimmingpool. Er ging zu dem Zaun, der hinter dem Pool verlief, und nahm sich eine lange Stange, an deren Ende ein Netz befestigt war. Er fischte seine Pistole vom Grund des Beckens und gab sie Eleanor. Dann ging er zu Smokie zurück, der ganz in Schwarz gekleidet war. Edgar stand neben ihm, den Lauf seiner Waffe an dessen Schläfe gepreßt.

»Ich hätte dich ohne deinen Smoking fast nicht erkannt. Könntest du Joey Marks etwas ausrichten?«

»Ja. Was?«

»›Fuck you‹. Das ist alles, was du ihm sagen sollst.«

»Das wird er nicht gern hören.«

»Das ist mir egal. Er hat Glück, daß ich ihm keine drei Leichen hier als Botschaft zurücklasse.«

Bosch schaute zu Eleanor hinüber.

»Gibt es noch etwas, was du sagen oder tun möchtest?«

Sie schüttelte den Kopf.

»Dann hauen wir jetzt ab. Leider fehlt uns ein Paar Handschellen, Smokie. Das tut mir leid für dich.«

»Da ist ein Tau im ...«

Bosch schlug ihm mit dem Griff seiner Waffe auf den Nasenrücken und zertrümmerte das letzte Stück Knochen, das beim vorigen Mal noch nicht gebrochen war. Smokie fiel auf die Knie und stürzte dann nach vorn. Sein Gesicht klatschte auf den Fliesen der Veranda auf.

»Mein Gott, Harry!«

Es war Edgar. Der plötzlich Gewaltausbruch hatte ihn geschockt.

Bosch starrte ihn einen Moment an und sagte dann: »Gehen wir.«

Als sie Eleanors Apartment erreichten, parkte Bosch den Wagen mit dem Heck zur Wohnungstür und ließ den Kofferraum aufspringen.

»Wir haben nicht viel Zeit«, sagte er. »Jerry, du bleibst hier und paßt auf, ob jemand kommt. Eleanor, du kannst in den Kofferraum packen, was reinpaßt. Mehr kannst du nicht mitnehmen.«

Sie nickte. Das Kapitel Las Vegas war für sie zu Ende. Sie konnte nicht länger hierbleiben, nicht nach dem, was hier passiert war. Bosch fragte sich, ob ihr klar war, daß er für alles verantwortlich war. Sie hätte ihr Leben hier weiterleben können, hätte er nicht mit ihr Kontakt aufnehmen wollen.

Sie stiegen aus, und Bosch folgte Eleanor in die Wohnung. Sie betrachtete einen Moment die aufgebrochene Tür, bis er ihr erklärte, daß er es getan hatte.

»Warum?«

»Als ich nichts mehr von dir hörte, dachte ich ... Ich dachte an etwas anderes.«

Sie nickte wieder. Sie verstand auch das.

»Es gibt nicht viel«, sagte sie, als sie sich umsah. »Der meiste Kram bedeutet mir nichts. Wahrscheinlich brauch ich noch nicht mal den ganzen Kofferraum.«

Sie ging ins Schlafzimmer, nahm einen alten Koffer aus dem Wandschrank und begann ihn mit Kleidern zu füllen. Als er voll war, brachte Bosch ihn hinaus zum Wagen. Als er zurückkam, war sie dabei, einen Karton mit den restlichen Kleidern und anderen persönlichen Sachen zu füllen. Er sah, wie sie ein Fotoalbum einpackte. Dann ging sie ins Bad, um das Arzneischränkchen leerzuräumen.

Aus der Küche nahm sie nur einen Korkenzieher und einen Kaffeebecher mit einer Abbildung des Mirage-Hotels mit.

»Den hab ich an dem Abend gekauft, als ich vierhundertdreiundsechzig Dollar gewonnen habe«, erklärte sie. »Ich habe an dem teuren Tisch gespielt. Das ist eigentlich weit über meiner Gewichtsklasse, aber ich habe gewonnen. Daran möchte ich mich immer erinnern.«

Sie legte den Becher oben auf den vollen Karton und sagte: »Das ist alles. Das ist alles, was ich in meinem Leben erreicht habe.«

Bosch betrachtete sie einen Moment und trug dann den Karton hinaus zum Wagen. Er hatte etwas Mühe, ihn neben dem Koffer im Kofferraum zu verstauen. Als er es geschafft hatte, drehte er sich um, um Eleanor zuzurufen, daß sie gehen müßten, aber sie stand schon hinter ihm mit dem gerahmten Poster von Edward Hoppers *Nighthawks*. Sie hielt es vor ihren Körper wie ein Schutzschild.

»Wird das hineinpassen?«

»Sicher. Wir werden schon Platz finden.«

Beim Mirage fuhr Bosch wieder auf die Auffahrt. Der Chefpage verzog sein Gesicht, als er den Wagen erkannte. Bosch stieg aus und zeigte dem Mann flüchtig seine Dienstmarke, damit er nicht merkte, daß sie nicht von Las Vegas war, und gab ihm zwanzig Dollar.

»Polizei, dienstliche Angelegenheit. Es wird höchstens zwanzig oder dreißig Minuten dauern. Ich muß den Wagen hier lassen, weil wir danach gleich los müssen.«

Der Chefpage betrachtete die zwanzig Dollar in seiner Hand, als wären es menschliche Fäkalien. Bosch griff in seine Tasche, zog noch einen Zwanziger heraus und gab ihn ihm.

»Okay?«

»Okay. Geben Sie mir die Schlüssel.«

»Nein, ich behalte die Schlüssel, und niemand rührt das Auto an.«

Bosch mußte das Poster aus dem Kofferraum nehmen, um an Eleanors Koffer und den Kasten mit dem Putzzeug für seine Waffe zu kommen, den er dort verwahrte. Dann verstaute er wieder die restlichen Sachen im Kofferraum und schleppte den Koffer ins Hotel. Ein Portier wollte ihm helfen, aber er winkte ab. In der Eingangshalle stellte er den Koffer hin und schaute Edgar an.

»Jerry, vielen Dank«, sagte er. »Du hast mir echt geholfen. Eleanor wird sich umziehen, und dann bring ich sie zum Flughafen hinaus. Ich werde wahrscheinlich erst spät zurückkommen. Am besten treffen wir uns hier um acht und fahren dann zum Gericht.«

»Bist du sicher, daß du mich nicht für die Fahrt zum Flughafen brauchst?«

»Nein, ich glaube, wir sind sicher. Marks wird nichts versuchen. Falls wir Glück haben, wird Smokie noch ein oder zwei Stunden schlummern. Ich werde mich jetzt anmelden.«

Er ließ Eleanor bei Edgar zurück und ging zum Empfang. Er mußte nicht warten, es war spät. Nachdem er dem Hotelangestellten seine Kreditkarte gegeben hatte, schaute er zurück und sah, wie Eleanor sich von Edgar verabschiedete. Er streckte seine Hand aus, und sie schüttelte sie, zog ihn dann aber heran, um ihn zu umarmen. Danach ging Edgar und verschwand in der Menschenmenge des Casinos.

Eleanor wartete, bis sie in seinem Zimmer waren, bevor sie sprach.

»Warum soll ich heute abend zum Flughafen? Du hast gesagt, du bezweifelst, daß sie etwas tun würden.«

»Weil ich sichergehen will, daß du in Sicherheit bist. Morgen kann ich mich nicht mehr darum kümmern. Ich muß zum Gericht, und dann muß ich Goshen nach L. A. fahren. Ich muß wissen, daß du in Sicherheit bist.«

»Wohin soll ich gehen?«

»Du könntest in ein Hotel, aber ich glaube, mein Haus ist sicherer. Weißt du noch, wo es ist?«

»Ja, in den Hügeln. Unterhalb vom Mulholland Drive?«

»Ja. Woodrow Wilson Drive. Ich geb dir den Schlüssel. Nimm dir ein Taxi vom Flughafen, und ich werde spätestens morgen abend da sein.«

»Und dann?«

»Ich weiß nicht. Es wird uns schon was einfallen.«

Sie setzte sich auf die Bettkante, und Bosch setzte sich neben sie. Er legte ihr den Arm um die Schultern.

»Ich weiß nicht, ob ich wieder in L. A. leben könnte.«

»Es wird uns schon was einfallen.«

Er lehnte sich zu ihr hinüber und küßte sie auf die Wange.

»Küß mich nicht. Ich brauche dringend eine Dusche.«

Er küßte sie noch einmal und zog sie dann aufs Bett herunter. Heute abend liebten sie sich anders. Sie waren zärtlicher, langsamer. Sie fanden den Rhythmus des anderen.

Hinterher duschte Bosch und säuberte dann mit Öl und einem Lappen aus dem Putzkasten die Glock, die er in den Pool geworfen hatte. Er betätigte Hebel und Bolzen mehrmals, um sich zu vergewissern, daß die Waffe funktionierte. Dann lud er das Magazin mit neuer Munition. Schließlich ging er zum Wandschrank, holte einen Plastikbeutel für Wäsche heraus, steckte die Pistole hinein und schob alles zwischen die gefalteten Kleider in Eleanors Koffer.

Nach ihrer Dusche zog Eleanor sich ein gelbes Sommerkleid aus Baumwolle an und flocht sich die Haare hinten eng zusammen. Bosch schaute bewundernd zu, wie geschickt sie war. Als sie fertig war, schloß er den Koffer, und sie verließen das Zimmer. Unten vor dem Portal eilte der Chefpage auf sie zu, als Bosch den Koffer einlud.

»Beim nächsten Mal sind dreißig Minuten wirklich dreißig Minuten und nicht eine Stunde.«

»Entschuldigung.«

»Eine Entschuldigung hätte mir nicht viel geholfen, wenn ich meinen Job verloren hätte.«

Bosch ignorierte ihn und stieg in den Wagen. Auf dem Weg zum Flughafen versuchte er seine Gedanken in klare Sätze zu fassen, um sie ihr dann vorzutragen. Aber es klappte nicht, seine Gefühle wirbelten alles durcheinander.

»Eleanor«, sagte er schließlich. »Alles, was passiert ist, ist meine Schuld. Und ich möchte es wieder gutmachen.«

Sie streckte den Arm aus und legte ihre Hand auf sein Bein. Er legte seine Hand auf ihre. Sie sagte nichts.

Am Flughafen parkte Bosch sein Auto vor dem Southwest-Terminal und holte ihren Koffer aus dem Kofferraum. Er verschloß seine eigene Waffe und Dienstmarke darin, damit er ohne Probleme den Metalldetektor passieren konnte.

Es gab noch einen letzten Flug nach L. A., der in zwanzig

Minuten ging. Bosch kaufte ihr ein Ticket und gab ihren Koffer auf. Die Pistole würde kein Problem sein, solange der Koffer beim Gepäck war. Danach führte er sie zum Flugsteig, wo die Schlange der Passagiere sich schon den Gang zum Flugzeug hinunterbewegte.

Bosch machte den Schlüssel zu seinem Haus vom Schlüsselring ab, reichte ihn ihr und gab ihr die genaue Adresse.

»Es ist nicht mehr so, wie du dich vielleicht daran erinnerst«, sagte er. »Das Haus wurde vom Erdbeben zerstört. Es ist wieder neu aufgebaut und noch nicht ganz fertig. Aber es ist okay. Die Bettwäsche, hm … wahrscheinlich hätte ich sie schon vor ein paar Tagen waschen sollen, aber ich hatte keine Zeit. Im Wandschrank im Flur sind frische Laken.«

Sie lächelte.

»Mach dir keine Sorgen. Ich werde schon alles finden.«

»Hm, hör zu. Wie ich schon sagte, ich glaube nicht, daß du noch Angst haben mußt. Aber für alle Fälle habe ich dir die Glock in den Koffer gelegt. Deshalb habe ich ihn als Gepäck aufgegeben.«

»Du hast sie gesäubert, als ich geduscht habe, nicht wahr? Ich habe Öl gerochen, als ich rauskam.«

Er nickte.

»Danke, aber ich glaube, ich werde sie nicht brauchen.«

»Wahrscheinlich nicht.«

Sie sah zur Schlange hinüber. Die letzten Leute gingen an Bord. Sie mußte gehen.

»Du hast viel für mich getan, Harry. Ich danke dir.«

Er verzog das Gesicht.

»Nicht genug. Nicht genug, um alles wieder gutzumachen.«

Sie stellte sich auf die Zehen und küßte ihn dann auf die Wange.

»Good bye, Harry.«

»Good bye, Eleanor.«

Er sah ihr nach, wie sie ihren Flugschein abgab und durch die Tür ging. Sie drehte sich nicht um, und eine innere Stimme flüsterte ihm zu, daß er sie vielleicht nie wieder sehen würde. Aber er vertrieb den Gedanken aus seinem Bewußtsein und ging durch den fast leeren Flughafen zurück. Bosch spürte, wie ihn ein tiefes Gefühl von Einsamkeit überkam.

Das einzige Problem am Donnerstagmorgen im Gericht ergab sich vor der Anhörung, als Weiss aus dem Zellentrakt kam, wo er sich mit seinem Klienten getroffen hatte, und Bosch und Edgar auf dem Korridor sah, die sich mit Lipson besprachen, dem Staatsanwalt, der für die Auslieferung zuständig war. Gregson, von der Staatsanwaltschaft in L. A., war nicht hergeflogen. Weiss und Lipson hatten ihm beide versichert, daß Goshen keinen Einspruch einlegen würde, nach Kalifornien gebracht zu werden.

»Detective Bosch«, sagte Weiss, »ich war gerade bei meinem Klienten, und er hat mich gebten, etwas von der Anhörung für ihn herauszufinden. Er sagte, er wolle eine Antwort, bevor er sein Recht auf Einspruch nicht wahrnimmt. Ich weiß nicht, worum es geht, aber ich hoffe, daß Sie keinen Kontakt mit meinem Klienten aufgenommen haben.«

Bosch setzte eine besorgte und verwirrte Miene auf.

»Was will er wissen?«

»Er will nur wissen, ob gestern abend alles geklappt hat – was immer das heißen soll. Ich würde gern wissen, was hier vorgeht.«

»Sagen Sie ihm, es ist alles okay.«

»Was ist okay, Detective?«

»Überbringen Sie nur die Nachricht. Falls Ihr Klient es Ihnen mitteilen will, kann er es Ihnen sagen.«

Weiss schlich sich zum Zellentrakt davon.

Bosch schaute auf die Uhr. Es war fünf vor neun, und er schätzte, daß der Richter nicht vor Punkt neun Uhr im Saal erscheinen würde. Kein Richter hatte je so etwas getan. Er griff in seiner Tasche nach den Zigaretten.

»Ich gehe nach draußen rauchen«, sagte er zu Edgar.

Bosch nahm den Aufzug nach unten und ging zum Vorderausgang des Gerichts. Es war sehr warm draußen. Wahrscheinlich würde es wieder bullenheiß. In Las Vegas war das im September so gut wie garantiert. Er war froh, daß sie bald fahren würden. Aber er wußte, daß die Fahrt durch die Wüste sehr ungemütlich sein würde.

Er bemerkte Mickey Torrino erst, als er einen Meter von ihm entfernt stand. Der Anwalt rauchte ebenfalls eine Zigarette, bevor er sich an sein Tagwerk machte und die Rechtsinteressen der Mafia vertrat. Bosch nickte ihm zu, und Torrino erwiderte den Gruß.

»Ich schätze, Sie haben gehört, daß es keinen Deal gibt.«

Torrino sah sich um, ob sie beobachtet wurden.

»Ich weiß nicht, wovon Sie reden, Detective.«

»Ja, ich weiß. Ihr Typen wißt nie etwas.«

»Ich weiß jedoch, daß Sie in diesem Fall einen großen Fehler machen. Falls es Sie interessieren sollte.«

»Ich glaube nicht. Wenigstens nicht im großen Rahmen. Vielleicht haben wir nicht den Killer, aber wir haben den Typen, der die Operation geplant hat. Und wir werden uns den Typen schnappen, der den Befehl gegeben hat. Wer weiß, vielleicht buchten wir die ganze Organisation ein. Für wen würden Sie dann arbeiten. Das heißt, falls wir Sie nicht auch noch kriegen.«

Torrino lächelte und schüttelte den Kopf, als würde er mit einem dummen Kind sprechen.

»Sie wissen nicht, mit wem Sie es zu tun haben. Sie werden keinen Erfolg haben. Vielleicht können Sie Goshen hinter Gittern halten, aber das ist auch alles. Mehr bekommen Sie nicht.«

»Wissen Sie, Lucky hört nicht auf zu behaupten, das Ganze sei eine Konspiration. Er denkt, daß die Polizei dahintersteckt. Ich weiß natürlich, daß das Quatsch ist, aber vielleicht steckt doch eine Konspiration dahinter. Ich muß zugeben, es ist schwer zu verstehen, warum er die Waffe behalten hat. Allerdings habe ich schon Dümmeres erlebt. Falls es aber eine Verschwörung gibt, und die Polizei es nicht war, wer dann? Warum würde Joey Marks seinen eigenen Mann reinlegen, wenn der dann singt und ihn belastet? Es macht keinen Sinn. Wenigstens nicht für Joey. Aber dann habe ich mich gefragt, wie wäre es, wenn ich Joeys rechte

Hand wäre – sagen wir sein Anwalt – und wollte Boss werden? Verstehen Sie mich? Es wäre eine elegante Methode, meinen nächsten Konkurrenten und Joey gleichzeitig zu eliminieren. Meinen Sie, mit der Theorie hätte ich mehr Erfolg?«

»Falls Sie diesen unausgegorenen Mist irgend jemandem erzählen, wird es Ihnen sehr leid tun.«

Bosch trat einen Schritt näher, so daß ihre Gesichter nur eine Handspanne von einander entfernt waren.

»Falls Sie mir noch einmal drohen sollten, wird es *Ihnen* sehr leid tun. Falls Eleanor Wish je etwas passieren sollte, mache ich Sie persönlich dafür verantwortlich, Sie Arschloch. Und ›Leid‹ drückt wahrscheinlich nicht voll aus, wie es Ihnen dann ergehen wird.«

Torrino hielt seinem Blick nicht stand und machte einen Schritt zurück. Ohne ein weiteres Wort entfernte er sich und ging aufs Gerichtsportal zu. Als er die schwere Glastür öffnete, schaute er zu Bosch zurück und verschwand dann.

Als Bosch den zweiten Stock erreichte, kam Edgar aus dem Gerichtssaal, gefolgt von Weiss und Lipson. Bosch schaute auf die Wanduhr. Es war fünf nach neun.

»Harry, wo warst du? Hast du 'ne ganze Packung geraucht?« fragte Edgar.

»Was ist passiert?«

»Es ist zu Ende. Er hat keinen Einspruch erhoben. Wir müssen den Wagen hinten ranfahren und zum Entlassungsschalter gehen. Wir übernehmen ihn in fünfzehn Minuten.«

»Detectives«, sagte Weiss. »Ich möchte in allen Einzelheiten wissen, wie Sie meinen Klienten überführen und was für Sicherheitsmaßnahmen Sie getroffen haben.«

Bosch legte seinen Arm um Weiss' Schulter und lehnte sich vertraulich an ihn. Sie standen vor den Aufzügen.

»Die erste Sicherheitsmaßnahme ist, niemandem zu sagen, wie und wann wir ihn nach L. A. transportieren. Das betrifft auch Sie, Mr. Weiss. Sie brauchen nur zu wissen, daß er morgen früh vor dem Haftrichter des städtischen Gerichts erscheinen wird.«

»Einen Moment mal. Sie können nicht …«

»Doch, wir können Mr. Weiss«, sagte Edgar, als sich die Tür eines Aufzugs öffnete. »Ihr Klient hat darauf verzichtet, Einspruch einzulegen, und in fünfzehn Minuten ist er in unserer Obhut. Und wir werden keinerlei Information über Sicherheitsvorkehrungen hier, dort oder den Transport betreffend mitteilen. Wenn Sie uns jetzt bitte entschuldigen würden.«

Sie ließen ihn stehen und stiegen in den Aufzug. Während sich die Türen schlossen, schrie Weiss ihnen noch nach, daß sie nicht mit seinem Klienten sprechen dürften, bis sein Rechtsbeistand in Los Angeles sich mit ihm getroffen hätte.

Eine halbe Stunde später verschwand der Strip im Rückspiegel und sie fuhren in die Wüste.

»Sag good bye, Lucky«, sagte Bosch. »Du wirst nicht mehr zurückkommen.«

Als Goshen nichts sagte, schaute Bosch in den Spiegel. Der hünenhafte Mann saß mißmutig auf dem Rücksitz. Seine Arme waren mit Handschellen an eine schwere Kette gefesselt, die ihm um die Taille ging. Er erwiderte Boschs Blick, und für einen Moment glaubte Bosch, den gleichen Ausdruck zu erkennen, den er schon einmal in Goshens Schlafzimmer gesehen hatte, bevor er ihn wie ein ungezogenes Kind wieder unterdrückt hatte.

»Fahr«, sagte er, nachdem er seine Fassung wiedergewonnen hatte. »Ich spreche nicht mit dir.«

Bosch schaute wieder vor sich auf die Straße und er lächelte.

»Vielleicht nicht jetzt. Aber wir werden sprechen. Später.«

5.

Als Bosch und Edgar das Zentrale Männergefängnis in der Stadtmitte von Los Angeles verließen, summte Boschs Piepser. Er kannte die Nummer auf der Anzeige nicht, aber die ersten drei Zahlen 485 verrieten, daß ihn jemand vom Parker Center aus anrief. Er nahm sein Handy aus der Aktentasche und wählte die Nummer. Lieutenant Billets meldete sich am Apparat.

»Detective, wo sind Sie?«

An der Anrede erkannte er, daß sie wahrscheinlich nicht allein war. Der Umstand, daß sie statt von ihrem Büro in Hollywood vom Parker Center aus anrief, legte die Vermutung nahe, daß etwas falsch gelaufen war.

»Beim Zentralen Männergefängnis. Was ist los?«

»Ist Luke Goshen bei Ihnen?«

»Nein, wir haben ihn gerade abgeliefert. Warum, was ist los?«

»Geben Sie mir seine Registrierungsnummer.«

Bosch zögerte einen Moment, klemmte sich dann jedoch das Telefon unters Kinn und öffnete die Aktentasche, um die Übergabebescheinigung herauszuholen. Nachdem er Billets die Registrierungsnummer gegeben hatte, fragte er sie noch einmal, was los war. Und wieder ignorierte sie seine Frage.

»Detective«, sagte sie. »Ich möchte, daß Sie sofort zum Parker Center kommen. Zum Konferenzraum im fünften Stock.«

Im fünften Stock waren die Büros der Polizeiführung untergebracht. Außerdem befanden sich dort die Räume der Abteilung interne Ermittlungen. Bosch zögerte, bevor er schließlich antwortete.

»Klar, Grace. Soll Jerry auch mitkommen?«

»Richten Sie Detective Edgar aus, er solle sich zum Hollywood-Revier begeben. Ich werde ihn dort anrufen.«

»Wir haben nur einen Wagen.«

»Dann sagen Sie ihm, er soll sich ein Taxi nehmen und es abrechnen. Beeilen Sie sich, Detective. Wir warten hier auf Sie.«

»Wir? Wer wartet?«

Sie legte auf, und Bosch starrte das Telefon eine Weile an.

»Worum geht es?« fragte Edgar.

»Keine Ahnung.«

Bosch stieg im fünften Stock aus dem Aufzug und ging den menschenleeren Korridor zum Konferenzraum hinunter. Er wußte, es war die letzte Tür vor dem Eingang zum Büro des Police Chiefs am Ende des Gangs. Das gelb angelaufene Linoleum war vor kurzem gebohnert worden, und während er mit gesenktem Kopf seinem Schicksal entgegenging, sah er seinen dunklen Schatten seinen Schritten vorauseilen.

Die Tür zum Konferenzraum war offen, und als Bosch eintrat, richteten sich alle Augen auf ihn. Er erkannte Lieutenant Billets und Captain LeValley vom Hollywood-Revier und die bekannten Gesichter von Deputy Chief Irvin Irving und einem Schielauge namens Chastain von der Abteilung für interne Ermittlungen. Die anderen vier Männer, die um den langen Konferenztisch saßen, waren ihm unbekannt. Nach ihren konservativen grauen Anzügen zu schließen, waren sie vom FBI.

»Detective Bosch, setzen Sie sich«, sagte Irving.

Irving erhob sich und stand kerzengerade in eng anliegender Uniform. Die Wölbung seines rasierten Schädels glänzte unter der Neonbeleuchtung. Er wies auf einen leeren Stuhl am Ende des Tisches. Bosch zog den Stuhl heraus und setzte sich langsam, während sich seine Gedanken überschlugen. Er wußte, daß diese Versammlung von Platzhirschen und FBI-Agenten zu umfangreich war, um etwas mit Eleanor Wish zu tun zu haben. Irgend etwas anderes ging vor, und es betraf nur ihn. Ansonsten hätte Billets auch Edgar herkommen lassen.

»Wer ist gestorben?« fragte Bosch.

Irving ignorierte seine Frage. Als Bosch seinen Blick nach links schweifen ließ, wo Billets saß, schaute sie weg.

»Detective, wir müssen Ihnen ein paar Frage stellen, die Ihre Ermittlungen im Aliso-Fall betreffen«, sagte Irving.

»Was sind die Anschuldigungen?« erwiderte Bosch.

»Es gibt keine Anschuldigungen«, antwortete Irving ruhig. »Wir müssen nur ein paar Sachen klären.«

»Wer sind diese Personen?«

Irving stellte die vier Fremden vor. Bosch hatte sich nicht geirrt, sie waren vom FBI. John O'Grady aus L. A., Dan Ekeblad aus Las Vegas und Wendell Werris aus Chicago. Der vierte im Bunde war John Samuels, stellvertretender U. S.-Staatsanwalt von der Sonderkommission für organisiertes Verbrechen.

Keiner von ihnen reichte Bosch die Hand, niemand nickte. Alle starrten Bosch mit verächtlichem Blick an. Da sie für Bundesbehörden arbeiteten, war ihnen die Abscheu vor dem LAPD bei der Ausbildung eingeimpft worden. Bosch wußte immer noch nicht, was hier vor sich ging.

»Okay«, sagte Irving. »Zuerst werden wir ein paar Sachen klären. Ich werde Mr. Samuels die Fragen stellen lassen.«

Samuels strich sich mit einer Hand über seinen dicken schwarzen Schnurrbart und beugte sich vor. Er saß auf dem Stuhl am anderen Ende des Tisches. Vor sich hatte er einen gelben Schreibblock, wie ihn Rechtsanwälte benutzten, aber er lag zu weit weg, und Bosch konnte nicht lesen, was darauf stand. Er hielt einen Kugelschreiber in der linken Hand und markierte mit ihm, an welcher Stelle er gerade war.

»Fangen wir an mit der Durchsuchung von Luke Goshens Haus in Las Vegas«, begann er, auf seine Notizen schauend. »Wer genau hat die Pistole gefunden, die später als Tatwaffe im Aliso-Fall identifiziert wurde?«

Bosch zog seine Augenbrauen zusammen. Er versuchte wieder Billets anzusehen, aber sie hatte ihren Blick vor sich auf den Tisch gerichtet. Während er die anderen Gesichter streifte, sah er, wie Chastain grinste. Das überraschte ihn nicht. Er hatte bei der Polizei den Spitznamen Chastain-Bestätigt. Wenn bei der Polizei Dienstvergehen untersucht wurden, endete die Untersuchung der Vorwürfe durch die Abteilung für interne Ermittlungen vor dem Personalausschuß. Der Ausschuß befand dann, ob die Vorwürfe bestätigt oder unbestätigt waren. Chastain hatte eine hohe Erfolgsrate von bestätigten Vergehen und trug seinen Spitznamen wie eine Ehrenmedaille.

»Falls ich Objekt einer internen Ermittlung bin, habe ich meines Erachtens Anspruch auf Rechtsbeistand«, sagte Bosch. »Ich weiß nicht, worum es hier geht, aber ich muß Ihnen nichts erzählen.«

»Detective«, sagte Irving und schob ihm ein Blatt Papier über den Tisch. »Dies ist ein vom Police Chief unterzeichneter Befehl, mit diesen Leuten zu kooperieren. Falls Sie sich weigern, werden Sie sofort ohne Besoldung suspendiert. Dann wird Ihnen von der Gewerkschaft ein Rechtsbeistand gestellt.«

Bosch schaute auf das Schreiben. Es war ein Standardformular,und er hatte schon vorher solche vorgelegt bekommen. Sie trieben einen in die Enge und stellten einen vor die Alternative, zu sprechen oder am Hungertuch zu nagen.

»Ich habe die Waffe gefunden«, sagte Bosch, ohne vom Formular aufzusehen. »Sie war im Badezimmer, eingepackt in Plastik und zwischen Wasserbehälter und Wand versteckt.«

»Waren Sie allein, als Sie angeblich die Waffe dort fanden?«

»Angeblich? Soll das heißen, ich war nicht da?«

»Beantworten Sie nur meine Frage, bitte.«

Bosch schüttelte angeekelt den Kopf. Er wußte nicht, was hier vorging, aber es war schlimmer, als er erwartet hatte.

»Ich war nicht allein. Das Haus war voll von Polizisten.«

»Waren Sie mit Ihnen im Badezimmer?« fragte O'Grady.

Bosch starrte O'Grady wortlos an. Er war mindestens zehn Jahre jünger als Bosch – mit dem Saubermann-Look, den das FBI so schätzte.

»Ich dachte, Mr. Samuels würde die Befragung durchführen«, sagte Irving.

»Das tu ich auch«, sagte Samuels. »War irgendeiner der Polizisten mit Ihnen im Badezimmer, als Sie die Waffe fanden?«

»Ich war allein. Sobald ich sie sah, rief ich einen der Uniformierten herein, damit er sie sich ansehen konnte, bevor ich die Waffe berührte. Falls es hier darum geht, daß Goshens Anwalt behauptet, wir hätten die Waffe versteckt, kann ich nur sagen, das ist totaler Quatsch. Die Waffe war da, und außerdem haben wir noch andere Beweismittel gegen ihn. Motiv, Fingerabdrücke ... Warum sollte ich eine Waffe verstecken?«

»Um den Fall niet- und nagelfest abzuschließen«, sagte O'Grady.

Bosch blies angewidert den Atem aus.

»Typisch FBI. Ihr laßt alles stehen und liegen, um euch einen L. A.-Cop vorzunehmen, nur weil irgendein dreckiger Gangster mal gefurzt hat. Bekommt ihr eine Weihnachtszulage, wenn ihr einen Polizisten schnappt? Und eine doppelte, falls es ein Cop aus L. A. ist? Fuck you, O'Grady. Verstanden?«

»Jaja, fick mich. Beantworte die Fragen.«

»Dann stell sie!«

Samuels nickte, als hätte Bosch einen Punkt erzielt, und schob seinen Stift auf dem Schreibblock einen Zentimeter weiter nach unten.

»Wissen Sie«, fragte er, »ob einer der anderen Polizisten das Badezimmer betreten hat, bevor Sie es durchsuchten und die Waffe fanden?«

Bosch versuchte sich in Erinnerung zu rufen, was die Polizisten gemacht hatten. Er war sicher, daß niemand ins Badezimmer gegangen war – ausgenommen, daß jemand sich schnell versichert hatte, daß sich niemand dort versteckt hielt.

»Ich bin nicht ganz sicher«, sagte er. »Aber ich bezweifle es. Wenn jemand hinein ist, reichte die Zeit sicher nicht aus, um die Waffe zu verstecken. Sie war schon da.«

Samuels nickte wieder, sah auf seinen Schreibblock und schaute dann Irving an.

»Chief Irving, ich glaube, das ist alles im Moment. Wir bedanken uns für Ihre Kooperation, und ich denke, wir werden bald wieder miteinander sprechen.«

Samuels erhob sich.

»Einen Moment mal«, sagte Bosch. »Das ist alles? Sie wollen einfach aufstehen und gehen? Was zum Teufel ist hier los? Ich verdiene eine Erklärung. Wer hat die Beschwerde eingereicht? Goshens Anwalt? Falls ja, werde ich eine Beschwerde gegen ihn einreichen.«

»Ihr Deputy Chief kann mit Ihnen darüber sprechen, falls er es will.«

»Nein, Samuels. Sie werden es mir erklären. Sie haben Fragen gestellt, jetzt beantworten Sie mir ein paar.«

Samuels trommelte einen Moment mit seinem Stift auf den Block und schaute Irving an. Irving breitete seine Hände aus, um ihm anzudeuten, daß die Entscheidung bei ihm läge. Samuels beugte sich vor und sah Bosch verärgert an.

»Falls Sie auf einer Erklärung bestehen, gebe ich Ihnen eine«, sagte er. »Ich kann Ihnen natürlich nicht alles sagen.«

»Mein Gott, sagen Sie mir einfach, was los ist.«

Samuels räusperte sich, bevor er fortfuhr.

»Vor ungefähr vier Jahren startete die Sonderkommission für organisiertes Verbrechen in Kooperation mit den FBI-Büros in Chicago, Las Vegas und Los Angeles die Operation Telegraph. Personalmäßig war es eine kleine Operation, aber sie hatte ein hohes Ziel, nämlich Joseph Marconi und die letzten Überreste der Mafia in Las Vegas aus dem Verkehr zu ziehen. Es dauerte achtzehn Monate, aber wir schafften es schließlich, einen Undercover-Agent einzuschleusen. In den zwei Jahren gelang es ihm, in der Marconi-Organisation zu einer Position aufzusteigen, in der er das Vertrauen unseres Operationsziels hatte. Konservativ geschätzt standen wir vier oder fünf Monate davor, Marconis Organisation dichtzumachen und gegen ein halbes Dutzend hochrangiger Mitglieder der Cosa Nostra in drei Städten Anklage zu erheben. Ganz zu schweigen von den Einbrechern, Kartenbetrügern, Ausbrechern, Polizisten, Richtern, Anwälten und ein paar Hollywood-Randfiguren wie Tony

Aliso. Außerdem haben wir – vornehmlich dank der Arbeit unseres Undercover-Agenten und durch gerichtlich genehmigte Abhöroperationen – ein tieferes Verständnis der hochentwickelten Operationsweise und Reichweite von kriminellen Organisation wie Marconis.«

Samuels sprach, als gäbe er eine Pressekonferenz. Er machte einen Moment Pause, um Atem zu schöpfen. Seine Augen wandten sich jedoch nicht von Bosch ab.

»Der Name des verdeckten Fahnders ist Roy Lindell. Behalten Sie den Namen, er wird eines Tages berühmt sein. Kein anderer Agent hat so lange und mit solch wichtigen Resultaten unter angenommener Identität gearbeitet. Sie werden bemerkt haben, daß ich die Vergangenheitsform benutze. Er arbeitet nicht mehr verdeckt in der Marconi-Organisation, Detective Bosch. Und dafür können wir uns bei Ihnen bedanken. Sein Deckname war Luke Goshen. Lucky Luke Goshen. Ich möchte mich also herzlich bei Ihnen bedanken, daß Sie den Abschluß wichtiger und hervorragender Ermittlungen ruiniert haben. Sicher, wir werden immer noch Marconi und all die anderen schnappen – mit Hilfe von Roys guter Arbeit –, aber jetzt ist alles verdorben – durch Sie.«

Bosch fühlte, wie ihm die Wut die Kehle zuschnürte, versuchte aber, Ruhe zu bewahren und mit gleichmäßiger Stimme zu reden.

»Sie nehmen also an – nein, Sie beschuldigen mich, daß ich die Waffe versteckt habe. Nun, Sie irren sich. Total. Ich sollte beleidigt und wütend sein, aber ich kann verstehen, warum Sie unter diesen Umständen zu einer Fehlannahme kommen. Aber statt mit dem Finger auf mich zu deuten, sollten Sie vielleicht einmal Goshen – oder was auch immer sein Name ist – unter die Lupe nehmen. Vielleicht sollten Sie sich fragen, ob Sie ihn nicht zu lange verdeckt arbeiten ließen. Weil die Waffe nämlich nicht von mir versteckt worden ist. Sie …«

»Wag es nicht!« platzte O'Grady heraus. »Wag es nicht, etwas über ihn zu sagen. Du bist nichts als ein Scheiß-Cowboy. Wir wissen über dich Bescheid, Bosch. Deine ganze

Vorgeschichte. Diesmal bist du zu weit gegangen. Diesmal hast du dem falschen Mann etwas untergejubelt.«

»Ich nehme alles zurück«, sagte Bosch, immer noch ruhig. »Ich fühle mich beleidigt und ich bin wütend. Fuck you, O'Grady. Du sagst, ich habe die Waffe versteckt. Beweis es. Aber ich schätze, du wirst dann erst mal beweisen müssen, daß ich Tony Aliso in den Kofferraum gesteckt habe. Wie könnte ich sonst die Waffe haben, die ich dann versteckt haben soll?«

»Leicht. Du hättest sie in den Büschen entlang der verdammten Forststraße finden können. Wir wissen schon, daß du sie allein abgesucht hast. Wir ...«

»Meine Herren«, fuhr Irving dazwischen.

»... werden dich dafür kriegen, Bosch.«

»Meine Herren!«

O'Grady schloß den Mund, und alle schauten Irving an.

»Bevor dieses Treffen noch weiter ausartet, beende ich es. Es versteht sich, daß wir interne Ermittlungen durchführen werden und ...«

»Wir werden unsere eigenen Ermittlungen durchführen«, warf Samuels ein. »In der Zwischenzeit werden wir uns überlegen, wie wir unsere Operation noch retten können.«

Bosch schaute ihn ungläubig an.

»Verstehen Sie nicht?« sagte er. »Es gibt keine Operation mehr. Ihr Starzeuge ist ein Mörder. Sie haben ihn zu lange draußen gelassen, Samuels. Er ist zur anderen Seite übergelaufen. Er hat Tony Aliso für Joey Marks getötet. Seine Fingerabdrücke wurden auf der Leiche gefunden. Die Waffe war in seinem Haus. Nicht nur das – er hat kein Alibi. Nichts. Er hat mir erzählt, er habe den Abend im Büro verbracht. Aber ich weiß, daß er nicht da war. Er hat es verlassen und hatte genug Zeit, hierher zu kommen, den Job zu erledigen und zurückzufliegen.«

Bosch schüttelte traurig seinen Kopf und endete mit verhaltener Stimme.

»Ich stimme Ihnen zu, Samuels. Ihre Operation ist jetzt ruiniert. Aber nicht wegen mir. Sie haben Ihren Mann zu lange im Ofen gelassen. Er ist verbrannt. Sie waren sein Agentenführer. Sie haben Scheiße gebaut.«

Diesmal schüttelte Samuels seinen Kopf und lächelte traurig, und Bosch wußte, daß er noch Reservemunition hatte. Es gab noch etwas anderes. Samuels blätterte wütend die oberste Seite seines Blocks um und las eine Notiz vor.

»Die Autopsie kommt zu dem Schluß, daß der Tod zwischen elf Uhr Freitag abend und zwei Uhr Samstag morgen eintrat. Ist das korrekt, Detective Bosch?«

»Ich weiß nicht, wie Sie an den Bericht gekommen sind, da ich ihn noch nicht einmal selbst gesehen habe.«

»War der Todeseintritt zwischen elf und zwei?«

»Ja.«

»Haben Sie die Dokumente, Dan?« fragte Samuels Ekeblad.

Ekeblad holte mehrere Blätter aus der Innentasche seiner Jacke und reichte sie Samuels. Samuels öffnete die Seiten und überflog sie. Dann warf er sie Bosch über den Tisch hinweg zu. Bosch nahm sie in die Hand, schaute sie aber nicht an, sondern hielt seine Augen auf Samuels gerichtet.

»Was Sie da haben, sind Kopien einer Seite aus einem Tagesberichtsbuch und eines Vernehmungsprotokolls, das von Agent Ekeblad geschrieben wurde, sowie zwei eidesstattliche Erklärungen von Ekeblad und Phil Colbert, der bald hier sein wird. Sie werden sehen, daß Agent Ekeblad Freitag Mitternacht hinterm Steuer seines Dienstwagens saß, der hinter dem Caesar's an der Industrial Road geparkt war. Neben ihm saß sein Partner Colbert und auf dem Rücksitz Agent Roy Lindell.«

Er wartete einen Moment, und Bosch schaute auf die Papiere in seinen Händen.

»Es war Roys letztes monatliches Treffen. Er gab seinen Report und teilte Ekeblad und Colbert mit, daß er an dem Abend vierhundertachtzigtausend Dollar aus verschiedenen Einnahmequellen Marconis Anthony Aliso in die Aktentasche gepackt hatte, damit er es in L. A. waschen würde. Er erwähnte übrigens auch, daß Tony im Club getrunken hatte und sich einem der Mädchen gegenüber daneben benommen hatte. In seiner Rolle als Joey Marks' Gorilla und Clubmanager mußte er Tony hart anpacken. Er versetzte ihm einen Schlag ins Gesicht und packte ihn an den Revers. Ich glaube, Sie werden mir zustimmen, daß das die Fingerabdrücke auf dem Jackett des Ermordeten sowie den prämortalen Bluterguß erklärt, der in der Autopsie erwähnt wird.«

Bosch weigerte sich immer noch von den Dokumenten aufzusehen.

»Außerdem gab es noch einiges anderes zu berichten, und Roy blieb neunzig Minuten. Es ist total unmöglich, daß er L. A. vor zwei Uhr hatte erreichen können, um Tony Aliso zu töten. Noch nicht einmal vor drei Uhr. Und damit Sie hier nicht weggehen und glauben, daß alle drei Agenten an einer Mordverschwörung beteiligt waren, will ich Ihnen noch mitteilen, daß das Treffen aus Sicherheitsgründen von vier zusätzlichen Agenten in einem Verfolgungswagen überwacht wurde, der auf dem Parkplatz stand.«

Samuels wartete einen Moment, bevor er seine Argumentation abschloß.

»Sie haben nichts. Die Fingerabdrücke können erklärt werden. Ihr angeblicher Täter sitzt mit zwei FBI-Agenten im Auto dreihundertfünfzig Meilen vom Tatort entfernt, als der Mord passierte. Sie haben nichts. Nein, das ist falsch. Sie haben etwas. Eine Tatwaffe, die jemand im Badezimmer des Verdächtigen versteckt hat.«

Wie auf ein Stichwort hin öffnete sich die Tür hinter Bosch und er hörte Schritte. Er schaute auf die vor ihm liegenden Papiere und drehte sich erst um, als eine Hand seine Schulter packte und zudrückte. Bosch schaute auf und sah Special Agent Roy Lindell. Er lächelte und stand neben einem anderen Agenten, von dem Bosch annahm, daß es Ekeblads Partner Colbert war.

»Bosch«, sagte Lindell. »Ich schulde dir noch einen Haarschnitt.«

Bosch verschlug es die Sprache, einen Mann hier zu sehen, den er gerade erst ins Gefängnis gebracht hatte. Aber er reimte sich schnell zusammen, was passiert war. Irving und Billets waren über das Treffen auf dem Parkplatz hinterm Caesar's informiert worden, sie hatten die eidesstattlichen Erklärungen gelesen und glaubten dem Alibi. Sie hatten Lindells Freilassung veranlaßt. Deswegen hatte Billets ihn während des Anrufs nach der Registrierungsnummer gefragt.

Bosch wandte seinen Blick von Lindell ab und schaute Irving und Billets an.

»Sie glauben das alles, stimmt's? Sie glauben, ich hätte die Waffe hier im Gestrüpp gefunden und sie bei Goshen versteckt, um den Fall niet- und nagelfest zu machen.«

Für einen kurzen Moment trat Schweigen ein, während sie sich gegenseitig den Vortritt ließen zu antworten. Schließlich war es Irving, der sprach.

»Das einzige, was wir mit Sicherheit wissen, ist, daß es nicht Agent Lindell war. Sein Alibi ist wasserdicht. Was alles andere anbelangt, behalte ich mir mein Urteil vor.«

Bosch schaute Lindell an, der immer noch stand.

»Warum hast du mir dann nicht gesagt, daß du beim FBI bist, als wir allein in der Verhörzelle waren?«

»Was glaubst du? Soviel ich wußte, hattest du gerade die Waffe in meinem Badezimmer versteckt. Meinst du, ich hätte nur sagen brauchen, ich bin vom FBI, und alles ist okay? Wohl kaum.«

»Wir mußten mitspielen, Bosch, um zu sehen, was du machen würdest, und um sicherzugehen, daß Roy heil aus dem Gefängnis in Las Vegas herauskommt«, sagte O'Grady. »Danach waren wir tausend Meter über und tausend Meter hinter dir, während der ganzen Fahrt durch die Wüste. Wir haben abgewartet. Die Hälfte von uns hat gewettet, du hättest mit Joey Marks einen Deal gemacht. Wenn man sich einmal mit kriminellen Elementen einläßt …«

Sie machten sich über ihn lustig. Bosch schüttelte den Kopf. Es war das einzige, was er tun konnte.

»Seht ihr nicht, was hinter alldem steckt?« sagte er. »Ihr habt einen Deal mit ihm gemacht habt. Ihr wißt es nur nicht. Joey Marks hat euch wie Marionetten an den Fäden. Verdammt! Es ist nicht zu fassen, daß ich hier sitze und das mitansehen muß.«

»Wie hätte er uns manipulieren sollen?« fragte Billets. Es war das erste Anzeichen, daß sie nicht ganz und gar zur anderen Seite übergelaufen war.

Bosch schaute Lindell an und antwortete.

»Verstehst du nicht. Sie haben dich enttarnt. Sie wußten, daß du ein Agent bist. Also haben sie die ganze Sache arrangiert.«

»Diese Leute arrangieren nicht so etwas«, sagte Samuels. »Wenn sie gewußt hätten, daß Roy ein Spitzel ist, wären sie mit ihm in die Wüste gefahren und hätten ihn unter einem Meter Sand vergraben. Ende der Bedrohung.«

»Falsch. Es geht hier nicht um einen Spitzel. Meiner Ansicht nach wußten sie, daß er FBI-Agent war. Deshalb konnten sie ihn nicht in der Wüste verschwinden lassen. Wenn sie das getan hätten, wäre es ihnen schlechter ergangen als den Branch Davidians in Waco vor ein paar Jahren. Also haben sie einen Plan gemacht. Sie wußten, daß er schon ein paar Jahre dabei war und genug wußte, um sie alle für viele Jahre hinter Schloß und Riegel zu bringen. Aber sie können ihn nicht einfach umbringen. Nicht einen Agenten. Also müssen sie ihn neutralisieren, indem sie ihm etwas an die Weste flicken. Damit es aussieht, als sei er übergelaufen und genauso kriminell wie sie. Wenn er dann gegen sie aussagt, können sie ihn mit dem Aliso-Mord als Zeugen zerstören. Wenn sie den Geschworenen einreden können, daß er einen Mord begangen hat, um seine Tarnung aufrechtzuerhalten, werden sie möglicherweise freigesprochen.«

Bosch glaubte, das Gerüst einer ziemlich glaubhaften Theorie aufgebaut zu haben, auch wenn er es auf die Schnelle hatte zusammenbasteln müssen. Die anderen im Raum schauten ihn eine Weile schweigend an, dann meldete sich Lindell zu Wort.

»Ich glaube, du überschätzt sie, Bosch«, sagte er. »Joey ist nicht so klever. Ich kenne ihn. Er ist nicht so schlau.«

»Was ist mit Torrino? Willst du mir erzählen, er könnte sich so was nicht ausdenken? Ich hab mir das alles hier auch ausgedacht. Wer weiß, wieviel Zeit er hatte. Beantworte mir eine Frage, Lindell. Wußte Joey Marks, daß Tony Aliso das Finanzamt am Hals hatte, daß eine Überprüfung der Bücher bevorstand?«

Lindell zögerte und schaute Samuels an, um zu sehen, ob er antworten konnte. Bosch merkte, wie er vor Verzweiflung in Schweiß ausbrach. Er mußte sie überzeugen, oder er würde den Raum nicht mit seiner Dienstmarke verlassen. Samuels nickte Lindell zu.

»Falls er es wußte, hat er es mir nicht gesagt«, antwortete Lindell.

»Vielleicht ist das der springende Punkt«, sagte Bosch. »Vielleicht wußte er es und hat es dir nicht gesagt. Joey wußte, daß Aliso ein Problem für ihn darstellte, und irgendwie wußte er auch, daß du ein noch größeres Problem warst. Er und Torrino steckten ihre Köpfe zusammen und dachten sich diesen Plan aus, mit dem sie zwei Fliegen mit einem Schlag erledigen konnten.«

Nach einer kurzen Pause schüttelte Samuels den Kopf.

»Es haut nicht hin, Bosch. Du schneiderst dir alles zurecht. Außerdem haben wir siebenhundert Stunden Abhörbänder. Da ist genug drauf, um Joey ins Gefängnis zu bringen, ohne daß Roy überhaupt aussagen muß.«

»Erstens wußten sie vielleicht gar nicht von der Existenz der Tonbänder«, sagte Billets. »Zweitens sind die Bänder Früchte vom verbotenen Baum. Ohne Agent Lindell gäbe es keine Bänder. Wenn Sie sie als Beweismittel vorlegen wollen, müssen Sie Lindell in den Zeugenstand rufen. Indem die Gegenseite seine Glaubhaftigkeit zerstört, zerstört sie auch die Glaubhaftigkeit der Bänder.«

Billets hatte sich merklich seinem Standpunkt genähert, und das ließ ihn hoffen. Samuels merkte, daß sich die Besprechung festgefahren hatte. Er nahm seinen Schreibblock und stand auf.

»Nun«, sagte er, »ich sehe, wir kommen nicht weiter in dieser Sache. Lieutenant, Sie schenken einem verzweifelten Mann Gehör. Wir müssen das nicht. Chief Irving, ich beneide Sie nicht. Sie haben ein Problem und müssen Maßnahmen ergreifen. Falls ich Montag sehe, daß Bosch noch seine

Dienstmarke hat, werde ich gegen ihn wegen Beweismittelfälschung und Verletzung der Bürgerrechte von Agent Roy Lindell Anklage erheben lassen. Ich werde auch unsere Bürgerrechtsabteilung bitten, alle Verhaftungen zu untersuchen, die dieser Mann in den letzten fünf Jahren gemacht hat. Ein korrupter Polizist macht so was nicht nur einmal, Chief. So was wird zur Gewohnheit.«

Samuels ging um den Tisch herum zur Tür. Die anderen standen auf und folgten ihm. Bosch wollte aufspringen und ihn würgen, blieb aber äußerlich ruhig. Seine dunklen Augen folgten Samuels. Der U. S.-Staatsanwalt schaute nicht mehr zu ihm hin, aber bevor er hinausging, wandte er sich noch mit einer letzten Drohung an Irving.

»Ich habe nicht die geringste Lust, Ihre dreckige Wäsche zu waschen, Chief. Aber wenn Sie sich nicht um die Sache kümmern, lassen Sie mir keine andere Wahl.«

Die FBI-Agenten gingen hinter ihm hinaus, und die Zurückgebliebenen saßen lange schweigend da und hörten den Schritten auf dem gebohnerten Linoleum des Korridors nach. Bosch schaute Billets an und nickte.

»Danke, Lieutenant.«

»Wofür?«

»Daß Sie mich am Ende verteidigt haben.«

»Ich glaube einfach nicht, daß Sie es getan haben.«

»Ich würde meinem schlimmsten Feind keine Beweismittel unterjubeln. Wenn ich das täte, würde ich mich selbst kaputt machen.«

Chastain rutschte auf seinem Stuhl herum. Ein kaum merkliches Lächeln verzog seine Lippen, es entging Bosch trotzdem nicht.

»Chastain, wir sind schon zweimal gegeneinander angetreten, und Sie haben beide Male verloren«, sagte Bosch. »Sie werden sicher nicht wieder verlieren wollen, oder? Also steigen Sie nicht in den Ring.«

»Bosch, der Chief hat mich gebeten, hier dabei zu sein, und ich hab das getan. Es ist seine Entscheidung, aber ich glaube, Sie und Ihre Geschichte, die Sie sich aus den Fingern gesaugt haben, sind oberfaul. Ich stimme den Kollegen vom

Bund zu. Wenn es meine Entscheidung wäre, würden Sie hier nicht mit Ihrer Dienstmarke rausgehen.«

»Aber es ist nicht Ihre Entscheidung, nicht wahr?« sagte Irving.

Als Bosch nach Hause kam, trug er eine Tragetasche mit Lebensmitteln zur Tür und klopfte an, aber niemand öffnete. Er hob die Matte mit dem Fuß an und fand den Schlüssel, den er Eleanor gegeben hatte. Ein Gefühl von Traurigkeit überkam ihn, als er sich bückte und ihn aufhob. Sie war nicht da.

Er ging hinein und roch wieder den starken Geruch frischer Farbe, was ihn verwunderte. Es war schon vier Tage her, seitdem er gestrichen hatte. Er ging direkt in die Küche und packte die Lebensmittel weg. Als er fertig war, nahm er sich eine Flasche Bier aus dem Kühlschrank und lehnte sich gegen einen Küchenschrank. Er trank langsam, um lange etwas davon zu haben. Der Farbgeruch erinnerte ihn daran, daß er jetzt viel Zeit haben würde, um alle Arbeiten im Haus zu erledigen. Für den Moment war seine Arbeitszeit strikt auf die Bürostunden begrenzt.

Er dachte wieder an Eleanor und entschied sich nachzusehen, ob sie eine Nachricht für ihn hinterlassen hatte oder ob ihr Koffer im Schlafzimmer war. Aber er kam nur bis zum Wohnzimmer, wo er stehenblieb und auf die Wand starrte, die er halb vollendet gelassen hatte, als er Sonntagabend zum Tatort gerufen wurde. Die Wand war jetzt vollständig gestrichen. Bosch stand lange davor, als würde er ein Meisterwerk in einem Museum betrachten. Schließlich trat er auf die Wand zu und berührte sie. Die Farbe war frisch aber trocken. Wahrscheinlich erst vor ein paar Stunden aufgetragen. Ein Lächeln breitete sich über seinem ganzen Gesicht aus. Ein Sonnenstrahl brach durch die grauen Wolken seines Gemüts. Er fühlte sich glücklich. Er brauchte nicht mehr nach ihrem Koffer zu sehen. Die angestrichene Wand war ein gutes Zeichen, eine Nachricht von ihr. Sie würde zurückkommen.

Eine Stunde später hatte er seine Reisetasche und den

Rest ihrer Habseligkeiten aus dem Kofferraum geholt und stand auf der dunklen Veranda. Er hielt eine neue Bierflasche in der Hand und betrachtete die Lichtschlange, die sich unten auf dem Hollywood Freeway entlangzog. Er wußte nicht, wie lange sie schon im Türrahmen gestanden und ihn beobachtet hatte. Als er sich umdrehte, stand sie einfach da.

»Eleanor.«

»Harry … Ich dachte, du würdest erst später kommen.«

»Das dachte ich auch. Aber hier bin ich.«

Er lächelte. Er wollte zu ihr gehen und sie berühren, aber eine innere Stimme riet ihm, vorsichtig zu sein und nichts zu übereilen.

»Danke, daß du die Wand zu Ende gestrichen hast.«

Er deutete mit der Bierflasche zum Wohnzimmer.

»Nichts zu danken. Ich male gern. Es entspannt mich.«

»Ja, mich auch.«

Sie sahen sich einen Moment an.

»Ich habe das Poster gesehen«, sagte sie. »Es macht sich gut an der Stelle.«

Bosch hatte ihren Druck von Hoppers *Nighthawks* aus dem Kofferraum geholt und an die frisch gestrichene Wand gehängt. Er hatte gewußt, ihre Reaktion würde viel darüber aussagen, wo ihre Beziehung stand und wie sie sich entwickeln würde.

»Gut.« Er nickte und versuchte nicht zu lächeln.

»Was ist mit dem passiert, das ich dir geschickt habe?«

»Das Erdbeben«, antwortete er.

Sie nickte.

»Wo kommst du her?«

»Ach, ich bin los und hab mir einen Wagen gemietet. Bis ich weiß, was ich machen werde. Ich habe meinen in Vegas gelassen.«

»Wir könnten hinfliegen und ihn dann zurückfahren. Einfach hin und gleich wieder zurück, ohne uns lange aufzuhalten.«

Sie nickte.

»Ach ja, ich habe auch eine Flasche Rotwein. Willst du etwas? Oder noch ein Bier?«

»Ich trinke was du trinkst.«

»Ich werde ein Glas Wein trinken. Bist du sicher, du willst Wein?«

»Ja, ich werde die Flasche öffnen.«

Er folgte ihr in die Küche und öffnete den Wein. Dann nahm er zwei Gläser aus einem Hängeschrank und spülte sie aus. Er hatte schon lange keinen Besuch mehr gehabt, der Wein trank. Sie goß ein, und sie stießen an, bevor sie tranken.

»Wie laufen die Ermittlungen?« fragte sie.

»Ich hab mit dem Fall nichts mehr zu tun.«

Sie zog ihre Augenbrauen zusammen und runzelte die Stirn.

»Was ist passiert? Ich dachte, du würdest den Tatverdächtigen von Vegas hierherbringen.«

»Das hab ich auch. Aber es ist nicht mehr mein Fall. Nicht mehr, seitdem sich der Tatverdächtige als FBI-Agent mit Alibi entpuppte.«

»O, Harry!« Sie schaute auf den Boden. »Steckst du in Schwierigkeiten?«

Bosch stellte sein Glas ab und legte seine Arme übereinander.

»Bis auf weiteres habe ich Bürodienst. Die Schielaugen nehmen mich unter die Lupe. Sie glauben – wie das FBI –, daß ich die Waffe versteckt habe, um den FBI-Agent zu belasten. Ich war es nicht. Aber jemand muß es getan haben. Wenn ich rausbekomme wer, kann ich meine Haut retten.«

»Harry, wie ist das …«

Er schüttelte den Kopf, trat auf sie zu und berührte ihre Lippen mit den seinen. Er nahm ihr vorsichtig das Glas aus der Hand und stellte es hinter ihr auf die Abstellfläche.

Nachdem sie sich geliebt hatten, ging Bosch in die Küche, um sich ein Bier aus dem Kühlschrank zu nehmen und zu kochen. Er schälte eine Zwiebel und schnitt sie dann mit einer grünen Paprikaschote klein. Er gab alles in eine Pfanne und briet es mit Butter, Knoblauchpulver und anderen Gewürzen an. Dann legte er zwei Hühnerbrüste hinein und garte sie, bis er das Fleisch vom Knochen lösen und leicht zerteilen konnte. Danach öffnete er eine Dose Tomatensoße sowie eine Dose zerkleinerter Tomaten und tat alles mit weiteren Gewürzen in die Pfanne. Zum Schluß goß er noch etwas von dem Rotwein hinein. Während es auf niedriger Flamme kochte, stellte er einen Topf mit Wasser auf den Herd, um Reis zu kochen.

Es war das beste Gericht, das er in der Küche kochen konnte. Er hätte es vorgezogen, auf der Veranda zu grillen. Aber der Grill war zusammen mit dem Haus, das nach dem Erdbeben abgerissen worden war, auf der Müllkippe gelandet. Er hatte ein neues Haus gebaut, aber noch keinen neuen Grill angeschafft. Während er den Reis ins kochende Wasser schüttete, beschloß er, einen Grill zu kaufen, falls Eleanor sich entschied, eine Weile hier zu bleiben.

»Riecht gut.«

Er drehte sich um, und sie stand in der Tür. Sie trug Blue Jeans und ein Jeans-Hemd. Ihr Haar war noch feucht von der Dusche. Bosch schaute sie an und verspürte wieder das Verlangen, mit ihr ins Bett zu gehen.

»Ich hoffe, es schmeckt gut«, sagte er. »Die Küche ist neu, aber ich weiß eigentlich nicht, wie man sie voll nutzt. Ich habe nie viel gekocht.«

Sie lächelte.

»Ich bin sicher, es wird gut schmecken.«

»Könntest du den Reis alle paar Minuten umrühren, während ich mich dusche?«

»Natürlich. Ich werde den Tisch decken.«

»Okay. Ich dachte mir, wir essen auf der Veranda. Draußen riecht es nicht nach Farbe.«

»Entschuldigung.«

»Nein, ich meinte, daß es draußen schöner ist. Ich beschwere mich nicht über die Farbe. Ehrlich gesagt, war das eine List, die Wand nur halb anzustreichen. Ich wußte, daß du der Versuchung nicht widerstehen könntest.«

Sie lächelte.

»Sie sind mir ein regelrechter Tom Sawyer und Detective.«

»Vielleicht nicht mehr lange.«

Seine Bemerkung ruinierte die Atmosphäre, und ihr Lächeln erstarb auf den Lippen. Auf dem Weg zum Badezimmer verfluchte er sich innerlich.

Nachdem er geduscht hatte, gab Bosch die letzte Zutat in die Pfanne. Er nahm eine Handvoll tiefgefrorener Erbsen und rührte sie in die köchelnde Tomatensoße. Als er das Essen und den Wein draußen auf den Picknicktisch stellte, bat er Eleanor, die am Geländer stand, sich zu setzen.

»Tut mir leid«, sagte er, als sie Platz genommen hatten. »Ich habe den Salat vergessen.«

»Das macht nichts.«

Sie begannen schweigend zu essen. Er wartete.

»Es schmeckt sehr gut«, sagte sie endlich. »Wie heißt das Gericht?«

»Ich weiß es nicht. Meine Mutter nannte es einfach Hähnchen-Spezialteller. Ich glaube, so hieß es in dem Restaurant, in dem sie es zuerst aß.«

»Ein Familienrezept.«

»Das einzige.«

Sie aßen ein paar Minuten schweigend, in denen Bosch sie verstohlen beobachtete und feststellte, daß ihr das Essen wirklich schmeckte.

»Harry«, sagte Eleanor nach einer Weile, »wer sind die FBI-Agenten, die diese Operation durchführen?«

»Sie kommen von überall her: Chicago, Vegas, L. A.«

»Wer ist aus L. A.?«

»Ein Typ namens John O'Grady. Kennst du ihn?«

Es war schon fünf Jahre her, seit sie im L. A.-Büro des FBIs gearbeitet hatte. Agenten wurden ständig versetzt. Er bezweifelte, daß sie O'Grady kennen würde. Er hatte recht, sie kannte ihn nicht.

»Wie ist es mit John Samuels. Er ist der U. S.-Staatsanwalt. Von der Sonderkommission für organisiertes Verbrechen.«

»Samuels kenne oder kannte ich. Er war eine Zeitlang Agent. Kein sehr guter. Er hatte sein Jura-Diplom, und als er merkte, daß er kein guter Fahnder war, entschied er sich Staatsanwalt zu werden.«

Sie lachte plötzlich auf und schüttelte den Kopf.

»Was?«

»Nichts. Ich erinnere mich nur an etwas, was über ihn gesagt wurde. Es ist nicht gerade appetitanregend.«

»Was?«

»Hat er immer noch seinen Schnurrbart?«

»Ja.

»Man sagte von ihm, daß er wie kein anderer einen Fall stichhaltig für die Anklageschrift zusammenfassen konnte, aber daß er als Fahnder auf der Straße nicht mal Scheißdreck finden würde, selbst wenn er in seinem Schnurrbart klebte.«

Sie lachte wieder – ein bißchen zu laut, dachte Bosch. Er lächelte über den Witz.

»Vielleicht ist er deshalb Staatsanwalt geworden«, fügte sie hinzu.

Bosch zog sich in seine Gedanken zurück. Schließlich hörte er Eleanors Stimme.

»Was?«

»Du warst auf einmal geistesabwesend. Ich hab dich nach deiner Meinung gefragt. Ich fand den Witz nicht so schlecht.«

»Nein. Ich habe nur gerade gedacht, wie ausweglos meine Lage ist. Daß es gar nicht darauf ankommt, ob Samuels glaubt, daß ich schmutzig bin oder nicht. Seine Interessen diktieren ihm, daß ich schmutzig sein muß.«

»Wieso?«

»Sie müssen Anklage erheben gegen Joey Marks und seine Organisation. Dafür brauchen sie ihren verdeckten Ermittler. Also müssen sie erklären können, wie eine Mordwaffe in sein Haus gelangt ist. Wenn sie es nicht erklären können, werden Joeys Anwälte ihnen damit den Mund stopfen. Sie werden es so aussehen lassen, als sei der FBI-Agent unglaubwürdig und schlimmer als die Leute, gegen die er ermittelt hat. Die Waffe garantiert dann fast einen Freispruch. Am besten ist, wenn sie die Waffe dem LAPD, das heißt mir, in die Schuhe schieben können – einem korrupten Angehörigen der korrupten Polizei von Los Angeles, der die Waffe im Gestrüpp gefunden und dann im Haus des Tatverdächtigen versteckt hat. Die Geschworenen werden die Story glauben. Sie werden mich für einen neuen Mark Fuhrman halten.«

Er sah, daß sie nicht mehr in der Stimmung für Witze war. Sie war offensichtlich besorgt, aber er glaubte auch zu sehen, daß sie traurig war. Vielleicht verstand sie, wie ausweglos seine Lage war.

»Die Alternative ist zu beweisen, daß Joey Marks oder einer seiner Leute die Waffe bei Goshen versteckte, weil sie wußten, daß er FBI-Agent war, und ihn diskreditieren wollten. Obwohl es wahrscheinlich so abgelaufen ist, ist es schwieriger zu beweisen. Für Samuels ist es leichter, mich mit Dreck zu beschmeißen.«

Er schaute auf seinen noch halb vollen Teller und legte Messer und Gabel darauf. Er hatte keinen Appetit mehr. Er nahm einen großen Schluck aus dem Weinglas und behielt es gleich in der Hand für den nächsten Schluck.

»Ich glaube, ich stecke tief in der Scheiße, Eleanor.«

Der Ernst seiner Lage lastete auf einmal schwer auf ihm. Er war davon ausgegangen, daß am Ende die Wahrheit siegen würde, und mußte jetzt einsehen, wie wenig Wahrheit mit dem Ausgang zu tun haben würde. Er schaute wieder zu ihr auf. Ihre Blicke trafen sich, und er sah, daß sie fast weinte. Er versuchte zu lächeln.

»Hey, mir wird schon was einfallen«, sagte er. »Auch wenn ich im Moment an den Schreibtisch gekettet bin, gebe ich noch lange nicht den Löffel ab. Ich werde eine Lösung finden.«

Sie nickte, aber sie machte immer noch einen niedergeschlagenen Eindruck.

»Harry, erinnerst du dich an den ersten Abend, als du mich im Casino gefunden hast und wir zur Bar im Caesar's gegangen sind? Du sagtest, du würdest alles anders machen, wenn du die Zeit zurückdrehen könntest?«

»Ja, ich erinnere mich.«

Sie wischte ihre Augen mit den Handflächen aus, bevor man irgendwelche Tränen sehen konnte.

»Ich muß dir etwas sagen.«

»Du kannst mir alles sagen, Eleanor.«

»Ich hab dir von Quillen und der Straßensteuer erzählt, aber ... das war nicht alles.«

Sie schaute ihn intensiv an und versuchte zu erkennen, wie er reagierte. Aber Bosch saß starr wie ein Denkmal und wartete.

»Als ich von Frontera entlassen wurde und nach Vegas ging, hatte ich weder eine Wohnung noch ein Auto. Ich kannte niemanden. Ich dachte mir, ich versuch's mal. Du weißt ... Kartenspielen. Ich kannte in Frontera ein Mädchen. Patsy Quillen. Sie sagte, ich sollte mal bei ihrem Onkel Terry Quillen vorbeigehen. Er würde wahrscheinlich Geld in mich investieren, nachdem er mich überprüft und mir beim Spielen zugesehen hätte. Patsy hat ihm geschrieben und mich vorgestellt.«

Bosch saß schweigend da und hörte zu. Er ahnte, was kommen würde, begriff aber nicht, warum sie es ihm erzählte.

»Er hat mir dann unter die Arme gegriffen. Ich bekam das Apartment und etwas Geld zum Spielen. Er hat nie Joey Marks erwähnt, obwohl ich mir hätte denken können, daß das Geld von irgendwoher kam. Nun, als er mir schließlich erzählte, von wem das Geld kam, meinte er, ich solle mir keine Sorgen machen, weil seine Organisation nicht verlangte, daß ich das Kapital zurückzahle. Sie wollten nur die Zinsen. Zweihundert Dollar die Woche. Die Steuer. Ich dachte, ich hätte keine Wahl. Ich hatte das Geld schon angenommen. Also begann ich zu zahlen. Es war schwer am Anfang. Ein paarmal hatte ich das Geld nicht, und dann mußte ich nächste Woche den doppelten Betrag zahlen plus die reguläre Wochensteuer. Wenn du zu sehr in den Rückstand gerätst, gibt es keinen Ausweg.«

Sie schaute auf ihre Hände herab und faltete sie auf dem Tisch zusammen.

»Was mußtest du für sie tun?« fragte Bosch ruhig. Auch er wandte seine Augen ab.

»Nicht, was du denkst«, sagte sie. »Ich hatte Glück ... Sie wußten über mich Bescheid. Daß ich beim FBI war. Sie dachten sich, sie könnten meine Fähigkeiten gebrauchen, auch wenn sie etwas rostig waren. Sie ließen mich Leute überwachen. Meistens in Casinos. Aber ein paarmal folgte ich ihnen auch nach draußen. Meistens wußte ich nicht genau, wer es war oder warum sie die Information brauchten. Ich habe sie nur beobachtet, manchmal an den gleichen Tischen gespielt und Terry berichtet, wieviel sie gewonnen oder verloren, mit wem sie gesprochen haben, Einzelheiten vom Spiel ... und ähnliche Sachen.«

Sie schwätzte nur noch daher und redete um den heißen Brei herum, aber Bosch sagte nichts. Er ließ sie weiterreden.

»Ein paarmal beobachtete ich Tony Aliso für sie. Sie wollten wissen, wieviel er beim Poker verlor und wohin er ging. Das übliche. Ich fand heraus, daß er nicht verlor. Er war sogar ein ganz guter Spieler.«

»Wohin bist du ihm nachgegangen?«

»Zu Restaurants, zum Striptease-Club. Manchmal machte er Besorgungen.«

»Hast du ihn je mit einem Mädchen gesehen?«

»Einmal. Ich folgte ihm zu Fuß vom Mirage ins Caesar's und von dort in die Einkaufsgalerie. Er aß im Spago spät zu Mittag. Er war allein, und dann erschien das Mädchen. Sie war jung. Zuerst dachte ich, sie würde für einen Escort-Service arbeiten. Aber ich merkte, daß er sie kannte. Nach dem Mittagessen gingen sie für eine Weile zurück zu seinem Hotelzimmer, und als sie wieder herauskamen, nahmen sie seinen Wagen. Sie mußte zur Maniküre, danach kauften sie Zigaretten und gingen zu einer Bank, wo sie ein Konto eröffnete ... Zum Schluß fuhren sie zu einem Striptease-Club in North Vegas. Als er wieder ging, war er allein. Ich kam dann darauf, daß sie eine der Tänzerinnen war.«

Bosch nickte.

»Hast du Tony letzten Freitag überwacht?« fragte Bosch.

»Nein. Das war Zufall, daß wir am gleichen Tisch landeten. Er wartete auf einen Platz am teureren Tisch. Ich hatte seit einem Monat keinen Auftrag mehr für sie erledigt und hab nur meine Straßensteuer bezahlt, bis … Terry …«

Sie verstummte. Sie hatten schließlich den Punkt erreicht, von dem an es kein Zurück mehr gab.

»Bis Terry was … Eleanor?«

Sie schaute auf den verblassenden Horizont. Im Tal gingen die Lichter an, und der Himmel war eine Mischung aus Neon-Pink und Grau. Bosch wandte seinen Blick nicht von ihr ab. Sie sprach, während sie den Tag enden sah.

»Quillen kam zu meinem Apartment, nachdem du mich von der Polizei nach Hause gebracht hattest. Er brachte mich zu dem Haus, wo du mich gefunden hast. Sie erklärten mir nicht den Grund, sagten aber, ich müßte dort bleiben. Niemandem würde etwas passieren, wenn ich tun würde, was sie sagten. Ich saß zwei Tage dort herum. Sie fesselten mich erst am letzten Abend. Als hätten sie gewußt, daß du kommen würdest.«

Sie ließ einen Moment schweigend vergehen. Sie gab ihm Gelegenheit zu sprechen, aber er sagte nichts.

»Ich glaube, daß es keine richtige Entführung war.«

Sie schaute wieder nach unten auf ihre Hände.

»Und das war der Grund, warum du nicht wolltest, daß wir die Polizei verständigen«, sagte Bosch ruhig.

Sie nickte.

»Ich weiß nicht, warum ich dir nicht alles eher erzählt habe. Es tut mir wirklich leid, Harry. Ich …«

Jetzt blieben Bosch die Worte im Halse stecken. Ihre Geschichte war verständlich und glaubhaft. Er hatte sogar Mitleid mit ihr und verstand, daß sie sich ebenfalls in einer ausweglosen Lage befunden hatte, daß sie geglaubt hatte, keine andere Wahl zu haben. Was er nicht verstand und was ihn verletzte, war, daß sie es ihm nicht von Anfang an erzählt hatte.

»Warum konntest du es mir nicht erzählen, Eleanor?« brachte er heraus. »Ich meine, gleich. Warum hast du es mir nicht an dem Abend gesagt?«

»Ich weiß nicht«, sagte sie. »Ich wollte – ich hoffte wohl,

es würde irgendwie verschwinden, und du würdest es nie erfahren.«

»Warum erzählst du es mir dann jetzt?«

Sie schaute ihn direkt an.

»Weil ich nicht darüber hinwegkam, dir nicht alles erzählt zu haben ... und weil ich etwas mit anhörte, als ich in dem Haus war, was du wissen solltest.«

Bosch schloß die Augen.

»Es tut mir leid, Harry. Wirklich leid.«

Er nickte. Es tat ihm auch leid. Er fuhr sich mit seinen Händen übers Gesicht. Er wollte es nicht hören, aber er wußte, er mußte es. Seine Gedanken überschlugen sich, schwankten zwischen dem Gefühl, betrogen worden zu sein, Verwirrung und Mitleid hin und her. Einen Moment lang dachte er an Eleanor und im nächsten an den Fall. Sie hatten es gewußt. Jemand hatte Joey Marks von Eleanor und ihm erzählt. Er dachte an Felton und Iverson, Baxter und den anderen Cop. Jemand hatte Marks informiert, und sie hatten Eleanor als Köder benutzt. Aber warum? Weshalb das ganze Theater? Er öffnete die Augen und schaute Eleanor mit leerem Blick an.

»Was hast du gehört, was ich wissen sollte?«

»Es war am ersten Abend. Sie steckten mich in das hintere Zimmer, wo der Fernseher war, wo du mich herausgeholt hast. Ich mußte dort bleiben und die Samoaner waren auch ab und zu dort. Aber manchmal waren Leute in anderen Räumen des Hauses. Ich hörte sie reden.«

»Smokie und Quillen?«

»Nein, Quillen ging. Ich kenne seine Stimme, und er war's nicht. Und ich glaube nicht, daß es Smokie war. Ich glaube, es war Joey Marks und noch jemand. Wahrscheinlich sein Anwalt, Torrino. Auf alle Fälle hörte ich, wie der zweite Mann den ersten Joe nannte. Deshalb glaube ich, daß es Marks war.«

»Okay. Erzähl weiter, was haben sie gesagt?«

»Ich konnte nicht alles hören. Aber der eine Mann erzählte dem anderen, den er Joe nannte, was er über die polizeilichen Ermittlungen erfahren hatte. Ich glaube, es beschränkte sich auf die Polizei von Las Vegas. Und ich hörte, wie ›Joe‹ wütend wurde, als er erfuhr, daß die Waffe in Goshens Haus gefunden worden war. Ich erinnere mich genau an seine Worte. Er schrie: ›Wie können sie die gottverdammte Waffe in seinem Haus finden, wenn wir nichts mit dem Mord zu tun haben?‹ Und dann sagte er noch, daß die Cops die Waffe versteckt hätten, und, ›Sag dem Typen, wenn er uns damit irgendwie erpressen will, soll er sich bloß verpissen und das Ganze vergessen.‹ Danach hörte ich nicht mehr viel. Sie sprachen leiser, und der erste Mann versuchte, den zweiten zu beruhigen.«

Bosch starrte sie einen Augenblick lang an und versuchte zu analysieren, was sie gehört hatte.

»Glaubst du, sie haben Theater gespielt?« fragte er. »Ich meine, vielleicht war alles für deine Ohren bestimmt, weil sie sich denken konnten, daß du es mir weitererzählen würdest.«

»Das dachte ich zuerst auch, und das war auch ein Grund, warum ich es dir nicht gleich erzählt habe«, sagte sie. »Aber jetzt bin ich mir nicht mehr so sicher. Als sie mich zum Haus mitnahmen, als Quillen mich dorthin fuhr und ich eine Menge Fragen stellte, antwortete er nicht. Aber er sagte, alles, was sie brauchten, seien ein oder zwei Tage, um jemanden zu testen. Er erklärte es nicht weiter. Ein Test, das ist alles, was er sagte.«

»Ein Test?«

Bosch schaute verwirrt drein.

»Hör zu, Harry. Die ganze Zeit, seitdem du mich da rausgeholt hast, habe ich darüber nachgedacht.«

Sie hielt einen Finger hoch.

»Fangen wir mit dem an, was ich gehört habe. Nehmen wir an, es waren Joey Marks und sein Anwalt, und nehmen wir an, sie sagten die Wahrheit und spielten mir nicht was vor. Das bedeutet, sie haben Tony Aliso nicht umgebracht. Okay?«

»Okay.«

»Betrachten wir es aus ihrer Perspektive. Sie hatten nichts damit zu tun, aber einer ihrer wichtigsten Leute wird verhaftet. Und laut ihrer Quelle bei der Polizei ist der Fall gelöst. Spiel, Satz und Match. Die Cops haben die Fingerabdrücke und die Tatwaffe, die in Goshens Badezimmer gefunden wurde. Joey Marks muß glauben, daß es ein Komplott der Polizei ist oder daß Goshen den Mord aus eigenem Antrieb und aus unbekannten Gründen begangen hat. So oder so, was wird wohl seine unmittelbare Sorge sein?«

»Schadensbegrenzung.«

»Richtig. Er muß herausfinden, was mit Goshen los ist und wie groß der Schaden ist. Aber das geht nicht, weil Goshen in Haft ist und den Anwalt gewechselt hat. Torrino hat keinen Zutritt. Also denken sich Joey und Torrino einen Test aus, um zu sehen, ob Goshen sich seinen eigenen Anwalt genommen hat, weil er singen will.«

»Um einen Deal zu machen.«

»Genau. Nehmen wir an, daß sie von ihrer Quelle bei der Polizei wissen, daß der leitende Ermittler in dem Fall eine Beziehung mit einer Person hat, die sie kennen und in der Hand haben. Mich.«

»Also bringen sie dich zu dem gesicherten Haus und warten. Weil sie wissen, wenn ich herausfinde, wo das Haus ist, und dort auftauche, um dich rauszuholen, oder wenn ich die Polizei verständige und sage, ich weiß wo du bist, kann ich es nur von Goshen erfahren haben. Und das bedeutet, daß er redet. Das war der Test, von dem Quillen sprach. Wenn ich nicht aufkreuze, ist alles okay. Es würde bedeuten, daß Goshen dicht hält. Falls ich aufkreuze, wissen Sie, daß sie so schnell wie möglich Goshen im Untersuchungsgefängnis liquidieren müssen.«

»Richtig. Bevor er noch mehr erzählen kann. So stell ich es mir auch vor.«

»Das würde bedeuten, daß Aliso nicht von der Mafia umgebracht wurde – wenigstens nicht von Marks und seinen Leuten – und sie keine Ahnung hatten, daß Goshen beim FBI war.«

Sie nickte. Dieser Durchbruch in diesem undurchsichtigen und verwirrenden Fall gab Bosch neue Energie.

»Es war keine Musiktruhe«, sagte er.

»Was?«

»Die ganze Las-Vegas-Connection, Joey Marks und all das war nur ein Ablenkungsmanöver. Wir sind total auf dem Holzweg. Das ganze muß von jemand arrangiert worden sein, der Tony sehr nahe stand. Nahe genug, um von seiner Geldwäsche Kenntnis zu haben und um zu wissen, wie man es als Mafia-Mord inszenieren und Goshen in die Schuhe schieben könnte.«

Sie nickte.

»Und deshalb mußte ich dir alles erzählen. Auch wenn es bedeutet, daß wir …«

Bosch schaute sie an. Sie brach ab. Er beendete den Satz nicht für sie, statt dessen zog er eine Zigarette heraus und steckte sie zwischen die Lippen, zündete sie aber nicht an. Er beugte sich über den Tisch, nahm ihren Teller und seinen eigenen. Als er von der Bank aufstand, sagt er: »Ich habe auch keinen Nachtisch.«

»Das ist okay.«

Er brachte die Teller in die Küche, spülte sie ab und stellte sie in die Geschirrspülmaschine. Er hatte sie noch nicht benutzt und beugte sich eine Weile über das neue Gerät, um zu sehen, wie man es bediente. Nachdem er es angestellt hatte, spülte er den Topf und die Pfanne im Spülbecken. Die einfache Arbeit entspannte ihn. Eleanor kam mit ihrem Weinglas in die Küche und beobachtete ihn eine Weile, bevor sie sprach.

»Es tut mir leid, Harry.«

»Es ist okay. Du warst in einer miserablen Lage und hast getan, was du tun mußtest, Eleanor. Das kann man dir nicht vorwerfen. Ich hätte wahrscheinlich das Gleiche getan.«

Es vergingen ein paar Augenblicke, bis sie wieder sprach.

»Willst du, daß ich gehe?«

Bosch drehte das Wasser ab und schaute nach unten, konnte sein dunkles Spiegelbild im makellosen Metall des Spülbeckens erkennen.

»Nein«, sagte er. »Nein, ich glaube nicht.«

Bosch betrat das Revier am Freitag morgen um sieben Uhr mit einer Schachtel Doughnuts vom Fairfax Farmers Market. Er war der erste. Er öffnete die Schachtel und stellte sie neben die Kaffeemaschine am Schalter. Er nahm sich einen Doughnut heraus und legte ihn auf eine Serviette an seinen Platz am Mord-Tisch. Dann ging er ins Wachbüro, um sich Kaffee zu holen. Er war dort viel besser, als aus der Maschine in der Fahndungsabteilung.

Nachdem er seinen Kaffee hatte, nahm er seinen Doughnut und setzte sich an den Tisch hinter dem Eingangsschalter der Fahndungsabteilung. Seine Einteilung zum Schalterdienst bedeutete, daß er sich um den Publikumsverkehr kümmern mußte. Außerdem mußte er die Tagesberichte sortieren und verteilen. Um Anrufe brauchte er sich nicht zu kümmern. Das wurde von einem freiwilligen Helfer, einem alten Mann aus der Nachbarschaft, erledigt.

Bosch befand sich fünfzehn Minuten allein im Büro, bevor die ersten Detectives nach und nach eintrödelten. Sechsmal wurde er von einem Ankömmling gefragt, warum er Schalterdienst hatte und jedesmal antwortete er, daß es zu kompliziert sei und daß es ohnehin bald allseits bekannt sein werde. Nichts blieb auf einem Polizeirevier lange geheim.

Um halb neun kam der Lieutenant von der Frühschicht und gab die Berichte ab, bevor er nach Hause ging. Er lächelte, als er Bosch sah. Er hieß Klein, und Bosch kannte ihn seit ein paar Jahren oberflächlich.

»Wen haben Sie diesmal zusammengeschlagen, Bosch?« flachste er.

Es war schon immer so, daß der Detective hinterm Schalter entweder dort saß, weil er an der Reihe oder weil er Gegenstand von internen Ermittlungen war und zu einem Schreibtischjob eingeteilt wurde. Meisten war es letzteres. Aber Kleins Witz war ein Zeichen, daß er noch nicht gehört hatte, daß Bosch wirklich ein Dienstverfahren am Hals hatte. Bosch parierte die Frage mit einem Lächeln, antwortete jedoch nicht. Er nahm den fünf Zentimeter dicken Stapel Berichte an sich und salutierte ironisch.

Der Stapel enthielt fast alle Verbrechensmeldungen, die in den letzten vierundzwanzig Stunden von Streifenpolizisten im Hollywood-Revier verfaßt worden waren. Später am Morgen würde es noch eine kleinere Lieferung von Nachzüglern geben, aber der Stapel stellte im Großen und Ganzen die Arbeit für den Tag der Fahndungsabteilung dar.

Er beugte sich über den Papierstoß und ignorierte die Gespräche um sich herum. Nach einer halben Stunde hatte er die Berichte nach Verbrechen sortiert. Danach mußte er sie mit geschultem Auge überfliegen und nach möglichen Verbindungen zwischen Raubüberfällen, Einbrüchen, Körperverletzungen, etc. suchen. Schließlich würde er die einzelnen Papierstöße bei den verschiedenen Tischen abliefern, die für die einzelnen Verbrechenskategorien zuständig waren.

Als er von seiner Arbeit aufschaute, sah er Lieutenant Billets in ihrem Büro am Telefon. Er hatte nicht bemerkt, daß sie hereingekommen war. Teil seiner Aufgabe war es, sie jeden Morgen über die eingegangenen Berichte zu informieren. Ob es wichtige oder ungewöhnliche Verbrechen gab oder sonst etwas, worüber sie als Commander der Fahndungsabteilung im Bilde sein sollte.

Er vertiefte sich wieder in seine Arbeit und ging als erstes die Autodiebstahlberichte durch. In den letzten vierundzwanzig Stunden waren dreiunddreißig Autos in Hollywood als gestohlen gemeldet worden. Bosch wußte, daß das unter dem Durchschnitt lag. Nachdem er die Zusammenfassungen der Berichte gelesen, nach Gemeinsamkeiten gesucht und nichts gefunden hatte, brachte er die Berichte zu dem leitenden Detective des Autodiebstahl-Tisches. Als er zum Eingangsschalter zurückging, sah er, daß Edgar und Rider am Mord-Tisch standen und Sachen in einen Karton packten. Er trat hinzu und stellte fest, daß sie das Mordbuch und die zusätzlichen Akten sowie die Beutel mit Beweismitteln im Aliso-Fall einpackten. Es wurde alles an die Bundesbehörden geschickt.

»Morgen, Leute«, sagte Bosch. Er war unsicher, wie er anfangen sollte.

»Harry«, sagte Edgar.

»Wie geht's, Harry?« sagte Rider. Ihre Stimme klang besorgt.

»Ich versuche, nicht den Mut zu verlieren ... Hm, ich wollte – ich wollte nur sagen, daß es mir leid tut, daß ihr mit in die Sache hineingezogen wurdet. Aber ihr solltet wissen, daß ich nie und nimmer ...«

»Nicht nötig, Harry«, sagte Edgar. »Uns brauchst du nichts zu versichern. Die ganze Sache stinkt zum Himmel. In all meinen Jahren bei der Polizei habe ich keinen ehrlicheren Polizisten als dich getroffen. Alles andere ist totaler Quatsch.«

Bosch nickte, gerührt von Edgars Worten. Er erwartete nicht die gleichen Gefühle von Rider, weil es erst ihr erster Fall zusammen war. Aber sie sprach trotzdem.

»Ich habe noch nicht lange mit dir gearbeitet, Harry. Aber soweit ich dich kenne, stimme ich Jerry zu. Paß auf, es wird sich alles klären, und wir arbeiten dann wieder zusammen.«

»Danke.«

Bosch wollte gerade losgehen, als er in den Karton sah. Er griff hinein und zog das dicke Mordbuch heraus, das Edgar geführt hatte.

»Kommt jemand vom FBI hier vorbei oder schickt ihr es?«

»Um zehn soll es jemand abholen«, sagte Edgar.

Bosch schaute auf die Uhr. Es war erst neun.

»Habt ihr was dagegen, wenn ich es fotokopiere? Damit wir was haben, falls der Fall beim FBI ins schwarze Loch fällt.«

»Bedien' dich«, sagte Edgar.

»Hat Salazar seinen Bericht geschickt?« fragte Bosch.

»Von der Autopsie?« fragte Rider. »Nein, noch nicht. Es sei denn, er ist unterwegs.«

Bosch sagte ihnen nicht, daß der FBI ihn wahrscheinlich abgefangen hatte, falls er mit der Amtspost geschickt worden war. Er ging mit dem Mordbuch zur Kopiermaschine, öffnete die drei Ringe und nahm die Berichte heraus. Er stellte den Kopierer so ein, daß beide Seiten der Dokumente kopiert wurden, und legte den Stoß Berichte auf die Eingabevorrichtung. Dann versicherte er sich, daß der Kopierer mit gelochtem Papier gefüllt war, drückte auf den Startknopf und trat zurück, um zuzuschauen. Eine Fotokopierladenkette in der Stadt hatte die Maschine gespendet und wartete sie regelmäßig. Es war das einzige Gerät auf dem Revier, das effektiv war und die meiste Zeit funktionierte. In zehn Minuten war Bosch fertig. Er heftete die Originale wieder im Mordbuch ab und legte es in den Karton auf Edgars Schreibtisch. Danach nahm er sich ein neues Ringbuch aus dem Schrank für Büromaterial, heftete die Kopien ab und warf es in die Schublade eines Karteischrankes, an der seine Geschäftskarte klebte. Dann sagte er seinen Partnern, wo es war, falls sie es brauchten.

»Harry«, sagte Rider leise, »du hast vor, Ermittlungen auf eigene Faust durchzuführen. Stimmt's?«

Er schaute sie einen Moment an, unsicher was er antworten sollte. Er dachte an ihre Beziehung zu Billets. Er mußte vorsichtig sein. Anscheinend bemerkte sie seine Unschlüssigkeit.

»Falls ja«, sagte sie, »würde ich gerne mitmachen. Du weißt, daß das FBI sich nicht viel Mühe mit dem Fall machen wird. Sie werden ihn zu den Akten legen.«

»Ich mach auch mit«, sagte Edgar.

Bosch zögerte wieder und schaute von einem zum anderen. Dann nickte er.

»Wie wär's, wenn wir uns bei Musso's um halb eins treffen?« sagte er. »Ich lade euch ein.«

»Wir werden kommen.«

Als er wieder am Schalter saß, sah Bosch, daß Billets nicht mehr telefonierte sondern Akten studierte. Ihre Tür war offen. Bosch klopfte an den Türrahmen, als er eintrat.

»Guten Morgen, Harry.« Sie machte einen bedrückten Eindruck, als wäre es ihr peinlich, daß er am Schalter arbeiten mußte. »Ist irgend etwas passiert, was ich gleich wissen sollte?«

»Ich glaube nicht. Es ist nicht viel los. Das heißt, es gibt einen geschickten Einbrecher, der in den Hotels am Strip arbeitet. Zumindest sieht es aus, als ob es einer ist. Er hat gestern im Chateau und im Hyatt zugeschlagen. Die Leute sind nicht aufgewacht. Scheint die gleiche Methode in beiden Fällen zu sein.«

»Waren die Opfer wichtige Leute, die wir kennen sollten?«

»Glaub ich nicht, aber ich lese nicht *People.* Ich würde wahrscheinlich manche Stars nicht erkennen, selbst wenn sie mir auf die Füße treten würden.«

Sie lächelte.

»Was hat er erbeutet?«

»Ich weiß es nicht. Ich bin mit dem Stoß noch nicht fertig. Deshalb bin ich nicht hier. Ich wollte mich dafür bedanken, daß du mich gestern verteidigt hast.«

»Das kann man wohl kaum verteidigen nennen.«

»Doch. Was du in der Situation gesagt und getan hast, war ziemlich mutig. Ich weiß das zu schätzen.«

»Nun, ich hab schon gesagt, daß ich es getan habe, weil ich die Anschuldigungen nicht glaube. Und je eher IE und das FBI mit der Arbeit anfangen, desto eher werden sie es auch nicht glauben. Übrigens, wann hast du deinen Termin?«

»Zwei Uhr.«

»Wer ist dein Gewerkschaftsbeistand?«

»Ein Typ von Raub-Mord. Dennis Zane. Er ist in Ordnung. Er weiß, was er für mich tun muß. Kennst du ihn?«

»Nein. Aber hör zu, falls ich etwas tun kann, sag mir Bescheid.«

»Danke, Lieutenant.«

»Grace.«

»Richtig. Grace.«

Als Bosch am Schalter saß, dachte er an seinen Termin bei Chastain. In Übereinstimmung mit den Dienstvorschriften würde Bosch von einem Rechtsbeistand der Gewerkschaft vertreten werden, der gleichzeitig Detective war. Er würde Bosch wie ein Anwalt beraten, was er sagen sollte und wie. Es war der erste formelle Schritt bei internen Ermittlungen und Dienstverfahren.

Als er aufsah, stand vor ihm eine Frau mit einem jungen Mädchen am Schalter. Das Mädchen hatte rot unterlaufene Augen und eine geschwollene Unterlippe, die aussah, als wäre sie das Resultat eines Bisses. Sie sah aufgelöst aus und starrte auf die Wand hinter Bosch, als befände sich dort ein Fenster – nur war keins dort.

Bosch hätte sie von seinem Schreibtisch aus fragen können, wie er ihnen helfen könnte. Aber man mußte nicht Detective sein, um zu wissen, warum sie hier waren. Er stand auf und trat an den Schalter, damit sie vertraulich mit ihm sprechen konnten. Vergewaltigungsopfer deprimierten ihn am tiefsten. Er wußte, er würde es nicht einen einzigen Monat in der Abteilung für Vergewaltigung aushalten. Jedes Opfer, das er je gesehen hatte, hatte so ins Leere gestarrt. Ihr Leben hatte sich geändert, für immer. Sie würden nie wiedererlangen, was sie vorher hatten.

Nachdem er kurz mit Mutter und Tochter gesprochen hatte, fragte Bosch, ob das Mädchen einen Arzt benötigte, und die Mutter sagte nein. Er öffnete die hüfthohe Klappe am Schalter und führte die beiden nach hinten in eins der drei Vernehmungszimmer. Dann ging er zum Tisch für Sexualverbrechen und sprach Mary Cantu an, eine Kollegin, die seit Jahren einen Job machte, den Bosch nicht einen Monat hätte tun können.

»Mary, eine Mutter ist mit ihrer Tochter hier«, sagte Bosch. »Sie sind in Raum Drei. Das Mädchen ist fünfzehn. Es ist gestern abend passiert. Sie war neugierig, was der Dealer an der Ecke machte. Er schnappte sie sich und verkaufte sie mit einem Stück Crack an den nächsten Kunden.«

»Danke, Bosch. Genau das, was mir noch an einem Freitag gefehlt hat. Ich werde sofort hingehen. Hast du gefragt, ob sie ärztliche Hilfe braucht?«

»Sie hat nein gesagt, aber ich glaube, die Antwort ist ja.«

»Okay, ich kümmere mich drum. Danke.«

Als er wieder hinterm Schalter saß, dauerte es ein paar Minuten, bis Bosch seine Gedanken von dem Mädchen lösen konnte, und weitere fünfundvierzig, die Berichte durchzulesen und bei den zuständigen Abteilungen abzuliefern.

Als er fertig war, schaute er nach, was Billets machte. Sie war am Telefon, ein Stoß Akten lag vor ihr auf dem Schreibtisch. Bosch stand auf, ging zum Karteischrank und holte seine Kopie des Mordbuchs heraus. Er hatte beschlossen, daß er in der freien Zeit, die er zwischendurch am Schalter hatte, das Mordbuch durchgehen würde. Die Ermittlungen waren von Anfang an dermaßen schnell abgelaufen, daß er keine Zeit gehabt hatte, die Berichte durchzulesen. Aus Erfahrung wußte er, daß Einzelheiten und Nuancen für die Lösung eines Falls oft entscheidend sein konnten. Er hatte gerade begonnen, die Seiten oberflächlich durchzublättern, als jemand ihn ansprach, dessen Stimme ihm irgendwie bekannt vorkam.

»Ist das das, wofür ich es halte?«

Bosch schaute auf. O'Grady, der FBI-Agent stand am Schalter. Bosch wurde rot vor Verlegenheit, daß er in flagranti mit der Akte ertappt worden war. Seine Abneigung gegen den Agenten wuchs.

»Ja, das ist es, O'Grady. Du solltest schon vor einer halben Stunde hier sein, um es abzuholen.«

»Ich muß mich nicht nach eurer Stechuhr richten. Ich hatte was zu erledigen.«

»Was? Mußtest du einen neuen Zopf für deinen Kumpel Roy besorgen?«

»Gib mir das Ringbuch, Bosch. Und den Rest.«

Bosch war immer noch nicht aufgestanden und machte auch keine Anstalten, es zu tun.

»Wofür willst du das Mordbuch haben, O'Grady? Wir wissen doch alle, daß ihr den Fall zu den Akten legt. Euch interessiert doch nicht, wer Tony Aliso umgebracht hat. Ihr wollt es gar nicht wissen.«

»Red nicht so'n Scheiß. Gib mir die Akte.«

O'Grady griff über den Schalter und tastete nach dem elektronischen Knopf, der die Tür öffnete.

»Nimm bloß deine dreckigen Pfoten weg«, sagte Bosch und stand auf. »Warte hier. Ich werde alles holen.«

Mit dem Ringbuch in der Hand ging Bosch zum Mord-Tisch. Er verdeckte O'Grady die Sicht mit seinem Rücken, legte sein Ringbuch auf den Tisch und nahm den Karton mit dem originalen Mordbuch, den zusätzlichen Berichten sowie den Plastikbeuteln mit Beweismitteln, die Edgar und Rider eingepackt hatten. Er trug ihn nach vorn und knallte ihn vor O'Grady auf den Schalter.

»Du mußt die Annahme bestätigen«, sagte er. »Wir gehen mit Beweismitteln sehr gewissenhaft um und achten darauf, wer es in seiner Obhut hat.«

»Klar. Das haben wir alle beim O.J.-Fall gesehen.«

Bosch packte O'Gradys Krawatte und riß seinen Oberkörper auf den Schalter hinunter. Der Agent fand keinen Halt für seine Hände, um sich wieder hochzudrücken. Bosch beugte sich hinunter, so daß er direkt in sein Ohr sprach.

»Was hast du gesagt?«

»Bosch, du ...«

»Harry.«

Bosch schaute auf. Billets stand in der Tür ihres Büros. Bosch ließ die Krawatte los, und O'Grady fiel beinahe nach hinten hinüber, als er sich aufrichtete. Sein Gesicht war knallrot vor Scham und Wut. Er lockerte seine Krawatte und schrie: »Du gehörst in die Klapsmühle, weißt du das? Du Riesenarschloch.«

»Ich wußte nicht, daß ihr beim FBI solch dreckige Ausdrücke in den Mund nehmt«, sagte Bosch.

»Harry, setz dich«, kommandierte Billets. »Ich kümmere mich darum.«

Sie war jetzt am Schalter.

»Er muß die Empfangsbescheinigung unterschreiben.«

»Das ist mir egal. Ich kümmere mich darum.«

Bosch ging an seinen Schreibtisch und setzte sich. Er starrte O'Grady ohne mit einer Wimper zu zucken an, während Billets im Karton kramte, bis sie die Inventarliste gefunden hatte, die Edgar vorbereitet hatte. Sie zeigte O'Grady, wo er unterschreiben mußte, und sagte, daß er jetzt gehen solle.

»Sie passen besser auf ihn auf«, sagte er zu Billets, als er den Karton vom Schalter nahm.

»Sie passen besser auf sich selbst auf, Agent O'Grady.

Falls ich irgend etwas über die kleine Meinungsverschiedenheit hier höre, werde ich gegen Sie eine Dienstbeschwerde wegen Provokation einreichen.«

»Er hat ange ...«

»Das ist mir egal. Verstehen Sie? Es ist mir egal. Gehen Sie jetzt.«

»Ich gehe. Aber Sie passen besser auf ihn hier auf. Und lassen Sie ihn nicht hier dran.«

O'Grady deutete auf den Inhalt des Kartons. Billets antwortete nicht. O'Grady machte einen Schritt vom Schalter weg, blieb dann aber stehen und schaute noch einmal Bosch an.

»Übrigens, Bosch, ich soll dir etwas von Roy ausrichten.«

»Agent O'Grady, würden Sie bitte gehen!« sagte Billets zornig.

»Was?«

»Er wollte nur fragen, wer jetzt das Stück Fleisch ist?«

Mit diesen Worten drehte er sich um und ging den Korridor zum Ausgang hinunter. Billets beobachtete ihn, bis er verschwunden war, wandte sich dann Bosch zu und schaute ihn mit blitzenden Augen an.

»Du kannst es einfach nicht lassen?« sagte sie. »Warum wirst du nicht endlich erwachsen und hörst auf, Leute ständig anzupissen?«

Sie wartete nicht auf seine Antwort, weil er keine hatte. Sie eilte in ihr Büro zurück und schloß die Tür. Dann zog sie die Jalousien vor der gläsernen Trennwand zu. Bosch verschränkte die Hände in seinem Nacken, lehnte sich zurück und schaute zur Decke hoch. Dann atmete er laut aus.

Sofort nach dem Zwischenfall mit O'Grady hatte Bosch alle Hände voll zu tun mit einem Jungen, der einen bewaffneten Überfall meldete. Alle Detectives vom Raubüberfall-Tisch waren im Moment wegen eines Auto-Hijackings, das in einer Verfolgungsjagd geendet hatte, draußen unterwegs. Das bedeutete, daß Bosch als Schalterbeamter das Opfer vernehmen und den Bericht schreiben mußte. Das Opfer war ein mexikanischer Junge, der an der Ecke Hollywood Boulevard und Sierra Bonita Avenue Stadtpläne von den Häusern der Filmstars verkaufte. Um zehn Uhr morgens, kurz nachdem er sein Sperrholzschild aufgestellt und begonnen hatte, den vorbeifahrenden Autos zuzuwinken, stoppte ein alter, amerikanischer PKW mit einem Mann am Steuer und einer Frau auf dem Beifahrersitz. Die Frau richtete eine Pistole auf den Jungen und nahm ihm achtunddreißig Dollar ab. Der Junge war mit seiner Mutter gekommen, um das Verbrechen zu melden. Am Tag vorher hatte er eine einzige Karte verkauft und fast das ganze Geld, was geraubt worden war, war sein eigenes gewesen, das er am Morgen als Wechselgeld mitgebracht hatte. Durchschnittlich brachte er nach einem ganzen Tag Herumstehen und Winken soviel nach Hause, wie ihm heute geraubt worden war.

Weil die Beute so gering und das Vorgehen der Räuber so schlampig gewesen war, nahm Bosch sofort an, daß es Junkies gewesen sein mußten, die schnell Knete brauchten, um sich den nächsten Schuß zu setzen. Sie hatten sich noch nicht mal die Mühe gemacht, das Kennzeichen des Autos zu verbergen. Der Junge hatte es sich gemerkt, als sie wegfuhren.

Nachdem er mit dem Jungen und seiner Mutter fertig war, ging er zum Fernschreiber und schickte eine Suchmeldung des Autos sowie eine Beschreibung der Verdächtigen hinaus. Er stellte fest, daß das Auto schon wegen zwei Raubüberfällen in der letzten Woche gesucht wurde. Das hatte dem Jungen, der seinen Tagesverdienst verloren hatte, nicht viel geholfen, dachte Bosch. Die Verbrecher hätten verhaftet werden müssen, bevor sie den Jungen überfielen. Aber Los Angeles war eine Riesenstadt und alles andere als perfekt. Derlei Enttäuschungen bedrückten Bosch nie lange.

Inzwischen hatte sich das Büro der Fahndungsabteilung zur Mittagspause geleert. Bosch sah nur Mary Cantu am Sexualverbrechen-Tisch. Wahrscheinlich erledigte sie den Papierkram für den Vergewaltigungsfall vom Morgen.

Edgar und Rider waren schon weg. Anscheinend dachten sie, es sei besser, getrennt zu Musso's zu gehen. Als Bosch aufstand, um zu gehen, sah er, daß die Jalousien von Billets

Büro noch immer zugezogen waren. Er wußte, daß sie noch da war. Nachdem er zum Mord-Tisch gegangen war und seine Kopie des Mordbuchs in die Aktentasche gesteckt hatte, ging er zu ihrer Tür und klopfte an. Bevor sie antworten konnte, öffnete er die Tür und steckte seinen Kopf hinein.

»Ich geh was essen und fahr dann nach Downtown zu meinem Termin. Niemand wird dann am Schalter sein.«

»Okay«, sagte sie. »Ich werde Edgar oder Rider nach dem Mittagessen dafür einteilen. Sie warten im Moment sowieso auf einen Fall.«

»Okay dann. Bis später.«

»Hm, Harry?«

»Ja?«

»Ich muß mich für vorhin entschuldigen. Nicht für meine Worte. Ich habe gemeint, was ich gesagt habe. Aber ich hätte mit dir in mein Büro gehen sollen. Es war falsch, es vor den anderen zu sagen. Tut mir leid.«

»Mach dir keine Gedanken deswegen. Schönes Wochenende.«

»Dir auch.«

»Ich werd's versuchen, Lieutenant.«

»Grace.«

»Grace.«

Bosch fuhr genau um halb zwölf auf den Parkplatz hinter Musso and Frank's Restaurant am Hollywood Boulevard. Das Restaurant hatte in Hollywood so etwas wie Denkmalstatus. Es hatte 1924 seine Türen geöffnet und war in seinen Glanztagen ein populärer Treffpunkt für Hollywoods Elite gewesen. Hier hatten sich Fitzgerald und Faulkner unterhalten, und Chaplin und Fairbanks hatten einmal auf dem Boulevard ein Pferderennen veranstaltet, dessen Verlierer die Zeche fürs Abendessen bezahlen mußte. Das Restaurant überlebte jetzt hauptsächlich dank seines verblaßten Ruhms und verblichenen Charmes. Die mit rotem Leder gepolsterten Sitzbänke in den Nischen füllten sich jeden Tag zum Mittagessen, und die Kellner machten den Eindruck, als hätten sie schon Chaplin bedient. Die Speisekarte hatte sich in all den Jahren, seit Bosch hier aß, nicht geändert – und das in einer Stadt, wo die Nutten auf dem Boulevard länger im Geschäft blieben als die meisten Restaurants.

Edgar und Rider warteten in einer der begehrten runden Sitzecken, und Bosch rutschte zu ihnen, nachdem ihm der Oberkellner gezeigt hatte, wo sie saßen – anscheinend war er zu alt, um Bosch hinzuführen. Sie tranken Eistee, und Bosch schloß sich ihnen an, auch wenn er insgeheim lamentierte, daß man in diesem Lokal die besten Martinis in der ganzen Stadt bekam. Nur Rider schaute auf die Karte. Sie war neu auf dem Revier und noch nicht oft genug hier gewesen, um zu wissen, was man am besten zum Mittagessen bestellte.

»Also, was machen wir?« fragte Edgar, während Rider las.

»Wir müssen neu anfangen«, sagte Bosch. »Die Vegas-Connection war ein Ablenkungsmanöver.«

Rider schaute über den Rand der Speisekarte.

»Kiz, leg sie hin«, sagte er. »Wenn du nicht die Hühnerpastete bestellst, machst du einen Fehler.«

Sie zögerte, nickte dann jedoch und legte die Karte weg.

»Was meinst du mit Ablenkungsmanöver?« fragte sie.

»Ich meine, derjenige, der Tony umbrachte, wollte, daß wir dieser Spur nachgingen. Sie versteckten die Waffe, damit wir die Fährte weiterverfolgten. Aber sie machten einen Fehler. Sie wußten nicht, daß der Typ, dem sie die Waffe unterjubelten, FBI-Agent war, dessen Alibi von einer ganzen Reihe anderer Agenten bestätigt werden konnte. Das war ihr Fehler. Als ich erfuhr, daß unsere Verdachtsperson beim FBI war, dachte ich, daß Joey Marks und seine Leute das herausgefunden und die ganze Sache inszeniert hatten, um ihn als Zeugen unglaubwürdig zu machen.«

»Meiner Ansicht nach ist das immer noch eine gute Theorie«, sagte Edgar.

»Früher vielleicht, aber nicht mehr seit gestern abend«, sagte Bosch, als ein Kellner im roten Jackett an ihren Tisch kam.

»Drei Hühnerpasteten«, sagte Bosch.

»Etwas zu trinken?« fragte der Kellner.

Ach, zum Teufel, dachte Bosch.

»Ja, ich möchte einen Martini, mit drei Oliven. Und den Herrschaften können Sie noch Eistee bringen. Das war's.«

Der Kellner nickte und schlich langsam davon, ohne etwas auf seinen Block geschrieben zu haben.

»Gestern abend«, fuhr Bosch fort, »erfuhr ich von einer Quelle, daß Joey Marks nicht wußte, daß der angebliche Luke Goshen ein Maulwurf war. Als wir Goshen verhafteten, führte Joey sogar einen Plan durch, um festzustellen, ob Goshen dicht halten oder aussagen würde – um entscheiden zu können, ob er Goshen im Untersuchungsgefängnis umbringen lassen sollte.«

Er wartete einen Moment, damit sie darüber nachdenken konnten.

»Im Licht dieser neuen Information stimmt die zweite Theorie vorne und hinten nicht mehr.«

»Wer ist die Quelle?« fragte Edgar.

»Ich kann es euch nicht sagen. Aber ihr könnt euch drauf verlassen, es ist die Wahrheit.«

Er sah, wie sie vor sich auf den Tisch starrten. Sie vertrauten ihm, aber sie wußten auch, daß Informanten sehr oft die ausgekochtesten Lügner waren. Es war eine schwierige Entscheidung, die weiteren Ermittlungen auf die Aussage eines Informanten zu basieren.

»Okay«, sagte Bosch. »Die Quelle ist Eleanor Wish. Jerry, hast du Kiz die ganze Geschichte erzählt?«

Edgar zögerte, dann nickte er.

»Okay, dann wißt ihr, wer es ist. Sie hat es mitgehört, während sie von ihnen in dem Haus festgehalten wurde. Bevor wir sie rausholten, waren Joey und Torrino, sein Anwalt, dort. Sie hörte ein Gespräch und bekam mit, daß sie nicht wußten, wer Goshen war. Die ganze Entführung war ein Test. Ich konnte von dem Haus nur von Goshen erfahren. Das war der Test. Sie wollten sehen, ob er kooperierte oder nicht.«

Sie saßen schweigend ein paar Minuten da, während Edgar und Rider die Neuigkeit verdauten.

»Okay«, sagte Rider schließlich. »Ich verstehe, was du

meinst. Aber falls Vegas ein Riesenholzweg war, wie ist dann die Waffe in das Haus des FBI-Agenten gekommen?«

»Das müssen wir herausfinden. Vielleicht war es jemand, der nichts mit Tonys Mafia-Beziehungen zu tun hatte, aber ihm nahe genug stand, um von der Geldwäsche zu wissen und den Grund für seine Vegas-Reisen zu kennen. Jemand, der persönlich davon wußte oder ihm nach Vegas folgte und beobachtete, wie er bei Goshen das Geld abholte und alles andere. Diese Person wußte, daß Tony Freitagabend mit einer Aktentasche voll Geld zurückkommen würde, und konnte die ganze Sache so inszenieren, daß Goshen dafür verhaftet würde.«

»Sie mußten nur in Goshens Haus, um die Waffe zu verstecken«, sagte Edgar.

»Richtig. Und in das Haus zu kommen, ist kein Problem. Es ist mitten in der Wüste. Und er arbeitet bis früh in den Morgen im Club. Jeder hätte ins Haus eindringen, die Waffe verstecken und wieder verschwinden können. Die Frage ist, wer war's?«

»Du denkst entweder an die Frau oder an seine Freundin«, sagte Edgar.

Bosch nickte.

»Also, auf wen konzentrieren wir uns. Wir können uns nicht beide vornehmen.«

»Ist auch nicht nötig«, sagte Bosch. »Ich denke, es ist offensichtlich.«

»Wer?« fragte Edgar. »Die Freundin?«

Bosch schaute Rider an und gab ihr die Gelegenheit zu antworten. Sie verstand seinen Blick und zog ihre Augen zusammen. Dann begann sie.

»Es – es kann nicht die Freundin sein, weil – weil sie Tony früh am Sonntagmorgen angerufen und eine Nachricht hinterlassen hat. Warum sollte sie den Typen anrufen, wenn sie weiß, daß er tot ist?«

Bosch nickte. Sie war gut.

»Könnte Teil ihres Plans gewesen sein«, sagte Edgar. »Ein weiteres Ablenkungsmanöver.«

»Könnte, aber ich bezweifle es«, sagte Bosch, »Außerdem wissen wir, daß sie Freitag nacht arbeitete. Es wäre schwierig für sie gewesen, herzukommen und Tony umzulegen.«

»Also, dann ist es die Frau«, sagte Edgar. »Veronica.«

»Genau«, sagte Bosch. »Ich glaube, sie hat uns angelogen, als sie tat, als wüßte sie nichts von den Geschäften ihres Mannes. Sie wußte wahrscheinlich alles. Das Ganze war ihr Plan. Sie schrieb die Briefe ans Finanzamt und an OK. Sie wollte Tony in Schwierigkeiten bringen, damit der Mordverdacht auf die Mafia fiel. Sie inszenierte es à la Musiktruhe. Die Waffe bei Goshen zu verstecken, war nur das Tüpfelchen auf dem ›i‹. Wenn wir sie fanden, okay. Wenn nicht, würden wir in Las Vegas herumschnüffeln, bis wir den Fall zu den Akten legen würden.«

»Du meinst, sie hat das alles allein getan?« fragte Edgar.

»Nein«, sagte Bosch. »Ich glaube, es war ihr Plan. Aber jemand muß ihr geholfen haben. Ein Komplize. Der Mord selbst konnte nur von zwei Leuten durchgeführt werden. Und sie hat ganz sicher nicht die Waffe nach Vegas gebracht. Nach dem Mord, bleibt sie zu Hause und wartet, daß ihr Komplize nach Vegas fährt und die Waffe versteckt, während Goshen im Club ist.«

»Einen Moment«, sagte Rider, »ich glaube, wir vergessen etwas. Veronica Aliso hatte einen sehr komfortablen Lebensstil. Tony hat mit seiner Geldwäscherei die Kohle nach Hause gebracht. Sie haben das große Haus oben in den Hügeln, die Autos … Warum würde sie die Gans, die goldene Eier legt, töten? Wieviel war in dem Attachékoffer?«

»Laut FBI vierhundertachtzigtausend«, sagte Bosch.

Edgar pfiff leise. Rider schüttelte den Kopf.

»Ich versteh's trotzdem nicht«, sagte sie. »Das ist viel Geld, aber Tony verdiente mindestens so viel in einem Jahr. Ihn zu töten bedeutete geschäftlich gesehen kurzfristig Profit und langfristig Verlust. Es macht keinen Sinn.«

»Dann steckt noch irgend etwas anderes dahinter, von dem wir noch nichts wissen«, sagte Bosch. »Vielleicht wollte er sich von ihr trennen. Vielleicht erzählte die alte Frau in Vegas die Wahrheit, als sie sagte, Tony wollte Layla heiraten. Oder vielleicht gibt es irgendwo Geld, von dem wir nichts wissen. Aber im Moment sehe ich niemanden außer ihr, der als Täter ins Bild paßt.«

»Aber was ist mit dem Wachhäuschen?« fragte Rider. »In den Aufzeichnungen steht, daß sie Freitag abend, Freitag nacht nicht das Haus verließ und auch keine Besucher bekam.«

»Das müssen wir untersuchen«, sagte Bosch. »Es muß eine Möglichkeit geben, wie sie hinaus und hinein konnte.«

»Was noch?« fragte Edgar.

»Wir fangen von vorne an«, sagte Bosch. »Ich will alles über sie wissen. Woher sie kommt, wer ihre Freunde sind, was sie den ganzen Tag in dem Haus macht und was und mit wem sie es in Tonys Abwesenheit gemacht hat.«

Rider und Edgar nickten.

»Es muß einen Komplizen geben. Ich schätze, daß es ein Mann ist. Und ich wette, wir finden ihn über sie.«

Der Kellner kam mit einem Tablett und setzte es auf einem Klappgestell ab. Sie schauten schweigend beim Präparieren des Gerichts zu. Auf dem Tablett befanden sich drei Hühnerpasteten in kleinen Schalen. Der Kellner trennte die Krusten mit einer Gabel und einem Löffel ab, legte sie auf Teller, löffelte dann den Pasteteninhalt aus den Schalen und bettete ihn auf die Krusten. Dann servierte er den drei Cops das Essen, füllte Edgars und Riders Gläser mit Eistee auf und schüttete Bosch seinen Martini aus einer kleinen, gläsernen Karaffe ins Glas. Dann ging er wortlos davon.

»Offensichtlich müssen wir das Ganze unauffällig tun«, sagte Bosch.

»Ja«, sagte Edgar, »und Billets hat uns für den nächsten Fall eingeteilt. Wenn der nächste Mord gemeldet wird, sind Kiz und ich an der Reihe. Und wir müssen dabei ohne dich auskommen. Das wird uns abhalten, den Fall hier zu untersuchen.«

»Tut, was ihr könnt. Wenn ihr einen neuen Kunden bekommt, können wir nichts dran machen. In der Zwischenzeit schlage ich folgendes vor: Ihr zwei seht, was ihr über Veronicas Privatleben und Vorgeschichte herausfinden könnt. Habt ihr irgendwelche Quellen bei der *Times* oder bei den Filmzeitschriften?«

»Ich kenne ein paar bei der *Times*«, sagte Rider. »Und eine Frau, die bei *Variety* Empfangsdame ist oder sowas. Sie war Opfer bei einem Fall, in dem ich ermittelte.«

»Vertraust du ihnen?«

»Ich denke, ich kann ihnen vertrauen.«

»Sieh, ob sie für dich im Archivindex nachsehen können. Veronica hatte vor Jahren ihre sprichwörtlichen fünfzehn Minuten Ruhm. Vielleicht gibt es Artikel über sie mit Namen von Leuten, mit denen wir sprechen könnten.«

»Sollen wir noch mal mit ihr sprechen?« fragte Edgar.

»Noch nicht. Wir müssen erst etwas in der Hand haben, worüber wir sie befragen können.«

»Was ist mit den Nachbarn?«

»Das kannst du tun. Vielleicht guckt sie aus dem Fenster und sieht dich. Dann hat sie etwas zum Nachgrübeln. Wenn du dort rauffährst, versuch dir noch mal das Wachbuch anzusehen. Sprich mit Nash. Ich bin sicher, du kannst ihn überreden, es dir zu zeigen. Sieh dir das ganze Jahr an. Ich würde gern wissen, wer sie besucht hat – besonders wenn Tony auf Reisen war. Wir haben seine Kreditkartenrechnungen und können seine Reisen rekonstruieren. Dann weißt du, wann sie im Haus allein war.«

Bosch hob seine Gabel. Er hatte noch keinen Bissen gegessen. Seine Gedanken beschäftigten sich zu sehr mit dem Fall und den notwendigen Ermittlungsschritten.

»Außerdem müssen wir soviel wie möglich von der Akte zurückbekommen. Im Moment haben wir nur das Mordbuch. Ich muß zum Parker Center zu meinem Kaffeeklatsch mit IE. Ich werde bei der Gerichtsmedizin vorbeifahren und eine Kopie des Autopsieberichts besorgen. Das FBI hat ihn schon. Außerdem werde ich mit Donovan von der Spurensicherung sprechen. Mal sehen, ob er irgend etwas über die Sachen, die im Auto waren, herausgefunden hat. Er hat auch die Schuhabdrücke. Ich laß mir Kopien geben. Hoffentlich war das FBI noch nicht da und hat alles mitgenommen. Habe ich was vergessen?«

Die beiden schüttelten den Kopf.

»Also, ihr seht, was ihr herausfinden könnt, und wir stecken nach der Arbeit wieder unsere Köpfe zusammen?«

Sie nickten.

»Cat and Fiddle, um sechs herum?«

Sie nickten wieder. Sie waren zu sehr mit dem Essen beschäftigt, um zu reden. Bosch nahm den ersten Bissen, die Pastete wurde schon kalt. Er schloß sich ihrem Schweigen an und dachte über den Fall nach.

»Es steckt im Detail«, sagte er nach ein paar Momenten.

»Was?« fragte Rider.

»Die Lösung. Bei so einem Fall, steckt die Antwort immer in den Details. Paßt auf, wenn wir den Fall lösen, stellen wir fest, daß die Antwort die ganze Zeit in den Akten gestanden hat. So ist es immer.«

Die Vernehmung durch Chastain von der Abteilung für interne Ermittlungen begann, wie Bosch erwartet hatte. Er saß mit Zane, seinem Rechtsbeistand, an einem grauen Metalltisch in einem der IE-Vernehmungszimmer. Ein alter Sony-Kassettenrecorder lief und alles, was im Raum gesagt wurde, wurde aufgezeichnet. Chastain wandte eine gebräuchliche Vernehmungstaktik an. Er legte Bosch auf eine bestimmte Geschichte fest, indem er sich so viel wie möglich detailliert erzählen und erklären ließ. Chastain würde mit seinen Ermittlungen erst beginnen, wenn er alles auf Band hatte. Dann würde er sich auf Unstimmigkeiten konzentrieren. Er mußte Bosch nur bei einer einzigen Lüge ertappen, um ihn vor den Personalausschuß zu bringen. Je nach Ausmaß und Relevanz der Lüge konnte er Strafen beantragen, die von Suspension bis Entlassung reichten.

In monotonem und mühseligem Tonfall las Chastain vorbereitete Fragen von einem Block ab, und Bosch beantwortete sie langsam und vorsichtig, mit so wenig Worten wie möglich. Es war ein Spiel. Bosch spielte es nicht zum ersten Mal. In den fünfzehn Minuten, die sie vor der Vernehmung hatten, hatte Zane Bosch erklärt, wie es ablaufen würde und wie sie sich verhalten sollten. Wie ein guter Verteidiger fragte er Bosch nie direkt, ob er die Waffe versteckt hatte. Das war ihm egal. Für Zane war IE der Feind, ein Haufen Arschlöcher, denen es nur darum ging, andere Cops zur Strecke zu bringen. Zane gehörte zur alten Schule; er glaubte, daß alle Polizisten im Kern gut waren und wenn sie manchmal während ihres Diensts vom rechten Weg abkamen, sollten sie nicht von ihren eigenen Kollegen gejagt werden.

Eine halbe Stunde lief alles routinemäßig ab. Aber dann startete Chastain einen Angriff aus einer unerwarteten Ecke.

»Detective Bosch, kennen Sie eine Frau namens Eleanor Wish?«

Zane hielt seine Hand vor Bosch, um ihn am Reden zu hindern.

»Was soll der Scheiß, Chastain?«

»Mit wem haben Sie gesprochen, Chastain?« fragte Bosch.

»Warte, Harry«, sagte Zane. »Sag nichts. Worauf wollen Sie hinaus, Chastain?«

»Das geht aus den Anordnungen des Chiefs hervor. Ich untersuche Boschs Verhalten während der Ermittlungen. Zu diesem Zeitpunkt haben Sie kein Recht zu erfahren, mit wem ich gesprochen oder woher ich meine Informationen bekommen habe.«

»Hier soll es darum gehen, daß er angeblich die Waffe versteckt hat. Wir sind hier, um darüber Fragen zu beantworten.«

»Wollen Sie den Befehl des Chiefs noch mal lesen? Es ist ziemlich klar.«

Zane schaute ihn einen Moment an.

»Geben Sie uns fünf Minuten, damit wir darüber sprechen können. Warum lassen Sie sich nicht in der Zeit Ihre Krallen wieder nachfeilen.«

Chastain stand auf, um den Kassettenrecorder abzustellen. An der Tür drehte er sich zu ihnen um und lächelte.

»Diesmal hab ich Sie beide geschlagen. Bosch, Sie werden Ihren Kopf nicht aus der Schlinge ziehen können. Und Sie, Zane, werden feststellen, daß man nicht immer gewinnen kann.«

»Das sollten Sie besser wissen als ich, Sie aufgeblasenes Arschloch. Verschwinden Sie und lassen Sie uns allein.«

Nachdem Chastain gegangen war, beugte sich Zane über den Recorder und sah nach, ob er abgestellt war. Dann stand er auf und versicherte sich, daß der Thermostat nicht ein getarntes Abhörmikrofon war. Nachdem er sicher war, daß ihr Gespräch vertraulich sein würde, setzte er sich wieder und befragte Bosch über Eleanor Wish. Bosch erzählte ihm von seinem Zusammentreffen mit ihr und der Zeit, die er mit ihr verbracht hatte. Er ließ jedoch die Entführung und ihre gestrige Beichte aus.

»Einer von den Cops in Vegas muß ihm erzählt haben, daß du mit ihr ins Bett gestiegen bist«, sagte Zane. »Das ist alles. Er will dich wegen kriminellen Umgangs drankriegen. Wenn du es zugibst, hat er dich. Aber wenn das alles ist, kriegst du nur einen leichten Klaps. Falls du jedoch lügst und behauptest, daß du nicht mit ihr zusammen warst und sie das Gegenteil beweisen können, hast du ein Problem. Mein Rat ist, gib's zu, daß du sie kennst und mit ihr geschlafen hast. Scheiß drauf; es ist kaum der Rede wert. Sag ihm, es ist vorbei. Wenn das alles ist, was er hat, ist er ein dummes Arschloch.«

»Ich bin mir nicht sicher.«

»Was?«

»Daß es vorbei ist.«

»Dann sag nichts zu dem Thema, wenn er dich nicht danach fragt. Falls er es tut, überleg dir deine Antwort gut. Bist du bereit?«

Bosch nickte, und Zane öffnete die Tür. Chastain saß draußen an einem Schreibtisch.

»Wo bleiben Sie, Chastain?« beschwerte sich Zane. »Wir warten hier drinnen auf Sie.«

Chastain antwortete nicht. Er kam herein, stellte das Tonband an und fuhr mit den Fragen fort.

»Ja, ich kenne Eleanor Wish«, sagte Bosch. »Während der letzten Tage habe ich einige Zeit mit ihr verbracht.«

»Wieviel Zeit?«

»Das weiß ich nicht genau. Ein paar Nächte.«

»Während Sie die Ermittlungen durchführten?«

»Nicht ›während‹. Nachts, nach der Arbeit. Wir arbeiten nicht alle rund um die Uhr wie Sie, Chastain.«

Bosch verzog das Gesicht zu einem sarkastischen Lächeln.

»War sie Zeugin in diesem Fall?« fragte Chastain in einem Tonfall, der verriet, daß Boschs Geständnis ihn geschockt hatte.

»Anfänglich glaubte ich das. Nachdem ich mich jedoch mit ihr unterhalten hatte, merkte ich bald, daß sie keine Zeugin in diesem Fall war.«

»Aber Sie haben sie zuerst in Ihrer Funktion als Ermittlungsbeamter getroffen.«

»Das ist korrekt.«

Chastain schaute lange auf seinen Block, bevor er die nächste Frage stellte.

»Diese Frau, die vorbestrafte Eleanor Wish, lebt sie im Moment in Ihrem Haus?«

Bosch fühlte, wie ihm die Galle hochkam. Die Herumschnüffelei in seinen Privatangelegenheiten und Chastains Ton gingen ihm unter die Haut. Er bemühte sich, ruhig zu bleiben.

»Ich kann die Frage nicht beantworten«, sagte er.

»Sie wissen nicht, ob jemand in ihrem Haus lebt oder nicht?«

»Hören Sie, Chastain, sie war gestern abend da. Okay! Wollten Sie das hören? Sie war da. Ob sie heute abend da sein wird, weiß ich nicht. Sie hat ihre eigene Wohnung in Vegas. Vielleicht ist sie heute zurückgefahren. Ich weiß es nicht, ich habe nicht angerufen. Wenn Sie wollen, daß ich sie anrufe und frage, ob sie zur Zeit bei mir wohnt, tu ich's.«

»Ich glaube, das ist nicht nötig. Ich glaube, ich habe alles, was ich im Moment brauche.«

Dann schloß er die Vernehmung mit den Standardphrasen ab.

»Detective Bosch, Sie werden über die Ergebnisse der laufenden Ermittlungen informiert werden. Falls Sie wegen eines Dienstvergehens angeklagt werden, wird Ihnen der

Termin der Anhörung vor dem Personalausschuß mitgeteilt, bei dem drei Captains die Beweise examinieren werden. Sie haben das Recht, einen der Captains zu wählen, ich werde den zweiten auswählen, der dritte wird durch Los bestimmt. Irgendwelche Fragen?«

»Nur eine. Wie können Sie sich Polizist nennen, wenn Sie nur hier rumsitzen und Scheißuntersuchungen über Scheißvergehen durchführen?«

Zane legte eine Hand auf Boschs Unterarm, um ihn zum Schweigen zu bringen.

»Nein, das ist okay«, sagte Chastain und winkte Zanes Bemühungen ab. »Es macht mir nichts aus zu antworten. Man stellt mir die Frage oft, Bosch. Komischerweise sind es immer Cops, die ich gerade untersuche. Nun, ich bin stolz auf meine Arbeit, weil ich die Bevölkerung repräsentiere. Wenn niemand die Polizei überwachen würde, dann würde polizeilicher Machtmißbrauch ausufern. Ich übe eine wichtige Funktion in der Gesellschaft aus, Detective Bosch. Ich bin stolz auf meine Arbeit. Können Sie das gleiche sagen?«

»Ja, ja, ja«, sagte Bosch. »Ich bin sicher, das hört sich großartig auf Band an. Wer immer es sich anhört. Ich habe das Gefühl, Sie sitzen wahrscheinlich abends allein zu Hause und hören es sich an. Wieder und immer wieder. Nach einer Weile glauben Sie es selbst. Aber ich habe noch eine Frage an Sie. Wer überwacht die Polizisten, die die Polizisten überwachen, Chastain?«

Bosch stand auf und Zane folgte ihm. Die Vernehmung war zu Ende.

Nachdem sie die Abteilung für interne Ermittlungen verlassen hatten und er sich bei Zane für seine Hilfe bedankt hatte, begab sich Bosch nach unten in den zweiten Stock, um Art Donovan zu sprechen. Donovan war gerade von einem Tatort zurückgekommen und sah sich Beweismittel an, die er mit einer Inventarliste verglich. Er schaute auf, als Bosch nähertrat.

»Wie bist du hier reingekommen, Harry?«

»Ich kenn die Kombination.«

Die meisten Detectives von Raub-Mord kannten die Kombination für das Türschloß. Bosch arbeitete seit fünf Jahren nicht mehr bei RM, und sie hatten die Kombination immer noch nicht geändert.

»Ja«, sagte Donovan, »so fängt der ganze Ärger an.«

»Was für Ärger?«

»Du kommst hier rein, während ich mich mit Beweismaterial beschäftige. Irgendwann sagt dann so ein kleveres Arschloch von Verteidiger, die Beweisstücke sind manipuliert worden, und ich seh dann wie ein totaler Idiot in den Fernsehnachrichten aus.«

»Du bist paranoid, Artie. Außerdem haben wir den nächsten Prozeß des Jahrhunderts erst in ein paar Jahren zu erwarten.«

»Witzig. Was willst du, Harry?«

»Du bist der zweite, der heute gesagt hat, ich bin witzig. Was ist aus den Schuhabdrücken und dem Rest geworden?«

»Der Aliso-Fall?«

»Nein, der Lindbergh-Fall. Was dachtest du denn?«

»Nun, ich hab gehört, du hast den Aliso-Fall nicht mehr. Ich soll alles fürs FBI abholbereit einpacken.«

»Wann kommen sie?«

Donovan schaute zum ersten Mal von seiner Arbeit auf.

»Sie wollen jemand um fünf vorbeischicken.«

»Dann ist es mein Fall, bis sie vorbeikommen. Was ist mit den Schuhabdrücken, die du gefunden hast?«

»Ich hab nichts gefunden. Ich habe Kopien ans kriminalwissenschaftliche Labor des FBIs in Washington geschickt, um zu sehen, ob sie Fabrikat und Modell identifizieren können.«

»Und?«

»Nichts. Ich habe von ihnen noch nichts gehört, Harry. Sie bekommen aus dem ganzen Land Anfragen. Das wird dir bekannt sein. Und soviel ich weiß, reißen sie sich kein Bein aus, wenn sie ein Päckchen vom LAPD bekommen. Wahrscheinlich werde ich erst nächste Woche etwas erfahren. Wenn ich Glück habe.«

»Scheiße.«

»Es ist sowieso zu spät, um jetzt die Ostküste anzurufen. Vielleicht Montag. Ich wußte nicht, daß du auf einmal so heiß darauf bist. Kommunikation, Harry, das ist das Geheimnis. Du solltest es mal versuchen.«

»Okay, vergiß es. Hast du noch Kopien davon?«

»Ja.«

»Kann ich einen Satz haben?«

»Natürlich, aber du wirst dich noch ungefähr zwanzig Minuten gedulden müssen, bis ich hiermit fertig bin.«

»Hör mal, Artie, es liegt sicher irgendwo in einem der Karteischränke. Es dauert bestimmt nicht mehr als dreißig Sekunden.«

»Würdest du mich bitte allein lassen?« sagte Donovan aufgebracht. »Es ist mein Ernst, Harry. Ja, du hast recht, es liegt in einer Akte, und es würde nur eine halbe Minute dauern. Aber wenn ich meine Arbeit liegen lasse, kreuzigen sie mich, wenn ich in *diesem* Fall vor Gericht als Zeuge erscheine. Irgendsoein Winkeladvokat wird sich als aufrechter und erboster Rechtsstreiter aufplustern und sagen: ›Wollen Sie damit dieser Jury sagen, daß Sie die Untersuchung von Beweisstücken in diesem Fall unterbrachen, um mit Beweisstücken von einem anderen Fall zu arbeiten?‹ Du brauchst kein Staranwalt zu sein, um eine Jury damit zu beeindrucken. Laß mich jetzt allein und komm in einer halben Stunde wieder.«

»Gut Artie, ich laß dich allein.«

»Und klingel, wenn du zurückkommst. Komm nicht einfach rein. Wir müssen die Kombination endlich mal ändern.«

Den letzten Satz sprach er mehr zu sich selbst als zu Bosch.

Bosch ging hinaus und fuhr mit dem Aufzug nach unten, um draußen eine zu rauchen. Er mußte bis zur Straße hinausgehen, weil es gegen die Dienstvorschriften verstieß, direkt vor der Eingangstür zum Parker Center zu stehen und zu rauchen. So viele Cops, die hier arbeiteten, waren nikotinsüchtig, daß oft eine Menschentraube den Haupteingang belagert und ein permanenter blauer Rauchschleier über den

Türen gehangen hatte. Der Chief war der Ansicht, daß dies keinen guten Eindruck machte, und hatte die Vorschrift erlassen, daß man zum Rauchen nicht nur das Gebäude, sondern sogar das Grundstück verlassen mußte. Jetzt sah der Bürgersteig vor dem Polizeipräsidium aus, als würde hier eine Demonstration stattfinden. Cops, einige sogar in Uniform, gingen vor dem Gebäude auf und ab. Das einzige, was fehlte, waren Protestplakate. Gerüchten nach hatte der Chief beim städtischen Justitiar angefragt, ob man auch das Rauchen auf dem Bürgersteig verbieten könnte, hatte aber gesagt bekommen, daß dies außerhalb seines Befugnisbereichs läge.

Als Bosch seine zweite Zigarette an der ersten ansteckte, sah er FBI-Agent Roy Lindell, der gemächlich durch die Glastüren des Ausgangs kam. Er wandte sich nach rechts und ging in Richtung des Bundesgerichts. Er kam direkt auf Bosch zu. Lindell bemerkte ihn erst, als er ein paar Meter von ihm entfernt stand. Er war überrascht.

»Was ist los? Wartest du auf mich?«

»Nein, ich rauche nur eine Zigarette, Lindell. Was machst du?«

»Geht dich nichts an.«

Er wollte vorbeigehen, aber Bosch stoppte ihn mit seinem nächsten Satz.

»Hattest du ein nettes Gespräch mit Chastain?«

»Hör zu, Bosch. Man hat mich gebeten, herzukommen und auszusagen, und ich bin dem nachgekommen. Ich hab die Wahrheit gesagt. Man kann die Sache nicht unter den Teppich kehren.«

»Das Problem ist nur, daß du die Wahrheit nicht kennst.«

»Ich weiß, daß du die Waffe gefunden hast und ich sie nicht dort versteckt habe. Das ist die Wahrheit.«

»Zumindest teilweise.«

»Nun, das ist der Teil, den ich kenne und den ich erzählt habe. Also schönen Tag noch.«

Er ging an Bosch vorbei, der sich umdrehte, um ihm nachzusehen. Wieder hielt er ihn an.

»Ihr seid vielleicht mit einem Teil der Wahrheit zufrieden, ich nicht.«

Lindell drehte sich um und kam zu Bosch zurück.

»Was soll das heißen?«

»Vielleicht kommst du drauf.«

»Nein, du wirst es mir sagen.«

»Wir wurden alle benutzt, Lindell. Und ich werde herausfinden, von wem. Wenn ich es weiß, werde ich es dir bestimmt sagen.«

»Bosch, du hast den Fall nicht mehr. Wir bearbeiten ihn jetzt, und du läßt besser deine dreckigen Finger davon.«

»Ja, ihr bearbeitet diesen Fall – daß ich nicht lache«, sagte Bosch. »Ich kann mir richtig vorstellen, wie du dir dabei die Sohlen ablatscht. Sag mir Bescheid, wenn du den Fall gelöst hast.«

»Du irrst dich, Bosch. Der Fall ist uns wichtig.«

»Beantworte mir eine Frage, Lindell.«

»Was?«

»In der Zeit, als du dort verdeckt ermittelt hast, hat Tony Aliso jemals seine Frau mitgebracht, wenn er Geld abholte?«

Lindell schwieg einen Moment, während er überlegte, ob er antworten sollte. Schließlich schüttelte er den Kopf.

»Nicht ein einziges Mal«, sagte er. »Tony sagte immer, sie hasse die Stadt. Wahrscheinlich zu viele schlechte Erinnerungen.«

»Erinnerungen an Vegas?«

Lindell lächelte.

»Für jemanden, der angeblich alle Antworten hat, weißt du nicht viel, Bosch. Tony hat sie vor zwanzig Jahren in einem Club getroffen. Lange vor meiner Zeit. Sie war eine Tänzerin, und Tony wollte aus ihr einen Filmstar machen. Die gleiche Story, die er bis zum Ende benutzt hat – mit dem Unterschied, daß er nach ihr schlau wurde und begriff, daß man sie nicht alle heiraten muß.«

»Kannte sie Joey Marks?«

»Aus der einen Frage sind jetzt drei geworden, Bosch.«

»Kannte sie ihn?«

»Ich weiß nicht.«

»Wie hieß sie früher?«

»Das weiß ich auch nicht. Bis zum nächsten Mal, Bosch.«

Er drehte sich um und ging. Bosch warf seine Zigarette auf die Straße und ging zurück zum Glashaus. Ein paar Minuten später, nachdem er ordnungsgemäß geklingelt hatte, fand er Donovan an seinem Schreibtisch. Der Techniker hob einen dünnen Aktendeckel auf und gab ihn Bosch.

»Das sind Kopien«, sagte er. »Die gleichen, die ich ans FBI geschickt habe. Ich hab eine Kopie von dem Negativ gemacht und dann das Negativ fotografiert und Schwarzweißkopien für Vergleichszwecke gemacht. Ich habe sie auch auf reale Größe vergrößert.«

Bosch verstand nicht, was Donovan sagte, bis auf den letzten Teil. Er öffnete den Aktendeckel und fand zwei Seiten Kopierpapier mit den Schuhabdrücken in Schwarz. Es waren beides Teilabdrücke des rechten Schuhs. Zusammen genommen hatte man fast einen vollständigen Abdruck. Donovan stand auf und sah sich die Kopien an. Auf einer der Kopien deutete er auf ein gebogenes Profil am Hacken, das an einer Stelle gebrochen war.

»Wenn du den Täter findest und er immer noch die Schuhe hat, kannst du ihn damit fangen. Siehst du, wie die Linie gebrochen ist. Es sieht nicht aus, als wäre die Sohle so hergestellt worden. Der Typ ist auf Glas oder irgend etwas getreten. Dadurch ist dieser Schnitt entstanden. Entweder ist es das oder ein Produktionsfehler. Aber wenn du den Schuh findest, können wir ihn damit hinter Gitter bringen.«

»Okay«, sagte Bosch, während er immer noch die Kopien ansah. »Hast du irgendwas Vorläufiges vom FBI in der Hinsicht gehört?«

»Nichts Handfestes. Ich kenn den Typ ziemlich gut, an den ich mich mit solchen Sachen wende. Ich hab ihn bei ein paar kriminalwissenschaftlichen Kongressen getroffen. Egal ... er hat mich eben angerufen und mir gesagt, daß er die Sachen bekommen hat und sich so schnell wie möglich darum kümmern wird. Auf den ersten Blick sähe es so aus, als wären es diese leichten Wanderstiefel, die jetzt so populär sind. Du weißt, sie sehen aus wie Arbeitsstiefel, sind aber so bequem wie Tennisschuhe.«

»Okay, Artie. Danke.«

Bosch fuhr zum USC Medical Center und nach hinten zum Parkplatz, der über dem Rangierbahnhof lag. Die Räume der Gerichtsmedizin lagen am hinteren Ende des Klinikgeländes. Bosch ging durch die Hintertür und zeigte dem Mann vom Wachdienst seine Dienstmarke.

Er sah zuerst in Dr. Salazars Büro nach, fand es jedoch leer vor. Dann ging er zu den Autopsiesälen und steckte seinen Kopf in den ersten Raum, wo sich der niedrige Spezial-Obduktionstisch befand. Salazar war da und arbeitete an einer Leiche. Bosch trat ein, und Salazar schaute auf, vor sich die geöffnete Brusthöhle eines jungen schwarzen Mannes.

»Harry, was machst du hier? Das ist ein Fall vom Watts-Revier.«

»Ich hab ein paar Fragen zum Aliso-Fall.«

»Ich hab im Moment alle Hände voll zu tun. Und du solltest nicht ohne Maske und Kittel hier drin sein.«

»Ich weiß. Könnte dein Assistent mir eine Kopie von dem Autopsiebericht machen?«

»Kein Problem. Ich hab gehört, das FBI interessiert sich für den Fall. Ist das wahr, Harry?«

»Das hab ich auch gehört.«

»Komisch war nur, daß sie kein Interesse hatten, mit mir zu sprechen. Sie holten sich nur eine Kopie des Berichts ab. Darin stehen aber nur Feststellungen und Schlüsse, nichts von den Grübeleien, die wir Ärzte so lieben.«

»Worüber hättest du dich denn gerne ausgelassen, wenn sie dich gefragt hätten?«

»Ich hätte ihnen von meinem Gefühl erzählt, Harry.«

»Was für ein Gefühl?«

Salazar schaute von der Leiche auf, hielt aber seine blutigen Handschuhe über der geöffneten Brust, damit sie nicht woanders hintropften.

»Mein Gefühl ist, daß es eine Frau war.«

»Warum?«

»Die Substanz in und unter den Augen.«

»Preparation H?«

»Was?«

»Nichts, vergiß es. Was hast du gefunden?«

»Die Substanz wurde analysiert und als oleo capsicum bestimmt. Das haben wir auch in der Nase gefunden. Weißt du, unter welchem Namen oleo capsicum bekannter ist, Harry?«

»Pfefferspray.«

»Scheiße, Harry. Du verdirbst mir den ganzen Spaß.«

»'tschuldigung. Also hat ihm jemand das ins Gesicht gesprüht.«

»Richtig. Deshalb denke ich, daß es eine Frau war. Sie hatte entweder Probleme, ihn sich vom Leibe zu halten, oder sie befürchtete es. Deshalb denke ich, daß es eine Frau war. Außerdem haben alle Frauen hier sowas in ihrer Handtasche.«

Bosch fragte sich, ob Veronica Aliso dazu gehörte.

»Ausgezeichnet, Sally. Sonst noch was?«

»Keine Überraschungen. Die Tests kamen alle negativ zurück.«

»Kein Amylnitrat?«

»Nein, aber es bleibt nicht lange im Körper. Wir finden es nicht oft. Haben die Kugeln was gebracht?«

»Ja, es war ganz brauchbar. Könntest du deinen Assistenten anrufen?«

»Bring mich zur Sprechanlage.«

Während Salazar seine Hände vor sich hoch hielt, damit sie nichts berührten, schob Bosch den Rollstuhl zur nächsten Arbeitsfläche, auf dem sich ein Telefon mit Sprechanlage befand. Salazar sagte Bosch, auf welchen Knopf er drücken sollte, und veranlaßte dann, daß sofort eine Kopie des Berichts für Bosch gemacht wurde.

»Danke«, sagte Bosch.

»Kein Problem. Ich hoffe, es hilft. Und vergiß nicht, such eine Frau, die Pfefferspray in der Handtasche hat. Nicht Tränengas sondern Pfefferspray.«

»Okay.«

Der Feierabendverkehr vorm Wochenende war fürchterlich, und Bosch brauchte fast eine Stunde um von Downtown nach Hollywood zu kommen. Als er das Cat&Fiddle auf dem Sunset Boulevard erreichte, war es nach sechs, und Edgar und Rider saßen schon an einem Tisch im Garten beim Bier. Sie waren nicht allein. Bei ihnen saß Grace Billets.

Das Cat&Fiddle war ein Stammlokal für die Cops von Hollywood, weil es nur ein paar Blocks vom Revier entfernt war. Bosch wußte nicht, ob Billets zufällig da war oder weil sie von ihrer Schwarzarbeit gehört hatte.

»Hallo, hallo«, sagte Bosch und setzte sich.

Auf dem Tisch stand ein leeres Glas, und Bosch füllte es aus dem großen Ausschenkkrug. Dann hielt er es hoch und brachte einen Trinkspruch auf das Ende der Arbeitswoche.

»Harry«, sagte Rider, »der Lieutenant weiß Bescheid. Sie ist hier, um zu helfen.«

Bosch nickte und wandte seinen Blick langsam Billets zu.

»Ich bin enttäuscht, daß du nicht zuerst zu mir gekommen bist«, sagte sie. »Aber ich kann dich verstehen. Ich weiß, daß das FBI die Sache zu den Akten legen wird, um seine Operation nicht zu ruinieren. Aber ein Mann wurde ermordet. Ich sehe nicht ein, warum wir nicht den Mörder suchen sollten, wenn sie es nicht tun.«

Bosch nickte. Er war sprachlos. Seine Vorgesetzten waren bisher immer Paragraphenreiter gewesen. Billets war total anders.

»Natürlich«, sagte sie, »müssen wir vorsichtig sein. Wenn wir Mist bauen, haben wir nicht nur das FBI am Hals.«

Die unausgesprochene Warnung war, daß sie ihr berufliches Fortkommen riskierten.

»Meine Laufbahn ist sowieso im Eimer«, sagte Bosch. »Falls etwas schief geht, könnt ihr mir alles anhängen.«

»Quatsch«, sagte Rider.

»Nein, das ist die Wahrheit. Ihr werdet alle aufsteigen. Ich sitze hier in Hollywood fest, das wißt ihr alle. Falls die Sache platzt, nehme ich die Schuld auf mich. Falls ihr nicht zustimmt, will ich euch nicht dabei haben.«

Sie schwiegen einen Moment und nickten dann einer nach dem anderen.

»Okay«, sagte er, »ihr habt dem Lieutenant gesagt, was ihr getan habt, aber ich würde es auch gern hören.«

»Wir haben ein paar Sachen herausgefunden, aber nicht viel«, sagte Rider. »Jerry ist raufgefahren, um mit Nash zu sprechen, während ich am Computer gearbeitet und mit einem Freund bei der *Times* gesprochen habe. Zuerst habe ich Tony Alisos Kreditreport von einer Finanzinfo-Firma angefordert und so Veronicas Sozialversicherungsnummer erhalten. Die Nummer hab ich dann in die Datenbank der Rentenversicherungsanstalt eingegeben, um zu sehen, wo und wann sie gearbeitet hat. Es stellte sich heraus, daß sie nicht Veronica heißt. Ihr Mädchenname ist Jennifer Gilroy, und sie wurde vor einundvierzig Jahren in Las Vegas geboren. Kein Wunder, daß sie die Stadt haßt. Sie ist dort aufgewachsen.«

»Irgendwas über Berufstätigkeit?«

»Nichts, bis sie hierher kam und für TNA Productions arbeitete.«

»Was noch?«

Bevor sie antworten konnte, gab es auf einmal lauten Lärm an der Glastür zu den Innenräumen. Die Tür öffnete sich und ein beleibter Mann in einer Barkeeper-Jacke schob einen kleineren Mann vor sich hinaus, dessen Kleidung in Unordnung geraten war. Er war betrunken und schrie, daß man ihn nicht respektiere. Der Barkeeper nahm ihn beim Kragen, führte ihn zum Gartentor und stieß ihn hinaus. Sowie der Barkeeper sich umdrehte, um zurück zur Bar zu gehen, machte der Betrunkene kehrt und kam wieder herein. Der Barkeeper drehte sich noch mal um und stieß ihn so hart, daß er rückwärts auf seinen Hosenboden fiel. Jetzt fühlte er sich blamiert und drohte zurückzukommen und sich den Barkeeper vorzunehmen. Ein paar Leute an den Gartentischen kicherten. Der Betrunkene stand auf und wankte hinaus auf die Straße.

»Die fangen früh an hier«, sagte Billets. »Erzähl weiter, Kiz.«

»Nun, ich hab danach ihren Namen in die NCIC-Datenbank eingegeben. Jennifer Gilroy wurde zweimal in Las Vegas wegen Prostitution verhaftet. Das war vor mehr als zwanzig Jahren. Ich hab dort angerufen und Fotos und Akten von ihr angefordert. Es ist alles auf Mikrofiche, und sie müssen es erst ausgraben. Wir werden also nichts vor nächster Woche haben. Wahrscheinlich ist es sowieso nicht viel. Laut Computer ging es nie vor Gericht. Sie ist beide Male mit einer Geldbuße davongekommen.«

Bosch nickte. Es hörte sich nach einem Routinefall an, der routinemäßig abgewickelt worden war.

»Das ist alles, was ich habe. Was die *Times* angeht, habe ich nichts gefunden. Und meine Freundin bei *Variety* hatte nicht viel mehr Erfolg. Veronica Aliso wurde in der Rezension von *Opfer der Begierde* kaum erwähnt. Sie und der Film wurden verrissen. Aber ich würde ihn mir trotzdem gern ansehen. Hast du noch das Video, Harry?«

»Auf meinem Schreibtisch.«

»Zieht sie sich aus?« fragte Edgar. »Dann würde ich es mir auch gern ansehen.«

Seine Bemerkung wurde ignoriert.

»Okay, was noch?« sagte Rider. »Ach ja, sie wurde ein paarmal in Artikeln als Gast bei Filmpremieren erwähnt. Nicht viel. Als du sagtest, sie hätte ihre fünfzehn Minuten Ruhm gehabt, hast du wohl Minuten mit Sekunden verwechselt. Das ist alles, was ich habe. Jerry?«

Edgar räusperte sich und erzählte, daß er zum Eingangstor von Hidden Highlands gefahren war und Schwierigkeiten mit Nash gehabt hatte, der auf einen neuen Gerichtsbefehl für das Wachbuch bestanden hatte. Danach habe er den Nachmittag verbracht, einen Durchsuchungsbefehl zu tippen und einen Richter zu finden, der noch nicht mit dem Wochenende begonnen hatte. Er hatte schließlich Glück und bekam den Durchsuchungsbefehl, den er am nächsten Morgen vollstrecken wollte.

»Kiz und ich werden morgen früh hinfahren. Wir schauen uns das Wachbuch an und danach sprechen wir wahrscheinlich mit ein paar Nachbarn. Wie du sagtest, vielleicht guckt die Witwe aus dem Fenster und sieht uns bei der Arbeit. Möglicherweise können wir ihr einen Schrecken einjagen, damit sie in Panik gerät und einen Fehler macht.«

Dann war Bosch an der Reihe und berichtete von seinen Ergebnissen vom Nachmittag, einschließlich des Zusammentreffens mit Roy Lindell und der Information, daß Veronica Aliso ihre künstlerische Karriere als Stripperin in Vegas begonnen hatte. Er erzählte ihnen auch von Salazars Entdeckung, daß jemand Aliso kurz vor seinem Tod Pfefferspray ins Gesicht gesprüht hatte, sowie von seiner Vermutung, daß es eine Frau gewesen sei.

»Glaubt er, daß sie es allein hätte machen können, nachdem sie ihm Pfefferspray ins Gesicht sprühte?« fragte Billets.

»Das spielt keine Rolle, weil sie nicht allein war«, sagte Bosch.

Er zog seine Aktentasche auf den Schoß und holte die Kopien der Schuhabdrücke heraus, die Donovan auf der Jacke der Leiche und der Stoßstange sichergestellt hatte. Er schob sie auf die Mitte des Tisches, damit sie sie alle ansehen konnten.

»Laut Artie ist der Schuh Größe 44 und gehört einem Mann – einem großen Mann. Die Frau, falls sie da war, könnte das Pfefferspray gesprüht haben, aber dieser Mann hat den Rest erledigt.«

Bosch deutete auf die Schuhabdrücke.

»Er setzte seinen rechten Fuß auf das Opfer, damit er sich weiter hineinbeugen konnte, und schoß aus kürzester Distanz. Kaltblütig und effizient. Wahrscheinlich ein Profi. Vielleicht jemand, den sie von ihrer Zeit in Vegas kannte.«

»Wahrscheinlich derjenige, der die Waffe in Vegas wieder versteckte?« fragte Billets.

»Das ist meine Theorie.«

Bosch hatte mit einem Auge das Gartentor beobachtet, um zu sehen, ob der Betrunkene zurückkommen würde. Als er jedoch wieder hinüberschaute, sah er nicht den Betrunkenen, sondern Officer Ray Powers den Garten betreten. Er trug trotz der späten Stunde seine verspiegelte Sonnenbrille. Auf halbem Weg kam ihm der Barkeeper entgegen und erzählte ihm wild gestikulierend von dem Betrunkenen und seinen Drohungen. Powers Blick überflog die Tische und bemerkte Bosch und die anderen. Als er sich von dem Barkeeper verabschiedet hatte, schlenderte er herüber.

»Ach, die Genies von der Fahndungabteilung machen mal Pause«, sagte er.

»So ist es, Powers«, sagte Edgar. »Ich glaube, der Typ, den du suchst, ist dort draußen und pißt in die Büsche.«

»Jawohl, Master, ich geh laufen und schnapp ihn, Boss.«

Powers schaute die Runde mit einem befriedigten Grinsen an. Er bemerkte die Kopien der Schuhabdrücke und deutete mit seinem Kinn darauf.

»Ist das hier etwa, was ihr Adleraugen Strategiebesprechung nennt? Ich kann euch einen Tip geben. Das da sind Schuhabdrücke.«

Er grinste stolz über seinen Witz.

»Wir sind außer Dienst, Powers«, sagte Billets. »Warum tun Sie nicht Ihre Arbeit und wir kümmern uns um unsere.«

Powers salutierte vor ihr.

»Jemand muß schließlich die Arbeit tun, nicht wahr?«

Er ging und verschwand durch das Tor, ohne auf eine Antwort zu warten.

»Dem muß ja ein Mordsvieh über die Leber gelaufen sein«, sagte Rider.

»Er ist nur wütend, weil ich seinem Lieutenant von dem Fingerabdruck erzählt habe, den er im Auto zurückgelassen hat«, sagte Billets. »Er hat ihm wahrscheinlich den Arsch aufgerissen. Egal … zurück zum Thema. Was glaubst du, Harry? Meinst du, wir haben genug, um Veronica in die Mangel zu nehmen?«

»Ich glaube, wir sind fast so weit. Ich werde morgen mit den anderen rauffahren und mir das Wachbuch ansehen. Vielleicht statten wir ihr einen Besuch ab. Ich wünschte nur, wir hätten etwas Konkretes, worüber wir mit ihr sprechen könnten.«

Billets nickte.

»Ich möchte morgen auf dem laufenden gehalten werden. Ruf mich mittags an.«

»Wird gemacht.«

»Je mehr Zeit vergeht, desto schwerer wird es sein, die Ermittlungen geheim zu halten. Ich denke, Montag müssen wir Inventur machen und entscheiden, ob wir unsere Ergebnisse ans FBI geben.«

»Der Ansicht bin ich nicht«, sagte Bosch. »Was immer wir ihnen geben werden, sie werden nichts damit anfangen. Wenn du den Fall lösen willst, mußt du uns das FBI vom Leibe halten.«

»Ich werde es versuchen, Harry, aber von einem bestimmten Punkt an wird es unmöglich sein. Wir führen Ermittlungen mit voller Besatzung durch, ohne es im Einsatzplan zu vermerken. Das kann man nicht geheim halten. Ich meine nur, es ist besser, wenn die Information von uns kommt und wir es kontrollieren können.«

Bosch nickte widerwillig. Er wußte, daß sie recht hatte, aber er mußte gegen ihren Vorschlag argumentieren. Der Fall gehörte ihnen. Es war sein Fall. Und alles, was in der letzten Woche passiert war, machte die Sache noch persönlicher. Er wollte den Fall nicht abgeben.

Er nahm die Kopien und steckte sie wieder in seine Aktentasche. Dann trank er sein Bier aus und fragte, wem er was schulde.

»Ich bezahl alles«, sagte Billets. »Die nächste Runde, nachdem wir den Fall gelöst haben, gibst du aus.«

»Abgemacht.«

Als Bosch nach Hause kam, fand er die Tür verschlossen vor. Der Schlüssel, den er Eleanor Wish gegeben hatte, lag unter der Fußmatte. Als erstes sah er nach, ob der Hopper-Druck noch an der Wand hing. Er hing noch da, aber sie war weg. Er schaute schnell in alle Räume, fand jedoch keinen Brief. Dann öffnete er den Wandschrank und sah, daß ihre Kleider nicht mehr da waren – und ihr Koffer.

Er saß auf dem Bett und dachte über ihr Verschwinden nach. Am Morgen hatten sie alles offen gelassen. Er war früh aufgestanden, und während sie ihm vom Bett beim Ankleiden zusah, hatte er sie gefragt, was sie tagsüber machen würde. Sie hatte gesagt, daß sie es nicht wisse.

Jetzt war sie weg. Mit der Hand rieb er sich übers Gesicht. Er fühlte bereits ihren Verlust. In Gedanken ging er noch mal ihr Gespräch vom vorigen Abend durch. Er kam zu dem Urteil, daß er sich falsch verhalten hatte. Es war ihr schwer gefallen, von ihrer Komplizenschaft zu erzählen, und er hatte das Ganze nur von seinem persönlichen und beruflichen Standpunkt aus gesehen. Nicht von ihrem. Und nicht von ihrem gemeinsamen Standpunkt.

Bosch ließ sich aufs Bett zurückfallen. Er breitete seine Arme aus und starrte an die Decke. Das Bier begann zu wirken und machte ihn müde.

»Okay«, sagte er laut.

Er fragte sich, ob sie anrufen würde oder ob wieder fünf Jahre vergehen würden, bis er sie zufällig traf. Er dachte darüber nach, wieviel in den letzten fünf Jahren passiert war und wie lange er auf sie gewartet hatte. Sein Körper sehnte sich nach ihr. Er schloß die Augen.

»Okay.«

Er schlief ein und träumte, er wäre allein in der Wüste. Keine Straßen, nur meilenweit Einöde in alle Himmelsrichtungen.

6.

Samstag morgen kaufte sich Bosch zwei Kaffee und zwei Doughnuts mit Zuckerguß bei Bob's auf dem Farmers Market. Danach fuhr er zur Lichtung, wo Alisos Leiche im Kofferraum seines Wagens gefunden worden war. Während er aß und trank, betrachtete er den blauen Schleier, der die stille Stadt unten verhüllte. In der aufgehenden Sonne ragten die Hochhäuser von Downtown wie dunkle Felstürme auf. Es war ein erhabener Anblick, aber Bosch fühlte sich, als wäre er der einzige in der Welt, der es sah.

Als er sein Frühstück beendet hatte, wischte er sich mit einer Serviette, die er am Marktbrunnen angefeuchtet hatte, den klebrigen Zuckerguß von den Fingern. Dann stopfte er das ganze Papier und den leeren Kaffeebecher in die Doughnut-Tüte und ließ den Motor an.

Nachdem Bosch Freitag abend früh eingeschlafen war, wachte er vor Sonnenaufgang in seinen Kleidern auf. Er spürte das Verlangen, aus dem Haus zu gehen und etwas zu tun. Er war immer der Ansicht gewesen, daß man in einem Fall weiterkam, indem man am Ball blieb und hart arbeitete. Er entschloß sich, die Stelle zu finden, wo Alisos Rolls von seinen Mördern abgefangen worden war.

Er war aus verschiedenen Gründen zu dem Schluß gekommen, daß die Entführung auf dem Mulholland Drive in der Nähe von Hidden Highlands stattgefunden hatte. Erstens ging die Forststraße zur Lichtung vom Mulholland Drive ab. Falls die Entführung näher beim Flughafen stattgefunden hätte, wäre der Wagen wahrscheinlich irgendwo dort stehengelassen worden und nicht fünfzehn Meilen weiter. Und zweitens konnte die Entführung viel leichter und unauffälliger in der Dunkelheit des Mulholland Drives durchgeführt werden. Auf dem Flughafen und um ihn herum gab es zuviel Verkehr und zu viele Menschen, die ein Risiko dargestellt hätten.

Die nächste Frage war, ob die Täter Aliso vom Flughafen gefolgt waren oder ob sie einfach auf ihn an einem Punkt des Mulholland Drives gewartet hatten. Bosch hielt letzteres für wahrscheinlicher. Es waren höchstens zwei Täter gewesen, was eine Verfolgung mit einem Wagen zu unsicher machte. Besonders in Los Angeles, wo jeder Rolls-Royce-Besitzer sich der Gefahr eines Auto-Hijackings bewußt war. Sie hatten wahrscheinlich auf dem Mulholland Drive gewartet und ihm irgendwie eine Falle gestellt – oder etwas inszeniert, was Aliso stoppen ließ, obwohl er $480.000 im Attachékoffer hatte. Und Bosch schätzte, daß Aliso nur angehalten hätte, wenn er seine Frau gesehen hätte. In seiner Vorstellung sah Bosch, wie die Scheinwerfer des Rolls um eine Kurve kamen und auf Veronica Aliso fielen, die verzweifelt winkte. So eine Szene würde Tony veranlaßt haben zu stoppen.

Der Hinterhalt mußte sich an einer Stelle des Mulholland Drives befinden, von dem die Täter wußten, daß Tony dort vorbeikommen mußte. Es gab nur zwei logische Routen vom Flughafen zu Hidden Highlands. Die eine führte über den Freeway 405 nach Norden bis zur Mulholland-Abfahrt. Die andere ging über La Cienega Boulevard zum Laurel Canyon Boulevard, und von dort hinauf zum Mulholland Drive.

Die zwei Anfahrtswege hatten nur eine Strecke von einer Meile auf dem Mulholland Drive gemeinsam. Und da die Täter nicht wissen konnten, welche Route Aliso nehmen würde, lag es auf der Hand, daß das Anhalten des Wagens und die Entführung auf diesem Teilstück hatte passieren müssen. Nachdem er die Stelle erreicht hatte, fuhr Bosch fast eine Stunde lang auf diesem Abschnitt hin und her. Schließlich entschied er sich für eine Stelle, die er ausgesucht hätte. Sie befand sich an einer Haarnadelkurve, eine halbe Meile von Hidden Highlands' Eingangstor, in einer Gegend mit wenigen Häusern, die sich alle auf der Südseite an einem Hang hoch über der Straße befanden. Auf der Nordseite fiel das unbebaute Land steil zu einem ausgetrockneten Bachbett hinab, wo Eukalyptus- und Akazienbäume dicht nebeneinander standen. Es war die perfekte Stelle. Abgelegen und außer Sicht.

Wieder stellte sich Bosch vor, wie Tony Aliso um die Kurve kam und das Scheinwerferlicht auf seine Frau fiel. Aliso hielt verwirrt an. Was macht sie hier? Er steigt aus, und von der Nordseite der Straße erscheint ihr Komplize. Sie sprüht ihrem Mann das Spray ins Gesicht, der Komplize läßt den Kofferraum des Rolls aufklappen. Aliso reibt sich mit den Händen die Augen aus, er wird hineingeworfen, und seine Hände werden ihm auf dem Rücken gefesselt. Das einzige, was sie befürchten mußten, war ein Auto, das um die Kurve käme und sie in seinem Licht fangen würde. Das Ganze konnte nicht länger als fünfzehn Sekunden gedauert haben. Deswegen wurde das Spray benutzt. Nicht weil es eine Frau war, sondern weil es so schneller ging.

Bosch fuhr an den Rand, stieg aus und schaute sich um. Die Stelle schien ideal zu sein. Es war totenstill hier. Er beschloß, nachts zurückzukommen, um die Stelle in der Dunkelheit zu sehen.

Er überquerte die Straße und schaute in das ausgetrocknete Bachbett hinunter, wo der Komplize gewartet hätte. Er suchte eine Stelle, wo sich ein Mann geduckt hätte verstecken können. Als er einen Trampelpfad entdeckte, der in das Wäldchen führte, stieg er hinunter und folgte ihm nach Schuhabdrücken suchend. Es gab viele Spuren, und er hockte sich hin, um sie zu untersuchen. Der Boden war staubig, und die meisten Abdrücke waren nicht mehr erkennbar. Er fand Abdrücke von zwei verschiedenen Paar Schuhen. Ein altes Paar mit abgetretenen Hacken und ein neueres Paar mit Absätzen, die ausgeprägte Muster in der Erde zurückgelassen hatten. Doch die Arbeitsschuhe mit dem Einschnitt, den Donovan auf dem Abdruck entdeckt hatte, waren nicht dabei.

Bosch richtete sich vom Boden auf und folgte dem Pfad ins Unterholz des Wäldchens. Er beschloß noch etwas weiter zu gehen, hob einen Akazienast hoch und ging darunter hindurch. Als sich seine Augen an die Dunkelheit unter dem

Laubdach der Bäume gewöhnt hatten, wurde sein Blick von einem blauen Gegenstand angezogen. Er befand sich im Dickicht und abseits des Pfades, aber er entschloß sich, ihn näher anzusehen.

Nachdem er sich langsam drei Meter durch das Strauchwerk vorgearbeitet hatte, sah er, daß es sich um eine blaue Plastikplane handelte. Von der Art, wie sie nach dem Erdbeben überall Dächer abdeckten, die durch heruntergefallene Kamine oder andere Schäden undicht waren. Bosch trat näher heran und sah, daß die Plane mit zwei Ecken an Baumstämmen befestigt war und über dem Ast eines dritten Baums hing, wodurch ein Zeltdach über einem Stück ebener Erde entstand. Er wartete einen Moment, sah sich aber nichts bewegen.

Es war unmöglich, sich dem Unterschlupf leise zu nähern. Der Boden war mit vertrockneten und welken Blättern dicht bedeckt, und Zweige knackten unter seinen Füßen. Als er drei Meter von der Plane entfernt war, stoppte ihn eine heisere Männerstimme.

»Ich habe eine Knarre, ihr Schweinehunde!«

Bosch blieb regungslos stehen und starrte die Plane an. Da sie über den langen Ast einer Akazie hing, konnte er den Mann nicht sehen, der gerufen hatte. Und der Mann konnte ihn wahrscheinlich ebenfalls nicht sehen. Bosch entschied sich, etwas zu riskieren.

»Ich habe auch eine«, rief er zurück. »Und eine Polizeimarke.«

»Polizei? Ich hab die Polizei nicht angerufen!«

Die Stimme des Mannes klang jetzt fast hysterisch, und Bosch nahm an, daß er es mit einem der obdachlosen Geistesgestörten zu tun hatte, die man nach den massiven Etatkürzungen Ende der achtziger Jahre aus den psychiatrischen Anstalten entlassen hatte. Die Stadt war voll von ihnen. Sie standen fast an jeder Kreuzung und schüttelten ihre Becher mit Kleingeld. Sie schliefen unter Brücken oder gruben sich wie Termiten in die Hügel ein – in Camps, die sich nur ein paar Meter von Villen befanden, die mehrere Millionen kosteten.

»Ich bin nur vorbeigekommen«, schrie Bosch. »Leg deine Waffe hin, und ich leg meine weg.«

Bosch schätzte, daß der Mann mit der verängstigten Stimme überhaupt keine Waffe hatte.

»Okay, abgemacht.«

Bosch öffnete das Halfter unterm Arm, ließ aber seinen Revolver stecken. Er ging die letzten Meter und kam langsam um den Stamm der Akazie herum. Ein Mann mit langem grauem Haar und Bart, der über ein Hawaiihemd aus blauer Seide hing, saß mit gekreuzten Beinen auf einer Dekke unter der Plane. Etwas Wildes leuchtete in seinen Augen auf. Mit einem schnellen Blick überflog Bosch die Hände des Mannes sowie die unmittelbare Umgebung und sah keinerlei Waffen. Er entspannte sich ein bißchen und nickte dem Mann zu.

»Hallo«, sagte er.

»Ich hab nix getan.«

»Okay.«

Bosch schaute sich um. Unter dem Dach der Plane lagen gefaltete Kleider und Handtücher. Außerdem gab es einen kleinen Klapptisch, auf dem sich eine Pfanne, ein paar Kerzen, Camping-Gasbehälter, zwei Gabeln und ein Löffel befanden – aber kein Messer. Bosch schätzte, daß der Mann das Messer unterm Hemd oder unter der Decke versteckt hatte. Auf dem Tisch stand auch ein Fläschchen Cologne und Bosch merkte, daß der Mann es großzügig in seinem Unterschlupf versprengt hatte. In einer Ecke stand ein altes Teerfaß, das mit zerdrückten Aluminiumdosen gefüllt war, daneben lag ein Stapel alter Zeitungen und eine zerlesene Taschenbuchausgabe von *Fremder in einem fremden Land*.

Bosch trat auf die Lichtung und hockte sich wie ein Baseball Catcher hin, um mit dem Mann auf Augenhöhe zu sein. Sein Blick ging über den Rand der Lichtung und er sah, daß hier all das lag, was der Mann nicht mehr brauchte. Abfalltüten und Kleiderreste. Am Stamm einer anderen Akazie lag ein braun-grüner Kleidersack. Der Reißverschluß war aufgezogen, und der Sack sah aus wie ein ausgenommener Fisch. Bosch schaute wieder zu dem Mann. Er konnte erkennen, daß der Mann unter seinem blauen Hemd noch zwei weitere Hawaiihemden trug, die Hula-Girls auf Surfbrettern zeigten. Seine Hosen waren dreckig, aber die Bügelfalte war für einen Obdachlosen ungewöhnlich. Und seine Schuhe waren zu sehr poliert für jemanden, der im Wald lebte. Wahrscheinlich stammten die Abdrücke mit den markanten Absätzen auf dem Pfad von diesen Schuhen.

»Schönes Hemd«, sagte Bosch.

»Das ist meins.«

»Ich weiß; ich hab nur gesagt, es ist schön. Wie heißt du?«

»George.«

»George, und wie weiter?«

»George und was du zum Teufel willst.«

»Okay, George Was-du-zum-Teufel-willst, warum erzählst du mir nicht etwas über den Kleidersack da drüben und die Kleider, die du trägst? Die neuen Schuhe. Wo kommt das alles her?«

»Wurde geliefert. Das gehört jetzt mir.«

»Was meinst du mit geliefert?«

»Geliefert, was sonst. Sie haben mir alles gegeben.«

Bosch holte seine Zigaretten hervor und bot ihm die Packung an. Der Mann winkte ab.

»Kann ich mir nicht leisten. Ich brauch einen halben Tag, um genug Dosen zu finden, daß ich mir 'ne Packung kaufen kann. Ich hab aufgehört.«

Bosch nickte.

»Wie lange wohnst du schon hier, George?«

»Mein ganzes Leben.«

»Wann haben die dich aus dem Camarillo entlassen?«

»Wer hat dir das erzählt?«

Bosch hatte geraten. Camarillo war die nächste Anstalt.

»Die. Wie lange ist es her?«

»Wenn die dir von mir erzählt haben, hätten die dir auch das gesagt. Ich bin nicht dumm, verstehst du?«

»Da hast du recht, George. Der Kleidersack und die Kleider, wann wurden sie geliefert?«

»Weiß ich nicht.«

Bosch stand auf und ging hinüber zum Kleidersack. Am Griff befand sich ein Anhänger. Bosch drehte ihn um und las Anthony Alisos Namen und Adresse. Er sah, daß der Kleidersack auf einem Karton lag, der beschädigt war – wahrscheinlich war er den Hügel hinuntergefallen. Bosch hob die Schachtel mit dem Fuß an und las die Aufschrift auf der Seite.

Scotch Standard HS/T-90 VHS 96

Er ließ den Karton und den Kleidersack liegen und ging zurück zu dem Mann und hockte sich wieder hin.

»Kam die Lieferung Freitag nacht?«

»Meinetwegen. Was immer du meinst.«

»Es geht nicht darum, was ich meine, George. Wenn du hier weiter wohnen willst und möchtest, daß ich dich allein lasse, mußt du mir helfen. Wenn du wie ein Idiot herumlaberst, hilfst du mir nicht. Wann wurde es geliefert?«

George ließ sein Kinn auf die Brust fallen, wie ein Schuljunge, der von seinem Lehrer getadelt wurde. Dann preßte er sich mit einem Daumen und einem Zeigefinger auf die Augen. Seine Stimme kam erstickt heraus, als würde ihm jemand die Kehle zuschnüren.

»Ich weiß nicht. Sie kamen und ließen das Zeug für mich hier. Das ist alles, was ich weiß.«

»Wer hat es hier gelassen?«

George schaute mit leuchtenden Augen auf und deutete mit einem seiner dreckigen Finger nach oben. Bosch schaute auf und sah ein Stück blauen Himmel zwischen den oberen Ästen des Baums. Er seufzte verzweifelt auf. Die Befragung würde nichts bringen.

»Also kleine grüne Männer haben alles von ihrem Raumschiff runterfallen lassen? War es so, George? Ist das deine Story?«

»Das habe ich nicht gesagt. Ich weiß nicht, ob sie grün waren. Ich hab sie nicht gesehen.«

»Aber du hast das Raumschiff gesehen?«

»Nee, das hab ich auch nicht gesehen. Nur die Landescheinwerfer.«

Bosch schaute ihn einen Moment an.

»Alles paßt perfekt«, sagte George. »Sie haben einen unsichtbaren Strahl, mit dem sie einen von oben messen. Du merkst es nicht einmal, und dann schicken sie dir die Kleider.«

»Das ist wunderbar.«

Boschs Knie begannen ihm weh zu tun. Er stand auf, und sie knackten schmerzhaft.

»Ich werde zu alt für den Scheiß, George.«

»Das ist ein alter Polizeispruch. Ich hab ›Kojak‹ gesehen, als ich das Haus hatte.«

»Ich weiß. Hör zu, ich werde den Kleidersack mitnehmen und die Schachtel mit den Videobändern, falls du nichts dagegen hast.«

»Bedien dich. Ich verreise nicht mehr. Und ich hab auch keinen Videorecorder.«

Bosch ging zu den Sachen und fragte sich, warum man sie weggeworfen und nicht im Rolls gelassen hatte. Er kam zu dem Schluß, daß sie im Kofferraum gewesen sein mußten. Um Platz für Aliso zu machen, hatten die Mörder sie herausgeholt und außer Sichtweite den Abhang hinuntergeworfen. Sie waren in Eile und trafen unüberlegt eine Entscheidung – und machten einen Fehler.

Er hob den Kleidersack an einer Ecke hoch und gab acht, nicht den Griff zu berühren, obwohl er bezweifelte, daß man dort außer Georges irgendwelche Abdrücke fand. Der Karton war leicht, aber sperrig. Er würde zurückkommen müssen. Er drehte sich um und schaute den Obdachlosen an. Dann entschloß er sich, ihm nicht den Tag zu ruinieren.

»George, du kannst die Kleider erstmal behalten.«

»Okay, Danke.«

»Bitte sehr.«

Während er zur Straße hinaufkletterte, überlegte sich Bosch, wie er den Abhang zum Tatort deklarieren und die Spurensicherung verständigen konnte. Aber es ging nicht. Er hätte damit kund getan, daß er Ermittlungen weiterführte, von denen er sich laut Befehl fernzuhalten hatte.

Es machte ihm jedoch nichts aus. Als er oben angelangt

war, wußte er, daß er eine neue Spur gefunden hatte. Und in Windeseile hatte er einen Plan. Bosch war wie elektrisiert. Er betrat den Asphalt und stieß seine Faust in die Luft. Dann ging er schnell zu seinem Wagen.

Bosch arbeitete die Einzelheiten seines Plans im Kopf aus, während er zu Hidden Highlands fuhr. Der Plan. Bisher war er wie ein Korken auf einem großen weiten Ozean herumgetrieben – den Strömungen folgend, ohne Kontrolle. Aber jetzt hatte er eine Idee, einen Plan, der hoffentlich Veronica Aliso in die Falle locken würde.

Nash war im Wachhäuschen, als Bosch vorfuhr. Er kam heraus und lehnte sich gegen Boschs Wagen.

»Morgen, Detective Bosch.«

»Wie geht's, Captain Nash?«

»Es geht. Allerdings muß ich sagen, daß Ihre Leute heute morgen schon für viel Aufregung gesorgt haben.«

»Ja, das kommt vor. Was soll man machen?«

»Nur nicht aus der Ruhe bringen lassen. Werden Sie sich ihnen anschließen oder gehen Sie zu Mrs. Aliso?«

»Ich werde die Dame besuchen.«

»Gut. Vielleicht können Sie sie mir vom Hals schaffen. Ich muß anrufen … Sie wissen.«

»Warum haben Sie sie am Hals?«

»Sie hat mich gerade angerufen und wollte wissen, warum Ihre Leute den ganzen Morgen mit den Nachbarn gesprochen haben.«

»Was haben Sie ihr gesagt?«

»Daß Sie einen Job haben und man bei Mordermittlungen mit vielen Leuten sprechen muß.«

»Gut. Bis später.«

Nash winkte ihm zu und öffnete das Tor. Bosch fuhr zu Alisos Haus, bevor er es jedoch erreichte, sah er Edgar vom Nachbarhaus zu seinem Wagen gehen. Bosch hielt an und winkte ihn herbei.

»Harry.«

»Jerry. Etwas rausgefunden?«

»Nicht wirklich. Diese Villenviertel sind nicht anders als

Watts nach einem Gangmord. Niemand will etwas sagen, niemand hat etwas gesehen. Sie gehen mir allmählich auf den Sack.«

»Wo ist Kiz?«

»Sie hat die andere Straßenseite. Wir haben uns am Revier getroffen und sind mit einem Auto gekommen. Sie läuft da irgendwo herum. Äh ... Harry, was hältst du von ihr?«

»Kiz? Ich glaube, sie ist gut.«

»Nein, ich meine nicht als Cop. Du weißt schon ... Was denkst du?«

Bosch schaute ihn an.

»Du meinst, du und sie? Was ich denke?«

»Ja, sie und ich?«

Bosch wußte, daß Edgar seit sechs Monaten geschieden war und sich wieder umzusehen begann. Er wußte auch etwas über Kiz, aber er hatte kein recht, es Edgar mitzuteilen.

»Ich weiß nicht, Jerry. Partner sollten besser nichts miteinander anfangen.«

»Wahrscheinlich ... Du willst jetzt zur Witwe?«

»Ja.«

»Vielleicht sollte ich besser mitkommen. Man kann nie wissen. Vielleicht ahnt sie, daß wir sie verdächtigen, und will fliehen – und versucht dich dann zu erledigen.«

»Das bezweifle ich. Sie ist zu cool. Aber laß uns Kiz finden. Ich denke, ihr solltet beide mitkommen. Ich habe jetzt einen Plan.«

Veronica Aliso wartete schon an der Tür.

»Ich habe schon darauf gewartet, daß Sie kommen und mir erklären, was hier vorgeht.«

»Entschuldigen Sie, Mrs. Aliso«, sagte Bosch. »Wir haben alle Hände voll zu tun.«

Sie führte sie hinein.

»Kann ich Ihnen etwas anbieten?« sagte sie über die Schulter beim Reingehen.

»Nein, Danke.«

Teil des Plans war, daß – soweit möglich – nur Bosch

sprechen würde. Rider und Edgar sollten sie einschüchtern, indem sie sie schweigend und mit kaltem Blick anstarrten.

Bosch und Rider saßen auf den gleichen Plätzen wie beim ersten Mal und Veronica Aliso ebenfalls. Edgar setzte sich nicht, sondern stand am Rand der Sitzgruppe. Er legte seine Hand auf den Kaminsims und machte ein Gesicht, als befände er sich an einem Samstagmorgen lieber an jedem anderen Ort auf diesem Planeten als hier.

Veronica Aliso trug Blue Jeans, ein hellblaues Männerhemd und dreckige Arbeitsschuhe. Ihr Haar war zurückgekämmt und hinten mit Haarnadeln festgesteckt. Sie sah immer noch attraktiv aus, auch wenn sie sich heute nicht so herausgeputzt hatte. Der Hemdkragen war offen, und Bosch konnte ein paar Sommersprossen sehen. Vom Video wußte er, daß sie sich bis zu ihrer Brust hinunterzogen.

»Halten wir Sie auf?« fragte Bosch. »Wollten Sie gerade weggehen?«

»Falls es möglich ist, wollte ich heute zu den Ställen in Burbank gehen. Ich habe ein Pferd da. Der Leichnam meines Mannes wurde eingeäschert, und ich wollte die Asche auf dem Reitpfad die Hügel hinaufbringen. Er liebte diese Hügel …«

Bosch nickte trauervoll.

»Es wird nicht lange dauern. Erst einmal … Sie haben uns heute morgen in der Nachbarschaft gesehen. Es ist eine Routinemaßnahme. Man weiß nie, ob jemand etwas gesehen hat. Vielleicht, daß jemand das Haus beobachtet hat oder ein fremder Wagen hier parkte. Man kann nie wissen.«

»Nun, ich sollte von Fahrzeugen wissen, die hier nichts zu suchen haben.«

»Ich meine, wenn Sie nicht da waren. Falls jemand hier war, hätten Sie nichts davon gewußt.«

»Wie sollten Sie am Eingangstor vorbeikommen?«

»Es ist ein Schuß ins Blaue, Mrs. Aliso. Wir wissen das, aber es ist unsere einzige Chance.«

Sie runzelte ihre Stirn.

»Sie haben sonst nichts? Was ist mit dem Verdächtigen,

von dem Sie mir vor einigen Tagen erzählt haben? Dieser Mann in Las Vegas?«

»Mrs. Aliso, es fällt mir schwer, es Ihnen zu sagen. Aber wir haben die falsche Spur verfolgt. Wir haben viele Informationen über Ihren Mann gesammelt, und anfänglich sah es vielversprechend aus. Aber es erwies sich als Fehlschlag. Wir glauben jedoch, daß wir jetzt auf der richtigen Spur sind und die verlorene Zeit wieder aufholen können.«

Sie schien aufrichtig verblüfft zu sein.

»Ich verstehe nicht, was Sie meinen. Die falsche Spur?«

»Ja, hm, ich kann es Ihnen erklären, falls Sie es hören wollen. Aber es betrifft Ihren Mann und ein paar unappetitliche Sachen.«

»Detective, ich habe mich innerlich in den letzten Tagen auf alles eingestellt. Erzählen Sie es mir.«

»Mrs. Aliso, ich glaube, ich habe bei meinem letzten Besuch angedeutet, daß Ihr Mann mit sehr gefährlichen Leuten in Las Vegas verstrickt war. Ich glaube, ich erwähnte ihre Namen, Joey Marks und Luke Goshen.«

»Ich erinnere mich nicht.«

Sie sah immer noch verblüfft aus. Bosch mußte zugeben, daß sie gut war. Auch wenn sie keinen Erfolg beim Film gehabt hatte, konnte sie schauspielern, wenn es darauf ankam.

»Unverblümt gesagt, es waren Gangster. Organisiertes Verbrechen. Es sieht aus, als hätte Ihr Mann seit langem für sie gearbeitet. Er bekam in Las Vegas Mafia-Geld und steckte es in seine Filme. Er hat das Geld gewaschen. Dann gab er es ihnen zurück, nachdem er einen Anteil für seine Tätigkeit einbehielt. Es war viel Geld und das hat uns auf die falsche Fährte geführt. Ihr Mann sollte vom Finanzamt überprüft werden. Wußten Sie das?«

»Nein, er hat mir nicht erzählt, daß ihn das Finanzamt überprüfen wollte.«

»Nun, wir haben davon erfahren und uns gedacht, daß seine Geschäftspartner wahrscheinlich auch davon Wind bekamen. Sie mußten befürchten, daß alles ans Licht kommen würde. Also brachten sie ihn um, um ihn davon abzuhalten, über ihre Geschäfte zu sprechen. Allerdings glauben wir nicht mehr an diese Theorie.«

»Das verstehe ich nicht. Sind Sie sicher? Ich finde es offensichtlich, daß die Leute etwas mit dem Mord zu tun hatten.«

Am Ende wurde sie unsicher. Ihre Stimme klang zu dringend.

»Nun, wie gesagt, wir dachten das auch. Wir haben es nicht völlig fallengelassen, aber im Moment sieht es nicht so aus. Der Mann, den wir dort verhafteten, Luke Goshen, schien ein guter Kandidat zu sein. Aber dann stellte sich heraus, daß sein Alibi absolut wasserdicht ist. Er kann es nicht gewesen sein. Es sieht auch so aus, als ob jemand sich große Mühe gab, den Verdacht auf ihn zu lenken, und eine Waffe in seinem Haus versteckte. Aber wir wissen, er war's nicht.«

Sie schaute ihn einen Moment mit leblosen Augen an und schüttelte ihren Kopf. Dann machte sie ihren ersten wirklichen Fehler. Sie hätte sagen müssen, daß es dann der andere Mann gewesen sein müsse, den Bosch erwähnt hatte, wenn es nicht Goshen war. Oder irgendein Mafia-Typ. Aber sie sagte nichts, und Bosch merkte instinktiv, daß sie von dem Komplott gegen Goshen wußte. Sie wußte jetzt, daß der Plan fehlgeschlagen war, und ihre Gedanken überschlugen sich.

»Also, was werden Sie dann tun?« fragte sie schließlich.

»Oh, wir mußten ihn schon laufen lassen.«

»Nein, ich meine Ihre Ermittlungen. Was machen Sie jetzt?«

»Nun, wir fangen wieder von vorne an. Wir denken, daß es vielleicht ein geplanter Raubüberfall war.«

»Sie sagten, daß seine Uhr nicht gestohlen wurde.«

»Richtig. Aber unsere Ermittlungen in Las Vegas waren nicht ganz umsonst. Wir fanden heraus, daß Ihr Mann viel Geld bei sich trug, als er an dem Abend hier landete. Geld, das er in seine Firma stecken wollte – um es zu waschen. Es war viel Geld. Fast eine Million Dollar. Er bekam es von ...«

»Eine *Million* Dollar?«

Das war ihr zweiter Fehler. Ihr Schock und die Betonung

auf *Million* verrieten, daß sie wußte, daß viel weniger in Tony Alisos Attachékoffer gewesen war. Bosch beobachtete, wie ihre Augen ins Leere starrten und sich ihre Gedanken nach innen richteten. Er nahm an – und hoffte –, daß sie sich fragte, wo der Rest des Geldes war.

»Ja«, sagte er. »Sehen Sie, der Mann, der Ihrem Gatten das Geld gab – und den wir zuerst verdächtigten –, war ein verdeckter FBI-Fahnder, der sich in die Organisation eingeschlichen hatte, für die Ihr Gatte arbeitete. Deshalb ist sein Alibi so stichhaltig. Nun, er hat uns gesagt, daß Ihr Mann eine Million Dollar bei sich hatte – in bar. Es war soviel, daß nicht alles in den Attachékoffer paßte. Er mußte ungefähr die Hälfte in seinen Kleidersack stecken.«

Er machte eine Pause und merkte, daß die Story sie gefesselt hatte. Ihre Augen schienen in die Ferne zu schauen. Er erkannte diesen Blick von ihrem Film wieder. Aber diesmal war es Wirklichkeit. Er war noch nicht mal zu Ende, aber sie machte schon Pläne. Er konnte es sehen.

»War das Geld irgendwie vom FBI gekennzeichnet?« fragte sie. »Könnten sie es identifizieren?«

»Nein, leider hatte der Agent es nicht lange genug. Es war auch wirklich zu viel. Aber die Übergabe fand in einem Büro mit einer versteckten Videokamera statt. Es besteht kein Zweifel, daß Tony Las Vegas mit einer Million verließ. Hm …«

Bosch machte eine Pause, um seine Aktentasche zu öffnen und etwas in der Akte nachzuschlagen.

»… genau waren es eine Million und sechsundsiebzigtausend. Alles in bar.«

Veronicas Augen hefteten sich auf den Boden, während sie nickte. Bosch musterte sie, aber er wurde abgelenkt, als er von irgendwo im Haus ein Geräusch zu hören glaubte. Er hatte plötzlich den Verdacht, daß noch jemand da war. Sie hatten nicht danach gefragt.

»Haben Sie das gehört?« fragte Bosch.

»Was?«

»Ich glaube, ich habe etwas gehört. Sind Sie allein im Haus?«

»Ja.«

»Es hörte sich an, als wäre jemand gegen etwas gestoßen.«

»Möchten Sie, daß ich mich umsehe?« bot Edgar an.

»Oh, nein«, sagte Veronica schnell. »… äh, es war wahrscheinlich die Katze.«

Bosch erinnerte sich nicht, irgendein Anzeichen von einer Katze bei ihren vorigen Besuchen gesehen zu haben. Er blickte Kiz kurz an und sah, wie sie fast unmerklich den Kopf bewegte, um anzudeuten, daß sie sich auch nicht an eine Katze erinnerte. Er entschied sich, im Moment nicht nachzuhaken.

»Nun«, sagte er, »deshalb fragen wir in der Nachbarschaft herum und deshalb sind wir hier. Wir müssen Ihnen ein paar Fragen stellen. Eventuell haben wir Ihnen schon mal ähnliche Fragen gestellt, aber wie ich schon sagte, wir fangen wieder neu an. Es wird nicht lange dauern. Danach können Sie dann zu den Ställen fahren.«

»Gut. Fangen Sie an.«

»Würde es Ihnen etwas ausmachen, mir ein Glas Wasser zu geben?«

»Nein, natürlich nicht. Entschuldigen Sie, ich hätte fragen sollen. Will sonst noch jemand etwas?«

»Nicht nötig«, sagte Edgar.

»Nein, danke«, sagte Rider.

Veronica Aliso stand auf und ging zum Flur. Bosch gab ihr etwas Vorsprung, dann stand er auf und folgte ihr.

»Sie haben gefragt«, sagte er. »Aber ich habe abgelehnt.«

Er folgte ihr in die Küche, wo sie einen Hängeschrank öffnete und ein Glas herausholte. Bosch schaute sich um. Es war eine große Küche mit Arbeitsflächen aus Granit und Haushaltsgeräten aus Edelstahl. In der Mitte befand sich ein Arbeits-Center mit einem Spülbecken.

»Leitungswasser ist gut genug«, sagte er, nahm ihr das Glas ab und füllte es am Spülbecken.

Er drehte sich um und lehnte sich gegen das Arbeits-Center und trank einen Schluck. Den Rest goß er wieder aus und stellte das Glas auf der Arbeitsfläche ab.

»Sie wollen nicht mehr?«

»Nein. Nur etwas, um die Kehle anzufeuchten.«

Er lächelte, sie jedoch nicht.

»Nun, gehen wir dann wieder ins Wohnzimmer?« fragte sie.

»Ja, natürlich.«

Er folgte ihr aus der Küche. Kurz bevor er auf den Flur trat, schaute er sich um und ließ seinen Blick über die grauen Küchenfliesen schweifen. Er fand jedoch nichts, was hier hätte sein sollen.

Bosch verbrachte die nächsten fünfzehn Minuten damit, die gleichen Fragen zu stellen, die er schon vor sechs Tagen gestellt hatte und die inzwischen für den Fall irrelevant waren. Er spielte eine Routinevernehmung vor und setzte noch die letzten Tupfer auf seine Vorstellung. Der Köder war gelegt, und er beendete den Besuch auf möglichst harmlose Weise. Schließlich glaubte er genug gesagt und gefragt zu haben, schloß sein Notizbuch mit den Aufzeichnungen, die er sich nie mehr ansehen würde, und stand auf. Er dankte ihr für ihre Zeit, und Veronica Aliso führte die drei Detectives zur Tür. Bosch ging als letzter hinaus, und als er über die Schwelle trat, sagte sie etwas zu ihm. Er hatte es irgendwie erwartet. Ihre Rolle hatte auch Text, der rezitiert werden mußte.

»Bitte, halten Sie mich auf dem laufenden, Detective Bosch.«

Bosch drehte sich um und sah sie an.

»Oh, das werde ich tun. Falls irgend etwas passiert, werden Sie die erste sein, die es erfahren wird.«

Bosch fuhr Edgar und Rider zurück zu ihrem Wagen. Er sprach nicht über den Besuch, bis er hinter Edgars Wagen anhielt.

»Also, was glaubt ihr?« fragte er und holte seine Zigaretten hervor.

»Ich glaube, sie hat angebissen«, sagte Edgar.

»Ja«, sagte Rider. »Es sollte interessant werden.«

Bosch steckte sich eine Zigarette an.

»Was ist mit der Katze?« fragte er.

»Was?« fragte Edgar.

»Das Geräusch im Haus. Sie sagte, es war die Katze. Aber in der Küche standen keine Freßnäpfe auf dem Boden.«

»Vielleicht stehen sie draußen«, sagte Edgar.

Bosch schüttelte den Kopf.

»Ich glaube, daß Leute, die Katzen in der Wohnung halten, sie auch drinnen füttern«, sagte er. »Hier in den Hügeln soll man sie sowieso drinnen halten, wegen der Coyoten. Überhaupt, ich mag keine Katzen, ich bin gegen sie allergisch. Ich merke es meistens, wenn jemand eine Katze hat. Ich glaube nicht, daß sie eine hat. Kiz, du hast nie eine Katze dort gesehen, oder?«

»Ich war den ganzen Montagvormittag da und habe keine gesehen.«

»Glaubst du dann, daß es der Typ war?« fragte Edgar. »Ihr Komplize?«

»Vielleicht. Meiner Ansicht nach war jemand dort. Eventuell ihr Anwalt.«

»Nee, Anwälte verstecken sich nicht. Die kommen raus und konfrontieren dich.«

»Auch wahr.«

»Sollten wir das Haus überwachen? Sehen, wer rauskommt?« fragte Edgar.

Bosch dachte einen Moment nach.

»Nein«, sagte Bosch. »Wenn sie uns entdecken, wissen sie, daß die Story mit dem Geld ein Köder ist. Wir lassen es besser sein. Am besten hauen wir jetzt ab und bereiten die Falle vor. Wir müssen alles fertig haben.«

7.

Während seiner Zeit als Soldat in Vietnam wurde Bosch vorzugsweise bei den Kämpfen im Tunnellabyrinth unter den Dörfern der Cu-Chi-Provinz eingesetzt. Mit dem Auftrag, in die Dunkelheit hinunterzusteigen, die sie das schwarze Echo nannten, und lebendig wieder herauszukommen. Die Tunneleinsätze dauerten jedoch nie lange, und die Zeit dazwischen verbrachte er damit, über der Erde unter dem Laubdach des Dschungels zu kämpfen und zu warten. Einmal wurden er und eine Handvoll anderer Soldaten von ihrer Einheit abgeschnitten, und Bosch saß eine Nacht im Elefantengras – Rücken an Rücken mit einem Jungen aus Alabama namens Donnel Frederick. Sie hörten, wie der Vietcong sich an ihnen vorbeibewegte, und warteten darauf, daß er über sie stolpern würde. Sie konnten nichts tun. Es waren zu viele, um gegen sie zu kämpfen. Also warteten sie. Die Minuten zogen sich wie Stunden hin. Aber sie überlebten alle. Später wurde Donnel in einem Schützenloch von einem direkten Mörsertreffer getötet – von der eigenen Artillerie. Bosch hatte immer geglaubt, daß in dieser Nacht im Elefantengras so etwas wie ein Wunder geschehen war.

Bosch erinnerte sich manchmal an diese Nacht, wenn er in der Klemme war oder irgendwo allein bei einer Überwachungsaktion hockte. Er dachte jetzt daran, als er mit gekreuzten Beinen vor dem Akazienbaum saß, zehn Meter vom Zeltdach, das George der Obdachlose errichtet hatte. Über seinen Kleidern trug er einen grünen Plastikponcho, den er immer im Kofferraum seines Wagens aufbewahrte. Er hatte Schokoladenriegel dabei – Hershey-Schokolade mit Mandeln. Die gleichen, die er vor vielen Jahren mit in den Dschungel genommen hatte. Und wie in jener Nacht im Elefantengras hatte er sich seit endlos langer Zeit nicht bewegt. Es war dunkel, und nur etwas Mondlicht schimmerte durch das Laubdach. Er wartete. Er hätte gern geraucht, aber er konnte es nicht riskieren, in der Dunkelheit ein Streichholz anzustecken. Ab und zu glaubte er Edgar zu hören, wie er zwanzig Meter weiter seine Lage veränderte, aber er konnte sich nicht sicher sein, ob es sein Partner war oder ein Reh oder ein Coyote, der vorbeistrich.

George hatte ihm gesagt, daß es hier Coyoten gab. Als Bosch den alten Mann auf den Rücksitz von Kiz' Wagen gesetzt hatte, um ihn ins Hotel zu bringen, hatte er Bosch gewarnt. Aber Bosch hatte keine Angst vor Coyoten.

Der alte Mann war nicht bereitwillig gegangen. Er glaubte, daß sie ihn ins Camarillo zurückbringen würden. Und die Wahrheit war, daß das der richtige Platz für ihn gewesen wäre, aber die Anstalt würde ihn nicht wieder aufnehmen, nicht ohne behördliche Einweisung. Statt dessen würde er ein paar Nächte im Mark Twain Hotel in Hollywood genießen. Bosch hatte dort mehr als ein Jahr gelebt, während sein Haus wieder neu aufgebaut wurde. Das schlechteste Zimmer dort war tausendmal besser als eine Plane im Wald. Aber Bosch wußte, daß George es nicht so sehen würde.

Um halb zwölf war der Verkehr oben auf dem Mulholland Drive spärlich geworden. Alle fünf Minuten ein Auto. Bosch konnte sie wegen der Steigung und dem Laubdach nicht sehen, aber er konnte sie hören und sah, wie ihre Scheinwerfer durch das Laubdach über ihm fluteten, wenn sie um die Kurve fuhren. Er war jetzt hellwach, weil in den letzten fünfzehn Minuten ein Wagen zweimal langsam vorbeigefahren war. Einmal in beide Richtungen. Bosch hatte das Gefühl, daß es der gleiche Wagen war, weil der Motor einen fehlerhaften Zylinder hatte und überdreht war.

Und jetzt kam er zum dritten Mal zurück. Bosch lauschte aufmerksam, während er das bekannte Motorengeräusch hörte. Und diesmal gab es das Geräusch von Reifen auf Schotter. Der Wagen verließ den Asphalt. Ein paar Augenblicke später erlosch der Motor, und die folgende Stille wurde nur von den Geräuschen einer Wagentür unterbrochen, die geöffnet und dann geschlossen wurde. Bosch ging langsam in die Hocke und in Bereitstellung, auch wenn seine Knie schmerzten. Er schaute in die Dunkelheit zu seiner

Rechten und sah nichts. Dann sah er den Abhang hinauf und wartete.

Nach ein paar Sekunden konnte er das Licht einer Taschenlampe sehen, das durchs Gehölz drang. Der Strahl war auf den Boden gerichtet und pendelte hin und her, während der Besitzer der Taschenlampe langsam den Abhang herunterkam – und auf das Zeltdach zu. Unter seinem Poncho hielt Bosch seine Waffe in einer Hand und eine Taschenlampe in der anderen – den Daumen auf dem Schalter, bereit sie anzumachen.

Die Bewegung des Lichts stoppte. Bosch schätzte, die Person hatte den Punkt gefunden, wo der Kleidersack hätte liegen sollen. Dann wurde der Strahl hoch gerichtet und strich durch das Wäldchen und ging für den Bruchteil einer Sekunde über Boschs Gesicht. Aber der Strahl kehrte nicht zurück. Statt dessen blieb er bei der blauen Plane stehen, wie Bosch erwartet hatte. Das Licht näherte sich, die Person, die die Lampe hielt, stolperte, während sie auf Georges Unterschlupf zuging. Ein paar Sekunden später sah Bosch, wie der Strahl sich hinter der Plane bewegte. Er fühlte, wie ihm Adrenalin durch die Adern schoß. Wieder hatte er ein Flashback von Vietnam. Er war im Tunnel und näherte sich dem Feind. Angst und Nervenkitzel. Erst als er sicher wieder nach Amerika zurückgekehrt war, hatte er sich eingestanden, daß er Nervenkitzel verspürt hatte. Und auf der Suche nach einem Ersatz für diesen Kitzel war er der Polizei beigetreten.

Bosch richtete sich langsam auf und hoffte, daß seine Knie nicht knacken würden, während er das Licht beobachtete. Sie hatten den Kleidersack unter dem Zeltdach versteckt, nachdem sie ihn mit zerknülltem Zeitungspapier vollgestopft hatten. Bosch begann sich so leise wie möglich auf die Plane hinzubewegen. Er kam von links. Sie hatten verabredet, daß Edgar sich von rechts nähern würde, aber es war zu dunkel, um ihn zu sehen.

Bosch war nun drei Meter entfernt, und er konnte das aufgeregte Atmen des Mannes unter der Plane hören. Dann vernahm er das Geräusch eines Reißverschlusses, der geöffnet wurde, gefolgt von einem plötzlichen Anhalten des Atems.

»Scheiße!«

Bosch hörte den Fluch und ging auf die geöffnete Vorderseite der Plane zu. Er registrierte, daß er die Stimme des Mannes kannte, als er die Vorderseite erreichte und seine Waffe und die Taschenlampe unter seinem Poncho hervorzog.

»Keine Bewegung! Polizei!« schrie Bosch und schaltete die Taschenlampe an. »Okay, komm raus, Powers.«

Fast gleichzeitig schaltete Edgar seine Taschenlampe an.

»Was zum …?« begann Edgar.

Wo die Lichstrahlen sich kreuzten, hockte Ray Powers in voller Uniform auf dem Boden. In der einen Hand eine Stablampe, in der anderen eine Pistole. Seine Kinnlade war nach unten gefallen. Ein Ausdruck totaler Überraschung zog sich über sein ganzes Gesicht.

»Bosch«, sagte er. »Was machst du hier zum Teufel?«

»Das möchten wir gern von dir wissen, Powers«, sagte Edgar wütend. »Weißt du, was für'n Scheiß du gerade gebaut hast? Du spazierst hier in eine … Was macht du hier, Mann?«

Powers hielt den Lauf seiner Waffe nach unten und steckte sie ins Halfter.

»Ich wollte … Es gab eine Meldung. Jemand muß euch hier gesehen haben. Jemand berichtete, zwei verdächtig aussehende Männer gesehen zu haben, die hier herumschlichen.«

Bosch trat von dem Unterschlupf zurück und hielt seine Waffe auf ihn gerichtet.

»Komm raus, Powers«, sagte er.

Powers tat wie ihm befohlen. Bosch richtete den Strahl seiner Taschenlampe direkt in sein Gesicht.

»Was für eine Meldung? Wer hat angerufen?«

»Irgendein Autofahrer, der vorbeifuhr. Muß euch gesehen haben, als ihr hier reingegangen seid. Kannst du die Taschenlampe nicht woanders hinhalten?«

Bosch bewegte die Lampe nicht einen Zentimeter.

»Und dann?« fragte er. »Wen hat er angerufen?«

Nachdem Rider sie hierher gebracht hatte, hatte sie die Aufgabe, auf einer Straße in der Nähe zu parken und den Polizeifunk zu überwachen. Falls so ein Funkspruch rausgegangen wäre, hätte sie die Einsatzzentrale angerufen und gesagt, daß es sich um eine Überwachungsaktion handele.

»Er hat nicht angerufen. Ich fuhr vorbei, und er winkte und hielt mich an.«

»Er hat also behauptet, gerade zwei Männer in den Wald verschwinden zu sehen?«

»Oh, nein. Nein, er hat mich früher angehalten. Ich hatte nur bis jetzt keine Gelegenheit, der Sache nachzugehen.«

Bosch und Edgar waren um halb drei den Abhang hinuntergestiegen. Es war noch heller Tag gewesen, und Powers hatte noch nicht einmal seinen Dienst angetreten. Das einzige Auto, das zu dem Zeitpunkt hier gewesen war, war Riders. Bosch wußte, daß Powers log. Es paßte alles zusammen. Das Entdecken der Leiche, der Fingerabdruck im Kofferraum, der Pfefferspray in den Augen des Opfers, die abgenommenen Fesseln. Die Lösung hatte schon die ganze Zeit in den Akten gesteckt, in den Details.

»Wieviel früher?« fragte Bosch.

»Hm, kurz nach Schichtbeginn. Ich kann mich nicht an die Zeit erinnern.«

»Bei Tageslicht?«

»Ja, bei Tageslicht. Kannst du nicht die Scheißlampe wegstecken?«

Bosch ignorierte ihn wieder.

»Wie hieß der Autofahrer?«

»Ich hab den Namen nicht notiert. Ein Typ in einem Jaguar. Er hielt mich an der Kreuzung von Laurel Canyon Boulevard und Mulholland Drive an, sagte mir, was er gesehen hat, und ich sagte ihm, ich würde nachsehen, sobald ich Zeit hätte. Also bin ich hier runter und sah den Kleidersack. Ich dachte mir, er muß dem Typen im Kofferraum gehört haben. Ich hab eure Presseveröffentlichung gelesen, über den Wagen und das Gepäck. Tut mir leid, daß ich die Sache vermasselt habe, aber ihr hättet dem wachhabenden Commander

Bescheid sagen sollen, was ihr hier tut. Mann, Bosch, ich werde blind.«

»Da hast du recht, es ist vermasselt«, sagte Bosch und senkte endlich den Lichtstrahl. Er richtete seine Waffe an der Seite ebenfalls nach unten, steckte sie jedoch nicht weg. Er hielt sie unter dem Poncho bereit. »Ich glaube, wir können die Sache abblasen. Powers, geh nach oben zu deinem Streifenwagen. Jerry, nimm den Kleidersack.«

Bosch kletterte hinter Powers den Hügel hinauf und gab acht, daß das Licht seiner Lampe auf ihn gerichtet war. Er wußte, wenn er Powers unten Handschellen angelegt hätte, hätten sie ihn nie nach oben schaffen können – wegen des steilen Terrains und weil Powers sich gewehrt hätte. Also mußte er ihn überlisten. Er ließ ihn glauben, daß er sich herausgeredet hatte.

Oben an der Straße wartete Bosch auf Edgar, der ihnen nachkam, bevor er etwas unternahm.

»Weißt du, was ich nicht verstehe, Powers?« fragte er.

»Was, Bosch?«

»Ich verstehe nicht, warum du bis zur Dunkelheit wartest, um einer Beschwerde nachzugehen, die du tagsüber bekommen hast. Du hast gehört, daß zwei verdächtig aussehende Typen hier in den Wald gegangen sind, und du beschließt, bis zur Nacht zu warten, um alleine nachzusehen?«

»Ich hab dir gesagt, ich hatte keine Zeit.«

»Du steckst voll Scheiße, Powers«, sagte Edgar.

Er hatte entweder gerade erst alles begriffen oder er spielte wunderbar mit.

Bosch sah, wie Powers' Augen starr wurden, während er überlegte, was er tun sollte. In dem Moment hob Bosch seine Waffe wieder und richtete sie genau zwischen Powers' glotzende Augen.

»Denk nicht so hart nach, Powers«, sagte er. »Es ist vorbei. Beweg dich nicht. Jerry?«

Edgar trat hinter den riesigen Polizisten und riß ihm die Pistole aus dem Halfter. Er ließ sie auf den Boden fallen und riß eine von Powers' Händen nach hinten. Er legte die

Handschelle um und tat dann das gleiche mit der anderen Hand. Als er fertig war, hob er die Waffe auf. Es sah aus, als wäre Powers geistig weggetreten. Er starrte mit leerem Blick vor sich hin. Dann kam er wieder zu sich.

»Diesmal habt ihr wirklich total Scheiße gebaut«, sagte er, seine Wut unter Kontrolle haltend.

»Das werden wir sehen. Jerry, hast du ihn? Ich will Kiz anrufen.«

»Ruf an. Ich hab seinen Arsch. Hoffentlich versucht er was Dummes. Na los, Powers, versuch's.«

»Fuck you, Edgar! Du weißt nicht, was du gerade getan hast. Dafür wirst du bezahlen, Bruder!«

Edgar blieb still. Bosch holte sein Walkie-Talkie aus der Tasche, stellte es an und drückte auf die Sprechtaste.

»Kiz, bist du da?«

»Hier. Ich bin hier.«

»Komm her. Beeil dich.«

»Schon unterwegs.«

Bosch steckte das Funkgerät weg, und sie warteten schweigend, bis sie das aufblitzende Blaulicht ihres Wagens um die Kurve kommen sahen. Als der Wagen näherkam, drehte sich das Licht im Kreis und strich immer wieder durch die Baumkronen des Wäldchens unten. Von Georges Unterschlupf mußte es so aussehen, als käme das Licht vom Himmel. Bosch begriff auf einmal, daß Georges Raumschiff Powers Streifenwagen gewesen war. Die Entführung war als Verkehrskontrolle durchgeführt worden. Die perfekte Methode, um einen Mann mit fast einer halben Million zum Anhalten zu bringen. Powers hatte einfach auf Alisos weißen Rolls gewartet, wahrscheinlich an der Ecke Laurel Canyon und Mulholland, war ihm dann gefolgt und hatte das Blaulicht angestellt, als sie die abgelegene Kurve erreichten. Tony hatte wahrscheinlich geglaubt, er sei zu schnell gefahren, und hatte am Straßenrand angehalten.

Rider hielt hinter dem Streifenwagen an. Bosch ging zu ihr, öffnete die Tür zum Rücksitz und schaute zu ihr hinein.

»Harry, was ist?« fragte sie.

»Powers. Powers war es.«

»O Gott.«

»Ja. Du und Jerry, ihr bringt ihn aufs Revier. Ich folge in seinem Wagen.«

Er ging zurück zu Edgar und Powers.

»Okay, gehen wir.«

»Ihr werdet alle aus dem Dienst entlassen werden«, sagte Powers. »Eure Laufbahn ist im Eimer.«

»Das kannst du uns alles auf dem Revier erzählen.«

Bosch riß ihn am Oberarm und fühlte dessen Umfang und Kraft. Dann verfrachteten Edgar und er ihn auf die Rückbank von Riders Wagen. Edgar ging um das Auto herum, stieg auf der anderen Seite ein und setzte sich neben ihn.

Bosch schaute durch die geöffnete Tür hinein und sagte, was zu tun sei.

»Nehmt ihm seine Ausrüstung ab und schließt ihn in eine der Verhörzellen. Vergeßt nicht, ihm den Handschellenschlüssel abzunehmen. Ich bin direkt hinter euch.«

Bosch schlug die Tür zu und klopfte zweimal aufs Dach. Dann ging er zum Streifenwagen, legte den Kleidersack auf die Rückbank und stieg ein. Rider fuhr los, und Bosch folgte ihr. Mit hoher Geschwindigkeit fuhren sie Richtung Laurel Canyon.

Billets brauchte weniger als eine Stunde, um zum Revier zu kommen. Als sie ankam, saßen sie zu dritt am Mord-Tisch. Bosch ging mit Rider das Mordbuch durch, wobei sie sich Notizen auf einem Block machte. Edgar saß an der Schreibmaschine. Billets Auftritt und ihr Gesichtsausdruck spiegelten vehement die Situation wieder. Bosch hatte noch nicht mit ihr geredet. Rider hatte sie zu Hause angerufen.

»Weißt du, was du tust?« fragte Billets. Ihre Augen durchbohrten Bosch.

Was sie wirklich meinte, war, daß die Verantwortung für die Aktion bei ihm als Teamführer lag, falls der Schuß nach hinten losgehen sollte. Bosch hatte nichts dagegen, das war nur fair. Während er in der letzten halben Stunde das Mordbuch und die anderen Akten durchgesehen hatte, war jedoch seine Zuversicht gewachsen.

»Was ich tue? Ich habe den Mörder verhaftet.«

»Ich hab dir gesagt, du sollst auf stille und vorsichtige Weise ermitteln«, erwiderte Billets. »Ich habe dir nicht gesagt, daß du halb ausgegorene Spielchen im Wald durchführen und einen Cop hier herschleifen sollst! Ich pack es nicht!«

Billets ging erregt hinter Rider hin und her, ohne sie anzusehen. Das Büro war leer, mit Ausnahme des wütenden Lieutenants und der drei Detectives.

»Powers war es, Lieutenant«, sagte Bosch. »Wenn du dich beruhigen würdest, wir ...«

»Ach, er war's. Hast du Beweise dafür? Großartig! Ich laß den Staatsanwalt sofort herkommen und wir formulieren den Haftbefehl. Einen Moment hatte ich nämlich Angst, daß ihr drei den Typen hierhergeschleppt habt und ihm außer verbotenes Betreten des Rasens nichts nachweisen könnt.«

Sie schaute Bosch wütend an. Er antwortete ihr so ruhig, wie es ihm möglich war.

»Erstens war es meine Entscheidung, ihn von der Straße zu holen. Und du hast recht, wir haben noch nicht genug in der Hand, um den Staatsanwalt zu verständigen. Aber wir werden es haben. Ich zweifle nicht im geringsten daran, daß er unser Täter ist. Er und die Witwe.«

»Ich bin froh, daß du nicht daran zweifelst, aber du bist nicht der Staatsanwalt oder die Jury.«

Er antwortete nicht. Es hatte keinen Sinn. Er mußte darauf warten, daß ihre Wut verebbte. Dann würden sie ruhig miteinander reden können.

»Wo ist er?« fragte Billets.

»Raum Drei«, sagte Bosch.

»Was hast du dem wachhabenden Commander erzählt?«

»Nichts. Es war Schichtende. Powers wollte sich den Kleidersack schnappen und dann Feierabend machen. Wir schafften es, ihn nach oben zu bringen, während die meisten Uniformen beim Appell waren. Ich habe seinen Wagen geparkt und den Schlüssel im Wachbüro abgegeben. Dem wachhabenden Lieutenant hab ich gesagt, wir würden uns Powers eine Weile für einen Durchsuchungsbefehl ausleihen. Wir bräuchten eine Uniform, wenn wir klingelten. Er sagte, es ginge in Ordnung, und ich nehme an, seine Schicht ist zu Ende. Soweit ich weiß, weiß niemand, daß wir ihn dort hinten haben.«

Billets dachte einen Moment nach und beruhigte sich.

»Okay, ich werd mal nach hinten gehen und mir einen Kaffee holen. Mal testen, ob ich nach ihm gefragt werde. Wenn ich zurückkomme, besprechen wir alles detailliert und sehen, was wir haben.«

Sie ging langsam zum Korridor, der an der Rückseite des großen Büros der Fahndungsabteilung zum Wachbüro führte. Bosch schaute ihr hinterher. Dann nahm er den Telefonhörer ab und wählte die Nummer des Sicherheitsdienstes des Mirage Hotels. Er sagte dem Wachmann, der sich meldete, daß er sofort mit Hank Meyer sprechen müsse. Als der Wachmann erwähnte, daß es nach Mitternacht sei, sagte Bosch ihm, daß es dringend sei und daß Hank Meyer sicher sofort zurückrufen würde, wenn er hörte, wer mit ihm sprechen wolle. Bosch gab dem Wachmann alle Telefonnummern, unter denen er erreicht werden konnte, und legte auf. Er nahm sich wieder das Mordbuch vor, um weiterzuarbeiten.

»Hast du gesagt, er ist in Drei?«

Bosch schaute auf. Billets war zurück, mit einem dampfenden Becher Kaffee in der Hand. Er nickte.

»Ich will ihn mir mal ansehen«, sagte sie.

Bosch stand auf und ging mit ihr zum Flur, der zu den vier Vernehmungszellen führte. Nummer Eins und Zwei waren links, Drei und Vier rechts. Vier war jedoch keine Vernehmungszelle, sondern ein kleines Zimmer mit einem Spezialfenster, durch das man in Zelle Drei sehen konnte, ohne gesehen zu werden. Billets betrat Vier und schaute Powers durch das Glas an, der kerzengerade am Tisch in einem Stuhl direkt gegenüber dem Spiegel saß. Seine Hände waren hinter dem Rücken gefesselt. Er trug noch seine Uniform, aber man hatte ihm seine Ausrüstung abgenommen.

Er starrte geradeaus in sein Spiegelbild. Der Effekt war unheimlich. Es hatte den Anschein, als sähe er sie direkt an, als gäbe es keinen Spiegel, kein Glas zwischen ihnen.

Billets sagte nichts. Sie sah nur den Mann an, der in ihre Richtung starrte.

»Es steht heute nacht viel auf dem Spiel, Harry«, sagte sie ruhig.

»Ich weiß«, sagte er.

Sie standen ein paar Momente schweigend da, bis Edgar die Tür öffnete und Bosch mitteilte, daß Hank Meyer am Telefon sei. Bosch ging zurück zu seinem Telefon und sagte Meyer, was er brauchte. Meyer sagte, er sei zu Hause und müsse zum Hotel fahren, aber er würde so bald wie möglich zurückrufen. Bosch bedankte sich und legte auf. Billets hatte sich inzwischen auf einen der leeren Stühle am Mord-Tisch gesetzt.

»Okay,«, sagte sie. »Erzählt mir genau, was heute abend abgelaufen ist.«

Bosch ergriff das Wort und verbrachte die nächsten fünfzehn Minuten damit, zu erzählen, wie er Tony Alisos Kleidersack gefunden, Veronica Aliso mit seiner Story geködert und dann in dem Wäldchen unterhalb vom Mulholland Drive gewartet hatte, bis Powers erschien. Er erläuterte ihr, warum Powers' Erklärung für sein Auftauchen keinen Sinn machte.

»Was hat er noch gesagt?« fragte Billets zum Schluß.

»Nichts. Jerry und Kiz haben ihn in die Zelle gebracht. Und da sitzt er seitdem.«

»Was haben wir noch?«

»Erstens haben wir seinen Fingerabdruck auf der Innenseite der Kofferraumklappe. Wir können außerdem dokumentieren, daß er Umgang mit der Witwe hatte.«

Billets zog ihre Augenbrauen hoch.

»Daran haben wir gearbeitet, als du reinkamst. Sonntag nacht, als Jerry den Namen des Opfers in die Datenbank eingab, spuckte der Computer eine Einbruchsmeldung vom März aus. Jemand war bei Aliso eingestiegen. Jerry hat die Akte rausgesucht, aber es schien nichts mit dem Fall zu tun zu haben. Ein ganz normaler Einbruch. Das war es auch. Allerdings mit dem Unterschied, daß Powers Mrs. Alisos Meldung aufnahm. Wir glauben, daß die Beziehung mit dem Einbruch begann. Danach haben wir die Wachbucheintragungen vom Tor. Darin stehen die Wagennummern von Polizeiwagen, die bei Hidden Highlands Streife gefahren sind. Powers' Wagen – der Zebra-Wagen – war zwei, drei Nächte pro Woche auf Streife dort, jedesmal wenn laut Kreditkartenrechnung Tony Aliso auf Reisen war. Ich glaube, er fuhr vorbei, um sich mit Veronica zu treffen.«

»Was noch?« fragte der Lieutenant. »Bisher haben wir nur einen Haufen zusammengestrickter Zufälle.«

»So was ist kein Zufall«, sagte Bosch. »Nicht so was.«

»Also, was haben wir noch?«

»Wie gesagt, seine Erklärung, warum er den Abhang hinunterstieg, macht keinen Sinn. Er kam, um nach dem Kleidersack zu suchen, und davon konnte er nur von Veronica gehört haben. Er war's, Lieutenant. Er war's.«

Billets dachte darüber nach. Bosch glaubte, daß die Aufzählung der Fakten, die er ihr gegeben hatte, sie allmählich zu überzeugen begann. Er hatte noch eine Trumpfkarte, die den Ausschlag geben sollte.

»Es gibt noch eine Sache. Erinnerst du dich an unser Problem mit Veronica? Wie konnte sie Hidden Highlands verlassen, ohne im Wachbuch vermerkt zu werden, wenn sie am Mord beteiligt war?«

»Richtig.«

»Nun, im Wachbuch steht, daß der Zebra-Wagen in der Mordnacht zweimal dort Streife fuhr. Beide Male fuhr er nach kurzer Zeit wieder raus. Beim ersten Mal kam er um zehn Uhr rein und zehn nach zehn wieder raus. Dann kam er um elf Uhr achtundvierzig zurück und fuhr vier Minuten später wieder raus. Es wurde als normale Streifenfahrt notiert.«

»Okay, und?«

»Beim ersten Mal fährt er bei ihr vorbei, sie steigt ein und legt sich hinten auf den Boden. Es ist dunkel, und der Mann am Tor sieht nur Powers beim Rausfahren. Sie fahren los und warten auf Tony, erschießen ihn, und dann bringt Powers sie wieder zurück – die zweite vermerkte Streife im Wachbuch.«

»So könnte es gewesen sein«, sagte Billets und nickte anerkennend. »Wie glaubst du, lief die Entführung ab?«

»Wir haben von Anfang an angenommen, daß es zwei Personen gewesen sein mußten. Erstmal mußte Veronica wissen, mit welchem Flug Tony kam. Damit stand die ungefähre Zeit fest. Powers holte sie an dem Abend ab, und sie fahren an die Kreuzung von Laurel Canyon Boulevard und Mulholland und warten dort auf den weißen Rolls. Wir nehmen an, daß er gegen elf Uhr vorbeifuhr. Powers folgt ihm, bis sie sich der Kurve im Wald nähern. Er schaltet sein Blaulicht an und läßt ihn anhalten wie bei einer alltäglichen Verkehrskontrolle. Dann fordert er jedoch Tony auf auszusteigen und – eventuell – zum Wagenheck zu gehen. Vielleicht läßt er ihn den Kofferraum öffnen, vielleicht macht er es selbst, nachdem er ihn gefesselt hat. So oder so, der Kofferraum wird geöffnet. Aber Tonys Kleidersack und ein Karton mit Videobändern liegen dort und lassen nicht genug Platz für eine Person. Powers hat nicht viel Zeit. Jeden Moment könnte ein Wagen um die Kurve kommen und die ganze Szene beleuchten. Also nimmt er den Kleidersack und die Schachtel und wirft sie den Abhang hinunter in den Wald. Dann befiehlt er Tony in den Kofferraum zu steigen. Tony sagt nein oder widersetzt sich. Auf alle Fälle holt Powers sein Pfefferspray heraus und sprüht ihm ins Gesicht. Jetzt wird er leicht mit ihm fertig und wirft ihn in den Kofferraum. Vielleicht hat Powers ihm zu dem Zeitpunkt die Schuhe ausgezogen, damit er nicht gegen die Klappe treten und Lärm machen konnte.«

»Jetzt erscheint Veronica auf der Bildfläche«, sagte Rider, die Geschichte fortführend. »Sie fährt den Rolls, und Powers folgt ihr im Streifenwagen. Sie benötigten einen Platz, wo der Wagen ein paar Tage nicht gefunden wird, damit Powers Zeit hat, am Samstag nach Vegas zu fahren, die Waffe zu verstecken und noch ein paar Hinweise zu fabrizieren – wie der anonyme Anruf an die Polizei von Las Vegas. Der

Anruf sollte den Verdacht auf Luke Goshen lenken, nicht die Fingerabdrücke. Das war reines Glück für sie. Aber ich greife zu weit vor. Veronica fährt den Rolls, und Powers folgt. Zur Lichtung über der Bowl. Sie öffnet den Kofferraum und Powers beugt sich hinein und erledigt ihn. Oder vielleicht gibt er einen Schuß ab und läßt Veronica den zweiten machen. Auf die Weise sind sie für immer und ewig Partner, Komplizen einer Bluttat.«

Billets nickte mit ernstem Gesicht.

»Und wenn er einer Funkmeldung hätte nachgehen müssen? Der ganze Plan wäre im Eimer gewesen.«

»Wir haben daran auch gedacht, und Jerry hat mit dem Wachbüro gesprochen. Gomez war Freitag abend der Wachhabende. Er erinnert sich, daß Powers so viel zu tun hatte, daß er erst um zehn Uhr Essenspause machte. Danach hat er erst kurz vor Schichtende von ihm gehört.«

Billets nickte wieder.

»Was ist mit den Schuhabdrücken? Sind es seine?«

»In dem Punkt hatte Powers Schwein«, sagte Edgar. »Er trägt nagelneue Stiefel. Sieht aus, als hätte er sie heute gekauft.«

»Scheiße!«

»Ja«, sagte Bosch. »Er sah die Abdrücke gestern abend auf dem Tisch im Cat&Fiddle. Wahrscheinlich hat er sich heute neue besorgt.«

»Oh, Mann …«

»Nun, vielleicht haben wir Glück, und er hat die alten nicht weggeworfen. Wir arbeiten an einem Durchsuchungsbefehl. Und wir haben in einer anderen Sache Glück gehabt. Jerry, erzähl ihr von dem Spray.«

Edgar lehnte sich auf dem Tisch nach vorn.

»Ich bin zum Magazin gegangen und hab mir die Materialausgabeliste angesehen. Powers hat sich Sonntag eine neue Patrone Pfefferspray geben lassen. Als ich mir dann beim Wachhabenden im Büro die Berichtsliste ansah, stellte ich fest, daß Powers in der laufenden Woche keine Anwendung von Gewalt gemeldet hat.«

»Also«, sagte Billets, »hat er das Pfefferspray irgendwann

benutzt, weil er eine Nachfüllpatrone brauchte, aber er hat seinem Wachhabenden nie gemeldet, es benutzt zu haben.«

»Genau.«

Billets dachte einen Moment über alles nach, bevor sie sprach.

»Was ihr in so kurzer Zeit ausgegraben habt, ist ziemlich gut. Aber es reicht nicht aus. Es sind nur Indizien, und für die meisten kann man eine andere Erklärung finden. Selbst wenn ihr beweisen könnt, daß er sich mit der Witwe getroffen hat, beweist das nicht den Mord. Der Fingerabdruck im Kofferraum kann als schlampiges Vorgehen am Tatort erklärt werden. Wer weiß, vielleicht war es das wirklich.«

»Das bezweifle ich«, sagte Bosch.

»Deine Zweifel reichen nicht aus. Wie gehen wir weiter vor?«

»Wir haben noch ein paar Eisen im Feuer. Jerry beantragt einen Durchsuchungsbefehl aufgrund der Beweislage. Falls wir in Powers' Wohnung reinkommen, finden wir vielleicht die Schuhe oder andere Sachen. Wir werden sehen. Ich habe auch was in Vegas laufen. Wir sind der Ansicht, daß Powers Tony ein- oder zweimal dorthin gefolgt ist, um den Plan erfolgreich durchführen zu können. Er mußte Goshen kennen, um ihm den Mord in die Schuhe schieben zu können. Falls wir Glück haben, hat sich Powers so nahe wie möglich an Tony dran gehängt. Das würde bedeuten, daß er im Mirage übernachtete. Man kann dort nicht absteigen, ohne Spuren zu hinterlassen. Man kann bar bezahlen, aber man muß eine gültige Kreditkarte als Garantie für Übernachtungskosten, Anrufe undsoweiter vorlegen. Mit anderen Worten, man kann sich nicht unter einem anderen Namen anmelden, wenn man keine Kreditkarte auf den Namen hat. Jemand überprüft es für mich.«

»Okay, das ist ein Anfang«, sagte Billets.

Sie nickte, legte eine Hand auf den Mund und dachte schweigend nach.

»Jetzt hängt alles davon ab, ob wir ihn brechen können, nicht wahr?« fragte sie endlich.

Bosch nickte.

»Wahrscheinlich. Es sei denn, wir haben bei der Hausdurchsuchung Glück.«

»Du wirst ihn nicht brechen können. Er ist Polizist. Er kennt alle Tricks und weiß genug über Beweisrecht.«

»Wir werden sehen.«

Sie schaute auf ihre Uhr. Bosch schaute auf seine und sah, daß es ein Uhr war.

»Wir werden Schwierigkeiten haben«, sagte Billets ernst. »Wir werden die Sache nur noch bis zum Morgen geheimhalten können. Dann müssen wir melden, was wir gemacht und was wir in der Hand haben. Danach mußt du damit rechnen, daß wir nichts mehr mit dem Fall zu tun haben, falls es nicht noch schlimmer kommt.«

Bosch beugte sich vor.

»Geh nach Hause«, sagte er zu ihr. »Du warst nie hier. Laß uns die Nacht durcharbeiten. Komm um neun Uhr wieder. Falls du willst, bring einen Staatsanwalt mit. Jemand, der mit dir durchs Feuer geht. Falls du keinen kennst, kann ich jemand anrufen. Gib uns Zeit bis neun Uhr. Acht Stunden. Dann kommst du wieder, und wir haben den Fall entweder für dich mit einem Schleifchen eingewickelt, oder du tust, was du tun mußt.«

Sie schaute sie alle eingehend an, atmete tief ein und langsam aus.

»Viel Glück«, sagte sie.

Dann nickte sie, stand auf und ließ sie allein.

Vor der Tür zur Verhörzelle Drei blieb Bosch einen Moment stehen und versuchte Ordnung in seine Gedanken zu bringen. Er wußte, alles hing davon ab, was hier drin passieren würde. Er mußte Powers kleinkriegen, und das würde nicht leicht sein. Powers war Cop. Er kannte alle Finten. Aber irgendwie mußte Bosch eine schwache Stelle finden, die er ausnutzen konnte, bis der Riese zusammenbrechen würde. Er wußte, es würde ein brutaler Kampf werden. Er stieß seinen Atem aus und öffnete die Tür.

Bosch trat in den Raum, nahm sich den Stuhl gegenüber

von Powers und breitete zwei Blätter, die er bei sich trug, vor Powers aus.

»Okay, Powers, ich werd dir jetzt mal erzählen, was Sache ist.«

»Spar dir deinen Senf, du Arschloch. Der einzige, mit dem ich sprechen will, ist mein Anwalt.«

»Nun, deswegen bin ich hier. Warum beruhigst du dich nicht, und wir sprechen darüber.«

»Ich soll mich beruhigen? Ihr verhaftet mich, kettet mich an wie einen gewöhnlichen Verbrecher und laßt mich dann hier anderthalb Stunden sitzen, während ihr draußen rumsitzt und allmählich begreift, was für'n Scheiß ihr gebaut habt. Und du willst, daß ich mich beruhige? Biste noch ganz richtig im Kopf, Bosch? Ich werde mich nicht beruhigen. Also mach mich los oder gib mir das verdammte Telefon.«

»Nun, das ist das Problem, nicht wahr? Sollen wir einen Haftbefehl erlassen oder dich gehen lassen? Deshalb bin ich hier, Powers. Ich dachte mir, vielleicht kannst du uns helfen.«

Powers schien nicht darauf zu reagieren. Seine Augen richteten sich nach unten auf die Mitte des Tisches und begannen zu arbeiten – kleine, schnelle Bewegungen, nach einem Ausweg suchend.

»Die Sache ist die«, sagte Bosch, »wenn wir dich formell verhaften, rufen wir danach deinen Anwalt an. Und wir wissen beide, daß dann alles vorbei ist. Kein Anwalt läßt seinen Klienten mit der Polizei reden. Also muß der Fall zur Verhandlung vor Gericht. Du weißt, was das bedeutet. Du wirst ohne Gehalt suspendiert. Wir werden Untersuchungshaft beantragen und du wirst neun oder zehn Monate im Knast sitzen. Vielleicht wirst du freigesprochen, vielleicht auch nicht. In der Zwischenzeit stehst du in den Schlagzeilen. Deine Mutter, dein Vater, Nachbarn … Du weißt, wie es ist.«

Bosch holte eine Zigarette heraus und steckte sie in den Mund. Er zündete sie nicht an, Powers bot er keine an. Er erinnerte sich, wie er ihm eine am Tatort angeboten und Powers abgelehnt hatte.

»Die Alternative dazu ist«, fuhr er fort, »wir versuchen die Sache jetzt und hier zu regeln. Du hast zwei Formulare vor dir liegen. Daß du Polizist bist, hat den Vorteil, daß ich dir den ganzen Kram nicht erklären muß. Das erste Formular betrifft die Rechtsbelehrung. Du weißt, was das ist. Du unterschreibst, daß du deine Rechte kennst, und dann triffst du deine Wahl. Du kannst mit mir sprechen oder mit deinem Anwalt sprechen, nachdem wir dich erkennungsdienstlich registriert haben. Mit dem zweiten Formular kannst du auf die Anwesenheit eines Anwalts verzichten.«

Powers starrte schweigend auf die Blätter, und Bosch legte einen Stift auf den Tisch.

»Ich nehm dir die Handschellen ab, wenn du bereit bist zu unterschreiben«, sagte Bosch. »Daß du Polizist bist, hat natürlich den Nachteil, daß ich nicht bluffen kann. Du kennst dich aus. Du weißt, wenn du auf deinen Anwalt verzichtest und mit mir sprichst, ziehst du entweder deinen Hals aus der Schlinge oder du ziehst sie noch mehr zu ... Falls du willst, kann ich dir mehr Zeit zum Nachdenken geben.«

»Ich brauche keine Zeit«, sagte er. »Nimm mir die Handschellen ab.«

Bosch stand auf und ging um Powers herum.

»Rechts- oder Linkshänder?«

»Rechtshänder.«

Es gab kaum genug Platz zwischen dem Rücken des Riesen und der Wand, um ihm die Handschellen abzunehmen. Bei den meisten Verdächtigen war es eine gefährliche Position. Aber Powers war Cop und wußte, er würde jegliche Chance verspielen, hier herauszukommen und zu seinem Leben zurückzukehren, wenn er gewalttätig würde. Er mußte auch annehmen, daß jemand in dem anderem Zimmer hinter dem Glas zuschaute und bereit war einzugreifen. Bosch machte die rechte Handschelle los und befestigte sie an der Stuhllehne.

Powers kritzelte seine Unterschrift auf beide Formulare. Bosch bemühte sich, seine Freude zu unterdrücken. Powers machte einen Fehler. Bosch nahm ihm den Stift ab und steckte ihn in die Tasche.

»Leg den Arm auf den Rücken.«

»Komm, behandel mich wie einen Menschen, Bosch. Ich dachte, wir wollten sprechen. Laß uns anfangen.«

»Leg den Arm auf den Rücken.«

Powers tat wie ihm geheißen und seufzte frustriert. Bosch steckte die Handschelle wieder durch die Rückenlehne und fesselte die rechte Hand, dann setzte er sich. Er räusperte sich und ging noch einmal alles in Einzelheiten in seinem Kopf durch. Er wußte, was er zu tun hatte. Er mußte Powers im Glauben lassen, daß er die Oberhand hatte, daß er seine Haut retten könnte. Wenn er das glaubte, würde er anfangen zu reden. Wenn er anfing zu reden, glaubte Bosch den Kampf gewinnen zu können.

»Okay«, sagte Bosch. »Ich erklär dir die Regeln. Falls du mich überzeugen kannst, daß wir einen Fehler gemacht haben, bist du hier vor Sonnenaufgang raus.«

»Das ist alles, was ich will.«

»Powers, wir wissen, daß du ein Verhältnis mit Veronica Aliso hast, schon vor dem Tod ihres Mannes. Wir wissen, daß du ihm mindestens zweimal vor dem Mord nach Vegas gefolgt bist.«

Powers starrte weiter vor sich auf den Tisch. Aber Bosch konnte seine Gedanken lesen, als wäre er an einen Lügendetektor angeschlossen. Die Pupillen hatten sich leicht verändert, als er Las Vegas erwähnte.

»Das ist richtig«, sagte Bosch. »Wir haben die Unterlagen vom Mirage. Das war leichtsinnig, Powers, solche Spuren zu hinterlassen. Wir können beweisen, daß du zur gleichen Zeit wie Tony Aliso in Vegas warst.«

»Ja und, ich liebe Vegas. Und Tony Aliso war auch da. Mann, was für ein Zufall. Soviel ich gehört habe, flog er oft dorthin. Was hast du noch?«

»Wir haben den Abdruck von deinem Finger, Powers. Im Wagen. Du hast dir eine Nachfüllpatrone für den Pfefferspray geben lassen, aber nie einen Bericht ausgefüllt, warum du ihn benutzt hast.«

»Ich hab aus Versehen draufgedrückt. Den Bericht habe ich nicht gemacht, weil es keine Anwendung von Gewalt gab. Du hast nichts. Mein Fingerabdruck? Da hast du wohl recht. Aber ich war in dem Wagen, du Arschloch. Ich habe die Leiche gefunden, erinnerst du dich? Das ist alles ein schlechter Witz. Ich glaube, ich sollte meinen Anwalt herkommen lassen und sehen, wie es ausgeht. Kein Staatsanwalt wird seine Finger in diesen Scheißhaufen stecken.«

Bosch ignorierte die Provokationen und fuhr fort.

»Und zu guter letzt, haben wir deine Klettertour heute nacht. Deine Story ist einen Dreck wert, Powers. Du bist dort runter, um nach Alisos Kleidersack zu suchen, weil du wußtest, daß er da war, und dachtest, er würde etwas enthalten, das du und die Witwe übersehen habt. Eine halbe Million Dollar. Meine einzige Frage ist, ob sie dich deswegen angerufen hat oder ob du gestern morgen im Haus warst, als wir vorbeikamen.«

Bosch sah, wie die Pupillen sich wieder kurz veränderten und dann erstarrten.

»Wie gesagt, ich möchte jetzt meinen Anwalt sprechen.«

»Ich schätze, du warst nur der Botenjunge. Sie schickte dich los, das Geld zu holen, während sie in ihrer Villa wartete.«

Powers lachte gekünstelt.

»Witzig, Bosch. Botenjunge. Leider kenn ich die Frau kaum. Aber nicht schlecht, Bosch. Du versuchst dein Bestes. Das gefällt mir. Aber ich möchte dir mal was sagen, Bosch.«

Er beugte sich über den Tisch und senkte seine Stimme.

»Falls ich dir mal irgendwann draußen begegnen sollte und sonst niemand da ist, nur wir beide, werde ich dir den Arsch bis zu den Ohren aufreissen.«

Er richtete sich wieder auf und nickte. Bosch lächelte.

»Weißt du, ich war mir eigentlich nicht sicher bis jetzt. Aber jetzt bin ich's. Du warst es, Powers. Du bist der Täter. Und du wirst nie mehr rauskommen. Nie. Also, wessen Idee war es. Hat sie es zuerst vorgeschlagen oder du?«

Powers starrte unwillig auf den Tisch und schüttelte den Kopf.

»Mal sehen, ob ich drauf komme«, sagte Bosch. »Ich schätze, du warst in der Villa und sahst, was sie alles hatten – das Geld, und vielleicht hast du auch von Tonys Rolls gehört –, und du begannst nachzudenken. Ich wette, es war deine Idee, Powers. Aber ich glaube, sie wußte, daß du dir irgendwas ausdenken könntest. Sie ist nämlich eine intelligente Frau. Sie wußte es und wartete.

Und weißt du was? Wir haben nichts gegen sie in der Hand. Nichts. Sie hat dich wie eine Marionette benutzt. Bis zum Ende. Sie wird davonkommen und *du«* – er deutete auf Powers' Brust – »wirst die Strafe absitzen. Willst du das?«

Powers lehnte sich mit einem amüsierten Lächeln zurück.

»Hast du es immer noch nicht kapiert?« sagte Powers. »Du bist der Botenjunge. Aber schau dich an, du kannst nichts liefern. Was hast du schon. Du kannst mir nicht den Mord anhängen. Ich habe die Leiche gefunden. Ich habe den Wagen geöffnet. Falls du Abdrücke findest, habe ich sie bei der Gelegenheit gemacht. Der Rest ist ein Haufen Mist, der nichts wert ist. Wenn du damit zur Staatsanwaltschaft auf der Temple Street gehst, lachen sie dich aus. Also gib mir das Telefon, Botenjunge. Wir werden sehen, was passiert.«

»Noch nicht, Powers«, sagte Bosch. »Noch nicht.«

Bosch saß an seinem Platz am Mord-Tisch, den Kopf auf die gefalteten Arme gebettet. Ein leerer Kaffeebecher stand bei seinem Ellbogen und eine Zigarette, die er an der Tischkante abgelegt hatte, war bis zum Filter heruntergebrannt und hatte einen weiteren Flecken im alten Holz hinterlassen.

Bosch war allein. Es war fast sechs, und durch die Fenster oben an der Ostseite des Büros waren die ersten Anzeichen der Dämmerung zu erkennen. Er hatte Powers vier Stunden in der Mangel gehabt und nichts erreicht. Er hatte noch nicht mal seine coole Haltung erschüttern können. Die ersten Runden waren zweifellos an den Streifencop gegangen.

Bosch schlief jedoch nicht. Er ruhte sich nur aus und wartete. Seine Gedanken konzentrierten sich weiter auf Powers. Bosch hatte keine Zweifel. Er war sich sicher, daß der richtige Mann gefesselt in der Verhörzelle saß. Die wenigen Beweise, die sie hatten, deuteten alle auf Powers. Aber mehr als die Beweise überzeugten ihn seine Erfahrung und sein

Instinkt. Ein Unschuldiger hätte Angst und nicht Powers' Selbstsicherheit. Ein Unschuldiger hätte Bosch nicht provoziert. Seine Aufgabe bestand weiterhin darin, Powers die Selbstsicherheit zu nehmen und ihn zu brechen. Bosch war müde, aber fühlte sich dazu in der Lage. Das einzige, was ihm Sorge bereitete, war die Zeit. Die Zeit war sein Feind.

Bosch hob seinen Kopf und schaute auf die Uhr. Billets würde in drei Stunden zurückkommen. Er nahm den leeren Becher, fegte mit der Handfläche die abgebrannte Zigarette und die Asche hinein und warf alles in den Papierkorb unterm Tisch. Er stand auf, steckte sich eine neue Zigarette an und ging zwischen den Tischen der einzelnen Abteilungen entlang. Er versuchte, einen klaren Kopf für die nächste Runde zu bekommen.

Er überlegte sich, Edgars Piepser anzurufen, um zu sehen, ob er und Rider schon etwas gefunden hatten – irgend etwas, das helfen würde –, aber entschied dagegen. Sie hätten angerufen oder wären zurückgekommen, wenn sie etwas hätten.

Während er am anderen Ende des großen Büros stand und ihm diese Gedanken durch den Kopf gingen, fiel sein Blick auf den Tisch für Sexualverbrechen. Nach ein paar Sekunden merkte er, daß er ein Polaroid-Foto des Mädchens anschaute, das mit ihrer Mutter am Freitag aufs Revier gekommen war, um die Vergewaltigung zu melden. Das Foto lag oben auf einem Stapel Polaroids, die mit einer Büroklammer an einem Aktendeckel befestigt waren. Detective Mary Cantu hatte es oben auf ihrem Aktenberg für Montag liegen lassen. Ohne nachzudenken machte Bosch den Stapel Fotos los und begann sie durchzusehen. Das Mädchen war brutal mißhandelt worden, und die Blutergüsse auf ihrem Körper, die Cantus Kamera festgehalten hatte, waren ein deprimierender Beweis, daß in dieser Stadt vieles im argen lag. Bosch hatte es immer leichter gefunden, mit Opfern umzugehen, die nicht mehr lebten. Lebende Opfer verfolgten ihn in seinen Träumen, weil sie nie getröstet werden konnten. Nicht vollständig. Sie würden sich immer fragen, warum.

Manchmal stellte sich Bosch seine Stadt als riesigen Abfluß vor, der allen Dreck auf einem Punkt zusammenfließen ließ, wo er als dicke Suppe herumwirbelte. Es war ein Ort, wo es oft schien, daß es mehr schlechte als gute Menschen gab. Perverse Ekel und miese Betrüger, Vergewaltiger und Mörder. Ein Ort, der sehr leicht Menschen wie Powers hervorbringen konnte. Zu leicht.

Bosch steckte die Fotos wieder unter die Büroklammer – verlegen, sich am Leid des Mädchens ergötzt zu haben. Er ging zum Mord-Tisch zurück und wählte seine Privatnummer. Es war schon fast vierundzwanzig Stunden her, seitdem er zu Hause gewesen war, und er hoffte, daß Eleanor Wish abnehmen würde – er hatte den Schlüssel unter der Matte gelassen – oder daß sie eine Nachricht hinterlassen hatte. Nach dem dritten Läuten schaltete sich der Anrufbeantworter an, und er hörte seine eigene Stimme, die bat eine Nachricht zu hinterlassen. Er gab seinen Code ein, und die Maschine teilte ihm mit, daß er keine Nachrichten habe.

Er stand einen langen Augenblick da und dachte an Eleanor den Hörer noch am Ohr, als er plötzlich eine Stimme hörte.

»Harry, bist du das?«

»Eleanor?«

»Ich bin hier, Harry.«

»Warum hast du nicht abgenommen?«

»Ich dachte nicht, es sei für mich.«

»Wann bist du zurückgekommen?«

»Gestern abend. Ich hab auf dich gewartet. Vielen Dank, daß du den Schlüssel unter die Matte gelegt hast.«

»Gern, geschehen … Eleanor, wo warst du?«

Es entstand eine kurze Pause, bevor sie antwortete.

»Ich bin zurück nach Vegas. Ich mußte meinen Wagen abholen, mein Konto auflösen undsoweiter. Wo warst du die ganze Nacht?«

»Arbeiten. Wir haben einen neuen Verdächtigen. Wir haben ihn hier auf dem Revier. Bist du bei deinem Apartment vorbei?«

»Nein. Es gab keinen Grund dazu. Ich habe erledigt, was zu erledigen war, und bin dann zurückgefahren.«

»Tut mir leid, falls ich dich aufgeweckt habe.«

»Das ist okay. Ich habe mir Sorgen gemacht, wo du warst. Aber ich wollte nicht auf dem Revier anrufen, falls du gerade mitten in der Arbeit stecken solltest.«

Bosch wollte sie fragen, wie es mit ihnen weitergehen würde, aber er war so glücklich, daß sie in seinem Haus war, daß er den Moment nicht zerstören wollte.

»Ich weiß nicht, wie lange ich hier noch festsitzen werde«, sagte er.

Bosch hörte, wie sich die schweren Türen zum hinteren Korridor des Reviers öffneten und wieder zuschlugen. Schritte näherten sich dem Büro.

»Mußt du Schluß machen?« fragte Eleanor.

»Hm ...«

Edgar und Rider kamen herein. Rider trug eine braune Papiertüte für Beweismittel, die etwas Schweres zu enthalten schien. Edgar hatte einen geschlossen Karton unter dem Arm, auf dem jemand mit Filzstift Weihnachten geschrieben hatte. Ein breites Lächeln lag auf seinem Gesicht.

»Ja«, sagte Bosch, »Ich mach besser Schluß.«

»Okay, Harry, bis später.«

»Wirst du da sein?«

»Ich werde da sein.«

»Okay, Eleanor, ich komm so bald wie möglich.«

Er legte auf und schaute seine beiden Partner an. Edgar lächelte immer noch.

»Wir haben dein Weihnachtsgeschenk hier, Harry«, sagte Edgar. »Wir haben Powers im Karton.«

»Ihr habt die Schuhe?«

»Nein, nicht die Schuhe. Viel besser.«

»Zeig's mir.«

Edgar hob den Deckel des Kartons und nahm einen braunen Umschlag weg, der obenauf lag. Dann neigte er den Karton etwas, damit Bosch hineinsehen konnte. Bosch pfiff.

»Frohe Weihnachten«, sagte Edgar.

»Hast du es gezählt?« fragte Bosch, immer noch auf die Geldscheine starrend, die mit Gummibändern gebündelt waren.

»Auf jedem Bündel steht eine Zahl«, sagte Rider. »Wenn du alles zusammenzählst, ergibt es vierhundertachtzigtausend. Es sieht aus, als wäre es das ganze Geld.«

»Kein schlechtes Geschenk, nicht wahr?« sagte Edgar aufgekratzt.

»Nein. Wo war es?«

»Im Speicher, unter der Dachschräge«, sagte Edgar. »Eine der letzten Stellen, wo wir nachgesehen haben. Ich hab ihn gleich gesehen, als ich meinen Kopf reingesteckt habe.«

Bosch nickte.

»Okay, was noch?«

»Wir haben das hier unter seiner Matratze gefunden.«

Aus dem Umschlag zog Edgar einen Stapel Fotos. Sie waren fünfzehn mal zehn Zentimeter, und jedes trug das elektronische Datum in der linken unteren Ecke. Bosch legte sie vor sich auf den Tisch und sah sie durch. Er faßte sie vorsichtig an den Ecken an und hoffte, daß Edgar ebenso verfahren war.

Das erste Foto zeigte Tony Aliso, wie er vor dem Mirage in einen Wagen stieg. Das nächste zeigte, wie er auf den Eingang von Dolly's zuging. Danach kamen ein paar Fotos, die vor dem Club aufgenommen worden waren, und Aliso im Gespräch mit Roy Lindell alias Luke Goshen zeigten. Es war draußen dunkel, und sie waren aus einiger Entfernung gemacht worden, aber der mit Neonreklame überladene Eingang zum Club war taghell, und Aliso und Goshen waren leicht zu erkennen.

Dann gab es noch Fotos vom gleichen Schauplatz, aber das Datum in der Ecke hatte sich geändert. Sie zeigten eine junge Frau, die den Club verließ und zu Alisos Wagen ging. Bosch erkannte sie. Es war Layla. Außerdem gab es Fotos von Tony und Layla am Swimmingpool vom Mirage. Die letzte Aufnahme zeigte, wie Tony seinen sonnengebräunten Körper über Laylas Liegestuhl beugte und sie auf den Mund küßte.

Bosch schaute wieder zu Edgar und Rider auf. Edgar lächelte, Rider nicht.

»Wie wir uns gedacht haben«, sagte Edgar. »Er hat Tony

in Vegas beschattet und sich über ihn informiert. Dies beweist, daß er die Sache plante. Er und die Witwe. Wir haben sie, Harry. Dies beweist Vorsatz, Heimtücke, alles … Wir haben sie beide im Sack.«

»Vielleicht.« Er schaute Rider an. »Was ist mit dir los, Kiz?«

Sie schüttelte ihren Kopf.

»Ich weiß nicht. Es scheint zu leicht zu sein. Das Haus war aufgeräumt. Keine alten Stiefel, kein Zeichen, daß Veronica jemals dort war. Dann finden wir das hier ohne große Mühe. Als sollten wir es finden. Ich meine, warum hat er sich die Mühe gemacht, die Stiefel wegzuwerfen, und läßt die Fotos unter der Matratze? Ich kann verstehen, daß er das Geld behalten wollte. Aber es im Speicher zu verstecken, ist ziemlich lahm.«

Sie deutete auf die Fotos und das Geld mit einer abwertenden Geste. Bosch nickte zustimmend und lehnte sich in seinem Stuhl zurück.

»Ich glaube, du hast recht«, sagte er. »Er ist nicht so dumm.«

Er dachte an die Waffe, die jemand bei Goshen versteckt hatte. Auch das hatte sich als zu leicht herausgestellt.

»Ich glaube, Veronica steckt dahinter«, sagte Bosch. »Er hat die Fotos für sie aufgenommen. Wahrscheinlich hat er ihr gesagt, daß sie sie vernichten soll, aber sie tat es nicht. Sie hat sie für alle Fälle behalten. Wahrscheinlich hat sie sie ihm unters Bett gesteckt und das Geld auf den Speicher gebracht. War es leicht, auf den Speicher zu kommen?«

»Leicht genug«, sagte Rider. »Über eine Ausziehleiter.«

»Einen Moment mal, warum würde sie ihn hereinlegen?« fragte Edgar.

»Sie hätte es nicht in jedem Fall gemacht«, sagte Bosch. »Es ist ein Notmanöver. Wenn etwas schief laufen sollte, wenn wir ihnen auf die Spur kommen würden, könnte Powers als Sündenbock dienen. Vielleicht ist sie mit den Fotos und dem Geld in sein Haus, als sie ihn losgeschickt hat, den Kleidersack zu holen. Wer weiß, wann es anfing. Aber ich wette, wenn ich Powers erzähle, was wir in seinem Haus gefunden haben, wird er große Augen machen. Was hast du in der Tüte, Kiz, die Kamera?«

Sie nickte und stellte die Tüte auf den Tisch, ohne sie zu öffnen.

»Eine Nikon mit Tele und die Kreditkartenquittung für den Kauf.«

Bosch nickte, seine Gedanken beschäftigten sich mit etwas anderem. Er überlegte, wie er die Fotos und das Geld im Verhör einsetzen sollte. Es war ihre Chance, Powers zu brechen, wenn sie es richtig machten.

»Moment, Moment«, sagte Edgar verwirrt. »Ich kapier's immer noch nicht. Warum glaubst du, daß sie ihn hereinlegen will? Vielleicht hat er die Fotos und das Geld aufbewahrt und sie hätten es geteilt, wenn sich alles beruhigt hat. Warum soll sie es bei ihm versteckt haben?«

Bosch schaute Rider an und dann Edgar.

»Weil Kiz recht hat. Es ist zu einfach.«

»Nicht, wenn wir keine Ahnung hätten. Nicht, wenn er bis zu dem Moment, als wir aus den Büschen sprangen, glaubte, daß ihn niemand verdächtigen würde.«

Bosch schüttelte den Kopf.

»Ich weiß nicht. Ich glaube nicht, daß er sich beim Verhör so cool verhalten hätte, wenn er wußte, daß die Sachen in seinem Haus sind. Meiner Ansicht nach steckt sie dahinter. Sie will ihm die ganze Schuld anhängen. Wenn wir sie aufs Revier holen, wird sie uns irgendeine Geschichte erzählen, daß der Typ von ihr besessen war. Wenn sie das geringste Talent zum Schauspielen hat, wird sie uns erzählen, daß sie eine Affäre mit ihm hatte und dann Schluß machte, er sie aber nicht in Ruhe ließ. Er brachte ihren Mann um, damit er sie für sich allein haben konnte.«

Bosch lehnte sich zurück und wartete auf Antwort.

»Der Plan ist gut«, sagte Rider. »Er könnte funktionieren.«

»Leider werden wir ihre Story nicht glauben«, sagte Bosch.

»Was springt bei der Sache für sie heraus?« fragte Edgar, der sich weigerte, seine Einwände fallen zu lassen. »Sie gibt das Geld weg, indem sie es bei ihm versteckt. Was bleibt für sie übrig?«

»Das Haus, die Autos, Lebensversicherung«, sagte Bosch. »Was noch von der Firma übrig geblieben ist – und die Chance davonzukommen.«

Aber die Antwort war nicht überzeugend, und er wußte es. Eine halbe Million Dollar war viel Geld, um jemanden an die Polizei zu verkaufen. Es war die schwache Stelle in der Theorie, die er sich gerade ausgedacht hatte.

»Sie wurde ihren Mann los«, sagte Rider. »Vielleicht war ihr das allein wichtig.«

»Er hat sie seit Jahren betrogen«, sagte Edgar. »Warum jetzt? Was war diesmal anders?«

»Ich weiß nicht«, sagte Rider. »Aber etwas war diesmal anders, oder es gibt etwas anderes, von dem wir noch nicht wissen und das wir herausfinden müssen.«

»Viel Glück«, sagte Edgar.

»Ich habe eine Idee«, sagte Bosch. »Falls es jemand weiß, dann Powers. Ich will ihn überlisten, und ich glaube, ich weiß wie. Kiz, hast du noch das Video von Veronicas Film?«

»*Opfer der Begierde?* Ja, es ist in meiner Schublade.«

»Hol es und steck es in den Videorecorder im Büro des Lieutenant. Ich hol mir noch Kaffee und treff euch dort.«

Bosch betrat die Verhörzelle Drei mit dem Karton voll Geld, den er so gedreht hatte, daß die Aufschrift *Weihnachten* nicht zu sehen war. Er hoffte, es sah aus wie ein normaler Karton. Er achtete vergeblich auf ein Zeichen des Erkennens. Powers saß immer noch so, wie Bosch ihn verlassen hatte. Kerzengerade, die Arme auf dem Rücken, als würde er sich freiwillig so hinsetzen. Er sah Bosch mit unbeweglicher Miene an, bereit, die nächste Runde auszufechten. Bosch stellte den Karton außer Sicht auf den Boden und setzte sich wieder Powers gegenüber. Dann griff er nach unten, öffnete den Karton und holte einen Kassettenrecorder heraus und einen Aktendeckel. Er legte alles sichtbar auf den Tisch.

»Ich hab dir gesagt, Bosch, keine Tonbandaufnahmen.

Falls eine Kamera hinter dem Glas läuft, verletzt du meine Rechte.«

»Keine Kamera, kein Bandaufnahmen, Powers. Ich brauch das nur, um dir was vorzuspielen ... Wo waren wir?«

»An dem Punkt, wo du entweder was vorweist oder die Klappe hältst. Entweder läßt du mich jetzt laufen oder holst meinen Anwalt her.«

»Nun, ein paar Sachen haben sich in der Zwischenzeit ereignet. Ich dachte mir, du würdest gerne Bescheid wissen. Ich meine ... bevor du so eine wichtige Entscheidung triffst.«

»Fuck you. Ich hab diesen Mist satt. Gib mir das Telefon.«

»Hast du eine Kamera, Powers?«

»Ich hab gesagt, gib ... Eine Kamera? Was ist damit?«

»Hast du eine Kamera? Es ist eine ziemlich einfache Frage.«

»Ja. Jeder hat eine Kamera. Was ist damit?«

Bosch studierte ihn einen Moment. Er fühlte, wie sich das Gleichgewicht und die Kontrolle zu verlagern begannen. Es bewegte sich von Powers über den Tisch zu ihm. Er konnte es fühlen. Bosch setzte ein dünnes Lächeln auf. Powers sollte merken, daß er von diesem Punkt an die Kontrolle zu verlieren begann.

»Hattest du die Kamera dabei, als du im März in Vegas warst?«

»Ich weiß nicht. Vielleicht. Ich nehme sie immer in den Urlaub mit. Ich wußte nicht, daß das ein Verbrechen ist. Was wird sich das verdammte Justizministerium als Nächstes ausdenken?«

Bosch ließ ihn lächeln, verzog aber selbst keine Miene.

»Ach so bezeichnest du deinen Besuch in Vegas, einen Urlaub«, sagte er ruhig.

»Ja, so bezeichne ich es.«

»Eigenartig, Veronica hat eine andere Bezeichnung dafür.«

»Davon weiß ich nichts, ich kenn sie kaum.«

Seine Augen wandten sich kurz von Bosch ab. Es war das erste Mal und wieder fühlte Bosch, wie sich das Gleichgewicht verlagerte. Er hatte es hervorragend eingefädelt. Er fühlte, daß etwas ins Rollen kam.

»Natürlich weißt du davon, Powers. Und du kennst sie ziemlich gut. Sie hat uns alles erzählt. Sie ist jetzt im anderen Raum. Es stellte sich heraus, daß sie schwächer war, als ich dachte. Ich hatte auf dich gesetzt. Du kennst das Sprichwort: je größer sie sind, desto härter fallen sie. Ich dachte, du würdest zuerst reden. Aber Edgar und Rider haben sie vor ein paar Minuten gebrochen. Wahnsinnig, wie Tatortfotos das Gewissen belasten können. Sie hat uns alles erzählt, Powers. Alles.«

»Du steckst voll Scheiße, Bosch, und es wird allmählich ziemlich alt. Wo ist das Telefon?«

»Sie hat uns erzählt, daß du …«

»Ich will es nicht hören.«

»Du hast sie getroffen, als du die Einbruchsmeldung aufgenommen hast. Eine Sache führte zur anderen, und nach kurzer Zeit hattet ihr zwei eine nette kleine Affäre. Eine Affäre, die man nicht so leicht vergißt. Allerdings kam sie zur Vernunft und machte Schluß. Sie liebte ihren alten Tony immer noch. Er verreiste oft, machte Seitensprünge, aber sie war daran gewöhnt. Sie brauchte ihn, also hat sie dir den Laufpaß gegeben. Das Problem war nur – sagte sie –, du konntest es nicht akzeptieren. Du hast sie nicht in Ruhe gelassen, hast sie angerufen und bist ihr gefolgt, wenn sie Hidden Highlands verlassen hat. Sie bekam es mit der Angst zu tun. Ich meine, was konnte sie tun? Sich an Tony wenden und ihm sagen, dieser Typ, mit dem sie ein Verhältnis hatte, folgt ihr ständig? Sie …«

»Das ist eine irre Lügengeschichte, Bosch. Es ist ein Witz.«

»Dann hast du begonnen, Tony zu beschatten. Er war dir im Weg. Also hast du deine Hausaufgaben gemacht. Du bist ihm nach Vegas gefolgt und hast ihn in flagranti ertappt. Du wußtest, in welche Geschäfte er verstrickt war und wie du ihn umbringen konntest, damit wir der falschen Fährte nachgehen würden. ›Musiktruhe‹ ist der Mafia-Ausdruck dafür. Das Problem ist nur, du hast dich verspielt, Powers. Wir sind dir auf die Schliche gekommen. Und mit ihrer Hilfe werden wir dich überführen.«

Powers schaute auf den Tisch. Um die Augen und am Unterkiefer war die Haut angespannt.

»Das ist alles erstunken und erlogen«, sagte er, ohne aufzusehen. »Ich habe keine Lust mehr, dir und deinen Märchen zuzuhören. Sie ist nicht im anderen Raum. Das ist ein uralter Trick. Sie sitzt oben auf dem Hügel in der großen Villa.«

Powers schaute auf und verzog sein Gesicht zu einem schiefen Lächeln.

»Willst du etwa einen Cop mit so was reinlegen? Ich kann's nicht glauben. Das ist echt schwach. Du bist schwach. Ist dir das nicht selbst peinlich?«

Bosch griff nach dem Kassettenrecorder und drückte auf die Abspieltaste. Veronica Alisos Stimme füllte den kleinen Raum.

»Er war es. Er ist verrückt. Ich konnte ihn nicht aufhalten, bevor es zu spät war. Dann konnte ich es niemandem sagen, weil es … Es hätte ausgesehen, als wäre ich …«

Bosch stellte es ab.

»Das reicht«, sagte er. »Eigentlich dürfte ich dir noch nicht mal das vorspielen. Aber ich dachte mir, als Kollege sollte ich dich wissen lassen, wie deine Lage aussieht.«

Bosch beobachtete, wie Powers allmählich zu kochen begann. Die Wut begann sich hinter seinen Augen aufzustauen. Er schien keinen einzigen Muskel zu bewegen, wurde aber schlagartig steif wie ein Brett. Schließlich schaffte er es, nicht zu explodieren und sich zu fassen.

»Du hast nur ihre Aussage«, sagte er mit ruhiger Stimme. »Es gibt keine Beweise dafür. Es ist ein Märchen, Bosch. Ihre Aussage gegen meine.«

»So könnte es sein. Allerdings haben wir das.«

Bosch öffnete den Aktendeckel und warf den Stapel Fotos vor Powers auf den Tisch. Er breitete sie sorgfältig auf dem Tisch aus, damit Powers sie sehen und erkennen konnte.

»Das belegt einen Großteil ihrer Geschichte, nicht wahr?«

Bosch beobachtete, wie Powers die Fotos studierte. Wieder schien Powers von seiner innerlichen Wut überwältigt zu werden, und wieder faßte er sich.

»Das beweist einen Dreck«, sagte er. »Sie hätte sie selbst machen können. Jeder hätte sie machen können. Nur weil sie euch Fotos gegeben hat ... Ihr glaubt alles, was sie sagt. Ihr freßt ihr wohl aus der Hand?«

»Könnte sein ... nur, sie hat uns nicht die Fotos gegeben.«

Bosch griff wieder in die Akte, zog eine Kopie des Durchsuchungsbefehl heraus und legte sie auf die Fotos.

»Vor fünf Stunden haben wir das an Richter Warren Lamberts Haus in Palisades gefaxt. Er hat es unterschrieben zurückgefaxt. Edgar und Rider haben fast die ganze Nacht in deinem kleinen Bungalow in Hollywood verbracht. Unter anderem wurden eine Nikon-Kamera mit Tele beschlagnahmt und diese Fotos. Sie lagen unter deiner Matratze, Powers.«

Er machte eine Pause, um es wirken zu lassen. Powers' Augen verdüsterten sich.

»Ach, wir haben noch was gefunden.« Bosch griff nach unten und holte den Karton hervor. »Das war im Speicher bei den Weihnachtssachen.«

Er leerte den Inhalt auf dem Tisch aus, und die Geldbündel fielen überall hin, einige auf den Boden. Bosch schüttelte den Karton, um sicherzustellen, daß alles herausgefallen war, und warf ihn dann auf den Boden. Er schaute Powers an. Dessen Augen tanzten wie verrückt über die dicken Geldbündel. Bosch wußte, daß er ihn hatte. Und daß er Veronica Aliso dafür zu danken hatte.

»Nun, ich persönlich glaube nicht, daß du so dumm bist«, sagte Bosch ruhig. »Ich meine, warum würdest du die Fotos und das Geld im Haus aufbewahren. Aber ich habe schon Verrückteres erlebt. Aber wenn ich wetten müßte, würde ich sagen, daß du nicht wußtest, daß es da war, weil du es nicht dort versteckt hast. Aber was soll's, es ist mir egal. Wir haben dich, und wir lösen den Fall, das ist alles, was mich interessiert. Es wäre schön, wenn wir sie auch schnappen könnten. Aber das macht nichts. Wir brauchen sie für dich. Mit den Fotos und ihrer Story und all dem anderen Zeug, worüber wir hier geredet haben, überführen wir dich mit Leichtigkeit des Mordes. Dazu kommt noch Vorsatz und Auflauern. Das ist straferschwerend, Powers. Du kannst mit zwei Sachen rechnen: die Nadel oder lovE.«

Er benutzte die Abkürzung *lovE.* Jeder Verbrecher und jeder Cop wußte, es bedeutete *lebenslänglich ohne vorzeitige Entlassung.*

»Egal«, fuhr Bosch fort, »ich schätze, ich laß dir jetzt das Telefon bringen, damit du deinen Anwalt anrufen kannst. Such dir einen guten aus. Nicht eine von diesen Primadonnen vom O.J.-Prozeß. Du brauchst jemanden, der gute Arbeit außerhalb des Gerichtssaals leistet – bei den Verhandlungen.«

Er stand auf und wandte sich zur Tür. Mit der Hand auf dem Türknopf schaute er zu Powers zurück.

»Weißt du, du tust mir leid, Powers. Ich meine, schließlich bist du der Cop, und ich hoffte, daß wir dir eine Chance geben könnten und nicht ihr. Ich komme mir vor, als würden wir die falsche Person mit dem Hammer über den Kopf hauen. Aber das gehört wohl zu den Gefahren des Großstadtlebens. Jemand muß dran glauben.«

Er drehte sich um und öffnete die Tür.

»Fotze!« sagte Powers mit stiller Eindringlichkeit.

Dann flüsterte er etwas vor sich hin, das Bosch nicht verstehen konnte. Bosch schaute wieder zu ihm hin. Er wußte, daß er jetzt nichts sagen durfte.

»Es war ihre Idee«, sagte Powers. »Die ganze Sache. Sie hat mich hereingelegt, und jetzt legt sie dich herein.«

Bosch wartete einen Moment, aber es kam nichts mehr.

»Soll das heißen, du willst mit mir sprechen?«

»Ja, Bosch, setz dich. Vielleicht können wir etwas aushandeln.«

Um neun Uhr saß Bosch im Büro des Lieutenants und informierte sie über den neuesten Stand der Dinge. Er hielt einen leeren Styroporbecher in der Hand, warf ihn aber nicht in den Papierkorb. Er benötigte ihn als Erinnerungsstütze, daß er sich Kaffee besorgen mußte. Er fühlte sich müde und zerschlagen, und die Säcke unter seinen Augen waren so dick, daß es fast schmerzte. Im Mund hatte er einen ekelhaften Geschmack nach all dem Kaffee und den vielen Zigaretten. In den letzten zwanzig Stunden hatte er nur Schokoladenriegel gegessen, und sein Magen begann schließlich zu protestieren. Er hatte die letzte Runde mit Powers gewonnen, und bei diesem Kampf zählte nur die letzte Runde.

»Also hat er dir alles erzählt?« sagte Billets.

»Seine Version«, sagte Bosch. »Er gibt ihr die Schuld für alles. Das war nicht anders zu erwarten. Du darfst nicht vergessen, daß er glaubt, daß sie im anderen Zimmer sitzt und ihm alles anhängt. Also beschreibt er sie als böse schwarze Witwe. Als ob er keinen unreinen Gedanken in seinem Leben gehabt hätte, bevor er sie traf.«

Er setzte den Becher an seine Lippen und merkte dann, daß er leer war.

»Aber sobald wir sie hier haben, und sie weiß, daß er redet, werden wir wahrscheinlich ihre Version hören«, sagte er.

»Wann sind Jerry und Kiz weg?«

Bosch schaute auf seine Uhr.

»Vor ungefähr vierzig Minuten. Sie sollten jede Minute zurück sein.«

»Warum bist du nicht raufgefahren, um sie herzuholen?«

»Ich weiß nicht. Ich dachte mir, ich hatte Powers. Also konnten sie sie übernehmen. So ist es gerechter verteilt.«

»Paß auf. Wenn du so weitermachst, verlierst du noch deinen Ruf als harter Typ.«

Bosch lächelte und schaute verlegen in seinen Kaffeebecher.

»Also, was ist der Kern seiner Geschichte?« fragte Billets.

»Der Kern stimmt mit unserer Theorie überein. Er fuhr dort rauf, um die Einbruchsmeldung aufzunehmen, und daraus ergab sich alles weitere. Er sagt, sie hätte zu flirten angefangen … und im nächsten Moment hätten sie im Bett gelegen. Er begann öfter und öfter auf Streife durch das Villenviertel zu fahren, und sie kam morgens zu seinem Bungalow, wenn Tony zur Arbeit fuhr oder in Vegas war. So wie er es beschreibt, wickelte sie ihn total ein. Der Sex war gut und exotisch. Er war ihr ziemlich verfallen.«

»Dann hat sie ihn gebeten, Tony zu beschatten.«

»Richtig. Bei seinem ersten Trip nach Vegas beschattete Powers nur Tony. Er kam mit einem Haufen Fotos von Tony und dem Mädchen und vielen Fragen zurück. Er wollte wissen, mit wem sich Tony dort traf und warum. Er war nicht dumm und merkte, daß Tony in irgend etwas verstrickt war. Veronica habe ihm dann alles erzählt – sie kannte jedes Detail, jeden Mafioso beim Namen. Sie erzählte ihm auch, um wieviel Geld es ging. Und dann faßten sie einen Plan. Sie sagte ihm, daß Tony sterben müsse. Hinterher gebe es nur noch sie beide und viel Geld. Sie erzählte ihm, daß Tony Extra-Geld abgeschöpft hatte, über sein Entgelt fürs Geldwaschen hinaus. Seit Jahren. Es seien mindestens ein paar Millionen im Topf, was sie ihm abnähmen, wenn sie ihn umbrächten.«

Bosch stand auf und fuhr fort, während er vor ihrem Schreibtisch auf und ab ging. Er war zu müde, um lange sitzen zu können, ohne von der Müdigkeit übermannt zu werden.

»Und das war der Grund für den zweiten Trip. Powers beobachtete Tony noch einmal, um die nötigen Informationen zu beschaffen. Er beschattete auch den Typen, von dem Tony das Geld bekam, Luke Goshen. Er hatte offensichtlich keine Ahnung, daß er ein FBI-Agent war. Sie entschieden sich, Goshen die Sache in die Schuhe zu schieben und es so zu inszenieren, daß es wie ein Mafia-Mord aussah – à la Musiktruhe.«

»Es ist ziemlich kompliziert.«

»Das stimmt. Er sagt, sie hätte das Ganze geplant, und ich glaube sogar, daß das die Wahrheit sein könnte. Ich glaube, Powers ist schlau, aber nicht so schlau. Die ganze Sache war Veronicas Plan und er war ein bereitwilliger Mitspieler. Was er nicht wußte, war, daß sie ein Hintertürchen für sich in den Plan eingebaut hatte.«

»Er war das Hintertürchen.«

»Genau. Sie arrangierte alles so, daß er als Alleinschuldiger dastehen würde, wenn wir ihnen auf die Spur kämen. Er sagte, er habe ihr einen Schlüssel zu seinem Bungalow auf der Sierra Bonita Avenue gegeben. Sie muß diese Woche dorthin gegangen sein, die Fotos unter die Matratze gesteckt und den Geldkarton auf den Speicher gebracht haben. Intelligente Frau. Klever gemacht. Wenn Jerry und Kiz mit ihr herkommen, weiß ich schon, was sie sagen wird. Es sei alles seine Schuld, er wäre von ihr besessen. Sie hätten eine Affäre gehabt, aber sie habe Schluß gemacht. Er hätte dann von sich aus ihren Mann umgebracht. Als sie begriffen habe, was passiert war, habe sie nichts sagen können. Er zwang sie mitzuspielen. Sie hatte keine Wahl. Er sei Polizist und habe ihr gesagt, daß er ihr alles anhängen könnte, falls sie nicht mitspielen würde.«

»Eine gute Geschichte. Ich glaube sogar, sie könnte sie immer noch einer Jury verkaufen. Sie könnte freigesprochen werden.«

»Vielleicht. Aber es gibt immer noch ein paar Sachen zu erledigen.«

»Was ist mit dem Geld, das er abgeschöpft hat?«

»Gute Frage. Geld in der Höhe ist auf keinem von Alisos Konten aufgetaucht. Powers sagte, es sei in einem Bankschließfach, aber sie habe ihm nie genau gesagt, wo. Es muß irgendwo sein. Wir werden es finden.«

»Falls es existiert.«

»Ich glaube ja. Sie hat eine halbe Million in Powers' Haus versteckt, um ihn der Polizei auszuliefern. Das ist viel Geld für ein Hintertürchen, es sei denn, du hast ein paar Millionen irgendwo versteckt. Das ist, was …«

Bosch schaute durch das Glas ins Großraumbüro. Edgar und Rider kamen auf das Büro des Lieutenants zu. Veronica Aliso war nicht bei ihnen. Sie betraten das Büro mit bestürzten Gesichtern, und Bosch wußte, was sie sagen würden.

»Sie ist weg«, sagte Edgar.

Bosch und Billets starrten sie an.

»Sieht aus, als hatte sie sich gestern abend davongemacht«, sagte Edgar. »Ihr Auto ist noch da, aber es war niemand im Haus. Wir sind durch eine Hintertür hinein, aber das Haus ist leer.«

»Hat sie ihre Kleider, ihren Schmuck mitgenommen?« fragte Billets.

»Sieht nicht so aus. Sie ist einfach fort.«

»Hast du am Tor nachgefragt?«

»Ja, wir haben nachgesehen. Sie hatte gestern zwei Besucher. Zuerst einen Boten um vier Uhr fünfzehn. Legal Eagle Messenger Service. Der Typ war ungefähr fünfzehn Minuten da. Rein und raus. Dann ein Besucher gestern abend – spät. Ein Typ namens John Galvin. Sie hatte schon am Tor angerufen und ihnen den Namen gegeben. Sie sollten ihn gleich durchlassen, wenn er käme. Sie haben sein Kennzeichen notiert, und wir haben es überprüfen lassen. Ein Wagen von Hertz aus Vegas. Wir werden anrufen. Egal ... Galvin blieb bis ein Uhr heute morgen. Ungefähr zur gleichen Zeit, als wir Powers im Wald schnappten, fuhr er wieder weg. Sie ist wahrscheinlich mitgefahren.«

»Wir haben den Wachmann angerufen, der zu der Zeit Dienst hatte«, sagte Rider. »Er konnte sich nicht erinnern, ob Galvin allein war oder nicht. Aber sie kann hinten auf dem Boden gelegen haben.«

»Wissen wir, wer ihr Anwalt ist?« fragte Billets.

»Ja«, sagte Rider. »Neil Denton in Century City.«

»Okay, Jerry, geh der Mietwagen-Spur nach. Kiz, versuch Denton zu finden und sieh, ob du herausbekommen kannst, was so wichtig war, daß er einen Boten am Samstag vorbeischicken mußte.«

»Okay«, sagte Edgar, »aber ich habe ein schlechtes Gefühl. Meiner Ansicht nach ist sie über alle Berge.«

»Nun, dann müssen wir ihr halt hinterher«, sagte Billets. »Auf in die Berge.«

Edgar und Rider gingen an den Mord-Tisch zurück, und Bosch stand schweigend da und dachte über die neueste Entwicklung nach.

»Hätten wir sie überwachen sollen?« fragte Billets.

»Im Nachhinein sieht es so aus. Aber es war keine offizielle Fahndung mehr. Wir hätten keine Leute bekommen. Außerdem hatten wir bis vor ein paar Stunden nichts gegen sie in der Hand.«

Billets nickte gequält.

»Falls sie in den nächsten fünfzehn Minuten keine Spur von ihr finden, gib es über Funk raus.«

»Okay.«

»Gut ... Zurück zu Powers. Glaubst du, daß er noch Sachen verschweigt?«

»Schwer zu sagen. Wahrscheinlich. Wir haben immer noch keine Antwort auf die Frage, warum jetzt.«

»Was meinst du damit?«

»Ich meine, Aliso fuhr schon jahrelang nach Vegas und brachte Geld kofferweise zurück. Er hat sich laut Powers ebensolang seinen Extra-Anteil abgezweigt und hatte jede Menge Bräute dort. Veronica wußte das alles. Es war zu offensichtlich. Also, was hat sie dann veranlaßt, jetzt zu handeln und nicht letztes Jahr oder nächstes Jahr?«

»Vielleicht hatte sie die Nase voll. Vielleicht war es der richtige Zeitpunkt. Powers tauchte auf der Bildfläche auf und alle nötigen Fakten waren vorhanden.«

»Vielleicht. Ich fragte Powers, und er sagte, er wisse es nicht. Aber ich glaube, er verschweigt was. Ich nehm ihn mir noch mal vor.«

Billets antwortete nicht.

»Es gibt immer noch ein Geheimnis, das wir nicht kennen«, fuhr Bosch fort. »Ich hoffe, daß sie es uns sagt. Falls wir sie finden.«

Billets winkte ab.

»Hast du Powers auf Band?« fragte sie.

»Tonband und Video. Kiz war in Raum Vier. Als er sagte, er wolle sprechen, stellte sie die Geräte an.«

»Hast du ihn noch mal über seine Rechte belehrt? Auf Band?«

»Ja, wir haben alles drauf. Er kann seinen Kopf nicht mehr aus der Schlinge ziehen. Willst du dir's ansehen? Ich hol's.«

»Nein, ich will ihn nicht einmal sehen, falls das möglich ist. Du hast ihm doch nichts versprochen, nicht wahr?«

Bosch wollte gerade antworten, als er gedämpftes Schreien hörte. Es mußte Powers sein, der noch immer in Raum Drei saß. Er schaute durch das Glas und sah, wie Edgar aufstand und auf den Flur ging, um nachzusehen.

»Wahrscheinlich will er jetzt seinen Anwalt«, sagte Bosch. »Nun, es ist ein bißchen spät dafür … Nein, ich habe nichts versprochen. Ich habe ihm gesagt, ich würde mit dem Staatsanwalt reden, ob er die straferschwerenden besonderen Umstände fallen lassen kann. Aber das wird nicht leicht sein. Mit dem, was er uns erzählt hat, haben wir die freie Wahl. Verschwörung zum Mord, Heimtücke, vielleicht auch Mord im Auftrag.«

»Ich sollte einen Staatsanwalt herholen.«

»Ja. Falls du noch nicht an jemanden gedacht hast und niemandem einen heißen Fall schuldest, verlang Roger Goff. Es ist genau der richtige Fall für ihn, und ich schulde ihm schon lange einen. Er wird ihn nicht verlieren.«

»Ich kenne Roger. Ich werde ihn anfordern … Ich werde auch die Polizeiführung verständigen müssen. Man ruft nicht jeden Tag den Deputy Chief an, um ihm mitzuteilen, daß man nicht nur ausdrücklich untersagte Ermittlungen weiter durchgeführt, sondern noch dazu einen Cop verhaftet hat. Und zwar wegen Mords.«

Bosch lächelte. Er beneidete sie nicht um diesen Anruf.

»Diesmal landet die Scheiße wirklich im Ventilator«, sagte er. »Noch ein blaues Auge für die Polizei von L. A. Übrigens haben Jerry und Kiz ein paar unschöne Sachen in Powers Haus gefunden. Nazi-Symbole und White-Power-Material. Sie haben es nicht beschlagnahmt, weil es nichts mit dem Fall zu tun hatte, aber du solltest unsere Führung davon unterrichten. Sie können dann entscheiden, was sie damit machen wollen.«

»Danke für den Hinweis. Ich werde mit Irving sprechen. Er wird es sicher nicht an die Öffentlichkeit dringen lassen.«

Edgar lehnte sich durch die offene Tür hinein.

»Powers sagt, er muß mal. Er kann's nicht mehr aushalten.«

Er schaute Billets an.

»Nun, bring ihn zur Toilette«, sagte sie.

»Nimm ihm nicht die Handschellen ab«, fügte Bosch hinzu.

»Wie soll er pissen, mit den Händen auf dem Rücken? Erwarte nicht, daß ich ihn für ihn raushole. Nie und nimmer.«

Billets lachte.

»Fessel die Hände vorne zusammen«, sagte Bosch. »Warte einen Augenblick. Ich bin hier gleich fertig und komm dann.«

»Okay. Ich werde in Drei sein.«

Edgar ging, und Bosch schaute ihm nach, wie er zum Korridor ging. Dann wandte er sich Billets zu, die immer noch über Edgars witzige Entrüstung lächelte. Bosch setzte ein ernstes Gesicht auf.

»Du kannst mich vorschieben, wenn du anrufst.«

»Was meinst du?«

»Falls du sagen willst, du hättest von alldem nichts gewußt, bis ich heute morgen mit den schlechten Nachrichten angekommen wäre, habe ich nichts dagegen.«

»Sei nicht albern. Wir haben einen Mord gelöst und einen Killer-Cop aus dem Verkehr gezogen. Wenn sie nicht kapieren, daß im Endergebnis das Gute das Schlechte überwiegt, dann – dann können sie sich selbst ficken, wenn sie keinen Humor haben.«

Bosch lächelte und nickte.

»Cool, Lieutenant.«

»Danke. Und nenn mich Grace.«

»Richtig. Grace.«

Bosch dachte darüber nach, wie sehr ihm Billets gefiel, während er den kurzen Flur zu den Verhörzellen entlang zur offenen Tür von Raum Drei ging. Edgar war gerade dabei, Powers die Handschellen vor dem Körper zusammenzuschließen.

»Tu mir einen Gefallen, Bosch«, sagte Powers. »Laß mich das Klo auf dem vorderen Flur benutzen.«

»Weswegen?«

»Damit mich niemand so sieht. Ich möchte das nicht. Außerdem könntest du vielleicht Probleme bekommen, wenn es einigen Leuten nicht gefallen sollte, mich so zu sehen.«

Bosch nickte. Powers hatte recht. Falls sie ihn zum Umkleideraum brächten, dann würden ihn alle Cops im Wachbüro sehen und Fragen stellen. Einige, die nicht wußten, was geschehen war, würden vielleicht wütend werden. Die Toilette auf dem vorderen Korridor war für die Öffentlichkeit, aber so früh am Sonntagmorgen würde sie wahrscheinlich leer sein, und sie könnten Powers rein und rausbringen, ohne gesehen zu werden.

»Okay, gehen wir«, sagte Bosch. »Nach vorne.«

Sie gingen am Eingangsschalter vorbei und den Flur hinunter, vorbei an den Verwaltungsbüros, die Sonntags leer und geschlossen waren. Während Bosch mit Powers auf dem Korridor wartete, überprüfte Edgar die Toilette.

»Sie ist leer«, sagte Edgar und hielt die Tür von innen offen.

Bosch folgte Powers hinein, und der Cop ging zum hintersten Pißbecken. Bosch blieb an der Tür stehen, und Edgar postierte sich auf der anderen Seite von Edgar bei den Waschbecken. Als Powers fertig war, ging er zu einem der Waschbecken. Bosch sah, daß sein rechter Schuhriemen auf war, und Edgar ebenfalls.

»Bind dir den Schuh zu, Powers«, sagte Edgar. »Ich will nicht, daß du fällst und dir dein hübsches Gesicht verschandelst und dich dann über Polizeibrutalität beschwerst.«

Powers blieb stehen und schaute auf den Schuhriemen am Boden und dann zu Edgar.

»Okay«, sagte er.

Powers wusch sich zuerst die Hände und trocknete sie mit einem Papierhandtuch. Dann setzte er seinen rechten Fuß auf den Rand des Waschbeckens, um seinen Schuh zu binden.

»Neue Schuhe«, sagte Edgar. »Die Riemen lösen sich immer am Anfang, nicht wahr?«

Bosch konnte Powers' Gesicht nicht sehen, weil der Cop seinen Rücken zur Tür gedreht hatte. Aber Powers schaute Edgar an.

»Fuck you, Nigger.«

Edgars Gesicht füllte sich sofort mit Abscheu und Wut, als hätte man ihm ins Gesicht geschlagen. Er schaute zu Bosch hinüber. Ein kurzer Blick, ob Bosch ihn davon abhalten würde, Powers zu schlagen. Mehr Zeit brauchte Powers nicht. Er sprang vom Waschbecken zurück und warf sich auf Edgar, hielt ihn mit seinem Körper gegen die weiß gekachelte Wand gepreßt. Seine gefesselten Hände fuhren hoch, die linke packte Edgar oben am Hemd und die rechte drückte dem verblüfften Detective den Lauf einer kleinen Pistole gegen die Kehle.

Bosch war schon auf halbem Weg zu ihnen, als er die Waffe sah, und Powers rief.

»Zurück, Bosch. Zurück, oder dein Partner stirbt. Willst du das?«

Powers hatte seinen Kopf gedreht, so daß er Bosch ansah. Bosch blieb stehen und hielt seine Hände seitlich hoch.

»Okay«, sagte Powers. »Ich sag dir jetzt, was du machst. Hol deinen Revolver langsam raus und laß ihn in das erste Waschbecken da fallen.«

Bosch machte keine Bewegung.

»Tu's. Sofort.«

Powers sprach mit verhaltenem Nachdruck, bedacht, nicht zu laut zu sprechen.

Bosch schaute auf die kleine Pistole in Powers' Hand. Er sah, daß es eine Raven .25 war. Ein Fabrikat, das Streifenpolizisten für den Fall dabei hatten, daß sie vorschnell auf einen unbewaffneten Verdächtigen geschossen hatten, den sie dann im Nachhinein ›bewaffneten‹. Sie war klein und sah wie eine Spielzeugpistole in Powers' Hand aus, war jedoch tödlich und paßte problemlos in Strümpfe oder Stiefel. Wenn die Hosenbeine heruntergezogen waren, konnte man sie nicht sehen. Bosch begriff, daß Edgar und Rider Powers nicht gründlich durchsucht hatten und daß ein aufgesetzter Schuß aus der Raven Edgar mit Sicherheit töten würde. Es widersprach all seinen Instinkten, seine Waffe abzugeben, aber er sah keine Alternative. Powers war in einer verzweifelten Lage, und Bosch wußte, daß verzweifelte Männer ihre

Handlungen nicht voll durchdachten. Sie ließen es darauf ankommen. Sie waren Mörder. Mit zwei Fingern zog er langsam seine Waffe heraus und ließ sie ins Waschbecken fallen.

»Sehr gut, Bosch. Leg dich jetzt unter die Waschbecken auf den Boden.«

Bosch tat, wie ihm geheißen, ohne seinen Blick von Powers abzuwenden, während er sich bewegte.

»Edgar«, sagte Powers. »Jetzt bist du dran. Zieh sie einfach raus und laß sie auf den Boden fallen.«

Edgars Waffe knallte auf die Fliesen.

»Okay, leg dich jetzt zu deinem Partner. Los.«

»Powers, du bist verrückt«, sagte Bosch. »Wo willst du hin? Du kannst nicht einfach weglaufen?«

»Wer redet von weglaufen, Bosch? Nimm deine Handschellen und lege eine Seite um dein linkes Handgelenk.«

Nachdem Bosch es getan hatte, befahl ihm Powers, den anderen Ring der Handschelle hinter den Wasserrohren des Waschbeckens hindurchzureichen. Dann befahl er Edgar, sich den zweiten Ring ums rechte Handgelenk zu legen. Er tat wie ihm geheißen, und Powers lächelte.

»So ist es gut. Das sollte euch für ein paar Minuten aufhalten. Gebt mir eure Schlüssel, beide. Werft sie her.«

Powers nahm Edgars Schlüssel vom Boden, schloß seine Handschellen auf, und begann sich sofort die Handgelenke zu massieren, um die Durchblutung anzuregen. Er lächelte. Aber Bosch fragte sich, ob er sich dessen überhaupt bewußt war.

»Nun, laß mal sehen.«

Er griff ins Waschbecken und holte Boschs Revolver heraus.

»Der ist echt gut, Bosch. Schönes Gewicht und gut ausbalanciert. Besser als meine Waffe. Hast du was dagegen, wenn ich sie mir für ein paar Minuten ausleihe?«

Bosch wußte jetzt, was er vorhatte. Er wollte sich Veronica vornehmen. Bosch dachte an Kiz. Sie saß am Mord-Tisch, mit dem Rücken zum Eingangsschalter. Billets saß in ihrem Büro. Sie würden ihn nicht sehen, bis es zu spät war.

»Sie ist nicht hier, Powers«, sagte er.

»Was? Wer?«

»Veronica. Es war eine List. Wir haben sie noch nicht mal verhaftet.«

Powers schwieg, das Lächeln verschwand aus seinem Gesicht. Man sah, wie er sich ernsthaft zu konzentrieren versuchte. Bosch wußte, was er dachte.

»Die Tonbandaufnahme war von einem ihrer Filme. Ich habe es vom Video aufgenommen. Wenn du zu den Verhörzellen gehst, steckst du in der Sackgasse. Es ist niemand da, und du kannst dort nicht raus.«

Bosch sah wieder, wie sich die Haut auf Powers' Gesicht spannte. Es begann vor Wut dunkel anzulaufen, doch dann erhellte es sich mit einem Lächeln.

»Das soll ich dir abnehmen? Du hältst dich wohl für ein kleveres Arschloch, Bosch. Vielleicht versuchst du mich jetzt reinzulegen und nicht vorher. Verstehst du mich?«

»Ich sag die Wahrheit. Sie ist nicht da. Wir wollten sie verhaften, nachdem wir deine Aussage hatten. Wir sind vor einer Stunde hochgefahren, aber sie war nicht da. Sie ist gestern weg.«

»Wenn sie noch nicht hier war, wie …«

»Das war keine List. Das Geld und die Fotos waren in deinem Haus. Falls du sie nicht dort versteckt hast, dann war sie es. Sie wollte die ganze Schuld auf dich abwälzen. Warum läßt du nicht die Waffe fallen, und wir fangen wieder von vorne an. Du entschuldigst dich bei Edgar für die Beleidigung und wir vergessen diesen kleinen Vorfall.«

»Ach so, ihr laßt den Fluchtversuch fallen, aber klagt mich weiterhin wegen Mord an.«

»Ich hab dir gesagt, wir werden mit dem Staatsanwalt sprechen. Er wird bald hier sein. Es ist ein Freund von mir. Er wird dich gerecht behandeln. Sie ist diejenige, die wir wirklich wollen.«

»Du verdammtes Arschloch!« explodierte Powers, dann brachte er seine Stimme wieder unter Kontrolle. »Verstehst du nicht, daß ich sie will? Glaubst du, du hast mich geschlagen. Glaubst du, du hast mich gebrochen? Du hast nicht gewonnen, Bosch. Ich hab gesprochen, weil ich sprechen wollte. Ich habe dich gebrochen, nur hast du es nicht gemerkt. Du hast mir vertraut, weil du mich brauchtest. Du hättest mir nie die Handschellen vorne umlegen dürfen.«

Er schwieg einen Moment, um die Wirkung zu erhöhen.

»Nun habe ich eine Verabredung mit der Fotze, die ich auf alle Fälle einhalten werde. Wenn sie nicht hier ist, werde ich sie finden.«

»Sie kann überall sein.«

»Ich auch, Bosch. Und sie wird mich nicht kommen sehen. Ich muß jetzt los.«

Powers nahm den Plastiksack aus dem Abfalleimer und leerte ihn auf dem Boden aus. Er steckte Boschs Waffe hinein und drehte dann die Wasserhähne voll auf. Der Widerhall des herausströmenden Wassers machte einen Höllenlärm in dem gekachelten Raum. Powers hob Edgars Waffe auf und steckte sie ebenfalls in den Sack. Dann wickelte er den Plastiksack mehrmals um die Waffen, so daß sie nicht zu erkennen waren. Die Raven steckte er sich vorne in die Hosentasche, damit sie leicht zu erreichen war. Die Schlüssel für die Handschellen warf er in die Pißbecken und zog dann ab. Ohne sich noch mal nach den auf dem Boden liegenden Männern umzusehen, ging er zur Tür.

»Adios, ihr kleinen Scheißer«, rief er ihnen noch über die Schulter zu. Dann war er weg.

Bosch schaute Edgar an. Niemand würde sie hören, falls sie schreien würden. Es war Sonntag, die Verwaltungsbüros waren leer, und in der Fahndungsabteilung saßen nur Billets und Rider. Ihre Schreie würden über das laute Rauschen des Wasser nicht zu verstehen sein. Billets und Rider würden wahrscheinlich denken, daß die Rufe aus der Ausnüchterungszelle kamen.

Bosch drehte sich um und stemmte sich mit seinen Füßen gegen die Wand. Er ergriff das Abflußrohr, um es mit seinen Füßen als Hebel loszureißen. Aber das Rohr war brennend heiß.

»Scheiße!« schrie er und ließ los. »Er hat den Heißwasserhahn angedreht.«

»Was machen wir? Er entkommt.«

»Deine Arme sind länger. Sieh, ob du hochreichen und das Wasser abdrehen kannst. Es ist zu heiß. Ich kann das Rohr nicht anfassen.«

Obwohl Bosch seinen Arm fast bis zum Ellbogen durch die Rohrkrümmung zwängte, konnte Edgar nur mit Mühe den Wasserhahn erreichen. Er brauchte mehrere Sekunden, bis er das Wasser abdrehen konnte.

»Dreh jetzt das kalte Wasser an«, sagte Bosch. »Damit sich das Rohr abkühlt.«

Es dauerte wieder mehrere Sekunden, aber dann konnte Bosch es wieder versuchen. Er packte des Rohr und drückte sich mit beiden Beinen von der Wand ab. Edgar tat das Gleiche. Mit vereinter Kraft schafften sie es, das Rohr unten vom Waschbecken loszureißen. Wasser ergoß sich über sie, als sie die Handschellen durch die Lücke zogen. Sie standen auf und bewegten sich zum Pissoir, wo Bosch seine Schlüssel im Becken liegen sah. Er nahm sie heraus und fummelte mit ihnen herum, bis sich seine Handschelle öffnete. Er gab Edgar die Schlüssel und rannte durch das ausströmende Wasser zur Tür.

»Stell das Wasser ab«, schrie er, als er die Tür erreichte.

Bosch rannte den Korridor entlang und sprang über den Eingangsschalter. Das Fahndungsbüro war leer, und er sah durchs Glas, daß niemand im Büro des Lieutenants war. Dann hörte er lautes Klopfen und gedämpftes Schreien von Rider und Billets. Er rannte über den Flur zu den Verhörzellen und fand alle Türen bis auf eine geöffnet. Powers hatte anscheinend nachgesehen, ob Veronica Aliso nicht doch da war, nachdem er Billets und Rider in Raum Drei eingeschlossen hatte. Er öffnete die Tür zu Drei und rannte dann schnell durch das Fahndungsbüro zum hinteren Korridor des Gebäudes. Er stieß die schwere Metalltür auf und stand auf dem Parkplatz hinter dem Revier. Instinktiv griff er nach seinem leeren Schulterhalfter, überflog mit seinen Augen den Parkplatz und die offenen Abstellplätze der Autowerkstatt. Von Powers keine Spur, nur zwei Streifenpolizisten standen neben einer Tanksäule. Bosch schaute sie an.

»Habt ihr Powers gesehen?«

»Ja«, sagte der ältere. »Er ist gerade weg. Mit unserem Wagen. Kannst du mir den Scheiß erklären?«

Bosch antwortete nicht. Er schloß die Augen, senkte seinen Kopf und verfluchte sich innerlich.

Sechs Stunden später saßen Bosch, Edgar und Rider am Mord-Tisch und warteten schweigend auf das Ende der Konferenz im Büro des Lieutenants. Zusammengezwängt in dem kleinen Büro wie Sardinen waren Billets, Captain LeValley, Deputy Chief Irving, drei Detectives von IE, einschließlich Chastain, sowie der Police Chief und sein Adjutant. Der stellvertretende Bezirksstaatsanwalt Roger Goff nahm über die telefonische Sprechanlage teil. Bosch hatte seine Stimme durch die geöffnete Tür gehört. Aber dann war sie geschlossen worden, und Bosch war sicher, daß sie sich über das Schicksal der drei draußen sitzenden Detectives berieten.

Der Police Chief stand mit gekreuzten Armen und gesenktem Kopf mitten in dem engen Raum. Er war als letzter erschienen, und es hatte den Anschein, als würde er von den anderen über die Situation informiert werden. Ab und zu nickte er, aber es sah nicht aus, als würde er viel sagen. Bosch wußte, daß das Hauptproblem war, was sie mit Powers unternehmen sollten. Ein Killer-Cop, der frei herumlief. Sich damit an die Medien zu wenden, war eine Form von Selbstgeißelung. Aber Bosch sah keinen Ausweg. Sie hatten an allen wahrscheinlichen Orten nach ihm gesucht und ihn nicht gefunden. Der Streifenwagen, den er gestohlen hatte, war verlassen oben in den Hügeln auf dem Fareholm Drive gefunden worden. Wohin er dann gegangen war, wußte niemand. Überwachungsteams waren außerhalb seines Bungalows, der Aliso-Villa sowie vor dem Haus und dem Büro von Rechtsanwalt Neil Denton postiert. Sie mußten sich jetzt an die Medien wenden, damit Powers' Foto in den Sechs-Uhr-Nachrichten gesendet werden konnte. Bosch schätzte, daß der Police Chief erschienen war, weil er eine Pressekonferenz halten würde. Andernfalls hätte er die ganze Angelegenheit Irving überlassen.

Bosch merkte, daß Rider etwas gesagt hatte.

»Entschuldigung?«

»Ich hab gefragt, was du mit der freien Zeit machen wirst?«

»Ich weiß nicht. Hängt von der Länge ab. Wenn es nur eine SP ist, werde ich alle Arbeiten in meinem Haus machen. Wenn es mehr als zwei sind, werde ich mich nach einer Verdienstmöglichkeit umsehen müssen.«

Eine SP oder Schichtperiode dauerte fünfzehn Tage. Suspendierungen wurden meistens in solchen Einheiten verhängt, wenn das Vergehen schwer war. Bosch war sich ziemlich sicher, daß der Police Chief sie nicht mit einer geringeren Strafe davonkommen ließe.

»Sie werden uns doch nicht feuern, Harry?« fragte Edgar.

»Das bezweifle ich. Aber es kommt drauf an, wie sie es ihm gegenüber darstellen.«

Bosch schaute wieder zum Fenster des Büros, als der Police Chief gerade zu ihm hinaussah. Der Chief sah weg. Kein gutes Zeichen. Bosch war ihm nie begegnet und hatte nicht erwartet, ihn jemals kennenzulernen. Er war ein Außenseiter, den man eingestellt hatte, um sich bei der Bevölkerung anzubiedern. Nicht weil er besonderes Talent für Polizeiverwaltung hatte, sondern weil sie einen Außenseiter brauchten. Er war ein stämmiger, schwarzer Mann, der das meiste Gewicht in der Hüftgegend hatte. Cops, die ihn nicht mochten – und es gab viele – nannten ihn Häuptling Schlammlawine. Bosch wußte nicht, wie er von den Polizisten genannt wurde, die ihn mochten.

»Ich wollte nur sagen, es tut mir leid, Harry«, sagte Rider.

»Was tut dir leid?«

»Daß ich die Waffe nicht entdeckt habe. Ich habe ihn abgetastet. Ich bin mit meinen Händen über seine Beine, aber ich habe sie irgendwie übersehen. Ich verstehe es nicht.«

»Sie war so klein, daß sie in seinen Stiefel paßte«, sagte Bosch. »Es ist nicht allein deine Schuld, Kiz. Wir haben alle Mist gebaut. Jerry und ich hätten auf dem Scheißhaus besser aufpassen müssen.«

Sie nickte, aber Bosch merkte, daß sie niedergeschlagen

war. Er schaute auf und sah, daß die Besprechung im Büro zu Ende gegangen war. Der Police Chief und sein Adjutant, gefolgt von LeValley und den Schielaugen von IE, verließen Billets Büro durch den Vorderausgang. Falls ihre Wagen hinter dem Revier geparkt waren, war es ein Umweg. Aber sie mußten auf diese Weise nicht am Mord-Tisch vorbei und Bosch und seine Partner anschauen. Noch ein schlechtes Zeichen, dachte er.

Nur Irving und Billets blieben im Büro zurück. Billets schaute zu Bosch herüber und winkte ihnen zu, daß sie in ihr Büro kommen sollten. Sie standen langsam auf und gingen hinein. Edgar und Rider setzten sich, aber Bosch blieb stehen.

»Chief«, sagte Billets und gab Irving das Wort.

»Okay, ich werde es Ihnen in der Form mitteilen, in der ich es eben erhalten habe«, sagte Irving.

Er schaute auf einen Zettel, auf dem er sich einige Notizen gemacht hatte.

»Wegen Durchführung nicht autorisierter Ermittlungen und wegen fahrlässigen Verstoßens gegen die Dienstvorschriften bezüglich Durchsuchung und Transport eines Häftlings ist jeder von Ihnen für zwei Schichtperioden ohne Gehalt und für zwei Schichtperioden mit Gehalt suspendiert. Also für zwei Monate. Natürlich wird ein formeller Verweis in Ihrer Personalakte vermerkt. Sie haben das Recht, Einspruch vor dem Personalausschuß einzulegen.«

Er wartete einen Moment. Es war mehr, als Bosch erwartet hatte, aber er ließ sich nichts anmerken. Er vernahm, wie Edgar hörbar ausatmete. Was den Einspruch anging, wurden Disziplinarstrafen des Police Chiefs selten aufgehoben. Dazu mußten zwei der drei Captains auf dem Personalausschuß gegen ihren Boss stimmen. Man konnte sich über Empfehlungen der Abteilung für interne Ermittlungen hinwegsetzen, aber den Chief zu überstimmen, war beruflicher Selbstmord.

»Jedoch«, fuhr Irving fort, »sind die Suspendierungen ausgesetzt, um weitere für die Beurteilung relevante Entwicklungen abzuwarten.«

Es trat ein Moment Pause ein, während der die Betroffenen den letzten Satz analysierten.

»Was soll das heißen?« fragte Edgar.

»Es bedeutet, daß der Chief Ihnen noch eine Chance gibt«, sagte Irving. »Er will abwarten, wie sich der Fall in den nächsten zwei Tagen entwickeln wird. Erscheinen Sie morgen zum Dienst und setzen Sie die Ermittlungen fort. Wir haben mit der Staatsanwaltschaft gesprochen. Sie sind bereit, ein Verfahren gegen Powers zu eröffnen. Bringen Sie die Akten gleich morgen früh hin. Wir haben schon alle Polizeistellen verständigt, und der Chief wird sich in ein paar Stunden an die Medien wenden. Wenn wir Glück haben, schnappen wir ihn, bevor er die Frau findet oder sonstwie Schaden anrichtet. Und falls wir Glück haben, haben Sie drei auch Glück.«

»Was ist mit Veronica Aliso? Werden sie auch ein Verfahren gegen sie eröffnen?«

»Noch nicht. Nicht bis wir Powers haben. Goff sagt, daß das Geständnis auf Video ohne Powers wertlos ist. Goff kann es nicht im Prozeß als Beweismittel verwenden, wenn Powers nicht in den Zeugenstand tritt und Veronica Aliso ihn damit nicht konfrontieren kann.«

Bosch schaute auf den Boden.

»Also, ohne ihn müssen wir sie laufen lassen.«

»So sieht es aus.«

Bosch nickte.

»Was wird er sagen?« fragte er. »Ich meine, der Chief.«

»Er wird sagen, wie es war. Sie werden dabei teilweise gut, teilweise nicht so gut wegkommen. Alles in allem ist es kein guter Tag für die Polizei von L. A.«

»Werden wir deshalb für zwei Monate suspendiert? Weil wir Boten schlechter Nachrichten sind?«

Irving schaute ihn lange mit verkrampften Kiefermuskeln an, bevor er antwortete.

»Ihre Frage verdient keine Antwort.«

Er schaute Rider und Edgar an und sagte: »Sie können jetzt gehen. Ich muß noch eine andere Sache mit Detective Bosch besprechen.«

Bosch schaute ihnen nach und bereitete sich auf eine Gardinenpredigt wegen seiner letzten Bemerkung vor. Er wußte nicht, warum er es gesagt hatte. Es war klar, daß es den Deputy Chief provozieren würde.

Aber nachdem Rider die Tür geschlossen hatte, begann Irving über etwas anderes zu sprechen.

»Detective, ich wollte Ihnen mitteilen, daß ich schon mit dem FBI gesprochen habe und wir die Sache abgehakt haben.«

»Wie?«

»Ich habe ihnen gesagt, daß es nach den heutigen Entwicklungen klar – besser gesagt ›kristallklar‹ – ist, daß Sie nichts mit dem Verstecken der Waffe zu tun hatten. Es war Powers. Daher beenden wir diesen Aspekt unserer internen Ermittlungen über Ihr Verhalten.«

»Gut, Chief. Danke.«

Bosch dachte, daß das alles sei, und ging zur Tür.

»Detective, es gibt noch eine andere Sache.«

Bosch drehte sich zu ihm um.

»Ich habe mit dem Police Chief gesprochen, und es gibt noch eine Sache, die ihm mißfällt.«

»Und was ist das?«

»Detective Chastain hat bei seinen Ermittlungen aus zweiter Hand die Information erhalten, daß Sie Umgang mit einer verurteilten Verbrecherin haben. Das bereitet mir ebenfalls Sorge. Ich würde gern von Ihnen die Versicherung erhalten, daß Sie die Beziehungen abbrechen, damit ich dies dem Chief mitteilen kann.«

Bosch schwieg einen Moment.

»Das kann ich nicht.«

Irving schaute auf den Boden. Die Muskeln an seinem Unterkiefer spannten sich wieder.

»Sie enttäuschen mich, Detective Bosch«, sagte er endlich. »Das LAPD hat viel für sie getan. Ich auch. Ich habe Ihnen mehrmals bei Schwierigkeiten zur Seite gestanden. Sie sind ein schwieriger Typ, aber Sie haben Fähigkeiten, die die Polizei und die Stadt brauchen. Wahrscheinlich nehmen wir deshalb vieles in Kauf. Wollen Sie sich allen guten Willen verscherzen?«

»Nicht unbedingt.«

»Dann folgen Sie meinem Rat und tun, was richtig ist. Sie wissen, was ich meine. Das ist alles, was ich Ihnen sagen wollte.«

»Ja, Sir.«

»Das ist alles.«

Als Bosch zu Hause ankam, sah er einen verstaubten Ford Escort mit Nevada-Kennzeichen am Straßenrand geparkt. Drinnen saß Eleanor am Tisch im kleinen Eßzimmer und kreuzte mit einem schwarzen Filzstift Kleinanzeigen in der Sonntagsausgabe der *Times* an. Auf einem Aschenbecher neben der Zeitung lag eine brennende Zigarette. Bosch betrachtete die Szene, und sein Herz machte einen Freudensprung. Wenn sie einen Job suchte, würde sie hier in L. A. und bei ihm bleiben. Das Ganze wurde von dem Duft gekrönt, der das Haus erfüllte. Es roch wie in einem italienischen Restaurant – nach Knoblauch.

Er ging um den Tisch herum, legte seine Hand auf ihre Schulter und gab ihr einen zaghaften Kuß auf die Wange. Sie tätschelte seine Hand. Als er sich aufrichtete, sah er, daß sie nicht die Stellenanzeigen ansah, sondern Anzeigen für möblierte Wohnungen in Santa Monica.

»Was kochst du?«

»Meine Tomatensoße. Erinnerst du dich?«

Er nickte, aber er erinnerte sich nicht daran. Seine Erinnerungen an jene Tage vor fünf Jahren konzentrierten sich auf ihr intimes Beisammensein, auf die Momente danach.

»Wie war Las Vegas?« fragte er, nur um etwas zu sagen.

»Wie immer. Ein Ort, den man nie vermißt. Es würde mir nichts ausmachen, nie zurückzukehren.«

»Suchst du dir hier eine Wohnung?«

»Ich hab gedacht, ich fang mal an.«

Sie hatte schon früher in Santa Monica gewohnt. Bosch erinnerte sich an ihr Apartment mit dem Balkon vorm Schlafzimmer. Man konnte das Meer riechen, und wenn man sich übers Geländer beugte, sah man unten den Ocean Park Boulevard. Er wußte, daß sie sich so eine Wohnung jetzt nicht leisten konnte. Wahrscheinlich suchte sie nach Apartments östlich des Lincoln Boulevards.

»Weißt du, es eilt nicht«, sagte er. »Du kannst hier bleiben. Schöne Aussicht, etwas abgelegen. Warum … ich weiß nicht … laß dir Zeit.«

Sie sah zu ihm auf, entschied sich aber nicht zu sagen, was ihr auf der Zunge lag.

»Willst du ein Bier?« fragte sie statt dessen. »Ich hab mehr gekauft. Es ist im Kühlschrank.«

Er nickte und ließ das Thema für den Moment fallen. Er ging in die Küche und sah einen Kocher auf der Abstellfläche. Er fragte sich, ob sie ihn gekauft oder aus Las Vegas mitgebracht hatte. Als er den Kühlschrank öffnete, lächelte er. Sie wußte, was ihm schmeckte. Sie hatte Henry Weinhard's gekauft. Er nahm sich zwei Flaschen und brachte sie ins Eßzimmer. Nachdem er ihre Flasche geöffnet und ihr gegeben hatte, öffnete er seine. Sie begannen gleichzeitig zu sprechen.

»Entschuldigung, sprich du«, sagte sie.

»Nein, du?«

»Bist du sicher?«

»Ja, was?«

»Ich wollte dich fragen, wie es heute gelaufen ist.«

»Oh. Nun, gut und schlecht. Wir haben den Typen kleingekriegt, und er hat alles erzählt. Und er hat die Frau verraten.«

»Tony Alisos Frau?«

»Ja, es war von Anfang an ihr Plan – behauptet er. Die Vegas-Connection war nur eine falsche Fährte.«

»Großartig. Und der schlechte Teil?«

»Nun, erstens ist unser Täter ein Cop und …«

»Oh, Scheiße.«

»Ja, aber es kommt noch schlimmer. Er ist heute entkommen.«

»Entkommen? Was meinst du damit?«

»Er ist ausgebrochen. Aus dem Revier. Er hatte eine Pistole, eine kleine Raven, in seinem Stiefel. Wir haben sie beim Durchsuchen übersehen. Edgar und ich haben ihn aufs

Klo gebracht. Unterwegs muß er auf seine Schuhriemen getreten sein. Absichtlich. Edgar hat es bemerkt und gesagt, er soll sie wieder zubinden. Dann hat er die Raven rausgezogen. Er konnte fliehen, rannte auf den Parkplatz und nahm sich einfach einen Streifenwagen. Er war noch in Uniform.«

»O Gott, und sie haben ihn noch nicht gefunden?«

»Das war vor acht Stunden. Er ist über alle Berge.«

»Wo könnte er denn hin in einem Streifenwagen und in Uniform.«

»Das Auto hat er stehen lassen – es wurde schon gefunden –, und ich bezweifle, daß er noch die Uniform trägt, wo immer er auch sein mag. Anscheinend ist er ein Neo-Nazi. Er kennt wahrscheinlich Leute, die ihm ohne zu fragen Kleider geben.«

»Hört sich nach einem netten Polizisten an.«

»Ja. Es ist witzig. Er war derjenige, der die Leiche letzte Woche gefunden hat. Es war in seinem Bezirk. Und weil er Cop war, hab ich nicht weiter drüber nachgedacht. Er war ein Arschloch, aber für mich war er nur der Cop, der die Leiche gefunden hat. Er muß damit gerechnet haben. Und er wählte den Zeitpunkt der Meldung so, daß wir uns beeilen mußten. Er war ziemlich klever.«

»Oder sie.«

»Ja. Wahrscheinlich war sie es. Aber … ich weiß nicht … irgendwie bin ich enttäuschter oder saurer, daß ich ihn nicht am ersten Tag unter die Lupe genommen habe, als daß ich ihn heute entkommen ließ. Ich hätte ihn überprüfen sollen. In den meisten Fällen ist die Person, die die Leiche findet, der Täter. Seine Uniform hat mich blind gemacht.«

Sie stand vom Tisch auf und kam zu ihm herüber. Sie legte ihm die Arme um den Hals und küßte ihn.

»Du wirst ihn kriegen. Mach dir keine Sorgen.«

Er nickte. Sie küßten sich.

»Was wolltest du vorhin sagen?« fragte sie. »Als wir beide gleichzeitig sprechen wollten.«

»Ach … ich erinnere mich nicht mehr.«

»Dann war es wohl nicht wichtig.«

»Ich wollte sagen, daß du hier bei mir bleiben kannst.«

Sie legte ihren Kopf gegen seine Brust, und er konnte ihr Gesicht nicht sehen.

»Harry ...«

»Probieren wir, wie's geht. Ich habe das Gefühl ... es ist schon so viel Zeit vergangen. Ich will – ich will mit dir zusammen sein. Ich kann für dich sorgen. Du kannst dich hier sicher fühlen und dir soviel Zeit nehmen, wie du willst, um neu anzufangen, eine Arbeit finden, oder was du willst.«

Sie machte einen Schritt zurück und schaute ihm in die Augen. Er dachte nicht im geringsten an Irvings Warnung. Im Moment interessierte ihn nur, sie hier zu halten und alles zu tun, um dies möglich zu machen.

»Harry, wir können uns nicht einfach wieder auf eine Beziehung einlassen, als wäre keine Zeit vergangen.«

Bosch nickte und senkte seinen Blick. Er wußte, daß sie recht hatte, aber es war ihm egal.

»Ich will dich, Harry«, sagte sie. »Niemand anders. Aber ich brauche Zeit. Damit wir uns sicher sind. Beide.«

»Ich bin mir schon sicher.«

»Du glaubst nur, du bist dir sicher.«

»Santa Monica ist so weit weg.«

Sie lächelte, lachte dann und schüttelte den Kopf.

»Dann mußt du bei mir übernachten, wenn du mich besuchst.«

Er nickte wieder, und dann umarmten sie sich lange.

»Du hilfst mir, vieles zu vergessen, weißt du das?« flüsterte er ihr ins Ohr.

»Du auch«, erwiderte sie.

Während sie sich liebten, klingelte das Telefon, aber der Anrufer hinterließ keine Nachricht auf dem Apparat. Als Bosch später aus der Dusche kam, sagte ihm Eleanor, daß wieder jemand angerufen habe, ohne eine Nachricht zu hinterlassen.

Während Eleanor das Wasser für die Spaghetti zum Kochen brachte, klingelte das Telefon schließlich zum dritten Mal und Bosch nahm ab, bevor sich der Anrufbeantworter einschaltete.

»Hallo, Bosch?«

»Ja, mit wem spreche ich?«

»Roy Lindell. Erinnerst du dich an Luke Goshen?«

»Ja. Warst du es, der vorher ein paarmal angerufen hat?«

»Ja. Warum hast du nicht abgenommen?«

»Ich hatte zu tun. Was willst du?«

»Also war es die Alte.«

»Was?«

»Tonys Frau.«

»Ja.«

»Kanntest du Powers persönlich?«

»Nicht wirklich. Nur vom Sehen.«

Bosch wollte ihm nichts sagen, was er nicht schon wußte. Lindell seufzte gelangweilt ins Telefon.

»Nun ... hm ... Tony hat mir einmal gesagt, er hätte mehr Angst vor seiner Frau als vor Joey Marks.«

»Was?« Bosch war plötzlich interessiert. »Das hat er gesagt? Wann?«

»Weiß ich nicht mehr. Wir haben uns an einem Abend unterhalten, und da sagte er es. Ich erinnere mich, der Club war geschlossen, und er wartete auf Layla. Wir unterhielten uns.«

»Nett, daß du mir das sagst, Lindell. Was hat er noch gesagt?«

»Hey, immerhin sag ich es dir jetzt, Bosch. Außerdem ging es vorher nicht. Ich hab meine Rolle gespielt, und als Gangster sagst du der Polizei nichts. Und danach ... nun, ich dachte, du wolltest mich aufs Kreuz legen. Also hab ich dir dann auch nichts erzählt.«

»Und jetzt hast du deinen Fehler eingesehen.«

»Ja, richtig. Hör zu, Bosch, die meisten Typen in meiner Lage hätten dich überhaupt nicht angerufen. Glaubst du, du wirst noch von jemandem vom FBI hören, der zugibt, daß er sich vielleicht in dir geirrt hat? Nie und nimmer. Aber mir gefällt dein Stil. Sie haben dir den Fall abgenommen, und was machst du? Du gehst raus und machst weiter. Und dann löst du den Fall. Du hast Stil und Courage, Bosch. Echt stark.«

»Ja, großartig, Roy. Was hat Tony Aliso noch über seine Frau gesagt?«

»Nicht viel. Sie sei kalt. Er sagte, sie hätte ihn bei den Sackhaaren. Er könne sie nicht verlassen, sie hätte ihn an der Leine. Wenn er sich scheiden lassen würde, hätte sie die Hälfte abbekommen. Außerdem hätte sie über seine Geschäfte und seine Partner Bescheid gewußt. Du weißt, was das bedeutet.«

»Warum ist er nicht einfach zu Joey Marks gegangen und hat sie umbringen lassen.«

»Ich denke, weil sie Joey von früher her kannte und er sie mochte. Joey hat sie damals Tony vorgestellt. Tony wußte, wenn er zu Joey ginge, würde er postwendend eine Absage bekommen und eventuell würde sie davon erfahren. Und wenn er sich an jemand anders gewandt hätte, hätte Joey ihn verantwortlich gemacht. Joey mußte solche Sachen absegnen, und er hätte nicht gewollt, daß Tony so was auf eigene Faust gemacht und möglicherweise die Geldwaschoperation gefährdet hätte.«

»Wie gut kannte sie Joey Marks? Glaubst du, daß sie eventuell jetzt zu ihm zurück ist?«

»Auf keinen Fall. Sie hat die goldene Gans getötet. Tony hat Joeys Geld gewaschen. Und Geld ist, was ihn in erster Linie interessiert.«

Bosch schwieg, Lindell ebenfalls.

»Also, was machst du jetzt?« sagte Bosch endlich.

»Du meinst mit meiner Operation? Ich fliege heute abend nach Vegas zurück. Morgen früh werde ich vor der Anklagejury aussagen. Ich schätze, das wird ein paar Wochen dauern. Es gibt viel zu erzählen. Bis Weihnachten sollten wir Joey und seine Bande verhaftet und unter Anklage haben.«

»Ich hoffe, du nimmst Leibwächter mit.«

»O ja, ich werde nicht allein sein.«

»Viel Glück, Lindell. Ehrlich gesagt, gefällt mir dein Stil auch. Aber ich wollte dich fragen, warum du mir von dem gesicherten Haus und den Samoanern erzählt hast. Da bist du aus der Rolle gefallen.«

»Ich mußte, Bosch. Du hast mir echt Angst eingejagt.«

»Du hast geglaubt, ich würde dich für sie umlegen?«

»Ich war mir nicht sicher, aber deswegen habe ich mir keine Sorgen gemacht. Ich hatte Leute, von denen du nichts wußtest, die auf mich aufpaßten. Aber ich war mir sicher, daß sie sie umbringen würden. Und ich bin FBI-Agent. Es war meine Pflicht, das zu verhindern. Also habe ich es dir erzählt. Ich war überrascht, daß du dann nicht sofort erraten hast, daß ich Undercover-Agent war.«

»Wär ich nie drauf gekommen. Du warst gut.«

»Nun, ich hab die Leute getäuscht, die ich täuschen mußte. Bis zum nächsten Mal, Bosch.«

»Okay. Ach, Lindell?«

»Ja.«

»Hat Joey Marks jemals den Verdacht geäußert, daß sich Tony heimlich eine Zulage nimmt?«

Lindell lachte.

»Du gibst nie auf, Bosch, nicht wahr?«

»Anscheinend nicht.«

»Nun, die Information ist Teil der Ermittlungen, und ich kann daher nicht darüber sprechen. Offiziell.«

»Und inoffiziell?«

»Inoffiziell hast du es nicht von mir, und wir haben nie miteinander gesprochen. Um deine Frage zu beantworten ... Joey Marks glaubte, daß jeder von ihm Geld stahl. Er traute niemandem. Jedesmal, wenn ich ein Mikrophon versteckt trug, schwitzte ich Blut. Weil du nie wußtest, wann er dir mit der Hand unters Hemd fassen würde. Ich war schon mehr als ein Jahr bei ihm, und er tat es immer noch ab und zu. Ich mußte das Gerät unter der Achselhöhle tragen, Mann. Du kannst ja mal versuchen, Isolierband aus der Achselhöhle zu entfernen. Es tut verdammt weh.«

»Was dachte Joey von Tony?«

»Ich wollte es dir gerade erzählen ... Natürlich glaubte Joey, daß sich Tony mehr als seinen Anteil abzweigte. Er verdächtigte mich auch. Du mußt verstehen, in einem gewissen Rahmen ist es in Ordnung. Joey wußte, daß jeder gern etwas mehr Geld in der Tasche hatte. Aber er glaubte auch, daß Tony den Bogen überspannte. Er hat mir nie gesagt, was er dachte, aber ich weiß, daß er ihn ein paarmal in L. A. beschatten ließ. Außerdem hatte er jemanden in Tonys Bank in Beverly Hills. Joey bekam die monatlichen Kontoauszüge.«

»Ja?«

»Ja. Er hätte gewußt, falls es Überweisungen gegeben hätte, die das übliche Maß überschritten.«

Bosch dachte einen Moment nach, aber ihm fiel keine weitere Frage mehr ein.

»Warum willst du das wissen, Bosch?«

»Ach, ich versuche etwas herauszufinden. Powers hat gesagt, die Frau habe ihm erzählt, Tony habe ein paar Millionen beiseite geschafft. Es sei irgendwo versteckt.«

Lindell pfiff ins Telefon.

»Das ist 'ne ganze Menge. Falls Joey das gemerkt hätte, hätte er Tony sofort liquidiert. Das ist mehr als erlaubt.«

»Nun, ich glaube, er hat es über die Jahre angesammelt. Vielleicht in kleinen Beträgen. Außerdem hat er Geld für einige von Joeys Freunden in Chicago und Arizona gewaschen, nicht wahr? Er könnte sie auch betrogen haben.«

»Alles ist möglich, Bosch. Hör zu, sag mir Bescheid, wie es ausgeht. Ich muß jetzt nach Burbank zum Flughafen.«

»Noch eine Frage.«

»Bosch, ich muß jetzt los!«

»Hast du je in Vegas von jemandem namens John Galvin gehört?«

Galvin hieß der letzte Besucher von Veronica Aliso an dem Abend, an dem sie verschwand. Lindell antwortete erst nach einer kurzen Pause und sagte, er kenne den Namen nicht. Was Bosch jedoch registrierte, war das kurze Zögern.

»Bist du sicher?«

»Ich hab nie von dem Typ gehört, okay? Ich muß los.«

Nachdem er aufgelegt hatte, öffnete Bosch seine Aktentasche und holte sein Notizbuch heraus, um aufzuschreiben, was Lindell gesagt hatte. Eleanor kam mit Besteck und Servietten aus der Küche.

»Wer war es?«

»Lindell.«

»Wer?«

»Der Agent, der unter dem Namen Luke Goshen arbeitete.«

»Was wollte er?«

»Ich nehme an, er wollte sich entschuldigen.«

»Das ist ungewöhnlich. Normalerweise entschuldigt sich das FBI nie.«

»Es war kein offizieller Anruf.«

»Ach so, es war eine von diesen Männerkameradschaftskisten.«

Bosch lächelte, weil sie recht hatte.

»Was ist das?« fragte sie, als sie den Tisch gedeckt hatte, und holte das Video von *Opfer der Begierde* aus seiner Aktentasche. »Ach, das war einer von Alisos Filmen?«

»Ja, Teil seines Hollywood-Oeuvres. Es ist einer der Filme, in denen Veronica auftritt. Ich sollte ihn Kiz zurückgeben.«

»Hast du ihn schon gesehen?«

Bosch nickte.

»Ich würde ihn mir gern ansehen. Hat er dir gefallen?«

»Er ist ziemlich mies, aber wir können ihn uns heute abend ansehen, wenn du willst.«

»Macht es dir nichts aus?«

»Nein.«

Während des Abendessens erzählte ihr Bosch detailliert über die neuesten Entwicklungen im Fall. Eleanor stellte wenige Fragen, und schließlich genossen sie still das Essen. Die Linguini à la Bolognese, die Eleanor gemacht hatte, schmeckten fantastisch, und Bosch brach das Schweigen, um es ihr zu sagen. Sie hatte eine Flasche Rotwein geöffnet, die ebenfalls gut schmeckte. Er sagte ihr das auch.

Hinterher ließen sie das Geschirr im Spülbecken und gingen ins Wohnzimmer, um sich den Film anzusehen. Bosch legte den Arm hinten auf die Couch und berührte mit seiner Hand leicht ihren Hals. Er fand es langweilig, den Film nochmal zu sehen, und seine Gedanken beschäftigten sich mit den Ereignissen des Tages. Am längsten dachte er über das Geld nach. Er fragte sich, ob Veronica es schon in ihrem

Besitz hatte oder ob es an einem Ort war, wo sie es holen mußte. Es konnte keine Bank in L. A. sein. Sie hatten schon die Konten der hiesigen Banken überprüft.

Damit blieb Las Vegas übrig. Tony Alisos Reiseunterlagen zeigten, daß er in den letzten zehn Monaten nur in Los Angeles und Las Vegas gewesen war. Falls er ein Konto für die abgezweigten Gelder hatte, mußte er Zugang dazu gehabt haben. Wenn das Geld nicht hier war, mußte es dort sein. Und da Veronica das Haus erst heute verlassen hatte, hatte sie anscheinend das Geld noch nicht.

Das Telefon klingelte und unterbrach seine Überlegungen. Bosch stand auf und ging zum Apparat in der Küche, um Eleanor nicht beim Film zu stören. Es war Hank Meyer, der vom Mirage anrief, aber er hörte sich nicht wie Hank Meyer an, sondern wie ein verängstigter Junge.

»Detective Bosch, kann ich Ihnen vertrauen?«

»Natürlich, Hank. Was ist los?«

»Etwas ist passiert. Ich meine, es gibt eine neue Entwicklung. Hm ... Durch Sie weiß ich etwas, was ich besser nicht wissen sollte. Ich wünschte, die ganze Angelegenheit ... Ich weiß nicht, was ich ...«

»Stopp, stopp, Hank. Beruhigen Sie sich erstmal und erzählen Sie mir dann, was los ist. Dann können wir das Problem angehen. Egal was es ist, wir werden es beheben.«

»Ich bin im Büro. Sie haben mich zu Hause angerufen, weil ich im Computer den Wettschein des Opfers speziell gekennzeichnet habe.«

»Richtig.«

»Jemand hat ihn heute abend eingelöst.«

»Okay, jemand hat ihn eingelöst. Wer war es?«

»Nun, hm ... ich habe im Computer eingegeben, daß die Sozialversicherungsnummer und der Führerschein vorzulegen seien – für die Benachrichtigung des Finanzamts. Obwohl der Gewinn nur viertausend Dollar war, habe ich das verlangt.«

»Okay, wer hat ihn eingelöst?«

»Ein Mann namens John Galvin, mit einer örtlichen Adresse.«

Bosch beugte sich über die Arbeitsfläche und preßte den Hörer ans Ohr.

»Wann war das?« fragte er.

»Um halb neun heute abend. Vor weniger als zwei Stunden.«

»Ich versteh Sie nicht, Hank. Warum sind Sie so bestürzt?«

»Auf dem Computer hinterließ ich die Anweisung, mich zu verständigen, sobald der Wettschein eingelöst würde. Ich wurde angerufen und fuhr zum Hotel. Dort ließ ich mir die Information geben, wer den Wettschein eingelöst hatte, damit ich es Ihnen sofort mitteilen könnte. Danach bin ich in den Videoraum. Ich wollte mir diesen John Galvin ansehen ... sehen, ob wir ein gutes Bild von ihm haben.«

Er brach ab. Die Geschichte aus ihm herauszukriegen, war schwieriger als Zähneziehen.

»Und?« sagte Bosch. »Wer war's, Hank?«

»Wir haben ein gutes Bild. Es stellte sich heraus, ich kannte John Galvin, aber nicht als John Galvin. Hm ... Wie Sie wissen, gehört es zu meinen Aufgaben, Beziehungen und Kooperation mit der Polizei zu koordinieren und ihr zu helfen, wann immer es ...«

»Ja, Hank, das weiß ich. Wer war es?«

»Ich schaute mir das Video an. Die Bildqualität war gut. John Galvin ist ein Mann, den ich kenne. Er ist Captain bei der Polizei. Sein Name ist ...«

»John Felton.«

»Wie ...«

»Weil ich ihn auch kenne. Hören Sie zu, Hank. Sie haben mir nichts erzählt. Wir haben nie darüber gesprochen. So ist es am besten und am sichersten für Sie. Verstehen Sie mich?«

»Ja, aber – aber was wird passieren?«

»Machen Sie sich keine Sorgen. Ich werde mich darum kümmern und niemand bei der Polizei in Las Vegas wird davon erfahren. Okay?«

»Ich denke ja. Ich ...«

»Hank, ich muß Schluß machen. Vielen Dank, Sie haben bei mir was gut.«

Bosch legte auf und ließ sich die Nummer von Southwest

Airlines am Burbank-Flughafen geben. Er wußte, daß Southwest und America West die meisten Flüge nach Las Vegas anboten und beide im gleichen Terminal waren. Er rief Southwest an und ließ Roy Lindell ausrufen. Während er wartete, schaute er auf seine Uhr. Es war mehr als eine Stunde, seit er mit Lindell gesprochen hatte. Aber er bezweifelte, daß Lindell wirklich so in Eile gewesen war, wie er am Telefon vorgegeben hatte. Wahrscheinlich wollte er nur das Gespräch beenden.

Eine Stimme meldete sich und fragte, mit wem er sprechen wollte. Bosch wiederholte Lindells Namen und ihm wurde gesagt, er solle am Apparat bleiben. Nach zweimaligem Knacken in der Leitung meldete sich Lindell.

»Ja, hier Roy. Wer ist da?«

»Du verdammter Hurensohn.«

»Wer ist da?«

»John Galvin ist John Felton, und du wußtest es die ganze Zeit.«

»Bosch? Bosch, was willst du?«

»Felton ist Joeys Mann bei der Polizei. Du wußtest das in deiner Rolle. Wenn Felton Jobs für Marks erledigt, benutzt er den Namen John Galvin. Das wußtest du auch.«

»Bosch, ich kann nicht darüber reden. Es ist Teil ...«

»Deine Ermittlungen interessieren mich einen Scheißdreck. Du mußt dich entscheiden, auf wessen Seite du stehst. Felton hat Veronica Aliso. Und das bedeutet, Joey Marks hat sie.«

»Was erzählst du da? Das ist verrückt.«

»Sie wußten von dem Geld, das Tony heimlich beiseite schaffte. Joey will sein Geld zurück, und sie werden sie durch die Mangel drehen, um es zu bekommen.«

»Woher weißt du das alles?«

»Ich weiß es halt.«

Bosch dachte an etwas und schaute durch die Küchentür ins Wohnzimmer. Eleanor schaute immer noch den Film an. Sie sah zu ihm herüber und zog ihre Augenbrauen fragend nach oben. Bosch schüttelte den Kopf, um seinen Ärger über die Person am anderen Ende auszudrücken.

»Ich komme nach Vegas, Lindell. Und ich glaube, ich weiß, wo sie sein werden. Willst du deinen Verein daran beteiligen? Ich kann mich auf keinen Fall an die Polizei von Vegas wenden.«

»Wie kannst du dir so sicher sein?«

»Weil sie ein Notsignal gesendet hat. Machst du mit oder nicht?«

»Wir machen mit. Ich gebe dir eine Telefonnummer. Ruf dort an, wenn du ankommst.«

Nachdem Bosch aufgelegt hatte, ging er ins Wohnzimmer. Eleanor hatte den Videorecorder abgestellt.

»Das reicht! Der Film ist fürchterlich. Was ist los?«

»Du hast einmal Tony Aliso in Vegas beschattet und er ging mit seiner Freundin in eine Bank. Richtig?«

»Richtig.«

»Welche Bank? Wo?«

»Ich ... hm ... Es war auf der Flamingo Road, östlich vom Strip, östlich von der Paradise Road. Ich kann mich nicht an den Namen erinnern. Ich glaube es war Silver State National. Ja, das war's, Silver State.«

»Silver State auf der Flamingo, bist du sicher?«

»Ja, doch.«

»Und es sah aus, als würde sie ein Konto eröffnen?«

»Ja, aber da bin ich nicht sicher. Das ist das Problem, wenn du jemanden allein beschattest. Die Zweigstelle war klein und ich konnte mich nicht zu lange drinnen aufhalten. Es sah aus, als würde sie Formulare unterzeichnen, und Tony schaute nur zu. Aber ich mußte wieder raus und draußen warten, bis sie fertig waren. Du darfst nicht vergessen, Tony kannte mich. Wenn er mich nur gesehen hätte, hatte ich die Überwachung abbrechen müssen.«

»Okay, ich fliege.«

»Heute abend?«

»Heute abend. Ich muß vorher noch ein paar Anrufe machen.«

Bosch ging zurück in die Küche und rief Grace Billets an. Während er ihr die Neuigkeiten berichtete und seine Vermutungen erklärte, stellte er die Kaffeemaschine an. Nachdem er von ihr die Reisegenehmigung erhalten hatte, rief er als nächstes Edgar und Rider an und verabredete mit ihnen, sie in einer Stunde am Revier abzuholen.

Er goß sich eine Tasse Kaffee ein und lehnte sich tief in Gedanken gegen den Küchenschrank. Feltons Verhalten schien widersprüchlich zu sein. Falls der Captain für Joey Marks arbeitete, warum hatte er dann so schnell gehandelt, als er Goshens Fingerabdrücke identifiziert hatte, die Bosch aus L. A. mitgebracht hatte? Bosch spielte die verschiedenen Möglichkeiten durch und entschied, daß Felton Goshens Elimierung als Chance betrachtet hatte. Er mußte geglaubt haben, daß er in der Unterwelt von Las Vegas aufsteigen würde, wenn Goshen aus dem Verkehr gezogen wäre. Vielleicht hatte er sogar vorgehabt, Goshens Ermordung zu arrangieren, damit Joey Marks in seiner Schuld stände. Bosch begriff, daß diese Theorie nur funktionierte, falls Felton nicht wußte, daß seine Tätigkeit für Joeys Organisation Goshen bekannt war, oder falls Felton plante, Goshen umzubringen, bevor er es irgend jemandem sagen konnte.

Bosch nahm einen Schluck des heißen Kaffees und dachte nicht weiter darüber nach. Er ging ins Wohnzimmer zu Eleanor.

»Gehst du?«

»Ja, ich muß Jerry und Kiz abholen.«

»Warum heute abend?«

»Ich muß da sein, bevor die Bank morgen aufmacht.«

»Glaubst du, Veronica wird da sein?«

»Ich hab so ein Gefühl. Joey Marks ist wahrscheinlich genauso wie wir darauf gekommen, daß – falls er nicht Tony umgebracht hat – es jemand gewesen sein muß, der ihm ziemlich nahe stand. Und die Person hat jetzt sein Geld. Er kennt Veronica aus alten Zeiten und kann sich denken, daß sie so was tun würde. Ich glaube, er hat Felton hergeschickt, um der Sache nachzugehen und sein Geld wiederzubekommen – und sich um sie zu kümmern, falls sie schmutzige Hände hatte. Aber sie muß es ihm ausgeredet haben. Wahrscheinlich hat sie erwähnt, daß sie zwei Millionen des unterschlagenen Geldes in einem Bankschließfach in Vegas hat.

Das hat Felton wahrscheinlich davon abgehalten, sie zu töten. Statt dessen hat er sie mitgenommen. Sie wird wahrscheinlich nur so lange leben, bis sie an das Geld kommen. Ich glaube, sie gab Felton den Wettschein ihres Mannes, weil sie wußte, daß, wenn er ihn einlöst, wir davon hören würden.«

»Weshalb glaubst du, daß es die Bank ist, wo ich ihn gesehen habe?«

»Weil wir über alles hier Bescheid wissen, alle seine Konten. Es ist nicht hier. Powers hat mir gesagt, Veronica habe ihm erzählt, daß Tony das Geld in ein Bankschließfach gesteckt habe, zu dem sie erst nach seinem Tod Zugang hätte. Sie war nicht als Inhaberin aufgeführt. Es muß in Vegas sein. Es ist der einzige Ort außerhalb L. A., wo er seit einem Jahr war. Und wenn er seine Freundin zu einer Bank bringt, um ein Konto zu eröffnen, wird er sie wahrscheinlich zu der Bank bringen, die er selbst benutzt.«

Eleanor nickte.

»Es ist witzig.«

»Was?«

»Im Grunde geht es um einen Bankeinbruch. Der Fall dreht sich nicht um Tony Alisos Mord, das war nur ein Nebeneffekt. Es geht um das Geld, das er unterschlagen und versteckt hat. So haben wir uns getroffen. Bei einem Bankfall.«

Sie nickte, ihre Augen schauten in die Ferne, während sie darüber nachdachte. Bosch wünschte, er hätte die Erinnerung nicht heraufbeschworen.

»Entschuldigung«, sagte er. »Es war wohl nicht witzig.«

Eleanor schaute von der Couch zu ihm auf.

»Harry, ich komme mit dir nach Las Vegas.«

8.

Die Zweigstelle der Silver State National Bank, zu der Tony Aliso seine Freundin gebracht hatte, als er von Eleanor Wish beschattet worden war, befand sich an der Ecke eines kleinen Einkaufszentrums zwischen einem Radio Shack und einem mexikanischen Restaurant, La Fuentes. Es war im Morgengrauen, und der Parkplatz war fast leer, als die FBI-Agenten und die Detectives vom LAPD Stellung bezogen. Die Bank würde erst um neun Uhr ihre Türen öffnen, und die anderen Läden machten erst um zehn auf.

Weil die Geschäfte noch geschlossen waren, war es nicht leicht, Observierungspositionen zu finden. Es wäre zu offensichtlich, vier Zivilwagen auf den Parkplatz zu stellen. Sie würden gleich auffallen, weil sich nur fünf andere Wagen auf dem Parkplatz befanden, der sich über den ganzen Block erstreckte. Vier waren an den Rändern geparkt, und ein alter Cadillac stand in der ersten Reihe, der Bank am nächsten. Er hatte keine Nummernschilder mehr, und die Windschutzscheibe war zu einem Spinnennetz zersprungen. Die Fenster waren offen, und der Kofferraum wurde nur mit einem Vorhängeschloß und einer Kette, die durch eines der vielen Rostlöcher ging, zugehalten. Der Wagen sah gestrandet und verlassen aus. Sein Besitzer war wohl Las Vegas zum Opfer gefallen. Wie jemand, der sich in der Wüste verirrt und ein paar Meter vor einer Oase verdurstet, hatte der Caddy ein paar Meter vor der Bank und dem vielen Geld seinen Geist aufgegeben.

Nachdem die FBI-Agenten ein paarmal um das Einkaufszentrum gefahren waren und es ausgekundschaftet hatten, entschieden sie sich, den Cadillac als Deckung zu benutzen. Ein Agent mit ölverschmiertem T-Shirt öffnete die Haube und tat so, als würde er an dem kaputten Motor arbeiten. Außerdem stellten sie einen Lieferwagen, in dem sich vier Agenten befanden, neben den Cadillac. Sie hatten ihn um sieben Uhr morgens zur Werkstatt des FBIs gebracht, und ein Maler hatte mit einer Schablone *La Fuentes Mexican Restaurant – seit 1983* rot auf die Seite geschrieben. Die Farbe war noch nicht getrocknet, als sie um acht Uhr auf den Parkplatz fuhren.

Um neun Uhr begann sich der Parkplatz langsam zu füllen, hauptsächlich mit den Angestellten der Geschäfte und ein paar Kunden der Bank, die etwas erledigen wollten, sobald aufgemacht wurde. Bosch beobachtete all dies vom Rücksitz eines FBI-Wagens aus. Lindell und ein Agent namens Baker saßen vorne. Sie parkten unter dem Dach einer Tankstelle auf der anderen Seite der Flamingo Road. Edgar und Rider saßen in einem anderen Wagen weiter oben auf der Flamingo Road. Außerdem befanden sich noch zwei weitere FBI-Wagen in der Gegend. Einer war geparkt, der andere fuhr herum. Der Plan sah vor, daß Lindell seinen Wagen vor der Bank parken würde, sobald sich der Parkplatz füllen würde und sein Auto nicht auffiele. Außerdem drehte ein FBI-Hubschrauber weite Kreise um das Einkaufszentrum.

»Sie machen auf«, meldete eine Stimme über Funk.

»Verstanden, La Fuentes«, erwiderte Lindell.

Die Wagen waren alle mit einem Radiopedal ausgerüstet und einem Mikrofon oben an der Sonnenblende. Der Fahrer mußte nur auf das Pedal treten und sprechen. Damit wurde vermieden, daß er ein Mikrofon an den Mund führen mußte und eventuell als Gesetzeshüter identifiziert wurde. Bosch hatte gehört, daß endlich auch das LAPD diese Ausrüstung anschaffte. Jedoch bekamen Drogenfahnder und Überwachungsteams sie als erste.

»Lindell«, sagte er, »hast du mal über Funk sprechen wollen und aus Versehen auf die Bremse getreten?«

»Noch nicht, Bosch. Warum?«

»Ich bin nur neugierig, wie so was Hochtechnisches funktioniert.«

»Nur so gut wie die Leute, die damit umgehen.«

Bosch gähnte. Er konnte sich nicht erinnern, wann er das letzte Mal geschlafen hatte. Sie waren in der Nacht nach Las

Vegas gefahren und hatten die übrige Zeit damit verbracht, die Überwachung der Bank zu planen.

»Was denkst du, Bosch?« fragte Lindell. »Kommen sie früh oder später?«

»Heute morgen. Sie wollen an ihr Geld. Sie wollen nicht warten.«

»Ja, vielleicht.«

»Du glaubst, sie kommen später?«

»Ich würde es später tun. Für den Fall, daß jemand die Bank beobachtet und wartet – FBI, LAPD oder Powers. Die Leute würden in der Sonne braten. Verstehst du, was ich meine.«

»Ja. Wenn wir hier den ganzen Tag sitzen, sind wir nicht mehr so auf Draht, wenn es dann endlich passiert.«

Bosch schwieg danach längere Zeit. Vom Rücksitz aus betrachtete er Lindell. Er stellte fest, daß der Agent sich die Haare hatte schneiden lassen. Man konnte nicht mehr erkennen, wo ihm Bosch den Zopf abgeschnitten hatte.

»Glaubst du, du wirst es vermissen?« fragte Bosch.

»Was vermissen?«

»Nicht mehr in Joeys Organisation zu sein – das Gangsterleben.«

»Nein, es wurde allmählich uninteressant. Ich bin froh, wieder wie ein biederer Bürger zu leben.«

»Nicht mal die Mädchen?«

Bosch sah im Rückspiegel, wie Lindells Augen schnell zu Baker hinüberblickten und ihn dann im Spiegel anschauten – ihm damit andeutend, das Thema fallen zu lassen.

»Was hältst du jetzt vom Parkplatz, Don?« fragte Lindell und wechselte das Thema.

Baker schaute den Parkplatz an. Er begann sich langsam zu füllen. Am anderen Ende des Einkaufszentrums war eine Bagel-Bäckerei, die im Moment den meisten Kundenverkehr anzog.

»Ich glaube, wir können rauffahren und beim Bagel-Laden parken«, sagte Baker. »Es gibt jetzt genug Deckung.«

»Okay«, sagte Lindell. Er hob seinen Kopf etwas nach oben zum Mikrofon. »Äh, La Fuentes, hier Roy Rogers. Wir rücken jetzt näher ran. Wir melden uns wieder vom Bagel-Laden. Das wird auf eurer Rückseite sein, glaube ich.«

»Verstanden«, kam die Antwort. »Du hast dich schon immer für meinen Hintern interessiert, nicht wahr, Roger?«

»Witzbold«, sagte Lindell.

Während sie von ihrer neuen Position die Bank beobachteten, verging eine Stunde, und nichts passierte. Lindell konnte näher heranfahren und parkte vor der Schule für Kartengeber, einen halben Block von der Bank. Es war Schultag, und mehrere zukünftige Dealer kamen und parkten ihre Wagen. Es gab ihnen gute Deckung.

»Ich weiß nicht, Bosch«, sagte Lindell, nachdem sie lange geschwiegen hatten. »Glaubst du, sie kommen, oder nicht?«

»Ich habe nie behauptet, daß es mehr als Instinkt ist. Aber ich glaube, es paßt alles zusammen. Es paßt jetzt sogar noch besser zusammen. Letzte Woche habe ich in Alisos Zimmer im Mirage ein Streichholzheftchen vom La Fuentes gefunden. Ob sie auftauchen oder nicht, ich würde sagen, daß Tony ein Schließfach in dieser Bank hat.«

»Nun, ich überlege mir, ob ich Don reinschicken soll, damit er nachfragt. Wir könnten das hier abbrechen und nicht noch mehr Zeit verschwenden, wenn er kein Schließfach dort hatte.«

»Es ist deine Entscheidung.«

»Gut, daß du das einsiehst.«

Ein paar Minuten gespannten Schweigens vergingen.

»Was ist mit Powers?« fragte Lindell.

»Was soll mit ihm sein?«

»Ich seh ihn auch nicht hier, Bosch. Heute morgen hast du große Töne gespuckt, daß er herkommen würde, um sie zu finden und zu durchlöchern. Also wo ist er?«

»Ich weiß nicht, Lindell. Aber wenn wir schlau genug sind darauf zu kommen, dann ist er es auch. Es würde mich nicht überraschen, wenn er die ganze Zeit schon von dem Schließfach wußte und es bei unserem kleinen Gespräch ausließ. Er hat schließlich Tony beschattet.«

»Das würde mich auch nicht überraschen. Aber es wäre

trotzdem dumm von ihm herzukommen. Er muß sich denken können, daß wir es herausgefunden haben.«

»Dumm ist wahrscheinlich nicht das richtige Wort. Es ist selbstmörderisch. Ich glaube, es ist ihm egal. Er will sie umbringen. Falls er sich auch eine Kugel einfängt, ist es Schicksal. Er hatte schon auf dem Revier vor, einen Kamikaze-Angriff zu starten, als er dachte, sie sei da.«

»Hoffen wir, daß er sich etwas beruhigt hat, seit …«

»Da!« rief Baker.

Bosch folgte dem ausgestreckten Finger zum anderen Ende des Parkplatzes, von wo ein weißer Straßenkreuzer langsam auf die Bank zufuhr.

»Mein Gott«, sagte Lindell, »ist er wirklich so blöd?«

Alle Straßenkreuzer sahen für Bosch gleich aus, aber er begriff, daß Lindell und Baker das Auto irgendwie erkannt hatten.

»Ist das Joey Marks?«

»Es ist seine Limousine. Er steht auf diesen Weißwandreifen. Typisch Itaker. Ich kann's nicht fassen … Ist er wirklich da drin. Wenn er persönlich das Geld holt, hätte ich mir zwei Jahre Arbeit sparen können.«

Der Straßenkreuzer hielt vor der Bank. Dann tat sich erstmal nichts.

»Verstanden, La Fuentes?« fragte Lindell.

»Ja, verstanden.« Die Antwort wurde geflüstert, obwohl es unmöglich war, daß jemand in der Limousine hören konnte, was im Lieferwagen gesagt wurde.

»Eins, Zwei, Drei, haltet euch bereit«, fuhr Lindell fort. »Sieht so aus, als wäre der Fuchs im Hühnerstall. Air Jordan, halt dich bis auf weiteres fern. Ich will nicht, daß du hier vorbeifliegst und ihn verschreckst.«

Die drei anderen Bodeneinheiten und der Hubschrauber funkten ihr ›Verstanden‹.

»Drei, vielleicht wäre es doch besser, wenn du die Südwestauffahrt rauffährst und dort Stellung beziehst«, sagte Lindell.

»Verstanden.«

Schließlich öffnete sich die Tür, jedoch an der anderen

Seite, die Bosch nicht sehen konnte. Er wartete und hielt den Atem an. Einen Augenblick später stieg Captain John Felton aus.

»Bingo«, flüsterte jemand über Funk.

Felton beugte sich zurück und streckte seinen Arm in den Wagen. Veronica Aliso erschien, ihr Arm fest im Griff von Feltons Hand. Ihr folgte ein weiterer Mann, und gleichzeitig öffnete sich der Kofferraum. Während der zweite Mann, der graue Hosen und ein Hemd mit einem ovalen Namensetikett über der Brusttasche trug, zum Kofferraum ging, beugte sich Felton wieder hinein und sagte etwas zu jemandem in der Limousine. Die ganze Zeit ließ er Veronicas Arm nicht los.

Bosch erhaschte nur einen kurzen Blick auf Veronicas Gesicht. Obwohl sie mindestens dreißig Meter von ihnen entfernt war, erkannte er Angst und Übermüdung darauf. Es war wahrscheinlich die längste Nacht in ihrem Leben gewesen.

Der zweite Mann zog einen schweren roten Werkzeugkasten aus dem Kofferraum und folgte Felton, der mit Veronica zur Bank ging und dessen Hand immer noch ihren Arm festhielt. Felton drehte seinen Kopf und schaute sich um. Sein Blick blieb kurz beim Lieferwagen hängen, dann schaute er weiter. Die Aufschrift hatte ihn wahrscheinlich überzeugt. Es war ein nettes Detail.

Während sie an dem alten Cadillac vorbeigingen, schaute Felton zu dem Mann unter der Motorhaube hinunter und versicherte sich, daß er keine Gefahr darstellte. Dann richtete Felton sich wieder auf und ging auf die Glastüren der Bank zu. Bevor sie drinnen verschwanden, sah Bosch, daß Veronica eine Stofftragetasche in der Hand hielt.

Bosch atmete erst wieder, als sie außer Sicht waren.

»Okay«, sagte Lindell zur Sonnenblende. »Wir haben drei. Felton, die Frau und den Bohrer. Hat ihn jemand erkannt?«

Ein paar Sekunden herrschte Funkstille, dann meldete sich eine Stimme, die antwortete.

»Ich bin zu weit weg, aber ich dachte, er sieht aus wie

Maury Pollack. Er ist Spezialist für Tresore und Schlösser und hat schon früher mal für Joey gearbeitet.«

»Okay«, sagte Lindell, »wir werden ihn später überprüfen. Ich schicke jetzt Baker hinein. Er wird ein Konto eröffnen. Nach fünf Minuten gehst du als nächster, Conlon. Testet eure Ausrüstung jetzt.«

Baker und Conlon prüften schnell, ob die Funkapparate, die sie unter der Kleidung trugen, die drahtlosen Hörgeräte im Ohr sowie die Mikrofone am Handegelenk funktionierten. Alles war in Ordnung, Baker stieg aus und ging forschen Schritts an den Läden vorbei zur Bank.

»Okay, Morris«, sagte Lindell. »Vertritt dir mal die Beine. Schau mal in den Radio Shack.«

»Verstanden.«

Bosch beobachtete, wie ein Agent, den er von der nächtlichen Besprechung wiedererkannte, aus einem Auto an der Südwesteinfahrt ausstieg und über den Parkplatz ging. Morris und Baker gingen drei Meter aneinander vorbei, ohne sich anzusehen oder zu der Limousine hinüberzuschauen, die noch immer mit laufendem Motor vor der Bank stand.

Die nächsten fünf Minuten schienen eine Stunde zu dauern. Es war heiß, aber Bosch schwitzte, weil das Warten ihn auf die Folter spannte und er sich ständig fragte, was drinnen vorging. Seit Baker in der Bank war, hatte es nur einen Funkspruch gegeben. Er hatte geflüstert, daß die Personen jetzt im Tresorraum für die Schließfächer seien.

»Okay, Conlon, geh«, befahl Lindell, nachdem die fünf Minuten vergangen waren.

Kurz darauf sah Bosch, wie Conlon vom Bagel-Laden an der Gebäudefront vorbei und in die Bank ging.

Und dann passierte in den nächsten quälenden fünfzehn Minuten nichts. Schließlich sprach Lindell, um das Schweigen zu brechen.

»Wie geht's da draußen. Alles froh und munter?«

Als positive Antwort hörte man, wie die Mikrofone ein paarmal schnell ein- und ausgeschaltet wurden. Gerade als wieder Funkstille eingetreten war, flüsterte Baker aufgeregt: »Sie kommen raus, sie kommen raus. Etwas stimmt nicht.«

Bosch beobachtete die Türen, und einen Moment später kamen Felton und Veronica heraus, ihr Arm immer noch fest in seinem Griff. Der Bohrer folgte ihnen mit seinem Werkzeugkasten.

Felton schaute sich diesmal nicht um und ging direkt auf die Limousine zu. Er trug jetzt die Tasche, und sie schien umfangreicher zu sein. Veronicas Gesicht, das vorher verängstigt und müde gewirkt hatte, war noch mehr von Furcht entstellt. Es war schwer aus der Distanz zu erkennen, aber Bosch glaubte, daß sie weinte.

Die Tür der Limousine öffnete sich von innen, als die drei sich näherten und an dem alten Cadillac vorbeikamen.

»Okay«, sagte Lindell ins Mikrofon. »Wenn ich das Signal gebe, geht's los. Ich übernehme die Vorderseite der Limousine. Drei, du hältst dich hinter mir. Eins und Zwei, ihr übernehmt das Heck. Standard-Autostop. La Fuentes, ihr holt alle Personen aus der Limousine raus. Falls es zum Schußwechsel kommt, paßt auf Kreuzfeuer auf. Paßt auf Kreuzfeuer auf.«

Während Lindells Befehle über Funk bestätigt wurden, beobachtete Bosch Veronica. Ihr war anzusehen, daß sie Todesangst hatte. Ihr Ausdruck erinnerte Bosch an das Gesicht ihres ermordeten Gatten. Die Gewißheit, daß das Ende nahe war.

Während er sie beobachtete, sah er plötzlich den Kofferraum des Cadillacs aufspringen. Heraus schoß wie aus einem Kanonenrohr Powers. Mit einem lauten tierischen Schrei, den Bosch deutlich hörte und nie vergessen würde, schrie Powers ihren Namen, als er auf dem Asphalt landete.

»Veronica!«

Sie, Felton und der Bohrer drehten sich zu ihm um, und Powers hob seine Hände – in beiden hielt er Waffen. In dem Moment erkannte Bosch seinen matt glänzenden Smith& Wesson Revolver in der linken Hand des Cops.

»Waffe!« schrie Lindell. *»Position einnehmen!«*

Er knallte den Gang rein und trat auf das Gaspedal. Der Wagen schoß auf die Limousine zu. Aber Bosch wußte, sie konnten nichts tun. Sie waren zu weit weg. Er beobachtete den Ablauf des Geschehens mit morbider Faszination, als würde er eine Zeitlupenszene in einem Peckinpah-Film sehen.

Powers begann aus beiden Waffen zu feuern, die Patronenhülsen wurden über seine Schultern hinausgeschleudert, während er auf die Limousine zuging. Felton versuchte, seine Waffe aus der Jacke zu holen, aber er war der erste, der vom Kugelhagel gefällt wurde. Veronica stand starr da und schaute ihren Mörder an – sie machte keinen Versuch zu fliehen oder Deckung zu nehmen und – wurde getroffen. Sie fiel zu Boden, wo sie von der Limousine verdeckt wurde.

Powers ging weiter schießend auf den Wagen zu. Der Bohrer ließ seinen Werkzeugkasten fallen, hob seine Hände und begann sich rückwärts aus der Schußlinie zu entfernen. Powers ignorierte ihn. Bosch konnte nicht sehen, ob er auf Veronica am Boden oder ins Wageninnere schoß. Die Limousine schoß los, die Reifen drehten erst durch und bewegten sich dann vorwärts – die Rücktür stand immer noch offen. Im nächsten Moment knallte der lange Straßenkreuzer in eine Reihe geparkter Wagen, als es dem Fahrer nicht gelang, links abzubiegen. Er sprang heraus und rannte in Richtung des Bagel-Ladens.

Powers schien sich nicht für den fliehenden Fahrer zu interessieren. Er hatte die Stelle erreicht, wo Felton hingefallen war, ließ Boschs Revolver auf die Brust des Captains fallen und griff dann nach der Tasche, die neben Feltons Hand auf dem Boden lag.

Powers merkte erst, als er die Tasche in der Hand hielt, daß sie leer war. Im gleichen Moment öffneten sich hinter ihm die Türen des Lieferwagens und vier Agenten mit Schrotflinten sprangen heraus. Der Agent im T-Shirt kam um den Cadillac herum und richtete seine Pistole, die er unter dem Motor versteckt hatte, auf Powers.

Ein quietschender Reifen von einem der sich nähernden FBI-Wagen lenkte Powers von der leeren Tragetasche ab. Er ließ sie fallen und drehte sich zu den fünf Agenten hinter ihm um. Er hob wieder beide Hände, obwohl er nur noch eine Waffe hatte.

Die Agenten eröffneten das Feuer, und Bosch sah, wie Powers von der Wucht der Geschosse buchstäblich hochgerissen und auf die Motorhaube eines Pickup-Trucks geworfen wurde, der wahrscheinlich einem Bankkunden gehörte. Powers landete auf dem Rücken. Die Pistole fiel ihm aus der Hand und knallte auf die Haube, bevor sie auf dem Asphalt landete. Acht Sekunden lang hatten Schüsse gekracht, aber die Stille, die auf das Fallen der Waffe folgte, schien noch lauter zu dröhnen.

Powers war tot. Felton war tot. Giuseppe Marconi, alias Joseph Marconi, alias Joey Marks war tot – seine Leiche lag im eigenen Blut quer über der weichen Lederrückbank seiner Limousine.

Als sie Veronica Aliso erreichten, lebte sie noch. Sie war von zwei Kugeln oben in der Brust getroffen worden, und die Blasen im Blutschaum, der ihr aus dem Mund kamen, waren ein Zeichen, daß ihre Lunge durchlöchert war. Während die FBI-Agenten herumrannten und den Tatort absperrten und sicherten, blieben Bosch und Rider bei Veronica.

Ihre Augen waren geöffnet, aber verloren ihre Feuchtigkeit. Sie bewegten sich im Kreis, als würde sie nach jemandem oder etwas suchen, was nicht da war. Ihr Unterkiefer bewegte sich, und sie sagte etwas, was Bosch nicht verstehen konnte. Er beugte sich zu ihr hinunter und wandte ihr sein Ohr zu.

»Kannst du … mir Eis holen?« flüsterte sie.

Bosch drehte sich um und schaute sie an. Er verstand sie nicht. Sie begann wieder zu sprechen, und er wandte ihr wieder sein Ohr zu.

»… das Pflaster … ist so heiß. Ich … ich brauche Eis.«

Bosch schaute sie an und nickte.

»Es kommt. Es kommt. Veronica, wo ist das Geld?«

Er beugte sich über sie und merkte, daß sie recht hatte. Das Pflaster verbrannte seine Hände. Er konnte kaum ihre Worte verstehen.

»Wenigstens haben sie … haben sie es nicht.«

Sie hustete wieder tief, fast am Blut erstickend, und Bosch wußte, daß ihre Brust jetzt voll Blut war, und es nicht mehr lange dauern würde, bevor ihre Lungen ertranken. Er wußte nicht, was er dieser Frau sagen sollte oder was er tun konnte. Ihm wurde klar, daß wahrscheinlich seine Kugeln in ihrem Körper steckten und daß sie starb, weil sie einen Fehler gemacht hatten und Powers entkommen ließen. Er hätte sie beinahe gebeten, ihm zu verzeihen und ihr gesagt, daß manchmal im Leben Sachen fürchterlich schief laufen konnten.

Er wandte seinen Blick ab und schaute über den Parkplatz. Sirenen näherten sich. Aber er hatte genug Schußwunden gesehen, um zu wissen, daß sie keinen Krankenwagen mehr brauchte. Er schaute wieder zu ihr hinunter. Ihr Gesicht war bleich, und die Muskeln wurden schlaff. Ihre Lippen bewegten sich noch einmal, und er beugte sich hinab, um zu hören. Ihre Stimme war nur noch ein verzweifeltes Keuchen. Er konnte ihre Worte nicht verstehen und flüsterte in ihr Ohr, es zu wiederholen.

»... as meine rochtla ...«

Er drehte seinen Kopf, um sie anzusehen. Er schüttelte verwirrt den Kopf. Ihr Gesicht verzog sich verärgert.

»Laß«, sagte sie deutlich mit allerletzter Kraft, »laß ... meine Tochter laufen.«

Bosch schaute ihr in die Augen, während ihm der letzte Satz durch den Kopf ging. Ohne zu überlegen, nickte er dann. Und während er sie ansah, starb sie. Ihre Augen starrten ins Leere, und er wußte, daß sie tot war.

Bosch stand auf, und Rider schaute ihn fragend an.

»Harry, was hat sie gesagt?«

»Sie sagte ... Ich bin mir nicht sicher, was sie sagte.«

Bosch, Edgar und Rider lehnten am Kofferraum von Lindells Wagen und beobachteten, wie ein Trupp FBI-Leute und unzählige Polizisten von Las Vegas am Tatort auftauchten. Lindell hatte angeordnet, das gesamte Einkaufszentrum zu schließen und mit gelbem Plastikband abzusperren, was Edgar zu dem Kommentar veranlaßte: »Wenn die einen zu einem Tatort einladen, lassen die sich nicht lumpen.«

Sie hatten schon alle ihre Aussage gemacht. Sie waren nicht mehr Teil der Ermittlungen, sondern nur noch Zeugen und jetzt Zuschauer.

Der Special Agent, der für den Bezirk Las Vegas zuständig war, war anwesend und leitete die Ermittlungen. Das FBI hatte ein Campingmobil mit vier separaten Vernehmungszimmern gebracht, worin Zeugen der Schießerei vernommen wurden. Die Leichen lagen noch auf dem Asphalt und im Wagen, bedeckt mit gelbem Plastik. Die hellen Farbtupfen machten sich gut auf den Photos der Fernsehhubschrauber, die über ihnen kreisten.

Bosch hatte ein paar Informationen über den Fahndungsstand von Lindell bekommen können. Die Fahrgestellnummer des Cadillacs, in dem sich Powers mindestens vier Stunden lang versteckt gehalten hatte, war vom FBI überprüft worden. Der Wagen gehörte einem Mann aus Palmdale, einer Stadt in der Wüste nordöstlich von Los Angeles, der schon in den Akten als Neo-Nazi geführt wurde, und an den letzten zwei Unabhängigkeitstagen auf seinem Land Versammlungen für Gesinnungsgenossen abgehalten hatte. Er hatte auch versucht, Gelder für den Verteidigungsfond der zwei Männer zu spenden, die angeklagt waren, vor zwei Jahren das Gebäude der Bundesverwaltung in Oklahoma City gesprengt zu haben. Lindell hatte Bosch gesagt, daß man gegen den Mann wegen der Hilfe, die er Powers gegeben hatte, einen Haftbefehl wegen Verschwörung zum Mord ausgestellt hatte. Powers' Plan war ausgezeichnet gewesen. Der Kofferraum des Cadillacs war mit einem dicken Teppich und mehreren Decken ausgelegt. Die Kette und das Vorhängeschloß konnten von innen geöffnet werden. Und durch die Rostlöcher an den Kotflügeln und in der Kofferraumklappe konnte Powers alles beobachten und schußbereit auf den richtigen Moment warten.

Es hatte sich herausgestellt, daß der Bohrer wirklich Maury Pollack war. Es war ihm eine Freude, mit der Polizei zu kooperieren. Es war ihm besonders eine Freude, nicht unter einer der gelben Plastikplanen zu liegen. Er hatte ausgesagt, daß Joey Marks ihn am Morgen abgeholt habe. Laut

Anweisung trug er Handwerkerkleidung und brachte seinen Bohrer mit. Er habe nicht gewußt, was ablief, weil in der Limousine wenig gesprochen wurde. Er habe nur bemerkt, daß die Frau Angst gehabt habe.

In der Bank habe Veronica Aliso eine Kopie des Totenscheins, Tony Alisos Testament und einen Gerichtsbescheid, ausgestellt am letzten Freitag in Las Vegas, der ihr als Alleinerbin Zugang zum Bankschließfach zusprach, vorgelegt. Die Geschäftsführerin der Bank gab ihre Zustimmung, und das Schließfach wurde aufgebohrt, weil Mrs. Aliso sagte, daß sie den Schlüssel ihres Mannes nicht habe finden können.

Laut Pollack gab es ein Problem, als sie das Schließfach aufgebohrt hatten. Es war leer.

»Kannst du das glauben?« fragte Lindell, als er es Bosch erzählte. »Alles für die Katz. Ich hatte gehofft, die zwei Millionen in die Hände zu kriegen. Natürlich hätten wir es mit L. A. geteilt. Fifty-fifty, Bosch.«

»Klar«, sagte Bosch. »Hast du die Unterlagen angesehen? Wann war Tony zum letzten Mal am Schließfach?«

»Das ist auch ein Ding. Erst vorige Woche Freitag. Nur zwölf Stunden, bevor er getötet wurde. Er muß es geleert haben. Wahrscheinlich hatte er eine Vorahnung. Er wußte es, Mann.«

»Vielleicht.«

Bosch dachte an das Streichholzheft vom La Fuentes, das er in Tonys Zimmer im Mirage gefunden hatte. Tony rauchte nicht. Aber Bosch erinnerte sich an die Aschenbecher in dem Haus, wo Layla aufgewachsen war. Wenn Tony sein Schließfach am Freitag geleert und im La Fuentes gegessen hatte, war die einzige Erklärung für Streichhölzer in seinem Hotelzimmer, daß er mit jemandem im Restaurant gewesen war, der sie brauchte.

»Jetzt stellt sich die Frage, wo ist das Geld?« sagte Lindell. »Wir können es beschlagnahmen, wenn wir es finden. Der alte Joey wird es nicht mehr brauchen.«

Lindell schaute zur Limousine hinüber. Die Tür stand noch offen und eines von Marconis Beinen schaute unter dem Plastiktuch hervor. Hellblaue Hosen, ein schwarzer Slipper und eine weiße Socke. Das war alles, was Bosch von Joey Marks sehen konnte.

»Kooperieren die Bankangestellten oder verlangen sie für jeden Scheiß einen Durchsuchungsbefehl?« fragte Bosch.

»Nein, die machen voll mit. Die Geschäftsführerin zittert wie Espenlaub. Man hat nicht jeden Tag ein Massaker vor der Tür.«

»Bitte sie, ihre Unterlagen durchzusehen, ob sie ein Schließfach unter dem Namen Gretchen Alexander haben.«

»Gretchen Alexander? Wer ist das?«

»Du kennst sie, Roy. Es ist Layla.«

»Layla? Willst du mich auf den Arm nehmen. Glaubst du, er gibt der Braut zwei Millionen Eier, bevor er davonreitet und sich erschießen läßt?«

»Frag nach, Roy. Es ist den Versuch wert.«

Lindell ging zur Bank hinüber, und Bosch schaute seine Partner an.

»Jerry, willst du deine Waffe wiederhaben? Wir sollten es ihnen sagen, damit sie sie nicht kaputt schlagen oder für ewige Zeiten in irgendeinem Archiv verschwinden lassen.«

»Meine Waffe?«

Edgar sah mit gequältem Gesichtsausdruck auf all die gelben Plastiktücher.

»Nein, Harry, ich glaube nicht. Sie ist jetzt verflucht und verwünscht. Ich will sie nicht mehr wiederhaben.«

»Ja«, sagte Bosch, »ich habe das Gleiche gedacht.«

Bosch brütete über etwas nach und hörte dann, wie sein Name gerufen wurde. Er drehte sich um und sah Lindell am Eingang zur Bank winken. Er ging zu ihm hinüber.

»Volltreffer«, sagte Lindell, »sie hat ein Schließfach.«

Sie gingen in die Bank, und Bosch sah mehrere Agenten, die die verwirrten Bankangestellten vernahmen. Lindell führte ihn zum Schreibtisch der Geschäftsführerin. Sie war ungefähr dreißig und hatte lockiges Haar. Auf dem Namensschild stand Jeanne Connors. Lindell nahm sich eine Akte vom Schreibtisch und zeigte sie Bosch.

»Sie hat ein Schließfach hier, und sie hat Tony Aliso Vollmacht gegeben. Er hat ihr Schließfach am Freitag, bevor er getötet wurde, gleichzeitig mit seinem eigenen geöffnet. Weißt du, was ich glaube. Er hat den Inhalt seiner Kassette in ihre getan.«

»Wahrscheinlich.«

Bosch schaute sich die Eintragungen über die Benutzung des Schließfaches an, die auf einer Karteikarte standen.

»Also«, sagte Lindell, »besorgen wir uns einen Durchsuchungsbefehl für ihr Schließfach und bohren es auf. Vielleicht macht Maury es für uns, er ist so hilfsbereit. Wir beschlagnahmen das Geld, und die Bundesregierung macht einen Gewinn. Ihr kriegt natürlich euren Anteil.«

Bosch schaute ihn an.

»Du kannst es aufbohren lassen, falls du es rechtlich begründen kannst, aber es wird nichts drin sein.«

Bosch deutete auf die letzte Eintragung. Gretchen Alexander hatte ihr Schließfach vor fünf Tagen geöffnet – am Mittwoch, nachdem Tony Aliso getötet wurde. Lindell starrte ihn lange an, bevor er reagierte.

»O Gott, meinst du, sie hat es ausgeräumt?«

»Ja, Roy, das glaube ich.«

»Sie ist weg, oder? Du hast nach ihr gesucht, nicht wahr?«

»Sie ist über alle Berge. Und ich werde mich jetzt auch davonmachen.«

»Du haust ab?«

»Ich habe meine Aussage gemacht. Ich bin fertig. Bis zum nächsten Mal, Roy.«

»Ja, okay, Bosch.«

Bosch ging zum Ausgang. Als er die Tür öffnete, rannte ihm Lindell nach.

»Aber warum hat er alles in ihr Schließfach getan?«

Er hielt noch immer die Karteikarte in der Hand und starrte sie an, als enthielte sie alle Antworten.

»Ich weiß nicht, aber ich vermute etwas.«

»Was, Bosch?«

»Er hat sie geliebt.«

»Er? So ein Mädchen?«

»Man kann nie wissen. Menschen bringen sich aus allen möglichen Gründen um. Ich schätze, sie lieben sich auch aus allen möglichen Gründen. Wenn du sie findest, mußt du sie festhalten, egal ob es so ein Mädchen ist – oder jemand anders.«

Lindell nickte und Bosch trat nach draußen.

Bosch, Edgar und Rider fuhren mit einem Taxi zur Bundesverwaltung und holten ihren Wagen ab. Bosch sagte, daß er bei dem Haus in North Las Vegas vorbeifahren wolle, wo Gretchen Alexander aufgewachsen war.

»Sie wird nicht da sein, Harry«, sagte Edgar. »Mach dir nichts vor.«

»Ich weiß, daß sie nicht da ist. Ich will nur kurz mit der alten Frau sprechen.«

Er fand das Haus, ohne sich zu verfahren, und fuhr in die Auffahrt. Der RX7 stand noch dort und hatte sich anscheinend nicht von der Stelle bewegt.

»Es wird nur eine Minute dauern, falls ihr im Wagen warten wollt.«

»Ich komm mit«, sagte Rider.

»Ich bleib hier und laß die Klimaanlage laufen«, sagte Edgar. »Ich werd dann als erster fahren, Harry.«

Er stieg mit Bosch und Rider aus und ging um den Wagen herum zum Fahrersitz.

Bosch klopfte an, und die Tür öffnete sich sofort. Die Frau hatte ihr Auto gesehen oder gehört und war bereit.

»Sie«, sagte sie und schaute durch einen fünf Zentimeter breiten Spalt. »Gretchen ist immer noch nicht hier.«

»Ich weiß, Mrs. Alexander. Ich will mit Ihnen sprechen.«

»Mit mir? Was für einen Grund könnten Sie dafür haben?«

»Würden Sie uns bitte reinlassen? Es ist hier draußen so heiß.«

Sie öffnete die Tür mit einem resignierten Gesichtsausdruck.

»Es ist auch hier drinnen heiß. Ich kann es mir nicht leisten, den Thermostat tiefer als siebenundzwanzig Grad zu stellen.«

Bosch und Rider traten ein und gingen ins Wohnzimmer.

Er stellte Rider vor, und sie nahmen Platz. Diesmal setzte sich Bosch auf die Sofakante. Er erinnerte sich, wie er beim letzten Mal eingesunken war.

»Okay, worum geht es? Warum wollen Sie mit mir sprechen?«

»Ich wollte Sie nach der Mutter Ihrer Enkelin fragen«, sagte Bosch.

Der alten Frau fiel das Kinn herunter, und Rider blickte verwirrt drein.

»Ihre Mutter?« fragte Dorothy. »Ihre Mutter ist lange weg. Sie hatte nicht den Anstand, ihr eigenes Kind aufzuziehen. Die Mutter können Sie vergessen.«

»Wann ist sie gegangen?«

»Vor langer Zeit. Gretchen hat noch in den Windeln gesteckt. Sie schrieb einen kurzen Abschiedsbrief und wünschte mir Glück. Sie ging einfach.«

»Wo ist sie hin?«

»Keine Ahnung. Ich will es auch nicht wissen. Von mir aus kann sie zum Teufel gehen. Sie hat ihr wunderschönes kleines Mädchen verlassen. Sie hatte noch nicht mal den Anstand anzurufen oder sich ein Foto schicken zu lassen.«

»Wieso wissen Sie, daß sie noch lebt?«

»Ich weiß es nicht. Vielleicht ist sie schon die ganze Zeit tot. Es ist mir egal.«

Sie war eine schlechte Lügnerin.

»Sie wissen es«, sagte Bosch. »Sie schickt Ihnen Geld, nicht wahr?«

Die Frau schaute lange mürrisch auf ihre Hände und bestätigte damit seine Vermutung.

»Wie oft?«

»Ein- oder zweimal im Jahr. Es entschädigt bei weitem nicht für das, was sie getan hat.«

Bosch wollte fragen, wieviel genug gewesen wäre, ließ es aber.

»Wie kam das Geld?«

»Mit der Post. In bar. Ich weiß, es kam von Sherman Oaks, California. Das stand auf dem Poststempel. Was hat das alles mit der Gegenwart zu tun?«

»Sagen Sie mir den Namen Ihrer Tochter, Dorothy.«

»Sie war das Kind aus meiner ersten Ehe. Mein Mann hieß Gilroy und das war auch ihr Nachname.«

»Jennifer Gilroy«, sagte Rider und wiederholte Veronica Alisos wahren Namen.

Die alte Frau sah Rider überrascht an, fragte aber nicht, woher sie es wußte.

»Wir nannten sie Jenny«, sagte sie. »Egal ... Als sie Gretchen bei mir ließ, war ich wieder verheiratet und hatte einen neuen Namen. Ich gab ihn Gretchen, damit die Kinder in der Schule sie nicht aufziehen würden. Alle Leute glaubten, ich sei ihre Mama, und das war uns recht. Niemand mußte die Wahrheit wissen.«

Bosch nickte. Er hatte die Kette geschlossen. Veronica Aliso war Laylas Mutter. Tony Aliso war von der Mutter zur Tochter gewechselt. Es gab nichts mehr zu fragen oder zu sagen. Er dankte der alten Frau und berührte Rider am Arm, daß sie als erste hinausgehen solle. Auf der obersten Stufe vor der Tür blieb er stehen und drehte sich um. Er wartete, bis Rider ein paar Schritte entfernt war, und sagte dann zu der alten Frau: »Wenn Sie von Layla – ich meine Gretchen – hören sollten, sagen Sie ihr, sie soll nicht nach Hause kommen. Sagen Sie ihr, sie soll so weit wie möglich weggehen.«

Er schüttelte den Kopf.

»Sie sollte nie wieder nach Hause kommen.«

Die alte Frau sagte nichts. Bosch wartete einen Moment und schaute auf die abgetretene Fußmatte. Dann nickte er und ging zum Auto.

Rider saß vorne, und Bosch setzte sich hinter Edgar auf den Rücksitz. Edgar fuhr die Auffahrt rückwärts hinunter. Rider drehte sich um und schaute Bosch an.

»Harry, wie bist du bloß darauf gekommen?«

»Veronicas letzte Worte. Sie sagte, ›Laß meine Tochter laufen.‹ Irgendwie wußte ich es dann. Layla erinnerte mich an jemanden. Ich wußte vorher nur nicht, an wen.«

»Du hast sie nie gesehen.«

»Ich habe ihr Bild gesehen.«

»Was?« sagte Edgar. »Was ist los?«

»Glaubst du, Tony wußte, wer sie war?« fragte Rider, Edgar ignorierend.

»Schwer zu sagen«, erwiderte Bosch. »Falls ja, ist der Mord leichter zu verstehen, leichter hinzunehmen. Vielleicht hat er es Veronica unter die Nase gerieben. Vielleicht hat sie das in Rage gebracht.«

»Und Layla alias Gretchen?«

Edgar schaute verwirrt zwischen ihnen und der Straße hin und her.

»Ich glaube, daß sie es nicht wußte. Andernfalls hätte sie es ihrer Großmutter erzählt. Und die alte Dame wußte nichts davon.«

»Falls er sie nur benutzt hat, um Veronica eins auszuwischen, warum hat er dann all sein Geld in ihr Schließfach getan?«

»Vielleicht hat er sie benutzt, vielleicht hat er sie aber auch geliebt. Wir werden es nie wissen. Vielleicht war es Zufall, daß er an dem Tag getötet wurde. Er könnte das Geld ins andere Schließfach getan haben, weil er das Finanzamt am Arsch hatte. Vielleicht hat er befürchtet, daß sie von seinem Fach erfahren und es beschlagnahmen könnten. Es gibt viele Möglichkeiten, aber wir werden es nie wissen. Alle sind tot.«

»Außer das Mädchen.«

Edgar bremste hart und fuhr an den Straßenrand. Zufälligerweise befanden sie sich gegenüber vom Dolly's.

»Würde mir vielleicht jemand sagen, was zum Teufel los ist«, verlangte er. »Ich tu euch einen Gefallen und halte den Wagen kühl, während ihr auf ein Schwätzchen hineingeht, und dann laßt ihr mich total im dunklen. Also zum Teufel, worüber redet ihr?«

Er schaute Bosch im Rückspiegel an.

»Fahr los, Jed. Kiz wird es dir erzählen, wenn wir beim Flamingo sind.«

Sie fuhren in die Auffahrt vor dem Hilton Flamingo, und Bosch trennte sich dort von ihnen. Er eilte durch das fußballfeldgroße Casino, vorbei an den einarmigen Banditen, bis er den Pokerraum erreichte, wo Eleanor auf ihn warten wollte. Sie hatten sie morgens am Flamingo abgesetzt, nachdem sie ihnen die Bank gezeigt hatte, in die sie einmal Tony Aliso mit Gretchen Alexander hatte hineingehen sehen.

Im Pokerraum befanden sich nur fünf Spieltische. Bosch überflog schnell die Gesichter der Spieler, konnte jedoch Eleanor nicht entdecken. Als er sich umdrehte, um ins Casino zu schauen, stand sie vor ihm – wie an dem ersten Abend, als er nach ihr gesucht hatte.

»Harry.«

»Eleanor. Ich dachte, du würdest spielen.«

»Ich konnte nicht spielen. Ich mußte die ganze Zeit an dich denken. Ist alles okay?«

»Ja, alles ist okay. Wir fahren ab.«

»Gut. Ich mag Las Vegas nicht mehr.«

Er zögerte einen Moment. Er schwankte fast, aber dann war er wieder entschlossen.

»Ich möchte noch bei einer Station halt machen, bevor wir fahren. Wir haben darüber geredet. Das heißt, falls du dich entschieden hast.«

Sie schaute ihn lange an, und dann ging ein Lächeln über ihr Gesicht.

9.

Bosch ging über das gebohnerte Linoleum im fünften Stock des Parker Centers. Mit jedem Schritt knallte er absichtlich seine Absätze in den Belag, um Striemen im Hochglanz zu hinterlassen. Als er die Eingangsnische der Abteilung für interne Ermittlungen erreicht hatte, fragte er die Sekretärin hinterm Schalter nach Chastain. Sie erkundigte sich, ob er einen Termin habe, und Bosch erwiderte, daß er Leute wie Chastain nicht um Termine bitten würde. Sie starrte ihn einen Moment an, nahm dann den Hörer ab und wählte eine Nummer. Nachdem sie etwas ins Telefon geflüstert hatte, preßte sie den Hörer gegen die Brust und schaute zu Bosch hoch, wobei sie die Schuhschachtel und die Akte in seiner Hand musterte.

»Er möchte wissen, worum es sich handelt.«

»Sagen Sie ihm, es geht um das Dienstverfahren gegen mich. Er kann es in den Mülleimer werfen.«

Sie flüsterte wieder, und dann wurde Bosch durch die Schaltertür hineingelassen. Er ging in das Abteilungsbüro, wo mehrere Detectives an ihren Tischen saßen. Chastain stand hinter seinem Schreibtisch auf.

»Was machen Sie hier, Bosch? Sie sind suspendiert, weil Sie einen Häftling entkommen ließen.«

Er sagte es so laut, daß die anderen im Büro wußten, daß Bosch schuldig war.

»Der Chief hat es auf eine Woche verkürzt«, sagte Bosch. »Ich seh das als Urlaub an.«

»Das ist nur die erste Runde. Ihre Akte ist noch offen.«

»Deswegen bin ich hier.«

Chastain deutete auf den Vernehmungsraum, wo Bosch in der vergangenen Woche mit Zane gewesen war.

»Lassen Sie uns dort sprechen.«

»Nein«, sagte Bosch. »Wir sprechen nicht. Ich zeige Ihnen nur was.«

Er ließ die Akte auf den Schreibtisch fallen. Chastain blieb stehen und schaute sie an, ohne sie zu öffnen.

»Was ist das?«

»Das Ende des Verfahrens. Öffnen Sie sie.«

Chastain setzte sich und öffnete den Aktendeckel. Er seufzte laut auf, als würde er sich an eine ekelhafte und sinnlose Arbeit machen. Obenauf lag die Kopie einer Seite des Diensthandbuchs. Für die IE-Schielaugen hatte es die gleiche Bedeutung wie das Strafgesetzbuch für den Rest der Polizei.

Die Seite behandelte den Umgang mit bekannten Verbrechern, bestraften Tätern und Mitgliedern von kriminellen Organisationen, der strikt verboten war und mit Dienstentlassung geahndet werden konnte.

»Sie hätten mir das nicht bringen brauchen, Bosch. Ich habe das ganze Buch«, sagte Chastain.

Er versuchte, die Sache witzig zu nehmen, weil er nicht wußte, was Bosch wollte, und weil ihm klar war, daß seine Kollegen alles heimlich mitverfolgten.

»Ja, dann sollten Sie Ihr Buch rausholen und die unterste Zeile lesen, meiner lieber Freund. Die Ausnahme.«

Chastain schaute unten auf die Seite.

»Da steht ›Ausnahmen können gewährt werden, wenn der Beamte zur Zufriedenheit seiner Vorgesetzten beweisen kann, daß eine Familienbeziehung durch Blut oder Heirat besteht. Falls dies feststeht, hat der Beamte …‹«

»Das reicht«, sagte Bosch.

Er griff nach unten und nahm die Seite weg, damit Chastain sehen konnte, was darunter lag.

»Das ist eine Heiratsbescheinigung, ausgestellt im Clark County, Nevada, die bestätigt, daß ich mit Eleanor Wish verheiratet bin. Falls Ihnen das nicht ausreichen sollte, liegen darunter zwei eidesstattliche Erklärungen von meinen Partnern, die Trauzeugen bei der Eheschließung waren.«

Chastain starrte auf die Formulare.

»Es ist aus, Mann«, sagte Bosch. »Sie haben verloren. Also verpissen Sie sich aus meinem Leben.«

Chastain lehnte sich zurück. Sein Gesicht war rot, und ein betretenes Lächeln verzog seinen Mund.

»Sie haben geheiratet, nur damit das Dienstverfahren eingestellt wird?«

»Nein, ich habe geheiratet, weil ich jemanden liebe. Deshalb heiratet man … Arschloch.«

Chastain hatte keine Antwort parat. Er schüttelte den Kopf, schaute auf seine Uhr, ordnete Papiere und tat so, als wäre das Ganze nur eine kleine Unterbrechung seines Arbeitsalltags. Es fehlte nur noch, daß er seine Fingernägel studiert hätte.

»Ich hab mir gedacht, daß Ihnen das die Sprache verschlagen wird«, sagte Bosch. »Man sieht sich.«

Er drehte sich um und ging, machte dann jedoch wieder kehrt.

»Ach, fast hätte ich es vergessen. Sagen Sie Ihrer Quelle, daß unser Abkommen nicht mehr gültig ist.«

»Welche Quelle, Bosch? Abkommen? Wovon reden Sie?«

»Ich rede von Fitzgerald, oder wer auch immer Ihre Quelle bei OK ist.«

»Ich weiß nicht …«

»Sie wissen es. Ich kenne Sie, Chastain. Von alleine wären Sie nicht auf Eleanor Wish gekommen. Sie haben eine Standleitung zu Fitzgerald. Er hat Ihnen von ihr erzählt. Er oder einer seiner Leute. Es ist mir egal wer. So oder so bin ich nicht mehr an das Abkommen gebunden. Sagen Sie ihm das.«

Bosch hielt die Schuhschachtel hoch und schüttelte sie. Die Video- und Audiokassetten schlugen gegeneinander, aber Chastain wußte anscheinend nicht, was in der Schachtel war und was es bedeutete.

»Sagen Sie es ihm, Chastain«, wiederholte er. »Wir sehen uns.«

Schließlich ging er und blieb nur kurz bei der Sekretärin am Schalter stehen und deutete mit dem Daumen in Siegeslaune nach oben. Auf dem Korridor ging er nicht nach links zu den Aufzügen, sondern nach rechts zu den Büros des Police Chiefs. Sein Adjutant, ein Lieutenant in Uniform, saß hinter dem Schalter. Bosch kannte ihn nicht. Er ging auf ihn zu und legte die Schachtel auf den Schreibtisch.

»Kann ich Ihnen helfen? Was ist das?«

»Das ist ein Schuhkarton, Lieutenant. Darin sind ein Video und Tonbänder, die sich der Chief ansehen und anhören sollte. Sofort.«

Bosch wollte gehen.

»Einen Moment«, sagte der Adjutant. »Weiß er, worum es sich handelt?«

»Sagen Sie ihm, er soll Deputy Chief Fitzgerald anrufen. Er wird es erklären können.«

Bosch ging und drehte sich nicht um, als der Adjutant nach seinem Namen fragte. Er schlüpfte durch die Doppeltüren und ging zum Aufzug. Er fühlte sich gut. Er hatte die illegalen Tonbänder dem Chief gegeben und reinen Tisch gemacht. Er wußte nicht, ob etwas dabei herauskommen würde. Sein Auftritt bei Chastain würde Fitzgerald sicher über verschiedene Kanäle berichtet werden und klar machen, daß es allein auf seine Kappe ging. Billets und Rider sollten also keine Racheaktionen des OK-Chiefs zu befürchten haben. Er konnte sich an Bosch halten, und Bosch fühlte sich sicher. Fitzgerald hatte nichts gegen ihn in der Hand. Niemand hatte gegen ihn etwas in der Hand.

10.

Es war ihr erster Tag am Strand, nachdem sie die ersten zwei Tage fast nur in ihrem Zimmer verbracht hatten. Bosch fühlte sich nicht wohl in dem Liegestuhl. Er verstand nicht, wie Leute einfach in der Sonne liegen konnten und sich braten ließen. Er hatte sich mit Sonnenöl eingeschmiert, und Sand klebte ihm zwischen den Zehen. Eleanor hatte ihm eine rote Badehose gekauft, und er war sicher, daß er darin eine komische Figur abgab. Er kam sich wie eine Zielscheibe vor. Wenigstens hatte sie ihm nicht einen dieser Minislips gekauft, die einige Männer am Strand trugen.

Er stützte sich auf den Ellbogen auf. Hawaii war unglaublich. Traumhaft schön. Und die Frauen ebenfalls. Besonders Eleanor. Sie lag neben ihm in einem anderen Liegestuhl. Ihre Augen waren geschlossen, und ein fast unmerkliches Lächeln lag auf ihrem Gesicht. Sie trug einen schwarzen Badeanzug, der an den Seiten nur bis an die Taille reichte und ihre gebräunten und muskulösen Beine zur Schau stellte.

»Wohin schaust du?« fragte sie, ohne ihre Augen zu öffnen.

»Nirgendwohin. Ich kann mich einfach nicht entspannen. Ich glaube, ich werde aufstehen und etwas rumlaufen.«

»Warum kaufst du dir nicht ein Buch, Harry. Du mußt dich entspannen. Das ist der Sinn von Flitterwochen. Sex, Entspannung, gutes Essen und gute Gesellschaft.«

»Immerhin hab ich zwei von vier Sachen.«

»Was hast du gegen das Essen?«

»Das Essen ist wunderbar.«

»Sehr witzig.«

Sie schlug ihm auf den Arm. Dann stützte sie sich auch auf und schaute auf das glitzernde blaue Wasser hinaus. Sie konnten die Küste von Molokini in der Ferne aufragen sehen.

»Es ist wunderschön hier, Harry.«

»Ja, wunderschön.«

Sie beobachteten schweigend die Leute, die am Rand des Ozeans spazierten. Bosch zog seine Beine an und legte seine Ellbogen auf die Knie. Er fühlte, wie ihm die Sonne auf die Schultern brannte und er sich wohl zu fühlen begann.

Er bemerkte eine Frau, die lässig am Wasser entlang schlenderte. Die Augen aller Männer am Strand waren auf sie gerichtet. Sie war groß und geschmeidig und hatte langes dunkelblondes Haar, das noch vom Ozean feucht war. Ihre Haut glänzte wie Kupfer, und sie trug einen Mini-Bikini, nur ein paar Bänder und kleine, schwarze Dreiecke aus Textil.

Als sie an ihnen vorbeiging, verdeckte sie die Sonne, und Bosch konnte ihr Gesicht sehen. Sie hatte die bekannten Züge und die geschwungene Linie des Unterkiefers. Er kannte sie.

»Harry«, flüsterte Eleanor. »Ist das ... sie sieht aus wie die Stripperin. Das Mädchen auf dem Foto, das du hattest. Die ich mit Tony zusammen gesehen habe.«

»Layla«, sagte Bosch. Er wollte nur den Namen aussprechen, es war keine Antwort.

»Es ist sie, nicht wahr?«

»Ich habe früher nicht an Zufälle geglaubt«, sagte er.

»Wirst du das FBI anrufen. Sie hat das Geld wahrscheinlich hier auf der Insel.«

Bosch schaute der Frau nach. Sie hatte ihm den Rücken zugewandt und aus dieser Perspektive sah es aus, als wäre sie nackt. Die Sonne blendete ihn wieder, und er konnte nicht mehr gut sehen. Sie verschwand im Flimmern und Dunst der Gischt.

»Nein, ich werde niemanden anrufen«, sagte er schließlich.

»Warum nicht?«

»Sie hat nichts getan«, sagte er. »Sie hat sich von einem Typen Geld geben lassen. Das ist nicht verboten. Vielleicht hat sie ihn sogar geliebt.«

Er schaute ihr noch einen Moment nach und dachte an Veronica Alisos letzte Worte.

»Und überhaupt, wer wird das Geld vermissen? Das FBI oder das LAPD? Irgendein fetter, alter Gangster in einem Vorort von Chicago, umgeben von einem Haufen Gorillas? Vergiß es. Ich werde niemanden anrufen.«

Er schaute ihr ein letztes Mal nach. Sie war jetzt weit weg und schaute beim Gehen aufs Meer hinaus. Die Sonne schien auf ihr Gesicht. Bosch nickte ihr zu, aber natürlich konnte sie es nicht sehen. Dann streckte er sich auf dem Liegestuhl aus und schloß die Augen. Er spürte, wie die Sonne durch seine Haut drang und ihn zu heilen begann. Dann fühlte er Eleanors Hand auf seiner. Er lächelte. Er fühlte sich sicher. Als könne ihm nie wieder etwas angetan werden.

HEYNE BÜCHER

Anonymus

Mit aller Macht

Über Amerika und den Krieg, der sich Wahlkampf nennt.

»Die perfekte Mischung aus Macht, Sex und Politik.« *FOCUS*

»Der beste psychologische Politthriller seit 1946!« *DER SPIEGEL*

01/10318

Heyne-Taschenbücher